Gegen den Sturm

Bettina Belitz, an einem sonnigen Spätsommertag in Heidelberg zur Welt gekommen, wuchs zwischen unzähligen Büchern auf und verliebte sich schon früh in die Magie der Buchstaben. Nach dem Studium der Geschichte, Literaturwissenschaft und Medienwissenschaft arbeitete Bettina Belitz als Journalistin, bis sie ihre Leidenschaft aus Jugendtagen zum Beruf machte. Heute lebt die begeisterte Reiterin umgeben von Pferden und Katzen als freie Autorin in einem 400-Seelen-Dorf im Westerwald.
www.bettinabelitz.de

Mehr über unsere Bücher, Autoren und Illustratoren auf:
www.thienemann.de

Belitz, Bettina:
Gegen den Sturm – 2 Romane in einem Band
ISBN 978 3 522 20253 4

Umschlaggestaltung: Kathrin Schüler unter Verwendung von Fotos von mariait@shutterstock (148207709) und STILLFX@shutterstock (76880212)
Innentypografie: Kadja Gericke
Reproduktion: Medienfabrik GmbH, Stuttgart
Druck und Bindung: CPI Books GmbH, Leck
Die Autorin Bettina Belitz wird vertreten durch die Agentur Hanauer, München.
Zitiert werden Liedzeilen aus: »Ich liebe dich« von Clowns und Helden

MIX
Papier aus verantwortungsvollen Quellen
FSC® C083411

BETTINA BELITZ

GEGEN DEN STURM

2 Romane in einem Band

THIENEMANN

BETTINA BELITZ

STURM SOMMER

Thienemann

SPIEGELBILDER

Der CD-Spieler summt leise, bis er die richtige Stelle gefunden hat, während ich mich seufzend zurücklehne – und jetzt rein ins Operngejodle.

»So klopft mein lie-he-be-vo-ho-lles Heherz!« Pling. »So klopft mein lie-he-be-vo-ho-lles Heeeeerz ...« Hui, der quetscht aber ganz schön beim Singen. Dem muss ja der Kopf platzen. Was war das jetzt noch mal? Erster Aufzug ... fünfter Auftritt; die Arie von Belmonte an Konstanze. Seine Geliebte. Stimmt das? Ja, es stimmt.

Trotzdem. Diesen dämlichen Musiktest zu Mozarts »Entführung aus dem Serail« verhaue ich bestimmt. Erstens habe ich viel zu wenig gelernt, zweitens kann ich für so anstrengende Arien mein Herz nicht erwärmen und drittens mag mich unser Musiklehrer nicht.

Mama meint, das würde ich mir einbilden. Ihrer Meinung nach bilde ich mir ziemlich viel ein. Aber es ist so. Der mag mich nicht.

»... ist das ihr Lispeln? War das ihr Seufzen? Es wird mir so bange, es glüht mir die Wange ...« Was für eine Sprache! Redet man so, wenn man verliebt ist? Hier dreht sich alles um diese Konstanze, in der Zauberflöte gibt's sogar gleich zwei Pärchen. Scheint ja ziemlich aufregend zu sein, wenn man verliebt ist. Ich meine, es muss einem schon sehr zusetzen, wenn man so redet wie der hier.

Ich weiß nicht, wie das ist, verknallt zu sein. Ich war's ja noch nie. Vielleicht hab ich das mal behauptet, ja. Aber ich kann nichts Besonderes an den Mädchen bei uns in der Klasse finden. Okay, viele sehen gut aus, keine Frage. Aber das juckt mich nicht weiter und die Wange glüht schon gar nicht. Würde ich das überhaupt merken, wenn ich verliebt wäre?

Toni kriegt einen knallroten Kopf, wenn manche Mädchen an ihm vorbeigehen. Und Marc und Anja grinsen sich immer so komisch an. Es heißt ja, die sind zusammen. Gestern hab ich gesehen, wie Marc kurz ihre Hand genommen hat. Und ich hatte dabei ein merkwürdiges Gefühl im Magen. Ich mag beide sehr, aber in diesem Moment war ich überflüssig. Das hab ich genau gespürt. Dabei kenne ich Anja schon seit der Grundschule.

Jetzt kann ich mich sowieso nicht mehr auf diese Oper konzentrieren. Mir tut das Gesinge in den Ohren weh und das Stillsitzen macht mich ganz zappelig. Ach, es hat keinen Zweck. Ich schalte den CD-Spieler wieder aus. Es reicht. Henri, unserem Hund, scheint das Gedudel auch nicht zu gefallen. Er hat eben immer wieder leise gefiept und den Kopf zwischen die Sofakissen gedrückt.

Ich geh lieber zu Damos. Nach draußen in die Sonne. Damos ist ein sechsjähriger Schimmelwallach, mit Araberblut und schokobraunen Flecken auf dem Hintern. Stolz bin ich auf den. Ich war noch nie auf etwas so stolz wie auf Damos.

Mein Pferd. Hab ihn vor ein paar Monaten bekommen, weil meine Eltern mich kaum mehr aus dem Stall gekriegt haben. Ich lungerte nur noch an seiner Box herum und wartete darauf, ihn reiten zu können. Dann kam Papa im Stall vorbei und unterhielt sich sehr lange mit meinem Reitlehrer. Ich durfte nicht dabei sein, drückte mich aber die ganze Zeit in den benachbarten Boxen herum und hörte Worte wie »Talent« und »Zukunft« und »wertvoll«. Ich weiß bis heute nicht, ob sie mich oder Damos meinten.

Aber eines Morgens, nachdem wir abends lange über Damos und das Reiten gesprochen hatten, lag das Foto von ihm auf meinem Frühstücksteller. Mama hat mit Silberstift »Ich gehöre jetzt dir« darauf geschrieben. »Damit wir wenigstens wissen, wo du bist, wenn du wieder rumstromerst«, sagte Papa. Da glühte mir allerdings die Wange und mein Herz machte gleich mehrere Sprünge. Obwohl ich geahnt hatte, dass sie das tun würden, war es die größte Überraschung meines Lebens. Eigentlich freu ich mich immer noch, wenn ich darüber nachdenke. Das ist eine Freude, die nie aufhört, und manchmal fühlt sie sich sogar ein bisschen schwer an.

Mein Papa ist Arzt und er ist während seiner Studentenzeit geritten, viel sogar. Jetzt: kaum mehr Zeit. Im Grunde ist er schuld daran, dass ich so pferdenärrisch wurde. Er hat mich immer mitgenommen zu Turnieren und in den Stall, früher. Das war aufregender als alles andere. Vor allem das Springreiten. Ich hab meinen Kopf auf die Bande gestützt und mir die Augen ausgeschaut, und mit sieben durfte ich dann endlich selbst Reitstunden nehmen. Auf einem kleinen wilden Pony. Luzifer hieß es und hat sich auch so benommen.

Nachdem ich das erste Mal auf einem Pferd gesessen hatte, wusste ich genau: Das ist viel besser, als sich auf zwei Beinen fortzubewegen. Sobald ich mich da raufgeschwungen habe, sieht die Welt ganz anders aus. Aufregender und irgendwie freier. Klar hat mir am Anfang der Hintern wehgetan. Und das, was mir mein Reitlehrer Markus so an den Kopf geworfen hat, war auch nicht immer nett. Das ist es heute oft noch nicht. Aber nach den Reitstunden hab ich immer das Gefühl, dass alles möglich ist. Erst recht, seitdem ich Damos habe.

Nur meine Klassenkameraden haben ein bisschen seltsam auf Damos reagiert. Zumindest die Jungs. Toni kann auch nichts mit ihm anfangen. Leider. Ich hab ihn immer wieder mit zum Stall geschleppt, aber er steht dann da rum wie eine Vogelscheuche und traut sich nicht, mit anzupacken. Und schon gar nicht, sich auf ein Pferd zu setzen. Ich glaube sogar, er hat Angst vor Damos.

Die Mädchen fanden es eher toll, dass ich reite und sogar ein eigenes Pferd habe. Nachdem sich herumgesprochen hatte, dass Damos mir gehört, wollten sie furchtbar viel darüber wissen und plötzlich in den Pausen Zeit mit mir verbringen. Nur Tanja ist still danebengestanden und hat sich abgewendet. Ihr Gesicht war rot und verschlossen gewesen. Ihre Freundin Barbara blieb schweigend neben ihr, linste nur ab und zu prüfend zu mir herüber. Ich wollte ja gar nicht, dass sich die Mädels so um mich scharten. Es hat ein paar Tage gedauert, bis alles wieder normal war und ich meine Pausen wie vorher mit Toni, Marc und Anja verbringen konnte.

Aber dass Tanja so gar nichts dazu gesagt hat, fand ich auch blöd. Na, egal. Ich kann sie ohnehin nicht leiden. Sie lacht fast nie und sieht alles immer so ernst und verbissen.

An dem einen Tag, als mich die Mädels wegen Damos ausgefragt haben und Tanja nur stumm danebenstand, kam Barbara später noch alleine zu mir rüber. Es war eine merkwürdige Situation, weil Tanja ein paar Meter weiter mit abgewandtem Kopf an der Wand lehnte und wartete. Es sah fast so aus, als hätte sie ihre Freundin zu mir geschickt. Das war mir richtig unangenehm und ich wäre am liebsten einfach weggelaufen. Mir ging das sowieso auf den Keks, dass dauernd irgendwelche Mädchen um mich herumlungerten. Doch Barbara wollte gar kein Foto von Damos sehen wie die anderen Mädchen – oder fragen, ob sie mich mal im Stall besuchen kann. »Ihr scheint ja echt reich zu sein«, sagte sie nur und schaute mich dabei prüfend an. »Sind deine Eltern Bonzen, oder was?«

Ich zuckte nur mit den Schultern und ließ sie stehen. Beim Weggehen hab ich gehört, dass die beiden tuschelten. Was sollte denn die Frage? Und so ein Pferd frisst ganz schön viel Zeit. Einfach ist das jedenfalls nicht. Ich muss mich dauernd um Damos kümmern, eigentlich täglich. Das kann richtig anstrengend sein, vor allem im Winter, wenn sogar das Wasser in der Tränke eine dicke Eisschicht hat und ich vor lauter Kälte meine Hände und Füße nicht mehr spüre. Auch wenn ich es jedes Mal kaum erwarten kann, ihn zu sehen. Ganz egal, wie das Wetter ist.

Ich weiß nicht, worauf Barbara hinauswollte. Aber Papa lässt auch immer wieder durchklingen, dass wir froh sein sollen, wie gut es uns geht. Hätten ja alles: Haus, Auto, Urlaub, Pferd.

Ich finde den Mercedes hässlich.

»Mama?«

»Ja?«

Mama sitzt in der Küche und bemalt Tücher. Dabei darf sie die Tücher nicht mehr im Haus aufhängen. Papa sind es zu viele geworden. Es sei ein Haus und kein Beduinenzelt, hat er gesagt. Aber die Tücher sind schön, wirklich. Mit ganz viel Blau und Grün. Ich muss immer an das Meer denken, wenn ich sie betrachte. Eigentlich erkennt man nichts, und trotzdem – ich mag Mamas Tücher. Sie tauscht jetzt die, die schon hängen, einfach durch neue aus. Papa merkt das manchmal gar nicht.

»Ich fahr schnell noch zu Damos!«, rufe ich ihr zu. Henri schiebt seinen Kopf zwischen meine Beine und wedelt aufgeregt mit dem Schwanz.

»Hast du auch Musik gelernt?«

Mist.

»Na jaaa … ja.« Ich hab es immerhin versucht, denke ich. »Geht so.« Pause.

»Na, dann geh halt, wenn es unbedingt sein muss. Und nimm den Hund mit.«

Es muss. Was für eine Frage! Natürlich muss es sein. Ich ziehe mich um, schmeiße Jeans und Turnschuhe in die nächstgelegene Ecke und flitze hinunter Richtung Haustür. Henri springt aufgeregt um mich herum und er schafft es nicht ganz, das Freudengebell zu unterdrücken.

Als ich nach unten gehe, überholt er mich und kommt dabei fast ins Schleudern. Henri hat es immer eilig. Auf der halben Treppe bleibe ich kurz stehen. Da hängt nämlich ein großer ovaler Spiegel an der Wand. Ein antiker, wie Mama betont. Es ist irgendwie witzig, wenn man sich auf der Treppe plötzlich selbst begegnet.

Lissi bleibt hier in letzter Zeit immer lange vor dem Spiegel stehen. Wirklich immer. Bei jedem Treppenlaufen. Ich zähle mit. Sie verliert auf der Treppe viel Zeit, seit sie 17 ist und sich in den Chris verliebt hat. Dabei sieht sie ja doch jedes Mal so aus wie am Tag davor. Finde ich.

Ich mag den Chris nicht besonders. Er behandelt mich oft wie ein kleines Kind. Manchmal behandelt er sogar Lissi wie ein kleines Kind. Das mag ich noch viel weniger. Er soll froh sein, dass sie mit ihm zusammen ist. Ich kann gar nicht begreifen, was sie an ihm so toll findet. Gut, er ist groß und ziemlich sportlich und hat immer ein paar coole Sprüche auf den Lippen. Aber trotzdem verstehe ich nicht, warum Lissi ständig vor dem Spiegel hängt, an ihren Haaren herumdreht und sich stundenlang im Bad einschließt. Manchmal schminkt sie sich sogar. Dann kommt sie mir fast schon fremd vor.

Sehe ich denn wie einer aus, in den man sich verliebt?

Ich weiß nicht. Mittelgroß, dünn, blonde Locken, grüne Augen, ein paar Sommersprossen.

Mir fällt der Kinderreim ein, den wir in der Grundschule oft gesungen haben. »Grüne Augen, Froschnatur, von der Liebe keine Spur.« Haha. Mir soll's recht sein. Ich hab ja Damos.

Ich hole mein Fahrrad aus der Garage und radle Richtung Stall.

»Mensch, Pferd, hast du wieder einen Dreck in deiner Box!« Ich hantiere mit der Mistgabel, während Damos mit seinem weichen Maul prustend in meinen Haaren wühlt. Eigentlich ist das nicht meine Aufgabe, das Ausmisten, aber ich mache es gerne, weil ich dann länger bei Damos sein kann. Wenn das Stroh wieder frisch und sauber ist, setze ich mich oft noch zu ihm in die Box und schaue ihm beim Fressen zu. Nachher muss ich sowieso unter die Dusche.

Mama hat sich früher immer über den Pferdegeruch geärgert. »Ich seh schon, der wird wie du«, hat sie dann zu Papa gesagt. Und Papa bekam einen Blick, als würde er gerne wieder nach Pferd stinken. Ich selbst liebe den Geruch. Es ist der beste Geruch der Welt.

Aber jetzt mache ich erst mal einen langen Ausritt. Und danach werde ich ja sehen, ob ich noch Zeit für Opern habe. Denn es ist endlich wieder schön lange hell abends. Und es riecht schon nach Sommer.

Wie immer vor einem Ausritt klopft mein Herz schneller als sonst. Mama und Papa haben es nicht gerne, wenn ich alleine mit Damos rausgehe. Eigentlich hab ich ihnen auch versprochen, dass ich immer jemanden mitnehme. Aber das ist gar nicht so einfach. Es gibt hier nicht viele in meinem Alter, die ein eigenes Pferd haben. Und wenn, dann sind es Mädchen. Manchmal begleitet mein Reitlehrer mich und Damos oder ein paar Frauen aus meiner Dienstagabendreitstunde. Aber dann komme ich mir immer so blöd vor. Die sind zwar nett, aber sie quatschen ununterbrochen miteinander, über Frauenkram, und ich hab es lieber, wenn es still ist um uns herum. Damit ich jeden einzelnen Hufschlag von Damos hören kann und sein regelmäßiges Schnaufen und Prusten. Ich mag diese Pferdegeräusche. Oder ich mache es ganz anders und lasse einfach meinen iPod laufen. Aber das darf Papa wirklich nie erfahren, sonst gibt es richtig Ärger.

Ruckzuck hab ich Damos gesattelt und ihm die Trense angelegt. Endlich kann es losgehen. Mein Magen macht einen kleinen Satz, als ich Damos aus der Stallgasse führe und mich auf seinen Rücken ziehe. An den Musiktest mag ich jetzt nicht mehr denken. Der ist schön weit weg.

Es gibt nur noch Damos und mich und die warme Sonne, die mir ins Gesicht scheint. Auf den ersten Metern tut Damos wie immer so, als würde er sich vor allem und jedem fürchten. Eine Katze läuft über den Weg, Henri rennt ihr bellend hinterher. Damos zuckt zusammen und reißt den Kopf hoch. Ein Traktor knattert. Damos springt hektisch zur Seite. Ein anderer Reiter kommt mir entgegen. Damos bleibt stocksteif stehen und macht dann zwei kurze Galoppsprünge. Ich kenne das inzwischen und muss darüber lachen, obwohl ich mich ab und zu zusammen mit ihm erschrecke.

Aber jetzt haben wir den Stall hinter uns gelassen. Vor uns liegen nur noch Felder und Wiesen. Ich merke, dass Damos laufen möchte. Galoppieren. Seine Flanke zittert leicht und er bewegt unruhig den Kopf. Ich kann es kaum erwarten.

Ich gebe den Zügeln nach und muss nur an Galopp denken, da startet Damos schon durch. Als würde er wissen, was in mir vorgeht.

Wir fliegen dahin, der Wind treibt mir die Tränen in die Augen und ich bin einfach nur glücklich.

So müsste es immer sein.

KEIN GUTER BRUDER

Gleich kriegen wir den Musiktest raus. Mein Kommentar: Sch… Ich kam an dem Tag, an dem ich eigentlich noch lernen wollte, erst um sieben nach Hause. Und um halb sieben ist Abendessenszeit. Da hab ich anwesend zu sein.

Es gab natürlich Stunk. Warum, konnte ich nicht ganz verstehen – es war ja nicht das erste Mal, dass ich zu spät gekommen bin. Und es war nur eine halbe Stunde. Außerdem wussten Mama und Papa, wo ich gewesen war – im Stall. Wo sonst. Warum schaute Papa mich so müde und verkniffen an?

Als ich mich dann damit gerechtfertigt hatte, dass ich noch fürs Turnier im Spätsommer trainiert habe (was gelogen war, das gebe ich ja zu) und dass die Box elend dreckig war, sagte Mama nur: »Wenn sich das auf deine schulischen Leistungen niederschlägt, ist eben Schluss mit der Reiterei. Wir finden bestimmt jemand anderen für Damos.«

Ich brauchte ein paar Sekunden, bis ich ihre Worte begriffen hatte. Doch dann reagierte ich. Im Nachhinein vielleicht albern, aber wenn ich mal wütend bin, seh ich oft rot.

Ich knallte mein volles Glas an die Wand und schrie: »Wie kannst du nur! Du verstehst ja gar nichts!«

Damit meinte ich Mama, nicht Papa, aber statt Mama wurde Papa sauer und fing ebenfalls an zu brüllen. Das passiert nicht oft, und ich bin so erschrocken, dass mir auch noch klirrend Messer und Gabel runterfielen. An der Tapete, dort, wo das Glas zerschellt war, bildete sich ein nasser Fleck, und überall auf dem Tisch und auf dem Boden lagen Scherben.

»Geh sofort auf dein Zimmer!«, fuhr Papa mich an.

»Glaubst du denn, ich will noch bei euch sitzen bleiben?«, brüllte ich zurück. Ich rannte die Treppe hoch, stolperte auf der zweiten Hälfte, fiel zu allem Überfluss hin und legte mich in meinem Zimmer sofort aufs Bett. Mit den dreckigen Klamotten und dem aufgeschlagenen Knie. War mir doch egal.

Das konnte Mama nicht so gemeint haben, redete ich mir ein. An etwas anderes wollte ich gar nicht denken. Die darf mir doch meinen Damos nicht wegnehmen. Würde sie das wirklich tun? Nach so kurzer Zeit?

Ich wollte alleine sein, niemanden mehr hören und sehen. Eigentlich auch nicht Lissi, die zu mir ins Zimmer kam. Sie wollte mich wohl trösten.

Ich drehte mich von ihr weg und schaute die Wand an. Ich spürte, dass sie sich neben mich aufs Bett setzte. Der Lattenrost quietschte leise und ich roch ihr Parfum.

»Das war ja wieder 'ne Nummer«, sagte sie schließlich, und ich konnte hören, dass sie dabei schmunzelte. Ich fand das gar nicht witzig. Also schwieg ich. Obwohl ich es irgendwie auch schön fand, dass sie bei mir war.

»Musst du immer gleich etwas durch die Gegend schmeißen?«, hakte sie nach und zog dabei an einer meiner Locken. Wütend drehte ich mich zu ihr um und setzte mich auf.

»Wenn die mir Damos wegnehmen, dann – dann …« Ich wusste nicht, was dann wäre. Ich konnte mir das nicht einmal vorstellen. Damos und ich, wir gehören einfach zusammen. Das dürfen sie nicht tun. Wir sind ein Team.

»Ach Tom, sie werden dir schon nicht verbieten, zu Damos zu gehen«, sagte Lissi. Das tröstete mich etwas. Lissi würde mich nicht anlügen. Das weiß ich. »Und Mama hat ja auch nicht gesagt, dass sie ihn dir wegnehmen will. Sondern nur vielleicht jemand anderen finden, der ihn reitet.«

»Nein. Nein! Ich will nicht, dass sich jemand anderes auf Damos setzt. ICH will ihn reiten!«, rief ich und merkte, dass ich den Gedanken wirklich ganz grässlich fand. Jemand anderes auf Damos. Am Ende eins von diesen kichernden Mädels aus dem Voltigieren, die ihm immer Möhren bringen. Die warten ja nur auf so eine Gelegenheit. Niemals.

»Ich reite ihn doch auch manchmal«, sagte Lissi und grinste mich an.

»Ja, du. Das ist etwas anderes. Du darfst ihn reiten. Aber sonst niemand.«

Ich verschränkte die Arme und schaute auf den Boden. Es war verdammt schwer, nicht zu lächeln, wenn Lissi neben mir saß.

Aber was mich wirklich beschäftigte: Mamas Bemerkung war die eine Sache. Aber was Papa da abgezogen hatte, konnte ich nicht vergessen. Musste er denn gleich so ausrasten? War er etwa auf Mamas Seite – und das, obwohl er früher selbst Pferde gehabt hatte und weiß, wie sehr ich an Damos hänge?

Als hätte Lissi meine Gedanken erraten, wurde sie plötzlich ernst.

»Und, Tom, wegen Papa – der wollte dich bestimmt nicht so sehr anschreien. Aber …« Sie brach ab und schaute mich aufmerksam an.

»Was?«, fragte ich und schob vorsichtig meine Reithose hoch. Mein Knie blutete. Es brannte wie Feuer und die Hose klebte schon ein wenig an der Wunde fest. Autsch. Lissi wurde noch ernster.

»Doch, ich denke, ich kann es dir sagen«, murmelte sie nach einigem Nachdenken leise. »Er musste heute einem seiner Patienten sagen, dass er nicht mehr viel Zeit hat.«

»Wie, nicht viel Zeit?«, fragte ich und vergaß kurzzeitig Damos und mein Knie. Lissi blickte mich nur stumm an und nickte, und ich kapierte langsam, was sie meinte. Manchmal muss Papa Menschen sagen, dass sie sterben werden. Und an diesen Tagen ist er still und traurig. Oder still und zornig. Und wenn ihm dann jemand querkommt, explodiert er.

»Aber warum haben sie mich dann hochgeschickt? Wenn sie das doch gar nicht so gemeint haben mit Damos?«

»Ach Tom, die sind ein Ehepaar, da ist das eben so.« Ich hörte auf, trotzig zu sein. Es hat außerdem niemals Sinn, mit Lissi rumzuzanken. Und sie kennt Mama ja schon einige Jahre länger als ich. Wenn sie sagt, dass Mama mir Damos nicht wegnimmt, muss ich ihr das einfach glauben. Und ich wollte es so sehr glauben.

Lissi hat dann noch mein Knie untersucht und mir ein Pflaster aufgeklebt, obwohl ich Pflaster hasse wie die Pest. Aber sie meinte, ich würde sonst das ganze Bettzeug versauen. Ich war auf einmal hundemüde, aber noch ziemlich hungrig. Jetzt bereute ich es, vom Tisch abgehauen zu sein. Lissi holte mir heimlich ein Glas Kakao und Kekse aus der Küche. Immer wenn ich reiten war, könnte ich einen kompletten Kuchen verdrücken. Auf einen Schlag.

Danach bin ich ziemlich schnell eingeschlafen, mit Damos' Pferdegeruch in der Nase, aber Musik hatte ich nicht mehr gelernt.

Der Test hatte überhaupt nicht geklappt. Zu Hause hatte ich nichts davon erzählt. Wenn ich nur in Musik eine Vier im Zeugnis bekommen würde, wäre das nicht so schlimm. Aber in Mathe bin ich noch viel schlechter.

Na ja, jetzt kriegen wir erst mal den Test raus. Hilft alles nichts. Der Klanke reißt bestimmt wieder blöde Bemerkungen über die Noten. Ich finde, er riecht immer nach Gemüsesuppe. Nach Sellerie. So nennen ihn die meisten. Sellerie. Er sieht auch aus wie Sellerie, so fahl und struppig.

Und wie er die Tests zurückgibt! Er ruft jeden Einzelnen auf und dann muss man vor der ganzen Klasse zu ihm nach vorne zum Pult kommen und sich den Test abholen. Jetzt müsste ich eigentlich drankommen.

»Thomas Birkmeier bitte!« Ich hab's ja gewusst. Ich gehe langsam nach vorne. Er schaut mich missbilligend an, und ich habe das Gefühl, ich stehe in einer Suppenküche. Ich halte die Luft an, damit ich seinen Atem nicht riechen muss.

Wenn da nun wirklich eine Suppe stünde, wäre das ja okay, aber da sitzt ein Mensch.

»Ich habe nichts anderes erwartet«, sagt er betont locker. »Nimm dir ein Beispiel an deiner Schwester Lissi! Man sollte nicht meinen, dass du ihr Bruder bist!«

Langsam kriege ich keine Luft mehr und beginne, nervös mit dem Fuß zu wippen. Umständlich legt er mir den Test hin. Es ist keine Vier, keine Fünf, keine Sechs, aber eine Vier-bis-Fünf.

»Der kann mich mal kreuzweise«, flüstere ich Toni zu, als ich wieder an meinem Platz bin. Er nickt mitleidig, starrt aber aufgeregt nach vorne. Er hat seinen Text schließlich noch nicht bekommen. »Du hast das Thema der Liebe nicht begriffen«, entziffere ich Klankes schmierige Schrift, indem ich seine Worte halblaut vor mich hin lese. Toni kichert. Was gibt's denn da zu begreifen? Schräg vor uns flüstert Tanja Barbara etwas zu. Tanja, die Einzige, die mich damals nicht zum Klassensprecher gewählt hat. Die immer Einsen schreibt, fast in jedem Fach. Was hat sie denn jetzt zu flüstern? Es kann ihr doch egal sein, was ich für Noten schreibe und warum. Das geht sie gar nichts an.

Jetzt fällt mir ein, dass morgen auch noch eine Mathearbeit ansteht. Ich will gar nicht daran denken. Früher war ich mal richtig gut in der Schule. Ich weiß nicht, wie ich das damals gemacht habe. Es ging eigentlich von alleine. Ich hab nicht viel dafür getan. Aber da hatte ich auch Damos noch nicht.

Was verdammt ist hier der Hauptnenner? Diese Mathearbeit ist eine Katastrophe. Entweder sind die Aufgaben verteufelt schwer, oder ich hab viel zu wenig gelernt. Gestern habe ich beim Reiten wieder die Zeit vergessen. Ich hatte meine Uhr nicht an, aber ich war mir sicher, dass ich rechtzeitig zurückkommen würde. Aber so war es nicht. Als ich zu Hause eintrudelte, war zum Glück niemand da. Ich habe dann noch schnell ein paar Übungsaufgaben gemacht – allerdings mithilfe von Lissis Taschenrechner.

Und jetzt sitze ich hier und kann keine einzige Aufgabe. Blackout. Ich weiß fast nichts mehr. Habe ich es jemals gewusst? Dabei kann ich doch Frau Schilfer, unsere Mathelehrerin, gut leiden. Ich will nicht, dass sie sauer reagiert, ehrlich. Wenn ich sie hassen würde, wäre das alles, glaube ich, nicht so schlimm. Beim Klanke ist mir eine Vier egal. Bei ihr nicht. Es klingelt. Jetzt schon?!

»So, abgeben! Tom, du auch.«

Ich habe zwar bei der Hälfte der Aufgaben was hingeschrieben, aber ob das richtig ist? Eine Lösung kam nirgends raus. Wenigstens habe ich ein bisschen was gerechnet. Vielleicht wird's trotzdem noch eine Drei. Kann ja sein.

»Ihr bekommt die Arbeit wahrscheinlich morgen schon zurück – ich beeile mich, versprochen!«

O nein, nicht morgen. Da ist doch der Ausritt mit der Reitschulgruppe geplant und abends wollten wir gemeinsam neben dem Reitplatz grillen. Wenn ich eine schlechte Note habe, darf ich bestimmt nicht mit.

Der letzte Ausritt war richtig cool. Wir sind ohne Ziel einfach querfeldein Richtung Berge geritten und abends stand Nebel über den Feldern. Die Bergspitzen glühten rosa, als wir mitten auf einer Wiese anhielten und still auf den Horizont blickten. Niemand wollte etwas sagen, nicht mal ich.

Ich glaube, ohne die Berge könnte ich nicht leben. Wir sind so weit geritten, dass ich Lindau gar nicht mehr sehen konnte. Und nie werde ich vergessen, wie wir im Jagdgalopp durch die Dämmerung zurückgeprescht sind. Ich hätte schreien können. Da fühlt man sich so frei und leicht, frei wie ein Vogel. Aber das ist ein Junge mit 14 Jahren leider nicht.

Jetzt kriegen wir tatsächlich heute schon die Arbeit zurück. So was Blödes. Ich habe richtig Schiss. Hoffentlich ist es keine Fünf. Eine Fünf ist blamabel. Sagt Papa. Eine Vier würde man immer schaffen, meint er. Er freut sich nicht über eine Vier, aber er macht auch keinen Ärger deshalb. Eine Fünf ist »indiskutabel«. Dazu wäre ich zu schlau. Aber er weiß ja nicht, wie Schule heute so ist. Ach verdammt, ich hab auch wirklich nichts gelernt.

Frau Schilfer schreibt den Notenspiegel an die Tafel. Ich versuche, nicht hinzusehen. Zum Glück macht sie das alles nicht so öffentlich wie der Klanke. Sie gibt jedem die Arbeit einzeln zurück und sagt ein paar Worte dazu – immer leise, vor allem dann, wenn das Ergebnis nicht so toll ist. Das hört dann nur der Banknachbar.

Nun ist sie in der Reihe vor uns. »Ausgezeichnet, Tanja«, strahlt sie. »Nicht ein einziger Fehler.« Toni schnaubt durch die Nase, und auch ein paar andere Klassenkameraden mustern Tanja, die ihre Arbeit schnell in den Ranzen steckt, als könne sie jemand klauen. Warum lächelt sie nicht einmal? Ich kann das nicht verstehen. Das ist ungerecht. Die kriegt gute Noten und tut so, als wäre das eine Nebensache. Warum sind dann im Gegenzug schlechte Noten immer so eine Tragödie? Aber Tanja hat ja keine Ahnung, wie das ist. Sie ist sogar im Sport gut. Normalerweise würde ich jetzt irgendeine Bemerkung machen, doch mir fällt nichts ein. Meine Hände kleben vor Schweiß und mir ist ganz flau im Magen.

Frau Schilfer kommt auf mich zu und ich traue mich nicht, ihr ins Gesicht zu sehen. Ich hab das Gefühl, alle starren mich an. Tun sie das wirklich?

»Thomas, du musst unbedingt mehr lernen«, höre ich Frau Schilfers besorgte Stimme und versuche, locker zu grinsen. Aber es gelingt mir nicht. »Vielleicht probierst du es mal mit Nachhilfeunterricht. Junge, tu was! Das kann so nicht weitergehen.«

Nun blicke ich doch nach oben. Sie guckt mich so komisch an. Was ist denn los? Ich will es wissen! Bitte. Sie legt mir die Arbeit hin. Ich schau drauf. Mir wird ganz schwindlig und in meinen Ohren und Schläfen pulsiert das Blut. Alles dreht sich. Aber in mir ist es ganz leer. Ich fühle mich richtig dumm. Es ist eine glatte Sechs.

Ich starre auf das Blatt, sehen tu ich aber nichts mehr. Wenn eine Fünf indiskutabel ist, was ist dann eine Sechs? Und was bedeutet das für Damos?

Toni legt mir seine Hand auf die Schulter. Unwillig schüttle ich sie ab.

»Mensch, Tom, das ist doch nicht so schlimm. He, du bist ja weiß wie die Wand! Komm, wir haben jetzt Sport, da vergisst du den ganzen Stuss! Es hat schon geklingelt.«

Habe ich nicht mitgekriegt. Ich stecke die Arbeit in den Rucksack, als wäre es nicht meine, und habe das Gefühl, dringend meine Hände waschen zu müssen. Mensch, eine Sechs. Meine erste. Und das noch in einem Hauptfach. O Gott, was wird Mama sagen? Und was wird mit Damos ...?

Ich laufe träge über den Sportplatz zur Umkleidekabine, wie in Trance. Ständig schlägt mir die Tasche gegen die Beine, und ich muss aufpassen, dass ich nicht stolpere. Toni redet die ganze Zeit beruhigend auf mich ein, aber ich verstehe nicht, was er sagt. Ich sehe immer nur die Note vor mir und dann Damos. Eine Sechs. Das darf einfach nicht sein. Das kann ich nie zu Hause erzählen. Ich muss das irgendwie rückgängig machen.

Ich ziehe mich um und gehe mit weichen Knien auf die rote Aschenbahn. Laufen. Ich muss laufen. Obwohl ich immer noch nicht klar denken kann und alles vor meinen Augen zu wackeln und zu tanzen scheint, fange ich sofort an zu rennen, als unser Lehrer das Signal zum Warmlaufen gibt. Ich überhole die anderen und positioniere mich ganz vorne. Laufen ist etwas, das ich wirklich kann. Reiten zählt ja in der Schule nicht. Das interessiert hier niemanden.

Aber jetzt kann ich etwas wettmachen. Vielleicht vergessen die anderen dann, dass ihr Klassensprecher 'ne Sechs in Mathe geschrieben hat. Vielleicht vergesse ich es sogar selbst. Mir ist schwindlig und mein Herz klopft so sehr, dass es beinahe wehtut in der Brust. Jeder Schritt hallt in meinem Kopf nach.

Aber wenn ich laufe, muss ich nicht nachdenken.

»Tom, Achtung, halt mal an«, höre ich meinen Lehrer rufen.

Nein. Ich halte jetzt nicht an. Ganz bestimmt nicht. Ich bin vorne, ich hab alle abgehängt. Ich möchte noch ein bisschen hierbleiben. Ich laufe schneller, obwohl mein Atmen zum Keuchen wird. Nur nicht stehen bleiben.

»Tom! Stopp!«

Dann ist auf einmal alles schwarz.

SCHULKRANK

Mir ist so heiß. Wo bin ich denn? Zu Hause? Ich habe die Augen geschlossen, es scheinen Gewichte auf meine Lider zu drücken. Mein Kopf dröhnt. Zum Kotzen schlecht ist mir auch. Nur mit Mühe öffne ich die Augen.

Erkennen kann ich kaum etwas. Alles verläuft ineinander. Doch, da, da ist eine Frau, in Weiß, eine – eine Krankenschwester? Kann das sein? Das Zimmer, das ist nicht bei uns zu Hause. Nein. Das ist fremd. Die Decke ist so hoch und der Geruch beißt in meiner Nase. Da ist niemand, den ich kenne. Hinter mir tickt und surrt etwas. Wo sind Mama, Papa und Lissi?

»Er ist wieder bei Bewusstsein«, höre ich eine Stimme. Da sind noch mehr Stimmen und Gestalten, ich kann ihre Gesichter nicht erkennen. Alles ist verschwommen und wackelt. Etwas brennt und pocht auf meiner Stirn, es tut so weh.

Eine der weißen Gestalten beugt sich über mich und lächelt mich an. Kurz wird ihr Gesicht klar. Ich kenne sie nicht.

»Was ist? Wo bin ich?« Mein Mund ist trocken und ich bekomme die Lippen nicht richtig auseinander.

»Du hast eine Platzwunde und eine Gehirnerschütterung. Du bist beim Sport gestürzt. Du musst jetzt erst mal im Krankenhaus bleiben. Wahrscheinlich kannst du dich an nichts mehr erinnern. Das ist normal, keine Angst«, sagt sie leise.

Ich denke krampfhaft nach. Heute Morgen, da war ich doch noch in der Schule, und dann – die Sechs! Die Sechs in Mathe! Ich erschrecke furchtbar. Wissen es meine Eltern vielleicht noch gar nicht? Oder doch? Und wie bin ich hierhergekommen?

Ich will mich aufrichten, doch die Gestalten drücken mich sofort zurück ins Kissen. Ich kann mich nicht dagegen wehren. »Sch… scht.« Ich fühle mich so schwach, das Blut in meinen Schläfen rauscht und tut mir weh dabei. Ich kann nichts mehr sehen, höre aber wieder die Stimme der Krankenschwester.

»Gleich kommen deine Eltern. Wenn etwas ist, dann drück auf den Knopf neben deinem Bett. Wir schauen immer wieder nach dir.« Mir wird schwarz vor den Augen.

Nun ist Lissi da. Auch sie sieht verschwommen aus, wie Mama und Papa vorhin, aber ich erkenne ihre blauen Augen und ihr Wallehaar.

»Hallo«, sage ich ganz leise.

»Da hast du ja wieder was angestellt.« Sie traut sich kaum, laut zu sprechen. Mir tut auch wirklich jedes Wort weh. »Du hast mir richtig Angst eingejagt«, flüstert sie.

»Ich hätte einfach mehr lernen sollen, ich weiß auch nicht, es tut mir …«

»Hey Tom, doch nicht wegen der Schule, sondern wegen deinem Kopf, du Dummerchen.«

Aus der Infusion tropft es lautlos in meinen blassen Unterarm.

»Ich dachte, ich hätte dir beigebracht, wie man Schuhe bindet.«

Ich versuche zu lächeln. Ich kann mich nicht daran erinnern, wie ich gestürzt bin. Auch nicht daran, wie man mich abgeholt hat. »Tom! Stopp!«, hat mein Lehrer gerufen, das weiß ich noch. Und ich wollte nicht auf ihn hören. Ansonsten ist da nur ein großes schwarzes Loch.

Dann fällt mir doch etwas ein. Lissis Gesicht. Mit aller Gewalt versuche ich mich zu konzentrieren. Doch, da war Lissi, und sie hat fast geweint und meinen Sportlehrer angeschrien. Irgendjemand muss sie geholt haben. Schließlich weiß jeder, dass wir Geschwister sind. Wann kommt denn endlich der Krankenwagen, hat sie gerufen. Und mein Kopf ruhte in ihrem Schoß.

Dann hab ich neben mich geschaut, und da lag Toni auf dem Boden, mit einem nassen Tuch auf seinem Gesicht. Ganz blass und bleich. Ich wollte etwas zu ihm sagen, aber das ging nicht, so sehr ich es auch versuchte. Ich wollte ihn trösten.

Ich wusste nur: Wenn Lissi da ist, wird alles gut. Ich hab an meine Stirn gefasst, weil da etwas Warmes runterlief, in meine Haare, und meine ganze Hand war voller Blut. Ab da weiß ich wieder nichts mehr. Gar nichts.

Ich möchte hier nicht bleiben. Das geht nicht. Ich hab

doch mein Pferd und heute ist der Ausritt. Damos wartet auf mich.

»Du, Lissi!«, sage ich mühsam. »Du, bitte kümmere dich um Damos!«

»Natürlich mache ich das. Ich gehe gleich nachher in den Stall«, sagt sie leise und lächelt.

»Und reite ihn immer lang genug aus, aber nimm den normalen Sattel, nicht den Turniersattel. Und gib ihm ab und zu eine Möhre. Aber nicht direkt nach dem Reiten. Erst später.« Ich hab das Gefühl, mir wird schlecht.

»Tom, nicht so viel reden. Wir machen das schon. Schlaf jetzt. Okay?« Schlafen. Ich will ihr sagen, dass sie ihn mir nicht wegnehmen dürfen, aber das Reden ist so anstrengend, und mir wird übel dabei. Mir fallen die Augen zu.

Sie streicht mir vorsichtig durch meine verschwitzten Locken. Schlafen …

Ich weiß nicht, wie viel Zeit vergangen ist. Ich habe irrsinnige Kopfschmerzen und mir ist abwechselnd eiskalt und dann wieder so heiß, dass ich denke, ich halte es nicht aus. Meine Hände und Backen glühen. Ich hab Fieber. Und das hat selbst Papa nicht gefallen. Eigentlich hat man kein so hohes Fieber, wenn man auf den Kopf gefallen ist, meinte er. Jetzt rätseln sie, warum das so ist.

Und sie haben mich an den Tropf gehängt. Ich will nichts essen und ich will auch nichts trinken. Mir ist immer noch schlecht.

Richtig schlafen kann ich auch nicht, und wenn, dann

träume ich wirres Zeug. Manchmal sitze ich im Traum auf dem Pferd, aber meine Knochen brennen und schmerzen so, dass jeder Schritt eine Qual ist.

Wenn ich aus diesen Träumen aufwache, wäscht mich eine Schwester und wechselt das verschwitzte Bettzeug, und ich wünsche mir, sie wäre endlich fertig und ich könnte mich wieder hinlegen. Manchmal ist auch Lissi da und kümmert sich um mich, aber ich sehe sie wie durch einen Nebel. Ich möchte ihr so viel sagen, doch meistens kann ich die Worte nur denken, nicht aussprechen.

Jetzt höre ich Schritte, jemand kommt ins Zimmer. Ich kann nichts richtig erkennen. Wer ist das? Und dann dieses Brummen im Kopf. Sie messen Fieber, glaube ich. Ich weiß es nicht genau. Aber wer ist das neben meinem Bett?

»Das Fieber ist noch recht hoch. Aber es gibt keine Anzeichen für eine Infektion. Das wird schon wieder«, sagt jemand. Die Stimme entfernt sich und hallt in meinem Kopf weiter. »Wird schon schon schon wieder wieder wieder ...«

Ich brauche etwas Kaltes auf dem Kopf, etwas Eiskaltes. Ich ertrage diese Hitze nicht mehr. Ein riesengroßes Gesicht beugt sich über mich, wackelt hin und her und starrt mich an. Diese Augen, wem gehören diese Augen, ich kenne sie doch, aber ich weiß es nicht, es fällt mir nicht ein.

Ist das Mama? Sie werden immer größer, verschlingen mich. Und ich falle ... immer tiefer und tiefer ...

Drei Freunde und ein Plan

Ich öffne die Augen. Ich habe das Gefühl, Wochen geschlafen zu haben. Heiß ist mir nicht mehr und ich kann endlich alles ohne Mühe erkennen. Das Christuskreuz an der Wand und die Punkte auf den Vorhängen. Der Baum vor dem Fenster hat lila Blüten und die Vorhänge blähen sich im Wind. Ich muss blinzeln, weil die Sonne auf mein Gesicht fällt.

Als ich mich nach links drehe, zucke ich vor Schreck zusammen. Da liegen ja noch zwei Jungs!

»Na, wieder von den Toten auferstanden?«, fragt mich der eine belustigt. Der andere pennt.

»Na ja, wie man's nimmt«, sage ich verlegen. »Sag mal, wart ihr schon die ganze Zeit hier?«

»Du bist vorgestern zu uns gelegt worden. Vorher haben sie dich in einem Einzelzimmer beobachtet. Aber du warst die ganze Zeit so daneben, dass du nichts bemerkt hast. Wir dich aber schon, glaub mir.« Er grinst immer noch. »Also, ich bin Freddie, eigentlich Frederik.« Er deutet auf sein eingegipstes Bein. »Meniskusoperation. Wie du heißt, wissen wir schon. Und der Penner da drüben ist Filippo. Italiener. Ein Blinddarm weniger in Westeuropa. Er leidet Höllenqualen – angeblich.«

»Aha. Und wie lange bin ich schon hier?«

»Drei Tage, glaube ich.«

O wei. Drei Tage und nichts mitbekommen. Das ist schon fast peinlich. Ich weiß nichts mehr.

Ich schaue mir Freddie genauer an. Groß, schlank, rotblonder Bürstenhaarschnitt und übersät mit Sommersprossen. Da werden meine neidisch. Filippo ist klein und kräftig und hat feste schwarze Locken. Mehr als seine Wade und sein dunkler Schopf sind momentan auch nicht zu sehen.

Plötzlich stellt sich ein heftiges Gefühl in meinem Bauch ein – Hunger. Und wie. Aber ich hänge immer noch am Tropf. Am liebsten würde ich mir das Ding rausreißen. Langsam werde ich wieder müde, trotz Magenknurren. Ich glaube, ich schlafe noch eine Runde. Mir fallen die Augen zu.

Eben gab's Abendessen. Mit Tropf im Arm, aber morgen kommt er weg. Haben sie versprochen. Noch lieber aber wäre es mir, sie würden diese hässlichen rosa Stützstrümpfe wegmachen, die ich tragen muss. Das ist ja eine Zumutung, die Dinger. Ich bin vor Schreck fast umgefallen, als ich vorhin aufs Klo gegangen bin und sie an meinen Beinen entdeckt habe (wie bin ich eigentlich vorher aufs Klo gegangen? Ich glaube nicht, dass ich das wissen möchte). Aber Filippo trägt sie auch und meinte: »Da musst du durch, Bruder.«

Ihm ist nur wichtig, dass er seine Beine unter der Decke hat, wenn Lissi zu Besuch kommt. Denn die beiden haben sich in meine Schwester verschossen. Beide finden, dass sie so gut aussieht. Okay, das stimmt, ist ja auch meine Schwester. Sie sieht aus wie ein Engel, finde ich. Sie wäre natürlich lieber größer und schlanker und weiß der Henker was. Aber Lissi ist ein Rauscheengel.

Ich hab den beiden nicht gesagt, dass Lissi einen festen Freund hat. Es ist doch wirklich verrückt: Filippo ist so alt wie ich und Freddie gerade mal 16. Da verlieben die sich in eine 18-Jährige.

Manchmal würde es mich schon interessieren, wie sich das so anfühlt. Verliebt zu sein. Würde ich mich dann auch so albern verhalten?

Ich und verliebt? Kann ich mir nicht vorstellen. Und laut Klanke ist das ja nicht mein Thema. Klanke, Schule, die Mathearbeit – ob meine Eltern noch sauer auf mich sind?

Filippo reißt mich aus meinen Gedanken. »Warst du mal in Italien? Hm?« Wir waren bisher nur in Spanien und Frankreich, aber dieses Jahr soll's nach Sizilien gehen. Ich erzähle es ihm. Er ist begeistert. Während Freddie draußen auf dem Gang Krückenlauftraining macht, berichtet mir Fil schwärmerisch von seiner Heimat. Scheint ja bombig dort zu sein. Vom Eis bis hin zu den Mädchen.

Freddie kommt hereingehumpelt, begrüßt Fil mit einem freundlichen »Na, palaverst du wieder?« und verschwindet ins Bad, um danach mit einem Spiegel zwischen den Zähnen wieder herauszuhüpfen. »Hast du dich eigentlich schon mal richtig angeschaut, Tom? Ich meine, dein Gesicht?« Nein, hab ich nicht. Als ich aufs Klo gegangen bin, wurde mir wieder ein bisschen schwindlig. Da hatte ich anderes im Sinn, als mein Aussehen zu begutachten. Ich schüttle den Kopf.

Freddie reicht mir schmunzelnd den Spiegel. »Hier. Interessiert dich bestimmt.«

Ich kriege einen ordentlichen Schreck, während Freddie ununterbrochen in sich hineingrinst. Meine Sommersprossen sind verblasst oder haben sich aufgelöst, meine Haut ist wie aus Wachs. Bleich und ungesund.

An der Stirn prangt eine mit mehreren Stichen genähte Wunde. Dunkel verkrustetes Blut klebt an den Fäden. Um die Naht herum schillert die Haut in den verschiedensten Blau- und Grüntönen. Aber weh tut die Verletzung eigentlich kaum mehr.

Ich lege den Spiegel schnell auf den Nachttisch. Ich sehe ja aus wie ein Gespenst.

Eben hat die Kirchturmuhr zehn geschlagen. Filippo schnarcht und Freddie ist gerade sein Buch aus der Hand gefallen. Ich schleiche rüber, hebe das Buch auf und knipse seine Nachttischlampe aus. Ich selbst darf noch nicht lesen. Strengt mich zu sehr an.

Vorhin hat Freddie von Zuhause erzählt. Seine Eltern sind geschieden, und er lebt bei seinem Papa, nicht bei seiner Mutter. »Ist besser so«, sagte er. Warum es besser ist, das habe ich mich nicht getraut zu fragen. Klang übel. Freddie ist schon so erwachsen. Er liest ganze Stapel von Büchern, von morgens bis abends. Er tut mir irgendwie ein bisschen leid, aber ich bewundere ihn auch.

Sein Vater wäre kaum zu Hause, sagte er. Einer müsse ja das Geld verdienen. Aber wenn er mal da wäre, dann würde er sich auch Zeit für ihn nehmen. So richtig. Dann würden sie schwimmen gehen oder zusammen zelten.

Meine Eltern waren heute drei Mal hier. Das war mir schon fast peinlich. Mama hat mir Himbeeren mitgebracht. Himbeeren um diese Jahreszeit! Sie muss sie bei ihrem Delikatessen-Fritzen gekauft haben. Ich liebe Himbeeren, vielleicht werde ich schneller gesund, wenn ich sie esse.

Dann kam Toni dazu und hat viele uninteressante Geschichten von der Schule erzählt. Aber ich war froh, ihn hier zu haben, obwohl er furchtbar zappelig war und dauernd sagte, er könne diese Krankenhausluft nicht riechen. Ich muss darin schlafen! Zwischendurch hat er immer wieder ängstlich auf meine Naht gestarrt, als könnte sie plötzlich aufplatzen und ein Alien herausspringen. Ich glaube, er war froh, als er wieder verschwinden konnte.

Lissi hat mir inzwischen verraten, dass Toni nach meinem Unfall ebenfalls kurz ohnmächtig geworden ist, weil mein ganzes Gesicht voller Blut war. Mein Sportlehrer muss fast die Nerven verloren haben. Angeblich war es Tanja, die Toni einen nassen Waschlappen aufs Gesicht geklatscht hat und meinen Sportlehrer anherrschte, er solle sich gefälligst zusammenreißen. Das kann ich gar nicht glauben. Jedenfalls muss alles sehr chaotisch gewesen sein. Lissi meinte, die ganze Schule habe sich darüber unterhalten. Und Frau Schilfer sei zwei Tage umhergelaufen, als habe sie jemanden umgebracht. Völlig zerknirscht. Das tut mir fast schon wieder leid.

Ich bin müde, finde aber keine Ruhe. Filippos Schnarchen

wird immer dramatischer. Manchmal klingt es, als würde er gleich ersticken, dann kommt ein lautes Gurgeln und es geht wieder von vorne los.

Ich stehe auf und gehe ans Fenster. Eine schöne Mainacht ist heute. Ab und zu zwitschert verschlafen ein Vogel und der Wind rauscht sanft in den Bäumen.

Wenn ich jetzt zu Hause wäre, würde ich wahrscheinlich entweder bei Lissi im Zimmer hocken oder Musik hören. Coldplay. Oder Linkin Park. Sicherlich Linkin Park. Das würde mir Energie geben. Und heute Mittag wäre ich auf Damos durch die Wälder geprescht.

Habe ich etwa Heimweh? Ich glaube schon.

Ich schließe das Fenster bis auf einen schmalen Spalt, drehe Filippo auf die andere Seite, lege mich hin und warte aufs Einschlafen.

Es ist nicht zum Aushalten. Ich darf nicht lesen, nicht Musik hören, nicht fernsehen, einfach gar nichts. Das mit dem Fernsehen, das ist ja nicht so schlimm, aber ich sehne mich so nach Musik oder einem Buch! Freddie verschlingt Bücher und Lesezeichen auf einmal. Wirklich! Er knabbert beim Lesen an diesen Dingern rum, bis sie ganz schlabberig sind. Dann bastelt er sich neue, aus der Mittagessenskarte oder einer Serviette. Das sind die Minuten, in denen er ansprechbar ist.

Aber wenn er liest, ist er weg. Keine Chance.

Fil kann mich noch einigermaßen unterhalten. Na ja. Er versucht, mir italienische Vokabeln beizubringen. Wie in der

Schule. Fil ist wirklich etwas anstrengend. Das haben auch die Schwestern schon gemerkt und kommen nur noch rein, wenn sie müssen.

Und dann lassen wir diese peinlichen Fragen über uns ergehen. Ob wir auf dem Klo waren oder nicht. Und wie. Und so weiter. »Das wollen Sie nicht wirklich wissen«, sagte Freddie einmal und wir fingen an zu lachen.

Ich höre die Tür quietschen und drehe mich um. Ein Sandalenfuß und ein Kettchen um den Knöchel ... »Lissi!«, rufe ich erfreut.

»Hallo Schatzi«, sagt sie, und ich freue mich schon nicht mehr so. Ich hasse das. Ich bin nicht ihr Schatzi.

Ich werfe einen kurzen Blick auf meine Zimmergenossen: Freddie verkriecht sich hinter seinem Buch und Filippo stellt sich schlafend.

»Na, dir scheint's ja wieder besser zu gehen.« Sie lehnt sich ans Fußende von meinem Bett und schmeißt mir eine Tafel Schokolade rüber.

»Hier. Deine Lieblingssorte.« Sie verzieht das Gesicht. »Mint. Eine Schande, dafür Geld auszugeben.« Begeistert reiße ich die Hülle auf und stecke mir gleich vier Stücke auf einmal in den Mund. Schnaufend kaue ich. Ich liebe es, wenn sich die kühle Minzfüllung auf meine Zunge schmiegt. Es gibt nichts Besseres.

Lissie seufzt, setzt sich auf den Besucherstuhl und streckt die Beine aus.

»Ich laufe mir heute Abend wieder die Füße platt«, sagt sie. »Und ich hab gar keine Lust.« So locker sie auch redet, sie sieht immer lieb dabei aus. Füße platt laufen – dann kellnert sie heute Abend wohl wieder in der Eisdiele. Sie will unbedingt mit Chris in den Urlaub fahren und da ist Papa streng. Sachen, die er nicht gut findet, muss man sich erarbeiten. Da gibt's dann keinen Zuschuss. Deshalb hatte ich mit Damos so viel Glück.

Aber jetzt, wo ich die ersten Bissen hinuntergeschluckt habe, macht mich die Schokolade stutzig. Normalerweise schenkt mir Lissi nichts. Außerdem hab ich mehrere Schachteln Kekse und Pralinen von irgendwelchen Bekannten meiner Eltern auf dem Nachttisch stehen. Jetzt schaut sie auch noch so mitleidig.

»Du, Tom«, beginnt sie zögernd.

»Ja?«

»Also, wegen Mathe und so – Mama hat gesagt ...«

Mama? Mathe? Ich hänge an ihren Lippen. Will Mama Damos jetzt doch abgeben? Vielleicht sogar verkaufen? Das kann doch nicht sein! Das darf nicht sein! Schlagartig schmeckt mir die Schokolade nicht mehr.

»Na ja, du sollst Nachhilfe bekommen.«

Mir fällt ein Stein vom Herzen.

»Solange es nur das ist«, sage ich erleichtert. »Das hab ich doch sowieso schon geahnt.«

»Dann ist ja gut. Tanja macht das sicher klasse.«

»Was? Wer?« Ich setze mich kerzengerade auf und vergesse meinen Kopf. Die meinen doch nicht etwa ...

»Tanja, die aus deiner Klasse. Sie soll ein echter Mathe-Crack sein.«

»Tanja? Sag mal, seid ihr denn bescheuert? Bei der blöden Gans? Meinst du denn, ich lasse mir von der Mathe beibringen, von dieser Streber-Kuh?«

»Tom! Jetzt …«

»Nein!!! Nein. Da bleibe ich lieber sitzen. Das …«

»Thomas!« Lissi steht auf und macht wieder eine ihrer typischen Armbewegungen, die sie immer dann macht, wenn ihr was nicht passt. Wie ein Engel, der nicht abheben kann. Sie ist sauer.

»Jetzt mach aber mal einen Punkt, ja? Du steigerst dich da nur rein! Die ist doch in Ordnung. Sie hat auch anderen schon prima geholfen. Und ihr könnt euch gemeinsam auf die nächste Arbeit vorbereiten.«

»In Ordnung!? Also, wenn ich jemanden bei uns aus der Klasse nicht leiden kann, dann die! Ich dachte, das wisst ihr!«

Lissi schüttelt ungläubig den Kopf. Hörte mir denn niemand zu? Jeder weiß, dass ich Tanja nicht leiden kann.

»Es ist aber schon ausgemacht, Mama will es so. Wirklich, Tom, wir haben uns genug um dich gesorgt, mach kein Drama draus, du kannst da nicht mehr Nein sagen. Und ich gehe jetzt. Ich muss in die Eisdiele. Ciao.«

Sie steht tatsächlich auf und geht raus. Einfach so. Nach nur drei Minuten. Und ich kenne sie, die kommt nicht wieder. Manchmal ist sie so entsetzlich erwachsen.

Filippo ist auf einmal hellwach und schaut mit aufgerissenen Augen an die Decke. Sein Mund formt ein stilles »Wow«. Anscheinend mögen Italiener wütende Frauen.

Am liebsten hätte ich Lissi den Stinkefinger gezeigt, aber ich konnte mich gerade noch beherrschen.

Aha. Ausgemacht. Ohne mich. Das ist ja klasse. Die hätten mich ruhig mal fragen können. Aber Mama fragt nie bei so was.

Und Lissi war echt gemein zu mir, hat mich angefahren, das macht sie doch sonst nicht. Das alles auch noch vor Freddie und Fil. Totale Blamage.

Nachhilfe, nein, nicht bei Tanja. Sie ist so – ich weiß auch nicht, irgendwas stimmt mit der doch nicht. Schreibt nur gute Noten und freut sich nicht drüber. Wahrscheinlich freut sie sich heimlich umso mehr und triumphiert über die, die versagt haben.

Und als es um mein Klassensprecheramt damals ging, hat sie sich enthalten. Jeder hat sie angestarrt bei der Abstimmung, aber das war ihr egal. Gut, ich hab sie manchmal aufgezogen mit den anderen, wegen ihrer seltsamen Klamotten, früher, und dieser Streberei, und weil sie nie irgendwo dabei ist, bei keinem Grillfest und keiner Klassenfahrt, aber allein das ist es nicht. Ich fühle mich einfach nicht wohl, wenn sie in der Nähe ist. Am liebsten wäre es mir, sie würde auf eine andere Schule gehen. Ich finde, sie stört, egal, was sie macht und tut.

Ich will mir von ihr nicht helfen lassen, das weiß ich ganz tief drinnen. Von jedem anderen, ja, meinetwegen vom Klanke persönlich, meinetwegen von fünf Mädels auf einmal, aber nicht von Tanja.

Doch ich weiß schon, was ich tun werde. Ich werde bocken und auf stur stellen und einfach alles verweigern, dann hat Tanja irgendwann keinen Nerv mehr. Die wird nicht mit mir fertig. Das schwöre ich.

Das mit dem Sitzenbleiben hab ich nicht so gemeint. Ich will nicht aus meiner Klasse weg. Niemals. Meine besten Freunde sind bei mir in der Stufe.

Ich drehe Fil und Freddie den Rücken zu und versuche zu schlafen.

Nach einer Weile ist meine Wut ein bisschen verraucht. Schlafen kann ich aber nicht, und nur dazuliegen und an die Wand zu starren ist anstrengend.

Freddie und Fil tun so, als wäre nichts gewesen. Das finde ich fair. Freddie legt ausnahmsweise mal sein Buch weg und kramt in seinem Nachttisch rum. »Will jemand einen Keks?«

»Ich!«, schreit Fil voreilig. »Oder zeig erst mal – ach nee, die mag ich nicht.« Er zieht eine Schnute. Freddie zuckt nur mit den Schultern.

»Mir soll's recht sein. Du, Tom?«

»Ja, wirf mal einen rüber. Danke!«

»Pscht, ich glaube, da naht eine Schwester«, flüstert Fil warnend. Tatsächlich. Das müsste Berta sein. Sie ist riesig und hat ganz dicke große Zehen, die vorne aus ihren Sandalen rausstehen. Mit Zehennägeln, die aussehen, als seien sie aus Zement. Ich wusste gar nicht, dass Frauen so große Zehen haben können.

Sie steckt ihren Kopf durch die Tür und schaut uns prüfend an.

»Wir haben alle mehrfach geschissen«, sagt Freddie eiskalt und beißt in seinen Keks. Von Filippo ertönt nur ein ersticktes Wiehern, wie Damos, wenn er sich über ein Leckerli freut, und ich kann mich nicht recht entscheiden, was ich tun soll. Lachen oder mich unter der Decke verkriechen. Mir ist nach beidem zumute.

»Sie haben ziemlich große Füße«, rutscht es mir raus und dann ist alles zu spät. Während Fils Wiehern immer lauter wird und dazwischen Grunzer kommen, die seinem Schnarchen verdammt ähneln, zieht sie sich kopfschüttelnd zurück.

O je, das wollte ich doch gar nicht sagen. Ich hab mir geschworen, nichts über ihre Füße zu sagen.

»Das sind keine Füße, das sind Hufe«, grinst Fil.

Als wäre das sein Stichwort, setzt Freddie sich auf und schaut mich begeistert an. »Hufe! Da fällt mir was ein! Wann fährst du nach Italien, Tom?«

»Die letzten zwei Wochen der Sommerferien, warum?«

Fil stöhnt genervt. »Nicht das Thema schon wieder.« Doch Freddie ignoriert ihn. Seine Augen strahlen plötzlich.

»Also, da gibt's so eine Trekking-Fahrt, durchs Voralpenland, mit Pferden und Zelt und Lagerfeuer, Natur pur, was für Männer.«

Aha. Freddie mag ja schon ein bisschen Mann sein, aber ich? Ich entschließe mich, weiter zuzuhören.

»Ich war schon mal bei so was dabei. Allerdings war das damals nicht mit Pferden. Aber du reitest doch auch – hättest du nicht Lust mitzugehen?«

»Ich gehe bestimmt nicht mit!«, kräht Fil dazwischen, obwohl ihn niemand gefragt hat. »Pferde!«, schnaubt er verächtlich. »Das ist was für Mädchen.«

Ja, den Satz hab ich schon oft gehört. Und warum sind dann die meisten erfolgreichen Springreiter Männer? Und die meisten Reitlehrer? Prüfer? Ausbilder? Aber ich hab keine Lust, mich mit Fil zu streiten. Toni mag ja auch keine Pferde und ich streite mich nicht mit ihm.

Freddies Idee ist einfach der Hammer. Ich bin begeistert. Urlaub mit Pferden – das wollte ich schon immer mal machen, aber Mama und Papa sagen, ich dürfe erst allein in den Urlaub, wenn ich 14 bin. Und nun bin ich 14.

»Kann man da denn auch sein eigenes Pferd mitnehmen?«, platzt es aus mir heraus. Wenn, dann mit Damos. Und keinem sonst. Das steht fest.

»Du hast ein Pferd?«, rufen beide gleichzeitig. Freddie interessiert, Fil noch ein bisschen genervter.

»Ja, Damos heißt er.«

Fil und Freddie schauen sich an und prusten los.

»Hey, was ist denn? Ich weiß, der Name ist etwas komisch, aber deshalb …«

Ich versteh das nicht.

»Schon gut, Tom!« Freddie wischt sich die Lachtränen aus den Augen und Fil hält sich wimmernd seine Narbe.

»Du hast nur, als du Fieber hattest, ab und zu etwas von einem Damos gefaselt, und wir wussten nie, was das nun bedeutet. Ich meine, du bist ein Junge, und du redest im Traum von einem Damos. Wenn du von einer Sabine oder Natascha oder Jenny geredet hättest, okay, aber Damos?«

Freddie zwinkert mir zu. Jetzt muss auch ich lachen.

»Klar, deinen Gaul kannst du bestimmt mitnehmen – wenn er nur halb so hübsch wie deine Schwester ist, ist er willkommen.«

Fil wird wieder rot. Freddie erzählt versonnen weiter.

»Abends werden dann die Zelte aufgeschlagen. Meistens auf Reiterhöfen, manchmal auch in der Pampa. Nach einem Tag unterwegs ist man ganz schön groggy. Aber man erlebt auch so einiges. Meine Cousine organisiert die Fahrten, deshalb kann ich immer mit, wenn ich will.«

»Aber ob meine Eltern das überhaupt erlauben ...«, überlege ich laut. Papas neidischen Blick sehe ich schon vor mir, ich müsste aufpassen, dass er nicht heimlich selbst mitfährt. Aber Mama?

»Ach Tom – das von vorhin hat Lissi bestimmt nicht erzählt, und wenn, dann haben es deine Eltern längst schon wieder verdaut.« Das von vorhin. Tanja. O Mann. Die hatte ich vor lauter Aufregung schon fast wieder vergessen. Ich merke, wie mein Lächeln starr wird. Und verschwindet. Ich kann nicht lächeln, wenn ich an Tanja denke.

Freddie beißt sich auf die Zunge. »O Shit, ich wollte doch nichts zu dem Thema sagen. Sorry, Tom, ehrlich.«

»Schon gut.«

Ach Quatsch, nichts ist gut. Überhaupt nichts. Warum habe ich nichts gelernt? Ich hatte nur Damos im Kopf. Auf die Idee, dass mein Reitlehrer sich um ihn hätte kümmern können, bin ich natürlich nicht gekommen. Dabei zahlt Papa sogar dafür. Wenn ich mal nicht reiten kann, setzt sich

Markus drauf. Aber ich will halt immer reiten. Das ist das Problem.

Eine Schwester mit Essen schiebt sich durch die Tür. Nicht Berta. Zum Glück. Ich habe kaum Hunger. Das war einfach zu viel heute.

Fil bekommt wieder Spezial-Essen, wegen seines Blinddarms. Und wenn Fils Mama nicht mit einem Korb voller italienischer Leckereien da war – und das war heute so – , dann gibt es ein mittelschweres Drama. Er hebt ein Käsestück vorsichtig hoch und betrachtet es skeptisch von allen Seiten, während er die Nase rümpft und leise vor sich hin murmelt. Dass ich wider Willen schmunzeln muss, passt ihm gar nicht. »Du lachst! Du hast ja auch gut lachen! Ich muss das hier essen!«

Er beschmiert sein Brot hauchdünn mit Margarine und drapiert es mit winzigen Käsestückchen. Als würde man ihn hier vergiften wollen. »Italienischer Pecorino, das ist Käse. Aber nicht das.«

»Mäkler«, knurrt Freddie aus seiner Ecke rüber.

»Da sieht man es wieder!« Fil ist eingeschnappt. »Dauernd erzieht der an mir rum. Mit euch rede ich kein Wort mehr.«

Freddie grinst mich vielsagend an. Er weiß wahrscheinlich genauso gut wie ich, dass Filippo spätestens in zehn Minuten wieder quasselt wie ein Wasserfall. Ich grinse zurück, aber es kommt mir vor wie eine Grimasse.

RAUS INS LEBEN

Morgen komme ich nach Hause! Ich könnte einen Freudentanz aufführen, so froh bin ich. Vorhin habe ich noch mal mit Mama telefoniert, sie will Lasagne machen und einen guten Film ausleihen, und es muss wirklich viel passieren, damit Mama einen Film ausleiht. Ich hoffe, es ist nicht wieder »Zeit der Zärtlichkeit« oder so was, ich will keine Heulfilme, ach, ich brauche eigentlich überhaupt keine Filme – ich glaube, es reicht mir, einfach nur in meinem Zimmer zu sitzen und nicht mehr über meine Verdauung sprechen zu müssen.

Und das mit Tanja – na ja, ich hatte solche Angst wegen Damos, dass ich Mama und Papa gegenüber so getan habe, als ob ich es nun verstehe und auch dafür bin. Dass ich es einsehe. Das war glatt gelogen. Aber was hätte ich denn tun sollen – vor Fil und Freddie eine Diskussion mit Mama anfangen? Und mit Papa darüber streiten – der Gedanke ist völlig unmöglich. Für ihn hat Mama in solchen Angelegenheiten sowieso die Haushoheit.

Mama ist auch der Chef unseres Familienrates. Dann gibt's immer Milchshakes und wir sitzen im Kreis auf dem Wohnzimmerteppich vor dem Kamin und jeder soll ganz sachlich sagen, was ihm an einer Sache passt oder nicht und warum. Was man ändern könnte. Und dann fällen wir eine Entscheidung. Ich mag Familienräte. In diesen Stunden gibt es nur uns und die Milchshakes.

Wegen Damos tagte damals auch der Familienrat. Na ja, ob er nun wirklich gekauft werden soll oder nicht. Das war der Abend, bevor morgens sein Foto auf dem Frühstückstisch gelegen hatte.

Ich war den ganzen Tag schon total kribbelig gewesen, weil ich ahnte, dass es um Damos und mich geht, als Mama sagte, wir würden uns abends mal zusammensetzen. Aber Papa und ich hatten leichtes Spiel. Drei in der Familie, die sich auf einem Pferd halten können, na, das sollte reichen, um sich um Damos zu kümmern. Es ist ja auch streng genommen Papas Pferd, obwohl das niemand so sieht. Mama gab irgendwann seufzend nach und malte an dem Abend noch drei Tücher. Dabei brummelte sie ständig vor sich hin, irgendwas von Stürzen und Zeit und Gestank, aber ich muss so glücklich ausgesehen haben, dass sie sich irgendwann beruhigte und mir widerstrebend sagte, dass Damos schon ein sehr hübsches Pferd sei. Puh, damals war ich noch richtig gut in der Schule. Ob ich ihn heute noch bekommen würde?

Nach dem Damos-Familienrat und Mamas Tücher-Anfall sind wir alle zusammen in den Stall gefahren, Mama, Papa, Lissi und ich, obwohl es nachts und stockdunkel war, und da stand Damos in seiner Box und schaute uns an, seine hellen Ponysträhnen fast bis zu den Nüstern, und schnaubte leise. Als würde er sagen: »Hallo, ihr da, gehöre ich jetzt zu euch?«

In dem Moment wurde selbst Mama ganz weich, wenn sie auch immer noch vehement behauptete, niemand würde sie je dazu überreden können, Pferdemist zu schippen. Hat sie tatsächlich nie getan. Aber diese Nacht im Stall, die wird sie wohl nie vergessen. Ich erst recht nicht.

Jedenfalls gab's diesmal keinen Familienrat, wie auch, ich war ja im Krankenhaus. Aber daheim hätte es wohl auch keinen gegeben, nicht bei einer Sechs in Mathe.

Mama wird stur, wenn sie mal was beschlossen hat. Als gäbe es keine Rückkehr. Lissi ist ähnlich.

Ich habe also kaum eine Chance. Am Montag bekomme ich schon die erste Stunde bei Tanja. Das ist genau in vier Tagen. Vier Tage, um mir eine Lösung auszudenken, einen Plan. Es muss einen Plan geben! Nur bocken, das ist zu wenig.

Mama meinte, Tanja würde bestimmt keinem weitersagen, dass sie mir hilft. Ich traue ihr nicht. Bei der kann man nie wissen! Und Mädchen quatschen doch immer über alles. Das weiß ich von Anja. Die weiß manchmal Sachen über mich, bevor ich sie weiß. Und Tanja hat sowieso immer auf alles eine Antwort. Das nervt.

Für die Reiterfreizeit habe ich mir ein »Ja-wenn« erkämpft. Das ist auch typisch für unsere Familie. Diese »Ja-wenns«. Ja, Lissi, du darfst mit deinem Freund in den Urlaub, wenn du ihn dir selbst verdienst. Als Lissi kühl »Okay« sagte, wurde Papa blass um die Nase. Mein »Wenn« ist eine Vier in Mathe. Mindestens eine Vier. Und bessere mündliche Leistungen. Das Schlimme an den »Ja-wenns« ist, dass Mama da ganz konsequent ist. Heißt: Sollte ich keine Vier oder besser schaffen, meldet sie mich wieder ab.

Das hat sie dann auch so gesagt, und Papa ist kurz zusammengezuckt, als hätte man ihm das angedroht. Ob genügend Betreuer dabei wären, fragte er. »Massig«, sagte ich schnell. Und auch medizinische Betreuung?

»Jaaa«, machte Freddie überzeugend und lächelte nett. Ach, ich glaube, Papa würde am liebsten mitfahren.

Apropos Freddie. Die beiden sind nicht mehr da. Fil durfte gestern raus und Freddie ist heute Morgen in die Reha gefahren. Ich liege hier nun ganz alleine. Das war irgendwie komisch, als die Tür nach vielen »Tschüss« und »Ciaos« zufiel. Schon ohne Fil hat was gefehlt. Und mir ist so langweilig. Ich darf zwar wieder rumlaufen und fernsehen – aber was nützt das?

Vorhin habe ich die Fäden gezogen bekommen. Ich habe überhaupt nichts gespürt. Dann hab ich alleine zu Abend gegessen. Mir fehlt vor allem Freddie. Ich habe mich so an seine Gegenwart gewöhnt, obwohl er sich ja eigentlich immer hinter seinem Buch versteckt hat.

Papa fand ihn sehr erwachsen. Ja, stimmt schon. Freddie ist wie ein Baum, als könnte ihn nichts erschüttern. Nie hat er über sein Knie gejammert. Als er sich von Lissi verabschiedete, hat er wehmütig geschaut. Er sah nicht verliebt aus, sondern wehmütig. Na ja, traurig, glaube ich. Und dann meinte er, ich hätte es gut. »Ja«, sagte ich leise, obwohl ich vorher noch der Meinung gewesen war, ich hätte es nicht gut, weil ich zu Tanja …

Ach, ich darf nicht dran denken. Ich habe ja noch vier Tage.

Heute. Heute! Ich darf raus. In einer halben Stunde holen sie mich ab – Mama, Papa und sogar Lissi. Mit der ich nicht mehr gesprochen habe seit unserem Streit. Sie war zwar da, mit Mama, aber sie hat nur geguckt und nichts gesagt.

Ich wollte auch nichts sagen. Trotzdem, ich freue mich auf sie. Und auf Mama. Ich mag ihr Grübchenlächeln. Papa zu sehen kann ich auch kaum mehr erwarten, weil Papa und Zuhause, das gehört einfach zusammen. Ich sehe Papa ganz schrecklich ähnlich, nur die Grübchen hab ich von Mama. Ist ja auch egal.

Ich hänge schon die ganze Zeit am Fenster herum und beobachte die Krankenhausauffahrt. Da! Das ist unser hässlicher Mercedes! Ich kann Henri hinten im Kofferraum stehen sehen. Ich habe ihn so sehr vermisst, dass ich nachts manchmal dachte, ich höre ihn. Und im Schlaf hab ich hin und wieder neben mich gefasst, weil ich das zu Hause immer tu, wenn er vor meinem Bett pennt. Als er gerade erst zu uns gekommen war, hatte ich nämlich Angst, er läuft uns vielleicht weg. Wir haben ihn ja aus dem Tierheim. Seine eigentlichen Besitzer wollten auswandern. Aber eben ohne ihren Hund. Das fand ich ziemlich gemein. Trotzdem war Henri still und traurig in den ersten Tagen bei uns, und ich befürchtete, er könnte nachts abhauen und nach Herrchen und Frauchen suchen. Aber nun liebt er uns heiß und innig. Vor allem mich. Lissi ist manchmal fast eifersüchtig deshalb.

Ja, ich muss unbedingt ganz schnell zu Mama, Papa, Lissi und Henri. Ich packe hastig mein Zeug zusammen, reiße die Tür auf und – Mann, kann die einen erschrecken. Berta steht da, einfach so, mitten im Türrahmen, breitbeinig wie immer, und ich muss wieder auf ihre riesigen Zehen gucken. Was steht sie nur da herum?

»Thomas, deine Eltern sind da.«

Entnervt stöhne ich auf und wedle mit meinem Rucksack. »Ich weiß. Ich weiß! Deshalb steh ich hier!«

Wieder fällt mein Blick auf ihre Zehen, und sie schaut mich an, weil sie das weiß, aber ich glaube, sie weiß nicht, wie sehr ich zu meinen Eltern will.

Ich täusche sie an, wie beim Basketball, und wupps!, bin ich an ihr vorbeigewitscht. Bei dieser Bewegung muss ich mich kurz an sie drücken, und dabei steigt ein Geruch aus ihrem Kittel hoch, den ich ganz schnell wieder vergessen möchte.

Ich will jetzt endlich hier raus! Ich rase die Treppe hinunter, als wäre der Teufel höchstpersönlich hinter mir her. Dabei renne ich beinahe gegen einen Arzt und eine Schwester mit Essenswagen, die eine fahrige Ausweichbewegung macht. Ich drehe mich nicht mehr um, aber hinter mir scheppert es gewaltig.

Und ständig höre ich Bertas schwerfällige Schritte und ihre Rufe. »Thomas! Nicht! Du hattest eine Gehirnerschütterung! Nicht rennen! Nicht rennen! Hörst du? Thomas!!!«

Ja, ja, ich höre dich. Ich laufe den letzten Gang entlang, vorbei an der Cafeteria, wo alle hinter mir her starren, noch drei Stufen, die Pforte – da sind Lissi, Mama und Papa! Endlich!

FLUCHT

»Damos! Meine Rübennase!« Ich rufe, obwohl ich ihn noch nicht sehen kann. Aber ich höre ihn drinnen wiehern und schnauben.

Da ist er ja. Den Hals lang gestreckt schnuppert er mir entgegen. »Damos ...« Ich presse meinen Kopf an seine Nüstern und er bleibt ganz still stehen. Endlich bin ich bei meinem Pferd. Jetzt ist die Welt wieder in Ordnung.

Ich muss ihn unbedingt ausreiten, ich hab schon heute Nacht davon geträumt, ständig. Während ich ihn striegle und sattle, rede ich mit ihm. Halte zwischendurch inne und merke, wie bescheuert sich das doch anhört. Aber ich mache das automatisch. Ich bekomme eine andere Stimme und sage alles zweimal. Fast jeden Satz. »Du kriegst ja was. – Ja, du kriegst ja was.« Aber das mache ich nicht nur bei Damos, sondern bei allen Tieren. Und ich bin sicher, dass Damos mich versteht. Er schaut immer so klug unter seinen Ponysträhnen vor. Zumindest weiß er ganz genau, ob es mir gut geht oder nicht.

Als Oma in diesem Frühjahr gestorben ist, bin ich von zu Hause abgehauen und hab mich zu Damos in die Box gelegt. Ich wollte mit alldem nichts zu tun haben, mit diesen vielen traurigen Menschen und Mamas Tränen. Wenn man so alt ist wie ich, sollte die Oma noch nicht sterben. Aber es war eben so, auch Papa hatte ihr nicht mehr helfen können.

Es war kalt gewesen im Stall, richtig eisig, aber Damos legte sich hin, sodass ich mich an seinen Hals ins Heu kuscheln konnte. Und er legt sich sonst nie hin. Ich bin bei ihm eingeschlafen, es hat mich so müde gemacht, auf sein Herz zu hören; und später haben sie mich dort gefunden. Mama war ganz aufgelöst und verweint, aber ich hatte wohl auch geweint. Sie waren mir nicht böse gewesen. Hatten sich nur Sorgen gemacht.

»Na komm, gib den Huf!« Sogar das Hufeauskratzen macht mir heute Spaß. Gestern Abend nach dem Film haben wir noch über die Reiterfreizeit geredet. Mama hatte natürlich vorher Freddies Vater angerufen, um sich genauer zu erkundigen. Ich hab gelauscht, das mache ich immer, wenn es um mich geht. Mama ist wohl recht angetan von der Idee. Ich glaube, es hat sie beeindruckt, dass Freddies Papa seinen Sohn alleine groß zieht. Und dann war der Rest ein Kinderspiel.

Der Haken: Mathe. Eigentlich ist es ja Erpressung. Wenn ich eine Fünf schreibe, darf ich nicht mit. Aber um eine Vier oder besser zu schreiben, brauche ich Nachhilfe. Ich habe jetzt so viel Stoff versäumt, als ich im Krankenhaus war.

Nachhilfe bei Tanja. Das ist erst einmal ein Muss. Aber warum ausgerechnet bei Tanja? Ich will Mama unbedingt versuchen zu überreden, dass sie jemand anderen sucht, der mir Nachhilfe gibt. Es muss doch noch andere geben. Das ist Plan A. Einen Plan B habe ich nicht.

Jetzt geht es erst einmal in die Halle, Reitstunde. Und dann sehe ich weiter. Als ich »Tür frei« rufe, gibt es ein großes Hallo. Alle fragen mich, wie es mir geht und ob ich wieder okay bin. Ja, und wie. Meine Narbe sieht noch schlimm aus, aber sie tut nicht mehr weh und schwindlig ist mir auch nicht mehr. Markus schaut mich aufmerksam an, als ich mich auf Damos schwinge. »Noch kein Galopp heute. Anweisung vom Doc. Okay?«, sagt er streng. Das hätte ich mir ja denken können. Den Doc – so nennen hier alle meinen Papa. Obwohl er kaum mehr reitet, ist er seit Jahren der Vorsitzende des Vereins, und jeder kennt ihn. Und wie es aussieht, hat er mit Markus geredet und ihm gesagt, was ich darf und was nicht. Das passt mir gar nicht.

Am Ende der Stunde versuche ich es dann doch mit dem Galopp. Ich kann einfach nicht anders.

»Thomas!«, brüllt Markus und ich pariere Damos sofort durch. Verdammt. Ich war mir sicher, dass er mit dem Rücken zu mir gestanden hat. Der sieht echt alles. Furchtbar. »Was hab ich dir gesagt?«

»Sorry, der ist einfach losgerannt«, flunkere ich. Aber Markus glaubt mir kein Wort. Das weiß ich, ohne ihn anzusehen. Damos schüttelt unwillig den Kopf. Das mag er überhaupt nicht, kurz angaloppieren und dann sofort wieder das Tempo rausnehmen. Aber uns bleibt nichts anderes übrig.

Es ist trotzdem schön. Jetzt hab ich wieder das Gefühl, dass ich das alles irgendwie hinkriege. Plan A wird funktionieren. Ich brauche keinen Plan B.

Erster Juni, 6.30 Uhr, aufstehen. Montag. Der Wecker klingelt. Und ich bin noch so müde. Der Tag heute gehört verboten. Es ist Nachhilfe-Tag. Bei Tanja. Der erste. Deshalb weiß ich auch sofort, welches Datum wir haben. Der Termin ist seit letzter Woche dick und fett in den Küchenkalender eingetragen. Seitdem schaue ich den Kalender nicht mehr gerne an. Und trotzdem muss ich dauernd hingucken, ob ich will oder nicht. Und hab dabei ein blödes Gefühl im Bauch.

Ich hatte keine Chance mit Plan A.

»Sie freut sich darauf.« Das war Mamas Argument. Na toll. Sie freut sich! Das ist ja schön. Und was ist mit mir?

Ich haue auf den Wecker und wälze mich aus dem Bett, wobei ich beinahe meinen Nachttisch umstoße und versehentlich ein Foto von Damos von der Wand reiße. Schlaftrunken tapse ich ans Fenster und schaue raus. Das Wetter könnte auch besser sein. Regen. Alles grau.

»Ihr werdet viel Spaß miteinander haben.« Ach Mama. Ich will keinen Spaß mit Tanja haben. Und überhaupt kann Mathe gar keinen Spaß machen. Das sagte ich ihr dann auch.

»Dann ist es ja egal, wer dir Nachhilfe gibt.«

Also versuchte ich ihr zu erklären, warum das mit Tanja und mir nicht klappen wird. Aber das gelang mir gar nicht. »Ach, die ist so eine Streberin«, rief ich irgendwann genervt.

»Es würde auch nicht viel Sinn machen, wenn du dir von einem schlechten Schüler helfen lassen würdest, oder?«, fragte Mama spitzfindig. »Immerhin willst du an den Reiterferien teilnehmen.« Danach fiel mir nichts mehr ein. Es ist manchmal ganz schön schwer, Eltern etwas zu erklären.

»Tom? Bist du aufgestanden?«

»Jaahaa.« O Mama, ich komm schon noch rechtzeitig zur Schule. Unter der Dusche wache ich langsam auf. Ich könnte stundenlang duschen. Und immer heißer drehen. Ab und zu komme ich erst krebsrot wieder raus. Wahrscheinlich kann man dann in dem Duschwasser Nudeln kochen. Gerade im Winter, wenn ich lange im eisigen Stall war, tut das so gut.

Okay, jetzt Zähne putzen. Damit könnte ich auch Stunden zubringen. Vor allem liegen morgens immer so viele interessante Sachen im Bad rum. Creme mit Q10, gegen Falten. Aha. Enthaarungspaste. Riecht nicht gut. Lissis Schminktäschchen. Einen ätzend braunen Lippenstift hat sie da drin. Ich mal damit einen Scheißhaufen auf den Spiegel und weiß im gleichen Moment: Das gibt Ärger.

Aber es ist schon zu spät, um den Spiegel sauber zu putzen. An meinen Haaren ist wie immer nichts zu machen, die locken sich in alle Richtungen. Mit Gel wird's nur schlimmer.

»Tom, wann kommst du endlich zum Frühstück?«

Jetzt klingt Mama eine Spur angespannt.

Ich schau auf die Uhr. Was, fast halb acht? »Ich komme ja!«, brülle ich zurück.

»Aber beeil dich! Und weck Lissi, die hat heute später Schule!«

Au ja, Lissi wecken macht Spaß. Wie mache ich es diesmal? Decke wegziehen, Gießkanne oder – nein, am besten mit einem Biss in die Wange, und zwar einem Zahnpasta-Biss. Das muss einfach wirken.

Ich schleiche in ihr Zimmer. Da liegt sie, den Laptop noch

im Bett, daneben ein Buch, und am Fußende ihr Tagebuch und Stifte, ich weiß nicht, wie sie so schlafen kann, aber sie benutzt ihr Bett wie andere ein Regal. Nur mit dem Unterschied, dass andere in ihrem Regal nicht schlafen würden.

»Aahhhh! Tom! Was …? Bah!«

Einen kurzen Moment sieht sie richtig blöd aus, dann wird sie wach und kriegt rote Backen. »Du Mistkerl! Wehe, das hinterlässt Spuren! Was soll ich denn Chris sa…« Ach Chris. Wen interessiert Chris.

»Sag halt, wir sind eine gefährliche Familie.«

»Mama, Tom weckt mich nächstes Mal bitte nicht mehr!«, brüllt Lissi nach unten.

»Sag ihm, er soll endlich runterkommen!«

»Du sollst runterkommen.«

»Hab's vernommen!«, rufe ich.

»Tom! Komm endlich!«

»Muss diese Schreierei sein?«, tönt es aus Papas Arbeitszimmer. Also bevor es Krieg gibt, gehe ich lieber frühstücken.

Ganz artig mache ich vor Mama einen kleinen Diener, was ihr ein müdes Lächeln entlockt, und setze mich mit einem lauten Seufzer an den Tisch. Jetzt bin ich wach.

Papa kommt in die Küche. Noch sieht er richtig gut gelaunt aus und meint wie immer, alle anderen seien das dann auch.

»Na, mein Sohn, du siehst ja frisch und munter aus heute früh. Das ist doch ein positiver Anfang!«

Der weiß genau, dass ich heute Nachhilfe habe. Und er

weiß auch, dass ich nicht will. Trotzdem. Ich mag jetzt nicht dran denken.

»Ich habe Lissi gebissen, deshalb.«

Mama rollt nur mit den Augen. »Wir hätten nicht Skifahren gehen sollen damals«, sagt sie zu Papa und grinst so komisch. Ich bin nämlich ein Skiunfall. Mama hatte die Pille zu Hause vergessen und konnte sich nicht gegen Papa wehren, wie sie immer ganz glücklich zu sagen pflegt. Papa lächelt nur beseelt zurück. War wohl ein schöner Skiunfall.

»So, ich muss los«, sage ich und nehme mir einen Apfel aus der Obstschale.

»Aber du hast gar nichts gefrühstückt!«, ruft Mama.

»Ich frühstücke eigentlich nie, weißt du doch.«

Mama und Papa werfen sich vielsagende Blicke zu. Ein misslungener schöner Skiunfall?

»Dann nimm wenigstens was mit! Was Richtiges!«

»Und trink genug!«, sagt Papa.

»Halt, stopp, mein Sportzeug!«

Treppe rauf, Treppe runter. Könnten sich auch mal einen Aufzug anschaffen. Ich höre gerade noch Lissis Aufschrei aus dem Bad – der Scheißhaufen und ein stumpfer Lippenstift – , als ich die Haustür zuschlage und mein Rad aus der Garage hole. Muss mich beeilen, ich bin wirklich spät dran.

Jetzt hat sie mich also wieder, die Schule.

Es klingelt zur Mathestunde. Und eben hat Tanja mir auch noch so aufmunternd zugelächelt. Als hätten wir eine gemeinsame Verschwörung. Von wegen. Ich habe mich weggedreht und sie nicht beachtet. Konnte sie noch nie leiden, warum soll ich sie jetzt leiden können – nur, weil sie mir Mathe beibringt? Eine scheiß Verschwörung ist das.

Dann hat sie mir noch etwas zugeflüstert, was ich aber nicht verstanden habe, da ich es nicht verstehen wollte. Gleich wird Frau Schilfer kommen, dann habe ich endlich Ruhe.

Toni wackelt neben mir nervös auf der Stuhlkante herum. Er hat mir furchtbar viel zu erzählen. Ständig quasselt er auf mich ein. Ich bin froh, ihn wieder neben mir zu haben. Das Beste an der Schule ist, jeden Tag Toni zu sehen. Und Anja und Marc, obwohl die nicht neben uns sitzen. Das haben die Lehrer nicht ertragen. Nach drei Wochen haben sie uns getrennt. Eigentlich wollten sie auch Toni und mich auseinandersetzen. Aber dagegen haben wir uns gewehrt. Wir sitzen seit der Grundschule nebeneinander. Alles andere ist auch unvorstellbar. Und trotzdem würde ich jetzt gerne mal kurz alleine sein, um in Ruhe nachdenken zu können.

Ich überlege nämlich schon die ganze Zeit fieberhaft, wie ich mich vor der Nachhilfestunde drücken könnte. Damit Mama endlich kapiert, dass ich bei Tanja nichts lerne. Krankspielen geht nicht, Papa ist ja Arzt und er würde mich durchschauen. Abhauen – wäre eine Idee. Aber das ist Quatsch. Wo soll ich denn hin? Im Stall leben? Damit die Polizei mich da wieder rausholt? Nee. Toni ist mal von zu Hause abgehauen, hat aber selbst Angst gekriegt und ist derart eilig wieder zurückgekommen, dass seine Abwesenheit nicht mal jemandem aufgefallen ist. So schnell wie er würde ich mir zwar nicht in die Hosen machen, aber ich wüsste einfach nicht, wo ich mich verkriechen könnte und trotzdem Damos weiterhin reiten. Ich sitze wirklich in der Zwickmühle.

»Guten Morgen!« Frau Schilfer kommt reingerauscht, in ihrem gefürchteten grünen Kleid, giftgrün, wirklich. Aber sie ist ein hübscher Laubfrosch.

»Guten Morgen«, grüßen wir gelangweilt zurück. Ich höre dieses »Guten Morgen« schon gar nicht mehr, das ich da immer vor mich hin murmle.

»Na, Tom, wieder auskuriert?«

»Ja, sonst wäre ich ja nicht hier.«

»Und frech bist du auch – scheint ja alles in Ordnung zu sein.« Hat die 'ne Ahnung.

»Ach ja, Toni, gibst du Tom bitte nach der Stunde dein Heft, damit er alles Fehlende nachtragen kann?«

»Ja, okay.«

Wie gebannt starre ich auf Tanja, die vor mir sitzt und auf einmal ihren Rücken strafft. Die soll jetzt bloß nichts sagen, von wegen Nachhilfe und so, das braucht keiner zu wissen. Wenn ich nur ihr Gesicht sehen könnte. Aber ich sehe bloß Massen von Haaren und ihre »Ich melde mich gleich, denn ich weiß alles«-Haltung. O doch, sie will.

»Das … aua!«

Toni prustet los, auch die anderen müssen grinsen. Sie dreht sich kurz um, aber ich blättere mit gesenkten Augen in Tonis Heft.

Frau Schilfer fragt irritiert: »Ja, Tanja?«

»Ehm – ich, ich wollte sagen, dass … aua!«

Diesmal dreht sie sich nicht um. »Tanja, versuchen wir's lieber mit Kopfrechnen, ich glaube, das liegt dir eher.« Frau Schilfer lächelt freundlich. Klar, sie konnte nicht sehen, dass ich Tanja zwei Mal in den Rücken getreten habe, damit sie nichts sagt. Aber Toni hat es gesehen, und ich spüre, wie er mich anstarrt. »Glotz nicht so«, murmle ich. »Hmpf«, macht er und zwickt mich in die Seite. Er starrt weiter, aber ich drehe mich weg. Eingeschnappt zieht er mir sein Heft aus den Fingern.

Klar versteht er nicht, was hier los war. Ich weiß, man soll andere nicht treten und so, aber Mama hat wohl phänomenal falsch gelegen, als sie dachte, Tanja sagt nichts. Vor der ganzen Klasse hätte sie es ausposaunt. Es reicht schon, dass die alle meine Narbe beäugen.

Jetzt werde ich in der Pause bestimmt mit Fragen bombardiert. Aber außer Toni sage ich niemandem etwas, das steht fest. Das wäre eine Blamage, wenn die erfahren würden, dass ich ausgerechnet bei Tanja Nachhilfe habe. Das auch noch als Klassensprecher.

Pause. Mir schwirrt der Kopf vor lauter Formeln, die ich nicht verstanden habe. Es hat zu regnen aufgehört, aber alles ist noch nass. Ich hole mir beim Hausmeister im Kakaobunker eine Limo und gehe zu den anderen.

»He Tom, was war denn das für eine Aktion?«

»Warum hast du Tanja getreten?«

»Die war ja rot wie eine Tomate.«

»Jetzt sag schon!«

Ich hab's gewusst. »Muss das sein?«

»Och bitte ...«

»Das ist eigentlich 'ne Privatsache«, sage ich zögerlich und beiße mir auf die Zunge. Privatsache. Oje. Wie das klingt.

Anja steht dicht bei Marc. Sehr dicht. »Mädchen tritt man nicht«, sagt sie streng und kneift mich ins Ohr. Ich ziehe es unwillig weg.

»Du entschuldigst dich doch bei ihr, oder?«, fragt Marc.

»Nö«, brumme ich. »Die weiß genau, warum ich das gemacht habe.«

Dann schweige ich stur, und weil es plötzlich so still ist und Marc mich viel zu direkt und fragend anschaut, wechselt Anja das Thema. Die weiß genau, wann ich reden will und wann nicht. Und wann sie keine Chance hat, dagegen anzusteuern. Noch mal davongekommen.

Toni macht mir ein Zeichen. Okay. Ohne ein Wort zu sagen, wenden wir uns von Anja und Marc ab und laufen zum Fahrradschuppen. In dem Verschlag neben den Rädern haben wir uns zwei kaputte Schulstühle hingestellt. Das ist unser Eck. Hat nicht mal der Hausmeister gefunden. Oder er weiß es und duldet die Sache. Meistens sind Toni und ich hier, wenn wir etwas Wichtiges zu besprechen haben oder keine Lust auf Menschen. Das passiert. Toni ist ein Hysteriker, wie seine Mutter immer im Spaß sagt, zarte Nerven, und ich will manchmal nicht reden. Nicht einmal mit Toni. Da ist unsere Ecke das Richtige. Wir sitzen da und sagen 15 Minuten nichts und es stört niemanden. Mit Toni kann ich das.

Aber jetzt muss geredet werden, ich weiß es. In der Ecke kauert wieder eine dieser dicken Spinnen, die die Mädchen vom Fahrradschuppen abhalten. Ich nehme Anlauf und zerquetsche sie mit meiner Schuhsohle.

Toni und ich setzen uns auf unsere Stühlchen und legen die Beine auf die alte rostige Schubkarre, in der wir immer einen Vorrat an Knabberzeugs bunkern. Manche Jungs hätten da wohl Zigaretten, aber wenn ich rauchen würde, wäre ich schlagartig enterbt.

Oma hat geraucht und jetzt ist sie tot; nee, ich will davon nichts wissen.

Toni schaut mich an, weil ich immer noch nichts sage. »Mensch, ich weiß doch genau, dass du Tanja nicht einfach so getreten hast. Also, mir kannst du es ja wohl sagen!«

»Okay, okay. Aber bitte schwör mir, dass du es nicht ausplauderst. Versprochen?«

»Versprochen.«

Ich erzähle ihm alles. Es fällt mir schwer. Aber Toni ist gut im Zuhören. Er hört wirklich zu und fragt nicht ständig dazwischen. Irgendwann hab ich dann das Gefühl, ich bin alleine und das Reden ist leichter.

Eigentlich müsste er mich verstehen. Tanja ist nicht beliebt, sogar bei den Mädels hat sie nur die Barbara als wirkliche Freundin. Sie weiß halt immer so viel und redet so perfekt, immer muss sie jeden verbessern.

Toni fragt zum Glück gar nicht erst, warum ich bei ihr nichts lernen will, er findet grundsätzlich die Idee absurd, sich von einer Frau etwas beibringen zu lassen. Aber nicht so schlimm, dass man »um sich tritt«, wie er es formuliert. Na, Schaum vorm Mund hatte ich ja nicht. Und außerdem ist das Ansichtssache.

So pflegen wir alles zu klären, worin wir uns nicht ganz einig sind. »Ansichtssache.« Das ist Demokratie, sagt Toni immer. Hat er wohl von seinem Vater, diese politischen Bemerkungen. Der sitzt nämlich im Stadtrat und muss dort ständig wichtige Entscheidungen treffen.

Aber das hier ist auch wichtig. Ich weiß, dass Toni schweigen wird, und dann kann er von mir aus auch anderer Meinung sein. Ich kann's ja auch nicht wirklich erklären. Das ist in mir drin.

Ich will nicht mit Tanja lernen. Basta.

»Na komm, Dicker!« Nun trabt er. Und fällt nicht aus. Damos hat heute wieder seinen faulen Tag. Das kommt nicht oft vor, aber wenn, dann könnte ich in die Luft gehen. Dann merke ich, wie schwach ich bin und wie stark er ist. Das sind die Momente, in denen Markus mit mir herumschreit und Damos sich immer schwerer und steifer macht. Er will einfach nicht. Aber jetzt spurt er endlich. Ich treibe ihn über einen schmalen weichen Weg durch den Wald. Weit weg von zu Hause und dem Stall.

In zehn Minuten beginnt die Nachhilfestunde. Und ich mache blau. Vor einer Stunde habe ich zu Mama gesagt, ich müsse noch mal kurz in den Stall, hätte dort was vergessen, käme aber sofort wieder. Und jetzt wartet sie auf mich, Tanja wahrscheinlich bald auch. Ehrlich gesagt, habe ich ein ziemlich schlechtes Gewissen dabei. Die Ausreden, die ich mir überlegt habe, klingen bescheuert. Die Zeit vergessen. Ja, klar, ist mir schon oft passiert, aber in diesem Fall – ich konnte einfach nicht! Ich saß in meinem Zimmer und wollte nur noch weg. Mein Leben dreht sich um Mathe, das ist wirklich zum Davonlaufen.

Ah, da vorne ist meine Lieblingsbank. Hier mache ich oft Pause, wenn wir ausreiten. Ich sitze ab und binde Damos an einem Baum fest, damit er Gras fressen kann. Das hat er sich zwar nicht verdient, aber ich möchte nicht schon wieder zurück in den Stall.

Ich lege mich auf die Bank, strecke die Beine aus und schließe die Augen. Der Wald macht Geräusche – Vogelgezwitscher, ein paar Grillen zirpen und ab und zu höre ich ein Froschquaken, wahrscheinlich aus dem Tümpel, durch den ich mal mit Damos durchgeprescht bin – eine heillose Schweinerei war das, ich war klatschnass und voller Schlammspritzer, aber ich kam mir vor wie Indiana Jones.

Moment, was ist das? Das ist kein Waldgeräusch – das ist das Klappern von einem Fahrrad. Die Gangschaltung tickt leise. Bloß keine Menschen. Ich will keine Menschen um mich haben. Fahr vorbei.

Damos schnaubt leise und das Ticken hat aufgehört. Ich blinzle in die Sonne und kann nicht glauben, was ich sehe. Tanja! Vor Schreck kann ich mich gar nicht bewegen. Liege immer noch da und starre sie nur an. Aber sie lacht, steigt ab und bindet sich ihre langen Haare im Nacken zusammen.

»Na, mich hättest du hier nicht erwartet, was?«, ruft sie fröhlich.

»Blöde Kuh«, fauche ich zurück und rapple mich auf. Wo kommt sie nur her? Hier ist doch nichts, nur weiter hinten die alte Mühle und der Tümpel und Hausfrauen, die walken. Ganz selten. Kann sie hellsehen, oder was?

»Hallo Damos«, sagt sie leise und geht auf ihn zu. Ich springe auf.

»Woher kennst du Damos?!«, frage ich und versuche, meine Stimme böse klingen zu lassen. Ich stelle mich vor ihn, aber er stupst mich neugierig in den Rücken.

»Na ja, er ist im gleichen Stall wie Meteor. Der Braune mit der unterbrochenen Blesse. Neben Damos. Den kennst du ja wohl. Ist jetzt mein Pflegepferd, seit zwei Wochen. Weißt du noch nicht, weil du ja krank warst.«

»Kannst du etwa reiten?«, frage ich ungläubig. Jetzt bin ich aber ganz schön baff.

»Ist hilfreich, wenn man ein Pflegepferd hat.«

Genau. Ja. Das ist Tanja. Das mag ich nicht. Bah. Wie konnte mir entgehen, dass Tanja Damos' besten Kumpel reitet? Ausgerechnet Meteor. Das darf ja wohl nicht wahr sein.

»Was dagegen?«

»Das arme Pferd«, sage ich trocken.

Doch sie ignoriert das einfach. »Na los! Gehen wir. Die Stunde hat eigentlich schon angefangen.«

»Ich bleibe hier.« Ich verschränke die Arme und mache es mir auf der Bank bequem.

»Hier?« Sie schaut mich zweifelnd an. »Wusstest du, dass ich hier vorbeikomme?«

O Mann, die kapiert aber auch gar nichts.

»Hier«, sage ich nur stur. Ich habe keine Lust, ihr zu erklären, dass ich abgehauen bin. Ging schließlich voll daneben. Sie runzelt die Stirn und mustert mich eine Weile, bevor sie gleichmütig mit den Schultern zuckt, als habe sie etwas beschlossen.

»Okay, wenn du lieber in der freien Natur lernen willst – mir soll's recht sein.«

Seelenruhig setzt sie sich neben mich, packt ihre Bücher aus, drückt mir einen Block in die Hand und beginnt mit den Binomischen Formeln. Ich bin machtlos, das muss ich zugeben. Und während Damos zwischen den Bäumen steht und döst, fange ich an zu rechnen. Mitten im Wald. In meinem Wald. Neben einem Mädchen, das nun in meinem Stall ist. Meinen Damos kennt.

Das ist irgendwie zu viel für mich.

Ich bin hundemüde. Tanja strengt an. Zuerst hat sie mich x-mal die Binomischen Formeln abgefragt. Ich wollte bocken, aber das ging nicht. Wenn ich nichts sagte, schaute sie mich ununterbrochen mit einem Blick an, den ich nur von den bösen Feen aus den Märchenfilmen von früher kenne. Ich starrte zurück und sagte dann die Lösung. Widerwillig. Es war ein Kampf. Nach ungefähr einer Stunde sagte sie aufseufzend: »Na gut. Das war's für heute.« Sie sah auf einmal müde aus und nicht mehr so fröhlich wie beim Rechnen. Ihr scheint Rechnen wirklich Spaß zu machen. Das ist krank!

Vielleicht gibt sie ja auf. Vielleicht ruft sie morgen Mama an und sagt, sie will nicht mehr. O bitte.

Jetzt ist es gerade mal neun Uhr und ich liege schon im Bett – und das ist um diese Zeit wirklich sehr selten der Fall. Mama hätte das gerne, aber ich bin eine Nachteule.

Als ich nach Hause kam, fragte sie mich natürlich sofort, wo ich gewesen sei. »Wir haben im Wald gelernt«, sagte ich müde. Es war ja die Wahrheit. Und Tanja war schließlich gar nicht erst hier gewesen.

»Warum denn das?«, fragte Mama skeptisch. Ich zuckte nur mit den Schultern. Mama wollte wissen, ob Tanja das denn auch recht war, aber da habe ich wieder nichts gesagt. Nur, dass sie ruhig bei Tanja anrufen und nachfragen könnte, ich hätte nichts dagegen. Aber das hat sie dann doch nicht gemacht. Immerhin hat Tanja gar nicht erst bei uns geklingelt. Mama bestand aber darauf, dass ich Tanja morgen das Geld mitbringe. Das lasse ich am besten Toni machen. Tanjatechnisch reicht es mir für diese Woche dicke.

Jetzt liege ich tief eingegraben in meinem Bett und höre die alten Depeche-Mode-Sachen von Lissi, weil die so schön kühl klingen und weit weg, und ich will nicht mehr an das denken, was heute Nachmittag war.

Schon gar nicht an die nächste Nachhilfestunde.

STÖRENFRIEDE

Donnerstagmorgen. Frühstück. Mama, Papa, Lissi und ich. Ich knabbere einen halben Toast, mehr krieg ich morgens nicht runter, die anderen hängen hinter der Zeitung. Die letzten Tage? Nichts Besonderes. Tanja schweigt. Sagt nichts. Nichts Gutes und nichts Schlechtes. Kann sie auch gar nicht. Wahrscheinlich denkt sie sich Grausamkeiten für die nächste Stunde aus.

Manchmal kommt sie auf mich zu, als wolle sie mit mir reden, ich denke das zumindest, und dann drehe ich mich schnell weg oder ignoriere sie einfach. Toni macht es mit, aber immer öfter widerwillig. Knurrte irgendwas von wegen es kämen selten genug Mädchen auf uns zu.

Es hat keiner mehr etwas dazu gesagt, zum Lernen im Wald. Nur ist irgendwie klar, dass wir das nächste Mal hier lernen. Und in den Stall gehe ich nur noch ganz früh oder spät, sodass ich sie nicht treffe. Am liebsten würde ich eine andere Box für Damos suchen. Oder noch besser: einen anderen Stall. Aber das Schlimme ist, dass er den alten Meteor seit seiner Geburt kennt; die mögen sich. Schnäuzeln öfter miteinander. Wobei Damos das eindeutig hübschere Pferd ist.

Papa raschelt mit der Zeitung. »Jetzt waren sie in der Siegburgstraße.«

»Wirklich?« Mama macht große Augen. Die Siegburgstraße ist bei uns um die Ecke; feine Gegend eben.

»Wer ›die‹?«, frage ich.

»Einbrecher. Sind wohl zurzeit hier unterwegs.« Das klingt wie im Film. Einbrecher. Als Kind war ich fest davon überzeugt, dass es so was in Wirklichkeit nicht gibt. Dass die Erwachsenen das nur erfinden. An Hexen und Zwerge glaubte ich ein bisschen; ich war mir zumindest nicht sicher, dass es sie nicht gibt. Aber Diebe und Mörder? Niemals! Als Mama mir eines Abends ernst sagte, dass es wirklich Diebe und Mörder gibt, habe ich schlagartig ein ganz seltsames Gefühl bekommen. Ich weiß es noch wie heute, obwohl ich so klein war.

Aber etwas von früher hat sich gehalten. Ich glaube einfach nicht, dass es uns treffen könnte. Papa murmelt irgendwas von Armut und ungerechter Verteilung und dass so etwas eigentlich nicht nötig sein sollte, Stehlen und Klauen und Rauben, und reicht Mama die Zeitung. Sie überfliegt sie nur flüchtig.

»Zum Glück haben wir Henri«, seufzt sie zufrieden und wirft einen Blick auf das Körbchen im Flur, wo Henri sich so eingekuschelt hat, dass man nicht einmal seine Ohren sieht. Ich will Mama ja nicht ihre Hoffnungen nehmen, aber ich glaube kaum, dass Henri Einbrecher in die Flucht jagen kann. Er ist zwar groß, aber er hat manchmal sogar vor seinem eigenen Quietscheentchen höllische Angst.

Ich bin mir noch nicht mal sicher, ob Henri besonders klug oder besonders doof ist. Wenn ich mit ihm Gassi gehe, hält er sich jedes Mal stundenlang an ein- und derselben Ecke auf. Dummerweise ist das eine Ecke vom Vorgarten unseres Nachbarn, und ich fürchte, dieser Vorgarten wird irgendwann ziemlich streng zu riechen beginnen. Aber Henri ist da nicht wegzukriegen, egal, wie sehr wir locken und an der Leine ziehen. Er macht ein stur-doofes Gesicht und lehnt sich an den Zaun.

Mama und ich scheinen eine besondere Anziehungskraft auf ihn zu haben, er verfolgt uns auf Schritt und Tritt, und mit mir geht er sogar aufs Klo. Lasse ich ihn draußen, scharrt er beharrlich an der Tür, und dann hab ich da drinnen auch nicht mehr meine Ruhe weg. Vielleicht hat er Angst, ich könnte plötzlich ebenfalls auswandern.

Jetzt seufzt er, dreht sich und zeigt uns seinen Bauch. Ich weiß aber, was Mama meinte, als sie damals sagte, dass Henri kein Schmusetier sei. Ein Hund ist anstrengend. Damos habe ich einmal am Tag zu versorgen, und dann bleibt er im Stall und ich gehe nach Hause. Aber Henri folgt mir sogar ins Badezimmer.

Ich habe trotzdem eher den Verdacht, Papas Bemerkungen über diese Einbrecher-Sache sollen mich wieder einmal daran erinnern, wie gut wir es doch haben und andere nicht. Er redet oft von Dankbarkeit. Es ist ihm wichtig, dass wir dankbar sind. Da fühlt man sich fast wie in der Kirche. Als dürfte man nicht mehr laut lachen oder sich freuen. Aber für Dankesreden und so habe ich jetzt keinen Nerv. Ich hab andere Sorgen.

»Hi Tom.« Nein, nicht Tanja. Aber doch. Sie meint mich. Kein anderer Tom in der Nähe. Ich hab sie nicht rechtzeitig bemerkt, weil ich mit meinem Spind beschäftigt war. Der Schlüssel hat geklemmt. Und jetzt steh ich da und sie neben mir. Ich seufze nur auf und drehe den Kopf weg. Wie sooft in den vergangenen Tagen. Ein paar Klassenkameraden blicken erstaunt zu uns rüber. Wusste ich es doch. Ich mach mich mit der lächerlich. Sie soll verschwinden.

»Ich geh heute Mittag zu Meteor in den Stall. Ich muss ausmisten, aber später mach ich einen Ausritt – und – vielleicht hast du Lust mitzukommen?«

Das kann doch nicht ihr Ernst sein. Nach alldem.

»Entschuldige, aber dafür bin ich mir zu schade.«

Einen Moment lang sagt sie gar nichts. Hat nur den Mund ein Stück offen stehen und bekommt eine blasse Nase.

»Zu schade«, wiederholt sie leise.

»Genau. Ich-will-nicht. Alleine: ja. Mit dir: nein. Kapiert?«

Jetzt ist sie richtig weiß im Gesicht. Kalkweiß.

»Du bist ein arrogantes Bonzen-Arschloch, Thomas Birkmeier«, faucht sie mich an.

Mein Gott, was hat das denn jetzt damit zu tun? Das war mir zu viel. Arschloch darf die mich nicht nennen. Nein, das IST einfach zu viel. Aber ehe ich das begreife, spüre ich einen stechenden Schmerz im Schienbein. Sie hat mich getreten.

Ich stehe hier und lasse mich von Tanja treten. Und wie. Es tut richtig weh.

»Jetzt reicht's mir, so nicht!« Ich trete zurück und dann geht alles auf einmal ganz schnell. Ich weiß, dass es albern ist. Ich weiß, dass ich dafür zu alt bin. Aber ehe ich nachdenken kann, hab ich sie in der Mangel. Toni zupft mich von hinten am Ärmel, doch ich stoße ihn weg. Ich hab genug mit Tanja zu tun. Sie flucht wie ein Berserker, beißt und kratzt und irgendwie denke ich nur noch, dass ich mich nicht blamieren will, bloß nicht blamieren – oder ist es schon zu spät?

Ich überlege zu lange, während ich sie in den Schwitzkasten nehme. Sie kriegt ihre Hand frei und ratscht mir mit den Nägeln über die Wange. Ich hab das Gefühl, ich kämpfe mit einer Katze, aber noch hab ich nichts verlernt. Ich greife ihren Arm und drehe ihn auf ihren Rücken. Jetzt kann sie sich nicht mehr rühren.

»Lass mich los«, zischt sie.

»Nur, wenn du mich endlich in Ruhe lässt.«

»Was heißt hier endlich, ich ... ich hab doch gar nichts gemacht!«

»Versprich es.«

Ich werde den Teufel tun, sie loszulassen.

»Vorsicht Tom, Schnecke kommt!«, ruft Toni. Schon wieder zupft er an meinem Ärmel. Mir fällt auf, dass sich eine Traube von Schülern um uns gebildet hat, die alle stumm zusehen.

Schnecke, das ist unsere Lateinlehrerin, Frau Schneckler.

Ich lasse los, instinktiv. Mit voller Wucht haut Tanja mir auf die Nase. Also doch wieder packen und Revanche. Nun regt sie sich nicht mehr, schaut mich nur noch an, blass und wütend, und da ist noch was anderes, keine Ahnung, da ist etwas in ihrem Gesicht, das nicht zu ihrer Situation passt. Ich meine, sie liegt auf dem Boden und ich halte ihre Fäuste und Beine fest, aber ich hab Angst, dass sie mir ins Gesicht spuckt oder mich verhext.

Plötzlich zieht mich jemand kräftig nach hinten, am T-Shirt-Kragen. »Thomas! Tanja! Schämt ihr euch nicht?«, schreit Schnecke und schüttelt mich. Ich reiße mich los. Meine T-Shirt-Naht macht ein komisches Geräusch. Ich merke, dass meine Narbe begonnen hat, leicht zu bluten. Irritiert fasse ich mir an die Stirn. Tanja sieht es und sagt leise: »O Shit ...«

Frau Schnecklers Geschrei tut mir in den Ohren weh. »Thomas, wie kannst du nur ein Mädchen verprügeln? Du bist Klassensprecher, du solltest ein Vorbild sein! Und Tanja, hast du das nötig? Wollt ihr nicht mal erwachsen werden? Was soll ich jetzt mit euch machen, zum Chef bringen? Eure Eltern anrufen?«

Tanja steht langsam auf und reibt sich die Handgelenke. »Nein, bitte nicht. Ich hab angefangen.« Ich bin sprachlos. Ich meine, das stimmt, aber – warum macht sie das?

Sie streckt mir die Hand hin. »Okay, vertragen wir uns wieder. Es tut mir ja soo leid«, sagt sie. Ironisch. Ich merke das. Die soll bloß nicht denken, dass ich das nicht merke. Toni atmet hörbar durch, und Marc grinst, wenn mich nicht alles täuscht. Aber der weiß ja nicht, was ich durchmache.

Nein. Sie bekommt meine Hand nicht. Ich drehe mich nur um und gehe an mein Pult.

»Thomas, versprichst du mir, dass du so was nie wieder tust?«, fragt Schnecke und schaut mich so durchdringend an, dass meine Narbe noch mehr wehtut. Jemand drückt mir ein Taschentuch in die Hand, aber die Narbe blutet nicht stark. Es ist mir egal. Soll sie bluten.

»Ja«, sage ich leise.

Den Rest der Stunde redet sie übers Erwachsenwerden und was dazugehört. Wenn es irgendwie geht, macht sie Erzählstunden und kein Latein. Vielleicht hasst sie Latein in Wirklichkeit. Ich mag sie deshalb. Und sie mag meine Locken. Wie bei einem römischen Kaiser, nur in blond, hat sie in der Fünften gesagt, als sie mich zum ersten Mal gesehen hat.

Jetzt lag ihr römischer Kaiser am Boden. Tanja hat vor mir den Kopf auf die Hand gestützt und rührt sich nicht. Ganz starr sitzt sie da. Und ich will nicht reden, mit Toni nicht, mit niemandem. Sie ist zäh und stark, das muss ich zugeben.

Aber wenn sie mich auch hasst und ich sie, warum müssen wir dann … na ja, eigentlich habe ich immer noch nicht den Eindruck, dass sie mich hasst.

»Falls das die Pubertät ist, dann will ich sie niemals kriegen«, flüstert Toni mir altklug zu. Ein ganz kleines bisschen muss ich grinsen.

»Idiot.«

»Ich dachte immer, Männer und Frauen tun dann andere Dinge.«

»Mensch, Toni …«

Männer und Frauen. Das ist doch so weit weg.

»Heute Mittag Baumhaus?«, fragt er.

»Okay.«

»Wie alt sind wir?«

»14.«

»Frau Schneckler, darf man mit 14 noch in Baumhäusern sitzen?«

Ich könnte Toni umbringen. Er kennt da nichts. Wenn er eine Frage hat, fragt er. Ob sie gerade passt oder nicht. Ein paar Mädchen kichern. Ich glaube, meine Chancen, im nächsten Jahr wieder Klassensprecher zu werden, stehen im Moment ziemlich schlecht.

»Sogar ich sitze manchmal noch in einem Baumhaus«, antwortet Schnecke. Ich glaube ihr das aufs Wort. »Das hat nichts mit Erwachsensein zu tun.«

»Sondern?«, fragt Toni.

»Erwachsensein hat damit zu tun, dass man weiß, wie man wieder runterkommt.« Sie bestraft Tanja und mich noch mal mit ihrem Eulenblick und redet weiter.

Also, heute Mittag Baumhaus. Gleich nach der Schule. Ich weiß ehrlich gesagt nicht, ob wir da überhaupt noch reinpassen. Ich bin ganz schön gewachsen in letzter Zeit. Und ich lese auch keinen *Harry Potter* mehr. Ich kann mir nicht mal mehr vorstellen, einen Mittag lang im Baumhaus zu sitzen, mit einem Harry-Potter-Band und einer Familienpackung Mintschokolade und zufrieden zu sein. Früher war ich es. – Letztes Jahr noch.

HÖLLENRITT

Unser Baumhaus ist nicht mehr da. Irgendjemand hat es runtergerissen. Die Balken hängen zersplittert in den Ästen, unter dem Baum wurde Müll abgeladen. Wir wussten beide, dass wir kein neues bauen würden, als wir es sahen. Aber ich war sauer. Wie kann man so was kaputt machen. Drei Jahre lang haben wir daran rumgebastelt. Gut, seitdem ich Damos hatte, war ich immer weniger dort gewesen. Trotzdem.

Toni bekam eine rote Nase und zerrte hektisch an den kaputten Balken herum, als könnte er noch etwas ändern. Ich glaube, er hätte am liebsten geheult.

Jetzt bin ich doch gleich nach Hause gefahren. Mama mag das sowieso lieber, wenn wir alle zusammen mittagessen. Je älter wir werden, desto schlimmer wird das. Sie nimmt es persönlich, wenn wir etwas anderes vorhaben. »Einmal am Tag will ich euch um mich haben«, sagt sie.

Ich renne die Treppe hoch und lasse meinen Rucksack auf das Bett plumpsen. Mir ist zu warm. Es ist auf einmal heiß geworden in der sechsten Stunde. Die Sonne schien mir auf den Nacken, aber ich glaube, es lag auch daran, dass Frau Schilfer uns den Termin für die nächste Arbeit mitgeteilt hat. DIE Arbeit. In zwei Wochen schreiben wir sie.

Das war doch alles noch so weit weg. Erst mal wieder gesund werden, mir eine Lösung wegen der Nachhilfe ausdenken, Damos besuchen – und jetzt steht schon die nächste Arbeit an.

Immerhin hat Toni seine Eltern weichgekriegt: Er darf auch mit zum Wanderreiten. Gut, das ist so nicht ganz richtig. Erst einmal musste ich ihn weichklopfen. Ich wollte von Anfang an, dass er mitkommt, so klasse ich mich mit Freddie auch verstanden habe. Toni hat eine ganze Pause lang nur gemotzt und geschimpft – warum ich mir denn nichts Besseres aussuchen könne, etwas Entspannteres, vielleicht Ferien am Meer oder von ihm aus auch irgendwo im Wald, aber keinesfalls im Sattel. Es war nicht leicht, ihn zu überzeugen. Aber irgendwie hab ich es geschafft. Zwei Stunden lang hat er mich angeschwiegen und ab und zu dramatisch geseufzt. Das hat er schon im Kindergarten gemacht, wenn ihm was nicht passte. Tonis Seufzen kenne ich in- und auswendig.

In der nächsten Pause kam er dann endlich zu mir und fragte mit unbeteiligtem Gesicht, wann dieser Überlebenstrip denn starten würde und ob es auch Pferde gibt, die nicht so geistesgestört sind wie Damos. Die gibt es mit Sicherheit, konnte ich ihn beruhigen. Seine Scheu vor Pferden treibe ich ihm schon noch aus. Dafür ist genug Zeit. Und wir wollen nun auch Marc und Anja fragen, ob sie mitkommen. Ich meine, wir sind eine Clique oder so etwas, wir machen fast alles zusammen. Die müssen einfach mit.

Da liegt ein Zettel auf meinem Kopfkissen. Mamas Schrift. »Schmutzwäsche!« Vorsichtig luge ich hinters Bett. O weh.

Mein Wäschekorb quillt mal wieder über. Seitdem ich fast jeden Tag reite, weigert sich Mama, meine Outdoor-Klamotten zu waschen – also all den Kram, den ich ihm Stall anziehe. Alte T-Shirts, Reithosen, Fleecepullis, Westen, dicke Socken. Das Problem ist, dass bei mir eine einzige Reitstunde genügt, um mich von oben bis unten dreckig zu machen. Ich frag mich immer, wie die Frauen in der Abendreitstunde das hinbekommen – die sind sogar geschminkt, wenn sie aufs Pferd steigen, und die Satteldecken passen zu ihren Shirts und den Bandagen, und wenn die Stunde vorbei ist, sehen sie immer noch so aus wie vorher. Ich bin meistens schon staubverschmiert, wenn ich aufs Pferd steige. Und meine Hände darf man gar nicht erst anschauen.

Jedenfalls ist es nun mein Job, mich um die Reitklamotten und Satteldecken zu kümmern. Okay, also erst Wäsche machen und dann raus in den Stall. Lissi geht bestimmt wieder surfen, wir haben heute guten Wind. In Lindau surfen fast alle. Zumindest die, die es sich leisten können. Lissi ist richtig gut, hat schon ein paar Pokale überm Bett stehen. Ich hab's auch schon mal probiert, vor zwei Jahren, aber es ist elend anstrengend, das Segel war so schwer und kaum hatte ich es oben, lag ich schon wieder im Wasser.

»Tom! Wir essen dir alles weg!«

»Ja, ich komme schon.«

Hmm, gefüllte Paprika mit Reis in Tomatensoße. Ich hab bärigen Kohldampf. Plötzlich merke ich, dass mich jemand anschaut. Es ist Mama. Und jetzt auch Lissi. »Was hast du denn da an der Wange …?«, fragt Mama langsam. »Wird Tomatensoße sein.« Ich wische mit der Serviette drüber und zucke zusammen. Das tut weh. Warum tut das – au Backe, das ist von Tanjas Krallen!

»Bist du gestürzt? Hast du dich aufgeschürft?«, fragt Mama aufgeregt.

Mir fällt nichts ein, was ich jetzt sagen könnte. Oder sollte. Ich kann nur ganz schlecht lügen, wenn ich so direkt gefragt werde.

»Hast du dich etwa geprügelt?!«

»Ach, Mama – wir hatten halt Streit …«

»Wer – wir? Toni? Marc? Wer?«

»Das kann doch mal passieren.« Ich esse einfach weiter und tu so, als wäre nichts. Vielleicht essen sie dann auch weiter und halten die Klappe.

»Ich habe dich gefragt, wer das war!«, unterbricht sie mich scharf. Genervt lege ich die Gabel hin. Ich wollte sie hinlegen, aber es war wohl zu heftig. Sie klirrt laut.

»Tanja.« Jetzt ist es raus.

»Halleluja«, raunt Lissi.

Mama schaut mich nur eine Weile ungläubig an. Dann sagt sie ziemlich spitz: »An einem Streit sind immer zwei schuld.«

Ich glaube, die gute Stimmung ist gelaufen. Zum Glück ist Papa in der Praxis und kann nicht mitessen. Lissi versucht, Mama abzulenken und erzählt ihr irgendetwas von einer Projektgruppe, bei der sie mitmachen möchte. Latein oder so. Also unendlich langweilig. Ich hab keinen richtigen Appetit mehr.

»Wir schreiben übrigens in zwei Wochen Mathe, Mama«,

sage ich leise. Sofort wendet sie sich von Lissi ab und guckt wieder zu mir rüber. Etwas milder als vorher. Ich fühl mich ein bisschen elend. Es auszusprechen ist noch viel schlimmer, als den Termin nur ins Heft zu schreiben. In zwei Wochen.

»Dann iss wenigstens deinen Teller leer. Du bist mir zu dünn.« Okay, das ist Mamas Art zu sagen, dass sie nicht mehr sauer ist. Man muss etwas essen, wenn sie verziehen hat. Mir ist etwas leichter ums Herz und Hunger habe ich doch wieder. Ich erwarte ja gar nicht, dass sie Tanja abbestellt. Ich hoffe nur, dass Tanja von alleine geht.

Ich habe eine Stinkwut. Es hätte noch ein so schöner Tag werden können. Ich hab die blöde Wäsche gewaschen, Henri ausgeführt, meine Hausaufgaben gemacht und die Welt wartete auf mich. Aber kaum war ich im Stall angekommen, konnte ich nicht mal richtig Damos begrüßen, denn wer stand nebendran bei Meteor in der Box? Tanja. Ich hatte total vergessen, dass sie ja heute Mittag da sein wollte.

»Hi Tom«, rief sie über die Trennwand und legte den Sattel auf Meteors Rücken. »Wieder beruhigt?«, setzte sie spöttisch hinzu.

Ich sagte gar nichts, wie heißt es so schön? Reden ist Silber, Schweigen ist Gold. Es war totenstill im Stall, bis auf das Schnauben der Pferde. Damos wurde unruhig, vielleicht, weil ich nicht mit ihm sprach wie sonst, dachte ich. Ich versuchte, ihm durch meine Hände Ruhe zu geben, aber sein Fell zitterte immer stärker, bis er plötzlich mit den Hufen scharrte und schon beim Putzen bockte. »Was hast du denn?«, flüsterte ich schließlich. Mit Ach und Krach gelang es mir, ihn zu satteln, so sehr blähte er den Bauch, und auch bei der Trense zickte er rum.

Als ich dann draußen aufsaß, ließ er sich nicht im Schritt halten, sondern trabte sofort los. Nun sah ich, warum. Tanja ritt im Galopp auf der Wiese am Waldrand ihre Runden. Und Damos sieht den Waldrand von seinem Stallfenster aus. Dieses Biest. Wahrscheinlich weiß sie genau, dass Damos nicht mehr zu halten ist, wenn er ein anderes Pferd galoppieren sieht. Ganz besonders, wenn es Meteor ist. Immerhin ist Meteor das einzige Pferd im Stall, das Damos gut leiden kann. Und umgekehrt. Ansonsten werden alle Pferde nervös, wenn Damos in ihre Nähe kommt.

Es blieb mir nichts anderes übrig, ich musste ihn laufen lassen. Und Damos ist schnell. Araberblut. In Sekunden waren wir bei Meteor, der ihn wiehernd begrüßte, und dann rasten wir zu zweit den Waldrand entlang. Meteor zeigte, was in ihm steckte, aber er ist nicht mehr der Jüngste, mit Damos konnte er nicht mithalten. Es war ein wunderbares Gefühl, Tanja schließlich zurückzulassen. Ich weiß nicht, wie lange wir über die Felder flogen, zehn Minuten, zwanzig, bis Damos Schaumflocken vor dem Maul bekam und ich ihn langsam in den Trab zwang.

Als ich zurückkam, war Tanja weg. Meteor hatte noch eine Decke auf dem Rücken liegen, damit er sich nicht erkältete. Ich rieb ihn am Hals und an den Flanken trocken und nahm schließlich die Decke herunter. Auf seinem Fell klebte ein Zettel. »Doch ein gutes Herz, hm?« Tanjas Schrift.

Was soll das denn? Ich hab nie gesagt, dass ich ein schlechtes Herz habe. Für Pferde sowieso nicht. Ich setzte mich auf einen Heuballen und merkte, wie mein Puls raste. Ich war klatschnass geschwitzt. Damos begann über die Box hinweg mit Meteor zu schnäuzeln.

»Meteor, wie hältst du das nur mit der aus?«

Er schüttelte seine Mähne und schnaubte, als wollte er mich beruhigen.

Ich blieb bis Sonnenuntergang, saß einfach nur draußen an der Tränke und sah den Schwalben zu, die über mir in den Dachfugen ihre Jungen fütterten. Damos streckte den Kopf durch sein Fenster und sah fröhlich aus. Ich wollte gar nicht nach Hause fahren. Irgendwann tat ich es doch.

Die anderen hatten schon gegessen; Mama hatte mir ein paar Sachen stehen lassen. Brot und Käse, Tomaten und Joghurt. Und zwei Scheiben Hefekuchen. Ich duschte aber erst und zog mich um. Schon wieder neue Schmutzwäsche. Als ich die Treppe runterging, polierte Mama auf halber Höhe mal wieder ihren »antiken« Spiegel.

»Na?«, fragte sie und wischte mit Hingabe. Ich konnte kein Stäubchen erkennen.

»Mama, der Spiegel ist perfekt.«

Ich setzte mich auf die Treppenstufen hinter sie, sodass wir uns über den Spiegel ansehen konnten.

»Du weißt, es ist Omas Spiegel.« Sie nahm eine neue Portion Politur.

»Ich weiß.« Ganz kurz hatte ich wieder Omas Geruch in der Nase; ich erinnere mich genau, wie sie gerochen hat, ein bisschen nach Vanille und Flieder und Menthol-Taschentüchern; auch, wie die einzelnen Zimmer im Haus gerochen haben, weiß ich noch. Manchmal passiert es mir, dass ich durch die Stadt gehe, und eine Frau hat ihr Parfum an den Kleidern – ich rieche Oma und dann sind tausend Bilder in meinem Kopf; der Garten mit den vielen wilden Erdbeeren, die beiden Sträucher, die immer voller Schmetterlinge waren im Juni, und die alte Wanduhr, die so unheimlich schlug; die Brockhausbände mit den transparenten Grafiken drin. Einen Menschen konnte man damit aufblättern, bis auf die Knochen.

Bis auf die Knochen. Oma liegt im Grab und da sind nur noch Knochen.

»Machen wir mal wieder einfach nur was Schönes?«, rutschte es mir heraus.

Mama hielt inne und schaute mich an. Sie legte ihren Lappen weg, drehte sich zu mir um und setzte sich auf die Kommode. »Alles nicht so einfach im Moment, was?«

Ich schaute auf meine Füße und hatte einen Kloß im Hals.

»Pass auf, Schatz, morgen sind Papa und ich in der Oper, aber übermorgen gehen wir alle zusammen in die Mühle essen, einverstanden? – Mein Gott, bist du gewachsen. Dir passen ja die Hosen kaum mehr!«

Stimmt. Meine Hosen gingen gerade mal bis zu den Knöcheln.

»Du brauchst neue Hosen«, stellte Mama fest. Ich hasse es, Klamotten zu kaufen. Diese engen Umkleidekabinen und fremde Frauen, die an einem rumzupfen.

»Aber keine Hosenscheißerhosen. Die kommen mir nicht ins Haus«, fügte sie hinzu.

Hosenscheißerhosen. Damit meint sie die, die man so auf der Hüfte trägt, damit die Unterhose oben rausguckt, und in die ich ungefähr fünf Mal reinpasse. Vor einem Jahr wollte ich so eine auch haben. Es gab einen Familienrat deswegen. Und sie haben gegen mich entschieden.

Zuerst war ich wütend, weil fast jeder solche Hosen trug. Ich hasste es, mir vorschreiben zu lassen, was ich anziehen durfte und was nicht. Gut, Toni trug diese Hosen auch nicht, aber Toni ist ein Dandy, das sagt er sogar selbst, und ist sowieso immer anders als alle gekleidet. Und Marc hat auch keine.

Ich hab mir dann mal heimlich eine von meinem Taschengeld gekauft und sie im Stall anprobiert. Das hat auch gereicht. Ich bin mit den Dingern ausgeritten und hab mir an den vielen Falten die Innenseiten meiner Schenkel aufgescheuert. Autsch!, hat das wehgetan.

»Kauf du mir einfach was, aber nimm Lissi mit«, sagte ich. Lissi hat Geschmack. Und sie weiß, was mir gefällt. Besser als Mama.

Dann ging ich in die Küche und hab gegessen, und da sitze ich jetzt noch und blättere in der »Brigitte«, die Mama liegen gelassen hat. Die Küchenuhr tickt leise und der Kühlschrank summt. Schöne Geräusche. Machen müde.

Schon wieder muss ich gähnen. Das fällt langsam auf. Dabei hatten wir noch nicht mal die erste Pause. Toni schaut mich prüfend an. Henri hat mich heute Morgen um fünf geweckt. Um fünf! Er fuhr mir mit der Zunge quer übers Gesicht und fiepte ununterbrochen. Mama hatte am Abend vorher noch gesagt, dass sie mit ihm rausgehen würde, aber als ich zum Schlafzimmer meiner Eltern schlich, war es so mucksmäuschenstill, bis auf Papas leises Schnarchen, dass ich nicht wagte, sie zu wecken.

Ich zog mich an und rannte mit Henri durch die Felder. Kaum jemand war so früh schon unterwegs, es war frisch und das Gras nass und der Himmel noch ganz sauber.

»... ist das klar, Thomas?«

Nie kann man mal in Ruhe träumen.

»Ja, natürlich«, sage ich patzig. Ich weiß nicht, worum es gerade geht.

»Wo bist du denn heute?«, flüstert Toni.

Ich kritzle »nachher« in sein Heft und er nickt. Ach, jetzt weiß ich, worum es geht. Die Bundesjugendspiele in fünf Tagen. Papa hat mir grünes Licht gegeben, ich darf mitmachen. Von mir aus könnte jeden Tag Sportfest sein. Ich freu mich drauf, endlich mal eine Abwechslung.

Apropos Abwechslung. Heute Abend machen wir endlich »das Schöne«, was Mama mir versprochen hat. Wir gehen in die alte Mühle essen. Vielleicht sind wieder junge Katzen da, wie letztes Mal.

»Henri, nein, nicht schon wieder.« Lissi ist am Rande der Verzweiflung. Henri bettelt ununterbrochen. Immer wieder stupst er ihr mit seiner feuchten Nase an die Hand oder legt seinen Kopf auf ihr Knie. Wir haben alle die Teller voll, aber keiner kommt zum Essen. Henri steht im Mittelpunkt, und das, seitdem er zum ersten Mal über unser Parkett geschlittert ist.

»Hundeschule«, sagt Mama nur knapp und ungefähr zum fünften Mal heute. Es klingt wie ein Befehl. Aber sie kann ihm ja auch nicht widerstehen.

Nach einer Weile bin ich satt, ich kriege keinen Bissen mehr runter.

»Na komm, zisch schon ab!«, sagt Papa und macht eine Kopfbewegung Richtung draußen.

»Okay«, und fort bin ich.

Hier bin ich als Kind schon rumgestromert. Ich liebe die Mühle. Überall das Geräusch von Wasser, der Stallgeruch, die vielen Tiere und drum herum der dunkle Wald. Die Besitzer kennen mich, seit ich klein bin, ich darf überall hin. Eigentlich habe ich in den letzten Jahren nur ein Ziel gehabt: die große Scheune. Jeden Sommer wuselte das Heu von kleinen Katzenbabys, und meine Eltern hatten alle Mühe, mich nach dem Essen wieder dort rauszukriegen.

Das Scheunentor steht offen, der Heuduft weht mir ins Gesicht, während neben mir eine Grille zu zirpen beginnt. Ich setze mich auf einen dicken Strohballen, lehne mich zurück und schaue nach oben ins Gebälk. Da, da blinkern zwei grüne runde Augen. »Hey Katze!« Das muss wohl die Mutter sein. »Ich tu euch nix.« Im gleichen Moment streicht etwas Warmes und Zartes um meine Beine. Ein schwarzes Katerchen ist es, spindeldürr und mit langen abstehenden

Haaren. Ich nehme den kleinen Kerl mit der Hand hoch und setze ihn auf meine Knie. Er fängt laut an zu schnurren. Jetzt kommen sie aus allen Ecken, drei sind es, nein vier, und oben auf dem Dachbalken lauert die Mama mit ihren grünen großen Augen.

Ich schrecke hoch, da hat was gescheppert. Das schwarze Katerchen krallt sich in meine Hosenbeine und spitzt die Ohren. Es ist der Koch, er hat die Küchentür aufgemacht und an der Wand festgehakt, damit die Wärme abziehen kann. Dampf quillt heraus, als würde es brennen. Er winkt zu mir herüber. Ich kenne es schon, dieses Ritual. Kurz vor Feierabend wird durchgelüftet und er schmaucht am Mühlrad seine Zigarette.

Aber in der Küche ist noch mächtig was los. Langsam lichtet sich der Dampf. In der Tür sitzt eine Frau, mit dem gebückten Rücken nach draußen und einem riesigen Sack voll Zwiebeln zwischen den Knien; neben ihr steht ein Bottich, in den sie gerade eine geschälte Zwiebel wirft und sich dann seufzend über die Stirn streicht. Ihre Finger sind ganz braun und ihre Schürze ist dreckig. Irgendwas kommt mir an ihren Händen bekannt vor, aber ich weiß nicht, was.

Als hätte sie mein Starren bemerkt, dreht sie sich zu mir um. Es ist keine Frau. Es ist ein Mädchen. Ich blicke in ihre Augen, die rot und verweint sind vom Zwiebelschälen, auch ihre Wangen sind nass, jetzt verfärben sie sich zudem dunkel. Trotzdem hält sie den Blick, ohne ein Lächeln, ohne Wut, sie schaut einfach nur.

Es ist Tanja. Ich bin mir sicher. Ich kenne ihr Gesicht, weiß Gott. Was macht sie hier? Warum sitzt sie in der Mühlen-Küche und schält diese gigantischen Mengen an Zwiebeln, warum um Himmels willen macht sie das? Ich hebe die Katze von meinem Schoß, obwohl sie immer noch schnurrt. Ich will hier nicht mehr bleiben. Ich hatte Rumpsteak mit Schmorzwiebeln, und wahrscheinlich kamen die Zwiebeln aus diesem Sack, den Tanja noch zu leeren hat, während der Koch seine Zigarette raucht – ich ekle mich nicht, aber ich will hier weg, ganz schnell.

»Schon zurück? Du siehst ja aus, als wäre dir ein Gespenst über den Weg gelaufen«, fragt Lissi belustigt.

»So ähnlich«, sage ich leise. Lächeln kann ich nicht. »Gehen wir heim?«

»Schon?«, fragen Mama und Papa aus einem Mund. »Wir wollten doch noch ein Weinchen trinken.«

»Da war Tanja.«

Jetzt ist es still und auch Henri stupst nicht mehr.

»In der Küche. Sie hat Zwiebeln geschält.«

Mama und Papa werfen sich einen Blick zu und Mama seufzt kaum hörbar.

»Das arme Mädchen«, sagt sie.

Ich verstehe das alles nicht ganz. Es ist wie ein Fluch. Sie ist im Stall, sie ist in meinem Lieblingsrestaurant, sie kennt meinen Waldweg, sie kennt mein Pferd – aber anscheinend fällt das niemandem auf außer mir.

Im Auto dreht Papa das Radio an. Mama ist merkwürdig still geworden; ich bin träge und mir tut der Kopf weh, und wenn ich die Augen schließe, sehe ich Tanjas braune Hände und ihr nasses Gesicht und dann bekomme ich Lust, eine Weltreise zu machen. Henri drückt sich schwer an mich und seufzt sein Hunde-Seufzen.

Ich würde Mama gerne fragen, wie sie das meint mit dem »armen Mädchen«, aber irgendetwas hält mich davon ab. Ich bin einfach nur entsetzlich müde und will nichts als schlafen.

RIVALEN

Das war jetzt die erste Nacht, in der ich nicht von Tanjas braunen Händen geträumt habe. Ich hab Mama nicht mehr gefragt, was sie mit dem »armen Mädchen« gemeint hat. Ich hab Tanja mittags zur Nachhilfe kommen lassen, kaum was gesagt und statt auf meine Aufgaben ständig auf ihre Hände geschaut, aber ich hab nichts gesehen, es waren ganz normale Hände, und auch nach Zwiebeln gerochen haben sie nicht. Sie war merkwürdig still, triezte mich nicht so wie sonst. Es herrschte eine eisige Stimmung zwischen uns, und obwohl es drückend heiß war, hatte ich die ganze Zeit einen Schauer auf dem Rücken. Ich war so froh, als sie endlich wieder weg war. Diese Nachhilfetage, die sind nichts wert, bevor die Stunde vorbei ist. Und es ist eine lange Stunde.

Morgen: keine Schule. Sondern Sportfest. Und auch das wird nicht so witzig, wie ich dachte. Ich hatte Jens vergessen. Wie konnte ich ihn vergessen. Ich weiß nicht warum, aber er hat nichts Besseres zu tun, als uns den lieben langen Tag aufzuziehen. Toni, Marc, Anja und mich. Vor allem aber Toni. Gut, Toni hat einen komischen Namen. Anton Lorbeer. Das ist nicht gerade ein Name, den man sich wünscht. Aber Jens ruft ihn »Kümmel«. Für ihn ist Lorbeer wohl so etwas Ähnliches wie Kümmel, vielleicht kennt er nur diese beiden Gewürze, aber es nervt. »He Kümmel, sitzt die Hose auch richtig?« Sein Lieblingsspaß. Weil Toni enge Hosen trägt. Dann packt Jens ihn von hinten am Gürtel, ruckt ihn ein Stück hoch und Toni ist für mindestens drei Stunden sehr still. Er kann sich halt nicht gut wehren. Toni weiß nicht, wie man sich prügelt. Und er will auch nicht, dass ich mich für ihn prügle.

Jens hat es auf uns abgesehen. Das war von der fünften Klasse an so und ist es immer noch. Ich glaube sogar, mich kann er am wenigsten ausstehen, aber traut sich nicht recht, es mir direkt zu zeigen. Dafür bekommt Toni es umso schlimmer ab.

Und er ist ein »Ausnahmesportler«, wie unser Sportlehrer es letztens formulierte. Anja meinte, Jens würde regelmäßig Gewichte stemmen. Er ist im Jugend-trainiert-für-Olympia-Kader der Schul-Handballmannschaft. Ich habe heute in der Umkleide zu ihm rübergelinst; er war eh damit beschäftigt, Toni wegen seiner Klamotten zu mobben. Jens hat schon richtig Muskeln am Oberkörper. Ich bin ja nur dünn und schnell, aber Muskeln habe ich nicht, und ich bin auch nicht so groß wie Jens.

Doch es ist zu spät, ich habe mich schon für den 1000-Meter-Lauf angemeldet, weil ich daran schon immer mal teilnehmen wollte, erst recht nach der Blamage mit den Schnürsenkeln und meinem Sturz. Und jetzt einen Rückzieher machen – nein, Jens wüsste sofort warum.

Die anderen haben alle keine Lust aufs Sportfest. Das bedeutet: Ich muss eine Ehrenurkunde holen. Das ist unsere

Cliquen-Regel. Entweder zwei Siegerurkunden oder eine Ehrenurkunde. Damit unsere Würde gerettet ist, sagt Toni immer und sieht die Sache global. Die Würde einer Ehrenurkunde würde sich gleichmäßig auf alle verteilen. Anja hat sich den Knöchel verstaucht, Marc hasst Sportfeste und Toni, na ja, der ist eigentlich nicht schlecht, aber er bringt es wieder fertig, drei Fehlsprünge abzuliefern oder sich die Kugel auf den Fuß fallen zu lassen. Wäre nicht das erste Mal.

Ich warte gerade auf ihn, wir wollen raus zu Damos. Das heißt, ich will raus zu Damos und ich habe ihn breitgeschlagen mitzugehen. Er muss sich schon mal auf ein Pferd setzen, bevor er mit auf die Trekking-Tour geht. Hoffentlich ist Tanja nicht im Stall. Wo bleibt Toni nur?

»Tom! Toni ist da!«

Aha, ist er wieder durch die Terrassentür ins Haus gegangen, ohne zu klingeln. Aber ich mag es, wenn er das tut. Das ist ein Gefühl, als würde er zur Familie gehören. Obwohl er ein sehr anstrengender Bruder wäre. Ich höre ihn die Treppe hochrennen. Tapp-tapp, tapp-tapp, tapp-tapp.

»Hi Fan!«, begrüßt er mich betont locker und haut mir auf die Schulter.

»Autsch!«

»Sorry, ich dachte, das gehört dazu, wenn man raus in die Wildnis geht.« Er grinst und lässt sich auf mein Bett fallen. Er hat tatsächlich Jeans an. Echte, normale Jeans. Ich wusste nicht, dass er so was besitzt.

»Wo warst du denn die ganze Zeit?«

»Mein Schiff«, sagt er entschuldigend. Okay, das Schiff.

Wegen dem er in den letzten Tagen mit roten kleinen Augen im Unterricht saß. Er baut Modelle. Wie ein Bekloppter. Von alten Segelschiffen. Nicht nach solchen Papier-Baukästen, nein, er macht alles selbst, und meistens fährt der Kahn anschließend nicht. Einmal mussten wir beide zusehen, wie eines der Schiffe abgesoffen ist, im See, es war ein Drama. Toni hat zwei Tage lang nicht mehr gelacht. Aber sie sehen immerhin sehr schön aus.

Bei der Projektwoche im vergangenen Jahr hat er einen Modellbaukurs angeboten und Jens hat sich dafür angemeldet und nur rumgepöbelt. Es war eine Höllenwoche für Toni. »Na, Kümmel, wann baust du dir deine erste Frau, he?«, muss Jens durch die ganze Gruppe gebrüllt haben und Toni sagte errötend: »Gar nicht, ich bau Schiffe.« Das konnte Jens nicht davon abhalten, tagelang auf seinem eigenen Witz rumzureiten.

»Was guckst du so finster, steht mir meine Jeans nicht?«, fragt Toni.

»Doch. Klar.« Das war glatt gelogen. Sie steht ihm nicht. »Nein, ich dachte an Jens und an morgen. Er macht beim 1000-Meter-Lauf mit. Und ich auch. Ich hab keinen Bock, gegen ihn zu verlieren.«

»Das wirst du auch nicht. Du darfst nicht verlieren! Okay? Denk gar nicht erst daran. Und jetzt bring mich zu deinem Gaul.«

»Du hockst auf dem Pferd wie ein Affe auf einem Schleifstein! Nun mach nicht so ein Gesicht! Fersen runter! Was tun deine Hände da? Fliegen fangen?« Toni sieht unglücklich aus. Seine Finger krallen sich in die Zügel und in Damos' Mähne, und seine Beine baumeln leblos neben dem Sattel. Damos passt das alles gar nicht. Er macht den Hals lang und versucht, Gras zu fressen.

»Tom, ich geb's auf! Das Pferd macht mich noch verrückt.«

»Ich glaube eher, du machst es verrückt.«

»Ich lerne es nie!« Jetzt wird Toni stur.

»Es war doch schon ganz okay«, muntere ich ihn auf. Auch das war gelogen. Aber Reiten lernt man eben nicht an einem Tag. So schnell darf er nicht aufgeben. »Noch ein Versuch. Damos, Teeeerab!«, rufe ich und er setzt sich in Bewegung.

Ich kann gar nicht so schnell gucken, wie es passiert. Toni landet in hohem Bogen und mit einem verzweifelten Schrei in der größten Schlammpfütze des gesamten Reitplatzes, während Damos stolz weitertrabt. Ich versuche ernst zu bleiben, aber ich merke schon, ich habe keine Chance. Es sieht zu komisch aus, wie Toni erstarrt im Matsch sitzt und nach passenden Flüchen sucht. Wieder zieht Damos an ihm vorbei und seine wirbelnden Hufe überziehen Toni mit unzähligen Schlammklümpchen.

»Damos!«, rufe ich streng und versuche, ihn am Zügel zu fassen, doch meine Stiefel rutschen, Damos trabt vorbei und ich – sitze auch im Schlamm. Henri winselt begeistert und zieht an der Leine, mit der ich ihn am Zaun befestigt habe. Er denkt wohl, das wäre ein tolles neues Spiel.

»Ich erkläre diese Reitstunde für beendet«, sagt Toni und erhebt sich todernst aus seinem Schlammloch. »Lach du nur. Ich werde mich bei dieser verdammten Freizeit in den Planwagen setzen und mich kutschieren lassen. Und jetzt will ich eine Dusche.«

DER KAMPF

»Henri, nein. Geh weg, ich will heute nicht raus.« Er lässt ein anklagendes Winseln hören und schiebt seine Schnauze auf mein Kopfkissen, sodass ich direkt in seine sanften Augen gucken muss. »Wirklich nicht, Henri.« Er bleibt da, und wir starren uns an, Mensch und Hund.

Ich fühle mich elend und bin mir hundertprozentig sicher, dass ich heute nichts frühstücken kann. Nicht mal einen trockenen Toast. Und meine Beine scheinen aus Gummi zu sein. Rennen? Sprinten? Und gar tausend Meter zurücklegen? Das Erste, was ich beim Aufwachen dachte, war: Sportfest, und sofort bewegte sich etwas in meinem Magen. Es war sechs Uhr früh. Seitdem liege ich wach. Und Henri ist es schietegal, dass Sportfest ist.

Wie soll das erst bei der Mathearbeit werden. Und warum geht die Zeit so langsam rum? Ich bereue es immer mehr, mich zum 1000-Meter-Lauf angemeldet zu haben. Aber irgendwie habe ich mich daran festgebissen. Wenn ich ihn gut schaffe, schaffe ich auch die Mathearbeit. Und alles andere. Fast ein bisschen abergläubisch, aber ich kann mich von diesem Gedanken nicht mehr lösen. Es ist, als ob beides etwas miteinander zu tun hätte. Vielleicht, weil ich nach der Sechs in Mathe beim Laufen gestürzt bin. Wenn ich heute nicht stürze und gewinne, dann schreibe ich vielleicht auch keine Sechs mehr. Der große Unterschied ist nur: Laufen kann ich. Mathe kann ich immer noch nicht.

Ich rolle mich aus dem Bett und schlurfe mit Henri im Schlepptau rüber zu Lissi. Sie schläft mit offenem Mund. Unter ihrem ausgestreckten Arm klemmen zwei dicke Bücher. Das kann doch nicht gemütlich sein. »Weck sie«, flüstere ich Henri zu und er springt schwanzwedelnd auf das Fußende. »Wuff!«

»Morgen, Lissi. Gehst du mit ihm raus?«

»Was – o, Tom ... du schon wieder ...«

»Wie – ich schon wieder?«

»Ich hab von dir geträumt«, murmelt sie und setzt sich auf. Die Bücher plumpsen zu Boden. »Du hast gewonnen. Echt.« Sie kriegt ihre Augen kaum auf. »Aber dann bist du wieder hingefallen, glaube ich. Wenn ich mich richtig erinnere ...«

»Erzähl nichts mehr.« Ich versuche zu grinsen, aber mir ist einfach nur flau und das Grinsen nicht echt.

»Warum gehst du nicht mit ihm? Du gehst doch sonst immer?«

»Ich bin so nervös. Und ich will meine Kraft nicht verpulvern.«

»Hä?« Sie ist immer noch nicht ganz da.

»Lissi, aufwachen! Du hast doch eben gerade davon geträumt! Hallo! Heute sind die Bundesjugendspiele.«

Sie schaut mich an und runzelt die Stirn. »Du und nervös? Wegen Sport? Das ist nicht dein Ernst. Du bist doch sportlich. – Na gut, ich geh. Aber iss was vorher, okay? Ich komm später vorbei, muss ja nur Urkunden schreiben.« Ich beneide sie auf einmal. Die Oberstufenschüler sind vom Sportfest befreit.

Ich geh noch mal ins Bett, wälze mich aber nur rum. Vielleicht wäre es doch besser gewesen, mit Henri in die Felder zu verschwinden.

»Na, Tom, wach?« Mama steckt den Kopf zur Tür rein.

»Hm. Schon seit 'ner Stunde.«

»Ach Tom, es ist doch nur Sport. Mach dich nicht verrückt. Und iss was vorher.«

Mein Gott, immerzu muss ich essen. Ich kann nicht. Und von wegen nur Sport. Das ist wenigstens etwas, worin ich noch gut bin in der Schule. Sonst sieht es ja nicht rosig aus. Für mich ist das wichtig. Nicht nur wegen diesem blöden Aberglaube mit Mathe.

Aber so nervös war ich früher nie. Ich hab einfach gemacht und fertig. Ich hatte Spaß dabei.

An der Straßenecke warten Anja, Toni und Marc auf mich. »Beeil dich!«, ruft Anja und schwenkt ihren bandagierten Knöchel. Ich trau ihr ja zu, dass sie gar keine echte Verletzung hat.

Es ist jetzt schon warm. Wie schön es im Stall wäre – ich will gar nicht dran denken. Alle sind zum Stadion unterwegs, wir treffen unterwegs fast die ganze Klasse, jeder redet etwas, ich auch, aber vor mir sehe ich nur die Aschenbahn. Ich muss die Schuhe gut zumachen. Unbedingt. Jetzt habe ich auch noch das Gefühl, dass mein Kopf wieder so schwummrig wird wie damals, als ich im Krankenhaus lag. Das kann doch nicht sein, da war doch alles wieder in Ordnung. Hab ich etwa einen Rückfall? Gibt es das bei einer Gehirnerschütterung?

»Tom ist heute unser Ehrenretter«, höre ich Anja zu ihrer Freundin sagen.

»Das wird sich noch zeigen«, knurre ich in mich rein. Mir ist nicht nach Reden, obwohl ich zu allen nett und freundlich bin. Toni quasselt wieder ununterbrochen. Ich sage nur »Ja« und »Hm«, er merkt das nicht mal. Die wissen gar nicht, wie schwer das für mich ist. Einmal sportlich, immer sportlich, denken sie. Aber so ist das nicht. In Mathe bin ich auch mal gut gewesen.

Ich gehe zu Marc rüber. Toni macht mich ganz wirr im Kopf mit seinem ständigen Gebrabbel.

»Laufen wir uns warm?«, frage ich Marc, der mit einem zufriedenen Grinsen in die Sonne blinzelt, obwohl er Sportwettbewerbe doch so hasst.

»Okay.« Wir traben gemeinsam auf die Aschenbahn und ich merke, dass ich es mag, dieses weiche, trocken riechende Rot unter den Füßen. So aufgeregt ich auch bin. Und so ungerne ich mich an meinen Sturz erinnere. Die Sonne scheint auf unsere Rücken, als wir uns von der Masse wegbewegen.

Marc beginnt zu schnaufen und brabbelt etwas von Abnehmen und zu dick. Aber wenn Marc neben mir läuft, werde ich ruhiger. Weil er selbst immer so gelassen ist. Manchmal glaube ich, Marc braucht weniger Atemzüge als andere Menschen.

Ich passe mich seinem gemächlichen Tempo an. Es spart Kraft. Stehen bleiben möchte ich aber auch nicht. Sondern einfach nur in Bewegung bleiben. Nicht nachdenken. Erst springen, dann Kugelstoßen, dann Sprint. Und dann die 1000 Meter.

Okay. Das war ja bisher ganz gut. Ich hab noch nicht gerechnet, wie weit ich gekommen bin. Alle anderen rechnen, drücken sich an den Punktetafeln die Nase platt. Ich war bei den 75 Metern schneller als Jens, das weiß ich zumindest. Ein paar Hundertstel. Aber immerhin schneller. Ich will nur meine Ehrenurkunde wie jedes Jahr und basta. Und vor allem will ich endlich die Langstrecke hinter mich bringen.

Ich lieg auf dem Rasen, im Halbschatten, und versuche an andere Dinge zu denken. Ich möchte wissen, was Lissi vorhin mit Tanja zu reden hatte. Warum sie überhaupt mit ihr redet. Was soll das eigentlich?

Ich würde mich gerne hier wegkatapultieren. Im Moment geht mir der Trubel auf den Keks. Das, was ich früher geliebt habe. Ich hab mich toll gefühlt dabei. Wird das jetzt nie wieder so sein? Ich fühle mich nicht mehr toll, sondern beobachtet und unter Druck.

»Knapp vorbei«, zischt es in mein Ohr.

»Was?!«, erschrocken richte ich mich auf. Es ist Toni. Er lässt sich neben mir auf den Bauch fallen und streckt dramatisch alle viere von sich.

»Ich hab noch nicht mal 'ne Siegerurkunde.«

»Mensch, Toni … warum denn das?«

»Dreimal übertreten. Einmal die Bahn gewechselt. Was erwartest du? Wenigstens hab ich mir diesmal nicht den Zeh gebrochen. Außerdem hast du ja kräftig unsere Ehre gerettet.«

»Meinst du?« Ich dehne meine Waden. Seit dem 75-Meter-Lauf sind sie wie taub.

»Du bist Jahrgangssieger.«

»Bitte?« Das hatte ich noch nie geschafft.

»Jens ist stinkesauer. Er will's dir zeigen, bei der Langstrecke. Er säuft die ganze Zeit isotonische Getränke und reibt seine Beine mit stinkendem Zeugs ein.« Toni schnaubt verächtlich. »Freust du dich gar nicht?«

»Ich weiß es nicht genau«, seufze ich und lasse meine Waden wieder in Frieden. Das nützt sowieso nichts.

»Deine Mathefee ist übrigens gar nicht übel.«

»Wie, was soll das heißen?« Fängt Toni jetzt etwa auch noch an, mit ihr anzubändeln? Es reicht, dass Lissi das getan hat.

»Im Sport! Ich meine, im Sport. Reg dich ab. Sie springt saugut. Die haben alle gestaunt. Aber sie war genauso miesepetrig drauf wie du. Ich find's klasse heute. Wenigstens keine Schule und man kann ohne Unterlass Mädels gucken«, meint Toni und starrt Jens an, der wilde Aufwärmbewegungen macht.

»Wie lange noch?«, frage ich.

»Zwanzig Minuten.«

»O Gott. Das halte ich nicht durch.«

»Komm, ich leih dir meinen MP3-Player. Da kannste abschalten.« Toni drückt mir die Kopfhörer in die Ohren.

»Was ist das?«, brülle ich.

»Chicane! Gut zum Laufen. Ehrlich. Jetzt guck nicht so, sei tolerant, ich hör eben andere Musik als du.«

Ich lasse mich drauf ein, während Toni neben mir zu dösen beginnt. Und tatsächlich. Es funktioniert. Die Musik umfängt mich, füllt meinen ganzen Kopf aus, lullt mich ein. Am liebsten würde ich mit ihr laufen.

Ich schau nach oben, in die Blätter, die sich in alle Richtungen drehen und bewegen, ein silbergrünes Geflimmer, und zum ersten Mal heute klopft mein Herz fast normal, nicht so laut und so schnell. Ich muss blinzeln, meine Lider werden schwer und der bleierne Schmerz in meinen Waden lässt nach. Ich sollte noch mal Wasser trinken, wo ist meine Wasserflasche, da, neben mir, aber ich bin zu faul, um danach zu greifen, zu müde …

»Tom! Tom!!! Wach auf, verdammt!« Ich schlage die Augen auf und blicke in Tonis gehetztes Gesicht. Er deutet in die Luft. »Da!« Ich schaue nach oben und sehe nur die Blätter und den blauen Himmel. Es ist heiß. Was meint er bloß? Er fuchtelt eilig mit den Armen.

»Hör doch!«

»Ich wiederhole: Die Teilnehmer des 1000-Meter-Laufs Jahrgangsstufe sieben bis neun finden sich bitte jetzt alle am Start ein!«, dröhnt es aus den Lautsprechern.

Mist. Fast hätte ich verpennt. Ich will sofort rüberrennen, doch Toni hält mich fest. »Mach langsam. Langsam! Sonst kippst du noch um! Du hast eben fest geschlafen.«

Er hat recht. Mir ist ganz schwindelig, als ich zu den übrigen Läufern gehe. Ich bin der Letzte. Da stehen sie alle, Jens und die anderen. Ich muss an die Olympischen Spiele denken im Fernsehen, wo alles so taktisch war, so ausgeklügelt. Ich habe überhaupt keine Taktik. Ich weiß gar nichts. Ich weiß nicht mal genau, wie man startet.

Ich bekomme die Außenbahn. Ich knete mein Gesicht, um den Schlaf zu vertreiben, der mir noch in den Knochen sitzt. Schüttle meine Waden, nehme einen Schluck aus der Flasche. Das Wasser ist inzwischen lauwarm und schmeckt ekelhaft. Ich gieße mir den Rest über das Gesicht, um endlich zu mir zu kommen.

Da fällt schon der Startschuss. Wir setzen uns in Bewegung und ich spüre die Unruhe der Umstehenden am ganzen Körper. Sie schauen alle auf uns, ich weiß es, so wie ich früher immer geguckt habe. Es war mein Traum, hier mal mitzumachen, und jetzt?

Jens ist schon ganz vorne, er führt. Ich versuche in mich reinzuhören. Habe ich noch Kraft? Ja, ich glaube schon. Jetzt, wo sich die Müdigkeit langsam auflöst, fühlt sich mein Körper viel weicher an, viel lockerer als vorhin. Hinter mir drängelt jemand. Die Schritte in meinem Rücken machen mich nervös. Ich lasse ihn vor, nehme mein Tempo raus. Nun bin ich das Schlusslicht. Alle anderen sind vor mir, nur Rücken, Rücken im Rhythmus der

Schritte. Hier hinten fühle ich mich wohler, keiner keucht mir in den Nacken. Ich verfolge die anderen, nicht die anderen mich. Ich weiß, dass das nach hinten losgehen kann. Und wenn schon. Dann bin ich eben der Verlierer des Rennens. Ich spüre einen leisen Trotz. Es ist mir auf einmal egal. Ich werde dranbleiben, aber gewinnen – muss das denn sein? Muss ich mich wirklich hier zwischen die anderen quetschen, die so wütend vor sich hin laufen, um dann am Ende doch zu verlieren?

Da, Schatten. Meine Kraft bleibt. Ich fühle mich immer noch nicht müde, meine Beine laufen, gleichmäßig und locker, als würden sie nie etwas anderes tun. Vier Schritte ausatmen, zwei Schritte ein. Bloß kein Seitenstechen. Aber woher auch, ich habe kaum etwas gegessen.

Jetzt merke ich, dass das Tempo sich minimal verlangsamt. Wie viel haben wir noch? Kurzzeitig kann ich mich nicht orientieren, doch das Klingeln nimmt es mir ab. Letzte Runde. Ich wage einen kurzen Blick ins Publikum. Da stehen sie, Toni, Anja, Marc und Lissi, betreten und stumm, und starren mich an.

Am liebsten würde ich rüberrufen »Mir geht's gut!«. Doch ich spüre auf einmal die Hitze, die schwüle Luft. Das Atmen wird schwerer, aber meine Beine können noch. Wenn, dann jetzt. Ich weiß es. Jetzt. Ich denke an alles, was mich wütend machte. Omas Tod. Ich bin immer noch wütend deshalb. Das war zu früh. Einfach zu früh. Sie war so gut, so lieb gewesen, sie hatte das alles nicht verdient. Nicht, dass Opa so früh starb, und nicht, dass sie so lange krank war, immer weniger wurde und man nichts machen konnte. Einfach nichts.

Die Wut fließt in meine Beine, es tut weh im Herz, und je schneller ich laufe, desto weniger spüre ich den Schmerz. Ich will nach vorne. Weg von alldem. Jetzt weiß ich es. Ich will gewinnen. Wenigstens will ich es versuchen.

Ich denke an diese verdammten Nachhilfestunden. Ich bin sauer, weil mich niemand gefragt hat. Weil jeder denkt, er wüsste, was für mich gut ist. Ich bin schon fast hinter Jens. Es ist nicht mehr viel, vielleicht noch ein halber Meter, dann bin ich der Dritte. Doch Martin vor mir wehrt sich, legt zu, keucht lauter. Noch eine halbe Runde. Ja, ich bin sauer wegen Tanja. Mein ganzes Leben hat sich verändert. Nichts ist mehr leicht, alles so belastet. Warum muss sie Zwiebeln schälen. Warum? Man darf doch mit 14 noch gar nicht arbeiten. Was soll das überhaupt?

Jetzt habe ich Martin eingeholt. Wir sind auf gleicher Höhe. Er schaut zu mir rüber, ich merke es, aber ich habe Angst, seinen Blick zu erwidern, Angst, dass mich das Zeit kostet. Ich drücke mich in die Lücke zwischen ihm und Jens. Okay. Ich bin Zweiter.

Und ich könnte vor Wut die Wand anschreien, weil Jens in der Projektwoche Toni zum Heulen gebracht hat letztes Jahr. Toni saß in unserem Bunker und weinte leise vor sich hin, ich konnte gar nichts machen und hockte nur stumm neben ihm, Jens hatte seinen historischen Dreimaster zerstört, aus Versehen, wie er immer betonte, aber niemals habe ich ihm das abgenommen. Er hat Toni die ganze Woche getriezt, bis der Angst hatte, morgens in die Schule zu gehen, und kein Lehrer hat uns geglaubt, die haben uns nicht ernst genommen.

Das Atmen wird immer schwerer, meine Waden brennen, aber da ist noch Kraft übrig, ich merke es genau. Wieder schießt die Szene in der Mühle durch meinen Kopf und ich ärgere mich gleichzeitig darüber, will vor diesem Bild endlich weglaufen, da, noch zwei, drei Schritte, es muss gehen und es geht auch – was ist das? Da ist was in meinem Rücken, verdammt, das ist Jens, er hält mein T-Shirt fest, fast stolpere ich, das schaffe ich so nicht, wie soll ich so laufen, warum zum Teufel merkt das keiner?

Ich sehe schon die Ziellinie, es sind etwa noch 75 Meter, mehr nicht. Wieder grapscht er nach meinem T-Shirt, diesmal noch fester. Es gibt nur eine Möglichkeit und es ist auch egal, das Shirt war mir eh immer zu groß gewesen. Ich muss es nur hinbekommen, ohne zu stürzen, jetzt – ich ducke den Kopf und ziehe die Arme ein, tatsächlich, es funktioniert, Jens hat mein Shirt in den Händen, und ich bin oben nackt, nur noch wenige Meter, ich bin noch vorne, immer noch, mein Gott, wie die jubeln und schreien, jetzt nur nicht langsamer werden, durchhalten …

Ich trete über das Ziel und falle nach vorne. Es geht nichts mehr. Krampf in der Wade. »Tom!«, ruft Toni erschrocken.

»Keine Bange, nur ein Krampf.« Ich lege mich auf den Rücken und ziehe an meiner Fußspitze, während hinter mir die Hölle los ist.

»Meine Herren, mit nacktem Oberkörper über die Ziellinie, das geht in die Schulgeschichte ein.« Anja grinst und springt um mich rum.

Der Krampf lässt langsam nach. »Der Idiot hat mich festhalten wollen«, versuche ich zu sagen. Ich kann kaum sprechen, so sehr schnappe ich nach Luft. »Er ist disqualifiziert worden«, freut sich Toni. Dann schaut er mich kritisch an. »Jetzt siehst du wenigstens wieder nett aus. Du hast geschaut, als würdest du jemanden umbringen wollen.«

»So sieht das halt aus, wenn man für vier Leute die Ehre rettet«, knurre ich. »Hab ich wirklich gewonnen?«

»Du hast. Wirklich. Und wir dachten alle, du loost ab. Du warst ja das Schlusslicht. Echt coole Taktik!« Toni ist stolz.

Wenn du wüsstest, denke ich. Oder hatte ich ganz tief drinnen doch die ganze Zeit vor zu siegen? Ich weiß es nicht. Ich weiß nur, dass es mir gut geht. Richtig gut. Aber aufstehen will ich nicht wieder.

»Heute Mittag See?«, frage ich in die Runde. Alle stehen sie um mich herum und schauen auf mich runter.

»Klar!«

»Thomas, steh bitte auf, du musst dich noch ein bisschen bewegen«, mahnt mein Sportlehrer. Unter Schmerzen erhebe ich mich und gehe alleine meine Runde. Tanja ist nirgends zu sehen. Dabei war sie angeblich auch Jahrgangsbeste. Will sie sich nicht ehren lassen? Und überhaupt, klebt sie nicht sonst auch immer an mir dran?

Na ja, mir soll es recht sein. Ich habe also gewonnen und muss nachher auf dieses Podest hoch. Ich muss? Ich darf! Ich hebe mein T-Shirt von der Bahn auf und ziehe es über, setze mich ins Gras an einen Baum und lasse meinen Atem zur Ruhe kommen. Toni kommt rüber und setzt sich stumm auf die andere Seite vom Baum, und da sitzen wir, Rücken an Rücken, sagen nichts und sind zufrieden damit. Das kann ich nur mit ihm.

GESCHWISTERKRIEGE

Es gewittert. Endlich. Mein Radiowecker zeigt 21.47 Uhr und meine Knochen tun mir so weh, dass ich nicht schlafen kann. Eigentlich will ich auch noch nicht schlafen. Ich mag Gewitter. Am See konnten wir schon sehen, wie die Wolken sich auftürmten, wirklich irre Wolken. Ich hatte kaum Lust zu baden, dümpelte nur am Ufer rum, so kaputt war ich.

Anja hat sich von Marc den Rücken eincremen lassen und danach lagen sie eng nebeneinander auf ihren Handtüchern und hatten ihre Finger ineinander verschränkt. Es ist immer noch merkwürdig für mich, Anja und ihn so zu sehen. Ich muss mich wohl daran gewöhnen. Anja himmelt Marc an. Und das kann ich gut verstehen. Ich will ja auch gar nicht, dass Anja sich in mich verliebt. Sie ist wie eine Schwester für mich. Wir zanken uns und vertragen uns wieder, und wenn wir uns zanken, ist es nie ganz ernst gemeint. Aber Marc ist immer so locker und ruhig. Als hätte er vor nichts Angst. Als wüsste er genau, wie die Welt funktioniert. Ihn kann irgendwie nichts erschüttern. Weder Toni noch ich würden das offen zugeben, aber wir haben beide einen Heidenrespekt vor Marc. Obwohl der kein bisschen auf uns heruntergruckt.

Eben habe ich das Radio ausgemacht, weil ich es einfach

nicht mehr ertrage, diese schrecklich gute Laune überall. Toni meinte mal, er würde später einen Jammersender gründen, bei dem die Moderatoren schlecht gelaunt sind, rummeckern dürfen und depressive Musik spielen.

Mir geht dieser Anruf von Chris vorhin durch den Kopf. Er benahm sich so sonderbar am Telefon. Ich wollte schon Lissi rufen, wie immer, wenn er dran ist, aber da sagte er, ich solle das lassen, sie solle einfach nur bei ihm vorbeischauen.

Schon wieder ein Blitz. Henri läuft unruhig auf und ab und schaut mich immer wieder groß an. Es nützt nichts, dass ich ihn beruhige und hinter seinen Ohren kraule. Vielleicht will er mich beschützen und nicht sich selbst. Unten geht die Haustür. Henri fängt an mit dem Schwanz zu wedeln und zu fiepsen. Lissi? Etwa jetzt schon?

Ja, das sind ihre Schritte. Nur etwas kräftiger als sonst. Und – keine Pause auf dem Treppenabsatz. Wow.

Sie stürzt zu mir ins Zimmer, macht die Tür zu und lehnt sich dagegen. Sie sieht furchtbar aus und reagiert nicht auf Henris Begrüßungssprünge. Überall in ihrem Gesicht sind Tränen.

»Er hat Schluss gemacht«, sagt sie leise und fängt an zu schluchzen. Steht an der Tür und schluchzt. Oje. Warum tut sie das bei mir? Warum nicht bei ihr im Zimmer? Was soll ich denn jetzt sagen?

»Ich fand den eh immer doof«, ich sage das, was ich denke.

Sie schaut mich an, schluchzend, mit großen runden Augen; sie hat kein Taschentuch und versucht dauernd, mit ihren Händen das Schniefen zu stoppen, aber es geht nicht, sie merkt das gar nicht.

»Was ...?«

»Ich konnte ihn nicht leiden. Er ist ein Großkotz. Hast du das nie geschnallt? Ein Idiot. Ein Affe. Ich bin echt froh, dass er Schluss gemacht hat.«

Was ist nur mit mir los? Warum sag ich das alles? Ich meine, ja, ich denke so, ja, ich mochte ihn nie. Aber Lissi weint immer schlimmer und jetzt ist sie dazu noch wütend auf mich. Sie bekommt schmale Augen und einen schmalen Mund, wie Mama, wenn ihr was nicht passt, nur habe ich Mama noch nie so heulen sehen. Lissis ganzes Gesicht ist nass, und sie hält sich ihre linke Seite, als wäre sie zu schnell gerannt.

»Ist das alles?«, fragt sie mich. »Das ist alles?«

Wie – das ist alles? Was soll ich denn tun? Ihn zurückpfeifen? Oder etwa lügen? Ich will, dass sie rausgeht. Ich kann ihr da nicht helfen, das ist 'ne Nummer zu groß für mich und diese Heulerei und das stumme Dastehen gehen mir irgendwie auf die Nerven.

»Du weißt gar nicht, wie weh das tut, was?!«, schnaubt sie mich an.

Ich sage nichts. Ich weiß nicht, was ich sagen soll. Ich beobachte mich nur selbst, wie ich meinen Kopfhörer aufsetze und ihr den Rücken zudrehe. Meiner Lissi.

»Du merkst ja auch nicht, dass Tanja bis über beide Ohren in dich verliebt ist! Du merkst gar nichts!«

Ich drücke auf den Play-Knopf, aber es kommt nichts, weil der Akku leer ist. Ich höre meine Tür knallen, eins, zwei, drei, jetzt müsste ihre kommen, tatsächlich, zack!, das Haus wackelt fast und sie muss sie noch mal nachziehen, weil die Tür durch die Wucht wieder aufgesprungen ist.

»Scheißkerl!«, brüllt sie durch die Wand, und ich hab keine Ahnung, ob sie Chris meint oder mich. Wahrscheinlich uns beide.

Tanja – in mich verliebt? Wie kommt sie denn darauf? Das ist doch Humbug, das ist erstunken und erlogen.

In meinem Kopf wirbelt alles durcheinander. Meine Wangen sind heiß geworden. Ich bin kein Scheißkerl. Aber mir war das zu viel eben. Warum nur will sie mir davon erzählen. Hat sie keine beste Freundin? Warum geht sie nicht zu Mama? Wie soll ich denn helfen?

Jetzt macht sie wohl irgendwas kaputt da drüben. Es rumpelt und tobt. Henri kratzt draußen winselnd an meiner Tür. Er ist eben Lissi hinterhergetrabt, aber offenbar ist es ihm nicht mehr ganz geheuer bei ihr. Kann ich verstehen. Ich lasse ihn rein. Sofort verzieht er sich unters Bett; nur sein Schwanz guckt raus und klopft hektisch auf den Boden, sobald es drüben wieder kracht. Was macht sie da nur?

Ich ziehe mir die Decke über den Kopf. Es stimmt, ich habe keine Ahnung, wie das ist, wenn man verlassen wird. Irgendwann werde ich das wohl auch wissen. Obwohl ich im Moment noch vorhabe, niemals verlassen zu werden. Aber Mama sagte mal, so was gibt's nicht.

Ich weiß aber, wie es ist, wenn jemand nicht mehr da ist. Ich weiß das wegen Oma. Und da hilft nichts. Wirklich gar nichts.

Nun ist es still geworden. Man hört nur noch den Wind in den Bäumen und ganz leises Donnergrollen. Lissi tobt nicht mehr. Wahrscheinlich liegt sie in all ihrem Kram auf ihrem Bett und heult. Ich ziehe die Bettdecke wieder runter und schaue mich um. Mein Schreibtisch ist eine Katastrophe. Schulbücher, Mathezettel, Pferdekram, CDs, alles durcheinander. Nebendran der künstliche Wüstenkaktus mit den vielen kleinen Lämpchen drin. Und darunter mein erster Sattel. Da schau ich gerne hin. Auch jetzt. Ich mache alle Lichter aus, bis auf den Kaktus, und versuche zu hören, ob Lissi weint. Nein, ich höre nichts. Mama lacht im Garten mit Papa. Sie haben nichts mitbekommen. Lissi ist ganz alleine.

Henri kriecht Stück für Stück unter meinem Bett hervor, den Bauch immer noch flach am Boden und mit Knickschwänzchen.

»Na komm«, sage ich leise. Langsam fangen meine Knochen und Muskeln an wehzutun. Er macht zwei Schritte auf mich zu, setzt sich hin, legt seinen Kopf auf meine Füße und fiept. Mit weichen, bittenden Augen schaut er mich an. Er hasst es, wenn Lissi und ich streiten. Das ist für ihn noch schlimmer als Gewitter.

»Ich weiß genau, was du willst, Hund«, seufze ich und stehe auf.

Lissi und ich begegnen uns im Flur, auf halber Strecke zwischen unseren beiden Zimmern.

»Ich …«

»Ich wollte …«, sagen wir gleichzeitig.

Sie sieht immer noch schrecklich aus. Ich glaube, sogar schrecklicher als vorhin.

»Wisch mal deine Schminke weg«, sage ich und sie zuckt mit den Schultern. »Ist doch jetzt eh egal. Und du weißt ja, wie ich aussehe.«

Ich bin mir da nicht mehr so sicher.

Wir gehen in mein Zimmer und setzen uns auf den Boden vor meinen Kaktus.

»Vielleicht hast du recht«, sagt sie mit erstickter Stimme. »Vielleicht war er ein Idiot. Aber immerhin war er der erste Mann, mit dem …«

»Halt, stopp, aus!«, rufe ich und presse die Hände auf meine Ohren. »Ich will so was gar nicht wissen, echt nicht. Nein.«

»Ist gut, hey, ist gut!« Sie zieht meine Hände runter. »Mit dem ich mir vorstellen konnte – das zu tun«, redet sie weiter. »Mein Gott, Tom, ich bin 18, da haben andere schon ein Kind.«

»Ich will es trotzdem nicht wissen«, sage ich ein zweites Mal und zähle die Lämpchen. 36 sind es, sicher, aber ich zähle trotzdem weiter.

»Hat er denn eine andere?«, frage ich, ohne Lissi anzuschauen.

»Ich glaube nicht. Nein. Ich war ihm nur zu – na ja, zu langweilig. Ja, zu langweilig.« Sie schluckt schwer und ihre Augen füllen sich wieder mit Tränen.

»Langweilig? Du? Die Surfmeisterin von Lindau? Langweilig?« Ich kann es nicht fassen. Lissi ist vieles, aber nicht langweilig.

»Guck doch mal. Ich geh nicht gern weg. Und wenn ich weggehe, dann tanze und trinke ich nicht. Ich rauche auch nicht. Ich bin langweilig«, sagt sie. »Und Sex …«

»Lissiiii«, unterbreche ich sie gequält. Ich kann mir denken, was sie sagen wollte. Es ist egal. Sie bleibt jetzt still, nachdem ich ihr ungefähr fünfzehn Mal gesagt habe, dass und warum sie nicht langweilig ist. Sie rollt sich neben Henri auf meinem Bett zusammen, während ich auf dem Boden liege und meinen Kopf an meinen alten Sattel lehne, der so wunderbar nach Stall und Erinnerungen riecht.

Über Tanja reden wir nicht. Sie muss sich das ausgedacht haben. Es geht gar nicht anders.

Vielleicht sind wir tatsächlich langweilig. Für jemanden wie Chris. Von mir aus. Dann sind wir eben langweilig. Im Moment fühlt es sich gut an, langweilig zu sein.

Ich mache den Fernseher an und schalte auf den DVD-Rekorder. Da ist Der Herr der Ringe drin, der erste Teil, und wir schauen nicht hin, hören nur die Musik und die Stimmen und stellen uns die grünen Wiesen vor.

Das leise Schnarchen von Henri weckt mich. Mir tut alles weh. Lissi schläft tief und fest. Ich decke sie zu und gehe in ihr Zimmer. Jetzt weiß ich, was sie kaputt gemacht hat. Das gerahmte Bild von ihr und Chris und etliche CDs. Richtig zerbrochen hat sie die. Es tut mir fast weh, als ich die Splitter ansehe. Und sie hat Klamotten ausgemistet, alte

Jeans und Kuschelpullis. Warum nur? Ich muss den ganzen Kram aus ihrem Bett rausräumen, dazu fünf Bücher, zwei Schulhefte, ihr Mäppchen und einen Apfel. Dann ist Platz für mich.

Zum Glück hat Chris nie hier übernachtet, sonst würde ich mir ganz komische Dinge vorstellen müssen. Es riecht nur gut nach Lissi und nach zu Hause. Ich strecke meine schmerzenden Waden aus und ziehe die Decke bis zu den Ohren hoch. Endlich liegen. Es war doch ein guter Tag, alles in allem.

GRUPPENUMARMUNG

Ich habe wohl zurzeit kein Glück mit Menschen. Zwischen Toni und mir ist dicke Luft. Wie es gekommen ist – ich weiß es nicht mehr genau. Aber seit der ersten Pause sitzen wir wie zwei Fremde nebeneinander.

Ich hab nicht gut geschlafen in Lissis Bett. Mir tat alles weh vom Sportfest und heute Morgen hatte ich scheußlichen Muskelkater und Kopfschmerzen. Da war noch ein Buch unter dem Kopfkissen gelegen, das ich nicht aussortiert hatte. Die Ecke zeichnete sich rot auf meiner Wange ab. Eine richtige Schlafnarbe.

Lissi saß blass am Frühstückstisch und redete nicht. Sie sah fertig aus.

Ich konnte mich auch nicht recht freuen, dass meine Urkunde dick und fett am Schwarzen Brett hing, na ja, und eben die der anderen, die etwas gewonnen haben. Auch Tanja, als beste Weitspringerin in gleich drei Altersklassen.

In der Pause hat Toni ihr gratuliert. Hat ihr die Hand gegeben. Sie hat ihn angegrinst und ein paar Worte mit ihm gewechselt. Und Toni hat gelacht. Das konnte ich nicht verstehen. Dass er so gegen mich agiert. Aber er tat so, als redete ich chinesisch. Was ich denn hätte. Da sei nichts dabei.

»Ich dachte, wir sind Freunde«, sagte ich.

»Wir sind ja auch Freunde«, antwortete er. »Ich bin aber nicht dein Sklave, verstehst du? Unter Freunden gibt es keine Sklaven.«

Ich sagte ihm, dass er Bullshit redete, aber er blieb stur. Er könnte die Hand geben, wem er wollte, von ihm aus zehn Mal am Tag Tanja. Ich sei zickig, meinte er. Zickig!

Jetzt sitzen wir da und schweigen uns an; passen ständig auf, dass unsere Ellenbogen sich nicht berühren und wir uns ja nicht anschauen. Ich kann mich nicht erinnern, wann ich das letzte Mal Krach mit Toni hatte. Ob wir überhaupt schon mal wegen anderer Menschen gestritten hatten. Ich glaube, das ist das erste Mal.

Jetzt kommt ein Briefchen für mich; Suse legt ihn mir rüber, da Toni auf stur stellt. Vorsichtig öffne ich ihn und passe auf, dass unsere Erdkundelehrerin nichts bemerkt. Aber sie schwärmt immer noch von den Tropen und den vielen, vielen Insekten dort.

Der Zettel ist von Anja. »Was ist los mit dir?«, steht da mit lila Tinte. Lila! Warum überhaupt können Mädchen nicht einfach mal normale blaue Tinte benutzen?

Sogar dieser Brief geht mir auf den Keks. Da sind einfach zu viele schwierige Menschen um mich herum. Und da ist dieser Satz von Lissi, der mir nicht aus dem Kopf geht. Und ein Toni, der schaut, als hätte ich ihm sämtliche Modellboote zerstört.

»Krach mit Toni«, schreibe ich zurück und werfe den Zettel zu Suse rüber, die ihn weiterreicht. Toni zuckt und schnauft dann hörbar durch. Ausgerechnet er. Zu Hause hat er ganze Plastikbeutel voller Briefchen, die er mit Hingabe in den Schulstunden verfasst hat.

Nein, Tanja kann nicht in mich verliebt sein. Ich bin nicht mal freundlich zu ihr. Gar nichts. Tage mit Nachhilfe sind verlorene Tage; mir ist vorher fast schlecht und immer denke ich, es ist zu wenig Luft im Zimmer. Und danach glüht mein Kopf. Ich lächle sie nie an oder so. Aber kann ich das jemandem erzählen? Niemals. Keiner würde mich verstehen.

Frau Scheifele hat es immer noch mit den Tropen. Regenwald als faszinierendes Ökosystem. Ich kann nicht zuhören, obwohl mich ferne Welten interessieren. Ich stütze meinen Kopf in die Arme und lasse meine Blicke schweifen, während Toni erneut schwer seufzt.

Vor mir tuschelt Tanja mit Barbara. Die Sonne knallt genau auf sie drauf und ihre Haare sehen aus, als ob sie brennen. Hexe, denke ich und beiße mir auf die Lippen, als hätte ich es ausgesprochen. Ich kann sie mir gut vorstellen als eine, die bei Vollmond Kräuter pflückt und Tränke braut, und die einzigen Wesen, mit denen sie auskommt, sind schwarze Katzen. Nichts für Henri und mich.

Tanja auf dem Scheiterhaufen, mit brennendem Haar. Und schon denke ich wieder an die Zwiebeln und Lissis Worte …

Ich reiße meinen Blick von ihr los. Marc hat den Kopf auf die Arme gelegt und blinkert zu Anja rüber. Und Anja schaut ganz glücklich zurück. Marc sieht verträumt aus, als wäre er woanders. Wie ich. Jetzt hat er gemerkt, dass ich ihn anschaue. Er grinst zu mir rüber. Toni dreht mir den Rücken zu. Und Frau Scheifele redet und redet.

»Einen Kaba und eine Schneckennudel!« Es geht schneller, als ich denken kann. Die Fünftklässler quetschen sich in meinen Rücken und die Oberstufenschüler von der Seite. Warum zum Teufel sage ich Schneckennudel? Diese klebrigen Rosinendinger mochte ich doch nie! Zu spät. In der einen Hand den Kaba, in der anderen die Schneckennudel, die ich garantiert nicht essen werde, will ich so schnell wie möglich nach draußen an die frische Luft. Doch wie immer ist alles voller schreiender Schüler. Normalerweise macht mir das nichts aus. Aber heute nervt es mich unendlich.

Ich schleiche mich unauffällig Richtung Hinterausgang, der eigentlich nur für Lehrer reserviert ist. Aber niemand sieht mich. Und der Hausmeister ist mit den Schneckennudeln beschäftigt. Nun muss ich nur noch unbemerkt durch das Treppenhaus laufen und schon bin ich wieder draußen. Ich will gerade um die Ecke huschen, da höre ich Tanjas Stimme und bleibe automatisch stocksteif stehen. Nee, an der will ich nun wirklich nicht vorbei. Was macht sie da überhaupt? Jetzt redet auch Barbara. Drücken sich die beiden also vor der Pause. Aber es klingt nicht so, als würde es ihnen Spaß machen. Barbara ist sogar richtig sauer.

»Du hast echt nie Zeit. Immer ist etwas anderes wichtig. Und wenn du mal Zeit hast, dann gehst du in den Stall. Dabei nimmst du nicht mal Reitstunden.«

»Du weißt doch, dass das nicht so einfach ist«, sagt Tanja ruhig, aber ziemlich müde.

»Wie – nicht so einfach!?« Barbaras Stimme ist schrill geworden. »Du musst dir die Zeit halt nehmen. Du bist doch gut in der Schule. Lernen musst du ja wohl nicht viel. Wir könnten nach den Hausaufgaben was unternehmen. Ins Kino gehen. Shoppen. Billard spielen. Irgendwas!«

Tanja schweigt. Mir wäre es jedenfalls recht, sie würde mit Barbara einen Film nach dem anderen anschauen, anstatt mir im Stall auf den Senkel zu gehen. Von mir aus kann sie Barbara gegen Meteor austauschen. Jederzeit.

Barbara lässt nicht locker, obwohl Tanja nichts mehr sagt.

»Was ich aber gar nicht verstehe, ist, wie du dem Thomas Nachhilfe geben kannst – wo der dich so beschissen behandelt.«

Thomas. Das bin dann wohl ich. Na ja, was heißt hier beschissen behandeln. Ich hab mir die Nachhilfe nicht gewünscht. Ich hab niemanden drum gebeten.

»Das verstehst du nicht, Babsi«, sagt Tanja und nun klingt sie nicht mehr so ruhig wie vorhin. Auch nicht mehr so müde. »Er tut sich wirklich schwer. Und ich kann das nicht einfach hinschmeißen. Das geht nicht. Aus mehreren Gründen.«

»Du verbringst deine Zeit also lieber mit diesem Deppen als mit mir?«

Tanja seufzt.

»Er ist kein Depp«, sagt sie leise, aber bestimmt.

Ich merke, wie mir die Hitze ins Gesicht steigt. Ich weiß nicht. Irgendwie wäre es mir lieber, Tanja würde was anderes sagen. Obwohl ich eigentlich nicht gerne als Depp bezeichnet werde. Ich wusste gar nicht, dass Barbara so gegen mich ist. Mir gegenüber tut sie immer so freundlich und lieb. Trotz der komischen Fragen, die sie damals gestellt hat, als ich Damos bekommen habe.

»O Tanja, dir ist echt nicht zu helfen!«, braust Barbara auf. »Dann versauer doch zu Hause und bei deinem blöden Pferd und lass dich weiter von Tom niedermachen, wenn dir das mehr bringt, als mit mir was zu unternehmen. Ich hab die Nase voll. Brauchst nicht mehr mit mir zu rechnen, wenn irgendetwas ist.«

Ich höre, wie sie davonrauscht. »Ach, ihr könnt mich alle mal«, knurrt Tanja. Dann putzt sie sich die Nase. Heult sie etwa?

Auf einmal merke ich, dass der Hausmeister mich hinter seinen Colaflaschen, Kabas und Schneckennudeln finster anfunkelt. Stimmt. Wir dürfen uns hier ja gar nicht aufhalten. Ich muss zusehen, dass ich rauskomme, bevor es Ärger gibt. Die anderen Schüler sind schon alle wieder weg. Schnell laufe ich in den Hof und lehne mich an einen Pfosten. Mir ist ein bisschen schwindlig.

Und was mache ich nun mit der blöden Schneckennudel? Meine ganzen Finger sind mit Zuckerguss verschmiert, weil ich sie viel zu fest in der Hand gehalten habe. Und der Kaba schmeckt mir auch nicht.

»Hey, aufwachen.« Es ist Marc. Er knabbert an einem Müsliriegel und schielt auf meine Schneckennudel.

»Kannste haben«, sag ich und geb sie ihm, und den Kaba gleich dazu. Er strahlt.

»Was ist denn heute los mit dir?«

»Hmpf«, mache ich. Ich mag Marc, wirklich. Aber ich will

nicht reden. Weil ich gar nicht genau weiß, was los ist, und wenn ich wirklich anfangen würde zu erzählen, müsste ich das mit den Nachhilfestunden erwähnen und dann – nein, ich kann das nicht. Ich vertraue ihm schon, ja. Aber Marc sagt immer direkt, was er denkt. Und ich glaube, bei ihm könnte ich das nicht so handhaben wie bei Toni. Dass alles Ansichtssache ist. Diplomatie und so.

Und dieses Gespräch zwischen Tanja und Barbara, das ich eben belauscht habe, kann ich irgendwie auch nicht gleich vergessen. Ich versuche es die ganze Zeit. Kann mir ja egal sein, ob die beiden befreundet sind oder nicht. Aber ich bin einerseits sauer, dass Barbara so mies über mich redet, und auf der anderen Seite fühl ich mich beschissen, weil Tanja ihr nicht beipflichtet. Auf jeden Fall braucht Barbara mir gegenüber nicht mehr so zu tun, als fände sie mich toll. Das kann sie abhaken. Und Meteor ist kein blödes Pferd.

»Hmpf?«, echot Marc fragend und zieht die Brauen hoch. Er grinst immer noch. Dann legt er mir kurz die Hand auf die Schulter. »Ist okay«, sagt er und verschwindet zu den anderen. Ich atme auf. Er ist nicht sauer.

Hinten am Oberstufenraum steht Lissi, auch alleine und immer noch so blass wie heute Morgen. Ich gehe zu ihr rüber und stelle mich neben sie, ohne was zu sagen.

»Ach Tom«, flüstert sie leise.

»Ich weiß«, sage ich. Und bin froh, dass da noch jemand ist, der heute nicht glücklich ist. Jemand aus meiner Familie. Dem ich nichts erklären muss.

Es ist wie immer ein erhebendes Gefühl: Ich schließe mein Fahrrad auf, setze mich auf den ungemütlichen Sattel, trete fest in die Pedale und kann endlich von dem träumen, was ich eben gemacht habe. Springreiten. Vor jeder Springstunde fühle ich mich ein wenig anders als vor den normalen Dressurstunden, die ich nicht so mag, die von Papa jedoch als Pflicht bezeichnet werden. Nur wer gut Dressur reitet, könne auch gut Springen, sagt er. Ich liebe das Springen, aber ich hab jedes Mal ein unruhiges Flattern im Bauch, wenn es losgeht. Damos merkt das natürlich sofort. Und dann ist er noch aufgeregter als sonst.

Aber wenn wir es hinter uns gebracht haben, es geklappt hat und wir gesprungen sind – dann muss ich immer und immer wieder daran denken. Und freue mich wie wahnsinnig auf die nächste Stunde. Obwohl ich ganz genau weiß, dass ich wieder mit Herzklopfen in den Sattel steige. Diesmal habe ich sogar ein knappes Lob von Markus bekommen, weil ich Damos sein Gezicke nicht durchgehen ließ und weitergeritten bin, als er buckelte. Und trotzdem das nächste Hindernis angesteuert habe. Er hat es tatsächlich genommen, zwar mit wildem Schnaubem und peitschendem Schweif, aber er ist gesprungen.

Ich fühle mich tausend Mal besser als heute Morgen. Für diese Woche ist es geschafft und es dauert lange acht Tage bis zur nächsten Stunde; sie kommen mir vor wie ein ganzes Leben. Dann schießt mir die Arbeit durch den Kopf – noch zehn Tage. Die mir plötzlich kurz erscheinen. Übernächsten Dienstag. Schon so bald.

Trotzdem. Es ist Freitag, es ist Wochenende, die Sonne scheint; ich will jetzt nicht daran denken. Ich lasse den Stall hinter mir und biege auf den holprigen Feldweg ab.

»Schickes Rad.«

Vor Schreck mache ich eine Vollbremsung, komme ins Schleudern und kann mich gerade noch abfangen, bevor ich stürze. Aber mir schlägt der Lenker gegen die Brust. Autsch.

Marc hockt auf einer alten, knorrigen Bank am Wegrand, wie immer ganz ruhig und gelassen und hellwach. Als habe er genau gewusst, dass mir nichts passiert. Selbst wenn er mich so überrascht wie jetzt. Marc ist nicht wie die anderen. Papa sagt ja immer, aus dem würde mal was werden. Der wäre intellektuell. Ich weiß nicht ganz, was er damit meint, aber wenn er sagen will, dass Marc was Besonderes ist, dann hat er recht. Marc schreibt fast nur Einsen und Zweien, aber er redet nicht drüber. Ihn würde ich deshalb nie beneiden. Er macht das so nebenbei, fast, als wäre es ihm im Grunde egal. Ich glaube, er lernt nicht mal. Er ist kein Streber, nicht wie Tanja, er ist einfach klug. Und dann malt er diese Wahnsinnsbilder im Kunstunterricht, in denen man versinken kann. Richtig düster sind die, aber er selbst wirkt immer fröhlich, auch wenn er ernst ist. »Ein kleiner Buddha«, hat Lissi mal gesagt. Zwischen Marc und mir fiel noch nie ein böses Wort. Ehrlich gesagt: Ich würde mich auch gar nicht trauen.

»Ähm ja, danke«, sag ich zerstreut und reibe mir meinen Bauch. »Hi, was machst du hier?« Ich bin verwirrt. Wusste er, dass ich gerade jetzt vom Springunterricht komme? Oder ist das Zufall?

»Kann sich nicht jeder leisten.« Er ist mit den Gedanken immer noch bei meinem Fahrrad. Was meint er damit? Er kennt doch mein Rad. Ich hab es schon seit einem halben Jahr. Aber Marc sagt das nicht einfach so. Ohne Sinn. Meint er sich? Nein, Marcs Eltern haben Geld. Er könnte auch so ein Rad haben, wenn er wollte, aber er will nicht.

Ich wage kaum aufzusteigen, so wie Marc mich anschaut.

»Es ist wegen Tanja, oder?«, sagt er leise.

»Was?« O Mann, jetzt fängt der auch noch an. Toni – hat der etwa was ausgeplaudert? Er hat mir doch versprochen, nichts zu erzählen.

»Was weißt du?«, frage ich atemlos. Mein Gesicht wird wieder ganz heiß.

»Ich weiß gar nichts. Ich sehe nur, dass du sie nicht gerade nett behandelst, und ich frage mich, warum. Okay, das geht mich wohl nichts an. Aber warum ziehst du Toni mit rein? Er hat ihr nur gratuliert. Mehr nicht. Und Tanja hat's verdient. Sie hat sonst nicht viel zu lachen.«

Ich würde so gerne widersprechen, ihm ans Schienbein treten, einfach abhauen, all das vergessen. Doch wenn ich das mache, ist unsere Clique kaputt. Ich weiß das. Marc hält uns irgendwie zusammen. Und wenn er dabei ist, erlauben uns unsere Eltern auch viel mehr. Ich kann ihm nicht widersprechen. Ich setze mich neben ihn auf den Bordstein und starre auf meine Schuhe.

»Wir haben es alle ziemlich gut, weißt du das eigentlich?«, fragt er mich.

»Na ja.«

»Nix na ja. Wir sind die Bonzenclique. Wir haben alles. Und du streitest mit deinem besten Freund, weil er einem Mädchen die Hand gegeben hat. – Ich meine, wir könnten schlimmere Probleme haben. Zum Beispiel deinem Gesinge zuhören zu müssen.«

Au weia, er hat was mitbekommen. Ich hab eben beim Radfahren vor mich hin gesummt. Und ich kann wirklich nicht singen. Ich bin nicht unmusikalisch, aber singen – das geht gar nicht. Trotzdem tu ich es gerne.

»Wie hältst du das nur aus?«, fragt er mich und schaut mich an. Wieder hat er ein Lachen in seinen großen runden Augen. »Du bist schließlich besonders nah dran.«

»Idiot«, brumme ich und remple ihn in die Seite. Jetzt muss ich auch grinsen. Das war wieder ein typisches Marc-Tom-Gespräch: Er redet, ich sag nichts und verstehe auch nicht im Geringsten, was er meint. Und trotzdem fühl ich mich anschließend besser.

Marc steht auf und klopft sich den Staub vom Hosenboden. Er ist kleiner als ich und kräftig, na, eher rund als kräftig, aber nicht dick. Kompakt eben. Und so was von cool. Kein Wunder, dass Anja mit ihm geht.

»Okay, kannst rauskommen«, ruft Marc zur anderen Seite des Weges. Hinter der Hecke bewegt sich etwas, der Busch beginnt zu wackeln und Toni krabbelt raus, wischt sich nervös die Blätter vom Körper und springt mit einem erschrockenen Schrei zur Seite. »Bah! Igitt! 'ne Wanze, ich hab dir gleich gesagt, dass dieser Busch lebt.«

Während Toni zappelt und sich fluchend von Insekten

befreit, versuche ich, Marc böse anzuschauen. Gelingt aber nicht.

»Du hättest doch nicht mit ihm geredet, ich kenn dich«, sagt Marc und zuckt mit den Schultern. »Nun vertragt euch schon.«

Toni hat sich wieder beruhigt und schaut mich fragend an.

»Na gut«, brummle ich.

»Ich möchte eine Gruppenumarmung«, ruft Toni theatralisch. Au Backe, der hat wirklich zu viele Vorabendserien geschaut.

»O ja, Gruppenumarmung«, äfft Marc ihn krähend nach und fängt an zu lachen. Mit ausgebreiteten Armen kommen beide auf mich zu.

Da hilft nur noch Flucht. Ich springe auf mein Rad und kratze die Kurve. Erfolglos. Marc und Toni hängen sich an den Gepäckträger und bringen mich ins Schleudern. Mit voller Wucht pralle ich samt Rad, Toni, Marc und Reithelm gegen die Bank und wir purzeln zu dritt ins Gebüsch.

»Ihr seid bekloppt«, schnaufe ich verzweifelt. Und bin froh. Ich darf einfach nicht mehr dran denken, dass Toni Tanja vielleicht mag. Oder toll findet. Er ist mein bester Freund und daran darf sich nichts ändern. Es ändert sich doch schon so viel zu viel in meinem Leben.

Countdown

»Ich kümmere mich gut um ihn.« Dörte linst über die Boxentür. »Wirklich.« Dörte und ich pöbeln uns eigentlich nur an. Sie wird hier zur Pferdewirtin ausgebildet und hat ein echtes Schandmaul. Rotzfrech und vorlaut. Aber wir kommen miteinander aus, und wenn ich hier jemandem außer meinem Reitlehrer Damos anvertraue, dann ihr. Heute Abend ist sie ein klein wenig netter, wahrscheinlich, weil sie sieht, wie sehr ich leide.

Ich hab bis Dienstag Damos-Verbot. Wegen Mathe. Ich soll lernen, nicht reiten; und Mama begrüßt diese Gelegenheit, um endlich mal alle meine Reitklamotten in die Waschmaschine schmeißen zu können. Ich muss es ausnahmsweise nicht selbst machen. Ich soll lernen. Und so wühlt sie ständig in meinem Schrank und dem Wäschekorb herum. »Damit dieser Gestank aus deinem Zimmer verschwindet«, sagt sie. Haha. Von wegen Gestank. Das ist der beste Geruch der Welt.

Ich lehne mich an Damos' Hals und er bleibt still und sanft stehen und macht beruhigende Schnaufgeräusche. Ich glaube, ich hänge schon seit einer Stunde so in seiner Box und kann mich nicht losreißen. Dörte scheint das mächtig zu amüsieren.

»Verherrliche dieses Pferd nicht so, er ist manchmal ein richtiger Sturkopf.«

»Ist er nicht!«

Aber ich weiß, was sie meint. Damos und ich haben schon so manche Kämpfe in der Reithalle ausgefochten. Er will da hin, ich will dort hin; er möchte buckeln, ich möchte galoppieren; er will fressen, ich arbeiten. Und dann erst die Gespensterecke. Ich hör jetzt noch meinen Reitlehrer brüllen, als Damos am Anfang mit mir machte, was er wollte: »Setz dich durch! Du musst dich durchsetzen! Schenkeldruck, mehr Schenkel!« Und ich saß da oben völlig hilflos auf dieser Riesenmaschine namens Pferd und dachte, das bekomme ich niemals hin. Dass er auch nur einmal an dieser Ecke vorbeigeht, ohne zu scheuen. Zumal ich hordenweise von Mädels umgeben war, die mich kritisch beäugten. In der Gruppe war ich jahrelang der einzige Junge.

Aber obwohl Damos mich bis aufs Blut reizte, wollte ich nie ein anderes Pferd als ihn haben. Mein Schimmelchen.

»Na komm, reiß dich los, ich würd' gern misten«, holt Dörte mich aus meinen Träumereien zurück.

Noch einmal Stirn kraulen und Nüstern streicheln. Damos schnaubt leise. Ich stehle mich aus der Box und überlasse sie Dörte, die sogleich das Radio aufdreht und die Mistgabel schwingt. Meteor hat sich nebenan ins Stroh gelegt und döst mit halb offenen Augen. Der alte Kerl ist schon über zwanzig. Man sieht es ihm nicht an, aber er ist ein Opi. Er war mal ein gutes Springpferd, aber jetzt kann er keine Turniere mehr bestreiten. Seine Besitzerin hat ihn hier reingestellt und lässt ihn bereiten und pflegen. Unter anderem von Tanja.

Tanja. Die muss ich noch zwei Mal ertragen am Wochenende. Am Wochenende! Auch das noch! Aber diese beiden Stunden bekomme ich noch irgendwie hinter mich und ich habe diesen Traum, dass ich eine richtig gute Note schreibe und anschließend nie wieder Nachhilfe brauche.

Doch wenn ich über den Aufgaben sitze und rechne, wird mir wieder bewusst, dass es tatsächlich nur ein Traum ist. Ich verstehe immer noch viel zu wenig. Ich kann mich nicht konzentrieren. Ich achte auf alles andere, nur nicht auf die Zahlen. Dauernd bleiben meine Augen an Tanjas schmalen Händen hängen und an ihren Haaren, ob ich es will oder nicht. Ich hasse das. Ich bin in den Stunden so angespannt, dass ich sogar das Gluckern in Tanjas Bauch höre. Der gluckert ziemlich oft. Letzte Stunde hat sie dann irgendwann genervt in ihre Tasche gegriffen und eine Möhre rausgeholt, die wohl eigentlich für Meteor gedacht war. Mit lautem Krachen hat sie sie zerbissen. »Hatte keine Zeit, mittagzuessen«, grummelte sie. Ich weiß ja nicht, welchen tausend Leuten sie noch Nachhilfe gibt, aber ich fand das eine seltsame Erklärung. Man hat doch immer Zeit, zu Mittag zu essen. Oder war sie Zwiebeln schälen in der Mühle?

Was denke ich wieder so viel über sie nach? Ich muss nur mindestens eine Vier schreiben, und dann ist der Sommer gerettet und Tanja Geschichte. Alles andere wäre wirklich eine Katastrophe. Denn jetzt gehen auch noch Anja und Marc mit auf den Wanderritt. Ihre Eltern haben endlich grünes Licht gegeben. Wenn ich nicht mitkann, bin ich nicht nur wütend und traurig, sondern auch Außenseiter.

Ich darf nicht drüber nachdenken, sonst kann ich mich auf gar nichts mehr konzentrieren. Und erst recht nicht auf Mathe.

Zum hundertsten Mal rechne ich die Stunden aus. Sechzehn. Sechzehn Stunden bis zur Mathearbeit. Mir ist richtig schlecht. Eben beim Abendessen habe ich wieder keinen Bissen herunterbekommen. Ich hab unzählige Male überlegt, heimlich in den Stall zu fahren, denn Damos macht mich immer ruhig, aber Mama hat mich die vergangenen Tage über verfolgt, als sei ich ein entflohener Sträfling. Sie war wirklich überall. Ich fühlte mich sogar auf dem Klo beobachtet. Das Höchste der Gefühle war, mit Lissi beim Bauern Eier und Milch zu holen; und das war keine Freude, so still und schlecht gelaunt wie Lissi momentan ist. Sie erzählt auch kaum etwas; meine Eltern wissen noch nicht, dass Chris Schluss gemacht hat. Okay, offiziell nicht. Mama hat versucht, mich auszuquetschen. Keine Chance. Trotzdem, sie weiß es. Mütter wissen immer alles. Und das ist auch Lissi klar.

Also, die vergangenen Tage waren still, ungemütlich und verklemmt. Und jetzt sitze ich an meinem Schreibtisch und kapiere die eine Formel immer noch nicht. Ich hab in der letzten Nachhilfestunde schon geahnt, dass das nicht angekommen ist in meinem Oberstübchen. Aber ich dachte auch, dass ich es keine Minute länger mit Tanja aushalte. Es gewitterte die ganze Zeit und sie zuckte nicht einmal zusammen, ich dafür ständig. Und Henri machte mich wahnsinnig mit seinem Gefiepse. Es hat nicht viel gefehlt, und ich hätte losgebrüllt, so gereizt war ich.

Aber was, wenn genau diese Formel morgen drankommt? Nicht auszudenken. Früher hab ich ab und zu mal 'ne schlechtere Note geschrieben und es war okay. Nichts hat sich deshalb verändert in meinem Leben. Jetzt hängt so viel davon ab. Das, was ich mir schon immer gewünscht habe: Urlaub zusammen mit meinem Pferd und meinen Freunden. Besser geht's nicht. Ich hab das auch Lissi versucht zu erklären, als sie fragte, warum ich so »unausstehlich« sei. Sie meinte nur: »Und danach?«

»Was danach?«, fragte ich.

»Das Leben besteht doch nicht nur aus diesen dämlichen Reiterferien«, antwortete sie hitzig. »Danach ist bald wieder Schule, es gibt Tests und Klassenarbeiten und Stress und Ärger.« Nein, es machte keinen Sinn, mit Lissi darüber zu reden.

Heute Morgen war ihr Kissen wieder nass geweint. Ich wollte sie wecken und fragen, ob sie mit mir und Henri rausgeht, aber sie war schon im Bad und zupfte an ihren Haaren herum. Als ob das etwas ändern würde. Aber was ich darüber denke, spielt für sie keine Rolle. Ihre Augen sind wie Fenster, an denen die Rollläden runtergelassen sind. Sie sieht mich gar nicht mehr.

Und ganz ehrlich: Für mich gibt's noch kein Danach. Ich denk da nicht dran. Ich will mit, koste es, was es wolle.

Koste es, was es wolle? Tatsächlich? Irgendwie schoss vorhin diese verrückte Idee in meinen Kopf, Tanja anzurufen wegen der blöden Formel. Lissi arbeitet in der Eisdiele (und das, obwohl sie jetzt ja gar nicht mehr mit Chris in den Urlaub fährt); Mama und Papa sind ausgegangen. Und die können mir dabei sowieso nicht helfen. Toni ist in seinem Modellbauverein; und Marc geht nicht ans Telefon. Marc telefonisch zu erreichen, ist ohnehin ein Ding der Unmöglichkeit. Er hasst Telefone. Er hat nicht einmal ein Handy. Und niemand zieht ihn deshalb auf. Sogar Jens nicht.

Zehn Euro hab ich hier noch rumfliegen, ich könnte Tanja bezahlen. Ich könnte es versuchen. Gut. Ich versuche es. Alles sträubt sich in mir, als ich runter zum Telefon gehe. Da hängt ihre Nummer an der Pinnwand über dem Telefontisch. Mama hat immer die Stunden ausgemacht. Mit Tanjas Mutter. Nie wir beide selbst. Wir reden ja außerhalb der Stunden nicht miteinander.

Ich nehme den Hörer ab und halte ihn probeweise an mein Ohr. Lege ihn wieder auf den Tisch. Lege auf. Vielleicht nehme ich besser das Mobilteil und gehe damit in mein Zimmer. Da fühle ich mich wohler als hier im Flur. O Gott, ist das albern, jetzt reiß dich zusammen, sag ich zu mir selbst. Ich will da mit. Und ich tu alles dafür. Alles.

Ich wähle die Nummer. Freizeichen. Es dauert, bis jemand abnimmt.

»Ja, hallo?«, fragt endlich eine müde Stimme. Ist sie das?

»Tanja?«

»Ja – wer ist da?« Jetzt klingt sie wacher.

»Ich bin's, Tom.« Ich muss schlucken und ich glaube, sie schluckt auch. Es ist so still im Hörer. »Ich kapier die eine Formel immer noch nicht.«

Sie stöhnt gereizt auf. Na prima. Das hätte ich mir sparen können. Aber denk an die Reiterferien, sag ich mir. Du wolltest doch alles dafür tun.

»Ähm – kannst du vorbeikommen? Und mir das erklären?«

»Tom, es geht jetzt nicht. Wirklich. Ich kann hier nicht weg.«

Sie kann nicht weg, was soll das bedeuten? Natürlich kann sie, wenn sie nur will, wieso sollte sie nicht können?

»Okay, dann komm ich zu dir«, versuche ich einen anderen Weg.

Wieder ist es still im Hörer. Und zwar ziemlich lange.

»Tanja, bist du noch dran?«

»Jaaa …« Sie klingt noch genervter. Da soll mir mal einer erzählen, die wär verliebt. So ein Bullshit. Niemals ist die verliebt.

»Bitte, ich muss 'ne gute Note schreiben, ich kann mir nicht leisten, die Arbeit zu verhauen, ehrlich, ich muss das kapieren.«

»Ich, ich, ich«, äfft sie mich nach. »Immer nur ich. Holunderweg 13. Und beeil dich.« Sie legt auf.

Jetzt ist mir noch schlechter als vorher. Ich sammle meine Bücher zusammen, schreibe Mama einen Zettel, dass ich bei Tanja bin, und krame den Stadtplan aus der Kommodenschublade. Holunderweg, wo um Himmels willen ist das nur? Hier, aha, ich hab die Straße gefunden. Draußen am Stadtrand. Aber auf der gegenüberliegenden Seite von uns. Ich kenne niemanden, der da wohnt. Das ist doch auch ewig weit weg von unserer Schule.

Ich brauche fast eine halbe Stunde, bis ich da bin. Es ist eine komische Gegend. Ich habe das Gefühl, die Leute glotzen mich an. Überall hohe Wohnblocks mit winzigen vollgestellten Balkonen, und dazwischen abgetretene Wiesen, auf denen Kinder Fußball spielen oder Wäsche aufgehängt wurde. Neben dem Discounter sitzen ein paar Männer mit Bierflaschen. Vor mir auf dem Radweg läuft eine dicke Frau mit drei kleinen Kindern. Das Mädchen, das sie auf dem Arm trägt und über die Schulter zu mir guckt, hat eine Rotznase und weint quengelig vor sich hin. Der Junge kann seine Augen nicht von meinem Rad lassen. Sein verschmierter Mund steht offen, so staunt er. Wo zum Teufel ist der Holunderweg?

Ich halte an und frage die dicke Frau mit den Kindern. Jetzt sehe ich, dass sie noch ziemlich jung ist. Viel jünger als Mama. »Holunderweg? Da vorne, bei den Türmen«, sagt sie müde. Sie riecht komisch, irgendwie nach Windeln und den Weinbrandbohnen, die Oma immer gegessen hat.

»Wie teuer ist das Rad?«, fragt mich der kleine Junge mit großen Augen.

Ich möchte nur noch weg. »Ich … ich weiß es nicht«, sage ich verlegen.

»Red nicht mit Fremden«, schnauzt seine Mama ihn an und zieht ihn am Ärmel zu sich. Sein Pulli verrutscht, sodass ich seinen kleinen runden Bauch sehen kann. Er fängt an zu heulen. Oje, ich weiß wirklich nicht, wie teuer das Rad ist. Papa hat es mir geschenkt. Ich weiß nicht mal, wie viel Damos gekostet hat. Wenig kann es nicht gewesen sein, schließlich wird er zum Springpferd ausgebildet.

Ich schließe mein Rad ab und betrete den Holunderweg. Er besteht aus zwei wuchtigen Hochhäusern. Mindestens fünfzehn Stockwerke. Volens heißt sie mit Nachnamen. Volens. Ich suche die Namensschildchen ab. Da. Hier ist es. Ich klingle. »Tom?«, flüstert es leise aus der Sprechanlage.

»Ja.«

»Achter Stock, mittlere Tür, bitte sei leise.« Leise? Warum das?

Im Aufzug müffelt es. Ich fahre nicht gern Aufzug, aber ich will auch so schnell wie möglich wieder aus diesen dunklen Fluren raus. Schlecht ist mir eh schon. Da kann mir auch noch schwindlig dazu werden. Im vierten Stock steigt eine Frau mit Kopftuch zu. Sie lächelt mich an. »Zu Besuch?«, fragt sie in gebrochenem Deutsch. »Hmhm«, sage ich und nicke. Ich komme mir vor wie ein Alien. Jeder scheint zu merken, dass ich nicht in dieser Gegend wohne. Aber woran nur?

Die Tür zu Tanjas Wohnung ist angelehnt. Ich gehe vorsichtig rein. Ein kleiner dämmriger Flur führt ins Wohnzimmer. Eine Couch, ein Sessel, ein Fernseher, viele Bücher. Alles ganz ordentlich. Aber wo ist Tanja? Ich schaue mich um. Aus dem Fenster hat man einen Blick auf die Stadt und die anderen Blocks; man sieht sogar einen Zipfel Bodensee. Vom Wohnzimmer kann ich in die Küchenecke gucken. Kein Esszimmer. Oder geht es hier noch irgendwo weiter? Wo ist die Treppe?

»Schschsch, ist ja gut.« Auf einmal steht Tanja im Zimmer. Mit einem Säugling auf dem Arm. »Hi«, sagt sie und unterdrückt ein Gähnen. »Wollte dir eigentlich noch sagen, dass du nicht klingeln sollst. Jetzt ist sie aufgewacht.« Tanja läuft rot an. Das Baby strampelt mit den Beinen und brabbelt verschlafen vor sich hin.

Sie? Wer ist diese sie? Und wo sind Tanjas Eltern? Sind hier keine Eltern? Moment. »Ist das – ähm ... ist das etwa ...?« Ich zeige auf die Kleine und traue mich nicht zu sagen, was ich denke.

»Meine Schwester!«, sagt Tanja schnell und wird noch röter. »Also echt. Das ist meine Schwester.« Die Kleine quäkt und ein dünner Sabberfaden läuft aus ihrem runden Mündchen. Tanja wischt ihn mit dem Zeigefinger weg.

»Ähm. Okay«, sage ich verlegen. Das ist irgendwie eine ganz bescheuerte Situation, und ich würde alles darum geben, endlich aus diesem Traum zu erwachen. Ich bin fast erleichtert in der Ecke ihre Reitstiefel zu sehen, wenigstens etwas Vertrautes. »Wie heißt sie?«

»Lara.«

»Hey Lara.« Ich gehe rüber und schaue sie mir an. Hat schon Tanjas rote Wolle auf dem Kopf. Noch so ein Satansbraten. Ich strecke ihr unwillkürlich meinen kleinen Finger hin. Sie greift danach und grinst mich schief an.

Ach du Heiliger, wie wir dastehen, Tanja, ich, das Kind, wie sieht das denn aus. Ich springe einen Schritt zurück, als ich das registriere.

»Okay, gehen wir in dein Zimmer.« Ich suche immer noch eine Treppe.

»Das ist mein Zimmer«, sagt Tanja mit leiser Schärfe. »Das hier ist eine Zweizimmerwohnung. Das andere Zimmer ist das Schlafzimmer von mir und meiner Mama. Und der Kleinen. Da willst du wohl nicht lernen, oder?«

Sie geht zum Küchentisch und setzt Lara vorsichtig in ein Hochstühlchen. Ich stehe wie festgenagelt in »ihrem« Zimmer. Das ist also alles. Dieser Raum, die Küche, ein Schlafzimmer. Ich muss dringend pinkeln, aber ich trau mich nicht, nach dem Bad zu fragen. Als würde es auch kein Bad geben.

»Was kapierst du denn jetzt wieder nicht?«, ruft sie aus der Küche.

Wieder nicht. O Mann. Kleine Wohnung, große Klappe. Ich zerbrösle mit meinen Fingern schon fast den 10-Euro-Schein in meiner Tasche, so sehr stresst mich diese Situation. Ich muss an Marcs Worte denken, wie gut wir es doch haben.

»Tom, bitte, ich bin hundemüde. Komm schon.«

Ich setze mich zu ihr und Lara, die in ihrem Hochstühlchen einen Stoffesel besabbert, und bin zum ersten Mal froh, dass es Mathebücher gibt. Und Formeln. Und Zahlen. In die ich mich vertiefen kann. Und all diese Fragen verdrängen. Wo ihre Mutter ist. Ob es einen Vater gibt. Warum sie hier wohnt. Warum kein Haus. Warum in dieser Siedlung.

Nein, jetzt gibt es nur Zahlen und Gleichungen. Ich halte mich daran fest und plötzlich sehe ich einen Sinn darin. Ja, es macht Sinn. Ich klammere mich richtig an die Aufgaben. Und rechne.

»Geht doch«, sagt Tanja schließlich. Sie kann kaum mehr ihre Augen offen halten. Lara ist eingeschlafen und liegt wie ein kleines Würmchen in ihrem Laufstall, in den Tanja sie vorhin behutsam hineingesetzt hat. Ich packe meine Bücher ein und versuche ganz leise zu sein. Ich komme mir blöd vor, als ich Tanja die zehn Euro gebe.

Das war meine letzte Stunde, meine letzte Stunde bei Tanja. Und ich kann mich nicht richtig darüber freuen.

Im Aufzug habe ich plötzlich Angst, mein Rad könnte gestohlen worden sein. Aber es ist noch da. Ich trete so fest in die Pedale, dass meine Waden wehtun. Der Fahrtwind treibt mir die Tränen in die Augen. Noch nie in meinem Leben wollte ich so schnell nach Hause wie jetzt.

DER BRIEF

Heute ist alles anders. Beim letzten Mal saß ich hier und in meinem Kopf war Leere. Jetzt ist mein Kopf voll. Zum Bersten voll. Er tut weh. Weil ich weiß, dass die Zeit nicht ausreichen wird, um all das zu notieren, was sich an Zahlenpyramiden in ihm auftürmt. Ich spüre, wie eine Schweißperle unter meinem Arm an meinen Rippen herunterläuft. Ich schwitze, meine Finger kleben und mein Mund ist trocken. Aber immerhin schreibe ich.

Im Traum ist mir Lara begegnet. Ich kam in die Box zu Damos und Lara lag in der Futterkrippe, in einem langen weißen Taufgewand, und strahlte mich an. Aber Damos war weg und ich gruselte mich. Als ich aufwachte, rumorte es in meinem Bauch, bevor ich registrierte, dass heute der Tag ist, vor dem ich seit so vielen Stunden Angst hatte. Ich dachte, ich könnte nicht in die Schule gehen, so schlecht war mir. Aber mir war auch klar, dass ich das niemandem sagen konnte. Dass niemand Verständnis haben würde. Dass ich einfach muss. Kotze ich der Frau Schilfer eben auf den Tisch, von mir aus, dachte ich. Dann sehen die, was sie mit mir anstellen. Was dieser verdammte Druck bringt. Ich sagte mir das immer wieder und nach und nach ging es mir etwas besser.

Die erste Aufgabe schaffe ich einfach nicht mehr. Zu

wenig Zeit. Ich wusste nicht gleich den Lösungsweg, deshalb hab ich mit der zweiten angefangen. Die fünfte kann ich nicht lösen. Aber alle anderen habe ich ausgerechnet, mit Tanjas Formel. Sie sitzt vor mir und scheint schon fertig zu sein. Toni neben mir wagt nicht, mich anzuschauen. Ich muss furchtbar ausgesehen haben, als ich ins Klassenzimmer kam.

Noch drei Minuten. Okay, das, was ich habe, muss reichen. Was ich jetzt noch rechne, macht auch nichts mehr gut. Mein Magen zieht sich heftig zusammen. Auf einmal merke ich, dass ich Hunger habe. Und was für einen Hunger. Ich muss an ein Steak denken und bin mir sicher, dass ich nicht mehr bis zum Mittagessen warten kann. Endlich wieder Hunger. Ich lehne mich zurück und spüre, dass mein Nacken schmerzt. Ich bewege vorsichtig meinen Hals. Der Schmerz wandert schneidend bis in die Schläfen.

Erst als Frau Schilfer die Arbeiten eingesammelt hat, traut sich Toni, mich anzublicken. Er schaut, als hätte er Angst vor mir. »Und?«, fragt er vorsichtig. Im selben Moment sehe ich aus den Augenwinkeln, dass Tanja sich ebenfalls zu mir umdreht. »Was und?«, sage ich und versuche so ausdruckslos wie möglich zu gucken. Das habe ich in den vergangenen Wochen so oft geübt, dass es mir eigentlich mal glücken könnte. Mit den Augen gebe ich ihm eines von diesen Zeichen, die nur Leute verstehen, die sich schon Jahre kennen.

Ich weiß nicht, ob er es kapiert, aber er blickt still zu Boden. Ich drehe mich wieder um und merke, dass Tanja immer noch zu mir rübersieht. Ich schaue durch sie hindurch, so gut ich kann. Also nicht besonders gut. Sie hat Augen, die man schlecht ignorieren kann. So – ach, ich weiß auch nicht. Ich vermeide es, da hineinzugucken. Ganz anders als bei Marc. Seine Augen sind wie stille Seen. Beruhigend. Tanjas Augen sind alles andere als beruhigend. Sondern wie graues Feuer, das ständig lodert und züngelt.

Deutsch vergeht wie im Flug. Ich sitze nur da und träume vom Essen. Von mächtigen Schnitzeln mit Pommes und Mamas Tiramisu.

»Heute Nachmittag See?«, fragt Anja in die Runde.

»Nee, Stall«, grunze ich. Ich kann kaum sprechen. In meinem Mund steckt ungefähr ein halber Streuselkuchen. Es ist wieder heiß, schon jetzt, in der zweiten großen Pause. Am Himmel kreischen die Schwalben. Ich will zu Damos, am besten gleich.

»Na, das war ja klar«, brummelt Toni enttäuscht.

»Kannst mit, wenn du willst.« Ich grinse. »Musst eh noch üben.«

»Ja, ja … schon gut.« Ich sehe es bereits kommen, dass er der Einzige ist, der sich von Station zu Station im Versorgungswagen kutschieren lässt. Wenn er nicht ein bisschen übt, gibt das eine Katastrophe in den Ferien.

»Ich war gestern reiten. Auf einem Isländer«, sagt Marc stolz. Ich kann mir gerade so die Bemerkung verkneifen, dass Isländer ideale Pferde für schwergewichtige Jugendliche sind.

»Und?«, frage ich stattdessen und schlucke. Der Kuchen

ist staubtrocken, und als ich huste, habe ich ein kleines Puderzuckerwölkchen vor dem Gesicht.

»Schön«, antwortet Marc und strahlt über beide Backen. »Kann ich verstehen, dass du in den Stall willst.«

Na wenigstens einer. »Ich kann ja nachkommen«, sage ich, sehe aber an den Blicken der anderen, dass mir das sowieso niemand glaubt. Ich glaube es ja selbst nicht.

Ich hätte es mir eigentlich denken können. Aber ich war zu leichtsinnig, zu glücklich, zu froh. Zu unkonzentriert. Ich hab das lässig zur Seite geschoben, als er schnaubte und bockte. Hab gar nicht erst versucht, mich durchzusetzen. Ich dachte, ich kann das alles locker aussitzen, er wird schon irgendwann kapieren, dass ich es ernst meine. Ich hätte ihm zeigen sollen, dass er etwas tun muss und nicht herumhampeln kann, wie er will. Aber ich war so müde vom vielen Kämpfen in den letzten Wochen. Ich wollte einfach nur reiten.

Doch dann war's zu spät. Manchmal ist es ganz schön schwer, so ein Pferdehirn zu verstehen. Ich dachte: Mann, riecht dieses Erdbeerfeld toll und sehen die Menschen lustig aus, wie sie da auf dem Boden hocken und die Körbchen füllen. Lauter bunte Flecken. Damos aber dachte, es ist der Dritte Weltkrieg ausgebrochen, als es plötzlich donnerte und die bunten Flecken sich bewegten. Nein, er dachte es vielleicht nicht, aber er nutzte meine Nachlässigkeit und tat so, als sei es der Dritte Weltkrieg. Er stieg, machte einen heftigen Bocksprung und ging durch.

Zeit, Panik zu bekommen, hatte ich keine. Ich wusste nur, dass ich jetzt oben bleiben muss, weil das ein Asphaltweg ist, und weil da vorne die Bundesstraße verläuft und dass ich ihn um Himmels willen vorher irgendwo ins Feld lenken muss, damit er nicht blindlings drüberrennt. In solchen Situationen muss ich an den Film *Der Pferdeflüsterer* denken, an diesen brutalen Unfall, und daran, dass Mama immer Angst hat, wenn ich alleine reite.

Die Straße kam näher und näher und irgendwann machte ich einfach die Augen zu. Versuchte verzweifelt, rechts Druck zu geben, ihn einzurahmen, ihm Ruhe zu vermitteln und mich auf einen fürchterlichen Sturz einzustellen. Plötzlich blieb er stehen. Es riss mich nach vorne, kurz saß ich fast auf seinem Hals. Mit dem Satz rückwärts rechnete ich schon und konnte ihn abfangen. Ich war oben geblieben. Ich machte die Augen auf.

Vor mir stand Tanja, mitten auf dem Weg, mit ausgebreiteten Armen. »Hooooh«, machte sie leise mit tiefer Stimme. Damos atmete schwer und zitterte am ganzen Körper. Er tänzelte noch ein paarmal vor und zurück, dann wurde er langsam ruhiger.

»Meteor hat auch verrücktgespielt. Das ist das Wetter«, sagte Tanja beiläufig, ohne mich anzublicken. »Ich hab dich gesehen.« Sie hatte sich tatsächlich mitten auf den Weg gestellt. Obwohl ein galoppierendes Pferd auf sie zuraste. Sie ist bekloppt, wirklich bekloppt.

»Ach ja«, sagte ich. Etwas anderes fiel mir nicht ein. Erst jetzt wurde mir klar, was alles hätte passieren können.

»Er wäre schon noch ins Feld gerannt. Sicher. Der bringt dich doch nicht um.«

Ich antwortete nicht. Ich muss mir von ihr nicht das Reiten erklären lassen. Ich bin mir nicht so sicher, ob er tatsächlich abgebogen wäre. Aber ich weiß: Wenn er es nicht getan hätte und wir irgendwie überlebt hätten, wäre ich nie mehr aufgestiegen. Dann wäre es nicht mehr mein Pferd. Ich würde ihm nicht mehr trauen und er mir nicht.

»Ich geh dann mal wieder«, meinte Tanja und lief Richtung Stall.

Ich stieg ab und dachte an die Worte meines Reitlehrers. Niemals klein beigeben. Zeigen, wer der Boss ist. Aber Damos hatte auf einmal Angst gehabt. Einfach Angst. Wie ich heute Morgen vor der Mathearbeit.

Doch wenn ich der Boss bin, muss ich ihm beibringen, vor was er Angst haben kann und vor was nicht. Ganz bestimmt nicht vor einem Erdbeerfeld.

»Komm, mein Großer, wir gehen da noch mal hin«, sagte ich zu ihm. Noch immer konnte ich das Weiße in seinen Augen sehen.

Wir näherten uns Schritt für Schritt, mit Pausen, in denen er ängstlich schnaubte. Dann blieben wir lange am Rand des Erdbeerfeldes stehen. Von Minute zu Minute wurde er ruhiger. Ich führte ihn hin und her, an den bunten Menschen vorbei und wieder zurück. Ich wusste, dass ich nicht drum herum kam, jetzt wieder aufzusteigen. Die Zügel hatten mir in die Hände geschnitten, als er gestiegen war, und mein Nacken tat scheußlich weh.

Als ich den Fuß im Steigbügel hatte, wallte Panik in mir auf. Dann riss ich mich zusammen und hievte mich hoch. Ich nahm die Zügel kurz, gab aber eine sanfte Parade nach der anderen und sprach ununterbrochen mit ihm. Ganz langsam lenkte ich ihn im Schritt am Feld vorbei und zurück zur Straße. Er war fertig und müde, ich merkte es. Ich konnte ihn jetzt nicht alleine lassen.

Im Stall gab ich ihm Melasse und strich ihm die Hufe ein. Bürstete sein Fell, bis es schimmerte. Er drückte ständig seinen schweren Kopf an mich, als wollte er sich entschuldigen. Aber mir tat es auch leid.

Später kam mein Reitlehrer dazu und grinste mich wissend an. »Das hat sie gut gemacht«, sagte er anerkennend. Mehr als ein »Hmpf« brachte ich nicht zustande. »Du darfst keinen Schlendrian einreißen lassen. Gerade mit Damos. Der nutzt das sofort aus. Übrigens, da liegt noch ein Brief in deinem Fach.«

»Ein Brief?«

»Ja, schau halt mal. Schließt du die Sattelkammer ab? Ich mach dann Feierabend!«

Tatsächlich, es war schon kurz vor sieben.

»Kein Problem.« Ein Brief? Wahrscheinlich fragt jemand, ob ich Futter mitbestelle. Aber das überlasse ich Papa.

Seitdem Markus weg ist, sitze ich bei Damos und versuche ihm irgendwie zu zeigen, dass ich nicht böse bin. Das Gewitter hat sich verzogen. Ich beschließe, ihn doch noch etwas auf die Weide zu lassen. Meteor ist auch draußen, mit einem hübschen Fliegenschutz auf der Nase.

Danach gehe ich in die Sattelkammer und wasche die Trense aus. Vorhin hatte Damos ein bisschen Blut im Schaum. Wie ein Stich meldet sich das schlechte Gewissen bei mir, wenn ich daran denke. Ob er mir noch vertraut? Ob ich ihn noch verdiene?

Wenn ich fünf Lieblingsorte aussuchen müsste, dann wäre die Sattelkammer unter den ersten drei. Ich mag diesen Geruch aus Leder und Staub und alten Holzbalken. Jetzt aber ist es stickig und heiß in dem kleinen Raum. Ich sehe den Brief sofort, er hängt halb aus meinem Fach heraus, auffälliger geht's nicht mehr. Die Schrift kommt mir auf Anhieb bekannt vor, ohne dass ich sie zuordnen kann. »Für Tom«, steht da drauf, nicht mehr und nicht weniger.

Ich nehme ihn mit und setze mich in den Schatten auf das Gatter an der Weide. Damos wiehert kurz zu mir rüber. Am liebsten würde ich zurückwiehern.

Das Kuvert ist zugeklebt. Meine Finger zittern immer noch, als ich es aufreiße. Heute brauche ich wahrscheinlich eine Weile, bis ich ruhig werde. Der Tag war ein einziges Abenteuer.

Ich ziehe den Briefbogen heraus und falte ihn auseinander. Zartes Grau mit dunkelblauer Tinte. Dunkelblaue Tinte. Und die Zahlen vom Datum. Moment ... Diese Zahlen sind unverkennbar. Ich musste sie in den vergangenen Wochen tausend Mal studieren. Zahlen wie kleine Kunstwerke. Tanja. Sie hätte in China zur Welt kommen müssen, da würde sie hinpassen mit ihrer Manie für Zeichen. Tausend Zeichen hätte sie in China, die sie mit zusammengezogenen Augenbrauen aufs Papier bringen könnte. Vielleicht wäre sie dann auch ausgeglichener.

Eigentlich will ich nicht lesen, was sie schreibt. Aber dann tu ich es doch, und während ich lese, wird mir ganz elend im Bauch.

Hi Tom. Ich weiß schon, Du wirst nicht lesen wollen, was ich hier schreibe. Aber ich tue es trotzdem.

Klar. Was sonst. Habe nichts anderes erwartet.

Du kannst den Brief ja danach verbrennen, zerreißen, was weiß ich. Dir fällt sicher etwas ein. Aber manchmal muss man Dinge einfach aussprechen. Ich muss es. Ich weiß nicht, warum es so ist; ich wollte es nicht und ich will es immer noch nicht, aber ich kann nichts dagegen tun: Ich hab mich in Dich verliebt. Ich weiß, dass Du mich hasst und verabscheust. Mich doof findest. Nützt leider nichts.

Wahrscheinlich war es dieser Abend, an dem ich noch mal zurück in den Stall gefahren bin, weil ich was vergessen hatte. Ich habe Meteor gerade mal zwei Wochen geritten und Du warst aus dem Krankenhaus zurück. Du hast bei Damos in der Box gestanden und es war wohl einer dieser magischen Momente zwischen Mensch und Tier. Du hast einfach da gestanden, sein Kopf lag auf Deiner Schulter und Deine Stirn an seiner, ihr wart eins. Seitdem muss ich an Dich denken.

Fang damit an, was Du willst. Ich hab weder Hoffnungen noch Erwartungen – schon lange nicht mehr. Ich denke, Du wirst 'ne gute Note geschrieben haben und brauchst mich nicht mehr. Na ja, was heißt mich. Mein Mathetalent.

Aber ich musste es einfach sagen, sonst wäre ich geplatzt.

Vielleicht egoistisch, ja. Aber das wirst Du wahrscheinlich am allerbesten verstehen. »Ich« ist schließlich eines Deiner Lieblingswörter.

Bleib trotzdem so, wie Du bist.
Tanja

O nein. Nein. Lissi hatte recht. Es stimmt. Sie ist in mich verliebt. Ich klammere mich kurz an den aberwitzigen Gedanken, dass der Brief gefälscht ist. Ich weiß, dass er es nicht ist. Ich beginne zu rechnen. Zweieinhalb Wochen. Noch zweieinhalb Wochen bis zu den Ferien. Das muss ich irgendwie mit Anstand über die Bühne bringen. Und dann sieht sie mich sechs Wochen lang nicht und wird mich vergessen, bestimmt, sicher, rede ich mir ein.

Das ist alles so peinlich. Ich weiß nicht. Dass sie mich damals gesehen hat mit Damos. Ja, so stehen wir oft da. Ich versuche dann, seine Gedanken zu spüren. Falls er welche hat. Keine Ahnung. Aber das tut sie doch mit Meteor sicher auch. Und deshalb verliebe ich mich bestimmt nicht gleich in sie.

Ich falte den Brief ganz klein zusammen und stopfe ihn in die Hosentasche. Ich muss ihn Lissi zeigen. Oder wenigstens mit ihr darüber reden. Danach kann ich ihn immer noch im Klo runterspülen.

Ich klopfe an Lissis Tür und gehe sofort rein. Doch diesmal hängt sie nicht auf ihrem Bett rum, sondern sitzt auf der Fensterbank und guckt auf die Straße. Als würde sie auf jemanden warten. Und gehört hat sie mich auch nicht.

»Hey!«, sage ich laut. Sie zuckt zusammen und reißt sich die Kopfhörer aus den Ohren. »Kannst du nicht anklopfen?«, fährt sie mich an.

»Hab ich«, sage ich kleinlaut. »Warum sitzt du da? Wartest du auf jemanden?«

Sie läuft rot an.

»Das hat dich nicht zu interessieren.«

Langsam denke ich, dass es keine so gute Idee war, Lissi um Rat zu fragen. »Du wartest also auf Chris. Wieso wartest du auf diesen Idioten?«

»Thomas«, sagt sie mit schneidender Stimme. »Es geht dich nichts an.«

Hm. Wenn ich hier irgendwie heil rauskommen möchte, muss ich wohl meine Klappe halten. Sie rutscht von der Fensterbank und macht den MP3-Player aus.

»Was ist?«, fragt sie unwirsch.

»Ich dachte, du könntest mir vielleicht den Nacken massieren.«

»Was soll ich?«

»Och bitte«, sage ich. »Ich hab ihn mir gestaucht beim Reiten, mir tut alles weh, echt. Das hast du doch früher auch immer getan.«

»Früher. Früher war alles anders.« Dann merkt sie selbst, wie dramatisch das klingt und beißt sich auf die Zunge.

Ich kann Chris nicht leiden, aber manchmal wünschte ich, die beiden wären noch zusammen. Lissi ist nicht mehr die liebe Schwester von früher. Und jetzt wartet sie auch noch darauf, dass er zurückkommt.

»Okay, na gut«, winkt sie mich zu sich rüber. Ich setze mich mit dem Rücken zu ihr auf den Boden und beuge meinen Kopf nach vorne. Schon nach wenigen Sekunden hab ich den Verdacht, dass sie ihren Männerfrust an meinem Hals auslässt. Aber ich bleibe sitzen und ertrage es still, denn wenn sie mein Gesicht nicht sehen kann, fällt es mir leichter, über Tanja zu reden.

»Du hattest übrigens recht mit deinem Verdacht«, nuschle ich.

»Bitte?« Sie hört kurz auf, meine Halsmuskeln zu quetschen. Ich nutze die Gunst der Stunde und drehe mich weg.

»Tanja scheint wirklich in mich verliebt zu sein.« Ich krame den Brief aus der Hosentasche und gebe ihn ihr.

»Ach du Heiliger«, murrt Lissi angesichts des winzig zusammengefalteten Papiers. Es lag wie ein Stein in meiner Hosentasche. Dann liest sie. Am Schluss muss sie plötzlich lachen. Ich wusste gar nicht, dass sie das noch kann.

»Was ist denn daran so lustig?«, frage ich. »Das ist 'ne Katastrophe.«

»›Ich‹ ist schließlich eins deiner Lieblingswörter«, zitiert sie und grinst mich an.

»Das ist also witzig?« Ich finde, es klingt beleidigend. Sehr beleidigend.

»Wo sie recht hat, hat sie recht, du kleiner Egoist. In

letzter Zeit gibt's nur noch dich und die Reitferien und alles andere ist Nebensache. Ist doch so, oder? Am liebsten würdest du die Welt regieren.«

Verwechselt sie mich jetzt wieder mit Chris? Oder stimmt das etwa?

»Was soll ich denn jetzt tun, verdammt noch mal?« Ich hatte wirklich etwas anderes erwartet als neue Vorwürfe.

»Nichts, würde ich sagen.« Sie zuckt mit den Schultern.

»Nichts?«

»Ja. Nichts. Ihr habt nun klare Verhältnisse. Sie wollte es wohl einfach sagen. Vielleicht geht es ihr damit besser. Aber sie erwartet ja nichts.«

»Meinst du denn, ihr ging es schlecht?«, hake ich nach.

»Tom, mal ganz ehrlich. Wirkt Tanja auf dich wie ein glückliches Mädchen?« Lissis Blick ist sehr ernst. Es ist wieder einer dieser Momente, in denen sie so schrecklich erwachsen ist.

»Ich hab mir darüber nie Gedanken gemacht«, stottere ich.

»Genau das meinte ich vorhin mit dem Egoismus.«

Na ja, ich kann Tanja nicht leiden, deshalb ist es doch logisch, dass ich mir keine Gedanken gemacht habe, wie es ihr geht. Aber Lissi scheint momentan alle unglücklichen Frauen in ihr Herz zu schließen. Ich schlucke meinen Kommentar runter.

Vielleicht liegt sie trotzdem nicht verkehrt. Vielleicht ist es das Beste, so zu tun, als wäre nichts gewesen. Eigentlich könnte ich den Brief jetzt wegwerfen. Aber ich stecke ihn wieder in meine Hosentasche. Irgendwie will ich ihn nicht zerreißen oder verbrennen. Keine Ahnung, warum.

»Möchtest du wieder aus dem Fenster gucken?«, frage ich Lissi vorsichtig. Sie seufzt und fährt sich durch die Haare.

»Er kommt ja doch nicht wieder. Und selbst wenn er kommen würde – ich wollte ihn gar nicht mehr. Aber ich will Gerechtigkeit.« Ich verstehe kein Wort, nicke aber, weil mir Lissi momentan so gefährlich vorkommt. Unberechenbar.

Sie hat sich verändert. Sie sitzt nur noch in ihrem Zimmer oder macht lange Spaziergänge mit Henri. Wenn ich ihr bloß irgendwie helfen könnte. Aber selbst wenn ich wüsste, wie – ich glaube, sie würde es aus Prinzip ablehnen. Ich bin ja nur ihr egoistischer kleiner Bruder.

»Wie war eigentlich Mathe?« Sie setzt sich auf ihr Bett und bindet sich die Haare zusammen. Mir fällt wieder auf, wie hübsch sie ist. Mit ihrem Engelsgesicht. Ich bin immer noch stolz auf sie. Egal, wie traurig sie ist.

»Besser als das letzte Mal.« Hab ich tatsächlich heute Mathe geschrieben? Liegt das nicht schon Wochen zurück? Ich lehne mich an das Bett und versuche, mich an heute Morgen zu erinnern. An die Zahlen und Gleichungen und an mein Gefühl ... reicht es für eine Vier? Vielleicht sogar besser?

»Tom! Hey!« Ich erschrecke und rutsche vom Bett runter. Unsanft schlägt mein Kopf auf dem Boden auf. Auch das noch. Ich war kurz eingenickt. Ich reibe mir die Schläfe und rapple mich mühsam auf.

»Wirklich alles okay?« Lissi blickt mich fragend an. »Du gehörst ins Bett.«

»Hast du noch gute Musik für mich? Irgendwas Altes?« Ich kann das Gähnen kaum mehr unterdrücken. Doch Musik muss noch sein heute Abend. Ich liebe Lissis selbst gemischte CDs mit all den alten 80er-Jahre-Songs, die sie von Mamas und Papas Plattensammlungen herausgesucht, auf den Computer überspielt und gebrannt hat. Wochenlang war sie damit beschäftigt gewesen. Ich fand das erst doof, Sachen von Mama und Papa zu hören. Aber manche Songs sind richtig cool. Und Lissi kann tolle CDs mixen. Wir hören sie immer im Auto, wenn wir in den Urlaub fahren, und manchmal singt Mama sogar mit. Sie kann schön singen im Gegensatz zu mir.

Lissi klaubt eine dieser CDs unter ihrem Kopfkissen hervor. Das Unheimliche ist ja, dass sie sich in ihrem Bett wirklich auskennt. Sie weiß immer, wo welcher Gegenstand liegt von all den Gegenständen, die ganz gewiss in kein Bett gehören. »Alphaville und a-ha. Passt gut zum Reiten.«

Auf Duschen und Zähneputzen verzichte ich. Ich kann einfach nicht mehr. Ich schäle mich nur noch aus meinen Klamotten, werfe die CD in meine Anlage und lass mich aufs Bett fallen. Während ich einschlummere und meine Gedanken ganz weich werden, tanzen Tanjas Buchstaben vor meinen Augen. Ich schiebe sie mühsam weg. Einfach nichts tun. Nichts.

TESTERGEBNISSE

»Halt jetzt endlich dein blödes Maul!« Ich brülle so laut, dass es schlagartig still wird um uns herum. Jens glotzt mich erstaunt an. Aber ich kann ihn nicht mehr ertragen. Seit heute Morgen um acht hat er wieder nichts Besseres zu tun, als Toni aufzuziehen, und weil es so Spaß macht, hat er auch noch Marc in seine persönliche Opfergruppe aufgenommen. Ich kann nicht verstehen, wie Marc so ruhig bleiben kann. Irgendwie hat sich das mit unseren Ferienplänen herumgesprochen. Jens reißt ständig irgendwelche Hengst- und Stutenwitze und amüsiert sich darüber, wie schwul es doch wäre, wenn Toni auf dem Pferd sitzt. Toni sagt gar nichts, aber ich weiß, dass es ihn trifft; und vor allem weiß ich, dass Jens Öl ins Feuer gießt. Gestern hatten Toni und ich wieder eine von diesen abenteuerlichen und vor allem anstrengenden Reitstunden. Manchmal glaube ich, er hat panische Angst vor Pferden. Er ist so verkrampft, wenn er da oben sitzt. Aber er gibt das nicht zu. Ich hab wirklich alles versucht, und er weigert sich auch, bei meinem Reitlehrer Stunden zu nehmen. Er meint, er wolle kein Geld dafür hinlegen, angeschrien zu werden. Wenn Jens jetzt noch weitermacht, dann bringt Toni es fertig und springt ab.

Zu allem Überfluss weiß ich immer noch nicht, ob ich mitkann. Gleich haben wir Mathe, und ich hoffe und fürchte zugleich, dass Frau Schilfer die Arbeit korrigiert hat.

»Solltest du als Klassensprecher solche bösen Sachen sagen? Hm?«

Jens baut sich vor mir auf und grinst mich blöde an. Warum habe ich bei ihm immer das Gefühl, dass ich Jahre jünger bin als er? Ich schaue schnell zu Marc rüber, der sogar zu lächeln scheint. Ihm ist das tatsächlich egal. Aber mir nicht.

»Komm, lass das lieber«, flüstert Toni mir zu.

Jens' Freunde kichern und tuscheln.

»Halt dein dummes Maul«, sage ich noch einmal, aber diesmal leise. Mir fällt nichts anderes ein.

»Wieso, holst du deine Gerte raus, wenn ich es nicht tue?«, fragt er in tuntigem Tonfall und seine Freunde brechen in schrilles Gelächter aus.

Inzwischen haben alle in der Klasse aufgehört zu reden und starren uns an. Wir stehen uns dicht gegenüber, Jens und ich, eingequetscht zwischen den letzten beiden Bankreihen. Toni wackelt nervös mit dem Knie. Wie soll ich ihn nur verteidigen? Was soll ich sagen?

»Jens, geh bitte ein Stückchen zur Seite, du stinkst widerlich nach Schweiß«, höre ich auf einmal Tanjas Stimme – kühl, gelassen, höflich. Sie hat sich nicht einmal umgedreht, sondern schreibt weiter in ihr Heft. Entweder passiert nun etwas Fürchterliches und Jens drischt uns alle zusammen oder Frau Schilfer kommt endlich rein und der Spuk hat ein Ende. Jens dreht sich fassungslos um und schaut auf Tanja herunter. Mir fällt auf, dass Barbara nicht mehr neben ihr sitzt. Sie hat nun den Platz neben Lena und guckt demonstrativ weg.

»Von so 'ner Assischlampe wie dir lass ich mir doch nicht sagen, was ich zu tun hab«, zischt Jens Tanja an.

Jetzt ist es Marc zu viel. Tanja und er springen gleichzeitig auf und drehen sich zu Jens um, der nun mit dem Rücken zu mir steht. Ich starre auf den Bund seiner gestreiften Boxershorts, die aus seiner Hose herausblitzt. Marc geht einen Schritt nach vorne und stellt sich zwischen Tanja und Jens. Wie ein Schutzschild. Dabei ist Jans bestimmt zwei Köpfe größer als er.

Ich setze mich wieder an meinen Platz. Damit habe ich nichts mehr zu tun. »O Gott«, wispert Toni und fängt an, mir am Hemd herumzuziehen. Tanja und Marc machen nichts. Sie starren Jens nur an, aber mit Blicken, wie ich sie noch nie gesehen habe. Tanjas graue Augen lodern und ihre Wangen sind glutrot. Alles an ihr scheint in Bewegung, dabei steht sie regungslos da. Marc hingegen hat ein Gesicht, vor dem selbst ich Angst bekommen würde. So habe ich ihn noch nie gesehen. Dann packt er Jens unvermittelt zwischen die Beine und drückt fest zu. Jens fällt in sich zusammen und jault vor Schmerz auf. Damit hat niemand gerechnet. Marc ist der friedlichste Mensch, den ich kenne.

»Sag so etwas nie wieder, verstehst du? Nie wieder.« Marcs Worte sind leise, aber so drohend und eindringlich, dass mir ein Schauer über den Rücken läuft. Er dreht sich zu Tanja um, während Jens sich zu seinem Platz schleppt und mit den Tränen kämpft. »O Gott, o Gott«, flüstert Toni noch mal. Er ist bleich im Gesicht. Ich glaube sogar, er zittert.

»Alles okay?«, fragt Marc Tanja. Ich bin wie hypnotisiert, ich muss sie anschauen, obwohl ich es nicht will. Sie antwortet ihm flüsternd, sodass ich ihre Worte nicht hören kann, aber ich lese sie von ihren Lippen ab, und es ist ein schrecklicher Satz, ein Satz, den ich nie vergessen werde. »Manchmal will ich tot sein.« Hat sie das wirklich gesagt? Wie kann sie so etwas sagen? Und ist jeder, der in einem Hochhaus wohnt, automatisch asozial? Spielte Jens darauf an? Und wenn ja – woher weiß er das eigentlich? Denkt Tanja jetzt etwa, ich habe es rumerzählt?

Aber sie nimmt mich gar nicht wahr. Marc legt eine Hand auf ihre Schulter. Ich habe das Gefühl, dass sie gleich zusammensackt. Doch dann strafft sie ihren Rücken, diese typische Tanja-Geste, und setzt sich wieder an ihren Tisch. Rechnet. Die Zahlen purzeln nur so auf das Papier. Diese kleinen ordentlichen Kunstwerke.

»Wo bleibt Frau Schilfer?«, frage ich Toni, der nervös auf seinem Kaugummi herumkaut.

»Ich bin echt froh, wenn das mal rum ist, diese Phase«, raunt er mir zu.

»Welche Phase?«, frage ich.

»Na, deine. Du bist gereizt und schlecht gelaunt und eben hast du dich beinahe wieder geprügelt. Wann ist das denn endlich vorbei«, jammert er. Ich sag ja, Toni hat schwache Nerven. Schon immer war das so.

Frau Schilfer nimmt mir die Antwort ab. Sie rauscht ins Klassenzimmer und legt einen Stapel Papier auf den Tisch.

»Leute, ich mach's kurz. Ich bin schwanger und ihr habt hitzefrei. Ich gebe euch gerade noch die Arbeiten zurück.«

»Schwanger?«, echot Toni.

»Ja.« Sie lächelt glücklich. »Nächstes Schuljahr kriegt ihr jemand anderen. Könnt euch freuen.«

»Ich freu mich nicht«, sagt Toni laut. »Ich mag Sie.«

Anja muss lachen. Und ich kann nicht mehr klar denken. Was interessiert mich Frau Schilfers Familienplanung. Da vorne in dem Stapel ist meine Arbeit. Die Arbeit. Vor der ich mich so lange gefürchtet habe. Was immer jetzt auch für eine Note darauf steht – ich kann es nicht mehr ändern.

»Tom, meine Nerven – mach endlich!« Toni und ich sitzen wieder in unserem Pausenbunker. Er wedelt mir penetrant mit meiner Arbeit vor der Nase herum. Ich habe nicht draufgeguckt. Habe sie sofort klein zusammengefaltet und in die Hosentasche gesteckt. Darin hab ich ja inzwischen Übung. »Du hast 'nen Schaden«, meinte Toni, als er mich bei dieser Aktion beobachtete, und zerrte mich gleich in unser Versteck. Eigentlich könnten wir nach Hause, aber wahrscheinlich weiß er, dass ich ihn auf dem Rad doppelt und dreifach abziehe. Er hasst Radfahren. Auf jeder Heimfahrt sagt er das mindestens zehn Mal. Vielleicht würde es ihm besser gefallen, wenn er nicht so enge Hosen tragen würde.

Mir ist dermaßen schwummrig, dass ich ihn auch nicht daran hindern konnte, mich hier reinzubugsieren.

»Guck du drauf, ich kann nicht«, bettle ich.

»Na toll, dann bin ich der Bote, der für die schlechte Nachricht bestraft wird«, meckert Toni und erzählt mir irgendeine Botengeschichte aus dem alten Griechenland. Manchmal ist er schwer zu ertragen.

»Toni. Bitte. Bitte!« Er gibt sich geschlagen. Ich höre, wie er das Papier auseinanderfaltet. Hinsehen kann ich nicht. Ich starre auf den Boden, auf die Staubflusen und meine Schuhe, die auch schon bessere Tage gesehen haben.

»Okay – also: Es ist keine Eins und auch keine Zwei ...«

»Toni! Jetzt sag schon!« Ich merke, dass ich mir selbst die Daumen drücke und dabei fast die Hand abquetsche.

»Es ist aber auch keine Drei, keine Vier und auch ...«

»O nein – nein! Nein! Schei-ße!!!«, brülle ich und trete den Schubkarren um. »Verdammter Mist!« Ich haue mit der Faust gegen die Wand. Etwas Putz bröckelt ab. Ich hab's vermasselt. Ich hab's nicht geschafft. Ich fahr da abends noch zu Tanja und trotzdem ... das kann doch nicht sein – das ist ein Fluch!

»Tom ... Tom! Bitte! Das war doch ein Witz!«, fleht Toni, der sich in die letzte Ecke des Schuppens verzogen hat, möglichst weit weg von mir.

»Es ist eine Drei minus. Eine Drei minus! Beruhig dich!«

Eine Drei? Macht er wieder einen Witz? Hat das was mit den griechischen Boten zu tun, oder was? Hat er vielleicht nur Angst, mir die Wahrheit zu sagen?

Ich reiß ihm die Arbeit aus der Hand. Er quiekt kurz, als hätte ich ihn schlagen wollen. Aber es stimmt. Da steht es, groß und deutlich. Eine Drei und ein Minus. Eine Drei minus.

»Nie, nie wieder übernehme ich das für dich«, keucht Toni. »Nie wieder.«

»Du verdammter, blöder Idiot«, sage ich und muss plötzlich lachen. Aber Strafe muss sein. Ehe er gucken kann, hab ich ihn auf den Boden gezogen und drehe ihm seine Arme auf den Rücken. »Komm, wehr dich.« Es ist das alte Spiel, wir tun so, als würden wir uns schrecklich prügeln und lachen uns tot dabei. Nach drei Minuten kann ich nicht mehr. Wir liegen schwer atmend auf dem Rücken und starren an die Decke. Gleißende Sonnenstrahlen brechen durch die Ritzen in den Holzbalken und bringen den Staub zum Tanzen.

»Wir gehen reiten. Wir machen Wanderreitferien. Mann, ist das geil.« Ich muss es immer wieder sagen, sonst glaube ich es nicht. Zwischendurch werfe ich einen Blick auf die Arbeit. Das ist doch nicht nur ein schöner Traum, oder?

»Das wird ein Albtraum«, sagt Toni düster. »Damit du es weißt: Ich gehe nur wegen euch mit. Nicht wegen der Pferde. Und schon gar nicht wegen der stinkenden Pferdeäpfel.«

»Toni ... Wir bringen dir das schon noch bei mit dem Reiten.«

»Aber heute nicht«, sagt er.

»Nein, heute nicht«, bekräftige ich. Heute werde ich gar nichts machen. Heute werde ich nur an die Zukunft denken. Denn auf einmal gibt es wieder eine. Zwei Wochen auf dem Pferd. Berge. Wiesen. Freunde. Alles.

ZUKUNFTSPLÄNE

»Mama ... Mama, ich krieg keine Luft mehr!« Endlich lässt sie los. Ich muss niesen. Sie hat mich so heftig umarmt, dass meine Nase zu lange in ihren frisch frisierten Haaren klebte. Das Haarspray kitzelt furchtbar.

»Du hast es geschafft«, sagt sie stolz und schaut mich glücklich an. Dann erstarrt ihr Lächeln.

»Was ist?«, frage ich.

»Das bedeutet auch, dass du zwei Wochen lang dein Leben riskierst.«

»Ach Mama.« Sie hat schon wieder Angst. »Ihr müsst mich unbedingt ganz schnell anmelden, ganz schnell.« Ich bin richtig zappelig.

»Das haben wir doch schon, Schatz.« Mama lädt mir Spaghetti auf den Teller. Papa isst mal wieder in der Praxis. Lissi müsste allerdings jeden Moment kommen.

»Wie – das habt ihr schon? Soll das heißen, dass ich ... ?«

»Wir hätten dich immer noch abmelden können«, sagt Mama hastig. »Weißt du, wo Lissi ist?«, lenkt sie ab. So langsam keimt in mir der Verdacht auf, dass die ganze Panik gar nicht nötig war. Dass sie mich auch so hätten mitfahren lassen. Aber Mama hat ihre undurchdringlichste Miene aufgesetzt. Meine fragenden Blicke ignoriert sie konsequent.

Ich höre Papas Auto vorfahren und dann seine und Lissis Stimme. Papa? Papa isst also doch mit uns?

»Was machst du denn hier?«, fragen Mama und ich ihn gleichzeitig, als die beiden zu uns auf die Terrasse kommen.

»Es gibt was zu besprechen«, sagt Lissi und setzt sich an den Tisch.

»Ich konnte sie nicht davon abhalten«, meint Papa und zuckt mit den Schultern. »Muss wohl was Wichtiges sein.«

»Es ist wichtig«, bekräftigt Lissi. »Und es kann nicht warten.«

»Ich hab in Mathe 'ne Drei«, flüstere ich Papa strahlend zu.

»Das heißt, du gehst tatsächlich Wanderreiten?« Jetzt strahlt er ebenfalls. Als würde er mitfahren. Er wird doch wohl hoffentlich nicht mitfahren?

»Papa«, sagt Lissi vorwurfsvoll und er hört auf zu lächeln.

Okay, Lissi interessiert sich einen Dreck für meine Ferien. Schon verstanden. Jetzt fällt mir wieder ein, dass sie ihre Urlaubspläne ja gar nicht verwirklichen kann. Sie wollte eigentlich mit Chris weg. Was macht sie dann in den großen Ferien? Kommt sie mit uns mit, nach Sizilien?

»Also«, fängt sie an und schaut in die Runde. Sie hat wieder ihren Erwachsenen-Blick drauf. Was auch immer sie nun sagt – wir werden sie nicht davon abhalten können.

»Ich möchte für ein Jahr nach Amerika. An unsere Austauschschule in Kalifornien. Bitte. Ich könnte im September fliegen. Ich könnte dort auch surfen, das ist sogar ein Schulfach an der Highschool, endlich surfen im Meer.«

Es ist totenstill. Ich lasse vor Schreck meine Gabel fallen. Keiner ermahnt mich, als sie klirrend auf den Teller kracht. Irgendwie hab ich ein Problem mit unserem Besteck in letzter Zeit. Mamas Mund steht offen, Papa hat seine Augenlider gesenkt, als würde er nachdenken.

»Bitte«, sagt Lissi nachdrücklich. »Es wäre gut für mich.«

Und was ist mit mir? Was soll ich ohne sie tun? Warum ist meine Welt in letzter Zeit immer nur für wenige Minuten in Ordnung?

»Nein!«, rufe ich laut in das Schweigen hinein und springe auf. »Nein, das kannst du nicht machen. Das kannst du einfach nicht machen!«

»Tom«, sagt Mama mahnend. »Setz dich wieder hin, bitte.«

Ich kann mich jetzt nicht hinsetzen. Lissi war immer da, immer, wir haben uns abends Klopfzeichen durch die Wand gegeben vor dem Einschlafen, ich habe meine ganze Musik aus ihrem Regal, sie hat mir Surfen beigebracht und wir haben uns so oft aus *Der Herr der Ringe* und *Harry Potter* vorgelesen. Sie darf einfach nicht gehen. Ich halte es nicht aus, diesen Gedanken. Ein Jahr! Ein Jahr ist so schrecklich lange! Vielleicht kommt sie ja auch gar nicht zurück, wenn es dort doch so klasse ist.

»Wenn es ihr guttut, sollte sie es machen«, sagt Papa ruhig, aber bestimmt.

»Ich will es, Papa. Ich muss hier weg. Ehrlich. Und ich will sowieso Amerikanistik studieren.«

»Wir müssen vorher einen Familienrat machen! Das geht

nicht einfach so! Das könnt ihr nicht!« Niemand scheint mir zuzuhören. Ich merke, dass ich heulen muss. Ich will nicht, dass die das sehen. Ich drehe mich um und renne ins Haus, nach oben auf mein Zimmer. Ich verstehe nicht, warum sich dauernd etwas ändern muss. Warum nichts so bleiben kann, wie es ist, nicht einmal für fünf Minuten. Ich vergrabe meinen Kopf im Kissen und versuche nicht zu weinen. Aber es gelingt mir nicht. Schon im September will sie weg.

Ich spüre eine Hand in meinen Haaren. Ich weiß, dass es Lissi ist. Sie dreht meine Locken um ihren Zeigefinger. Ist eine ihrer Manien. Das kann sie stundenlang machen. Mein Lockenkopf ist eine ihrer Spielwiesen. Aber ihre eigenen Locken kann sie nicht leiden.

»Tom, bitte lass mich da hingehen. Ich muss auch mal etwas anderes sehen. Raus hier. Und jetzt ist eine Klassenkameradin abgesprungen und ich kann zu dieser Familie. Das ist die Chance.«

Ich weiß, dass ich nichts mehr ändern kann. Ab September bin ich Einzelkind. Auf einmal bin ich neidisch auf Tanja. Ihre Lara wird nicht so bald eine einjährige USA-Reise machen.

»Du kannst mich besuchen kommen. Du kommst mich besuchen, oder? Schau mich mal an.«

Sie dreht meinen Kopf sanft um. Jetzt sehe ich, dass sie auch weint.

»Wenn du doch auch traurig bist, warum gehst du dann?«, frage ich sie verzweifelt. Ich hasse meine Stimme, wenn ich heule.

»Ich gehe, weil ich traurig bin. Verstehst du das?«

Ich verstehe es. Seit der Trennung von Chris ist Lissi nicht mehr wie früher. Ich darf sie nicht überreden zu bleiben. Obwohl ich es so gerne versuchen würde. Ich muss sie jetzt rausschmeißen, sonst versuche ich es wirklich und vielleicht würde es klappen.

»Lass mich bitte alleine.« Ich drücke ihre Hand von meinem Kopf weg. Sie beißt sich auf die Lippen und atmet tief durch.

»Okay – es tut mir leid. Du wirst mir fehlen.« Sie schließt leise die Tür.

Ich muss hier raus. Ich hab zu viele Gedanken im Kopf. Da ist die Freude über die Mathearbeit, die Wut wegen Lissis Plänen und irgendwie auch Angst vor dem, was kommt. Vor dem leeren Zimmer nebenan.

Es gibt nur einen, bei dem ich jetzt sein möchte. Und das ist Damos.

Mama hat mich nicht aufgehalten, als ich verschwunden bin, ohne auch nur eine Zeile Hausaufgaben gemacht zu haben. Es war zu heiß, um mit Damos zu arbeiten. Ich habe ihn nicht mal geritten; hab ihm nur ein Halfter angelegt und bin mit ihm spazieren gegangen, zusammen mit Henri. Anfangs konnte ich Henri ja nur mit Mühe und Not davon überzeugen, dass ein Pferd kein grausames Ungeheuer ist. Aber jetzt trabt er immer fröhlich mit, wenn ich ausreite.

Vergangenen Sommer habe ich im Wald eine wunderschöne Lichtung entdeckt, eine Wiese, umgeben von Bäumen, gerade groß genug, damit Damos ein wenig herumlaufen kann, aber zu klein, als dass er mir verloren gehen könnte. Hier sind wir auch heute wieder.

Henri hat sich in den Schatten unter einen Baum gelegt und hechelt. Ich hab mich auf Damos' Rücken geschwungen und zurückgelehnt. Ich liebe es, so dazuliegen. Blick in den Himmel. Es ist keine Wolke zu sehen. Oben kreist ein Raubvogel und weiter entfernt höre ich Schwalben kreischen. Mein Lieblings-Sommergeräusch.

Meine Gedanken jagen sich immer noch, und trotzdem fühle ich mich irgendwie leer. Ich hatte die ganze Zeit ein Ziel, auf das ich hingearbeitet habe. Ja, ich habe es geschafft, sogar gut, besser, als ich jemals zu träumen gewagt hatte. Ich bin Tanja los, ich darf in die Ferien, zusammen mit meinen Freunden, aber es fehlt etwas. Ist es, weil Lissi weggeht?

Ich müsste mich federleicht fühlen und vor Freude platzen. So hatte ich mir das jedenfalls vorgestellt. Dass ich, wenn ich eine anständige Note schreibe, mit Damos durch den Wald jage, mit meinen Freunden im See tobe und das Grinsen gar nicht mehr aus dem Gesicht bekomme.

Aber so ist es nicht.

Die Sonne brennt zu sehr. Ich steige ab und lasse mich in das weiche Gras fallen.

Damos schaut verwundert zu mir runter und schreitet gemächlich auf den schattigen Rand der Lichtung zu. Ich folge ihm und lehne mich an einen Baum. Henri liegt wie abgeschossen im Unterholz und schnauft wieder einmal, als würde er die ganze Last der Welt auf seinen Hundeschultern tragen.

Na ja, es ist ja nicht ganz so, dass ich gar kein Ziel mehr habe. Da gibt es noch eine Sache. Toni und das Reiten. Genau. Ich weiß, dass er es fertigbringen würde, nach den ersten Tagen nach Hause zu fahren, wenn er keine Erfolgserlebnisse hat. Doch Damos hat zu viel Temperament für ihn. Die beiden verstehen sich nicht.

So wie jetzt kann ich ihn aber auch nicht mitfahren lassen. Ein kühler Windhauch fährt mir übers Gesicht. Das ist angenehm. Mir fallen die Augen zu. Sofort sind tausend Bilder da, wie immer in letzter Zeit. Die Mathearbeit mit der Drei drauf. Jens' Gesicht. Dieses gemeine Grinsen. Tanjas rote Haare. Tanja auf Meteor.

Meteor? Ich werde schlagartig wach und ärgere mich, dass sich Tanja wieder in meine Gedanken geschlichen hat. Trotzdem – Meteor ist die Lösung! Wenn alle Schulpferde belegt sind, wird immer Meteor genommen, auch für die kleinsten Anfänger-Mädchen. Weil er keiner Fliege etwas zuleide tut. Er ist ein sanfter Riese. Ich muss Toni nur irgendwie da raufbringen, dann wird Meteor schon verstehen, was mit ihm los ist. Und sich auf ihn einstellen. Meteor ist ein Frauenpferd, wie Dörte immer zu sagen pflegt, und ein Frauenpferd müsste für Toni genau das Richtige sein.

Jetzt habe ich neue Energie. Ich steige auf und treibe Damos ohne Sattel im Schritt zurück. Manchmal mag ich das, alle Knochen und Muskeln des Pferdes zu spüren und mich richtig in seinen Rücken hineinzuschmiegen.

Im Stall frage ich Dörte sofort, ob sie mir ihr Handy leiht. Meins habe ich mal wieder vergessen. Ich hab's sowieso nicht gerne dabei beim Reiten, weil Damos sich sogar erschreckt, wenn es nur vibriert.

»Aha – du willst also telefonieren? Das klingt nach frisch verliebt«, frotzelt sie.

»Ich rufe Toni an«, sage ich so streng wie möglich.

»Du willst ihn doch nicht wieder auf Damos setzen, oder?« Sie grinst.

Toni geht ran. »Hi, ich bin's, komm bitte mal in den Stall, ich hab eine Idee.«

»Tom, wir hatten gesagt, nicht heute, oder?«, nörgelt er.

»Jetzt bitte, komm her, ich verspreche dir, dass du Damos nicht reiten musst«, sage ich und lege auf. Ich kenne Toni, er wird in einer Viertelstunde hier sein. Er ist viel zu neugierig, um nicht herzukommen. Und die kleine Halle ist noch eine Stunde frei.

»Was hast du vor?«, fragt Dörte.

»Meteor«, sage ich nur und mache Damos an der Stallmauer fest, um ihn nun doch zu satteln und zu trensen. Ich werde die Gelegenheit nutzen und auch noch ein wenig arbeiten.

»Meteor? Aber der …?«

»Ist Tanja etwa da?«, unterbreche ich sie. Daran hatte ich gar nicht gedacht!

»Nein, heute nicht, aber …« Sie guckt mich ganz seltsam an. Traut sie mir denn nicht zu, Reitunterricht zu geben?

»Was ist denn?«

»Dörte!«, brüllt es auf einmal aus den gegenüberliegenden Boxen. Unverkennbar mein Reitlehrer. Und unverkennbar genervt. Sie lässt alles stehen und liegen und flitzt rüber.

Meteor steht in der Box und frisst.

»Na, Dicker?« frage ich. Sofort dreht er sich um und schaut mich mit seinen tief liegenden Augen an. Nur an den Augen erkennt man sein Alter. Sie sind so sanft und weise.

»Du musst gleich was arbeiten, hörst du?« Er bewegt seine Ohren zu mir. Ich öffne die Boxentür und lege ihm das Halfter über. Wie immer lässt er es anstandslos über sich ergehen. Meteor wird die Lösung unseres Problems sein. Ich weiß es genau.

DER LETZTE SOMMER

»Okay, noch eine Runde, dann kannst du aufmarschieren und absteigen«, rufe ich und pariere Damos in den Schritt über. »Lass die Zügel ruhig lang!« Tonis Gesicht ist puterrot unter der Reitkappe, zu der ich ihn bei unserer ersten Meteor-Stunde überredet habe. Sicher ist sicher.

Er hat sich mit Händen und Füßen gewehrt, nachdem er sein Spiegelbild im Spind erblickt hat. »Ich sehe aus, als hätte ich einen Wok auf dem Kopf«, krähte er. »So sieht auch Ludger Beerbaum aus, wenn er reitet«, habe ich versucht, ihn zu beruhigen. Doch ich hätte mir denken können, dass er nicht weiß, wer Ludger Beerbaum ist.

Aber dann fügte er sich und schaffte es nach viel Geschrei auch, den geduldigen Meteor zu besteigen. Nun hat er schon die dritte Stunde hinter sich und ich sehe einen Silberstreifen am Horizont. Ich bin fast heiser vom vielen Reden und Rufen in der vergangenen Woche, aber es hat sich gelohnt. Diese Stunde war sogar ein leichter Trab ohne Longe drin, obwohl der bei Toni aussieht, als würde ihn jemand im Takt in den Hintern stechen, so hart schnellt er aus dem Sattel hoch.

»Mann, in meinen Stiefeln kannst du Suppe kochen«, seufzt er. Beim Absteigen muss ich ihm schon kaum mehr helfen. Als er auf dem Boden aufkommt, zuckt er vor Schmerz kurz zusammen. »Aaaaah«, macht er leise und reibt sich die Oberschenkel. Er trägt tatsächlich Lissis abgelegte Reithosen und Papas alte Stiefel.

»Was grinst du so blöd?«, fragt er.

»Nix. Schon gut. Kannst gehen. Verschwinde.«

»Okay!« Staksend bewegt er sich zum Halleneingang. Wenn ich ihn jetzt noch die Hufe auskratzen lasse, schimpft er nur wieder. »Bis morgen, Cowboy!« Weg ist er.

Nach acht ausgekratzten Hufen rinnt auch mir der Schweiß vom Gesicht. Schwer atmend richte ich mich auf.

»Na?« Markus steht vor mir und sofort nehme ich die Schultern zurück. Er sieht es immer, wenn ich mich irgendwie hängen lasse. Und ich habe Respekt vor ihm. »War das die Lösung?«

»Ja, er hat das wieder super gemacht«, sage ich und streiche Meteor über seine Stirn. »Die beiden werden noch ein Dream-Team.«

»Aber, Tom – nicht, dass ihr euch zu sehr an ihn gewöhnt.«

»Warum zu sehr gewöhnt? Ja, ich weiß, dass Tanja ihn reitet, ich werde ihn ihr schon nicht wegnehmen, ich hab ja Damos.« Was schaut er so ernst? War es nicht in Ordnung, dass ich Meteor genommen habe? Ich hab's doch nur dann gemacht, wenn Tanja sowieso nicht ihren Stalltag hatte.

»Nein, nein, so meine ich das nicht.« Er tritt von einem Fuß auf den anderen. »Nur – also – ein Drama reicht mir, und das werde ich morgen hier haben, und ich weiß, dass du ihn auch magst, und Toni wird es nicht anders gehen, wenn er ihn öfter reitet, und …«

Er seufzt und legt Meteor sanft die Hand auf den Hals. So kenne ich ihn gar nicht. Ich glaube, ich habe ihn noch nie mit einem Pferd schmusen sehen. Mir kommt ein ganz blöder Verdacht.

»Nein«, sage ich und merke, dass mir die Hitze in die Wangen schießt. »Er soll in einen anderen Stall?«

Markus seufzt noch schwerer.

»Thomas. Meteor wird zweiundzwanzig. Er kann keine Turniere mehr betreiten. Er kann aber auch kein Schulpferd werden. Und Marlies hat gestern ein neues Springpferd gekauft, das hier stehen soll. So ein Pferd ist ein Kostenfaktor und …«

»Und? Und was?« Ich würde Meteor am liebsten die Ohren zuhalten. Ein Kostenfaktor! Er muss doch spüren, was hier geredet wird. Ein Pferd ist doch mehr als ein Kostenfaktor!

»Es ist sein letzter Sommer«, sagt Markus mit fester Stimme.

Sein letzter Sommer. Ich weiß, was das bedeutet, aber ich will es nicht glauben. Meteor senkt den Kopf, als habe er ganz genau verstanden, was eben gesagt wurde. Es klingt so schrecklich. Es tut mir weh.

»Und, Tom, ich bitte dich eindringlich: Mach Marlies keine Szene. So ist das im Turniersport nun mal. Ich hab ihn zum Verkauf angeboten, aber niemand will ihn haben. Es ist ihr Pferd und sie kann entscheiden, was mit ihm passiert.«

Meine Hände sind zu Fäusten geballt. Ich möchte laut

schreien. Es gab hier schon einige Tage, an denen ich morgens in den Stall kam und plötzlich eine Box leer war. Und erst mal leer blieb. Meistens waren es Schulpferde, die es traf. Aber Meteor ist das erste Pferd, bei dem ich es vorher erfahre. Ich weiß nun, dass diese heißen Wochen sein letzter Sommer sein werden. Dabei ist er nicht mal richtig krank. Und Markus wird ihn auch nicht kaufen, denn den Schulbetrieb schafft der Alte nicht mehr. Dem kann man nicht drei Mal am Tag ein Kind auf den Rücken setzen.

Wenn ich jetzt schreie, heule oder diskutiere, dann wird Meteor es merken. Er wird es kapieren. Aber das darf er nicht. Er darf mich nicht mal weinen sehen. Ich versuche zu lächeln. Meine Kehle ist so dick, dass der Schmerz mich fast umbringt.

»Okay«, sage ich und unterdrücke das Zittern in meiner Stimme. »Ich werde nichts zu Marlies sagen. Ich verstehe es.«

Markus sieht auf einmal müde und alt aus. »Sie ist eine Kundin. Eine gute Kundin. Ich kann ihr da nicht reinreden.«

»Ja«, sage ich nur. Ich will, dass er jetzt geht. Doch er bleibt stehen, die Hand auf Meteors Hals, und kann sich nicht von ihm lösen. Ich laufe zu Damos rüber, nehme ihn am Zügel und verlasse die Reithalle.

Jetzt begreife ich auch, was er mit dem Drama meint, das ihn morgen erwartet. Tanja. O Gott. Tanja! Sie wird ihm die Augen auskratzen. »Das ist nicht mein Problem«, versuche ich mir einzubläuen. »Es ist nicht mein Problem.« Es funktioniert nicht. Und Toni – ich habe gesehen, dass er durch

Meteor gelernt hat, Pferde zu verstehen, mit ihnen umzugehen. Soll ich es ihm überhaupt sagen? Wird er nicht sofort alle Reitlehrer hassen und in einer seiner Grundsatzreden diesen Sport bis aufs Letzte verurteilen? Oder wird er etwa anfangen zu heulen?

Ich mache die Boxentür hinter Damos und mir zu und versuche, unsere Gehirne zusammenzuschließen. Meine Stirn an seiner Stirn.

»Dir wird das niemals passieren. Niemals. Das verspreche ich dir.« Ich kann diese Worte nur flüstern. Dieser schmerzende Kloß in meiner Kehle geht nicht mehr weg.

Noch eine Woche bis zum Wanderreiten. Ich kann es Toni nicht sagen.

Ich mag Tanja nicht, wirklich nicht. Aber der Gedanke, dass sie jetzt zu Hause sitzt und denkt, ihre Welt sei in Ordnung, obwohl schon längst feststeht, dass Meteor zum Schlachter kommt, hängt wie ein Gespenst über mir.

Ich schaue zu, wie eine Träne von mir im Fell von Damos versickert. Nicht weinen. Ich schlucke mit aller Macht. Mein Reitlehrer führt Meteor wortlos in die Box. Damos und Meteor schnauben sich eine Pferdebegrüßung zu.

»Hallo Meteor«, sage ich so fröhlich wie möglich. Ahnt er es schon? Merken Tiere, was man mit ihnen vorhat?

Noch ist Sommer. Es ist noch nicht Herbst. Und ich werde nicht weinen. Ich werde nicht weinen. Nicht hier, vor ihm.

Ich stürze aus dem Stall und renne zu meinem Fahrrad. Dörte und Markus schauen mir betreten nach. Ich werde mit niemandem darüber reden. Weil ich es einfach nicht schaffe, mich mit diesem Gedanken zu beschäftigen. Ich muss nur immer dran denken, dass noch Sommer ist. Und das alles vergessen. So schnell wie möglich.

Während ich durch das Feld fahre und Henri neben mir herrennt, versinkt die Sonne blutrot am Horizont. Es ist Juli. Und im Herbst muss ein Pferd sterben.

Aufbruch

»So. Geschafft.« Papa lässt sich seufzend auf mein Bett fallen, haarscharf neben all die Sachen, die ich jetzt versuchen werde, in meine Tasche zu packen. In diese schrecklich kleine Sporttasche. Eigentlich brauche ich das gar nicht zu probieren – es wird sowieso nicht hinhauen.

»Wie hat er sich benommen? Geht's ihm gut? Hat er gebockt?«, frage ich ihn. Papa hat Damos heute per Hänger an unseren Treffpunkt gebracht – einen Wanderreitstall oben in den Bergen, von wo aus es morgen früh losgehen soll.

»Das fragst du? Als sein Chef? Natürlich hat er gebockt.« Papa grinst und reibt sich den Nacken. »Sei froh, dass du nicht dabei warst.«

Ich bin ihm dankbar für seine Unterstützung. Er hat gar nicht erwartet, dass ich mithelfe. Ich hätte es auch nicht gewollt. Klar hatte ich das Bedürfnis, bei Damos zu sein. Er macht fast immer Theater, wenn ein Transport bevorsteht. Aber ich habe den Stall gemieden seit letzter Woche. Wenn es gegangen wäre, hätte ich mich nur irgendwo im Feld mit Damos getroffen.

Ich schaffe es die meiste Zeit, nicht an Meteor zu denken. Aber sobald ich mich dem Stall nähere, gelingt es nicht mehr. Es hat mich angestrengt, vor ihm immer so zu tun, als wäre alles in Butter. Ihm wie immer ein Möhrchen zu geben, die Stirn zu kraulen, mit ihm zu sprechen.

Tanja war einen Tag nicht in der Schule. Es hieß, sie sei krank. Vielleicht war es wirklich so. Ich meine, er ist nicht ihr Pferd, sie reitet ihn noch nicht lange, möglicherweise ist es für sie gar nicht so schlimm. Sie kam mir in letzter Zeit sowieso nicht mehr wie ein Mensch vor, der sonderlich viel fühlt. Höchstens wütend ist oder kühl und spöttisch. Oder müde. Aber vielleicht ist sie bei Tieren anders?

Halt, ich wollte nicht daran denken. Und heute erst recht nicht. Auf mich warten zwei Tanja-freie Wochen.

»Tom, ist alles okay?«, fragt Papa. Hat er was gemerkt?

»Ja, ja, klar«, sage ich fahrig und mache den Reißverschluss der Tasche auf.

»Da passt nie alles rein«, meint Papa mit kritischem Blick.

»Ich weiß«, stöhne ich genervt und setze mich auf den Boden. Mama sagte vorhin spitz, ich wäre alt genug, um auszusuchen, was alles auf so eine »gefährliche Reise« mitmuss. Sie hat wohl immer noch die leise Hoffnung, ich könnte mich umentscheiden und zu Hause bleiben.

»Zwei Reithosen, T-Shirts, eine Regenjacke, für jeden Tag Socken, eine Jeans, ein Paar Turnschuhe, eine Reitweste. Vierzehn Unterhosen. Ein Taschenmesser. Taschenlampe. Vaseline«, sagt Papa resolut und beginnt das Chaos auf dem Bett zu sortieren.

O ja, Vaseline. An so etwas wird Toni nicht denken, warum auch? Und ich muss ihm morgen früh irgendwie verklickern, dass es gut wäre, wenn er sich damit noch mal an gewissen Stellen einreibt, bevor er sich für Stunden aufs Pferd setzt. Ich hab auch die Veranstalter noch mal angerufen und sie gebeten, ein ganz lammfrommes Pferd freizuhalten. Sie meinten, sie hätten da einen alten Friesenmix, der schon die größten Angsthasen auf seinem Rücken durch die Welt getragen hat.

Aber Sattel ist nun mal Sattel und sogar mir graut es vor morgen Abend. Obwohl ich wirklich einiges gewöhnt bin.

»Aspirin, Pflaster, Jod, Vitamintabletten. Zum Lesen kommst du eh nicht«, listet Papa auf und macht sich daran, die Sachen zu verstauen.

»Mein iPod«, werfe ich ein. Der muss dabei sein. Mit Lissis 80er-Jahre-Songs. Ich hab sie extra noch draufgeladen. Grad gestern hat sie mir wieder eine CD hingelegt mit dem Hinweis, sie könne das eine Lied momentan eh nicht ertragen. Als ich sie durchhörte, wusste ich sofort, welches sie meinte. »Ich liebe dich« von Clowns und Helden. Ich bekomme jedes Mal eine Gänsehaut, wenn ich es höre. Ich spüre irgendwie, was der Sänger meint, obwohl ich das alles noch nie erlebt habe. »Ausgerechnet mir muss das passieren. Wir haben '86 und ich altes Trottelgesicht hab mich verliebt« – boah, der Text ist einfach Wahnsinn. Der sagt alles so direkt. Ob ich das auch mal auf diese Weise erlebe? »Manchmal kommt es mir wie eine Krankheit vor …« Jedenfalls muss dieses Lied mit und auch die anderen von Alphaville und Depeche Mode.

»Wozu Musik?«, fragt Papa rätselnd.

»Na ja, zum Reiten«, sage ich beiläufig und quetsche den iPod in die Seitentasche.

»Zum Reiten!? Bist du des Wahnsinns?« Oje, jetzt gibt's eine Moralpredigt.

»Nach dem Reiten, nach dem Reiten, meinte ich!«, versuche ich ihn zu beruhigen. Ich muss ihm ja nicht auf die Nase binden, dass ich ab und zu beim Dessurtraining die Stöpsel in den Ohren hab, wenn ich alleine in der Halle bin. Mein Reitlehrer duldet es stillschweigend.

»Handy? Wo hast du dein Handy«, fragt Papa und wühlt in meinen Sachen.

»Wir dürfen keins mitnehmen. Wenn wir es mitnehmen, konfiszieren sie es sowieso. Die Betreuer haben natürlich welche dabei.« Ich zucke mit den Schultern. Toni ist fast ausgerastet, als er davon erfahren hat. Marc fand es gut. Die beiden haben beinahe angefangen zu streiten deswegen. Aber die Betreuer wollen, dass wir uns auf die Pferde und die Natur konzentrieren und nicht ständig auf unseren Handys rumdrücken und Filmchen und SMS verschicken. Schließlich hätten wir da oben auch keine Computer und keinen Fernseher und keine Spielekonsolen. Und das ginge ja auch. Ich kann damit leben. Beim Reiten brauch ich mein Handy sowieso nicht.

Papa überlegt eine Weile und nickt zufrieden. Dann schaut er mich nachdenklich an.

»Du warst in den letzten Tagen irgendwie verändert«, sagt er und zieht mich neben sich aufs Bett.

»Verändert?« Ich weiß genau, was er meint. Ich habe mich

so sehr bemüht, fröhlich zu sein. Aber da gab's diese Momente, in denen ich einfach nicht da war, wie weggedriftet. Diese Momente, in denen ich mich darauf konzentriert habe, nicht an all die ernsten Themen zu denken. Aber ich will auch jetzt nicht dran denken. Heute Morgen hatte ich zum ersten Mal dieses kribbelnde Gefühl der Vorfreude im Bauch. Ja, ich freue mich auf die Berge und darauf, den ganzen Tag mit Pferden und meinen Freunden zusammen zu sein. Einfach für eine Weile auszusteigen aus dem normalen Leben.

»Du weißt, dass du immer mit mir reden kannst, wenn etwas ist. Egal, was passiert. Das weißt du doch, oder?«

Ja, ich weiß das. Ich nicke nur. »Haben wir jetzt alles?«, lenke ich ab.

Papa wirft noch mal einen prüfenden Blick in die Tasche.

»Ich denke ja. Und trink immer genug. Vergiss das Essen nicht.« Ich weiß nicht, wie oft ich diese Worte in den vergangenen Wochen gehört habe. In den letzten Tagen hatte ich wirklich kaum Hunger. Mein Magen knurrt, weil er leer ist, doch sobald ich einen Bissen zu mir nehme, bekomme ich so ein komisches, flaues Gefühl im Bauch. Aber krank bin ich bestimmt nicht.

Wahrscheinlich ist es das Reisefieber. Morgen sehe ich endlich Freddie wieder. Es ist so viel passiert seit dem Krankenhaus, ich werde Tage brauchen, um es ihm zu erzählen. Wir haben zwischendurch nur mal kurz gemailt. Mehr nicht. Aber auch ihm werde ich nicht alles erzählen.

»Okay, dann ab in die Federn. Morgen um sieben geht's los. Keine Minute später, sonst reiten die ohne dich fort.«

Papa steht auf und streckt sich. In seinen Knien knackt es. Ein altes Turnierleiden, wie er immer sagt. Er hat sich beim Springen so einige Knochen und Gelenke ruiniert.

»Gute Nacht«, sage ich und tue so, als würde ich ins Bett gehen. Kaum ist er die Treppe runter, flitze ich zu Lissi rüber. Sie hat sich auf ihre Couch verkrümelt und liest.

»Darf ich?«, frage ich vorsichtig.

»Na komm her«, grinst sie. Ich kuschle mich zu ihr auf die Couch. Henri versucht zu uns hochzuspringen, schafft es aber nicht, weil er sich mit den Pfoten auf dem kleinen Stück, das noch frei ist, nicht halten kann. Wir müssen beide lachen, weil es so drollig aussieht. Ich rutsche noch näher zu Lissi, und bei seinem zweiten Sprung klappt es. Er rollt sich zentnerschwer und erdrückend warm auf unseren Beinen zusammen.

»Und? Aufgeregt?«, fragt Lissi. O ja. Aufgeregt und müde und nervös und hellwach zugleich.

»Hmmm«, mache ich. Irgendwie habe ich früher besser auf ihr Sofa gepasst. Ich weiß gar nicht, wohin mit meinen Beinen, und auch Henri scheinen sie kein gemütliches Lager zu sein. Er schaut mich vorwurfsvoll an, als ich versuche eine bequemere Position zu finden.

»Was liest du da?«, frage ich schläfrig.

»Ach, so einen Schinken. Eine Highland-Saga. *Feuer und Stein*.«

»Lies doch laut.«

Lissi kichert. »Um Himmels willen. Das ist nicht ganz jugendfrei. Zappel nicht so rum, was ist denn los?«

Henri und ich verlieren gleichzeitig den Halt und plumpsen zusammen auf den Boden.

»Dein Sofa ist zu klein«, sage ich und Henri gibt einen empörten Jauler von sich. Ich merke, wie Lissi mich aufmerksam mustert.

»Nein, du bist zu groß. Mann, bist du groß geworden.« Sie hebt ihre Hand und streicht mir die Locken aus dem Gesicht. Eigentlich hätte ich noch einmal zum Friseur gemusst. Aber die Zeit reichte einfach nicht mehr. Dann dreht sie meinen Kopf zur Seite und studiert mein Profil. Langsam komme ich mir ein bisschen blöd vor.

»Du kriegst Papas Backenknochen«, meint sie und lächelt. »Wirst mal ein Hübscher.«

Wirst mal? Was soll denn das jetzt heißen. Vor allem klingt es wieder so nach Abschied, wie alles, was Lissi in letzter Zeit sagt. Als würde sie morgen fliegen. In ihren Gedanken ist sie offensichtlich schon in Amerika.

»Du bist aber noch da, wenn ich zurückkomme?«, frage ich sie.

»Hey, du musst mich sogar noch in Italien ertragen. Ich fahre mit.«

»Du fährst mit?« Ich schieße hoch und mache einen Luftsprung. Henri fängt an, mit dem Schwanz zu wedeln und beginnt sein Freudengebell. Bevor Mama und Papa durch meine Jubelschreie merken, dass ich noch bei Lissi rumhänge, muss ich ins Bett. Sonst gibt es echt Ärger.

»Viel Spaß«, sagt sie und zerzaust mir noch mal die Haare.

Ich beiße ihr in die Wange und haue ab, bevor sie mir

eine überziehen kann. Angeblich hab ich Lissi schon gerne gebissen, als ich noch kaum Zähne hatte.

»Tom!?«, höre ich von unten Mama rufen. Okay, okay. Ist ja gut. Ich kicke die Tasche vom Bett, ziehe mich aus und kuschle mich unter die Decke. Vielleicht habe ich Glück und träume heute Nacht ausnahmsweise von schönen Dingen.

Es hagelt. Es hagelt gewaltig. Dicke Eiskugeln krachen vom Himmel auf uns und unsere Pferde herunter, der ganze Boden ist bedeckt davon und sie tun weh auf meinem Kopf, dazu dieses Geräusch, wenn sie auf meinem Helm aufprallen, immer und immer wieder, dieses laute Krachen …

Jetzt bin ich wach. Es ist still. Bis auf das Zwitschern der Vögel. Draußen wird es langsam hell. Was war das nur für ein Traum? Es regnet nicht einmal. Ich reibe mir verschlafen die Augen. Da! Da ist es wieder, an meinem Fenster, ein Geräusch wie Hagel!

Ich springe aus dem Bett und schaue raus. Unten auf dem Gartenweg tigert eine dünne Gestalt unruhig auf und ab und sammelt Steinchen. Jetzt registriert sie mich und blickt hoch.

»Hey! Sssst«, zischt sie. Toni. Das kann nur Toni sein.

»Bist du total bescheuert?«, zische ich zurück und mache ihm ein Zeichen, dass er hinter dem Haus warten soll. Ich gucke auf die Uhr. Es ist zehn nach fünf. Der hat ja nicht mehr alle Tassen im Schrank.

Ich schlüpfe in meine Klamotten von gestern, Jeans und T-Shirt, meine Reitsachen kann ich später immer noch anziehen. Muss erst mal diesen Verrückten da draußen zur Vernunft bringen.

Zusammen mit Henri tapse ich so leise wie möglich die Treppe hinunter und öffne vorsichtig die Hintertür. Toni sitzt auf unserer Terrasse, als wäre er hier zur Welt gekommen. Er ist blass um die Nase und sein Haarstyling ist gründlich danebengegangen.

»Es ist zehn nach fünf«, sage ich streng und muss gähnen. In meinem Bauch rumpelt es. Das Reisefieber. Kaum bin ich wach, hat es mich schon wieder.

»Ich kann nicht schlafen«, jammert Toni. »Mach irgendwas. Ich bin so nervös. Und vorhin auf dem Klo …«

»Toni, ich will's nicht wissen«, unterbreche ich ihn rechtzeitig, bevor ich mir wieder eine seiner Durchfallgeschichten anhören muss. Wie meistens vor Klassenarbeiten oder Schulfreizeiten oder anderen wichtigen Terminen. Was mache ich jetzt mit ihm? Alleine lassen kann ich ihn nicht. Und wie ich sehe, hat er auch seine Tasche schon mitgenommen.

»Wissen deine Eltern, wo du bist?«, frage ich.

»Klar«, wispert er und beginnt wieder, auf und ab zu laufen. Zwischendurch hält er kurz inne und legt mit gequältem Blick die Hand auf seinen Bauch.

»Mir ist auch flau«, sage ich. Normalerweise hilft es da immer, aufs Pferd zu steigen oder zu rennen. Oder mich sonst irgendwie zu bewegen.

»Hey – ich hab eine Idee! Nimm Lissis Rad!« Ich gehe noch mal ins Haus und schreibe Mama und Papa einen Zettel. *Macht euch keine Sorgen, bin mit Toni und Henri am See und rechtzeitig zurück. Er konnte nicht mehr schlafen. Tom.* Ich lege ihn vor ihre Schlafzimmertür und schleiche die Stufen runter. Henri klebt an mir wie eine Klette. Vermutlich seine Auswanderungsangst. Und heute fahre ich tatsächlich weg. Armer Hund.

Toni zappelt draußen schon auf Lissis Rad herum. »Wir gehen schwimmen«, sage ich.

»Aber ich hab doch gar keine …«

»Jetzt komm schon!«, herrsche ich ihn an und fahre vor.

Im Osten geht gerade die Sonne auf, in einem milden Orange. Die Strahlen wärmen bereits, aber die Luft ist noch kühl und frisch, so frisch, als könnte man sie trinken. Es ist fast niemand unterwegs. Keine Autos, keine Busse, nur wir und der Hund, dessen Hecheln sich mit dem Zwitschern der Vögel vermischt. Zu unserer Lieblingsbucht braucht man nur 15 Minuten, doch Toni und ich sind heute schneller, weil die Ampeln noch abgeschaltet sind.

Der Sand ist feucht unter unseren Füßen, als wir vom Rad steigen und unsere Schuhe und Klamotten ausziehen.

»Und du meinst wirklich …?«, fragt Toni und wird rot. Der stellt sich immer an. Als ob es das erste Mal wäre, dass wir nackt in den See springen. Das haben wir früher andauernd gemacht.

»Ich kann dich auch in Klamotten reinschmeißen«, drohe ich und teste mit dem Zeh das so still daliegende Wasser. Hinten bei der Dampferlinie zerteilt die Sonne gerade ein paar Nebelschwaden. Eine Entenfamilie zieht vorbei, schnell und lautlos. Das Wasser ist kühl, aber nicht kalt.

Ich springe kopfüber rein und schwimme sofort raus in Richtung Boje. Nach ein paar Metern höre ich an Tonis Quieken, dass er auch drin ist – ohne Klamotten – und mir folgt. Jetzt bin ich hellwach. Die Kühle umfängt mich überall, als wäre ich eins mit dem Wasser. Von hier draußen kann man heute sogar die Alpen sehen. Das wird ein wunderschöner Sommertag.

Nach fünf Minuten habe ich die Boje erreicht und hänge mich dran. Es gibt nichts Besseres, als nackt zu schwimmen, finde ich. Ich hasse nasse Badehosen, die an einem kleben und kalt werden. Toni keucht auf den letzten Metern und klammert sich dann aufseufzend an das Befestigungsseil.

»Schön, oder?«, sage ich und tauche mit dem Kopf unter. Es ist, als könnte die Kühle all meine schlechten Gedanken wegwaschen. Ich komme wieder hoch und schüttle die Nässe aus meinen Haaren. Henri läuft bellend im seichten Wasser auf und ab. Er hat immer Angst, ich könnte ertrinken. Ich winke fröhlich zu ihm rüber. Vielleicht kapiert er das.

»Ich weiß nicht, ob das kalte Wasser so gut für meinen Bauch ist«, meint Toni kritisch, verstummt aber, als er meinen genervten Blick sieht. »Ja, es ist wirklich schön, hast recht.«

Wir hängen eine Weile an der Boje und sagen nichts, schauen nur zu, wie der erste Dampfer übersetzt und die restlichen Nebelschwaden unsichtbar in den blauen Himmel übergehen. Die Sonne scheint immer wärmer. Trotzdem wird es uns beiden langsam kalt.

Ohne ein Wort zu sagen machen wir uns zügig auf den

Rückweg. Toni schwimmt gut, mit langen, ruhigen Bewegungen. Ich habe sogar Mühe mitzuhalten. Wenn er sich mal an das Wasser gewöhnt hat, ist er in seinem Element. Und ich glaube auch nicht, dass er jetzt noch an seinen Bauch denkt. Die coolsten Zeiten mit Toni hatte ich entweder in unserem Baumhaus oder am See.

Zitternd stehen wir am Ufer und lassen uns von der Morgensonne trocknen. Die Wassertropfen rinnen aus meinen Haaren und eiskalt im Nacken herunter. Lange habe ich mich nicht mehr so wohl gefühlt.

»Wir müssen zurück«, löst Toni das minutenlange Schweigen. Still ziehen wir uns an und schwingen uns auf die Räder. Das Fahren bringt die Wärme zurück in meine Knochen. Es ist halb sieben. Keine Zeit mehr, nervös zu sein.

In drei Stunden sind wir in den Bergen.

Langsam ist Papa etwas angespannt. Und ich glaube, er muss sich sehr beherrschen, um kein Donnerwetter loszulassen. Toni und ich können keine Minute mehr still sitzen und reißen ununterbrochen blöde Witze – seit gut zwei Stunden.

»Da!«, ruft Toni plötzlich und lehnt sich nach vorne. »Da ist Damos! Und ganz viele andere Pferde.« Na, ich weiß ja nicht, was er sich vorgestellt hat, aber das liegt nun mal in der Natur der Sache, wenn man einen Wanderritt macht.

»Und da sind Anja und Marc, schau mal«, sage ich und zeige auf den Stall, der vor uns auftaucht. Papa verdreht die Augen, aber an seinem Blick merke ich, dass er sich mit uns freut.

»Kommt, steigt aus, macht schon, sonst reite ich wirklich mit«, sagt er, hält an und holt unsere Taschen aus dem Kofferraum. Er drückt mich noch mal ganz fest und gibt Toni einen Klaps auf die Schultern.

»Wenn ich nichts von euch höre, ist also alles okay«, sagt er.

»Genau«, antworten wir gleichzeitig. Während der nächsten zwei Wochen haben wir ja Handyverbot und können nicht zu Hause anrufen. Nur die Leiter haben ihre Handys dabei. Für den Notfall. Aber wir hoffen natürlich, dass es keine Notfälle geben wird.

Damos hat mich erkannt und wiehert laut zu mir rüber. Jemand hat ihn schon an der Stallwand festgemacht und Sattel und Trense dazugelegt.

Eine Frau mit Pferdeschwanz und Westernreitklamotten läuft auf uns zu.

»Ihr seid …?«

»Thomas und Anton. Also Tom und Toni«, sage ich.

»Anton Lorbeer?« Sie zwinkert mir verschwörerisch zu und zeigt mit dem Daumen auf Toni. Ich nicke.

»Okay, willkommen. Ich bin Anne. Heute Abend werdet ihr Schmerzen haben.« Sie lacht. Toni zuckt zusammen. »Macht erst mal die Pferde fertig, danach gibt's ein kurzes Frühstück und wir erklären euch alles. Toni, du bekommst Lotte.« Sie geht vor und deutet auf eine stattliche Friesenstute, die neben Damos steht und ihn neugierig beäugt. Toni schluckt. Lotte ist beeindruckend muskulös und hat eine traumhaft lange Mähne.

»Tschüss, ihr beiden«, ruft Papa noch mal und lässt den Motor an. Toni sieht kurz so aus, als wolle er doch lieber nach Hause umkehren. Zu spät. Papa ist weg.

Zögerlich geht er auf Lotte zu.

»Na, du?«, sagt er vorsichtig. Sie dreht gemächlich ihren Kopf und mustert ihn mit einer scheinbar unerschütterlichen Ruhe von oben bis unten. Dann schnaubt sie und wendet sich wieder Damos zu. Ich sehe es, sie ist genau die Richtige für Toni. Der kann sie auch nicht mehr schrecken.

»Na los, die Hufe, und dann satteln, bei der Trense helfe ich dir nachher.« Verunsichert nimmt Toni den Beutel mit dem Putzzeug und fischt mit spitzen Fingern den Hufkratzer heraus. Bevor er nach Lottes Bein greifen kann, hebt sie schon lässig ihren Huf hoch.

Okay, die beiden kann ich kurz alleine lassen. Ich gehe rüber zu Anja und Marc. Anja fällt mir um den Hals. »Ich hab ein Hafimädchen bekommen!«, jubelt sie und zeigt auf das kräftige Pferd neben ihr. »Ich auch«, sagt Marc trocken. »Aber mir ist nicht klar, warum das ein Grund zum Durchdrehen ist.« Doch Anja scheint wie so viele andere Mädels der Haflingerhysterie restlos verfallen zu sein und flicht besonnen Zöpfchen in die lange blonde Mähne ihrer Stute. Der Blick, den Marc mir zuwirft, spricht Bände.

»Tom!«, ruft es auf einmal hinter mir. Ich drehe mich um und hänge im gleichen Moment schon in Freddies Arm. Irgendwie ist er noch erwachsener geworden, noch größer, ich muss richtig zu ihm hochschauen.

»Hast du Anne schon kennengelernt?«, sagt er und nickt

zu der Frau rüber, die uns vorhin begrüßt hat. »Das ist meine Cousine. Dominant, aber nett«, lacht er. »Ich reite den gescheckten Tinker, eines ihrer Pferde und meine Reitbeteiligung. Fritz heißt er. Hey, ich muss jetzt satteln und trensen, wir sehen uns später, okay?«

»Okay!«, sage ich glücklich und wende mich wieder Anja und Marc zu. Doch Anja blickt durch mich durch. Ihr Blick wird starr.

»Nee, ich fass es nicht«, sagt sie leise zu sich selbst und greift blind nach Marc, der gerade mit Striegeln beschäftigt ist. Jetzt schaut Marc ebenfalls hoch und kriegt runde Augen. »Sie auch?«, murmelt er fragend.

Ich drehe mich um. Wen haben die beiden denn entdeckt? Doch zu fragen brauche ich nicht mehr. Schlagartig schießt mir die Hitze ins Gesicht und das flaue Gefühl von heute Morgen ist wieder da. Meteor erkenne ich sofort. Und ehe ich genau hinsehe, weiß ich auch, wer die Person neben ihm ist.

Tanja. Diese falsche Kuh. Die sich überall dranhängt, mich nicht mal in den Ferien in Ruhe lassen kann, sogar unseren Urlaub stören muss und zudem noch dafür sorgt, dass ich nicht einmal hier, weit weg von zu Hause, diese Sache mit Meteor vergessen kann. Das ist doch nie und nimmer ein Zufall. O nein, ich denke, sie hat das seit Langem geplant. Wahrscheinlich hat Mama ihr erzählt, dass ich da mitwill. Als ich noch im Krankenhaus war. So lange weiß sie das also schon. Oder hat Toni sich etwa verplappert? Hat er ihr gesteckt, dass er ein paarmal Meteor geritten hat und warum?

Und sie hat nicht einen Pieps gesagt während der ganzen Nachhilfestunden. Nie. Dabei wusste sie genau, dass ich so verbissen lerne, damit ich mit meinem Pferd in den Urlaub kann. Das ist mir zwischendrin mal so rausgerutscht, aber natürlich nicht, wohin und mit wem. Bin ja nicht blöd. Die Wut brodelt in mir, dass es fast wehtut.

Jetzt hat sie mir auch noch meine Ferien versaut. Für die ich so hart geackert habe. Ich schwöre es – wenn Papa nicht schon gefahren wäre, würde ich jetzt auf der Stelle in sein Auto steigen und mich nach Hause bringen lassen. Ich schnaube richtig vor Zorn.

Als würde sie meine Blicke spüren, dreht sie sich um. Ihre langen roten Haare hat sie zu einem Zopf geflochten, und ihr Gesicht ist sehr blass. Als sie mich sieht, schlägt sie die Augen nieder. Sie sind so traurig, ihre Augen.

»Tom, mach jetzt keine Szene, okay?«, sagt Marc leise und zieht mich ein Stück zur Seite. »Ich wusste es auch nicht, aber es ist ihr gutes Recht, hier mitzufahren, und wir werden uns nicht den Urlaub verderben lassen, ja? Weder von ihr noch von dir. Mach nicht so ein Gesicht.«

Er ist mir zu altklug. Ich reiße mich los und gehe zu Toni rüber. Er hat sie auch schon gesehen und blickt sie versonnen an. »Toller Zopf«, sagt er bewundernd.

»Toni!« Ich könnte aus der Haut fahren. Spinnen denn jetzt alle? »Hast du ihr etwa gesagt, dass wir hier mitfahren?«

Toni guckt betreten zu Boden.

»Toni!«, herrsche ich ihn an. »Das ist nicht wahr, oder?«

»Hab ich nicht! Komm wieder runter. Sie hat mich drauf

angesprochen. Ob es das wäre, wo du mitfährst. Sie hatte da so ein Flugblatt, aus eurem Reiterstübchen. Das war alles.« Na prima. Aus meinem eigenen Stall.

»Und du hast ihr die Wahrheit gesagt.« Ich kann es nicht glauben.

»Ja«, antwortet Toni und schaut mich an. »Ich konnte nicht lügen. Ich dachte aber auch nicht, dass sie sich da anmeldet. Sie ist doch nicht mal auf die Klassenfreizeiten mitgefahren.«

Toni tritt nervös auf und ab. Ich bin sauer, ja. Aber ich möchte ihm nicht böse sein. Toni kann echt nicht lügen. Schon gar nicht, wenn Mädels ihn was fragen. Trotzdem kann ich es nicht fassen. Ein Flugblatt aus meinem eigenen Stall. Ich sollte öfter ins Reiterstübchen gehen. Dann hätte ich vorsorgen können und die Zettel verschwinden lassen. Aber Marc hat recht – ich hätte es ihr sowieso nicht verbieten können. Das ist ja das Gemeine. Und sogar Jens wusste, dass wir in den Ferien reiten gehen.

»Komm, du weißt, wie das läuft«, sagt Toni beschwichtigend. »Sie wird bei den Mädels sein, wir bei den Jungs. So ist das doch immer bei Freizeiten und Schulausflügen. Kennst du doch. Alle Mädchen auf einem großen Haufen. Und normalerweise finden wir das blöd. Jetzt wirst du es gut finden«, versucht er mich zu besänftigen.

Vielleicht hat er ja recht. Ich werde sie meiden, so gut es geht. Einfach ignorieren. Wir sind bestimmt zwanzig Leute, das wird schon klappen. Ich wende mich Damos zu, ich muss ihn endlich satteln.

Meine gute Laune ist verflogen. Trotzdem – das um mich herum ist meine Welt. Ich kann die Berge sehen und es riecht überall nach Pferd. Hier wiehert es, da hört man Hufe klappern, dort bellt ein Hund. Und irgendwo steht auch Tanja. Aber das darf mich jetzt nicht kümmern. Ich sehne mich nach dem ersten schnellen Galopp, bei dem ich meine Wut hinter mir lassen kann. Und sie dazu.

DER SONNE ENTGEGEN

»Tom …« Als ich in Tonis verzerrtes Gesicht blicke, fällt mir ein, dass ich vor lauter Wut vergessen habe, ihm von der Vaseline zu erzählen. »Mein Hintern«, flüstert er dramatisch. »Ich habe wirklich schlimme Schmerzen!« Er schaut sich um und vergewissert sich, dass niemand mithört. Aber ich habe mich abgesondert, weil Damos vorhin etwas nervös war. Langsam wird er ruhiger und langsam fühle auch ich mich entspannter. Die Luft hier oben ist angenehm frisch, aber die Sonne brennt. Marc hat schon einen roten Kopf und auch Anja ist sichtlich erschöpft. Noch haben wir eine Stunde Wegstrecke vor uns.

»Wir machen sicher gleich Pause«, sage ich und überlege krampfhaft, wie ich ihm das mit der Vaseline beibringe.

»Du hättest dich eincremen sollen«, mache ich einen ziemlich unbeholfenen Anfang.

»Was, hab ich Sonnenbrand?«, ruft Toni und versucht, während des Reitens einen Blick auf seine Schultern zu werfen. Lotte quittiert seine ruckhaften Kopfbewegungen damit, dass sie einfach stehen bleibt. Ich schnalze mit der Zunge und sie setzt sich wieder in Bewegung.

»Konzentrier dich mehr aufs Pferd«, sage ich. »Und nein,

ich meinte nicht Sonnencreme. Weiter unten.« Allmählich werde ich rot.

»Aha«, sagt Toni irritiert und setzt an, etwas zu sagen. Doch dann unterbricht er sich selbst und lässt noch mal ein »Aha« hören, aber diesmal ein deutlich beschämtes. »Ich glaube, es ist schon zu spät!«, stöhnt er nach einem minutenlangen und unendlich peinlichen Schweigen.

Ich weiß nicht, ob ich lachen soll oder ob er mir leidtut.

»Setz dich morgen halt in den Planwagen und ruh dich aus«, rate ich ihm so ernst wie möglich. Das Lachen blubbert tief unten in meinem Bauch.

Der Planwagen wird von zwei Friesen gezogen und trägt den Großteil unserer Ausrüstung und die Zelte. Wir erregen Aufmerksamkeit, wo wir auch hinkommen. Die Leute bleiben stehen und winken uns nach und ich hab schon so manche neiderfüllten Blicke gesehen. Es ist ein schönes Gefühl, dabei zu sein und nicht winkend an der Straße stehen zu müssen.

Aber langsam wäre ich froh über eine Trabstrecke oder einen kurzen Galopp. Damos kann gar nicht verstehen, wieso er seit zwei Stunden Schritt gehen muss. Vor allem würde ich gerne an die Spitze der Gruppe vorrücken – was bedeuten würde, dass ich Toni im Stich lasse, denn Lotte hat ein äußerst gemächliches Tempo und sieht auch nicht ein, schneller zu gehen. Das wiederum stimmt Damos zickig, den ich ständig parieren muss, damit er nicht lostrabt.

Aber seit zwei Stunden schaue ich nur ein Pferd an – diesen stolzen Wallach da vorne mit seinen schlanken rassigen Beinen und dem typischen Araberknick auf dem Nasenrücken. Es muss ein Araber sein, zumindest ein Vollblüter. Ich werfe einen kurzen Blick auf Toni, der in seinem Sattel langsam dahinzusiechen scheint.

»Sorry, aber ich muss mal weg«, rufe ich, und ehe er protestieren kann, treibe ich Damos nach vorne. Auf dem Vollblüter sitzt ein Junge mit pechschwarzen Haaren und ebenso dunklen Augen.

»Hi«, sage ich und starre das Pferd an. Es ist wunderschön. Sein weißes Fell schimmert in der Sonne. Es ist makellos. Und offensichtlich hat der Junge keine Mühe, das Pferd zu reiten. Ganz ruhig und entspannt hat er die Zügel in seiner Hand liegen und lächelt freundlich zu mir rüber.

»Siglavi«, beantwortet er die Frage, die ich gerade stellen wollte.

»Siglavi?« Sofort erinnere ich mich an das Buch meines Großvaters mit diesem Pferdekopf drauf, Siglavi, Sohn der Steppe. Also muss es ein Araber sein. Niemand benennt ein anderes Pferd nach diesem Roman. Das wäre albern.

»Ja, es ist einer«, beantwortet er auch diese Frage, bevor ich sie ausgesprochen habe. »Und ich bin Sid. Hi«, sagt er und streckt mir die Hand rüber. »Wir sind beide Araber, mein Pferd und ich«, fügt er erklärend hinzu. »Zumindest der Abstammung nach. Ich bin hier geboren, aber Siglavi wurde eingeflogen.«

Mir bleibt die Sprache weg. Eingeflogen. Siglavi äugt zu Damos rüber. Die beiden scheinen sich zu verstehen. Im Gleichschritt laufen sie friedlich nebeneinander her. Ich muss erst mal meine Gedanken sortieren. Sid blickt in die Ferne und hat immer noch ein Lächeln im Gesicht.

»Morgen machen wir einen Galopp zusammen«, sage ich spontan. Mir fällt im Moment nichts Klügeres ein. Sid muss lachen.

»Von mir aus am liebsten jetzt schon.« Er grinst. »Aber dann können wir uns heute Abend von unseren Eltern abholen lassen.« O ja, es würde ein heilloses Chaos anrichten. Die anderen Pferde würden mitziehen und die Anfänger nur so runterpurzeln. Morgen dürfen die Fortgeschrittenen früher los und etwas mehr Tempo machen. Ich weiß, dass Siglavi Damos wahrscheinlich abziehen wird, aber darum geht es mir nicht. Ich denke einfach, es könnte Spaß machen mit Sid.

»Bist du schon mal in der Wüste geritten?«, frage ich weiter und merke im gleichen Augenblick, wie blöd meine Frage ist. Er ist Araber und reitet in der Wüste, klar, natürlich. Wahrscheinlich fragt ihn das jeder Idiot. Was für ein Klischee.

»Ja, ich bin wirklich schon in der Wüste geritten«, schmunzelt er. »Und ich sag dir – ich reite lieber hier. Kein Sand in der Nase und in den Augen, kein ausgedörrter Hals, keine verrückten Scheiche, die dich herausfordern wollen. Aber nachts ist es toll. Es ist kalt und man sieht tausend Sterne. Ich bin allerdings nur im Urlaub dort, ab und zu, bei meinen Großeltern.«

Auf einmal fällt mir Toni wieder ein. Ich drehe mich um und sehe an seiner eingefallenen Körperhaltung und seinem vorwurfsvollen Blick, dass ich mich schleunigst zu ihm begeben sollte.

»Du, ich muss wieder zu meinem Kumpel zurück. Teilst du mit uns ein Zelt heute Nacht?«

»Klar!«, strahlt Sid. »Kenne hier keine Menschenseele.«

»Jetzt kennst du mich!«, rufe ich zum Abschied und wende Damos ab, der unwillig folgt. Nur schwer kann ich meinen Blick von Siglavi lösen.

Toni macht ein missgelauntes Gesicht, als ich mich wieder neben ihm in die Schlussgruppe einordne. »Spricht sisch deitsch?«, fragt er und weist mit dem Kinn auf Sid.

»Toni … Er kommt mit uns in ein Zelt, okay?« Ausgerechnet Toni, der bei jeder Gelegenheit betont, dass doch alle Menschen gleich sind, lässt so einen Spruch los. Ich glaube, er ist eifersüchtig.

»Aber wehe, er rollt mitten in der Nacht seinen Gebetsteppich aus.«

»Toni!« Wenn er Schmerzen hat, ist er ungenießbar. »Wir haben es bald geschafft, reiß dich am Riemen.«

Das Schönste an dem kurzen Ritt da vorne mit Sid war, dass ich Tanja nicht sehen konnte. Dass sie aus meinem Blickfeld gerückt war.

Doch von hier hinten habe ich sie immer in meinem Augenwinkel, das lodernde Rot ihrer Haare und Meteors mächtige, würdevolle Statur. Egal, wo ich hinblicke, ich registriere sie. Wie eine lästige Fliege, die man einfach nicht loswird und die immer stört.

NACHTWACHE

»Jetzt hab ich's!« Tonis Stimme schallt dumpf aus dem Zeltinnern. Er ließ es sich nicht nehmen, den Zeltaufbau an sich zu reißen. Nun stehen wir zweifelnd vor dieser verkrumpelten Stoffpyramide mit dem wankenden Pfahl in der Mitte. »Es steht!«, hören wir Toni noch einmal. »Kommt rein!«

Wir sind uns da nicht so sicher.

»Sollen wir?«, frage ich Marc zögernd. Sid grinst nur.

»Nun kommt schon!«, zetert Toni. Wahrscheinlich war der Zeltaufbau seine Methode, die Schmerzen zu unterdrücken. Die Seile an den Heringen, die schief und krumm im sandigen Boden stecken, vibrieren. Toni hat angefangen, im Zelt auf und ab zu springen, um uns zu beweisen, dass es nicht zu erschüttern ist. Ist es aber. Bei einem besonders hohen Sprung kommt sein Konstrukt ins Wanken – die Stange, der Stoff, alles wackelt, die Heringe flutschen aus dem Boden und Toni wird unter dem Zelt begraben, das lautlos und wie in Zeitlupe in sich zusammenstürzt.

Marc hält sich die Hand vor den Mund und schaut mit großen Augen auf den brummelnden Haufen vor uns. Ich dachte eigentlich, dass ich zu müde zum Lachen bin. Ich habe mich geirrt. Aber es tut weh. Morgen werde auch ich

Muskelkater haben. Langsam schält sich Tonis Körper aus dem Zelt. Erst der hochrote Kopf, dann sein dünner Körper.

»Es ist ein Junge«, sagt Sid trocken und wir sterben fast vor lauter unterdrücktem Lachen.

»Ha-ha-ha«, macht Toni pampig und wirft Sid einen giftigen Blick zu. Ich schaue ihn mahnend an.

»Jetzt seid ihr dran«, keucht er und lässt sich auf den Boden fallen. »Ich kann jedenfalls nicht mehr.« Marc, Freddie und ich machen uns an die Arbeit. Ich habe einen Platz ganz am Rand gesucht, möglichst weit weg von den Mädchen. Ich will sie nicht sehen. Ich will nicht in ihrer Nähe sein. Und doch schaue ich dauernd zu Tanja. Warum reist sie überhaupt mit? Sie lacht nicht ein einziges Mal. Sie hat keinen Spaß dabei. Und ich glaube auch langsam nicht mehr, dass sie in mich verliebt ist. Sie weicht meinen Blicken aus. Wir haben nicht ein Wort miteinander gewechselt. Ich meine, mir ist das recht, wirklich. Aber ich frage mich, was sie hier macht. Und warum mit Meteor. Es gab genug Leihpferde, die besser drauf sind als er.

Und ständig muss ich gegen den Drang ankämpfen, zu Meteor zu gehen und mit ihm zu sprechen und ihn zu streicheln, wie ich es gewöhnt bin.

»Okay, ich glaube, so hält es«, sagt Marc und rüttelt probeweise am Innenpfosten. Ich habe still und verbissen vor mich hin gearbeitet und merke jetzt erst, dass Toni mich prüfend anschaut, als ich den letzten Hering im Boden versenke. Ich versuche zu lächeln, aber es fühlt sich an wie Zahnschmerzen.

»Essen!«, ruft Anne über den Zeltplatz. Johannes, unser anderer Betreuer, hat sich am Grill zu schaffen gemacht. Langsam weicht die Hitze einem angenehm kühlen Abend. Im trockenen Gras zirpen Grillen. Die Bergspitzen am Horizont glühen rosa. Wie heute Morgen am See. Nur bin ich jetzt so weit weg. Als wäre ich Welten entfernt.

»Mann, ist das schön«, sagt Sid auf dem Weg zum Grillplatz und bleibt kurz stehen.

Ich gehe auch nicht weiter.

»Was ist mit ihr?«, fragt er und deutet mit dem Kopf zu Tanja rüber, die alleine am Ende der einen Bank sitzt und auf den Boden starrt.

»Woher soll ich das wissen?«, entgegne ich patziger als beabsichtigt.

»Na, weil du sie kennst«, lächelt Sid. »Das sieht man.«

»Ich weiß es nicht«, stottere ich verlegen. Was meint er damit – dass er das sieht? Oder dass »man« das sieht?

»Sie hat schöne Augen«, redet er weiter. »Graue Mandelaugen. Es ist ihr Pferd, der alte Braune, oder?«

Wie kommt er auf die Idee?

»Nein. Nein, das ist er nicht«, sage ich. Mir wird Sid ein bisschen unheimlich.

»Aber Damos gehört dir. Da liege ich doch richtig.«

»Ähm, ja. Ja. Das ist meiner. – Sag mal, bist du was Besonderes?«, platzt es aus mir heraus. Mir ist, als könne er Gedanken lesen.

Sid muss so sehr lachen, dass er kaum mehr sprechen kann. »Nein, um Himmels willen. Ich bin ganz normal. Ich mag nur Menschen. Und ich denke gern über Menschen nach. Hier gibt es viel zu sehen.«

Ich blicke mich um. Ich sehe nur einen Haufen müder Jungen und Mädchen, die gierig ihre Teller leer essen. Mein Magen knurrt laut.

»Okay, hab verstanden.« Sid grinst und zieht mich mit zu den anderen. Ich setze mich neben Toni, der damit beschäftigt ist, den Salat zu sortieren. Die Käsestückchen wirft er lieblos auf meinen Teller. Ich bin so etwas wie seine persönliche Abfallverwertung. Jede Schulfreizeit das gleiche Spiel. Und auch hier. Ich esse Tonis Reste.

Nach dem Essen setzen wir uns ums Lagerfeuer. In den Flammen kracht die Hitze. Die Funken tanzen in den Himmel. Johannes spielt Songs auf der Gitarre, die ich von irgendwoher kenne, vielleicht von Lissi, vielleicht von meinen Eltern. Ich glaube, jeder kennt diese Lieder irgendwoher. Toni lehnt schwer an meinem Bein und döst. Marc hat Anja im Arm. Es ist ein komisches Gefühl, die beiden anzuschauen. Fast, als würde es ein bisschen wehtun. Wie ein Stich. Sid liegt lang gestreckt auf einer Bank und blickt in den Himmel. Freddie sitzt bei Anne und teilt sich mit ihr ein Liederbuch. Ich hätte wissen müssen, dass er mehr Zeit mit den Älteren verbringt. Und nicht mit mir.

Über dem schwarzen Wald geht der Mond auf, eine silbrigweiße Sichel, die sich klar gegen den samtschwarzen Himmel abhebt. Ich schiebe Toni vorsichtig gegen die Bank und erhebe mich. Die anderen bemerken es gar nicht.

Damos steht mitten auf der eingezäunten Weide, still und

stolz. Als ich auf ihn zugehe, dreht er langsam den Kopf. Seine schwarzen Augen schimmern. »Schlaf gut«, sage ich und streiche mit beiden Händen über seinen Hals.

Dann gehe ich ins Zelt. Alle anderen sind noch draußen. Die Gesänge schwappen mit dem Wind herüber. Immer wieder. Dazwischen Lachen und das Prasseln des Feuers. Im Wald ruft ein Käuzchen.

Ich ziehe meine Reithose und das T-Shirt aus und lege mich in den Schlafsack. Wenn ich jetzt einen Wunsch frei hätte, würde ich mich nach Hause auf Lissis Sofa zaubern lassen. Aber es wird keine Fee kommen. Ich weiß es.

Ich nehme mein T-Shirt, das so gut nach Damos riecht, und drücke mein Gesicht hinein. Der Schlaf kommt plötzlich und mit aller Macht.

In der Nacht sind Wolken aufgezogen. Toni sitzt mit verkrampftem Gesicht auf der Bank und schlürft seinen Kaffee. Heute früh hat er sich mit der Vaseline hinter einen Busch verzogen, aber ich fürchte, das nützt nicht mehr viel. Ich esse gerade mein drittes Brötchen und habe immer noch Hunger.

Die Stimmung ist nicht gut. Ich sehe Anne und Johannes an, dass etwas nicht in Ordnung ist. Jetzt steht Anne auf und klopft gegen ihre Tasse.

»Hört mir mal alle zu. Alle!«, ruft sie. Es ist schlagartig still.

»Mir ist es egal, wer hier in wen verliebt ist und wer wen toll findet, und ich weiß, dass Mädchen Jungen mögen und umgekehrt. Das ist kein Thema. Aber wir haben hier Regeln. Und es kann nicht angehen, dass ihr nachts eure Zelte verlasst.«

Ein paar Mädchen fangen an zu tuscheln, aber sobald Anne sich räuspert, verstummen sie wieder. Ich blicke mich verwundert um. Wir waren doch alle viel zu kaputt, um an irgendwelche nächtlichen Ausflüge zu denken!

»Heute Nacht war das zweite Mädchenzelt nicht komplett. Und zwar für Stunden. Kinners, das geht nicht. Ich schicke die Leute heim, die nachts nicht in den Zelten bleiben, und das meine ich ernst!«, sagt sie streng.

Ich habe keinen Zweifel daran.

»Es ist einfach zu gefährlich. Wir sind hier in der Pampa. Bleibt zusammen. Ab Mitternacht ist jeder in seinem Zelt. Und nirgendwo sonst. Verstanden?«

Bei ihren letzten Worten blickt sie Tanja in die Augen, die müde zurückschaut. Tanja? Tanja war bei den Jungs im Zelt? Oder hatte es vor? Toni und ich gucken uns verblüfft an.

»War die etwa bei uns?«, frage ich ihn leise. Ich habe so fest geschlafen, ich hab nichts mitbekommen.

»Hey, ich war k. o., aber ich merke doch, wenn ein Mädchen im Zelt ist«, sagt Toni im Brustton der Überzeugung. Ich glaube ihm das sogar. Sein leichter Schlaf ist eine Plage. Auf der letzten Klassenfreizeit hat er bei jedem Kirchturmschlag vor sich hin gemurmelt. Also stündlich.

Aber wo war Tanja dann? Möglicherweise hat sie sich tatsächlich in einen anderen verliebt. Ich hätte nichts dagegen. Nur soll es keiner von meinen Freunden sein. Irgendwie bin ich froh, dass Sid bei uns im Zelt war. Dann ist er es auf keinen Fall.

»Okay, die Fortgeschrittenen können die Pferde fertig machen und losreiten«, ruft Johannes. Toni schaut mich flehentlich an. »Du gehst also jetzt?«

»Du kommst schon klar. Halt dich an Marc und Anja.«

Tanja bleibt auch sitzen. Aber sie ist doch keine Anfängerin mehr. Ich weiß nicht, was mir im Nacken sitzt, als ich an ihrem Tisch vorbeigehe und sie frage: »Du nicht?«

Sie schaut an mir vorbei und schweigt.

»Ihr ist schlecht«, sagt das Mädchen neben ihr. Ich zucke mit den Schultern und antworte nichts. Was soll ich auch sagen? Besser, sie ist nicht dabei. Damos wartet schon am Gatter auf mich. Meteor klebt geradezu an ihm, als ich den Sattel auflege.

Ich bin froh, dass es endlich losgeht.

»Alle mal versammeln«, ruft Anne, die uns anführt. Wir haben die Kuppe einer Wiese erreicht. Vor uns nur sanft ansteigendes Feld. Gemähtes Feld. Sid und ich werfen uns einen Blick zu.

»Lust auf einen Galopp? Seid ihr bereit?« Sie muss die Antwort nicht abwarten. Ich bewege Damos fast aus dem Stehen in den Galopp und sofort ist Siglavi mit Sid auf meiner Höhe.

Der Wind treibt mir die Tränen in die Augen und rauscht in meinen Ohren. Ich fühle Damos' geballte Kraft in jeder Muskelfaser. Unter seinen Hufen flitzen die Feldstoppeln vorbei und ich habe das Gefühl zu fliegen, abzuheben, schwerelos zu sein. Ich spüre seine Energie tief in meinem Bauch, jeder Galoppsprung scheint mich leichter zu machen. Ich schmiege meine Beine fest um ihn, ich möchte eins werden mit ihm und ich möchte vergessen, so vieles vergessen …

»Alles okay?«, brüllt Sid gegen den Wind an.

»Ja«, schreie ich zurück. Wir schauen uns an und nicken. Also noch schneller.

Ich beginne mit Damos zu sprechen, denn mehr Druck kann ich nicht mehr aufbringen. Die Zügel lasse ich ganz locker. »Na, lauf, mein Großer, lauf …« Ich schnalze mit der Zunge. Tatsächlich, er hat noch Kraft, scheint sogar mit jedem Sprung mehr Kraft zu bekommen. Hals an Hals fliegen Siglavi und Damos den Bergen entgegen. In solchen Momenten möchte ich mich manchmal teilen, damit ich ihn sehen kann, ihn und mich, uns beide.

Ich drehe kurz meinen Kopf. Die anderen sind außer Sichtweite. Ich pariere Damos in den Trab, zeitgleich mit Sid.

»Boah«, sagt er und wirft lachend den Kopf in den Nacken. »Hammer.« Mir geht es nicht anders. Für diesen kurzen Ritt hat sich alles gelohnt. Das Lernen, die Angst vor der Arbeit, die langen Stunden mit Tanja.

Jetzt kommen die anderen nach. Anne wirft uns kopfschüttelnd einen bemüht ernsten Blick zu. Aber ich sehe das Lächeln in ihren Augen.

»War das Absicht oder sind die mit euch durchgegangen?«

»Absicht«, antworten wir gleichzeitig. Mein Gesicht tut fast schon weh vom vielen Strahlen. Ich kann gar nichts dagegen tun. Auch die anderen sehen allesamt glücklich aus.

»Wenn ihr erwachsen seid, werdet ihr vielleicht irgendwann begreifen, was für einen elend gefährlichen Sport ihr euch da ausgesucht habt.« Sie zwinkert uns zu. »Beim nächsten Mal wartet ihr auf uns, okay?«

»Okay«, sage ich gespielt zerknirscht. Ich bin froh, dass die Welt gerade in Ordnung ist. Wenigstens für einen kurzen Moment.

Als ich die Augen öffne, finde ich mich in einer Wüste wieder. Weit und breit nur Sand, roter Sand und Tiergerippe, knochige Schädel mit riesigen pechschwarzen Augenhöhlen. Der Boden glüht unter meinen Füßen. Die Sonne hängt tief und brennt sengend auf meinen Nacken. Ich kann kaum etwas sehen, alles flimmert. Es macht mich fast blind. Meine Schläfen hämmern und meine Kehle ist ausgetrocknet. Zwischen den Zähnen knirscht der Sand.

Am Horizont bewegt sich etwas. Ich kneife meine Augen zusammen, um es zu erkennen, doch noch immer ist alles verschwommen. Ich versuche, mit aller Macht zu sehen, was es ist. Unter äußerster Anstrengung erkenne ich eine schmale Gestalt, die in der Hitze flirrt wie eine Fata Morgana. Sie kommt näher und näher. Nun kann ich ihr Gesicht sehen. Es ist Tanja. Ihr rotes Haar flattert im heißen Wind. Hinter ihr schleift etwas auf dem Boden, mit einem kalten knirschenden Geräusch – schon wieder ein Tiergerippe. Die Knochen schlagen im Takt ihrer Schritte aufeinander. Wenige Meter von mir entfernt bleibt sie stehen und hebt ihren Blick. Ihre großen grauen Augen blicken mich direkt an. Ihr Gesicht ist kalkweiß. Leise dringt ihre flehende Stimme durch das Pfeifen des Windes. »Tom … du musst mir helfen … Hilf mir … Hilf mir doch … Bitte!« Ich möchte zu ihr und ich will auch weg von ihr, beides gleichzeitig, aber es geht nicht, ich kann mich nicht bewegen. Ich schaue nach unten und sehe, dass sich die Tierknochen um meine Beine geschlungen haben und mich in den glühenden Sand hinabziehen. »Hilf mir, bitte!«, höre ich noch mal Tanjas Stimme. Der Sand verbrennt mich, ich spüre es genau, es schmerzt, ich will schreien, aber mein Mund ist zu trocken. Ich kann nicht schreien, nicht einen Ton … ich verbrenne …

Ich wache von meinem eigenen Keuchen auf. Ich sitze aufrecht auf meiner Luftmatratze und bin schweißgebadet. Mein Herz rast. Toni murmelt im Schlaf. Die ersten Traumbilder verschwinden schon. Was bleibt, ist Tanjas Rufen. Ich habe es immer noch in meinem Ohr. Mir ist so heiß. Ich fasse an meine Stirn. Sie ist klatschnass. Ich muss hier raus, unbedingt. Ich angle mir meinen Kapuzenpullover, ziehe ihn über und schlüpfe in meine Jeans. Vorsichtig öffne ich den Reißverschluss vom Zelteingang. »Tom?«, brummt Toni. »Alles okay, gehe nur aufs Klo«, flüstere ich. Seufzend dreht er sich um und schläft sofort wieder ein. Draußen mache ich die Turnschuhe zu. Das Gras ist nass und die Luft kühl, beinahe kalt. Mein T-Shirt unter dem Pulli klebt am Rücken.

Ich versuche, ruhig und langsam zu atmen, aber noch gelingt es mir nicht. Wenn ich als Kind schlechte Träume hatte, habe ich häufig die ganze Nacht nicht mehr geschlafen – aus Angst, sie könnten wiederkehren. Eigentlich träume ich nicht oft. In den vergangenen Wochen hatte ich jedoch ständig komische Träume. Aber einen solch schrecklichen noch nicht.

Über dem schwarzen Wald hängen Nebelschwaden. Der Offenstall, an dem wir heute unser Lager aufgebaut haben, liegt da wie verlassen. Ich habe das Gefühl, ich bin der einzige Mensch hier. Es ist ein wenig unheimlich.

Als sich plötzlich eine Hand auf meine Schulter legt, ist die Angst sofort wieder da. Ich mache einen Satz zur Seite und muss mich zusammenreißen, um nicht zu schreien.

»Hey, ich bin's, Anja.« Sie steht frierend neben mir.

»Was machst du hier, verdammt?«, frage ich sie so leise wie möglich.

»Marc ist weg«, flüstert sie.

»Aber ich war doch eben noch im Zelt«, wundere ich mich. Marc ist verschwunden?

»Ich weiß«, wispert Anja. »Ich bin dir gefolgt. Du hast mich nicht gesehen. Ich hatte so ein komisches Gefühl, weil ich vorhin draußen Schritte gehört hab. Dann bin ich zu euch rüber. Sein Schlafsack ist leer!« Ich laufe die paar Meter zurück zum Zelt und luge durch den halb offenen Reißverschluss am Eingang. Tatsächlich. Marc ist nicht da.

»Weißt du, was ich denke?«, flüstert Anja. »Tanja war angeblich zwei Nächte nicht im Zelt. Marc ist nicht im Zelt. Na?« Sie sieht unglücklich aus. Und ängstlich.

»Ich glaube das nicht, nein, Marc macht so was nicht. Bestimmt nicht.« Eigentlich denke ich das auch von Marc. Er ist wie ein offenes Buch. Aber diese Nacht ist so seltsam, dass ich mir auf einmal alles vorstellen kann. Sogar, dass Marc irgendwo mit Tanja rumknutscht. Anja zittert vor Kälte.

»Du musst zurück ins Zelt. Die haben euch auf dem Kieker«, sage ich. Doch Anja ist mit ihren Gedanken woanders.

»Ich meine, verstehen kann ich ihn. Sie ist intelligent und hübsch und hat tolle lange Haare. Darauf stehen Jungs doch, oder?«, überlegt sie.

»Ich nicht«, sage ich kurz und schiebe sie Richtung Mädchenzelt. »Verschwinde wieder in deinen Schlafsack. Ich gehe ihn suchen, okay? Es wird schon alles in Ordnung sein. Er ist sicher nur auf dem Klo. Mach schon.« Anja holt sich den Tod, wenn sie noch weiter hier draußen rumsteht, und je mehr wir reden, desto größer ist die Gefahr, dass uns jemand von den Betreuern hört.

Sobald sie weg ist, bleibe ich still stehen und lausche. Langsam gewöhnen sich meine Augen an die Dunkelheit. Da! Da vorne am Stall hat sich was bewegt. Ich bin mir sicher. Und da sind nicht die Toiletten. Anja hat sich also nicht getäuscht. Ich schleiche mich von der anderen Seite her an. Nun kriecht auch mir die Kälte in die Knochen. Der Traum hängt immer noch schwer auf meiner Brust.

Jetzt bin ich am Stall. Ich lehne mich an die dunklen

Holzplanken und versuche, so leise wie möglich zu atmen und neue Kraft zu tanken. Das Schleichen ist anstrengend. Irgendetwas krabbelt über mein Gesicht. Ich wische es fahrig weg. Neben mir taucht ein weißer Schatten auf. Damos.

»Gaaanz ruhig«, hauche ich. Er scheint es zu verstehen und äugt mich nur an, ohne zu schnauben oder zu wiehern. Ich lege ihm beruhigend die Hand auf den Hals und gehe weiter, Schritt für Schritt.

Nach ein paar Metern habe ich keinen Zweifel mehr – hier muss ein Mensch sein. Marc? Was zum Teufel tut er hier? Soll ich ihn rufen? Aber dann können mich auch die anderen hören. Plötzlich stößt mein Fuß gegen etwas Warmes, Schweres. Ich zucke zusammen und drücke mich sofort in die dunkelste Ecke hinter den Schubkarren mit dem Mist. Was liegt da auf dem Boden? Es schnauft leise und ich höre noch ein Geräusch, auch eine Art Schnauben, nur leiser, feiner, menschlicher. Fast ein Schluchzen. Träume ich etwa immer noch?

Die Wolken geben einen milchigen Mond frei. Sein Licht fällt durch die offene Seite in den Stall und auf das aufgeschichtete Heu schräg neben mir. Und der Mond zeigt mir auch, gegen was ich eben versehentlich getreten habe.

Es ist Meteor. Meteor mit Tanja. Er liegt seitlich auf dem Boden und sie hat sich an seine Halsbeuge gekuschelt. Ihr rotes Haar und seine schwarze Mähne gehen ineinander über. Meteor hat die Augen sanft offen. Ich weiß nicht, wer hier wen beschützt. Meteor Tanja oder Tanja Meteor. Sie weint, obwohl sie im Halbschlaf ist. Es muss furchtbar kalt sein da unten. Ich richte mich auf und schaue auf Meteors Hals. Da, wo Tanjas nass geweintes Gesicht blass herausleuchtet. Bloß nicht in seine Augen schauen, das könnte ihn nervös machen. Doch er bewegt nur kurz seine Ohren und bleibt ganz ruhig, als er mich erkennt. Sein großer Kopf liegt schwer auf dem kargen Stroh.

Und ich weiß, dass das wieder eines von diesen Bildern sein wird, die ich niemals löschen kann. Die immerzu da sein werden, selbst wenn Meteor schon längst tot ist. Wenn er tot ist …

Ich lasse mich runter auf den Boden sinken und reibe lautlos meine kalten Knöchel. Das also macht Tanja nachts, wenn sie nicht im Zelt ist. Sie schläft bei Meteor. Um bei ihm zu sein. Aber wo ist dann Marc?

»Tanja … bist du schon wieder hier?«, beantwortet seine Stimme meine Frage. Ich weiß nicht, wo er hergekommen ist. Er steht genau vor mir, ohne mich zu bemerken. Ich hab mich ja auch in die dunkelste Ecke gedrückt. Oder hat er mich bemerkt und tut nur so, als sei ich nicht hier? Obwohl ich sein Gesicht nur undeutlich im dämmrigen Stall erkennen kann, sehe ich, dass es ernst ist. Er scheint sich Sorgen zu machen.

Tanja blinzelt und richtet sich mühsam auf. Offensichtlich tut ihr alles weh.

»Warum bist du nicht im Zelt? Warum? Du liegst hier auf dem kalten Steinboden, stundenlang, wie die letzten Nächte auch«, sagt Marc.

»Spionierst du mir nach, oder was?«, fragt Tanja betont

kühl. Ihre Stimme ist heiser. Sie räuspert sich und fasst sich an den Hals.

»Ich spüre, dass etwas nicht stimmt.« O ja, Marc, du hast so recht. Es stimmt gar nichts mehr. Nichts. Das ist ein einziger Albtraum geworden, diese Ferien sind der reinste Albtraum. Endlich merkt es auch jemand anderes.

»Er muss sterben. Im Herbst«, sagt Tanja tonlos. Stockend erzählt sie ihm das, was ich auch schon weiß. Dass es seine Besitzerin so will. Dass er ein Schulpferddasein nicht mehr schafft. Dass sie nichts dagegen tun kann, weil es einfach nicht ihr Pferd ist. Sie weint die ganze Zeit. Ich habe sie noch nie so weinen sehen. Es ist anders als damals in der Mühle. Da waren es ja nur Tränen vom Zwiebelschälen. Trotzdem ist es seltsam. Sie schluchzt gar nicht. Sie spricht ganz normal, aber ständig laufen neue Tränen an ihren Wangen hinunter und hinterlassen kleine dunkle Punkte auf ihrem T-Shirt. Und ihre Augen sehen so hoffnungslos und verschwollen aus.

Marc lehnt an dem aufgeschichteten Heu und hört ihr einfach zu. Fragt nur ab und zu nach.

»Das Schlimme ist, dass es nicht sein müsste«, sagt Tanja. »Gut, er ist alt, er schafft nicht mehr viel. Wenn ich nicht wüsste, dass es sein letzter Sommer ist, hätte ich ihm das hier nie zugemutet. Aber er soll noch mal etwas Schönes erleben. Er wurde so schlecht behandelt. Von einem Besitzer zum nächsten. Sie haben ihn damals noch mit Barren trainiert. Er wurde geschlagen. Und trotzdem ist er jedes Mal tapfer gesprungen.«

Meteor liegt immer noch still da und lauscht. Er muss das einfach verstanden haben. Ich denke, er weiß, um was es geht. Warum steht er nicht auf und rennt weg? Warum nur greift er niemanden an, sondern bleibt so geduldig und friedlich?

»Ich hab endlich mal irgendwo dazugehört«, erzählt Tanja weiter. »Seit ich denken kann, will ich reiten. Und wir hatten nie Geld. Für nichts. Ich durfte ja nicht mal auf die Klassenfahrten mit. Und Mama will sich auch nichts schenken lassen. Ich hab drei Tage lang mit ihr gestritten, bis sie endlich die Zuschüsse vom Freundeskreis des Reitvereins akzeptiert hat, die ich hierfür bekommen habe.« Sie schnäuzt sich und atmet schwer durch.

»Ich hab wie ein Sklave geschuftet, um dieses Pferd reiten zu können. Manchmal hat Marlies mich morgens um halb sechs aus dem Bett geklingelt und zum Misten in den Stall bestellt. Nicht nur für seine Box. Auch für ihre anderen Pferde. Sie weiß genau, dass ich alles tun würde für ihn. Und das stimmt ja auch. Ich würde alles tun. Aber ich habe kein Geld. Verstehst du? Es reicht nicht. Ich hab in jeder freien Minute gearbeitet, um mitfahren zu können. Eigentlich mit einem anderen Pferd, einem Leihpferd von hier. Aber jetzt ...« Sie kann nicht weitersprechen und presst die Hand vor ihren Mund. Für Sekunden sagt sie nichts. Eine kleine Ewigkeit.

»Meteor ist mein Glück. Wenn ich bei ihm bin, dann ist mein Leben in Ordnung. Dann hab ich auch was von dem Kuchen, von dem ihr esst. Vor allem ist es ihm egal, ob ich

Geld habe oder nicht. Es ist ihm scheißegal. Aber jetzt wird es genau daran scheitern. Und der Schlachter zahlt gut. An ihm ist viel Fleisch«, sagt sie bitter.

Mir ist schlecht. Die Übelkeit kriecht bis hoch in die Kehle.

»Hast du denn außer ihm nichts, worauf du dich freuen kannst?«, fragt Marc vorsichtig. Tanja schweigt. Es kann nicht viel sein, denn sie muss lange überlegen.

»Ich weiß nicht, woher ich sonst Kraft nehmen kann«, flüstert sie. »Ich brauche so viel Kraft zum Leben. Für meine Mutter. Meine kleine Schwester. Sie ist doch noch ein Baby. Eigentlich bin ich ihre Mama. Es geht schon nach der Schule los. Ich muss sie wickeln. Füttern. Meine Mutter arbeitet ja nachmittags bis spätabends. Dann, wenn Lara am stressigsten ist. Und jetzt hilft meine Großtante aus, sonst ginge es gar nicht, dass ich hier bin. Auch darum musste ich kämpfen. Ich war noch nie im Urlaub, weißt du?«

Ich muss an diese beengte saubere Wohnung denken und an die brabbelnde Lara. An die frisch geputzten Reitstiefel in der Ecke. Unsere abendliche Rechenstunde in der Küche. Warum habe ich sie nie nach ihrem Leben gefragt?

»Ich kann dir nicht helfen«, sagt Marc. Er ist wenigstens ehrlich. Er verspricht nicht irgendeinen Mist wie andere. »Ich kann dir nur zuhören. Aber, Tanja, bitte, geh jetzt ins Zelt. Morgen ist er noch da. Übermorgen auch. Und du musst gesund bleiben, wenn du die Zeit mit ihm verbringen willst.«

»Nein. Ich bleibe hier. Ich bin gesund«, beharrt Tanja.

Ihre Stimme hört sich anders an. Als habe sie starke Halsschmerzen.

»Okay. Bleib hier. Ich wecke dich um sechs, dann bekommt es niemand mit.« Marc geht mit schweren Schritten davon. Der Mond ist wieder verschwunden. Ich nutze die Gelegenheit und ziehe mich leise zurück, auf die andere Seite des Stalls. Dort hangle mich durch eines der Boxenfenster.

Der Nebel wabert über den Wiesen. An der Weide steht Marc und wartet auf mich. Also doch. Ich hätte mir eigentlich denken können, dass er mich bemerkt hat. Wie auch immer. Vielleicht hat er Augen im Hinterkopf. Keine Ahnung.

»Ich hab dich gesucht«, sage ich. Das Sprechen fällt mir schwer. Der Kloß in meiner Kehle nimmt mir fast den Atem.

Marc schaut mich lange an. Ein leichter Regen setzt ein. Das ist kein Sommer. Das ist Herbst. Marcs Blick gefällt mir nicht. Seine Augen sind keine blauen Seen mehr, in denen ich mich ausruhen kann.

»Wann begreifst du es endlich?«, fragt er.

Etwas läuft nass an meiner Wange herunter. Regen? Oder heule ich etwa?

Er berührt kurz meinen Arm und geht zurück ins Zelt.

Ich stehe noch eine Weile draußen und friere; warte darauf, dass das Gefühl in meinem Bauch endlich besser wird. Es wird nicht besser.

Ich finde lange keinen Schlaf.

NOTRUF

Schon wieder liege ich wach. Bereits die dritte Nacht, nachdem ich Tanja entdeckt habe. Inzwischen wird getuschelt. Marc und ich haben niemandem etwas gesagt. Aber dass Tanja nachts aus ihrem Zelt verschwindet, hat sich wie ein Lauffeuer verbreitet. Morgens sitzt sie stumm und alleine beim Frühstück, und wenn wir im Schritt reiten, fallen ihr manchmal die Augen zu.

Ich wäre froh, ich könnte auch müde sein. Auch jetzt ist es sicher schon Mitternacht. Wir haben alle einen langen Ritt hinter uns. Das Wetter hat sich wieder gebessert und wir haben etliche Höhenmeter zurückgelegt. Die Böden werden steiniger und die Dörfer immer kleiner. Ab und zu rasten wir an Jugendherbergen oder Sportstätten, in denen wir uns duschen können. Viel Sinn macht das nicht mehr. Wir sind eine nach Pferd stinkende, verwilderte und zottelige Meute geworden. Wir brechen auf, wenn die Sonne aufgeht, um die kühlen Morgenstunden zu nutzen, und fallen in die Schlafsäcke, wenn es dunkel wird.

Jedes Mal denke ich, dass ich sofort einschlafe. Und jedes Mal liege ich Stunden wach und wälze mich hin und her. Überlege, was Marc damit gemeint hat, als er mich fragte, wann ich es endlich begreifen würde. Ich weiß immer noch nicht, was ich begreifen soll, aber das Bild von Tanja und Meteor, wie sie aneinandergeschmiegt auf dem kalten Boden liegen, verfolgt mich Tag und Nacht. Ich würde es nicht anders machen. Das ist es. Das trifft mich so. Ich würde auch mit Damos auf dem Boden liegen. Ich würde ihn keine Sekunde aus den Augen lassen. Ich hasse es, Tanja verstehen zu können, so zu fühlen wie sie. Aber so sehr ich mich auch bemühe, ich kann es nicht abschütteln.

Toni fängt leise zu schnarchen an, wie jede Nacht. Auch die anderen schlafen tief und fest. Mein Herz hingegen macht wieder diese komischen Sprünge und schlägt zwischendurch ganz schnell. Oft denke ich, bald keinen Sauerstoff mehr zu bekommen. Es fühlt sich an wie Angst. Okay, vielleicht spinne ich. Aber ich halte das keinen einzigen Tag mehr so aus. Seit dieser Nacht, in der ich Tanja gesehen habe, verfolgt mich das Gefühl, dass etwas Schreckliches passieren wird. Wir haben noch fast zehn Tage vor uns. Wie will sie das durchstehen? Das dauernde Getuschel und diese kalten Nächte? Und werde ich es durchstehen, Damos ständig von Meteor wegzutreiben? Denn er will zu ihm, er sucht seine Nähe. Ich habe Blasen zwischen den Fingern von den Zügeln und ich kann Damos nicht erklären, was los ist.

Ich muss nachdenken. Ruhig bleiben und nachdenken. Gut. Ich habe diese blöden Träume und all das, seitdem ich weiß, dass Meteor zum Schlachter soll. Wirklich erst seitdem? Habe ich sie nicht schon länger? Egal. Verdammt, was kann ich nur tun? Vor allem kann ich hier nicht länger still rumliegen.

Wie sooft in den vergangenen Nächten ziehe ich mir etwas über und gehe raus in die Dunkelheit. Neben dem Zelt laufe ich unruhig auf und ab. Ich muss etwas tun. Als ich in den sternklaren Himmel schaue, höre ich plötzlich die Stimme von Papa. »Egal, was ist – wir sind für dich da.«

Das ist es. Papa muss mir helfen. Papa hat Geld, das sagen alle. Ich weiß nicht, wie viel er hat, aber das ist die Lösung, er muss Meteor kaufen. Und zwar sofort. Bevor etwas passiert. Aber wie soll ich ihm das erklären – dass ich dieses Gefühl habe, dass etwas passieren wird? Und vor allem – wie soll ich ihn erreichen?

Mir tut mein ganzer Rücken weh vor Anspannung und mein Bauch zieht sich schmerzhaft zusammen. Handys haben wir alle keine dabei. Oder sie sind von den Betreuern eingesammelt und versteckt worden. Die Handys im Planwagen sind für den Notfall reserviert. Denn Akkus nachladen können wir hier oben nicht. Die meisten Almen, auf denen wir jetzt Rast machen, haben keinen Stromanschluss. Aber es ist ein Notfall. Doch, das ist es. Für mich. Und für Tanja. Und vor allem für Meteor. Ich denke das nur widerstrebend, aber wenn Tanja weiterhin nachts draußen schläft und nichts isst und ihr ständig übel ist, dann wird sie richtig krank. Ich weiß das. Seit vorgestern hustet sie auch. Manchmal sieht es aus, als könne sie sich kaum noch auf dem Pferd halten. Sie quält sich.

Ich stehe in der kalten Nacht und es fühlt sich an, als würde mein Kopf jeden Moment platzen. Ich zwinge mich so vorzugehen wie bei der Mathearbeit. Schritt für Schritt zu einer Lösung. Ich schaue auf die Uhr. Es ist kurz nach Mitternacht. Mama und Papa sind bestimmt noch wach, und wenn nicht, dann haben sie zumindest nicht lange geschlafen. Ich muss an eines der Betreuer-Handys rankommen. Es geht nicht anders. Ich muss es versuchen. Und dann sehe ich weiter.

Ich pirsche in Zeitlupe zum Planwagen rüber. Die beiden Friesen stehen zum Glück ein gutes Stück weiter weg. Es kann mich also kein Schnauben oder Wiehern verraten.

Jetzt taucht der Wagen vor mir auf. Er wirkt auf mich wie eine Festung. Es ist Wahnsinn. Anne und Johannes schlafen da drin. Sie werden mich bemerken. Sie werden fragen, was los ist, und ich werde ihnen nicht alles sagen können. Sie werden mich nicht verstehen. Und vor allem wird Tanja es dann erfahren und es zu verhindern wissen. Sie ist wie ihre Mutter, da bin ich mir sicher, sie lässt sich nichts schenken. Und vor allem hasst sie mich. Ich bin überzeugt davon, dass sie das tut. Aber das ist jetzt nicht das Thema. Jetzt geht es erst darum, Meteor zu retten.

Es hilft also nichts, ich muss versuchen da reinzukommen, ohne dass sie aufwachen. Mit zittrigen Händen knöpfe ich die Plane an der linken Wagenseite ungefähr einen halben Meter auf. Das reicht, um reinzukriechen. Ein Windstoß fährt durch die Öffnung in den Wagen hinein. Irgendwo raschelt Papier. Ich bleibe starr stehen und versuche nicht zu atmen. »Sie können mich nicht sehen, es ist zu dunkel«, rede ich mir ein. Aber ich glaube nicht daran. Ich verharre ein paar Sekunden, bis ich etwas erkennen kann. Johannes und Anne liegen im hinteren Teil des Wagens. Sie schlafen. Ich kann deutlich ihren ruhigen Atem hören.

Jetzt kommt der schwierigste Teil. Ich muss in den Wagen klettern. Ich setze meinen linken Fuß auf das Rad unter mir. Es ist von zwei mächtigen Steinen blockiert, das müsste halten. Mit den Händen greife ich nach den Holzdielen. »Stell dir vor, es ist ein Pferd«, sage ich zu mir. Ich atme noch einmal tief ein und ziehe mich dann hoch, Zentimeter für Zentimeter. Meine Muskeln brennen vor Anstrengung. Geschafft. Ich hocke auf dem Boden und versuche, mich zu orientieren. Wo könnten ihre Handys sein. Im Gepäck? Dann habe ich verloren. Das Gepäck liegt durcheinander auf einem großen Haufen, unzählige bunte Rucksäcke und Taschen. Die kann ich niemals alle durchwühlen. Daneben steht die Kiste mit den Pferdemedikamenten. Ob die Handys dort drin sind? Als ich sie zu mir ziehe, klappern die Scharniere. Ich zucke zusammen und warte darauf, dass einer der beiden aufwacht. Aber Johannes dreht sich nur mit einem leisen Schnarcher um. Dann werden seine Atemzüge wieder gleichmäßiger.

Verdammt. Die Kiste ist abgeschlossen. Wo können die Handys noch sein? Wo hat Lissi immer ihr Handy? Im Bett – natürlich. Das macht Sinn. Man ist allzeit erreichbar und kann sofort telefonieren, wenn irgendetwas ist.

Ich blicke zu Anne und Johannes. Anne liegt auf dem Rücken und hat den Mund offen stehen. Neben ihrem Kopf kann ich eine Flasche Wasser erkennen, und ja, da liegt noch etwas – ein Labello? Und das daneben? Ihr Geld …

genau, das könnte ein Geldbeutel sein. Kein Handy. Aber zwischen den beiden Luftmatratzen sehe ich noch ein paar dunkle Schatten.

Ich muss da rüber. Ich kann von hier aus nichts machen. An meiner Schläfe läuft der Schweiß hinunter. Ich habe unerträglichen Durst. Aber darauf kann ich jetzt nicht achten. Auf den Knien ziehe ich mich zum Schlaflager, ganz an das Ende des Wagens. Wenn sie jetzt aufwachen, erwischen sie mich; von da hinten habe ich keine Chance, mich zu verdrücken. Ich bin in der Falle.

Mein Herz macht einen Sprung, als ich sehe, dass zwischen den beiden tatsächlich zwei Handys liegen. Ein eckiges schwarzes und ein elegantes silbernes. In dem Moment fällt mir ein, dass ich ja ihre Pinnummern brauche, wenn die Handys ausgeschaltet sind. Die habe ich natürlich nicht. Eine Tastensperre zu lösen, bringe ich noch fertig, aber eine Pinnummer herausfinden? Niemals. Denk nach, ermahne ich mich. Wie bei Mathe. Eins nach dem anderen. Das silberne Telefon mit dem Kettchen muss Anne gehören. Kein Mann kauft sich so ein Handy. Frauen telefonieren viel. Meistens jedenfalls. Lissi hat früher dauernd telefoniert. Und am liebsten nachts. Also ist die Wahrscheinlichkeit am größten, dass Annes Handy nicht ausgeschaltet ist.

Ich versuche die Entfernung zu schätzen. Komme ich mit meinem Arm da rüber? Ich muss es probieren. Ich stütze mich mit der linken Hand auf und greife über die schlafende Anne. Auf einmal fängt sie an, mit den Augen zu zucken. O Gott, nein, sie blinzelt. Ich starre sie an und warte darauf, dass sie mich erkennt und zu schreien beginnt. Doch das Blinzeln geht weiter, ohne dass sie aufwacht. Träumt sie etwa nur? Ist das diese Phase mit den rollenden Augen, von der unser Biolehrer mal erzählt hat? Ich lege meine Finger um das Handy. Langsam verlässt mich die Kraft. Jetzt nur keine schnellen Bewegungen. Mit aller Gewalt führe ich den Arm ruhig und quälend langsam zurück. Ich drücke eine Taste und das Licht des Displays zaubert einen blauen Schimmer auf Annes Haare. Es ist an. Das Handy ist an!

Ich lasse es in meine Pullitasche gleiten und mache mich konzentriert und zügig auf den Rückweg. Kaum habe ich den letzten Knopf der Plane geschlossen, fange ich an zu rennen. Nur weg von hier.

Das war eine Art Einbruch und Diebstahl zugleich, schießt es mir durch den Kopf. Aber es ging nicht anders. Als ich weit genug von den Zelten weg bin, lehne ich mich an einen Baum und mache mich daran, die Tastensperre zu lösen. Beim dritten Versuch klappt es. Mit bebenden Fingern wähle ich die Nummer von zu Hause.

Es tutet drei Mal, vier Mal, fünf Mal. O bitte, es muss doch einer rangehen, ihr hört das doch sonst auch immer, bitte.

»Ja?«, meldet sich eine verschlafene Stimme. Mama.

»Ich bin's. Tom.«

»O Gott, Tom, ist was passiert, bist du gestürzt. Was ist los, Kind?« Mama ist schlagartig hellwach und ich weiß auch, dass sie spätestens jetzt nicht mehr im Bett liegt, sondern mitten im Zimmer steht.

»Alles okay. Gib mir Papa. Schnell.«

»Aber was ist denn los?«

»Bitte, Mama, ich muss Papa sprechen. Gib ihn mir, schnell!« Meine Nerven werden immer dünner. Wieder habe ich den Wunsch, laut zu schreien und zu toben. Aber damit komme ich nicht ans Ziel.

»Was ist denn so wichtig, mitten in der Nacht?«, schallt Papas tiefe markante Stimme durch die Leitung. Ich bin so froh, ihn zu hören. Meine Knie werden weich. Ich würde mich gerne auf dem Boden legen und heulen und mich trösten lassen.

»Papa. Bitte hör mir zu. Das ist jetzt ganz wichtig. Wirklich. Du musst morgen früh Meteor kaufen.«

»Was muss ich? Tom, was redest du da, habt ihr getrunken?«

»Es gibt kein ›ihr‹!«, zische ich in den Hörer. »Ich bin der Einzige, der noch wach ist und ich riskiere, nach Hause geschickt zu werden, wenn mich jemand entdeckt, also bitte glaub mir! Bitte!«

»Okay. Ist ja gut. Ich höre dir zu. Jetzt noch einmal ganz langsam: Was ist los?« Ich sehe Mama und Papa vor mir, wie sie sich rätselnd anschauen.

Ich hole tief Luft. »Meteor soll zum Schlachter. Im Herbst. Und Tanja geht es ganz schlecht deshalb. Wirklich schlecht. Sie isst nichts mehr. Sie ist ganz bleich. Sie schläft nachts draußen, bei Meteor auf dem Boden. Papa, ich weiß, dass ich etwas machen muss, und du hast doch immer gesagt, dass man Menschen in Not helfen soll, bitte kauf ihn! Ich zahle es dir auch zurück. Ich geh arbeiten, ich sortiere deine

Akten in der Praxis, ich putze, ich mach alles, aber du musst mir jetzt helfen.«

»Tom, Tom. Hör mir mal zu. Schatz. Es ist normal, dass Pferde irgendwann zum Schlachter kommen. Das war schon immer so und wird auch so bleiben.«

»Aber ...«, unterbreche ich ihn. Doch er ist schneller.

»Das sind Tatsachen. Das ist die Schattenseite von diesem Sport. Und nur weil du einen Daddy mit Kohle hast, heißt das nicht, dass ich jedem Reitschulmädchen ihr Lieblingspferd kaufen kann.«

Ich werde es nicht schaffen. Er hat ja recht. Es wird mir nicht gelingen. Das Handy piepst leise. Wahrscheinlich ist der Akku gleich leer.

»Ist was mit Tom?«, fragt Lissi ängstlich im Hintergrund. Es ist so schön, ihre Stimme zu hören. Ihr würde ich gerne alles erklären. Dazu ist keine Zeit. Doch zu wissen, dass sie da ist, macht mir Mut. Ich versuche es noch einmal.

»Nein, Papa, nicht jedem Mädchen. Aber Tanja. Beziehungsweise mir. Sie würde es sich nicht kaufen lassen. Und er ist so wichtig für sie. Sie hat überhaupt kein Geld, gar nichts. Sie kann nichts machen. Kauf ihn mir. Und ich lasse sie darauf reiten. Bitte, Papa. Bitte denk drüber nach. Er ist so ein tolles Pferd.« Jetzt laufen mir die Tränen runter. Er schweigt. Ich habe versagt. Er wird es nicht tun. Ich höre, wie Mama etwas zu ihm sagt, aber ich kann sie nicht verstehen. Sie klingt besorgt.

»Tom?«, fragt Papa. »Bist du noch da?«

»Ja«, sage ich ohne Stimme. Ich bin erschöpft und kaputt. Ich kann mir nicht vorstellen, dass morgen die Sonne wieder aufgeht.

»Das Handy, mit dem du telefonierst – hast du das jetzt bei dir?«

»Ja«, sage ich bang. Bitte, Papa, frag nicht, wem es gehört. Er schweigt wieder, als würde er nachdenken. Papa weiß genau, dass ich mein Handy nicht dabei habe und Handys verboten sind. Nur – das darf jetzt keine Rolle spielen. Und ich hoffe, er kapiert das. Schließlich seufzt er leise. Warum seufzt er denn? Weil ich ihn nerve? Weil ihn das alles nicht interessiert?

»Geh schlafen, Tom. Du hörst dich nicht gut an. Ich hab ja jetzt die Nummer auf dem Display. Ich melde mich morgen früh noch mal. Schlaf jetzt.« Er legt auf.

Ich lasse mich auf den Boden fallen und beiße mir in den Arm, um nicht loszuschreien. Er ruft morgen früh noch mal an. Ich darf jetzt nicht durchdrehen. Er ruft noch mal an. Ich stehe auf und schleppe mich ins Zelt. Das Handy klebt inzwischen schweißnass in meiner Hand. Ich muss es behalten, vorerst.

Auch als ich einschlafe und mich wütende Träume überfallen, lasse ich es nicht los.

Als das Handy in meiner Hand zu vibrieren beginnt, zucke ich so sehr zusammen, dass ich einen Krampf in die rechte Wade bekomme.

In meinen chaotischen Träumen hörte ich es immer wieder klingeln, in den verschiedensten Melodien; manchmal sagte Papa, dass er das Pferd kauft, mal gab es nur Störgeräusche in der Leitung, mal wurde ich plötzlich taub und presste das Telefon verzweifelt an mein Ohr, mal schimpfte er ununterbrochen mit mir.

Der Schmerz in der Wade überfällt mich so gewaltig und plötzlich, dass ich instinktiv mit beiden Händen an mein Bein fasse und mit aller Macht meinen Fuß gegendehne. Toni schaut mich mit aufgerissenen Augen an.

»Ein Handy? Du hast ein Handy? Aber …«

»Geh dran! Bitte!«, keuche ich. Meine Wade verkrampft sich immer wieder. Es tut scheußlich weh.

Ungeschickt greift Toni nach dem Telefon und starrt auf die Tastatur. Er ist noch total verschlafen. »Ich weiß nicht, wo ich draufdrücken soll!«

O Mann. Das kann doch nicht so schwer sein. Es ist egal, ich bekomme dieses grässliche Ziehen in der Wade sowieso nicht weg. Der Muskel ist komplett verhärtet. Ich nehme Toni das Telefon aus der Hand und drücke darauf rum. »Hallo?«, frage ich panisch. Es klingelt immer noch. Falsche Taste. Da, die links oben ist es. Der grüne Hörer.

»Hallo?«, frage ich noch einmal. Inzwischen sind alle wach und schauen mich sprachlos an. Keiner wagt, etwas zu sagen.

»Tom.« Es ist Papa. Ich versuche dieses »Tom« zu analysieren. Ist es freundlich? Mitleidig? Beruhigend? Ernst? Ich höre ihn tief durchatmen.

»Bitte lass mich nie, nie wieder mit Marlies verhandeln«, sagt er. »Ich habe dafür keine Nerven.«

»Papa – was heißt das?«

»Glückwunsch zu deinem zweiten Pferd. Das du nicht brauchst. Da kommt 'ne Menge Arbeit auf dich zu und dein Taschengeld werde ich auch reduzieren.«

»Das ist okay«, sage ich schnell. Doch Papa redet weiter. Er klingt gestresst.

»Ich musste mehr als den Schlachterpreis zahlen. Wesentlich mehr. Außerdem habe ich mich von ihr zusammenstauchen lassen, weil ich sie so früh aus dem Bett geholt habe. Ich hab das nur gemacht, weil ich gespürt habe, dass du in Not bist. Oder eben Tanja. Und weil deine Schwester mir die nächsten fünf Jahre die Hölle heiß machen würde, wenn ich es nicht getan hätte. Sie hat die halbe Nacht auf mich eingeredet.«

Ich nicke stumm. Ich kann nichts sagen. Dann versuche ich es doch. »Danke. Danke, Papa.« Es ist nur ein Krächzen. »Drück Lissi von mir.«

»Tom, wenn du wieder zu Hause bist, müssen wir noch einmal über alles sprechen. Das war eine absolute Ausnahme, verstanden? Auch ich habe nicht unbegrenzt Geld. So, und nun möchte ich, dass du etwas isst und trinkst. Und um Himmels willen, Tom: Gib das Handy zurück. An wen auch immer. Ciao.«

Das Handy piepst penetrant genau dreimal, bevor ich noch etwas zu ihm sagen und mich bedanken kann. Der Akku ist leer. Ich lasse meine Hand sinken und starre es an. Dann kneife ich mir in den Arm. Doch, ich bin wach. Das ist kein Traum. Er hat es getan. Er hat Meteor gekauft.

Ich sacke in mich zusammen und lege die Hände auf mein Gesicht. Ich zittere am ganzen Körper. Er hat es getan. Er hat uns gerettet, uns drei. Tanja, Meteor und mich. Auch mich. Aus meiner Kehle löst sich ein trockener Schluchzer. Ich beiße mir in die Handballen.

»Tom – Tom, ist alles okay? Was ist los mit dir?«, fragt Toni hysterisch und versucht, mir die Hände vom Gesicht zu ziehen. »O Gott, er war die ganze Zeit schon so seltsam, tut doch einer was!«

»Anton!«, brülle ich laut und lasse meine Hände fallen. »Komm wieder runter, verdammt! Es ist alles okay! Wirklich!« Ich probiere ein Grinsen oder Lachen, fühle mich aber zu schwach dafür.

Sid schaut mich mit großen Augen an. »Wow. Das ist filmreif. Wenn ich nur wüsste, um was es geht«, sagt er mit einem leisen Lächeln.

»Ich hab eben ein zweites Pferd bekommen. Das ist los.«

Ich spüre, dass Marc mich prüfend ansieht, und hebe meinen Kopf. Er ist der Einzige, der versteht, was hier abgeht.

»Schon wieder ein Pferd?«, fragt Toni quengelig. Freddie versteht gar nichts mehr und reibt sich verschlafen über das Gesicht. Seine Haare stehen in alle Richtungen. Kurz habe ich ein Déjà-vu. Ich, im Krankenhaus, mit der Wunde am Kopf. Die Nachricht, dass Tanja mir Nachhilfe gibt. Freddie und seine Idee von der Freizeit. Und jetzt sitze ich hier und spiele verrückt.

Ich nicke Marc kurz zu und schlüpfe durch den Zelteingang. Er folgt mir auf der Stelle.

»Hast du das wirklich getan?« Ich genieße seine Ruhe. Wie schafft er das nur, immer so ruhig und gelassen zu bleiben. In mir bebt alles.

»Ja. Und ich möchte, dass das unter uns bleibt. Kein Wort. Okay? Ich muss jetzt erst mal nachdenken, wie ich das regle.«

Marc überlegt.

»Sie wird es nicht annehmen«, füge ich erklärend hinzu. Ich bin erleichtert, aber immer noch gereizt. Denn ich habe schon wieder ein Problem am Hals. Tanja. Und ihren gottverdammten Stolz. Was ich jetzt brauche, sind wenigstens ein paar Stunden Ruhe, sonst drehe ich wirklich durch. Ich kann erst mal nicht mehr.

Marc nickt. »Tom – du solltest dir vielleicht kaltes Wasser ins Gesicht spritzen oder so. Ich glaub, du kippst gleich um.«

»Ich weiß«, sage ich knapp und gehe zum Brunnen. Ohne nachzudenken, halte ich meinen Kopf unter die kalte Pumpe. Das eisige Wasser nimmt mir den Atem. Was hab ich nur getan. Ich bin in den Planwagen eingebrochen, hab unserer Betreuerin ihr Handy geklaut, meinen Vater angebettelt, mich verschuldet und zwei Pferde am Hals, die ich nie und nimmer versorgen kann. Und wenn Lissi nach Amerika geht, kann ich auch mit ihr nicht rechnen.

Doch obwohl mir jeder Muskel wehtut und mein Kopf dröhnt, weiß ich, dass es das Richtige war. Ich werde jetzt erst mal meine Reitsachen anziehen und frühstücken. Vor dem Planwagen ist schon eine Menge los. Die werden entdeckt haben, dass das Handy fehlt. Ich muss es irgendwie reinschmuggeln, dann denkt Anne vielleicht, sie habe sich geirrt und es einfach nur verlegt.

Aber das kann ich nicht jetzt tun. Erst heute Abend. Wenn alle in ihren Zelten liegen. Ich werde also wieder nicht zum Schlafen kommen. Ich laufe mit klatschnassen Haaren zurück zum Zelt. Außer Marc sitzen noch alle genauso da wie vorhin, drei erstarrte Salzsäulen.

»Ich hab 'ne Bitte«, sage ich. »Erzählt niemandem, dass ich ein Handy dabeihabe. Okay? Kann ich mich auf euch verlassen?« Ich wundere mich über meinen harschen Ton. Aber wenn die mich verpetzen, werde ich heimgeschickt.

»Egal, was jetzt gleich passiert – kann ich euch vertrauen?«

»Ja«, sagen Sid und Freddie sofort. Sid scheint das alles spannend zu finden.

»Ja«, kommt es etwas zögerlicher von Toni, der genau weiß, dass das nicht mein Handy ist. »Klar sage ich nichts. Aber du wirst mir langsam unheimlich.«

Ich quetsche mich in meine Stiefel. Meiner Wade gefällt das gar nicht.

»Lasst uns frühstücken gehen«, brumme ich und laufe rüber zum gerade angefachten Feuer. Es ist kurz nach sechs. Die ersten Sonnenstrahlen blitzen über die Bergkuppe. Vor den Bänken mache ich noch einmal einen Schlenker und gehe zur Weide. Meteor steht neben Damos an der Tränke und rupft Gras. Die Sonne zaubert kupferfarbene Reflexe in sein Fell. Es ist nicht sein letzter Sommer. Er wird leben.

Sommersturm

Beim Frühstück merke ich, dass meine Erleichterung eine kurzfristige Sache war. Der dicke Knoten im Bauch ist schon wieder da. Und genauso das Gefühl, dass etwas Schlimmes passieren wird. Dass Unheil in der Luft liegt. Vielleicht ist auch das Wetter schuld. Es ist drückend schwül geworden. Eine milchige Sonne ist aufgegangen und schon ziehen graue, diesige Schleierwolken über den Himmel. Noch immer kann ich nicht richtig Luft holen.

»Setz dich mal aufrecht hin«, ermahnt mich Toni.

In dem Moment durchfährt es mich wie ein Blitz. Jetzt weiß ich, was mich so beunruhigt. Was so anders ist als sonst. Was nicht ins Bild passt. Das, was mich an Tanja immer so geärgert hat, war ihr Stolz. Ihre extrem aufrechte Haltung. Wie sie ihre Schultern straffte, wenn sie sich an eine neue Matheaufgabe machte oder wenn sie abgehört wurde in der Schule. Oder wenn ich ihr meine Abscheu zeigte.

Ich versuche, sie in der Menge zu finden. Sie sitzt wieder abseits, und ja, mein Eindruck war richtig. Sie schaut auf den Boden, mit hängenden Schultern und krummer Wirbelsäule. Ihre Haare fallen ihr ins Gesicht, das mir wie versteinert vorkommt. Sie wirkt wie eine Außerirdische zwischen all den quasselnden und gackernden Mädchen am Tisch. Als hätte ein Raumschiff der Traurigkeit sie dort fallen gelassen.

Ich habe keinen Hunger mehr. Ich lasse mein Brötchen angebissen liegen und gehe ins Zelt, um meine Siebensachen zusammenzupacken. Wieder überlege ich, ob ich nicht langsam stinke, und wundere mich darüber, dass es mir eigentlich egal ist. Wenn, dann stinken wir alle. Ich krame in meinem Rucksack nach dem Bremsenschutzgel für Damos. Die Biester sind schon heute früh richtig aggressiv.

Mir ist klar, dass ich Toni mit meinem Verhalten keinen Gefallen tue. Ich rede kaum mehr etwas, reagiere fast kalt auf seine Versuche, etwas aus mir herauszubekommen. Aber ich kann im Moment nicht darüber reden. Es gibt noch so vieles, das ich lösen muss, worüber ich alleine für mich nachdenken muss. Ich will es ihm erzählen, wenn alles vorbei ist. Wenn er dann noch mit mir spricht. Irgendwo weiß ich, dass er nur wegen mir mitgefahren ist, obwohl er das nie gesagt hat. Aber er findet Zelten eigentlich abscheulich; er sieht es nicht ein, in der heutigen Zeit auf dem Boden zu schlafen und auf Plumpsklos oder in den Wald zu gehen. Und er wird auch nie ein begeisterter Reiter sein.

Oje, wenn alles rum ist, werde ich einiges gutzumachen haben. Ich kann das Bremsengel in meinem Rucksack nicht finden. Wahrscheinlich ist es in meiner großen Tasche im Planwagen. Ich krieche wieder aus dem drückend heißen Zelt und laufe rüber zum Betreuerwagen, der sich wie jeden Tag nahe beim Stall befindet.

Anne steht davor und läuft mit gerunzelter Stirne auf

und ab, als würde sie auf jemanden warten. Seltsamerweise wurde beim Frühstück kein Wort davon gesagt, dass das Handy entwendet wurde. Ach, was heißt entwendet. Geklaut. Ich habe es ihnen geklaut.

»Hallo«, sagt sie freundlich und lächelt mich an. Aber das Lächeln ist verkrampft, ich kann das sehen. Das Handy wiegt zentnerschwer in meiner Jacke.

»Hi«, grüße ich zurück und gehe an den Eingang des Wagens. Johannes sitzt hinten auf dem Schlaflager und repariert ein zerrissenes Halfter.

»Ich muss nur was aus meiner Tasche holen«, sage ich.

»Klar, kein Thema, jederzeit.« Er grinst zu mir rüber. Kein Thema. Wenn du wüsstest. Mein schlechtes Gewissen erdrückt mich fast – und ebenso die leise Hoffnung, ich hätte das Handy bei dieser Gelegenheit reinschmuggeln können. Keine Chance. Er sitzt genau da, wo ich heute Nacht herumgeschlichen bin. Aber offensichtlich hat mich niemand im Verdacht.

Meine Tasche hängt ganz unten in dem bunten Haufen drin. Ich zerre sie heraus und durchwühle sie eilig. Keine Sekunde länger als nötig will ich hier im Wagen bleiben. Da, ich habe das Gel gefunden. Ich stecke es in meine Hosentasche und will gerade zur Weide flitzen, Hauptsache weg von Johannes und Anne, als ich Tanjas Stimme höre. Müde, aber klar und deutlich.

»Noch einmal: Ich war es nicht. Wie oft soll ich das noch sagen?«

Ich linse um die Ecke. Anne und Tanja stehen sich gegenüber. Tanja hat die Arme verschränkt und blickt Anne mit einer Mischung aus Erschöpfung, Angst und Zorn an.

»Tanja«, sagt Anne in diesem strengen Ton, den ich weder an ihr noch an anderen Menschen mag. Ein Lehrer-Ton. »Du bist diejenige, die zahlreiche Nächte nicht in ihrem Zelt war. Wir wissen das. Wir wissen nur noch nicht, wo du dich rumtreibst.«

»Rumtreibst?«, fragt Tanja empört. Ihre Augen flackern. Ich kenne diesen Blick genau, nur habe ich sie dabei noch nie so leblos gesehen. Ihr Körper wirkt wie eine Statue. Verkrampft und starr.

Anne seufzt genervt, als habe sie es mit einem kleinen Kind zu tun.

»Was auch immer. Du bist nicht im Zelt. Und jetzt ist das Handy weg.«

»Und?«

»Du machst es mir aber auch wirklich nicht leicht«, klagt Anne. Doch ihre Stimme bleibt autoritär und barsch. Wie sagte Freddie? Dominant, aber nett. Etwas Nettes kann ich an ihr im Moment nicht mehr finden. Als ich genauer hinschaue, sehe ich, dass Tanjas Hände leicht zu zittern beginnen. Was hab ich hier nur wieder angerichtet. Jetzt wird sie verdächtigt, das Handy gestohlen zu haben. Warum denn das? Nur, weil sie nachts nicht im Zelt war? Macht das einen schon zum Dieb? Warum verdächtigen sie Marc nicht? Oder Anja?

»Tanja, wir wissen, dass du Zuschüsse vom Freundeskreis eures Reitervereins für diese Fahrt bekommen hast.«

»Ja, das habe ich – und?«, entgegnet Tanja. »Es war nur ein Zuschuss. Der genau für solche Sachen gedacht ist. Den Rest habe ich mir selbst verdient. Mit diesen Händen!« Sie streckt ihre blassen Arme nach vorne. Sie ist so dünn geworden.

»Wie dem auch sei. Du kommst aus einem sozial schwachen Zuhause.«

»Einkommensschwach«, verbessert Tanja mit schneidender Stimme. »Ich denke, das ist ein gewaltiger Unterschied.«

»Jedenfalls sehe ich Folgendes: Da ist ein Mädchen, das kein Geld hat, immer abseits sitzt, sich hier nicht wohlfühlt, kein eigenes Pferd hat und wahrscheinlich auch kein Handy.«

»Richtig. Ich hatte kein Handy und ich habe immer noch keins. Und ich will auch keins haben. Ich brauche kein Handy.« Tanjas Hände zittern nun stärker. Sie vergräbt sie tief in ihren Hosentaschen.

»Tanja«, seufzt Anne. »Mach es uns doch bitte nicht so schwer. Gib es mir einfach zurück, okay? Dann drücke ich noch mal ein Auge zu.«

»Ich habe es nicht, du verhinderte Sozialarbeiterin!«, schreit Tanja. Ihre Ruhe ist dahin. Ihr Körper bebt. Sie sieht aus, als ob sie gleich umkippt. Wie ich vorhin.

»Ich denke, es ist das Beste, wenn du morgen heimfährst. Ich organisiere den Rücktransport«, sagt Anne resolut. »Wenn du das Handy bis heute Abend nicht zurückgibst und dich entschuldigst, ist die Freizeit für dich zu Ende.«

»Aber ich kann es doch nicht zurückgeben …«

»Tanja, bitte. Meteor muss gesattelt werden.« Anne dreht sich um und geht in meine Richtung. Ich lasse mich auf den Boden fallen und robbe um die Ecke. Als ich außer Sichtweite bin, renne ich los.

Ich könnte mich ohrfeigen. Warum bin ich nicht dazwischengegangen? Weil ich Angst habe, dann heimgeschickt zu werden? Heute Abend. Heute Abend werde ich alles wieder einrenken. Ich werde das Handy zwischen die beiden legen, wenn sie schlafen, und dann ... dann ... Dann denken sie, Tanja hat es zurückgegeben. Trotzdem. Was nützt es, wenn ich heimfahren muss? Dann kann ich ihr erst recht nicht sagen, dass Meteor nicht sterben muss.

Und vor allem: Wenn rauskommt, dass ich es war und sie deshalb verdächtigt wurde, hasst sie mich noch mehr als sie es jetzt schon tut.

Beim Reiten sondere ich mich ab. Wir kommen schnell voran, aber allen läuft der Schweiß herunter. Fast niemand redet etwas. Toni hat Kopfschmerzen und einigen Mädchen ist schwindlig. Über den Bergketten im Westen hat sich eine schwarze Wolkenwand gebildet, die von Minute zu Minute dunkler wird, aber nicht näher zu kommen scheint. Die Pferde sind nervös, und uns quälen die Mücken, die in Schwärmen auf uns und die Tiere losgehen.

Heute Nachmittag werden wir den höchsten Punkt unserer Reise erreicht haben. Eine Alm mit Gefahren, wie Johannes vorhin sagte. Wir wollen dort zwei Tage bleiben, damit die Pferde neue Kraft tanken können. Doch die Wiese, auf der wir unser Lager aufschlagen werden, liegt angeblich steil, und auf der anderen Seite gibt es einen tückischen Abgrund. Ich stelle mir den Lagerplatz eng und düster vor, denn das passt zu meiner Stimmung.

Als wir endlich ankommen, bin ich überrascht. Die Sonne bricht noch einmal durch die dünne Wolkendecke und bringt die saftig grüne Wiese zum Leuchten. Neben dem Stall gibt es sogar eine Hütte mit einem lauschigen Grillplatz. Alles wirkt romantisch und friedlich. Doch dann sehe ich, was Johannes meinte. Von der Grasfläche hinter dem Stall führt eine schmale Brücke auf ein großes Felsplateau – und dieses Plateau grenzt ganz hinten an einen Steilhang nach oben und einen nach unten. Vielmehr eine Schlucht als ein Steilhang, das ist sogar aus dieser Entfernung zu erkennen. Die Brücke ist für Wanderer und Bergsteiger da, ganz gewiss nicht für Pferde. Und Damos würde sie auch niemals freiwillig überschreiten. Unter ihr geht es zwanzig Meter in die Tiefe, hat Johannes vorhin gesagt. In der Wand hängen zwei Kletterer. Ihre roten Jacken sind kleine Farbtupfer in der mächtigen grauen Felsmasse, die sich vor uns auftürmt. Ganz oben erkenne ich ein Gipfelkreuz.

Eigentlich müsste ich jubeln. Von solchen Landschaften habe ich immer geträumt. Und ich will auch nachher die Gegend erkunden – zu Fuß natürlich. Aber die Berge wirken auf mich bedrohlich. Auch die Gewitterfront scheint näher zu rücken. Dennoch erkämpft sich die Sonne wieder einen Platz am Himmel und brennt sengend auf unsere Rücken.

Ich steige ab und führe Damos auf die Weide. Sofort macht er sich über das Gras her. Ich lege mich auf einen warmen Stein und döse kurz ein. Als ich aufwache, fühle ich mich noch unwirklicher und belasteter als vorher. Mir ist schwummrig von der heißen Sonne. Nur Damos steht noch bei mir, alle anderen Pferde haben sich in den Schatten des Stalls zurückgezogen. Jetzt also wieder mühsam die Zelte aufbauen. Schweigend zu Abend essen. Mich verantwortlich für die Stimmung meiner Freunde fühlen, weil ich sie hierhergelockt habe. Und Tonis fragende Blicke auf mir lasten zu haben.

Will ich das alles denn wirklich? Sind das meine erhofften Ferien? Nein, das ist sie nicht. Kein bisschen. Ich gebe das Handy jetzt zurück. Jetzt sofort. Egal, was passiert. Ich stehe auf, angle es mit schwitzigen Fingern aus meiner Hemdtasche, wo es den ganzen Ritt im Takt von Damos' Schritten auf meine Brust schlug, und laufe zum Planwagen. Wieder geht Anne hektisch auf und ab. Doch diesmal sieht sie nicht streng, sondern panisch aus. Aber ich will gar nicht wissen, was mit ihr los ist und wen sie nun wieder verdächtigt. Jedenfalls bin es ganz bestimmt nicht ich.

»Da!«, rufe ich und werfe ihr das Handy vor die Füße. Ich spüre auf einmal eine unbändige Wut. »Ich habe es genommen. Ich, nicht Tanja. Ich war es und es war ein verdammter Notfall!«

Sie schaut mich fassungslos an und schlägt dann die Hände vors Gesicht. Johannes, der neben ihr steht und gerade mit ihr geredet hat, verstummt und geht instinktiv einen Schritt auf mich zu.

»Du ...? Du!?«

Bevor ich antworten kann, bricht Anne in Tränen aus.

»O Gott, und ich hab Tanja verdächtigt und nun ist sie verschwunden und Meteor ist verschwunden, o Gott«, ruft sie und verbirgt ihr Gesicht in ihren Händen.

»Anne! Nun beruhig dich doch mal«, sagt Johannes und versucht, sie in den Arm zu nehmen. »Sie ist sicher nur mit ihm spazieren gegangen.«

»Was? Sie ist weg? Tanja ist weg?«, unterbreche ich die beiden. Ich habe ein furchtbares Gefühl im Bauch. Ihre hängenden Schultern und die zitternden Hände. Dieser tote Blick. Und jetzt ist sie verschwunden. Plötzlich fällt mir dieses Lächeln ein, dieses kalte seltsame Lächeln, das sie im Gesicht hatte, als Johannes von der Schlucht erzählte. Das ich einfach nicht einordnen konnte.

Ich lasse die beiden stehen und renne zur Weide, so schnell ich kann. Damos steht immer noch mit hängendem Kopf an dem Felsblock. Während ich laufe, lasse ich meinen Blick schweifen. Ich kann sie nirgends sehen, aber ich habe eine schreckliche Ahnung, wo sie ist. Denn ich kenne das selbst. Wenn die ganze Welt gegen mich ist, dann ist es mir egal, was ich darf und was nicht. Und ihr wird es auch egal sein. Ich fürchte sogar, ihr ist jetzt alles egal.

Damos ist müde, das erkenne ich gleich, aber ich kann ihn nicht schonen. Mit einem Sprung hechte ich über den Zaun, mit dem nächsten auf seinen Rücken. Ich schlage ihm meine Hacken in die Seiten und kralle mich in seine Mähne. Er trägt nicht mal ein Halfter, doch ich habe keine Zeit, das zu ändern. Er bäumt sich wütend auf und stürzt in einen wilden, unregelmäßigen Galopp. »Damos, ich brauche dich jetzt, bitte hilf mir!«, flehe ich. Seine Ohren richten sich während des irren Galopps über die Weide aufmerksam auf, als ich mit ihm zu reden beginne, und ich spüre, wie sich seine Muskeln nun gleichmäßiger anspannen.

Den Satz über den Zaun schafft er auf Anhieb. Ich kann ihn kaum mehr halten, nur noch lenken. Die Wiese hinter dem Stall steigt an, aber gerade nur so viel, dass es ihn zusätzlich antreibt. Als wir auf der Kuppe sind, sehe ich sie. Tanja und Meteor. Auf dem Felsplateau. Sie muss ihn tatsächlich über die Brücke geführt haben. Wenn ein Pferd über eine solche Brücke geht, dann Meteor. Mit Gewalt bringe ich Damos zum Stehen. Er wiehert ängstlich und steigt, als ich an seiner Mähne ziehe. Ich rutsche, kann mich aber oben halten. »Steh!«, brülle ich. »Du musst mir jetzt helfen, bitte!« Versteht er das? Versteht er, dass ich ihn jetzt wirklich brauche? Papa konnte ich es einfach sagen, aber Damos? Ich halte eine Sekunde inne und lege meine Arme um seinen Hals, drücke meine Wange an sein Fell. »Hilf mir«, sage ich beschwörend. »Du musst jetzt springen.«

Was ich sehe, raubt mir den Verstand. Tanja jagt mit Meteor auf den Abgrund zu. Ich muss sie einholen. Und ich kann das nur, wenn Damos springt. Und zwar neben der Brücke, an der schmalsten Stelle. Ich lenke seinen Kopf in Richtung Brücke. »Bring mich da rüber. Bring uns rüber. Du kannst das.« Er tänzelt nervös, dann starte ich. Während ich ihn auf die Brücke zutreibe und sein Galopp immer schneller wird, fällt mir ein, was Papa mir stets eingetrichtert hat. Niemals unbekannte Risiken eingehen. Niemals das Pferd überfordern. Niemals mit schlechter Ausrüstung reiten. Niemals ein müdes Pferd zu hoher Leistung zwingen. Und ich breche all diese Regeln. Denn ich habe nur eine einzige Chance – schneller zu sein als Tanja.

Unter mir spritzen die Steine auf. Einer schlägt mir ins Gesicht, knapp über die Augen. Ich spüre den Schmerz nicht. Ich versuche wieder, mein Gehirn mit dem von Damos zu verknüpfen, ihn fühlen zu lassen, was er tun soll. Noch drei Galoppsprünge, noch zwei, noch einer – und jetzt, springen. Spring … »Spring!«, schreie ich und spüre, wie sein Rücken zur Feder wird. Vielleicht ist es gut, dass ich ohne Sattel reite. Es ist weniger Gewicht für ihn. Ich höre Gestein bröckeln und mache den Fehler, nach unten zu sehen. Ich blicke ins Nichts. In einen gähnenden Abgrund. Dabei soll der noch harmlos sein im Vergleich zu der Schlucht, auf die Tanja zureitet.

Ich reiße Damos verzweifelt mit der Mähne nach vorne. Hart schlagen seine Hufe auf der anderen Seite auf und kommen ins Rutschen. Ich mache mich so leicht wie möglich und ziehe noch mal an seinen Haaren, die mir tief in die Handflächen schneiden. Mit einem weiteren Sprung versucht er, dem rutschenden Geröll zu entkommen. Ich sehe kurz Lissis Gesicht vor mir, ihr Lächeln, dann Mama und ihre ängstlichen Augen. Die blauen Tücher, die sie immer malt. Ich will nach Hause.

Noch einmal schlage ich meine Fersen in seine Flanken.

Der nächste Sprung rettet uns. Ich stürze über seinen Kopf hinaus auf den Boden und pralle mit den Ellenbogen auf den Stein. Er darf mir jetzt nicht abhauen. Mit der anderen Hand greife ich nach seiner Mähne. Er steht. Er steht tatsächlich. Jedes andere Pferd würde nun fliehen, aber mein Damos bleibt bei mir. Obwohl mir alles wehtut und ich nicht weiß, ob mein Arm gebrochen ist, schwinge ich mich wieder auf seinen Rücken.

»Lauf! Lauf, so schnell du kannst!« Jetzt erst habe ich wieder einen Augenblick Zeit nach vorne zu sehen. Zu Meteor und Tanja. Um Gottes willen, was hat sie nur vor? Das kann sie doch nicht tun, nein, das kann sie einfach nicht! Das darf sie nicht!

Damos fliegt über den harten Boden. Ich glaube sogar, seine Hufe splittern zu hören. Doch er hat begriffen, um was es geht. Er hat Meteor erkannt. Seine Nüstern beben und sind weit offen. Seine Müdigkeit ist verflogen, er läuft von alleine, ohne, dass ich etwas tun muss. Wie weit ist Tanja von der Schlucht entfernt? 500 Meter? Weniger? Und wenn ich sie nicht einhole? Wenn ich es nicht schaffe, was muss ich dann sehen? Was muss ich dann mein Leben lang vor Augen haben?

»Tanja! Nein! Nein!«, brülle ich gegen den Wind. Meine Lunge tut mir weh und ich kann meinen Arm kaum mehr bewegen. Schlaff hängt er an mir herunter, nur noch mit der rechten Hand kralle ich mich in der Mähne fest. Meteor wird wieder langsamer, obwohl Tanja ihre Fersen fest in seine Flanken gräbt. Ihr Gesicht ist verzerrt, als sie sich umdreht und mich erkennt. O Gott, ich kann schon den Abgrund sehen, wir sind fast da … Wir werden alle umkommen …

Ich habe keine Kraft mehr in den Beinen, um Damos anzutreiben, doch er bäumt sich noch einmal auf, jetzt bin ich fast neben ihr, nur noch ein paar Meter. Wie halte ich sie auf? Blitzartig schießt mir die Szene aus dem Erdbeerfeld durch den Kopf. Und auch Damos scheint es zu verstehen. Er galoppiert an ihr und dem bockenden Meteor vorbei und ich lasse mich hinuntergleiten. Hoffentlich wendet er rechtzeitig ab, o bitte Damos, bitte. Doch ich kann jetzt nicht nach hinten schauen. Schwankend komme ich zum Stehen.

Mit aller Kraft versuche ich, beide Arme zur Seite auszustrecken und heule auf vor Schmerz. Doch es gelingt mir. Ich spüre Meteors heißen Atem vor meinem Gesicht, als er steigt und seine mächtigen Hufe nur wenige Zentimeter vor meinen Augen in die Luft treten. Sein schrilles Wiehern vermischt sich mit Tanjas Schreien. Sie stürzt sich vom Pferd auf mich herunter und bringt mich zu Fall.

»Nein, das nimmst du mir nicht auch noch, lass mir wenigstens das!«, brüllt sie und schlägt mir mit den Fäusten auf die Brust. »Lass mir wenigstens das hier!« Ich versuche ihre Arme zu greifen, doch ich kann meine linke Hand nun nicht mehr heben. Mir wird kurz schwarz vor Augen, dann bin ich wieder da und blicke in ihr Gesicht. Es ist so voller Wut, Angst und Trauer, dass es mir wehtut, sie anzusehen. Ihre Schläge werden kraftloser, doch ihre Knie drücken sich immer noch schmerzhaft zwischen meine Rippen.

»Verdammt, er wird nicht sterben, ich habe ihn gekauft,

du blöde Kuh«, schreie ich mit letzter Kraft. Tanja hält inne. Über uns zuckt ein Blitz. Jetzt ist sie direkt über uns, die schwarze Wolkenwand.

»Was hast du ...?«

Ich schiebe sie vorsichtig von mir runter. Meteor steht schweißüberströmt hinter ihr und atmet heftig. Damos lehnt sich an ihn. Seine Muskeln und Sehnen zucken unter dem nassen Fell. Ich blicke hinter mich. Noch ein paar Meter und wir wären alle in den Tod gestürzt.

»Und was hast du dir dabei gedacht, hm? Du denkst also, du kannst dich einfach umbringen und ein anderes Lebewesen dazu?«, herrsche ich sie an. Doch ihr Blick lässt meine Stimme weicher werden, bevor ich zu Ende geredet habe.

»Ich habe gar nichts gedacht. Nichts. Ich konnte nicht mehr denken. Manchmal kann auch ich nicht mehr denken.«

Wir sitzen nebeneinander, beide mit zerrissenen Klamotten, verschwitzten Gesichtern und blutenden Händen. Ich reibe mir mechanisch meinen Arm, in dem der Schmerz wütet.

»Er wäre wenigstens würdevoll gestorben. Im Galopp. In einer schönen Gegend. Mit jemandem, der ihn liebt«, sagt Tanja leise.

»Und deine Schwester? Hast du mal an deine kleine Schwester gedacht?«

Sie schaut auf ihre Hände. »Ich hab manchmal einfach keine Kraft mehr. Auch für Lara nicht. Es tut mir leid. Wirklich. Es tut mir so leid.«

»Es ist mein Pferd, und ich lasse mein Pferd nicht in Bergschluchten stürzen, kapiert?«

Sie schaut mich fragend an. Ihre roten Haare kleben an ihrer Stirn.

»Das ist also kein Trick? Du hast ihn wirklich gekauft?« Ich sehe, dass sie Angst hat. Angst, es könnte nur gelogen gewesen sein.

»Na ja. Mein Papa hat ihn gekauft. Und ich hab das Handy geklaut, um ihn anzurufen. Und jetzt suche ich dringend eine Reitbeteiligung. Eine gute. Eine, die sich nicht in Schluchten stürzt.«

»Das hast du nicht getan«, flüstert sie und ihre Augen füllen sich mit Tränen. Sie streicht sich die Haare aus der blassen Stirn.

»Doch«, sage ich und schaue sie fest an. Habe ich eigentlich nie gesehen, wie hübsch sie ist? Selbst jetzt, in dieser erbärmlichen, beschissenen Situation?

Sie steht auf und geht zu Meteor. »Verzeih mir«, stößt sie mühsam hervor und lehnt sich weinend an seinen Hals. Ich lasse sie beide. Meteor, der alles verzeiht, auch ihr, und sie schnaubend beruhigt; und Tanja, die ich zum ersten Mal lachen sehe. Wenn auch unter Tränen.

Damos ist einfach nur fertig. Er steht ruhig da und stört sich nicht einmal an dem drohenden Unwetter über uns. Nur ab und zu läuft ein kurzer Schauer über sein Fell.

»Ich bin so müde«, sage ich nach ein paar stillen Minuten. Meine Augenlider sind wie Blei, aber meine Gedanken explodieren immer noch.

»Ich auch«, seufzt Tanja und setzt sich neben mich. Über uns kracht der Donner.

»Sie suchen uns wahrscheinlich schon.«

»Schau mal, da hinten.« Ich zeige zu einer Nische in der Felswand rüber. Sie blickt mich fragend an. Noch immer laufen ihr die Tränen herunter.

»Komm«, sage ich und bewege mich mühsam auf die Felswand zu. Sie folgt mir zögerlich. Der Boden in der Nische ist mit weichem Moos überzogen. Hier passen genau zwei Menschen nebeneinander. Ich lege mich vorsichtig hin.

»Wir müssen schlafen«, sage ich ruhig.

Tanja lässt sich neben mir zu Boden sinken. Nun zittert sie nicht mehr so stark. Ich stütze mich auf meinem gesunden Ellenbogen auf und schaue sie an.

»Mach das nie wieder. Hast du verstanden?«

Sie nickt stumm. Dann fallen ihr die Augen zu.

Mein Körper schläft, aber mein Kopf ist wach. Ich höre den Donner und das Prasseln des Regens auf dem Felsen über uns.

Ich habe mich verliebt.

»Da sind sie ja …«

»Was machen die hier nur?«

»Schlafen die?«

»Ja, ich glaub, die schlafen …«

Es dauert, bis ich begreife, dass diese Stimmen nicht zu dem Gedankenwirrwarr in meinem Kopf gehören, das in den vergangenen Minuten weicher und angenehmer wurde.

Es kostet mich Überwindung, die Augen zu öffnen. Mehrere Köpfe lugen besorgt in unsere Nische hinein. Ich erkenne Toni, Marc, Anne, Sid und Anja. Die Stoppelhaare da hinten müssten Freddie gehören. Ich boxe Tanja leicht meinen Ellbogen in die Seite und bereue es in der gleichen Sekunde. Der Schmerz ist wieder da. Fluchend versuche ich, das Pochen im Arm zu unterdrücken. Tanja kommt langsam zu sich.

»Tom! Was ist passiert? Was macht ihr hier nur?« Tanja wird unruhig und versucht, sich aufzurichten. Ihr scheint genauso schwindlig vor Müdigkeit zu sein wie mir. Ich habe keine Ahnung, wie lange wir hier gelegen haben. Das Gewitter ist weggezogen. Die Wiesen dampfen vor Feuchtigkeit. Noch immer ist es sehr warm.

Was passiert ist? Soll ich das wirklich erzählen? Niemals.

»Wir hatten was zu bereden«, sage ich schnell, bevor Tanja den Mund aufmachen kann. »Dann fing es an zu gewittern und wir haben hier Unterschlupf gesucht.«

Ich linse an den Köpfen vorbei. Meteor und Damos stehen auf dem Plateau unter ein paar Tannen und warten auf uns. Die beiden sind also okay.

»Ihr seid hier mit den Pferden!«, zetert Toni vorwurfsvoll. »Und das war verboten!«

»Ja, ich weiß, verboten«, seufze ich und richte mich auf. Es war so einiges verboten gewesen in den vergangenen Tagen, was ich nicht berücksichtigt habe. Mein Arm gehört wieder mehr zu mir als vorhin, doch der Schmerz bohrt und wütet weiter.

»Und du hast schon wieder 'ne Schramme auf der Stirn. Und da, dein Ellenbogen …«, sagt Anja und zeigt auf mich. Tatsächlich, er ist voller Blut. Alle schauen mit großen Augen auf uns herunter.

»Bin vom Pferd geflogen, nachdem ich Damos über die Brücke geführt habe und wieder aufgestiegen bin. Er mag keine Brücken.« Über die Brücke geführt. Wir sind da drübergesprungen. Das darf wirklich niemand wissen.

»Und warum hast du das Handy geklaut?«, fragt Anne schüchtern. Sie wirkt lange nicht mehr so streng wie vorhin, sondern zerknirscht und reumütig.

»Meteor sollte im Herbst zum Schlachter. Ich brauchte das Handy, um meinen Vater zu überreden, ihn freizukaufen. Und das habe ich Tanja hier gesagt.« Und dabei haben wir uns beinahe samt Pferden in den Abgrund gestürzt. Doch das braucht niemand zu erfahren.

»Jetzt verstehe ich endlich!«, ruft Toni und verdreht die Augen. »Und warum konntest du mir das nicht sagen?«

Ach Toni, es war so kompliziert, denke ich. Aber hat er nicht recht? Immerhin ist er mein Freund. Mein bester Freund. Ich hätte es vielleicht versuchen sollen. Er hätte mir von allem abgeraten, was ich getan habe, aber immerhin hätte er gewusst, was mit mir los ist.

»Es ging so schnell«, murmle ich und streiche mir mit dem gesunden Arm den Staub von meinen Kleidern. Tanja sitzt stumm neben mir und schaut die anderen aufmerksam an.

»Sag auch mal was«, fordere ich sie auf.

»Der Mistkerl hat mein Lieblingspferd gekauft.« Sie grinst in die Runde. Ihr Grinsen ist zwar schwach, aber echt. Erstaunt blicke ich sie an. Ganz schön zäh, dieses Mädel.

Sids Augen strahlen. Er findet das alles nach wie vor spitzenklasse und aufregend. »Cool«, meint er nur und kickt mir mit der Stiefelspitze in die Seite.

»Es ist jetzt also wieder alles in Ordnung?«, fragt Toni vorsichtig.

»Ja, alles in Ordnung«, sagen Tanja und ich gleichzeitig. Abgesehen von meinem kaputten Arm. Aber jetzt ist erst mal alles in Ordnung.

Damos lässt sich widerstandslos über die Brücke führen. Solange er nicht noch einmal springen muss, ist ihm offensichtlich alles recht. Auf der Weide untersuchen Tanja und ich heimlich die Pferde. Damos' Hufe sind einigermaßen heil geblieben, am rechten Vorderbein ist das Horn etwas eingerissen, aber nichts Dramatisches. Meteor lässt die Prozedur geduldig über sich ergehen. Auch bei ihm ist alles okay. Tanja sackt vor Erleichterung in die Knie. »O Gott«, stöhnt sie und lehnt sich gegen Meteor. Sie steht wohl immer noch unter Schock.

»Ist doch alles gut«, sage ich und streiche Damos über seine Flanken. Entweder er hasst mich jetzt und duldet mich nie wieder auf seinem Rücken oder wir überstehen jedes Turnier. Ich lasse es drauf ankommen und ziehe mich noch einmal unter Schmerzen hoch. Er spannt sich an, bleibt aber stehen und wartet auf meine Hilfen. Er ist mir nicht böse. Jetzt bin ich derjenige, dem das Wasser in den Augen steht. Ich drücke mein Gesicht in Damos' Mähne, damit Tanja nicht sieht, dass ich gleich zu heulen anfange.

»Guck mal, die grillen schon!«, sagt sie und zeigt rüber zur Hütte. Rauch steigt auf und es riecht verführerisch nach gegrilltem Fleisch.

»Sollen wir uns heute mit dazusetzen? Und ganz normal ins Bett gehen? Und nachts schlafen?«

»O ja, bitte. Ganz normal«, lächelt sie.

Heute Abend bin ich endlich mal dabei. Kein Zaungast, sondern mittendrin. Die Schmerzen in meinem Arm versuche ich einfach zu ignorieren. Ich lasse mich sogar hinreißen, bei den Lagerfeuer-Liedern mitzusummen. Ich habe mit Appetit gegessen und trotzdem nicht viel herunterbekommen, weil mein Magen kleine Hüpfer macht, wenn ich Tanja anschaue. Immer wieder muss ich sie ansehen, weil ich ihr Lachen noch nicht kenne. Sie hat eine kleine Lücke zwischen ihren beiden Schneidezähnen. Und ihre Nase wird kraus, wenn sie lacht.

Toni foppt und ärgert mich, seit wir vom Felsplateau weggegangen sind, in einem fort. Wie sehr ich doch jemanden hassen muss, um sein Pferd zu retten. Wie abscheulich sie sein muss für mich. Damit ich sogar klaue wegen ihr. Nachts in Planwagen einbreche. Mein Hass wäre ja gar nicht in Worte zu fassen. Ich lasse ihn reden. Er ist ein wenig eifersüchtig, aber zufrieden.

Die Wolken haben sich vollends verzogen. Der Nachthimmel ist übersät von Sternen und ein warmer Wind streicht durch die Bäume.

Mitten im Song, den Toni begeistert, aber sehr falsch mitkräht, gehe ich rüber zu Tanja. »Komm mal mit«, flüstere ich in ihr Ohr.

Weiter hinten habe ich ein paar Felsblöcke entdeckt, die von Tannen umschlossen sind. Hier können wir ungestört sein. Sie folgt mir, ohne nachzufragen, was ich dort will. Ich setze mich auf einen Stein, der noch warm von der Hitze des Tages ist, und ziehe die Beine an. Sie lehnt sich gegenüber an die Tanne. Ihr Haar hebt sich wie Feuer von dem dunklen Stamm ab.

»Ich glaube, wenn wir jetzt nicht darüber reden, dann schaffen wir es nie mehr«, sage ich ernst. Mann. Das war einer von diesen Lissi-Sätzen. Die ich eigentlich nicht mag, weil sie so erwachsen sind. Und jetzt sage ich selbst schon solche Sätze. Einen kurzen Moment lang ist mir das unheimlich. Aber ich weiß, dass ich recht habe.

Sie senkt ihre Augen und stochert mit den Füßen im weichen Boden herum. Es riecht nach Harz und Erde.

»Ich wollte nicht tot sein. Ehrlich nicht. Ich will nur manchmal einfach nicht da sein. Für einen Moment. Einfach weg sein, nicht erreichbar. Mich abschalten.«

Jetzt schaut sie mich an. Tausend kleine Sommersprossen tanzen über ihr Gesicht. Ich sehe, dass sie nicht lügt. Ihre grauen Augen sind offen und ehrlich. Noch nie hat sie mich so angeblickt.

»Insgeheim hab ich auch gehofft, dass Meteor es nicht

zulässt. Aber wenn er es zugelassen hätte, dann hätte es wohl so sein müssen.« Ich bekomme Gänsehaut bei ihren Worten.

Meteor hätte es nicht getan. Ich konnte ihn nur einholen, weil er immer langsamer wurde und gebockt hat. Weil er zur Seite ausgewichen ist und sich ihr widersetzt hat. Vielleicht aber auch nicht widersetzte. Sondern genau das tat, was sie eigentlich wollte. Leben. Meine Gänsehaut verschwindet und macht einer wohligen Wärme Platz.

Aber ich kapiere auch, dass ich ebenfalls Schuld an dem ganzen Mist trage. Ich hätte viel früher mit ihr reden sollen. Und vor allem begreife ich nicht, warum ich nie verstanden habe, dass ich sie mag. Im einen Moment macht sie mir Angst, im nächsten möchte ich mit ihr den größten Blödsinn erleben und sie immerzu beschützen. Aber bei all diesen Gedanken mag ich sie. Wieder hüpft es in meinem Bauch.

Sie steht noch immer am Baum und mustert mich. »Du siehst ziemlich abgerissen aus«, meint sie grinsend. »Irgendwie verwildert.«

»Ich bin verwildert«, entgegne ich. »Du machst mich fertig.«

»Hast du verdient, du dummer Idiot.«

Oje. Das wird noch einige Kämpfe geben in Zukunft. Irgendwie freue ich mich darauf.

»Heute Abend hatte ich das erste Mal das Gefühl, ich gehöre irgendwo dazu«, sagt sie leise und schaut rüber zum Lagerfeuer. »In der Schule und im Stall gehöre ich nicht wirklich dazu, weil ich aus dem Blumenviertel komme. Und im Blumenviertel gehöre ich nicht dazu, weil ich aufs Gymnasium gehe.«

»Du gehörst zu mir«, erwidere ich.

Ihr Blick wird ganz weich. »Droh mir nicht«, sagt sie und lächelt.

Ich strecke meine Hand aus. In der Ferne flackert ein Wetterleuchten auf. Die Bergspitzen tauchen kurz aus dem Dunkel auf und verschwinden wieder. Neben uns fängt eine Grille an zu zirpen.

Als ihre Fingerspitzen meine Hand berühren, ziehe ich sie zu mir. Sie ist leicht wie eine Feder. Es ist das erste Mal, dass ein Mädchen mir so nahe ist. Und ich weiß, dass ich es bei einem anderen nie getan hätte. Ich würde mich noch zu jung fühlen. Ich kann es nur bei ihr.

Ich will sie umarmen. Doch der Schmerz schießt wie ein Blitz in meinen Ellenbogen. Vor meinen Augen tanzen schwarze Sternchen.

»Tom – bist du okay?« Ihre Haare duften nach Gras.

»Mir ging's nie besser«, keuche ich und versuche ganz ruhig zu bleiben. »Vielleicht brauche ich nachher doch einen Arzt.«

Geh nicht weg. Bleib noch einen Moment. Nur einen kleinen Moment.

SONNENAUFGANG

Ich schlage die Augen auf und sehe als Erstes Filippo. Er sitzt im Bett, mit einem gigantischen roten Schal um den Hals und inspiziert kritisch einen Teller mit Essen, den er auf seinen Knien balanciert. Lässig hebt er den Kopf und grinst mich an.

»Hi«, sagt er.

»Hi«, sage ich. Mein linker Arm hängt im Gips, im rechten Arm steckt eine Kanüle. Irgendjemand muss meine Haare gewaschen haben. Ich trage saubere Klamotten und liege in einem sauberen Bett. Am Fenster wehen die gepunkteten Vorhänge im Sommerwind und wieder kommt mir der Raum so hoch vor. Doch der Baum hinter dem Vorhang trägt keine Blüten mehr.

»Das ist vielleicht ein blöder Zufall, was?«, fragt Fil mich mit hochgezogenen Augenbrauen. Er klingt heiser. »Sogar die dicke Berta hat sich köstlich amüsiert, als du eingeliefert wurdest. Zwei Tage nach mir.«

»Solltest du nicht in Italien sein?«, frage ich zurück.

»Mandeloperation«, quäkt er und zeigt auf seinen Hals. »Und du?«

Ich? Ich habe geklaut, gelogen, mich in Lebensgefahr gebracht, zum ersten Mal ein Mädchen geküsst, bin anschließend am Lagerfeuer vor Schmerz ohnmächtig geworden und beinahe in die Flammen gekippt, wurde von der Bergwacht ins Tal gebracht und per Hubschrauber nach Lindau geflogen.

»Ich war reiten«, sage ich kurz und kuschle mich tiefer in die Decke.

»Übrigens«, füge ich hinzu und sehe, wie Fils Grinsen immer breiter wird.

»Tanja ist klasse.«

BETTINA BELITZ

FREIHÄNDIG

Thienemann

PROLOG

Manchmal glaube ich, mein ganzes Leben besteht nur aus Geheimnissen. Niemand weiß, was ich denke. Niemand weiß, was ich fühle. Niemand weiß, was ich will.

Und zum Glück weiß niemand, dass ich hier sitze, unter der Holzbrücke an diesem schmalen Bach am Feld, nicht weit weg von unserem Haus, in dem Papa jetzt wieder mit Micha an seiner Modelleisenbahn herumbastelt.

Hier kann Micha mich nicht finden. Das bilde ich mir jedenfalls ein. Eigentlich passiert hier gar nichts. Ich sitze nur da und warte, bis der Nachmittag vorbeigeht und es Abend wird. Dann muss ich zurück zu den anderen. Zu meiner Familie.

Sogar als es am Ostersonntag in Strömen geregnet hat, den ganzen Tag lang, hab ich hier gesessen und dabei zugeschaut, wie der Bach anschwoll und trüber wurde, bis der Uferschlamm meine Schuhspitzen erreicht hat. Und ich hab mir kurz vorgestellt, wie es wohl wäre, wenn es immer weiterregnen und der Bach mich irgendwann verschlingen würde.

Aber dann hat plötzlich die Erde unter mir gebebt. Ein Junge auf seinem Pferd ist direkt vor mir durch den Bach galoppiert. Seine blonden Locken hingen ihm nass in die Stirn und das Fell seines Schimmels triefte vor lauter Feuchtigkeit. Doch der Junge lachte nur, als ihm der Schlamm ins Gesicht spritzte.

Er hat mich gar nicht bemerkt.

Aber einen Moment lang hab ich mir gewünscht, wir hätten unsere Seelen austauschen können.

Ihn würde Micha nicht fertigmachen.

ANPfiff

»Joshua.« Mama dreht sich zu mir um und schaut prüfend auf meinen Teller. Ich weiß, ich esse zu wenig.

»Du hast ja kaum was gegessen. Nimm wenigstens noch einen Schluck Milch.«

Mama drückt ihre Hände wieder in das Hackfleisch. Ich hasse es, wenn sie morgens vor der Schule kocht. Sie sagt, sie müsse das tun, um Zeit zu sparen. Mama rennt den ganzen Tag ihrer verlorenen Zeit hinterher. Sie ist immer im Stress. Gleich wird sie aus dem Hackfleischmatsch Buletten formen und anbraten und spätestens dann wird mir schlecht werden. Mir ist jetzt schon flau im Magen.

Micha schmiert sich dick Leberwurst auf sein Brötchen. Er hat sich das aufgeschlagene Mathebuch neben den Teller gelegt und tut so, als ob er lernt. Dabei hab ich heute Nacht meine Hausaufgaben noch auf ein Extrablatt kopiert, damit ich mein Heft behalten kann, wenn er sie in der Pause abschreibt. Das letzte Mal waren die Seiten zerrissen und der Umschlag nass, als er es mir endlich zurückgegeben hat. Keine Ahnung, was er damit angestellt hat.

Jedenfalls lernt der nicht. Der denkt sich neue Gemeinheiten aus, für die Busfahrt. Vielleicht freut er sich auch nur darauf. Immerhin hatte er die ganzen Osterferien über

Zeit, sich was auszudenken. Früher war es wenigstens nach der Busfahrt vorbei. Aber seit letztem Sommer geht er in meine Klasse, weil er sitzen geblieben ist. Und ab da ist alles noch viel schlimmer geworden.

»Joshua ...« Mama streicht mir mit dem Handrücken über den Kopf. »Das ist nicht dein Ernst, oder?« Ich hab meinen Toast nur angeknabbert. Mehr geht einfach nicht. Und ich will nicht reden. Also zucke ich mit den Schultern.

Mama zuckt ebenfalls mit den Schultern, aber sie wirkt genervt.

»Dann halt nicht«, brummt sie und gießt Öl in die Pfanne. »Und was steht heute bei euch an?«

Das Übliche eben. Wir fahren zur Schule, Micha nervt mich, wir haben Pause, Micha nervt mich, wir fahren zurück, Micha nervt mich. Anschließend übe ich Cello, mache meine Hausaufgaben und setze mich unter die Brücke am Bach. Merkt sowieso niemand.

»Sportschwerpunkt«, schallt Michas Stimme durch die Küche. Ich schrecke hoch. Also doch nicht das Übliche. Er grinst mich breit an und lässt mich nicht aus den Augen. »Wir kriegen heute gesagt, was für Gruppen es gibt.«

O Mann. Das hab ich total vergessen. Oder verdrängt? Sportschwerpunkt. Schon alleine das Wort ist Horror. Wenn es eine Völkerballgruppe gibt und ich da rein muss, überleb ich das nicht. Wer hat dieses Spiel nur erfunden? Wäre ich nicht so schnell und beweglich, hätte Micha mich wahrscheinlich schon grün und blau geballert. Irgendwie macht es ihm und den anderen Spaß, mich zu jagen. Aber sie kriegen mich nicht, und anstatt aufzugeben und mich in Frieden zu lassen, werden sie immer wütender. Und ich bekomme immer mehr Angst. Das ist ein Scheißspiel.

Für mich gibt's keine gute Sportart. Ich mag das Turnen an den Ringen oder am Barren, aber das machen wir fast nie. Und als wir es doch mal gemacht haben, hat Herr Rausch gemeint, ich würde mich bewegen wie ein Engel, elegant und schwerelos. Bevor ich mich darüber freuen konnte, haben alle anderen gelacht, und Micha am allerlautesten. Die fanden das total schwul. Also keine Ringe mehr. Beim nächsten Mal hab ich gesagt, dass mir der Rücken wehtut, und mich auf die Bank gesetzt. Herr Rausch hat es mir geglaubt.

Ich merke, dass Micha mich immer noch beobachtet.

»Das wird bestimmt cool«, sagt er betont langsam, ohne den Blick von mir abzuwenden. Mama ist so mit ihren Buletten beschäftigt, dass sie gar nicht richtig zuhört.

»Schön«, murmelt sie. »Aber pass auf deine Hände auf, Joschi. Kein Handball oder so was.«

Für Micha ist es egal, was er wählt. Micha ist groß und stark und hat vor nichts Angst. Ich weiß nicht, wie er das macht. Dem kann man einen Ball mitten ins Gesicht schießen und er weicht nicht aus, sondern fängt ihn locker mit einer Hand ab. Und der Ball rutscht ihm nicht aus den Fingern. Der bleibt da, als wäre er angeklebt. Ich versteh nicht, wie er das anstellt. Ich weiche immer aus. Ich kann gar nicht anders, selbst wenn ich es noch so sehr versuche.

Ich schiebe meinen Teller weg und ziehe mir den Rucksack auf den Rücken. Die Küche ist voller Qualm, das Radio plärrt, die Abzugshaube summt. Und Mama steht nicht eine Sekunde still. Ständig klappert und klirrt sie mit irgendetwas. Das macht mich echt wahnsinnig. Ich kann all die Geräusche und Gerüche irgendwann nicht mehr sortieren und hab das Gefühl, meine Gedanken machen sich selbstständig. Ob man davon verrückt werden kann? Oder bin ich es vielleicht schon?

»Warte, ich komme mit«, ruft Micha schnell. Wie harmlos sich das anhört.

»Tschüss, Jungs«, sagt Mama abwesend. »Ich stell euch das Essen in den Kühlschrank. Ihr müsst es dann nur noch in der Mikrowelle aufwärmen, okay?«

Kaum sind wir aus dem Haus und um die Ecke gebogen, fängt es an. Micha tritt mir beim Gehen auf die Fersen und tut so, als wäre gar nichts passiert. Manchmal falle ich fast hin, aber das ist noch gar nichts im Vergleich zu dem, was jetzt im Bus los sein wird.

Da stehen sie auch schon an der Haltestelle und warten auf Micha: Jannick und Steffen und Max und Marco. Sie heben lässig die Hand, einer nach dem anderen, damit Micha einschlagen kann. Mich beachten sie nicht. Das war zwar bereits so, als Micha noch nicht in meine Klasse gegangen ist, aber seitdem Micha zu uns gehört, schauen alle zu ihm auf und finden mich genauso bescheuert, wie Micha es tut. Wenigstens hab ich heute mein Cello nicht dabei. Wenn ich das Cello dabei habe, wird es richtig schwierig. Ich muss aufpassen, dass niemand dagegentritt oder es zum Kippen bringt. Deshalb nehme ich es meistens auf meine Knie und lege meine Arme um seinen Hals. Dann machen sie erst recht Witze über das Cello und mich, ich würde es zu Hause wahrscheinlich heimlich mit meinem Cello treiben und so, aber lieber höre ich mir die Witze an, als dass sie es beschädigen. Wir haben es nämlich nur geliehen. Das weiß Micha genau. Außerdem mag ich mein Cello.

Der Bus ist total überfüllt. Max und Marco schieben ein paar Unterstufenschüler von ihren Sitzen. Ganz hinten ist noch eine Bank frei. Ich zwänge mich an Steffen und Micha vorbei, die breitbeinig den Gang blockieren, doch bevor ich mich setzen kann, hat sich Steffen auf beide Sitze fallen lassen und legt die Beine quer darüber.

Ich quetsche mich zwischen die stehenden Unterstufenschüler. Ich kann mich hier nirgendwo festhalten, aber ich hab inzwischen Übung, auch in den Kurven stehen zu bleiben, ohne zu schwanken. Wenigstens etwas. Jetzt nimmt Steffen grinsend die Beine runter, damit Micha sich neben ihn setzen kann. Als der Bus an der Ampel hält, fahren Sabine und Jessica auf ihren Rädern vorbei. Ihre Shirts sind hochgerutscht und man sieht ein Stück von ihren nackten Rücken über dem Hosenbund. Micha pfeift durch die Zähne.

»Die Jessica mach ich diesen Sommer klar. Wirst sehen«, sagt er großspurig. Ich glaub ihm das sogar. Wir sind acht Jungs und sechzehn Mädels in der Klasse und fast alle Mädels finden Micha toll. Jedenfalls lachen sie jedes Mal, wenn er einen Witz reißt, und auf der letzten Klassenfreizeit ging es nur darum, welche bei Micha Chancen hat und welche nicht. Ich weiß das, weil ich immer bei den Mädchen am Tisch sitzen musste. Sie finden seine blauen Augen süß. Und sein Grinsen.

»Und du, Bruder?« Er kickt mich mit dem Fuß in die Kniekehle. »Was geht bei dir? Frauen und so?«

Okay, das ist der Startschuss. Eine Frage, die ganz normal klingt. Dagegen kann keiner was einwenden. Aber wenn ich antworte, kommen nur doofe Kommentare, und dann brauch ich gar nichts mehr zu sagen, dann steigern die sich rein und irgendwann sieht Micha fast wütend aus. Obwohl ich nichts getan habe.

Ich tu so, als hätte ich ihn nicht gehört, und schaue aus dem Fenster.

»Also nix«, höhnt Micha. »Eh, der ist so panne. Das Einzige, was du befummelst, ist dein Cello, oder? Oder?«

Der Bus legt sich in die Kurve. Ich konzentriere mich nur darauf, mein Gleichgewicht zu halten. Auf nichts sonst.

»He, ich hab dich was gefragt, Bruder!« Wieder kickt Micha mir in die Kniekehle. Ich knicke kurz ein, kann mich aber rechtzeitig fangen.

»Mann, du bist so opfer.« Micha schnaubt durch die Nase. Das ist sein neuestes Wort. Opfer. Du bist opfer. Jeden Tag hör ich das.

Ich würde mir so gerne die Kopfhörer in die Ohren stöpseln. Doch das wird nicht funktionieren. Der reißt sie mir raus, und dann macht er sich über meine Musik lustig, und wenn ich Pech hab, sind sie danach kaputt. Und der MP3-Player dazu. Ich hab monatelang gespart, bis ich mir den kaufen konnte, den lass ich mir nicht von Micha kaputt machen.

»Komm, ich zeig dir mal, wie das geht.« Plötzlich schiebt Micha mir sein Handy vor die Nase. Ich schau nur kurz hin, aber das reicht, um zu sehen, was da läuft. Es ist irgendein Porno.

»Haste Angst vor Muschis, oder was?« Micha grinst, und alle anderen lachen. Sogar einer der Unterstufenschüler feixt mich an.

Jetzt wäre es wahrscheinlich besser, wenn ich doch etwas sagen würde. Aber mir fällt nichts ein. Und mein Gesicht fühlt sich so starr an, als bräuchte ich beide Hände, um meinen Mund aufzustemmen. Das Bild von Michas Handydisplay schwirrt wild verzerrt durch meinen Kopf. Ich krieg das nicht mehr raus. Dabei wollte ich es gar nicht ansehen.

Warum macht er dauernd so etwas mit mir? Ich bin doch nur sein jüngerer Bruder, das ist alles. Und ich bin besser in der Schule. Okay, viel besser. Aber das ist nicht schlecht für ihn. Er kann jeden Tag die Hausaufgaben von mir abschreiben und das tut er auch.

Die nächste Haltestelle kommt in Sicht. Ich beschließe auszusteigen – nur weg hier. Wenn ich renne, komme ich noch rechtzeitig zur Schule. Aber Micha hält meinen Rucksack fest, und bis ich mich losgerissen habe, surren die Türen wieder zu und der Bus fährt an. Wenigstens ist Micha jetzt nicht mehr direkt neben mir.

Vor der letzten Haltestelle wartet Stephan auf mich. Stephan wird jeden Morgen von seiner Mutter zur Schule gefahren. Er spielt Kontrabass und ist der einzige Junge bei uns in der Klasse, der mich nicht aufzieht. Deshalb war klar, dass wir uns in diesem Schuljahr nebeneinandersetzen. Ich hab ihn auch mal zu Hause besucht, aber seine Mutter blieb fast die ganze Zeit dabei, und als wir endlich alleine waren, wollte er Schach spielen. Ich kann Schach spielen, aber ich hab mich schrecklich gelangweilt. Ich mag es, wenn man die Züge schnell ausführt, denn dann ist es wie eine Art Kampf, aber Stephan hat stundenlang überlegt, und zwischendurch bin ich beinahe eingeschlafen. Ich hab ihm nicht gesagt, wie sehr ich mich gelangweilt habe, weil es irgendwie guttat, Zeit mit jemandem zu verbringen, der einen nicht ständig verarscht und lächerlich macht. Wenn Stephan und ich zusammen sind, bin ich der Coole. Und das bin ich sonst nie.

Aber eigentlich ist Stephan ein männlicher Klon seiner Mutter und die mag ich gar nicht. Ich glaube, ich bin ihr nicht gut genug, weil Papa nur Handwerker ist. Ihr Mann ist irgendein hohes Tier bei der Bundeswehr.

»Hi, Joshua«, sagt Stephan, nachdem Micha mich die Bustreppe hinuntergeschubst hat, und schiebt seine Brille ein Stück nach oben.

»Hi«, sage ich. Es ist das erste Wort, das ich heute spreche, und ich hab kaum Stimme. Ich muss mich räuspern, dann versuche ich es noch mal. »Hi.«

Er nickt und wir laufen zusammen zu unserem Saal. Hinter uns höre ich Micha und seine Freunde Sprüche klopfen und grölen. Ich gebe mir keine Mühe, den Sinn zu verstehen. Es wird um mich gehen, so viel ist klar.

Doch als ich endlich im Unterricht sitze, frage ich mich wieder, ob ich wirklich mit Micha verwandt bin. Ich weiß, dass ich das bin. Ich kenne die Babyfotos von uns beiden. Wir haben zusammen im Laufstall gespielt. Nebeneinander im Bettchen gelegen. Gemeinsam in der Badewanne geplanscht. Und trotzdem fühlt es sich für mich überhaupt nicht so an. Micha ist mir fremder als Stephan.

Wenn ich wenigstens so groß wäre wie mein Bruder. Wenigstens seine breiten Schultern hätte – einen Ball fangen könnte. Vielleicht würde er mich dann immer noch nicht in Ruhe lassen, doch ich könnte mich wehren oder so tun als ob. Aber ich bin klein und schmächtig. Und egal, was ich mit meinen Haaren anstelle – sie sehen fast immer aus, als hätte ich gerade in eine Steckdose gefasst. Sie sind völlig unkontrollierbar. Also lasse ich sie so, wie sie sind. Ich hab auch nur eine einzige Farbe. Braun. Langweiliges, doofes Braun. Braune Haare, braune Augen, braune Wimpern, braune Sommersprossen – und zwar nur fünf Stück links neben meiner Nase. Nicht einmal das hat gut funktioniert.

Das ist einfach nicht fair.

BAUCHENTSCHEIDUNG

Das Gute an Stephan ist, dass er nie versucht, während des Unterrichts mit mir zu reden. Er sitzt steif da, starrt an die Tafel und ab und zu schnellt sein Arm kerzengerade in die Höhe – vor allem in Physik und Geschichte. Wenn er antwortet, klingt das wie die Roboterstimme in dem Nintendo-Spiel, das Micha so oft laufen hat. Sobald der Akku leer geht, wird die Stimme immer langsamer und schleppender. Aber Stephans Akku geht nicht leer.

Bei ihm gibt's keine Überraschungen. Und weil er nur nach vorne starrt und mich nicht beachtet, kann ich neben ihm sitzen und so gucken und atmen, wie ich will, ohne dass es jemanden stört. Micha ist es ja ab und zu nicht einmal recht, wie ich gucke. Ohne die Stunden neben Stephan hätte ich in der Schule keine ruhige Minute mehr.

Aber heute ist das anders. Heute macht mich Stephans Gestarre nervös und ich kann mich kaum auf den Unterricht konzentrieren. Das liegt an diesem blöden Sportschwerpunkt. Ab morgen bis zu den Sommerferien haben wir jede Woche fünf Stunden Sport, dienstagvormittags die sechste und zwei Blockstunden nachmittags. Donnerstag und Freitag.

Zum hundertsten Mal überlege ich, ob ich Frau Klein, unsere Klassenleiterin, bitten könnte, in die Parallelklasse zu wechseln. Denn die haben nicht Sport, sondern Musik gewählt. Sie wollen ein Musical einstudieren und beim Schulfest aufführen. Auf eine solche Idee kommt unsere Klasse natürlich nicht. Nein, unsere Klasse hat Sport gewählt. Denn Frau Klein ist Sportlehrerin und unsere vielen Mädels lieben sie, seitdem sie mit ihnen so einen merkwürdigen Bändertanz einstudiert hat.

Ich glaube, es geht hier mehr um Frau Klein als um den Sport. Ich mag Musicals zwar nicht, weil alle Menschen in Musicals immer so schrecklich fröhlich sind und völlig kranke Sachen machen, aber es wäre tausendmal besser als – Sport.

Micha ist blendend gelaunt. Wie immer in den kurzen Pausen hockt er lässig auf seinem Tisch, die Füße auf die Stuhllehne gestützt, und prahlt damit, wie viele Tore er am Wochenende geschossen hat. Er will später mal in der Bundesliga spielen. Am liebsten bei Bayern München. Mich würde es nicht wundern, wenn er das schafft. Er durfte schon zwei Mal an Sommertrainingslagern für talentierte Nachwuchsfußballer teilnehmen.

»Guten Morgen!«

Frau Klein ist da. Sie schließt die Fenster, lehnt sich gegen das Pult und strahlt uns an. Ihr rundes Gesicht und ihre Arme schimmern goldbraun, obwohl das Wetter echt beschissen war in den letzten Wochen. Bestimmt ist sie den ganzen Tag an der frischen Luft und joggt oder läuft Marathon. Mindestens Marathon.

»Guten Morgen«, grüßen wir zurück. Ich hab schon wieder keine Stimme. Da kommt gar nichts raus.

»Okay, ihr wisst, was heute ansteht.« Sie zwinkert uns aufmunternd zu. Micha macht sich groß und verschränkt die Arme hinter seinem Kopf. Man sieht die Muskeln unter seinem T-Shirt. Ich will am liebsten abhauen. Mir ist plötzlich flau. Bitte keine Völkerball-AG.

Frau Klein nimmt ein Stück Kreide und lässt es durch ihre Finger wandern. Dann grinst sie uns noch einmal an, dreht sich um und schreibt »Jungs« und »Mädels« an die Tafel. Ich ahne, was das bedeutet. Weil wir nur acht Jungs sind, wird es für uns keine Wahlmöglichkeit geben. Was immer sie da jetzt hinschreibt – ich werde es machen müssen. Ob ich will oder nicht.

Frau Klein hält inne und dreht sich um.

»Wir haben uns bei euch etwas Besonderes einfallen lassen. Die Mädchen dürfen zwischen zwei Angeboten wählen. Und für die Jungs gibt's ein Angebot, das so klasse ist, dass man gar nichts anderes wählen möchte.« Sie zwinkert noch einmal.

»Ich hab ein Attest«, schnarrt es neben mir. Vor Schreck fällt mir der Bleistift aus der Hand, auf dem ich rumgekaut habe. Das ist das erste Mal, dass Stephan im Unterricht mit mir spricht.

»Was?«, flüstere ich.

»Attest«, rattert seine Roboterstimme. »Wegen meinem Asthma Bronchiale.«

Na, das ist ja wieder was ganz Neues. Asthma Bronchiale. Warum hab ich eigentlich kein passendes Zipperlein? Vielleicht Glasknochen oder so. Dann könnte ich bei keiner der drei Gruppen mitmachen. Nein, der gesamte Sportunterricht wäre tabu. Doch ich hab mir in den ganzen fünfzehn Jahren noch nie etwas gebrochen. Nicht mal den kleinen Finger. Ich bin sowieso fast immer gesund – zumindest so gesund, dass ich zur Schule gehen kann. Manchmal wünsche ich mir, ich würde krank werden, um Micha für eine Weile zu entkommen. Aber je mehr ich mir das wünsche, desto gesünder bin ich.

Ich höre die Kreide quietschen und schaue wieder nach vorne. Frau Klein schreibt die Gruppen für die Mädchen an die Tafel.

»Videodance/Jazzdance.« Die Mädels jubeln und klatschen Beifall. Nur Eva zieht eine Schnute. Aber das tut sie eigentlich immer. Ich hab noch nie erlebt, dass sie sich über etwas freut. Vielleicht finden ihre Freundinnen sie deshalb so cool. Eva ist Anführerin von einer Gang. Zumindest tut sie so, als ob sie das wäre. Trotzdem. Ich hab mal gesehen, wie sie ein anderes Mädchen getreten hat, und zwar richtig. Dabei hat sie fast genauso geguckt wie jetzt.

»So, und weil wir einen Frauenüberschuss haben« – Frau Klein lacht, als wäre ein Frauenüberschuss das Tollste der Welt – »gibt's für euch Mädels eine zweite Möglichkeit: Voltigieren.«

Voltigieren? Was ist denn das?

»Na super ...«, murrt Eva gelangweilt und kritzelt mit einem schwarzen Edding auf ihrem Pult herum.

»Typisch Mädels. Gymnastik auf Pferden«, lästert Marco höhnisch grinsend. »Da könnt ihr eure Tütüs anziehen.«

»Ja, genau, Gymnastik auf Pferden – und das ist eine wunderbare Sache«, verkündet Frau Klein. »Wir konnten eine Kooperation mit dem Reitstall Hanau ins Leben rufen. Ist das nicht toll?«

Katharina und Susanne fangen aufgeregt an zu tuscheln und Maja strahlt über das ganze Gesicht. Aber mich interessiert das nicht. Ich möchte endlich wissen, wo mich Micha die nächsten Wochen abhängt und lächerlich macht und in den Dreck zieht. »So, nun zu euch Männern.« Wenn Frau Klein nur mal mit ihrem doofen Zwinkern aufhören könnte.

»Klettern«, schreibt sie in großen Buchstaben an die Tafel.

»Cool«, ruft Micha und klatscht in die Hände. Frau Klein lächelt ihn zufrieden an. »Ja, das hab ich mir gedacht. Wir können die Kletterwand im Outdoor-Center benutzen – und erhalten fachkundigen Unterricht bei einem professionellen Kletterspezialisten. Der war sogar schon im Hindukusch unterwegs.«

Stephan streicht sorgfältig sein Attest glatt. Ich hab große Lust, es ihm aus seinen bleichen Fingern zu reißen und meinen Namen draufzuschreiben. Doch ich sitze nur still da und mein Hirn überschlägt sich. Ich bekomme Panik, wenn ich nur ans Klettern denke. Ich hab Höhenangst. Mama glaubt, es liegt daran, dass ich als Baby ständig aus dem Gitterbett gefallen bin. Die haben das Gitter so hoch wie möglich gestellt, aber eines Abends hab ich meine Plüschtiere aufeinandergestapelt und es geschafft, drüber zu kommen. Wums, lag ich auf dem Laminat. Bei diesem Sturz holte ich mir sogar eine leichte Gehirnerschütterung, und danach ließ Mama mich zwischen sich und Papa schlafen, bis ich so alt war, dass sie mich in ein normales Bett legen konnten. Also – eigentlich kann ich klettern. Aber ich hab Angst davor. Das ist wieder so ein gemeines Schicksalsding. Wie die Tatsache, dass Micha mein Bruder ist.

Frau Klein legt die Kreide ab und zieht einen Stapel Zettel aus ihrer Tasche.

»Gut. Die Jungs müssen ja nicht wählen – da ist die Sache klar.«

Nein. Ist sie nicht. Aber wenn ich jetzt sage, dass ich Höhenangst habe, ist es vorbei. Dann krieg ich hier nie wieder einen Fuß auf den Boden. Dann wird Micha mich Tag und Nacht mobben. Das kann ich nicht. Wie komme ich aus der Nummer nur heil raus? Ich will nicht klettern, schon gar nicht, wenn Micha hinter mir steht und darauf wartet, dass ich mir vor Angst in die Hosen mache.

»Okay, Mädels. Wer möchte zum Voltigieren? Dazu brauch ich übrigens eine Unterschrift von euren Eltern, wegen der Versicherung und so.«

Sechs Hände wandern nach oben. Sarah, Linda, Katharina, Susanne, Maja, Biggi. Alles Mädchen, mit denen ich noch nie geredet hab. Und die wahrscheinlich nicht mal bemerkt haben, dass ich in ihre Klasse gehe.

»Nur sechs?«, fragt Frau Klein verwundert. »Sicher?«

Jetzt hebt auch Eva die Hand. Das glaub ich nicht. Wieso will Eva zum Voltigieren? Sie ist doch auch sonst immer dort, wo am meisten los ist – und wo Steffi und Jessica sind. Steffi und Jessica gucken sie fragend an, aber Eva schaut so böse zurück, dass sie sich schnell wieder von ihr abwenden. Ich kann mir nicht vorstellen, dass die wirklich miteinander befreundet sind, obwohl sie in den Pausen und auf den Klassenfahrten ununterbrochen miteinander rumhängen. Ich hab manchmal das Gefühl, Steffi und Jessica haben Angst vor Eva und sind deshalb nett zu ihr. Eva kann man es nie recht machen. Sie findet alles kacke und hat immer einen dummen, abfälligen Spruch auf den Lippen, fast so wie Micha. Eva beim Voltigieren – nee, das passt gar nicht. Aber wenn ich mir es genau überlege, passt Tanzen auch nicht zu ihr. Ich weiß nicht, ob es überhaupt etwas gibt, das zu Eva passt. Bomben basteln vielleicht.

»Hm.« Jetzt zwinkert Frau Klein nicht mehr. »Dann wollen alle anderen tanzen?« Sie macht sich ein paar Notizen und um mich herum geht das Geraune und Geflüstere los. Es klingt fröhlich. Fast wie in einem Musical. Frau Klein räuspert sich.

»Will wirklich sonst niemand zum Voltigieren? Susi? Du hast sogar ein eigenes Pony.«

»Eben drum«, sagt Susi. »Da setz ich mich doch nicht auf irgendein lahmes Schulpferd. Nee, ich geh lieber zum Videodancing.«

Frau Klein sieht enttäuscht aus.

»Das sind also alle?« Sie schaut die Mädchen fragend an. »Gut, dann eben nur sieben Voltis.«

»Und ich. Acht«, spreche ich aus, was mir plötzlich als rettender Gedanke durch den Kopf schießt. »Ich nehm den achten Platz.« Verdammt, warum bin ich eigentlich so blöd und sage ihr das jetzt? Ich hätte nach dem Unterricht zu Frau Klein gehen können. Dann hätte es niemand mitbekommen. Aber jetzt ist es zu spät. Jetzt weiß es jeder.

»Du?« Frau Kleins Augen werden kugelrund. Micha fängt schallend an zu lachen.

»Mein Brüderchen will zum Ponyhof! Ist das nicht niedlich?« Jetzt lachen auch die anderen. Sogar die Mädchen.

»Scht!«, macht Frau Klein streng. »Joshua, wenn das irgendein Witz sein soll ...«

»Nein«, unterbreche ich sie. Mein Gesicht ist heiß geworden. Wahrscheinlich bin ich knallrot. Ich spüre, dass Micha mich anguckt. »Das ist kein Witz. Den Pferden ist es doch egal, ob ein Junge oder ein Mädchen drauf sitzt, oder?« Meine Stimme ist so leise, dass ich sie selbst kaum höre. Frau Klein beugt sich fragend vor und legt eine Hand hinter ihr linkes Ohr. Ich nicke nur. Dann lächelt sie verblüfft und nickt mir zu.

»Warum eigentlich nicht? Prima, Joshua.« Hinter mir wird es immer lauter. Micha muss irgendeinen versauten Witz gerissen haben. Max und Marco wippen auf ihren Stühlen auf und ab und grinsen mich unablässig an.

»Kinners!« Frau Klein knallt das Klassenbuch auf den Tisch. »Seid doch mal ruhig. Joshua, ich finde, das ist eine tolle Idee. Ich trage dich ein, in Ordnung? Leute! Bitte! Warum soll denn ein Junge nicht Voltigieren?«

Die Mädchen kichern. Nur Eva mustert mich mit schmalen Augen. Am besten schaue ich niemanden mehr an. Aber ich will nicht klettern. Auf keinen Fall will ich klettern.

»Gut. Prima. Denkt bitte an die Unterschriften eurer Eltern. Die brauche ich.« Frau Klein teilt die Zettel aus. »Hier steht, was ihr zum Voltigieren benötigt. Eng anliegende Sportklamotten, in denen ihr euch gut bewegen könnt. Und für die Füße Gymnastikschläppchen.«

O mein Gott. Gymnastikschläppchen. Micha lacht wieder schallend. Ich senke den Kopf und starre auf den Zettel, ohne eine Zeile zu lesen. Was hab ich da nur gemacht? Ich hab keine Ahnung von Pferden. Ich hab noch nicht mal eins berührt. Wenn ich hinter dem Haus unter der Brücke am Bach sitze, kommen ab und zu Reiter vorbei. Aber ich hab nie genau drauf geachtet, wie sie auf dem Pferd sitzen oder was sie mit ihm anstellen. Dafür geht das viel zu schnell, wenn sie vorbeireiten, und es sieht ganz selbstverständlich aus, so, als müsste man gar nichts machen, um das Pferd zu dirigieren. Mir ist nur aufgefallen, dass die meisten Reiter irgendwie zufrieden wirkten – oder sehr entspannt. Als hätten sie alle Zeit der Welt.

Jetzt redet Frau Klein vom Klettern und Videodance und wir bekommen unsere neuen Stundenpläne. Morgen ist es schon so weit – erster Schwerpunkttag. Wir »Voltis« dürfen allein zum Stall laufen. Der ist nur ein paar Minuten von der Schule und der Bushaltestelle entfernt. Auch dafür brauchen wir die Unterschrift. Damit niemand schuld ist, wenn uns was passiert.

Wer gut abschneidet im Sportschwerpunkt, kann mit den erbrachten Leistungen sein Zeugnis retten. Das brauch ich aber nicht. Mein Zeugnis wird gut sein, wie immer. Nicht sehr gut, aber gut. Doch bei Micha … Der muss wirklich was retten.

Und weil er das jetzt kann, sieht er wahrscheinlich so unerträglich glücklich und siegessicher aus. Nur ich, ich warte darauf, dass von nun an alles noch schlimmer wird. Und es wird schlimmer werden. Bestimmt.

Abseits

»Voltigieren?« Papa sagt VoltiGieren und nicht VoltiSCHieren.

»VoltiSCHieren«, korrigiere ich ihn leise. »Mama kann doch unterschreiben.« Eigentlich wollte ich den Zettel gleich Mama geben. Aber Papa hat ihn mir einfach aus der Hand genommen.

»Ich hab gefragt, was das ist.« Er krempelt sich die Ärmel hoch, klemmt den Zettel unter seinen Teller und setzt sich an den Tisch. Obwohl Mama noch dabei ist, den Käse anzurichten und währenddessen telefoniert, nimmt er sich schon ein Stück Brot und streicht zentimeterdick Butter drauf. Im Wohnzimmer läuft der Fernseher, irgendein Fußballspiel. Micha starrt dumpf rüber und lehnt sich quer über den Tisch, um zu sehen, ob ein Tor gefallen ist.

»Joshua?« Papa klopft mit dem Fingerknöchel auf den Zettel. »Erklär mir das mal.«

Das Fußballspiel wird durch Werbung unterbrochen. Und die ist noch lauter. Ich greife mir die Fernbedienung und schalte den Fernseher auf stumm.

»He!«, grunzt Micha. »Was soll das?«

»Da läuft Werbung.«

»Das ist aber nur ein kurzer Spot, dann geht's sofort weiter!«, protestiert Micha.

»Könnte mir endlich jemand sagen, was es mit diesem VoltiSCHieren, das Joshua machen will, auf sich hat?«

Auf einmal ist Micha hellwach und hat das Fußballspiel vergessen. Er lacht dröhnend.

»Ballett auf Pferden ist das«, sagt er und grinst. Papa hört auf zu kauen.

»Ba-llett?« Er schaut mich fassungslos an. Seine linke Augenbraue zuckt.

»Was? Ballett?« Mama dreht sich fragend um, immer noch den Telefonhörer in der Hand. »Moment, Maria, ich muss auflegen. Wir reden morgen wieder, okay?«

Mama stellt den Käse auf den Tisch und mustert mich zweifelnd.

»Du willst – Ballett machen?«

»Nein«, seufze ich. »Das ist kein Ballett.«

»Ist es wohl«, sagt Micha. »Ballett auf Pferden eben. Ballett bleibt Ballett.«

»Das hab ich ja noch nie gehört«, murmelt Mama. »Ballett auf Pferden.«

»O Mann. Könnt ihr nicht mal still sein?«, rufe ich dazwischen. »Das ist Turnen auf Pferden. So wie am Barren oder am Reck. Kein Ballett.«

»Klar, und deshalb brauchst du ja auch Schläppchen dafür. Eh, das ist so was von schwul.«

»Michael, bitte«, ermahnt ihn Mama, aber mit den Augen ist sie schon wieder bei mir. »Warum denn das?«

»Braucht er gar nicht zu sagen«, donnert Papa dazwischen. »Dafür geb ich keine Unterschrift. Mach was Vernünftiges, Joshua. Aber nicht solchen Mädchenkram. Turnen auf Pferden. Was willst du damit später anfangen?«

Natürlich weiß ich nicht, was ich damit später anfangen will. Aber ich weiß auch nicht, was am Voltigieren unvernünftig ist oder an Klettern so vernünftig sein soll. Und Fußball ist erst recht nicht vernünftig.

»Bitte, Papa.«

»Er macht das nicht. Basta.« Papa beißt in sein Brot und Micha stellt den Fernseher wieder laut. Wenn Papa von mir in der dritten Person redet, ist die Diskussion beendet. Das kenne ich schon.

»Turnen auf Pferden ... was die sich heute alles ausdenken ... das ist doch Kokolores. Reiner Kokolores ...«

Okay, das Kokolores-Argument. Nun hab ich sowieso verloren.

»Ich brauch bis morgen die Unterschrift.« Ich kann kaum glauben, dass ich das sage. Normalerweise halte ich spätestens jetzt meinen Mund.

»Ich pack es nicht. Der will tatsächlich den Mädchenkram machen. O Mann, das gibt's nicht«, stöhnt Micha. »Los, schieß!«, brüllt er gleich darauf, weil sich bei diesem dämlichen Fußballspiel irgendwas tut.

Ich gehe rüber ins Wohnzimmer und schalte den Fernseher aus. Auf einmal ist es mucksmäuschenstill. Nur das Telefon klingelt wieder. Aber Mama nimmt nicht ab. Micha starrt mich mit offenem Mund an.

»Was macht denn der Stephan?«, fragt Mama in die Stille hinein.

Jetzt hat Micha kapiert, was ich getan habe. Nämlich sein Spiel unterbrochen. »Sag mal, tickst du noch ganz richtig?«, schreit er. »Stellt der einfach den Fernseher aus.«

»Jetzt ist es gut, Micha«, herrscht Mama ihn an. »Ich hab deinen Bruder was gefragt. Was macht Stephan?«

Micha geht rüber und schaltet die Glotze wieder an. Hoffentlich bleibt er da. Doch er kommt zurück und setzt sich auf seinen Platz. Seine Augen huschen zwischen mir und dem Fernseher hin und her. Beides scheint für ihn sehr spannend zu sein.

»Joshua, was macht Stephan?«, wiederholt Mama.

»Attest«, antworte ich achselzuckend.

»Attest«, höhnt Papa. »Na, da haste ja 'nen tollen Freund. Jeder kann irgendwas machen. Jeder!«

»Und deshalb will ich zum Voltigieren.« Es fühlt sich komisch an, das zu sagen. Als würde ich lügen. Es ist ja auch eine Art Lüge. Aber Papa tut so, als hätte er mich nicht gehört. Im Wohnzimmer fällt ein Tor.

»Nee!«, jammert Micha und reibt sich mit der flachen Hand über den Hinterkopf. »Der Idiot hält nicht.«

»Was?«, fragt Papa und linst mit um die Ecke. »Für die anderen?«

Niemand achtet mehr auf mich. Ich stehe auf und gehe in mein Zimmer. Ich hab keinen Bissen gegessen, aber ich bin ja sowieso nicht richtig da. Wer nicht da ist, braucht nichts zu essen. Ich weiß, dass Mama gleich hinterherkommen wird. Ich überlege, ob ich die Tür abschließen soll. Aber das bringt ja nichts. Wenn ich die Unterschrift haben will, muss ich sie reinlassen. Kurz darauf lehnt sie sich auch schon gegen die Tür, bis sie leise klickend ins Schloss fällt, beißt von ihrem Käsebrot ab und schaut mich fragend an.

»Die andere Möglichkeit ist also Klettern?«

»Hmhm«, sage ich nickend.

Mama klemmt sich die Stulle zwischen die Zähne und bindet ihre dunklen Haare zu einem langen Zopf zusammen. »Deine Höhenangst, oder?«, fragt sie mitfühlend, als sie ihr Brot wieder in der Hand hält.

Ich nicke erneut. Mama hat es nicht vergessen. Micha und Papa haben es zwar mitbekommen, als mir damals im Urlaub auf der Hängebrücke so schwindlig geworden ist, und dass ich nicht mehr weitergegangen und schließlich auf allen vieren umgekehrt bin. Aber danach hat nie wieder jemand darüber geredet, obwohl Papa die ganze Sache furchtbar unangenehm war, da wir in einer Gruppe unterwegs waren. Alle mussten stehen bleiben wegen mir. Jeder Einzelne hat versucht, mich irgendwie über diese Brücke zu zwingen. Aber ich wollte nicht – und konnte nicht. Mama ist alleine mit mir zurück zum Campingplatz gegangen. Ich hab ihr auf dem Rückweg gestanden, dass ich Panik hatte. Es war weniger die Höhe, die mir solche Furcht einjagte – nein. Ich hab mir selbst nicht getraut. Ich hab gedacht, gleich lehne ich mich über die Brüstung und lasse mich runterfallen. Und dann sterbe ich. Einfach so. Die Schlucht hat mich nach unten gezogen. Nur Mama weiß davon. Micha und Papa würden das sowieso nicht kapieren. Mama jedoch hatte mich verstanden. Ich hab keine Ahnung, ob sie es Papa erzählt hat.

»Aber Joschi … so ein Pferd ist auch nicht gerade niedrig.«

»O Mama – ein Pferd ist doch was anderes als eine Kletterwand! Außerdem …« Außerdem ist Micha nicht im Voltigieren. Soll ich Mama sagen, was er alles mit mir macht, wenn sie und Papa nicht dabei sind? Dass es schon vor der Schule anfängt, an jedem verdammten Morgen? Aber was, wenn sie es zur Sprache bringt und er Ärger bekommt? Dann wird er es erst recht wieder tun. Oder sie glaubt mir nicht. Beides ist scheiße. »Bitte«, setze ich hinterher.

»Und deine Hände? Was ist, wenn du abstürzt und dir den Arm brichst?«

»Das kann beim Klettern genauso gut passieren. Und ich bin ja nicht nur auf der Welt, um Cello zu spielen.«

»Aber du spielst gut Cello. Und beim Klettern seid ihr gesichert. Mit Karabinern und so. Reiten ist gefährlich, Joshua. Das ist wirklich ein gefährlicher Sport.«

Meint sie das ernst oder sagt sie das, weil Papa nicht will, dass ich das mit dem Voltigieren mache?

»Es ist Voltigieren, nicht Reiten.«

»Ich weiß, was Voltigieren ist. Ohne Zügel, ohne Sattel. Auf dem blanken Pferderücken.«

So langsam wird mir mulmig zumute. Was hab ich mir da eingebrockt?

»Dann besorg mir halt ein Attest.«

Im Wohnzimmer ist ein Tor für die richtige Seite gefallen. Papa und Micha jubeln grölend und irgendetwas fällt scheppernd um. Mama reagiert nicht darauf, sondern blickt mit dösigen Augen aus dem Fenster. Dann gähnt sie so lange, dass ich ihre Plomben zählen kann. Ihre Zähne klacken kurz, als sie den Mund schließt, und ihre Augen tränen.

»O Gott, bin ich müde«, sagt sie, als wäre ich gar nicht mehr da. Sie blinzelt und richtet den Blick wieder auf mich. »Ich denk drüber nach, okay?«

»Die erste Stunde ist morgen. Bis dahin brauch ich die Unterschrift.«

»Ja«, antwortet sie zerstreut. »Wie gesagt – ich denk drüber nach. Ich muss jetzt noch – äh – Buchhaltung. Du weißt schon.«

Ja, ich weiß. Mama macht Papas Bürokram. Er hockt vor dem Fernseher und sie räumt den Tisch ab und brütet bis spätabends über Stapeln von Aufträgen und Rechnungen. Manchmal telefoniert sie dabei auch Kunden ab, die nicht überwiesen haben.

Ich bleib in meinem Zimmer auf dem Bett hocken, bis es stockdunkel ist, und überlege, wie hoch ein Pferderücken ist.

Mitten in der Nacht wache ich auf. Ich hab noch all meine Klamotten an, eiskalte Füße und muss dringend pinkeln. Weil es so schön still im Haus ist, setze ich mich danach ins Wohnzimmer und warte, bis es hell wird.

Der Zettel liegt vor mir auf dem Tisch. Mama hat nicht unterschrieben.

Premierenvorstellung

Als Papa aufgestanden ist, hab ich mich doch wieder ins Bett gelegt. Das war um kurz vor halb sechs. Ich wollte ihn nicht sehen.

Aber schlafen konnte ich auch nicht mehr. Trotzdem hab ich viel zu lange rumgetrödelt, nachdem mein Wecker geklingelt hat. Vielleicht, weil ich geahnt hab, dass der Zettel immer noch auf dem Wohnzimmertisch liegt. Ohne Unterschrift.

Ich weiß nicht, ob Mama ihn vergessen hat oder ob das irgendeine blöde Methode sein soll, mich doch zum Klettern zu überreden. Denn dafür bräuchte ich ja keine Unterschrift. Die Kletterer werden mit dem Bus in die Stadt gefahren und es sind zwei Sportlehrer und dieser Kletterguru dabei. Außerdem haben die Karabiner. Für Pferde gibt's keine Karabiner.

Jedenfalls hab ich den Zettel wieder eingesteckt, bevor Micha ihn entdecken konnte.

Jetzt sitze ich hier vor unserer Schule auf den Treppenstufen und hab keine Ahnung, was ich machen soll. Die fünfte Stunde ist ausgefallen, weil unser Religionslehrer krank ist. Micha spielt mit den anderen Jungs im Hof Fußball und Stephan hat sich sofort von seiner Mutter abholen lassen.

Ich hab also zwei Möglichkeiten – ich geh Klettern oder

ich laufe ohne Unterschrift zum Stall rüber. Die Mädels kann ich nirgendwo entdecken. Vielleicht sind sie schon bei den Pferden oder sie machen sich in der Toilette ihre Haare zurecht.

Der Stall ist nicht schwer zu finden, die Beschreibung auf dem Zettel ist simpel. Das sind maximal fünf Minuten zu Fuß. Ich kapier nicht, wie ich die ganze Zeit übersehen konnte, dass es in der Nähe einen Reitstall gibt. Aber ich hab mich ja nie dafür interessiert.

Frau Klein möchte heute bei allen drei Gruppen vorbeischaun, um zu sehen, ob wir zurecht kommen. Wenn ich Glück habe, vergisst sie das mit dem Zettel. Ich hab zwar fast nie Glück, aber – es ist die einzige Chance, Micha zu entkommen. Ehe ich begriffen habe, was ich überhaupt mache, liegt die Schule hinter mir und ich laufe auf den Feldweg zu. Ich werde immer schneller, weil ich das Gefühl habe, dass sich Michas Augen in meinen Rücken bohren. Dauernd drehe ich mich um, aber da ist niemand. Je weiter ich mich von der Straße entferne, desto stiller wird es.

Ich bleibe kurz stehen. Neben mir rauscht das Gras im kalten Wind. Es klingt wie ein Flüstern. Ein schönes Flüstern. Es erinnert mich an meinen Platz unter der Brücke, wo mich niemand sieht. Ich kann es kaum erwarten, mich dort zu verkriechen, wenigstens für ein oder zwei Stunden. Und für einen Moment will ich am liebsten sofort umkehren und mit dem Bus nach Hause fahren.

Doch ich gehe weiter. Nun wird mir klar, warum mir der Stall nie aufgefallen ist. Der Zufahrtsweg und die Gebäude werden von hohen Bäumen verdeckt. Das Flüstern um mich herum steigert sich zu einem Rauschen. Die Äste über mir biegen sich im Wind, als könnten sie jeden Augenblick auf mich herunterstürzen. Ich muss mehrere Pfützen umrunden und Pferdeäpfeln ausweichen. Dann drückt sich eine dünne Hundeschnauze an mein Hosenbein. Ich hab noch nie einen so seltsamen Hund gesehen. Sein Fell ist rabenschwarz, nur die linke Hinterpfote hebt sich weiß vom schlammigen Boden ab. Er hat riesige Hängeohren, kurze krumme Beinchen, einen breiten Bauch und Augen wie Murmeln. Mit diesen Augen guckt er mich an, als hätte er seit Wochen auf mich gewartet und als sollte ich etwas ganz Bestimmtes mit ihm machen. Das Problem ist nur, dass ich keine Ahnung habe, was das sein soll.

»Hallo«, sage ich leise. Der Hund hört nicht auf, mich anzustarren. Er wedelt nicht mit dem Schwanz und er knurrt auch nicht. Er starrt mich einfach nur an. Mag er mich nun oder will er mich gleich anfallen, weil ich nicht das tue, was er von mir erwartet?

Andererseits wäre eine zerbissene Hand nicht unbedingt verkehrt. Die würde auf einen Schlag alles verändern. Niemand würde von mir erwarten zu klettern. Ich könnte zwar einige Wochen lang nicht mehr Cello spielen, aber ... Ich knie mich auf den feuchten Untergrund und strecke behutsam meinen Arm aus.

Der Hund trippelt ein paar Schritte rückwärts, ohne seine glänzenden, schwarzen Augen von mir abzuwenden.

»Du siehst aus wie eine Fledermaus. Weißt du das?«

»Soso, eine Fledermaus«, dröhnt es über mir. Die Stimme ist tief und durchdringend. Ich würde gerne auf meinen Knien hocken bleiben und warten, bis der riesige Schatten verschwindet, der sich vor mir auf den Boden legt und den Hund beinahe verschluckt, doch das wäre ziemlich unhöflich. Also stehe ich auf und der Hund trippelt wieder ein paar Zentimeter auf mich zu.

»Guten Tag«, sage ich. Hört man mich überhaupt?

Der Mann hat dunkelblaue Augen, die sich fest in meine bohren, und er steht ein bisschen windschief da. Das ändert jedoch nichts daran, dass er furchtbar mächtig wirkt. Er hat fast keine Haare mehr auf dem Kopf und seine Arme hängen schlaff herunter, aber ich bin mir sicher, dass sie im Zweifelsfall jeden Moment zupacken können. Vielleicht sogar zuschlagen?

»Ich – ich gehör zu den – ähm, zu dem Sportschwerpunkt. Also zu den Schülern, die hier voltigieren sollen. Neunte Klasse, Geschwister-Scholl-Gesamtschule.«

Ich muss mich räuspern, denn meine Stimme verabschiedet sich schon wieder. Warum sagt der Mann nichts? Oder fängt er auch gleich an zu lachen, weil ein Junge zum Voltigieren will? Der Hund drückt seine spitze Schnauze an meinen Knöchel.

Der Mann guckt auf die Uhr und nimmt mich erneut ins Visier. Verlegen schaue ich an ihm vorbei.

»Du bist früh dran«, brummt er. »Das geht erst in einer halben Stunde los.«

Dann läuft er weiter, auf das Stallgebäude zu, ohne sich

noch einmal nach mir umzudrehen. Der Hund bleibt vor mir stehen. Langsam fallen ihm die Augen zu und sein Kopf lehnt schwer an meiner Wade. Immerhin hat der Mann mich nicht ausgelacht. Und er hat mich nicht weggeschickt. Ich setze mich ein paar Meter weiter auf die Bank vor dem großen leeren Reitplatz, obwohl es wieder ein bisschen regnet, und der Fledermaushund legt sich schnaufend über meine Füße. Ich glaube nicht, dass es das ist, was er von mir wollte, aber er scheint sich damit zufriedenzugeben.

Ich sitze still da, ohne zu blinzeln, und lasse den Regen in meine offenen Augen laufen. Nach zehn Minuten sehe ich hinten auf der Straße einen Bus Richtung Schule abbiegen. Er hält und öffnet seine Türen. Michas knallblaue Jacke leuchtet bis zu mir rüber, als er einsteigt.

Jetzt ist es zu spät. Jetzt muss ich bleiben.

Frau Klein ist immer noch nicht hier. Aber die Mädels sind nach und nach eingetrudelt. Eva lehnt abseits an einem Heuballen und raucht eine Zigarette. Ich kann kaum hinsehen. Da muss nur ein Funken auf das Heu fallen und alles fängt an zu brennen. Niemand sagt etwas. Ich atme auf, als Eva endlich fertig ist und die Kippe mit ihren Springerstiefeln austritt. Ich weiß nicht, wie sie in dem Aufzug Sport machen will. Sie trägt ihre zerrissenen Netzstrumpfhosen und einen rot karierten Schottenrock mit unzähligen Sicherheitsnadeln. Sie würdigt die Pferde keines Blickes, sondern starrt wütend auf den Boden.

Die anderen Mädels tun wieder so, als wäre ich gar nicht

da. Sie lesen die Namensschilder an den Boxen und überlegen, welches Pferd sie gerne mal reiten möchten und welches am süßesten und liebsten ist. Neben mir, ganz am Ende vom Gang, steht ein großes, wuchtiges Pferd mit breitem Hals, das den Hinterhuf eingeknickt hat und aussieht, als würde es mit offenen Augen schlafen. Ab und zu seufzt es vor sich hin – kein trauriges Seufzen, eher ein gemütliches. Es erinnert mich an meinen Großvater. So hat er gerne geseufzt, wenn wir ihn im Altersheim besucht haben und er nach seinem dritten Kaffee anfing von früher zu erzählen. Mama wurde irgendwann unruhig und wollte nach Hause und Micha tigerte vor dem Fenster auf und ab, aber Opa hat erzählt und erzählt und erzählt. Und zufrieden und gemütlich geseufzt, obwohl seine Geschichten meistens ziemlich schaurig waren.

»So, da seid ihr ja.« O nein. Das ist der Mann von vorhin! Will der uns etwa zeigen, wie man Gymnastik auf dem Pferd macht? Der ist doch schon viel zu alt für so was. Über seiner Schulter hängt ein Halfter.

Er lässt seine finsteren Augen über jeden Einzelnen von uns gleiten, als hätte er alle Zeit der Welt. Die Mädels werden stiller, nur ab und zu flüstern oder tuscheln sie unterdrückt miteinander. Eva spielt mit den Sicherheitsnadeln an ihrem Rock. Als das Pferd hinter mir laut schnaubt, zuckt sie zusammen. Ihr Blick wird noch ein bisschen wütender. Nun schaut der Mann mich an und sein Mund verzieht sich kurz. War das ein Lächeln? Oder fängt er nun damit an, mich aufzuziehen? Vorhin hatten wir ja kein Publikum. Nur den

Hund. Und eins hab ich von Micha gelernt: Jemanden aufzuziehen macht nur richtig Spaß, wenn andere mitlachen.

»Name?«, sagt der Mann und zeigt auf Eva.

»Eva«, murmelt sie, ohne ihn anzuschauen. Unberührt wandert der Zeigefinger weiter und weiter, und die Mädchen sagen ihre Namen, bis er am Schluss bei mir landet.

»Joshua. Joshua Löwe.«

»Dachdecker Löwe?«, bellt er. Ich nicke nur. Ja, das ist mein Vater.

»Ich bin Herr Hanau. Ich betreue hier die Freizeitreiter und leite die Leistungsgruppe Voltigieren.«

Er greift neben sich, zieht blind einen Besen aus dem Dunkel und drückt ihn Eva in die Hand. Sie reagiert zu spät. Der Besen fällt zu Boden. Automatisch greife ich nach vorne und fange ihn ab. Irgendein Mädchen kichert. Ich merke, dass Herr Hanau mich prüfend mustert.

»Okay, Josh. Was ist das Erste, was man beim Frisör und im Stall lernt?«

Die Mädels glotzen ihn mit offenen Mündern an. Ich hab noch gar nicht richtig kapiert, was er uns eben gerade verkündet hat. Er unterrichtet uns im Voltigieren? Und leitet sogar die Leistungsgruppe? Ob er dabei auch Schläppchen anzieht? Ich kann mir das nicht vorstellen. Und vor lauter Nachdenken hab ich vergessen, was er mich gefragt hat.

»Fegen«, sagt er knapp. »Stallregel Nummer 1: nach dem Hufeauskratzen Stallgasse fegen.

Maja und Susanne starren eingeschüchtert die Schubkarre an. Eva drückt gelangweilt auf ihrem Handy herum.

»Soll ich jetzt fegen?«, frage ich schüchtern. Ich sehe gar kein Heu auf dem Boden. Herr Hanau nimmt mir den Besen wieder aus der Hand.

»Hast du Hufe ausgekratzt?«, fragt er zurück.

»Nein.«

»Siehst du. – Ich wollte euch auch nur klarmachen, dass die Stallregeln eingehalten werden müssen. Auf der Boxengasse darf kein Dreck liegen bleiben. Habt ihr das verstanden?«

Wir nicken beklommen. Herr Hanau öffnet die Tür der Box, in dem das große dunkelbraune Pferd döst. Mit einer einzigen ruhigen Handbewegung zieht Herr Hanau ihm ein Halfter über den Kopf und führt das Pferd vor uns in die Stallgasse. Es knickt wieder den Hinterhuf ein und lässt den Kopf hängen.

»Das ist der Lancelot. 18 Jahre alt, läuft bei uns im Schulbetrieb, Dressur und Freizeitreiter.«

Er klopft Lancelot den Hals, stellt sich links neben ihn und angelt sich einen metallenen Haken mit Plastikgriff von der Wand.

»Komm her, Josh.« Also hab ich mich nicht verhört. Er nennt mich Josh. Irgendwie mag ich das. So hat mich noch nie jemand genannt.

Ich stelle mich vor ihn neben das Pferd. Es drückt seine Nüstern gegen meine Schulter und prustet laut. Herr Hanau greift um das Vorderbein von Lancelot und sofort hebt er den Huf. Ich finde diesen Huf verdammt groß. Herr Hanau schiebt ihn mir in die linke Hand und den Haken in die rechte.

»Vom Körper weg.« Er macht mir vor, wie ich den Haken ziehen muss. Aber ich traue mich nicht. Ich hab keine Angst vor dem Pferd. Ich will es nur nicht verletzen.

»Worauf wartest du?«

»Tu ich ihm dabei nicht weh?«, frage ich, ohne den Huf loszulassen, obwohl er schwer wird und ich vor Anstrengung kaum mehr atmen kann. Plötzlich fangen die Mädels an zu kichern und das Getuschel geht ebenfalls wieder los. Jetzt sehe ich es auch. Lancelots Schwanz fährt raus und wird immer länger. Mann, ist der lang. Ein hässliches, fleischiges rosa Teil. Und er baumelt direkt vor meinem Kopf.

Herr Hanau nimmt mir den Huf aus der Hand. Ich richte mich auf. Die Mädels gucken überall hin, nur nicht zu Lancelot, und manche halten beschämt die Hände vor ihr Gesicht. Herr Hanau kümmert das nicht. Seine Miene bleibt unbewegt.

»Was bedeutet das?«, fragt er und zeigt auf den riesigen Penis. Lancelot grunzt noch einmal.

»Na, dass der geil ist«, sagt Eva laut. Die ganze Zeit war mir das mit Lancelots Ding nicht peinlich. Aber nun schäme ich mich auf einmal. Ich mag es nicht, wenn Eva solche Sachen sagt. Das ist noch schlimmer, als wenn Micha seine dreckigen Witze loslässt. Herr Hanau ignoriert sie.

»Was bedeutet das?«, fragt er noch einmal. »Weiß das jemand?«

Plötzlich fällt mir ein, was ich am Anfang der Osterferien unter der Brücke am Bach beobachtet hab – damals war es zwar ein Pony, aber ich denke, das macht keinen Unterschied. Es war das einzige Mal, dass ein Pferd stehen geblieben ist und ich genauer hinsehen konnte. Ich hebe zögerlich die Hand, obwohl die Mädels immer noch kichern und gackern.

»Ja?«, fragt Herr Hanau.

»Der muss pinkeln.«

Das Kichern schwillt zu einem Lachen an, das nicht mehr leiser werden will. Sogar Eva lacht. Sie sieht dabei immer noch wütend aus.

»Völlig richtig«, erhebt sich Herr Hanaus dröhnende Stimme über das Gelächter und die Mädels verstummen schlagartig. »Und was macht man in so einem Moment, wenn man oben sitzt?«

»Man stellt sich in die Bügel und hebt den Hintern ein bisschen an«, antworte ich in die Stille hinein. Genau das hat die Reiterin auf dem Pony nämlich gemacht und dann hat sie das Pferd in Ruhe pinkeln lassen. Als wäre das der Startschuss, fängt es neben mir an zu rauschen und ein Bach schäumender gelber Brühe läuft an den Schuhen der Mädels vorbei in den kleinen Gully. Sarah und Katharina springen angeekelt zur Seite.

»Wieder richtig. Kannst du reiten?« Herr Hanau klingt erstaunt.

Ich schüttle den Kopf. »Nein – ich hab das mal gesehen. Draußen im Feld.«

»Gut. Dann kratz jetzt die Hufe aus. Wenn du das vorsichtig machst und ihm nicht den Haken in die Fesseln haust, spürt er gar nichts.«

Ich nehme den Huf wieder in die Hand, und obwohl der Uringeruch in meiner Nase beißt und mir der Rücken wehtut, lasse ich ihn erst los, als das Heu und der Mist auf der Stallgasse liegen. Das ist irgendwie ein gutes Gefühl.

Die anderen drei Hufe dürfen die Mädels auskratzen, und danach lernen wir, wie man das Pferd striegelt und bürstet. Als ich dran bin, ist Lancelot schon so sauber, dass sein Fell seidig glänzt – nur der Hals ist übrig geblieben. Zwischen den dichten Haaren kleben kleine harte Schlammkügelchen. Also nehme ich den Gummistriegel und kreise damit über die dicken Muskeln unterhalb der Mähne, bis der Schlamm in feinem Staub aus dem Fell rieselt. Lancelot macht den Hals lang und bekommt glasige Augen. Was bedeutet das nun? Ich halte inne und schaue zu Herrn Hanau rüber. Er nickt mir nur aufmunternd zu. Vielleicht gefällt Lancelot, was ich da mache. Ich striegle weiter und nach einer Weile höre ich die anderen gar nicht mehr. In mir ist es ganz ruhig geworden.

»Joshua!« Ich schrecke hoch und Lancelot wendet schlagartig seinen schweren Kopf, sodass er hart gegen meine Stirn schlägt.

»Joshua«, ruft Frau Klein noch einmal. Ihre Stimme ist schrill.

»Nichts passiert«, sage ich schnell.

»Gott, Joshua, was machst du hier? Ich hab doch gar keine Unterschrift von dir!«

Einen Moment lang kann ich kaum etwas sehen. Alles verschwimmt. Frau Klein packt mich an der Schulter. Aber ich will das nicht. Mich soll jetzt niemand anfassen. Vorsichtig winde ich mich heraus.

»Ist er okay?« Ich deute auf Lancelot – zumindest denke ich, dass er da steht. Vor meinen Augen tanzen immer noch Sternchen.

»Der hat einen harten Schädel«, brummt Herr Hanau. »Härter als deiner.« Er klingt verärgert. Doch als die Sternchen verblassen, sehe ich, dass er Frau Klein mürrisch anschaut und nicht mich. Sie kramt nervös in ihrer Tasche.

»Die Unterschrift, Joshua. Ich brauch sie für die Versicherung. Dringend!«

»Ich – meine Mutter – sie hat's vergessen. Ich bring den Zettel morgen mit. Entschuldigung, Frau Klein.«

Sie zieht ein Stofftuch aus ihrer Tasche und will mir damit auf der Stirn herumzuwischen.

»Es tut nicht weh. Der hat sich nur erschreckt.« Ich schiebe Frau Kleins Hand sanft weg. »Ich bin wirklich okay. Das ist nur eine Beule.«

Herr Hanau löst das Halfter von Lancelots Kopf und Lancelot läuft schnurstracks in seine Box zurück.

»Nächstes Mal mit Sportklamotten«, sagt er mit einem strengen Blick auf Eva. Sie geht nach draußen auf den Hof. Herr Hanau zuckt gleichgültig mit den Schultern, wirft Lancelot eine Möhre in die Futterkrippe und schlendert pfeifend hinüber zur Reithalle. Ich kann nicht glauben, dass die Stunde vorüber ist. Ja, es ist sogar schon Viertel nach eins. Wenn Mama heute Mittag zu Hause ist, weiß sie, dass ich nicht beim Klettern war. Aber vielleicht ist sie wieder bei

Papa in der Firma und ich habe genug Zeit, mir eine Entschuldigung zurechtzulegen.

Außerdem muss sie mir einfach die Unterschrift geben. Sie muss! Sonst fälsche ich sie. Der Fledermaushund hat draußen auf mich gewartet. Bis zur Allee trippelt er neben mir her. Sobald wir die Straße erreicht haben, bleibt er stehen, um mich mit seinen runden Augen anzustarren.

»Ich weiß echt nicht, was du willst, Hund.«

Wieder knie ich nieder, doch wie vorhin weicht er vor mir zurück.

»Dann halt nicht«, murmle ich und renne rüber zur Bushaltestelle. Als der Bus losfährt, steht der Hund immer noch an der Weggabelung.

HANDFEST

Den ganzen Nachmittag schon kommt es mir so vor, als hätte ich etwas Verbotenes getan. Dabei hab ich nur ein Pferd geputzt. Das ist alles. Und noch wissen meine Eltern nichts davon.

Mama hilft bei Papa in der Firma und Micha ist beim Fußballtraining. Ich habe alleine zu Mittag gegessen. Und danach war ich auf einmal so müde, dass ich am liebsten geschlafen hätte. Aber dann musste ich wieder an die Unterschrift denken. Also hab ich zur Ablenkung Hausaufgaben gemacht und ein bisschen gelernt.

Eigentlich wollte ich nach den Hausaufgaben runter zur Brücke am Bach. Aber ich muss Cello üben. Und weil Mama und Micha sowieso bald nach Hause kommen und Papa wahrscheinlich auch, geh ich lieber runter zu Tante Charlotte.

Tante Charlotte hat ein Klavier, und deshalb hat Mama damals beschlossen, dass ich da unten üben soll. Dabei kann ich das Cello auch mit einer Stimmgabel stimmen. Ich brauche dafür kein Klavier. Im Grunde brauche ich nicht mal eine Stimmgabel. Ich hab das A im Kopf. Und wenn ich das A habe, kann ich alle vier Saiten alleine stimmen.

Ich glaube eher, dass Papa mich nach unten verfrachten wollte. Denn für ihn war das mit dem Cello damals auch Kokolores gewesen. Doch Mama hat sich durchgesetzt. Ich sei musikalisch und das sollte man fördern, hat sie gesagt. Papa schafft es ja nicht einmal, bei den Schlagern, die er abends hört, im Takt mitzuklatschen. Und Micha dudelt dauernd sein Hip-Hop-Geblubber rauf und runter. Wenn ich das drei Minuten lang anhören muss, werde ich nervös. Wie kann er das den ganzen Tag lang ertragen?

Aber es stört mich nicht, bei Charlotte zu üben. Bei ihr bin ich vor Micha sicher. Micha und Papa kommen fast nie zu ihr in die Wohnung. Papa ist immer noch sauer auf sie, weil sie sich erfolgreich gegen den Carport gewehrt hat. Papa wollte den Garten plattmachen, um einen Unterstand für unseren Wohnwagen zu bauen. Tante Charlotte hat sich quergestellt, und da die untere Haushälfte ihr gehört, konnte Papa nichts dagegen ausrichten.

Das hat er ihr nicht verziehen. Seitdem schimpft er bei jeder sich bietenden Gelegenheit über Tante Charlotte. Dass sie eine alte vertrocknete Jungfer sei, die nie mehr einen Mann abbekommt, wenn sie so weitermacht. Ich frage mich, was er damit meint: wenn sie so weitermacht. Tante Charlotte ist Lehrerin, das ist ja an sich nichts Schlimmes. Und ich finde sie weder hässlich noch dumm. Sie ist höchstens ein wenig merkwürdig. Sie hat keinen Fernseher und hört nie Radio. Dafür stehen in ihrer Wohnung ganze Regalwände voller Bücher.

Bei Tante Charlotte gibt's nicht einmal eine Klingel, nur einen abgenutzten eisernen Türknauf. Den gab es schon, als Großvater noch hier gewohnt hat. Nachdem er gestorben ist, hat Charlotte fast alles so gelassen, wie es war. Charlottes Wohnung ist ein Großvater-Museum. Wenn ich bei ihr bin, habe ich das Gefühl, er könnte jeden Moment ins Zimmer kommen und mir seine warme schwere Hand auf die Schulter legen, wie er es so oft getan hat, als ich klein war.

Ich hebe den Knauf an und lasse ihn gegen die Tür prallen. Es dauert, bis Tante Charlotte öffnet. Das ist immer so. Sie lässt sich mit allem viel Zeit. Wenn sie einen Tee kocht, muss man eine Viertelstunde warten, bis man den ersten Schluck trinken kann.

»Da bist du ja, Joshua. Schön.«

Ich weiß nicht, ob sie es wirklich schön findet. Es ist schwer zu sagen, ob Tante Charlotte überhaupt irgendetwas schön findet. Sie lacht nur selten. Aber manchmal setzt sie sich ans Klavier, wenn ich übe, und hört mir zu. Aus der Küche tönt ein schrilles, lautes Kreischen.

»Magst du ihm Guten Tag sagen?«

Ich nicke und gehe rein. Herr Friedrich flattert an das Gitter seines Käfigs, legt den Kopf schräg und blinkert mich an.

»Hier, gib ihm das«, fordert mich Tante Charlotte auf und drückt mir eine grüne Weintraube in die Hand.

Herr Friedrich gurrt zärtlich. Dann klaubt er mir die Traube mit dem Schnabel aus meinen Fingern, flattert auf die Stange zurück und bugsiert die Frucht unter seine linke Kralle. Konzentriert beginnt er, die Haut abzuziehen. Herr Friedrich ist ein Graupapagei. Das passt irgendwie, denn

Charlotte trägt immer nur graue, beige und schwarze Klamotten. Niemand weiß, wie alt Herr Friedrich ist. Er ist Tante Charlotte zugeflogen.

Ich hätte auch gerne einen Papagei oder wenigstens einen Wellensittich. Von mir aus auch ein Meerschweinchen. Aber Papa ist strikt gegen Tiere. Tiere machen abhängig, sagt er. Was, wenn wir am Wochenende auf den Campingplatz fahren? Oder in die Berge? Dabei wäre ich heilfroh, zusammen mit dem Tier zu Hause bleiben zu können. »Kommt gar nicht erst in die Tüte«, hat Papa mich angeblafft, als ich ihm das vorgeschlagen habe. »Wir sind eine Familie. Da gibt's keine Einzelunternehmungen.«

Klar, und deshalb muss ich ja auch bei Tante Charlotte Cello üben.

»Okay, ich fang dann mal an«, sage ich und ziehe mich ins Musikzimmer zurück. Eine Weile sitze ich einfach nur am Klavier und höre der Stille zu. Nein, es ist keine Stille – all die alten Wanduhren von Tante Charlotte ticken klackend vor sich hin und in der Küche klirrt Geschirr. Vor dem gekippten Fenster spielt der Wind mit den Zweigen des großen Kirschbaums. Doch all das zusammen kommt mir still vor. Als würde das Haus vor sich hin schlummern.

Und wie immer habe ich das Gefühl, als würde ich es aufwecken, wenn ich das A auf dem Klavier anschlage. Auch jetzt bemühe ich mich, die Taste ganz vorsichtig herunterzudrücken. Pianissimo. Es passt haargenau zu dem A, das ich in meinem Kopf hatte.

Es dauert heute länger, bis meine Finger weich werden

und die Saiten wärmer klingen. In den ersten Jahren habe ich beim Üben oft geweint. Ich wollte üben, aber sobald ich angefangen hatte, heulte ich. Meine Eltern haben deshalb viel gestritten, da Papa meinte, mein Geheule würde doch allzu deutlich zeigen, dass ich gar nicht Cello spielen wolle. Aber ich hab geweint, weil es so scheußlich klang – ich wusste einfach, dass es scheußlich klang, und ich wollte es besser hinkriegen. Und das brauchte Zeit. Jetzt bekomme ich manchmal sogar eine Gänsehaut, weil es schön klingt. Gänsehaut am ganzen Körper. Vor allem im Orchester passiert das, während der ersten Takte, wenn sich die Instrumente nach und nach zu einem riesigen Klangteppich zusammenfinden. Falls meine Mitspieler denn den Ton treffen. Das ist leider nur selten der Fall.

Langsam werden meine Finger geschmeidig und biegsam. Ab und zu dringt ein schwacher Geruch nach Pferd in meine Nase. Ich halte inne und streiche mit der Handfläche über den Bogen. Pferdehaare. Ich spiele mit Pferdehaaren. Das ist ein schöner Gedanke. Und ich mag beide Gerüche, den nach Pferd und den nach meinem durchsichtiggelben Kolophonium, mit dem ich den Bogen einstreiche, damit er besser auf den Saiten haftet. Ein harziger, ernster Geruch.

Die Bodendielen knarzen. Tante Charlotte ist zu mir gekommen. Sie setzt sich hinter mich in ihren Ohrensessel. Ich lege die Etüden weg und greife nach *1st Movement* von Philipp Glass. Mein Lehrer erwartet, dass ich damit bei Jugend musiziert teilnehme. Damit oder mit *Le Cygne* von Saint-Saëns. Der Schwan. Am liebsten spiele ich es aber für mich. Ich fühle mich nie wohl auf diesen blöden Wettbewerben. Ich mag es nicht, angestarrt und bewertet zu werden, während ich spiele. Herr Matutzek meint, an so etwas müsse ich mich gewöhnen, wenn ich Musik studieren will. Dabei weiß ich gar nicht, ob ich das möchte. Musik studieren. Ich glaube nicht, dass ich das will.

Ich habe noch nicht den ersten Ton des Stücks gespielt, da fängt es im Kirschbaum plötzlich an, schnarrend zu rattern und zu rauschen. Tante Charlotte seufzt auf.

»Dein Vater lässt mal wieder einen fliegen«, sagt sie trocken.

Die Äste des Kirschbaums biegen sich zur Seite. Blüten wehen in weißen Wolken gegen das Fenster, als Papas Modellhubschrauber durch die Zweige trudelt und mit einem leichten Plumps auf dem Rasen aufschlägt.

»Ich weiß nicht, wie oft ich dieses Ding schon aus meinen Rosen gefischt habe«, stöhnt Tante Charlotte. Kopfschüttelnd marschiert sie durch die Küche und raus in den Garten. »Das nächste Mal lass ich es liegen.«

Über mir rummst es so laut, dass die Deckenlampe wackelt. Dann ruft Mama irgendetwas und Papa antwortet schlecht gelaunt. Mein Name war dabei. Ich hab auf einmal keine Lust mehr, Cello zu spielen.

Charlotte kehrt aus dem Garten zurück. »Dein Typ wird verlangt.« Sie drückt mir den Hubschrauber in die Hand. Ein Rotorblatt ist abgeknickt. »Sag Nina, dass ich morgen Gulasch koche. Ihr könnt die Hälfte haben.«

»Okay.« Wenn ich Micha und Papa da oben höre, kann

ich mich sowieso nicht konzentrieren. Die reden garantiert über mich. Und übers Voltigieren.

Als ich an Tante Charlotte vorbeigehe, hält sie mich am Ärmel fest und schnuppert kurz.

»Was ist los?«, frage ich. Man kann ja bestimmt viel Schlechtes über mich sagen, aber stinken tu ich nicht. Ich hab nicht einmal Haare unter den Achseln.

Tante Charlotte schüttelt irritiert den Kopf. »Nichts. Ich dachte nur – egal. Nun Abmarsch nach oben. Schönen Abend, Joshua.«

Na, schön wird der nicht, das weiß ich jetzt schon. Deshalb lasse ich mir besonders viel Zeit beim Nach-oben-Gehen. Im Wohnzimmer läuft der Fernseher. Kein Fußball diesmal, sondern irgendeine Reality-Show. Micha hockt telefonierend auf dem Sofa. Als er mich sieht, hört er auf zu sprechen und grinst mich verächtlich an. Dann macht er eine alberne Bewegung mit seinen Hüften. Was will er denn damit andeuten?

»Joshua!«, bellt Papa aus der Küche.

Ich will nicht zu ihm. Doch bevor ich an ihm vorbei in mein Zimmer verschwinden kann, greift er sich mein Handgelenk und zieht mich zu sich an den Küchentisch.

»Da«, sage ich und lege ihm den Hubschrauber auf den Teller. »Der hat sich im Kirschbaum verfangen.« Er betastet das kaputte Rotorblatt mit seinen kurzen behaarten Fingern, als sei der Hubschrauber ein lebendiges Wesen.

»Verdammt«, murmelt er. »Jetzt kann ich wieder stundenlang daran herumbasteln. Der Baum macht doch eh nur

Dreck. Joshua, du bleibst hier«, setzt er hinterher, ohne zu mir aufzusehen. Ich lasse mich auf meinen Stuhl fallen und beobachte Papa dabei, wie er mit düsterer Miene das Rotorblatt untersucht. Endlich lässt er den blöden Hubschrauber los.

»Hatten wir uns nicht darauf geeinigt, dass du Klettern gehst?« Ich würde mir jetzt gern die Ohren zuhalten. Papa schreit nicht, aber seine Stimme kommt mir zu laut vor. Ganz egal, ob er schimpft oder nicht.

»Nein, haben wir nicht. Ich hab nur gesagt, dass ich zum Voltigieren möchte und dann …«

»Dann haben wir beschlossen, dass das nichts Vernünftiges ist. Oder?«

»Du hast das beschlossen«, sage ich leise. »Nicht ich.«

»O, sieh an, Spitzfindigkeiten«, höhnt Papa.

Micha kommt aus dem Wohnzimmer und setzt sich neben ihn. Wieder grinst er mich an. Dann macht er kurz eine Bewegung, als würde er sich einen runterholen und zeigt auf mich. Also hatte er schon von der Sache mit Lancelots Ding gehört. Wahrscheinlich von Eva. Deshalb auch sein bescheuertes Hüftkreisen.

Wo bleibt Mama nur? Sie hatte doch gesagt, sie würde drüber nachdenken. Ich weiß immer noch nicht, ob sie es mir nun erlaubt oder nicht.

»Mama!«, rufe ich in den Flur.

»Wie süß«, feixt Micha. »Klein-Joschi schreit nach seiner Mama.«

»Moment«, höre ich Mama aus dem Bad rufen und irgendwas fällt krachend auf die Fliesen. »Scheiße«, flucht sie. »Wir brauchen einen neuen Föhn!«

Dann steht sie plötzlich in der Tür, im Bademantel und mit feuchten Haaren.

»Joshua – was ist denn los?«

»Die Unterschrift – du wolltest mir doch ...«

»Nein, nein, nein, so nicht«, wirft Papa dazwischen. »Nix da. Was hast du heute Mittag gemacht? Etwa geschwänzt?«

»Ich hab nicht geschwänzt. Ich war beim Voltigieren. Das ist alles.«

»Du warst – was?« Papa steht auf.

»Nun schrei den Jungen doch nicht so an, Hartmut«, sagt Mama bestimmt. »Dafür gibt es keinen Grund.« Sie sieht mich lächelnd an und zwirbelt die nassen Haare zu einem Knoten. »Sorry, Joschi, ich hab's vergessen.«

»Vergessen oder hast du gehofft, dass ich Klettern geh?«, frage ich und versuche, nicht zu Papa zu gucken. Denn Papa ist wütend. Das spür ich. Schnaufend setzt er sich wieder hin.

»Ich – äh. Joschi, ich ... sorry, aber ich hab bis Mitternacht an den Rechnungen gesessen, Wäsche gewaschen, die Küche gemacht – ich kann nicht an alles denken.« Sie streicht mir entschuldigend über die Haare. Ich ziehe den Kopf weg, denn Micha grinst schon wieder so blöd.

»Aber das ist wichtig.«

»Ja, das ist in der Tat wichtig«, brummt Papa. »Gut, Joshua, dann gehst du eben morgen zum Klettern. Hast ja nur eine Stunde versäumt.«

Ich schüttle stumm den Kopf.

»Wie bitte?«

Nun schaue ich Papa doch an. Er hat die gleichen Augen wie Micha. Knallblau und so unerbittlich.

»Ich will nicht zum Klettern. Ich bleib beim Voltigieren. Das hat gut geklappt mit den Pferden.«

»O ja, das hat es«, raunt Micha. »Verdammt gut.«

»Wisst ihr was? Ich hab keine Zeit für eure Streitereien«, knurrt Mama. »Mir wächst sowieso alles über den Kopf. Wo ist der Zettel?«

»Nina«, sagt Papa warnend. »Wir haben das noch nicht ausdiskutiert.«

Doch ich hab Mama den Zettel schon in die Hand gedrückt. Rasch greift sie sich einen Kugelschreiber von der Mikrowelle und setzt ihre Unterschrift darunter. Ich nehme den Zettel, falte ihn zusammen und stecke ihn tief in meine Hosentasche.

»Hartmut, ich kann es ihm nicht verbieten. Ganz einfach.«

Mama setzt sich erschöpft an den Tisch, obwohl die Hälfte noch fehlt. Wir haben Teller und Besteck, aber nichts zu essen. Ich stehe auf und fange an, den Käse und die Wurst aus dem Kühlschrank zu holen und Brot zu schneiden. Jeden Abend das Gleiche. Brot, Käse, Wurst, Tomaten, Gurken. Und mittags was zum Warmmachen für die Mikrowelle. Vorgekocht beim Frühstück. Das geht mir auf den Keks.

»Wenn es ihm jemand verbieten kann, dann du«, grollt Papa. »Du bist seine Mutter.«

»Richtig. Und genauso kann ich es ihm auch erlauben«, sagt Mama. »Aber Joshua – pass um Himmels willen auf deine Hände auf, hörst du?«

»Ja«, antworte ich mechanisch. Von mir aus können sie jetzt alle gemeinsam auf mir rumhacken. Ich hab die Unterschrift. Ich muss nicht zum Klettern.

Das gesamte Abendessen über lasse ich die Hand auf meiner Hosentasche ruhen, und wenn Micha mich wieder dumm angrinst oder seine Männer-Auto-Fußballgespräche mit Papa führt oder erzählt, wie viele Meter er sich heute schon an der Kletterwand hochgezogen hat, drücke ich ganz leicht die Finger zusammen und höre das Papier rascheln.

Das ist besser als alles andere.

BÖSEWICHT

Lancelot ist kein Voltigierpferd. Ich habe gehofft, dass er es ist. Denn ihn kenne ich schon ein bisschen. Ich vertraue ihm. Doch nun sind wir in eine andere Stallgasse geschickt worden, in einen anderen Stalltrakt weit weg von Lancelot, und warten darauf, dass Herr Hanau uns sagt, was wir machen sollen. Ich glaube, er hat den Lancelot nur deshalb für unsere erste Stunde genommen, weil er nicht ausflippt, wenn lauter fremde Hände an ihm herumstriegeln.

Hier ist es dämmriger und wärmer, jedoch auch viel ruhiger. Der schwarze Hund hängt wieder an meinem Knöchel. Er weicht mir nicht von der Seite, aber noch immer will er sich nicht streicheln lassen. Die Mädels sind ungewohnt still und tuscheln nur ab und zu, das übliche Geflüster eben. Wahrscheinlich reden sie über mich, doch das ist mir egal, denn sie werden dabei nie so gemein sein wie Micha.

Micha hat mich heute schon den ganzen Tag genervt. In der Pause ist er richtig aggressiv geworden und ein paar Sekunden lang hab ich gedacht, dass er mir gleich ins Gesicht schlägt. Da hat sogar Max gesagt, er solle sich locker machen, und Micha hat ein paarmal den Fußball so heftig an die Wand gedonnert, dass der Putz abgebröckelt ist. Als ich nach der Pause meine Bücher aus dem Spind geholt hab, hat er mich minutenlang angeschaut, ohne irgendetwas zu tun, starr und kalt, und fragte schließlich leise, sodass es niemand sonst hören konnte: »Musste das wirklich sein, du Mamasöhnchen?«

Ich weiß nicht, was er gemeint hat – etwa, dass ich hier beim Voltigieren bin? Er soll doch froh sein, dass sein blöder, lächerlicher kleiner Bruder mit den Spinnenbeinen nicht mit ihm Klettern geht. Oder ist es ihm einfach peinlich, dass ich das mache? Aber ich finde Fußball auch todlangweilig und motz ihn nicht gleich an, nur weil er viermal die Woche trainiert und in die Bundesliga will. Der kann von mir aus jede Nacht in seinem Bayern-München-Bettzeug schlafen und später einen Fußball heiraten, wenn er unbedingt möchte.

Ich bin froh, endlich im Stall zu sein, obwohl die Stille immer angespannter wird und Eva so finster dreinschaut, dass man es mit der Angst zu tun bekommen kann. Sie hat sich ihren ausgebeulten Armeerucksack auf die Knie gelegt und kritzelt mit ihrem schwarzen Edding drauf herum, während sie ständig Blasen mit ihrem Kaugummi formt und laut zerplatzen lässt. Beim ersten Mal bin ich erschrocken und sie grinste mich fast exakt so an, wie ich es von Micha kenne. Dieses »Du dummer, kleiner Angsthase«-Grinsen. Ganz nah am »Mann, bist du scheiße«-Grinsen. Ich finde, dass das Ploppen von Kaugummi hier nicht reinpasst. Es ist falsch. Warum, kann ich nicht genau sagen. Es fühlt sich falsch an. Und das Pferd neben mir hat den Kopf zur Seite gerissen, als es geploppt hat. Eva fand das lustig.

Sie hat natürlich keine Sportklamotten an. Ich ehrlich gesagt auch nicht. Ich hab meine alten verwaschenen schwarzen Chucks angezogen und dazu meine weichste enge Jeans und ein Longsleeve. Die Gymnastikschläppchen habe ich bisher noch nicht gekauft. Ich hab Sportklamotten dabei, falls Herr Hanau mich so nicht mitmachen lässt, aber ich kann mich in den Sachen am besten bewegen und sehe nicht so albern aus wie die Mädels. Sie haben sich herausgeputzt, als wollten sie eigentlich doch lieber zum Videodancing, mit bunten Leggins und ausgeschnittenen Tops. Geschminkt sind sie auch. Für mich können sie das ja wohl kaum veranstaltet haben. Nur Eva sticht raus mit ihren schwarzen Armeehosen und ihrem knallroten Totenkopf-Shirt. Mir tun die Augen weh, wenn ich sie anschaue. Und dazu die Springerstiefel. Ich glaube nicht, dass Pferde es mögen, wenn man mit solchen Stiefeln auf ihren Rücken herumturnt.

»Zweiergruppen.«

Ich reiße meinen Kopf zu schnell hoch und knalle gegen den Pfosten hinter mir. Der Hund weicht ein paar Schritte zurück. Nun hab ich zwei Beulen. Biggi kichert und dreht sich von mir weg. Aber ich habe Herrn Hanau nicht kommen hören. Nun steht er plötzlich vor uns, wieder ein bisschen windschief und mit hängenden Armen, und mustert uns, als wolle er unsere Knochen abzählen und sortieren. Brauchbar, nicht brauchbar. Verwirrt reibe ich meinen Nacken. Zweiergruppen? Aber mit wem soll ich denn hier eine Gruppe bilden? Wahrscheinlich bleibe ich übrig, wie immer.

»Josh und Eva«, sagt Herr Hanau und zeigt auf uns. »Kommt mit.«

Dann dreht er sich noch mal zu den anderen um. »Lena kümmert sich um euch, die ist gleich da. – Josh, Eva?«

»Na, mach schon«, fordere ich Eva auf. Sie zieht eine Schnute und tut so, als habe sie mich nicht gehört. Wieder quietscht ihr Edding, als sie anfängt, betont langsam eine neue Fratze auf ihren Rucksack zu malen.

»Mann, das gibt Ärger. Eva, bitte.«

Herr Hanau bleibt am Ende der Stallgasse stehen und lässt das Halfter in seiner Hand hin- und herbaumeln. Er wartet auf uns. Eva malt noch ein bisschen weiter und stöpselt in aller Seelenruhe den Deckel auf das Stiftende. Ich wende mich von ihr ab und gehe auf Herrn Hanau zu. Dann eben wie immer eine Einzelgruppe. Ich bin es gewöhnt, eine Einzelgruppe zu sein.

Aber als wir in dem halb offenen Stalltrakt angekommen sind, der direkt am Waldrand liegt und von dessen Fenstern aus man den Reitplatz sehen kann, steht Eva plötzlich neben mir, ohne Herrn Hanau oder mich anzusehen. Ich frage mich, warum sie nicht beim Videodancing ist. Ich wünsche mir fast, dass Herr Hanau sie rausschmeißt. Aber den kümmert das alles gar nicht.

»Ich hab euch ja gezeigt, wie man ein Pferd putzt. Hufe auskratzen, striegeln, Stallgasse kehren.«

Ich nicke. Eva guckt demonstrativ an die Wand und lässt eine Kaugummiblase zerplatzen. Herr Hanau hängt das Halfter um ihre Schulter.

»Macht genau das mit Sarastro – unserem Leistungspferd fürs Voltigieren. Hier sind die Putzsachen.« Er zeigt auf einen offenen Spind. »Wenn ihr Hilfe braucht – ich bin in der Halle.«

»Pffff«, schnaubt Eva, sobald er außer Sichtweite ist, und schmeißt mir das Halfter vor die Füße. Dann tut sie wieder so, als gäbe es mich nicht, setzt sich auf einen Heuballen am Ende der Stallgasse und kritzelt auf ihrem Rucksack herum.

Ich hebe das Halfter auf.

»Sarastro …«, murmle ich leise. »Sarastro.«

»Hast du 'nen Schaden, oder was?«, raunzt Eva mich an. »Sarastro, Sarastro«, äfft sie mich nach.

»Weißt du nicht, wer das ist?«

»Wie – wer das ist?« Plopp. Ihr Kaugummi ist schon richtig zäh. Langsam muss ihr der Kiefer wehtun vom vielen Kauen und Ploppen.

»Der Bösewicht aus der Zauberflöte«, seufze ich. Und so sieht er auch aus. Nicht friedlich und schläfrig wie Lancelot. Nein, Sarastro ist hellwach. Mit großen schwarzen Augen schaut er mich an und ständig peitscht sein glänzender Schweif, um die Fliegen zu vertreiben. Sarastro ist dunkelbraun, dunkelbraun wie Bitterschokolade, doch auf seiner Stirn leuchtet ein weißer Fleck, der aussieht wie ein zersprungener Stern.

Hinter mir höre ich das Geräusch eines Feuerzeugs.

»Hier nicht, Eva!«, rufe ich und drehe mich zu ihr um. Sie bläst den Rauch aus der Nase in mein Gesicht und lässt das Feuerzeug in ihre Hosentasche gleiten. Haben ihre Finger eben gezittert?

»Hilfst du mir bitte? Und mach die Zigarette aus.«

Eva presst die Lippen zusammen. Dann schnaubt sie nur wieder, steht auf und schlurft nach draußen. Die Ösen und Sicherheitsnadeln an ihrer Hose klirren bei jedem Schritt. Jetzt stehe ich hier alleine mit diesem viel zu wachen Pferd und kann mich gar nicht mehr daran erinnern, wie man das alles macht. Halfter anlegen und Hufe auskratzen und striegeln. Mein Herz rast, und ich habe das Gefühl, dass es Sarastro nicht anders geht. Aber wenn wir beide so aufgeregt sind, klappt das nie. Trotzdem, die Zeit läuft mir davon. Ich muss etwas machen. Ihm wenigstens das Halfter überziehen.

Ich öffne langsam die Boxentür. Sarastro bleibt stehen und schaut mich an, und ich erwidere seinen Blick, während ich langsam auf ihn zugehe. Plötzlich schwingt er sein Hinterteil zu mir herum. Ich weiche zur Seite aus und werde zwischen seine Flanke und den Wassertrog gequetscht. Die steinerne Kante bohrt sich hart in meinen Rücken. Sarastro prustet aufgebracht und legt die Ohren an. Ich muss hier raus, sonst tritt er nach mir … Aber wie? Instinktiv mache ich einen Schritt auf ihn zu, obwohl er mich niedertrampeln kann, wenn er will, aber er weicht knotternd zurück und ich drücke mich an ihm vorbei aus der Box.

Meine Knie zittern so stark, dass ich nicht mehr stehen kann. Mit dem Halfter in der Hand sinke ich auf den Heuballen an der Wand, wo Eva eben noch gesessen hat.

»Sarastro?«, fragt eine raue Jungenstimme.

Ich schaue auf. Ein hochgewachsener, schmaler Kerl mit wilden strohblonden Haaren und knallgrünen Augen steht vor mir. Er grinst mich gut gelaunt an. Ich schaffe es kaum, zurückgrinsen. Ich glaube, mein Gesicht zittert auch. Ich muss mich zweimal räuspern, bis ich sprechen kann.

»Ja, ich – ich soll ihn putzen, na, eigentlich wir zwei, aber …« Wenn ich Eva jetzt schlechtmache, bringt die mich wirklich um. »Ihr ist nicht gut.« Ich zucke mit den Schultern.

Der Junge nimmt mir das Halfter aus der Hand, geht direkt auf Sarastro zu und legt es ihm um den Hals. Mit einem gezielten Griff schließt er die Öse. Brav wie ein Lamm folgt Sarastro ihm auf die Stallgasse. Geschickt knotet der Junge den Strick am Haken fest.

»Wie – wie hast du das gemacht?«, frage ich fassungslos.

»Ich hab ihn einfach rausgeholt«, sagt er und grinst wieder.

»Ja, aber – bei mir …« Ich breche ratlos ab. Jedenfalls hat das bei mir nicht funktioniert mit »einfach rausholen«. Es hat nicht mal ansatzweise funktioniert. Und ich will wissen, warum. »Gut, ähm, kannst du ihn vielleicht wieder reintun und ich versuch es noch einmal?«, frage ich vorsichtig.

Der Junge schmunzelt belustigt, aber dann nickt er.

»Okay, warum nicht.« Keine Minute später steht Sarastro ohne Halfter in der Box und wendet sich seinem Heu zu. Ich atme aus und gehe auf ihn zu.

»Halt!« Ich bleibe starr stehen. »Nicht in die Augen schauen. Das mögen Pferde nicht. Und lass deinen Rücken locker.« Der Junge grinst wieder, jedoch nicht so gemein wie Micha mich immer angrinst. Eher freundlich und ein bisschen amüsiert. »Ich glaube, es hilft, wenn man summt oder singt. Dann atmet man von ganz alleine richtig. Ich hab das mal gelesen. Ich selbst ...« Er hebt fast entschuldigend seine Schultern. »Ich reite schon so lange, ich denk über so was nicht mehr nach, sorry.« Er lacht kurz auf. »Und wenn ich singe, klingt das schrecklich.«

»Na, singen kann ich«, erwidere ich. Doch ich hab grad ein Cellostück im Kopf, das ganz und gar nicht zu der Situation hier passt. Dafür ist die Melodie zu sanft und verträumt, und mein Herz schlägt immer noch so schnell, als wolle es davonlaufen. Trotzdem summe ich die ersten Takte leise vor mich hin, schaue Sarastro nicht in die Augen, während ich mich ihm nähere, und ziehe ihm langsam das Halfter über. Er zuckt nicht einmal. Sofort wird mein Atem ruhiger.

»Geht doch – ich muss weiter. Ciao!«

»Danke!«, rufe ich dem Jungen hinterher, nachdem ich Sarastro auf die Boxengasse geführt habe, aber er ist schon wieder weg. Jemand anderes ist da. Eva. Sie lehnt hinten an der Schubkarre, mit verschränkten Armen und gesenkten Lidern. Und da bleibt sie auch stehen, ohne mir ein einziges Mal zu helfen. Eigentlich hab ich nichts dagegen.

Sarastro verhält sich nicht so gefügig wie Lancelot. Er hebt die Hufe höher an beim Auskratzen und will sie mir manchmal wegziehen, und wenn ich ihm den Hals bürste, spielen unaufhörlich die Muskeln unter seinem dichten glänzenden Fell. Aber ich hab keine Angst mehr. Nein, ich würde ihn am liebsten den ganzen Tag lang weiterputzen. Es ist mir sogar egal, dass Eva nur dasitzt und gegen die Wand starrt.

»Fertig?« Herr Hanau eilt mir mit energischen Schritten entgegen. Ich nicke.

»Gut.« Er zieht Sarastro noch ein paar Strohhalme aus dem Schweif. »Das kostet normalerweise eine Runde!« Dann bindet er ihm einen seltsamen Gurt mit Haltegriffen um den Bauch und legt ihm die Trense an. Ich schaue mir alles genau an, um es mir zu merken, doch an der Trense befinden sich so viele Schnallen und Ösen und Riemen, dass ich durcheinanderkomme.

»Halle«, befiehlt Herr Hanau knapp. Er gibt mir die Zügelschlaufen in die Hand. Soll ich Sarastro etwa führen?

»Josh? Halle, hab ich gesagt!« Er macht eine Handbewegung, die ziemlich ungeduldig aussieht. Ich soll ihn wohl tatsächlich führen. Zu summen trau ich mich nicht mehr, aber ich atme so, wie ich es beim Singen tun würde, und Sarastro folgt mir, als hätte ich nie etwas anderes getan.

Vor dem Halleneingang nimmt mir eine junge Frau Sarastro ab und lächelt mich kurz an. Einen Moment lang will ich ihn gar nicht loslassen. In der Halle warten die Mädels und sehen aus, als hätte man ihnen eine Party verdorben. Fast alle haben schmutzige Hände. Neben ihnen steht eine Schubkarre voller Mist. Und da ist noch ein anderes Pferd, das ich nicht kenne, und das genauso einen Gurt trägt wie Sarastro.

»Nun komm schon«, sage ich zu Eva, die sich wieder eine Kippe anmachen will. Sie packt hart nach meinem Arm. Ihre

Hände sind eiskalt und schwitzig und ihre schwarz lackierten Fingernägel bohren sich in meine Haut.

»Du – hast – mir – nix – zu befehlen«, zischt sie mich an. »Verstanden?«

»Hallo, braucht ihr eine Extraeinladung?«, ruft Herr Hanau. Ich reiße mich los und gehe auf ihn zu. Soll Eva doch den Stall in Brand setzen. Nach einigen Sekunden schleicht sie ohne Zigarette durch die offene Tür und setzt sich zwischen Bande und Bretterwand auf die kleine Zuschauertribüne. Herr Hanau macht eine abfällige Handbewegung und dreht sich von ihr weg. So abfällig, dass selbst ich ein schlechtes Gewissen bekomme, obwohl ich gar nichts gemacht habe. Eva streckt ihm die Zunge raus. Ein paar der Mädels kichern.

»Das hab ich gesehen«, sagt Herr Hanau kurz angebunden. Aber er lässt sie hinter der Bande sitzen, als sei sie gar nicht da, während wir eine Stunde lang frierend in der zugigen Halle stehen und zuschauen, wie sich ein blondes zierliches Mädchen aus dem Lauf heraus auf Sarastros Rücken schwingt. Immer und immer wieder. Im Schritt, im Trab, im Galopp. Herr Hanau erzählt uns dabei eine Menge über Pferde – so viel auf einmal, dass ich gar nicht alles behalten kann.

Ich bin irgendwie enttäuscht, dass wir nur zuschauen dürfen. Die Zeit ist fast um und ich hab nichts tun können, außer Sarastro zu putzen und zu führen. Trotzdem – hier rumzustehen und zu frieren und Sarastro zuzusehen, fühlt sich tausendmal besser an, als sich zu Hause von Micha ärgern zu lassen.

Doch auf einmal reicht Herr Hanau dem blonden Mädchen die Führlonge und schreitet zu uns herüber, um das andere kräftigere Pferd von der Wand loszumachen und langsam im Schritt im Kreis zu führen. Die junge Frau, die mir Sarastro abgenommen hat, kommt dazu und läuft neben dem Pferd her.

»Wer will als Erstes?«, fragt Herr Hanau und bringt das Pferd mit einem Ruck an der Longe zum Stehen. Als Erstes was? Sich da hochschwingen? Ich hab mir das genau angeguckt eben, aber ob ich das kann? Die Mädels sind mucksmäuschenstill und schauen überall hin, nur nicht zu Herrn Hanau. Dabei hab ich vorhin mitgehört, dass sie alle schon auf einem Pferd gesessen haben. Ich bin wirklich der Einzige, der das noch nie gemacht hat. Und mir ist schleierhaft, wie man da hochkommen soll, ohne das Pferd zu erschrecken oder ihm wehzutun.

»Josh?« Herr Hanau blickt mich mit gerunzelten Brauen an. Beim Nachdenken bin ich automatisch ein paar Schritte auf das Pferd zugegangen, und nun glaubt Herr Hanau, ich wolle anfangen.

»Wie heißt der denn?«, frage ich scheu.

»Pollini«, antwortet er, ohne seine Röntgenaugen von mir abzuwenden. Auffordernd nickt er mir zu. »Knie auf die Hände und rauf.«

Knie auf die Hände? Doch jetzt sehe ich, was er meint. Die Frau macht mit ihren Händen eine Art Schaufel und da muss ich wohl mein Knie reinstemmen. Dann geht alles ganz schnell. In der nächsten Sekunde hole ich automatisch

Schwung und sie hievt mich gleichzeitig hoch. Ich sitze oben. Wie von selbst legen sich meine Hände um die beiden Griffe. Sie riechen nach Magnesia. Ich mag den Geruch. Er erinnert mich ans Turnen, an Barren, Reck und Ringe.

Aber das Pferd ist verdammt hoch. Ehe ich mich auf irgendetwas konzentrieren kann, hat es sich in Bewegung gesetzt. Ich weiß nicht, wohin ich schauen soll. Eigentlich will ich gar nichts genau ansehen, weil mir sonst zu deutlich bewusst wird, wie weit ich nach unten fallen kann. Vielleicht mache ich die Augen am besten zu, wie früher in der Geisterbahn. Zögerlich lasse ich meine Lider sinken. Ja, das ist besser. Pollinis Rücken ist warm und wippt gleichmäßig auf und ab. Aber so wie jetzt will ich nicht sitzen bleiben. Das tut überall weh und fühlt sich verkehrt an. Ich atme aus, bis keine Luft mehr in meinen Lungen ist, und wieder ein und wieder aus. Nun wird alles ein wenig angenehmer, passender. Ich kann die Muskeln des Pferderückens spüren, wie sie sich unter meinem Hintern anspannen und entspannen. Auf und ab, auf und ab ... Ich möchte gerne die Griffe loslassen, weil meine Hände anfangen wehzutun und zu verkrampfen – wenigstens ein bisschen. Ich fühle mich wohl hier oben, aber ich will mich nicht festhalten müssen ...

Ich brauche eine Weile, um zu kapieren, dass das merkwürdige Geräusch um mich herum Lachen ist. Menschenlachen. Und dann kapiere ich auch, dass ich die Augen immer noch geschlossen habe. Das Licht kommt mir viel zu grell vor, als ich sie öffne. Ich muss ein paarmal blinzeln, bis ich wieder etwas sehen kann. Alle lachen, die Frau neben mir, meine Klassenkameradinnen, das Mädchen, das Sarastro führt, die Kinder, die an der Bande stehen und mich anstarren, sogar Herr Hanau lacht kurz mit. Nur Eva kritzelt wieder auf einem ihrer Bücher herum.

»Was hab ich falsch gemacht?«, stottere ich, obwohl meine Zunge so schwer im Gaumen liegt, dass ich gar keine Lust habe, sie zu benutzen.

»Nichts«, antwortet Herr Hanau aufgeräumt. »Aber vielleicht wollen deine Klassenkameradinnen auch noch mal drauf.«

»Ja klar, natürlich!«, rufe ich schnell und schwinge mich, ohne nachzudenken, runter, so ähnlich wie auf dem Barren – Beine nach vorne weg und mit einem Satz auf den Boden.

»Hoho, haben wir da den neuen Gero Meyer, oder was?«, fragt Herr Hanau spöttisch. Ich weiß nicht, wer Gero Meyer ist, aber die Frau neben mir lacht wieder, und meine Wangen fangen an zu brennen. Ich muss da oben auf dem Pferderücken die Zeit vergessen haben. Es ist merkwürdig, auf festem Grund zu stehen. Irgendwie gefällt es mir nicht. Unsicher setze ich meine Füße voreinander und gehe zur Bande, wo die Kinder mich neugierig angucken. Sie tragen Sportklamotten und weiche schmale Schuhe. Ob das die Leistungsgruppe ist? Natürlich sind es nur Mädchen. Kein einziger Junge.

Ich kann die Bewegungen des Pferdes immer noch spüren, als ich mit dem Bus nach Hause fahre. Ich erledige schnell meine Hausaufgaben, und sobald ich fertig bin, laufe ich übers Feld und setze ich mich runter an den Bach. Ich kann es kaum erwarten, meine Kopfhörer in die Ohren zu stöpseln und mich in Gedanken zurück aufs Pferd zu versetzen. Ich würde gerne wieder oben sitzen. Wie mag sich wohl der Trab anfühlen? Und wie erst der Galopp? Ob ich es schaffe, tatsächlich loszulassen und mich einfach nur tragen zu lassen?

Meine Lider werden schwer und die sich im Wind biegenden Grashalme vor mir verschwimmen mit dem glitzernden Strudeln des Bachs zu einer wirbelnden blaugrünen Masse. Ich gebe mir keine Mühe mehr, meine Augen offen zu halten. Ich bin so müde wie noch nie in meinem Leben. Und als ich einschlafe, spüre ich wieder das Pferd unter mir, wie es mich gemächlich im Kreis trägt, und ich möchte für immer auf seinem Rücken bleiben.

NOTFALLPLÄNE

»Ich verstehe es nicht, Joschi.« Mama greift sich ein Päckchen Sahne aus dem Schrank, reißt es auf und schüttet den Inhalt in die Pfanne zu den Nudeln von gestern. Es zischt laut. »Erklär es mir!«

Ich blicke auf den Boden. Ich kann ihr das nicht erklären, weil ich es selbst nicht verstehe. Ich habe meine Cellostunde vergessen. Das ist mir noch nie passiert. Ich hab einfach nicht dran gedacht, und nachdem ich in meinem Versteck am Bach eingeschlafen bin, war sowieso alles wie weggewischt. Als würde ich in einem anderen Leben aufwachen. Ich glaube, ich habe noch nie so gut geschlafen wie dort unten auf dem feuchten, kühlen Gras.

»Nun sag doch mal was – warum?« Mama sucht nach einem Kochlöffel und streift dabei mit dem Ellenbogen das Salzfässchen. Es kippt um. »Verdammt!«, flucht sie und kehrt die rieselnden Körner hastig mit den Fingern zusammen, während es in der Pfanne immer lauter brodelt und prasselt.

»Nee, was ist das denn …?« Mama starrt auf die Pfanne, als habe sie ein Ungeheuer erblickt. Ich sehe von hier aus, dass große weiße Blasen aufsteigen und zerplatzen. Irgendwie riecht es nicht mehr nach Tomaten und Nudeln, sondern nach stinkigen Socken.

Micha und Papa kommen rein und setzen sich an den Tisch.

»Hunger!«, ruft Papa laut. Mich beachtet er nicht. Das Gute an seiner Kokolores-Einstellung zur klassischen Musik ist, dass er nicht sauer über meine vergessene Cellostunde ist. Es interessiert ihn einfach nicht. Gehe ich hin, ist es okay, gehe ich nicht hin, ist es auch okay. Aber Mama ist bitter enttäuscht. Als hätte ich sie persönlich beleidigt und betrogen und belogen dazu.

»Nix Hunger«, blafft sie Papa an und mustert mit zusammengekniffenen Augen die Sahnepackung. »Ich krieg die Krise. Ich krieg noch die Krise!« Sie zieht die Pfanne vom Herd. Ganz kurz sieht sie aus, als wolle sie anfangen zu heulen. »O, ich hab keine Lust mehr.«

Seufzend setzt sie sich auf ihren Platz und reibt sich mit den flachen Händen übers Gesicht.

Micha reißt das Fenster auf. »Mann, das stinkt echt …« Mit beiden Armen wedelt er frische Luft herein.

»Was ist denn jetzt wieder?«, fragt Papa. »Gibt's nichts zu essen?«

»Die Sahne war hinüber«, antwortet Mama gereizt. »Das kannst du alles wegschmeißen.« Sie deutet fahrig auf die Pfanne, in der es immer noch blasig brutzelt.

Micha schaut sie fordernd an. »Aber ich hab Hunger«, motzt er.

»Ich auch«, sage ich leise. Ich habe wirklich Hunger. Mein Magen schmerzt schon vom vielen Knurren. Ich hab seit heute Mittag nix gegessen.

»Dann lutscht ein bisschen am Daumen«, faucht Mama uns an. O Mann, hat die eine Laune. Ich stell die Abzugshaube aus und werfe einen Blick in den Kühlschrank. Vielleicht kann ich uns ja 'ne kalte Platte machen. Aber wir haben nicht mal mehr Wurst und Käse. Da gibt's eigentlich gar nichts mehr. Nur eine Flasche Ketchup, Gurken und eine verschrumpelte Zucchini.

»Warum ist der Kühlschrank eigentlich so leer?«, fragt Papa.

»Weil ...« Mama beugt sich vor und funkelt ihn an. »Weil ich von morgens bis abends damit beschäftigt war, eure Wäsche in die Maschine zu schmeißen, deine Firma in Gang zu halten, deine Mitarbeiter zu bezahlen, Rechnungen zu überweisen, das Auto in die Werkstatt zu bringen ...«

»Ist ja gut, ist ja gut«, unterbricht Papa sie beschwichtigend. »Dann bestellen wir halt eine Pizza.«

»Nicht wieder Pizza«, seufzt Mama. »Ich kann keine Pizza mehr sehen. Außerdem geht das ins Geld, wenn wir uns dauernd was bestellen.«

»Ähm – mir fällt gerade ein, dass Tante Charlotte gestern eine doppelte Portion Gulasch gemacht hat. Hab's vergessen, dir zu sagen«, werfe ich vorsichtig dazwischen.

»Du vergisst anscheinend so einiges in letzter Zeit, Joshua«, sagt Mama giftig.

»Das eine hat doch jetzt nichts mit dem anderen ...« Ich höre auf zu reden. Mama guckt ja schon wie Eva. Am besten sag ich gar nichts mehr.

»Gut, dann frag ich Charlie, ob was übrig ist«, beschließt

Mama mit einer Miene, als müsse sie sich öffentlich hinrichten lassen.

»Moment mal – wir werden es ja wohl noch ohne deine Schwester schaffen, uns zu ernähren«, poltert Papa. Jetzt geht das wieder los. Papa macht jedes Mal einen Aufstand, wenn Charlotte für uns kocht. Wir hätten das nicht nötig und so. Dabei kocht sie echt gut – jedenfalls besser als Mama. Mama wirkt ein bisschen verzweifelt, wenn sie am Herd steht, und meistens gibt es Nudeln oder Buletten. Wenn Tante Charlotte kocht, hört sie klassische Musik, summt mit und lässt sich mit allem viel Zeit – wie immer. Gäbe es Tante Charlotte nicht, wüsste ich gar nicht, dass man auch Fleisch kaufen kann, das nicht in Plastikpackungen eingeschweißt wurde. Hackfleisch macht sie sogar selbst, mit dem alten schweren Fleischwolf. Aber Papa will sich von ihr nichts schenken lassen.

»Irgendwas wird doch zu finden sein.« Blind zeigt er hinter sich auf den Küchenschrank. Warum steht er nicht auf und schaut nach?

»Nein, es ist nichts zu finden«, jammert Mama entnervt.

»Ich geh runter zu Charlotte«, sage ich schnell und stehe auf. Sonst dreht Mama wirklich noch durch.

»Ich komme mit«, ruft sie mir hinterher und schon auf der halben Treppe holt sie mich ein. Sie stellt sich vor mich, sodass ich nicht weiterlaufen kann.

»Warum, Joschi? Was ist passiert?« Also das Cellostunden-Thema wieder.

»Mama, ich weiß es nicht. Ich hab nicht dran gedacht.«

Sie schaut mich prüfend an.

»Ihr hattet heute euer Voltigieren, stimmt's?«

»Hmhm«, brumme ich und nicke.

Mama äugt kritisch auf meine Hände. »Hast du dich etwa verletzt? Oder tun dir die Knöchel zu sehr weh?«

»Nein.« Jetzt bin ich ebenfalls genervt. »Ich besteh auch noch aus mehr als nur aus meinen Händen. Und warum soll ich mir wehgetan haben?«

»Joshua.« Mama lehnt sich an die Wand und fährt sich mit gespreizten Fingern durch ihre Haare. O weh, nun kommt eine Predigt. »Joshua, das mit den Cellostunden ist wichtig. Es ist wichtig für dich. Du hast nur eine Stunde in der Woche, und wenn du später Musik studieren willst …«

»Wer sagt eigentlich, dass ich das will? Ich weiß jedenfalls nicht, ob ich das will.«

Sie starrt mich einen Moment lang entgeistert an. »Aber was willst du denn dann machen?«

»Keine Ahnung, ich bin gerade mal fünfzehn, woher soll ich das wissen?«

»Aber Joschi, du – es bereitet dir Spaß und du hast solches Talent, du bist Herrn Matutzeks bester Schüler …«

Ich werde langsam sauer. Wir stehen hier hungrig im Treppenhaus und Mama macht mir Vorwürfe, weil ich das erste Mal in meinem Leben eine Cellostunde vergessen habe. Davon geht doch die Welt nicht unter. Mamas aber anscheinend schon. Sie sieht richtig unglücklich aus. Sie schnappt sich meine Hände und will sie untersuchen, doch ich ziehe sie weg.

»Die sind okay. Warum ist dir das mit dem Cello nur so wichtig? Ich finde es nicht schlimm, dass ich meine Stunde vergessen habe. Außerdem hast du vorhin gesagt, dass ich sie morgen nachholen kann. Wo ist das Problem?«

Ich bin außer Atem, weil es ungewohnt ist, so viele Sätze hintereinander zu sagen. Aber ich hab jetzt keine Lust mehr, mit Mama darüber zu reden. Ich stecke meine Hände in die Hosentaschen, drücke mich an ihr vorbei und laufe runter zu Charlotte. Sie hat uns gehört und die Tür angelehnt, damit ich reinkommen kann, ohne mit dem Türklopfer rumzuhämmern. Abwartend hockt sie auf der alten Kommode und lässt ihre grau bestrumpften Beine baumeln.

»Gulasch«, sage ich nur und grinse sie vorsichtig an.

»Hab's bereits gerochen. Ein Kochunfall.« Sie zwinkert mir zu und drückt mir zwei Plastikdosen in die Hand. »Hier, mit Knödeln.«

»Danke, Charlie«, ruft Mama von der Treppe aus. Sie klingt schuldbewusst.

»Schon gut, Kleine«, ruft Tante Charlotte zurück. Daran, dass Charlotte Mama Kleine nennt, werde ich mich wohl nie gewöhnen. Aber für Tante Charlottes Knödel könnte ich sterben. Mama hat sich auf eine Treppenstufe gesetzt und sieht nicht so aus, als wolle sie heute Abend auch nur noch einen Schritt tun. Ich flitze an ihr vorbei nach oben, stelle die Behälter in die Mikrowelle und decke den Tisch.

»Endlich«, seufzt Micha. Papa isst schweigend vor sich hin und stochert auf seinem Teller herum, als sei das Gulasch vergiftet. Es dauert eine Weile, bis Mama dazu kommt.

Ein paar Minuten lang hängt sie schief in ihrem Stuhl und trinkt ab und zu einen Schluck aus ihrer Wasserflasche. Dann richtet sie sich auf und lädt sich den Teller voll.

Die Stimmung bleibt so eisig – sogar Micha ist still, nur der Fernseher dudelt im Wohnzimmer vor sich hin – , dass ich aufstehe und in mein Zimmer gehe, obwohl ich noch nicht satt bin. Wenn ich bei Charlotte in ihrer alten dunklen Holzküche sitze und wir ein Stück Kuchen essen und nichts reden, ist das anders. Da mag ich das. Aber bei uns habe ich immer das Gefühl, dass gleich etwas explodiert oder Papa zu schreien anfängt.

Als ich auf meinem Bett liege, fällt mir ein, was Herr Hanau gesagt hat. »Der neue Gero Meyer.« Ich weiß nicht, wer Gero Meyer ist, und ich hab mich auch nicht getraut zu fragen, denn anscheinend wussten das alle. Vielleicht hab ich irgendwas verpasst, weil ich so wenig ferngucke und kaum im Internet surfe. Ob das so ein Freak ist, über den sich bei YouTube jeder lustig macht? Eins von Michas Handyvideos? Eigentlich könnte es mir egal sein, aber ich denke doch immer wieder darüber nach. Ich weiß nämlich gar nicht mehr, was ich gemacht hab, als ich auf dem Pferd saß. Und schon gar nicht, wie ich mich gehalten habe. Das war in dem Moment unwichtig. Doch ich muss ja was Blödes getan haben, wenn mich die anderen anschließend angestarrt und ausgelacht haben. Es war zwar nicht das Lachen, wie ich es von Micha kenne, aber … nein, ich muss das jetzt wissen.

Wir haben nur einen Internetanschluss im Haus und der ist in Mamas Bürozimmerchen, einer winzigen Kammer mit einem winzigen Schreibtisch und ihrem Laptop. Sonst ist da nix drin. Charlotte hatte Mama angeboten, bei ihr unten ein Zimmer zu nutzen, aber das wiederum fand Papa nicht gut. Er wollte nicht immer runterrennen müssen, wenn er mal eine Frage zu seinen Firmenunterlagen hat. Also muss Mama in der Kammer arbeiten. Ich glaube nicht, dass sie heute noch in der Stimmung dazu ist. Und ich hoffe, dass Micha sich nicht inzwischen hineingeschlichen hat und irgendein Spiel macht oder chattet.

Doch die Kammer ist leer und stickig wie immer. Ich öffne das kleine Kippfenster über dem Schreibtisch und fahre den Computer hoch. Ich google gar nicht erst. Wahrscheinlich ist es ein YouTube-Clip. Mein Herz pocht, als ich die Seite aufrufe und »Gero Meyer« eingebe. Ich schaue nicht auf den Bildschirm, sondern aus dem Fenster, als die Ergebnisse eintrudeln, bis die Neugierde stärker wird als meine Angst. Ich löse meine Augen von dem blassblauen Abendhimmel und kann nicht glauben, was ich da sehe. Alle Clips zeigen Pferde. Voltigierpferde – und einen schlanken großen Mann, der auf ihnen turnt.

Ich muss schlucken, so aufgeregt bin ich. Ich klicke sofort das erste Video an. *Equitana 2009* steht drüber. *Voulting Masters*.

Bis das Video zu laufen beginnt, stolpert mein Herz ungeduldig vor sich hin. Wenn ich einatme, klopft es zu schnell, und wenn ich ausatme erst recht. Dann bewegt sich das Bild endlich. Gero Meyer trägt ein schwarzes Hemd und eine schwarze, gerade geschnittene Hose – keinen Gymnastikanzug also. Nein, das einzig Merkwürdige ist ein rotes Flatterband, das er sich in seine Gürtelschlaufen gezogen hat. Ansonsten wirkt er ziemlich normal. Finde ich jedenfalls. Aber das Pferd ... rabenschwarz, mit einem weißen Voltigiergurt, weißen Bandagen und weißen Ohrenhäubchen – es sieht aus, als wäre es aus einem Märchen entflohen. Nebeneinander laufen die Longenführerin, das Pferd und der Mann im Gleichschritt in die Mitte und die Leute jubeln und pfeifen. Das ist ja fast wie auf einem Rockkonzert.

Dann wird es still. Das Pferd beginnt im Kreis zu traben, dann zu galoppieren, aber Gero Meyer steht nur da und wartet, zupft sich am Hemdkragen, wischt seine Hände an der Hose trocken. Jetzt hebt er den Arm und schreitet dem Pferd entgegen, aufrecht und locker, als würde er sich in aller Ruhe auf das freuen, was er als Nächstes tun wird.

Die Musik setzt ein, und auf einmal habe ich überall Gänsehaut, im Nacken und am Bauch und sogar in den Kniekehlen. Sie ist so stark, dass ich mich schütteln muss. Irgendetwas will raus aus mir. Mir ist es zu eng in meinem Körper.

Der Mann schwingt sich mit einem Satz auf den Rücken des Pferdes und in den Handstand – das sieht so leicht aus, so lässig. Gar nicht schwul. Nicht ein bisschen schwul. Und die Musik ist das absolute Gegenteil von dem, was ich erwartet habe. Eigentlich ist es Michas Musik, so hip-hopmäßig, nicht das, was ich höre, aber sie passt zu dem, was dieser Gero Meyer tut, und das Pferd läuft sogar im Takt dazu ...

Atemlos starre ich auf den Bildschirm. Nun stellt er sich im Galopp aufs Pferd, ohne sich festzuhalten, und streckt die

Arme aus. Der Kloß in meiner Kehle wird immer dicker, und mein Herz fängt an wehzutun. Ich kann kaum mehr atmen.

»He, was soll das!? Klaust du dir meine Musik vom PC oder was?«

Micha. Schon hat er mich mit einem Tritt zur Seite geschoben und starrt auf den Bildschirm. Und dann wieder auf mich.

»Du heulst ja!« Er lacht laut. Seine Stimme überschlägt sich. »O Gott, du heulst wegen einer Tunte, die auf dem Pferd rumtanzt.«

Noch einmal tritt er gegen den Drehstuhl und ich rummse gegen die Wand.

»Ich heule nicht«, entgegne ich und bin froh, dass meine Stimme nicht zittert. »Außerdem tanzt der nicht. Kannst du das denn, dich auf ein galoppierendes Pferd stellen ohne runterzufallen? Meinst du, das macht man einfach mal so?«

Micha schaut mich einen Moment lang verdutzt an. Er ist es nicht gewöhnt, dass ich so viele Sätze hintereinander sage oder ihm widerspreche. Doch dann wendet er sich wieder dem Clip zu.

»Eh, was bildet dieser Affe sich eigentlich ein, zu solcher Musik auf seinem Gaul rumzuhampeln?«

Dieser »Affe« zeigt gerade so eine Art Breakdance und kein Gehampel – sieht Micha das nicht? Bei diesem »Gehampel« kann man sich den Hals brechen, wenn man die Balance verliert. Das ist gefährlich! Ich schlucke krampfhaft, bevor meine Tränen sich selbstständig machen können. Ich hab ewig nicht mehr geheult, und im Moment fühlt sich mein

Kopf so an, als könne und wolle er gar nichts mehr anderes tun. Aber vor Micha zu heulen wäre das Falscheste, was ich jetzt tun könnte. Also würge ich die Tränen hinunter. Der wird mich nicht heulen sehen.

»Gero Meyer«, höhnt Micha. Er klickt das Video weg, ruft Google auf und tippt eine Adresse in den Browser. Komisch. In der Schule ist er nie so schnell.

»Hier, Joschilein. Seine Website. Bestell dir ein Autogramm, das kannste dir übers Bett hängen. Oder besser: Der hat ein Gästebuch. Komm, ich schreib für dich was rein. Lieber Gero«, trompetet er geziert und hackt in die Tasten. Ich versuche, ihm die Tastatur aus den Händen zu ziehen, doch er boxt mich von sich weg.

»Lass das, Micha. Bitte.«

»Lieber Gero, ich hab mich total in dich verliebt und möchte auch mal so werden wie du. Vielleicht können wir ja mal zusammen duschen. Tausend Küsse, dein …«

Ich angle erneut nach der Tastatur. Diesmal kann ich sie vom Tisch fegen. Krachend fällt sie zu Boden. Micha will auf »Senden« drücken, doch ich reiße ihm die Maus rechtzeitig weg.

»Was ist denn hier los? Joshua! Michael!«

Micha greift nach vorne und drückt den Ausknopf. Der Bildschirm wird schwarz, bevor Mama sehen kann, was er gemacht hat.

»Sagt mal, seid ihr von allen guten Geistern verlassen? Ab in eure Betten und zwar sofort.« Mama wirkt noch müder als vorhin. Kopfschüttelnd schaut sie mir nach. Auf dem

Weg zu meinem Zimmer höre ich, wie Micha ihr vorlügt, dass ich versucht hätte, seine Musik vom PC zu klauen. So ein Quatsch. Erstens ist das Mamas Rechner und zweitens kann man keine Musik klauen, die schon runtergeladen ist. Und drittens würde ich nicht mal im Traum auf die Idee kommen, mir freiwillig Michas Rapgedröhne anzuhören.

Ich schließe meine Tür, sperre Michas Lügen aus und lasse mich auf mein Bett fallen. Das, was dieser Gero Meyer da gemacht hat, war verdammt gut. Das war keine Gymnastik, sondern Akrobatik. Eine Mischung aus Tanzen und Turnen. Ich bin mir sicher, dass man eine Menge Kraft haben muss, um da oben so ruhig und ausbalanciert zu bleiben. Micha ist doch sportlich, ich verstehe nicht, warum er das nicht erkennt und es nur lächerlich macht.

Auf einmal erinnere ich mich daran, dass das Pferd gar nicht still gestanden ist, als ich mich heute Mittag runtergeschwungen habe. Es ist noch gelaufen. Trotzdem bin ich, ohne zu schwanken, auf beiden Füßen gelandet. Nur das Gehen hatte sich danach falsch angefühlt.

Wenn Micha seinen Plan wahr macht und dem Gero Meyer was ins Gästebuch schreibt, ziehe ich runter zu Tante Charlotte und lass mich von ihr adoptieren. Dann will ich sofort einen neuen Namen haben.

Ob er wirklich gesehen hat, dass ich den Tränen nahe war? Das waren keine Traurigkeitstränen oder so. Das war nur, weil ich ahnte, wie Gero Meyer sich auf dem Pferd gefühlt haben muss. Und ich möchte das auch fühlen. Ich will genau das machen, und wenn es noch so hart ist, es zu lernen. Ich will das mehr als alles andere auf der Welt. Ganz egal, ob Micha und Papa das lächerlich finden oder nicht.

Ich glaube, wenn ich das nicht hinkriege, werde ich niemals Glück im Leben haben. Dann werde ich immer nur der kleine, blöde, dünne Joschi bleiben. Nein, ich werde mich immer so fühlen, ob ich es nun tatsächlich bin oder nicht.

Und das muss sich unbedingt ändern. Ich muss es ändern.

FOUL

Endlich. Endlich bin ich im Stall. Sofort verfliegt das flaue Gefühl in meinem Magen. Der schwarze Fledermaushund hat schon am Reitplatz auf mich gewartet. Auch jetzt sitzt er neben mir und drückt seine spitze Schnauze gegen mein Bein. Ich habe bislang nicht herausgefunden, was er von mir will, aber ich konnte ihn vorhin zum ersten Mal mit den Fingerspitzen an seinem Nacken berühren, ganz sacht und wie nebenbei. Er hielt still und trippelte dann wieder drei Schritte rückwärts. Es hat ein bisschen von dem wettgemacht, was dieser Tag bisher gebracht hat – nämlich nur Terror. Heute war es so schlimm wie nie zuvor und dennoch glaube ich, dass es nur ein Vorgeschmack war auf das, was in den nächsten Wochen kommen wird. Wenn wir nicht Voltigieren hätten, würde ich wahrscheinlich immer noch eingeschlossen in der Toilette hocken.

Aber da ich unbedingt in den Stall wollte, hab ich mich schließlich nach draußen getraut und bin so schnell an Micha und seinen Freunden vorbeigerannt, dass er mich nicht kriegen konnte. Wie beim Völkerball. Wenn Micha mich zu fassen bekommt, hab ich verloren. Meine einzige Chance besteht darin, abzuhauen. Und das hab ich geschafft.

Micha hat natürlich überall herumposaunt, dass ich

mich in so einen Hampelmann verliebt hätte, der Ballett auf dem Pferd macht. Und dass ich geflennt hätte, als ich ihn mir im Internet angeschaut habe. Ich wusste nicht, dass ich jemand so sehr hassen kann, wie ich Micha heute hasse. Ich hab die meiste Zeit so getan, als wäre er nicht da, doch das gelang mir nicht so gut wie sonst. Ich hab wirklich Angst, dass er Gero Meyer was ins Gästebuch schreibt und es allen zeigt. Niemand wird glauben, dass er es reingeschrieben hat.

Jetzt bin ich erst einmal hier im Stall, in einer garantiert michafreien Zone, obwohl noch Mittagspause ist und ich eigentlich zwischen der Schule und dem Voltigieren hätte nach Hause fahren sollen. Doch das lohnt sich nicht, und ich will nichts essen, bevor ich mich aufs Pferd setze. Vor dem Schulsport hau ich mir schließlich auch nicht den Bauch voll. Außerdem war mir die ganze Zeit so schlecht, dass ich sowieso nichts hätte essen wollen.

Ich hocke mich im Schneidersitz auf den Strohballen neben Sarastros Box und drücke mir die Kopfhörer in die Ohren. Eva ist ebenfalls schon da. Sie lümmelt draußen auf der Bank im Hof rum, starrt wütend auf den Boden und tippt irgendwelche SMS in ihr Handy. Das soll sie ruhig tun. Hauptsache, sie kommt nicht zu mir. Und Hauptsache, ich muss nicht mit ihr eine Zweiergruppe bilden. Ich will jetzt einfach nur ein paar Minuten lang meine Ruhe haben. Der Hund rollt sich auf meinen Füßen zusammen und seufzt tief, bevor seine Lider schwer werden. Auch mir fallen die Augen zu.

»Joshua! Du bist ja schon hier!«

»Hallo, Frau Klein.« Ich schalte den MP3-Player aus und unterdrücke ein Gähnen. Ich konnte nicht mal den ersten Song zu Ende hören. Was macht die denn hier?

Frau Klein blinzelt argwöhnisch über den Boxenrand.

»Puh, der sieht aber ganz schön Respekt einflößend aus.« Na ja, Sarastro ist fast schwarz. Doch besonders groß ist er eigentlich nicht. Frau Klein tritt einen Schritt zurück. Dann wendet sie sich wieder zu mir und schaut mich neugierig an. »Ich hab ja schon Sachen über dich gehört, Joshua ...«

»Was für Sachen?« Hat Micha ihr etwas erzählt? Bitte nicht.

»Na ja, du machst das anscheinend ganz gut hier.« Sie deutet vage auf die Boxen und rüber zur Reithalle. Ich atme erleichtert aus.

»Und heute bekommt ihr sogar Zuschauer«, verkündet sie zufrieden.

»Zuschauer – wieso, wer denn? Wir können doch noch gar nichts.«

Frau Klein lacht. »Die Kletterer haben früher Schluss und kommen euch besuchen. Ich muss euch etwas mitteilen.«

Sie zwinkert geheimnisvoll. Mir ist egal, was sie zu erzählen hat. Ich will nicht, dass die Kletterer in den Stall kommen. Warum kann Frau Klein uns nicht in der Schule sagen, was sie zu sagen hat? Warum hier?

»Okay, Joshua, ich muss ein paar Dinge mit Herrn Hanau besprechen, wir sehen uns dann später!« Etwas zu schnell eilt sie aus der Stallgasse. Ich glaube, Sarastro war ihr nicht geheuer. Ich öffne seine Boxentür und lasse meinen Blick über seine Hufe streifen. Er atmet prustend aus. Dann spüre ich seine langen Barthaare an meinem Ohr kitzeln. Er hat sich mir zugewandt. Ich hebe meine Hand und lege sie ihm auf den Hals. Er drückt sich leicht dagegen. Eine Weile stehen wir so da, bis ich noch einen kleinen Schritt nach vorne gehe und meinen Oberkörper gegen seine Brust lehne. Sein Fell schmiegt sich warm an meinen Bauch.

»Knutschst du jetzt etwa mit Pferden rum?« Ich schaue auf. Eva steht in der Stallgasse und äugt missbilligend zu mir rüber. Sie hat wieder keine Sportklamotten an. Niemals wird Herr Hanau sie in diesem Aufzug aufs Pferd lassen.

»Was willst du?«, frage ich zurück. Sarastro wird unruhig und ich löse mich von ihm.

»Du sollst ihn fertig machen.« Sie zeigt auf Sarastro, ohne ihn anzugucken. Plopp, lässt sie eine dicke rosa Kaugummiblase platzen. Sarastro schüttelt seine Mähne und schnaubt.

»Ich oder wir?«, vergewissere ich mich leise.

»Na wir.« Eva grinst mich hämisch an. »Also du.« Sie spuckt auf den Boden. »Stehst doch auf ihn. Vielleicht geht dir ja einer ab dabei.«

Ich angle nach dem Halfter und ziehe es Sarastro über. Als ich ihn auf die Boxengasse führe, verschwindet Eva nach draußen auf den Hof. Ich mache Sarastro gerne fertig. Liebend gerne sogar. Aber ich bin nicht Evas Sklave. Warum teilt Herr Hanau mich nur immer mit ihr in eine Gruppe ein – er sieht doch, wie sie sich aufführt. Ich kapier das nicht.

Will er mich bestrafen? Und wenn ja, wofür? Weil ich vom laufenden Pferd gesprungen bin?

Sarastro hat eine Menge Mist in den Hufen. Mist und Schlamm und Steinchen. Und dauernd versucht er, seinen linken Hinterhuf wegzuziehen. Sobald ich nachgebe, setzt er ihn auf den Boden. Das funktioniert so nicht. Als er das nächste Mal zieht, lasse ich meine Hand dran und sage ruhig »Nein«. Und plötzlich hält er still.

Anschließend ist die Boxengasse voller Dreck. Also schnappe ich mir den Besen und gehe zu Eva, die draußen auf der Bank rumhängt.

»Ich mache Sarastro fertig, du kehrst. Okay?«

Sie lacht kalt und schaut mich an, als sei ich ein widerliches Insekt, das zu nahe an sie herangeflogen ist.

»Das glaubst du ja wohl selbst nicht, Joshua.«

»Doch«, sage ich und drücke ihr den Besen in die Hand.

Als ich wieder im Stall bin, höre ich sie durch die offenen Boxenfenster vor sich hin fluchen. Ich warte, aber sie kommt nicht nach. Herr Hanau ruft mich in die Halle und ich höre die Stimmen der anderen Mädels. Wenn die Boxengasse dreckig bleibt, krieg ich Ärger. Ich nehme den größeren Besen vom Haken und fege hastig das schmutzige Heu in die Ecke. Eva wird's ja doch nicht tun.

Ich binde Sarastro los und laufe mit ihm zur Halle. Er ist ganz schön schnell, aber ich will nicht zulassen, dass er sich vor mich drängt. Also bleibe ich stehen, um ihm zu zeigen, dass ich das Tempo angebe und nicht er, und erst dann gehe ich weiter.

Die Halle sieht anders aus als beim letzten Mal. Zwei Böcke auf Stelzen stehen in der Mitte und unsere Mädels turnen darauf herum. Das ist ja fast wie im Sportunterricht. Rechts läuft Pollini im Kreis. Ich rufe »Tür frei!«, wie Herr Hanau es uns beigebracht hat, und führe Sarastro zu der jungen Frau, die ich bereits kenne. Sie lehnt in der linken Hallenhälfte an der Bande und winkt mich zu sich.

»Ich bin übrigens die Lena«, sagt sie und lächelt mich freundlich an, als ich ihr Sarastro überreiche.

»Joshua«, antworte ich automatisch.

»Ich weiß.« Sie lacht, als wäre das ganz selbstverständlich, dass die Leute hier wissen, wer ich bin. Verlegen gehe ich rüber zu den Mädels.

»Boah, der ist so schön, der Sarastro«, höre ich Katharina raunen.

Als ich bei ihnen bin, wenden sie sich ab und tuscheln. Maja und Biggi zischeln so laut, dass ich alles verstehen kann.

»Ich würd den auch gerne mal putzen«, seufzt Maja flüsternd.

»Ich frag mich, warum der Joshua den immer fertig machen darf«, beschwert sich Biggi. »Das ist echt ungerecht.«

Na ja, was heißt immer. Bisher nur zwei Mal. Und außerdem bin ich mit Eva in einer Gruppe. Das ist ebenfalls ungerecht.

»Ja, warum kriegen wir den nicht?«, tuschelt Maja etwas lauter.

»Das kann ich euch sagen«, dröhnt Herr Hanaus Stimme

hinter mir. Sarah rutscht vor Schreck vom Bock und Maja läuft rot an. Fragend blickt sie zu Herrn Hanau hoch.

»Maja, dann geh doch mal zu Sarastro rüber und bring ihn hier her. – Loslassen!«, ruft er Lena zu. Maja stapft forsch auf Sarastro zu.

»Hallo, mein Schöner. Da bist du ja, nun kommst du mal mit … ja, du kommst jetzt mit, Süßer.« Ich weiß nicht, ob Sarastro das mag, wenn sie ständig auf ihn einredet. Er weicht ein Stück zurück und plötzlich blitzt das Weiße in seinen Augen auf. Maja greift hektisch nach vorne, will sich sein Halfter schnappen. Doch Sarastro wendet sich abrupt von ihr ab und galoppiert zur Bande hinüber. Maja dreht sich ängstlich zu uns um. Ihre Nasenspitze ist weiß geworden.

»Komm wieder her«, ruft Herr Hanau, während Sarastro sich an die Bande presst und sein Schweif aufgeregt hin- und herpeitscht.

»Jetzt du, Josh.«

Ohne zu denken und ohne ihm in die Augen zu sehen, gehe ich langsam, aber gleichmäßig auf Sarastro zu. Was hat der Junge mit den blonden Locken gesagt? Im Zweifelsfall singen. Doch ich weiß nicht, ob das in diesem Moment richtig ist. Vielleicht ist es besser, so zu atmen, wie ich es beim Singen und Cellospielen mache. Tief in den Bauch hinein. Jetzt bin ich ihm ganz nahe. Aber ich lasse mir Zeit, bleibe ein paar Atemzüge neben ihm stehen, bis ich gemächlich an sein Halfter greife, mich umdrehe und losmarschiere, zurück zu den anderen. Ich kann es kaum fassen: Sarastro folgt mir.

Maja schaut mich mit großen Augen an. Herr Hanau nickt mir knapp zu.

»Warum hat es bei ihm geklappt und bei Maja nicht?«, fragt er die Mädels. Er kramt ein Leckerli aus der Tasche und gibt es Sarastro. Krachend zerkaut er es und gelber Schaum tropft aus seinem Maul auf mein Handgelenk herunter.

Maja zuckt hilflos mit den Schultern. Auch die anderen sagen nichts.

»Weil Josh nicht quasselt wie ein Wasserfall, ruhige Bewegungen macht und trotzdem entschlossen ist. Sanfte Konsequenz – ohne das geht es nicht. Pferde brauchen jemanden, der sie führt. Und sie brauchen jemanden, der nicht hektisch wird. Kein Gezappel. Keine zu schnellen Bewegungen. Und vor allem keine Angst.«

Die Worte hallen in meinem Kopf wider. Ich möchte sie mir aufschreiben. Sie mir jeden Abend vor dem Einschlafen durchlesen. O, warum nur ist Micha nicht da. Vor zehn Minuten wäre ich davongerannt, wenn er hier gewesen wäre. Aber jetzt – jetzt hat jemand etwas Gutes über mich gesagt. Zumindest indirekt. Andererseits ging es nur darum, ein Pferd durch die Halle zu führen. Darüber würde Micha wahrscheinlich lachen.

Trotzdem fühle ich mich für einen Moment leicht und frei. Obwohl ich das alles noch gar nicht richtig glauben kann. Doch es stimmt, was Herr Hanau gesagt hat. Ich habe keine Angst vor Sarastro.

Den Rest der Stunde tuscheln die Mädchen nicht mehr. Wir haben zu viel zu tun, um zu reden. Erst müssen wir üben, uns auf den Bock hochzuschwingen. Hände an die Griffe, Oberkörper vorbeugen, mit den Füßen abstoßen, Beine nach hinten hoch. Und dann aufsitzen. Lena betreut uns, während Herr Hanau und eine ältere Frau die Pferde im Kreis traben lassen und aufwärmen. Eva hockt zwischen Bande und Hallenwand auf der Mini-Tribüne und starrt durch uns hindurch. Und seltsamerweise versucht keines der anderen Mädels, sie zum Mitmachen zu überreden. Niemand beachtet sie und wahrscheinlich ist ihr das gerade recht.

Ich hab den Dreh schnell raus. Schon beim dritten Mal klappt es. Doch es kostet Kraft, wenn man das immer wieder macht. Ich spüre meine Finger kaum noch und meine Arme werden langsam taub.

Dann dürfen wir es bei Pollini versuchen – und zwar, wenn er trabt. Nicht aus dem Stand. Wir sollen den Schwung des Pferdes nutzen. Herr Hanau sagt, dass es leichter sei, aus den schnellen Gangarten aufzusitzen als aus dem Stand. Alle anderen außer mir saßen schon mal auf einem trabenden Pferd. Sie werden nicht runterstürzen, wenn sie es geschafft haben, sich hochzuschwingen. Aber ich?

Trotzdem kann ich es kaum abwarten. Ich bin gespannt und freue mich sogar ein bisschen, nur reden kann ich nicht mehr. Auch die Mädels sind verstummt.

Lena zeigt uns an Sarastro, wie es funktioniert. Wir müssen uns im Laufen die Haltegriffe vom Gurt angeln und uns daran hochziehen. Und vorher hüpft man ein paar Schritte im Takt der Hufe mit, bis man im Rhythmus mit dem Pferd ist und in Ruhe Schwung holen kann.

Als ich Lena beobachte, erkenne ich, dass es bei mir nicht hinhauen wird. Das Problem ist, dass ich zu klein bin, um nach den Griffen zu angeln. Auch Susanne und Linda haben Schwierigkeiten. Sie sind vor mir dran und ich weiß, dass sie ein bisschen größer sind als ich. Lena muss ihnen Hilfestellung geben.

»Das wird nicht klappen«, sage ich zu Herr Hanau, als er mich aufruft. Ich deute auf meine Arme. »Die sind zu kurz.« Susanne und Katharina kichern.

»Du probierst es beim Schwarzen«, erwidert er nur und deutet zu Sarastro.

In dem Moment poltern auf einmal Micha und seine Freunde auf die kleine Tribüne, auf der Eva sitzt und ihre Knie anstiert. Frau Klein ist nicht dabei. Jetzt sind meine Arme nicht mehr nur taub. Sie sind zudem bleischwer geworden. Ich weiß nicht, ob ich sie überhaupt noch heben kann. Micha sagt etwas zu seinen Freunden. Sie lachen laut und verstummen erst, als Herr Hanau sie lange und drohend anguckt.

Lena lässt die Longierpeitsche zucken und Sarastro fällt in einen weichen, geschmeidigen Trab.

»Jetzt!«, fordert Herr Hanau mich auf und ich laufe in die Mitte des Kreises. Es ist still geworden. Aber ich traue der Stille nicht. Wenn Micha da ist, bleibt es nie lange still. Ich warte ein, zwei Trabschritte ab, dann hebe ich meine Arme und packe die Haltegriffe. Hüpfe mit. Will Schwung holen.

»Bumm!« Ich habe die Griffe noch in den Händen, als Sarastro sich aufbäumt und zur Seite ausbricht. Sofort lasse ich los, werde zu Boden geschleudert und kugle mich in die andere Richtung weg, nur fort von seinen Hufen, die über meinem Kopf wirbeln. Sie treffen mich nicht. Der Sand unter mir vibriert, als Sarastro wegstürmt. Lena ruft irgendetwas und die Longierpeitsche streift meinen Rücken. Ich springe auf und schaue mich um. Meine Klamotten sind voller Staub und Dreck, aber mir tut nichts weh. Trotzdem sehe ich immer noch Sarastros Hufe vor meinen Augen tanzen.

Von der Bande ertönt lautes Gelächter. Micha hat sein Handy in der Hand und rempelt Max begeistert den Ellenbogen in die Seite. Ich glaube, ich weiß, was das für ein Knall war. Micha hat sich mal so ein bescheuertes Explosionsgeräusch als SMS-Signalton runtergeladen. Und den hat er wohl wieder aktiviert. Extra für mich.

»Raus! Sofort!«

Sarastro reißt den Kopf nach oben und schnaubt. Das Gelächter von Micha und den anderen erstirbt. Mit baumelnden Armen geht Herr Hanau auf ihn zu. Micha wird unruhig. Er dreht sich um und schaut nach hinten, fast so, als suche er nach einer Fluchtmöglichkeit.

»Raus aus meiner Halle!«, brüllt Herr Hanau. Sarastro tänzelt nervös auf der Stelle. Ich gehe zu ihm und tätschle ihm beruhigend den Hals.

»Herr Hanau, entschuldigen Sie bitte, ich war auf der Toilette ...«

Auf einmal steht Frau Klein im Halleneingang. Micha und seine Freunde können nicht raus. Sie versperrt ihnen den Weg. Verunsichert fährt sich Micha über den Hinterkopf.

Ich kann Herrn Hanaus Gesicht nicht sehen, doch er muss ziemlich wütend sein. Wenn ich ein Pferd wäre, würde ich vor ihm zurückweichen.

»Wir arbeiten hier!«, knurrt Herr Hanau unwirsch. »Entweder alle anderen verschwinden oder Sie sorgen gefälligst dafür, dass Ihre Schüler still sind. Aber ich dulde nicht, dass meine Pferde verrückt gemacht werden. Das ist gefährlich!«

»Natürlich, Herr Hanau, wir sind still. Micha, hast du gehört?«

Micha nickt widerwillig, lässt sich auf die Bank zurückfallen und verschränkt die Arme vor der Brust, als hätte man ihn zutiefst beleidigt.

»Okay, Josh, willst du es noch mal versuchen?« Herr Hanau wendet sich mir zu. Sein Gesicht ist friedlicher, als ich dachte. Ich nicke nur. Reden kann ich jetzt sowieso nicht. Und ich will es probieren. Ich will es wirklich, selbst wenn ich mich dabei blamiere. Ich gehe erst zum Bock und mache eine letzte Trockenübung. Dann wende ich mich Sarastro zu. Lena hat ihn übernommen und zum Traben gebracht. Sie nickt mir aufmunternd zu. Herr Hanau hebt die Hand. Das ist mein Zeichen.

Ich mache es wie vorhin. Im Takt mithüpfen, Schwung, hoch.

»Jetzt!«, ruft Herr Hanau. Und schon sitze ich oben. Zuerst schüttelt der Trab mich durch. Ich weiß gar nicht, wie ich atmen soll. Doch dann konzentriere ich mich auf die Bewegungen der Pferdemuskeln unter mir und auf einmal ist mir klar, woran es liegt. Ich ziehe meine Knie zu sehr hoch. Dadurch schmeißt mich Sarastros Rücken ein paar Zentimeter in die Höhe. Jedes Mal aufs Neue. Ich versuche, die Knie locker fallen zu lassen. Nun fühlt es sich besser an.

»Rücken gerade!«, ruft Herr Hanau. »In der Hüfte mitschwingen, ja, so!«

Ich höre Micha und seine Freunde anzüglich lachen, aber ich blende ihre Stimmen aus und achte nur auf Herrn Hanau. Tausend Anweisungen prasseln auf mich ein. Ich hab keinen Platz im Kopf, um an Micha zu denken, so sehr muss ich mich konzentrieren. Beine an den Pferdeleib. Schultern sacken lassen. Hände nicht so verkrampft. Rücken gerade. Knie entspannen. Ich mache furchtbar viel falsch. Und je mehr ich versuche, das zu tun, was Herr Hanau sagt, desto heftiger wehren sich meine Muskeln und Gelenke dagegen. Aber ich will oben bleiben. Von mir aus, bis meine Hände bluten und ich in beiden Waden Krämpfe habe.

»Sollen wir dir runterhelfen oder möchtest du wieder abspringen?«, fragt Herr Hanau und Lena lacht vergnügt.

»Darf ich das denn?«, frage ich atemlos zurück. Ich bin völlig außer Puste.

»Bitte!« Er macht eine kleine ironische Verbeugung. »Aber diesmal Beine nach hinten, seitlich drüber, beim Aufkommen in den Knien mitschwingen, ein paar Schritte mitlaufen. Dann erst stehen bleiben. Okay?«

Das ist irgendwie fast so, als wolle man aus einem fahrenden Zug springen. Beim letzten Mal ist Pollini Schritt gegangen. Doch das hier ist Sarastro. Und er trabt. Für einen winzigen Augenblick habe ich Angst. Doch sie kommt zu spät – ich habe schon losgelassen. Kurz reißt es mich nach vorne, als ich mit den Füßen den Boden berühre, aber ich laufe mit, bis ich mein Gleichgewicht gefunden habe, und komme langsam zum Stehen, ohne zu fallen.

»Na also«, brummt Herr Hanau zufrieden. Dann packt er mich am Arm und zieht mich an sich heran. »Wenn du zu ihr genauso bist wie eben zu Sarastro, wird sie die Stallgasse kehren. Setz dich durch.«

Unvermittelt lässt er mich los und schickt mich mit einem Klaps auf den Rücken zu den anderen zurück, die neben dem Holzpferd auf mich warten.

»Wie hast du das gemacht?«, platzt es aus Susanne raus. Katharina guckt mich erstaunt blinzelnd an.

»Eh, du bist ja voll das Talent, das wusste ich gar nicht.«

»Ich auch nicht«, sage ich, und nun lachen sie wieder, aber diesmal klingt es nicht so verächtlich wie sonst. Frau Klein klatscht begeistert in die Hände.

»Toll, Joshua, ganz toll.« Mir ist das peinlich. Sie soll bloß aufhören.

Ich drehe ihr, Micha und seinen Freunden den Rücken zu, bis Herr Hanau Sarastro den Gurt und die Trense abgenommen hat, sodass ich ihn noch ein wenig in der Halle herumführen kann. Zwischendurch wirft er sich auf den Boden und wälzt sich ausführlich. Ich trete ein paar Schritte zurück, damit mich seine Hufe nicht erwischen, aber einen Moment lang habe ich Lust, mich ebenfalls im Sand zu suhlen. Es sieht so genüsslich und zufrieden aus.

Während Sarastro sein Staubbad auskostet, erzählt Frau Klein, was sie mit uns vorhat. Wir sollen am Ende des Schuljahres vor den anderen unser neu erworbenes Können demonstrieren – so formuliert sie es jedenfalls.

»Jede Gruppe macht eine Vorführung – die von den Voltigierern findet hier im Stall statt, im Zuge des großen Vereinsturniers Mitte Juli. Der ganze Jahrgang wird euch zusehen. Und eure Eltern sollen natürlich auch kommen. Na? Einverstanden?« Sie strahlt. Ich kann mich nicht recht freuen. Denn das bedeutet, dass Micha wieder dabei sein wird. Ich kann das Johlen und Lachen der anderen jetzt schon hören. Und meine Eltern werden sowieso nicht kommen. Die haben fast nie Zeit für so etwas.

Es ist richtig anstrengend, Sarastro zu putzen. Überall klebt Sand an seinem Fell. Der Staub knirscht zwischen meinen Zähnen und meine Augen tränen. Ich hab keine Ahnung, wie ich umsetzen soll, was Herr Hanau mir gesagt hat – nämlich Eva dazu zu bringen, mir zu helfen. Eva ist kein Pferd. Eva ist ein Mädchen. Ich bin ein bisschen sauer auf ihn. Er weiß ganz genau, dass Eva mich alles machen lässt. Warum tut er nichts dagegen? Warum schreit er sie nicht an, wie er Micha angeschrien hat? Er ignoriert sie.

Als Sarastro endlich sauber ist, schicke ich ihn in die Box, nehme den Besen und suche nach Eva. Sie steht draußen an der Tränke, mit hängendem Kopf und blassem Gesicht, und Frau Klein redet auf sie ein. Nee, da will ich jetzt nicht stören. Das sieht ernst aus. Und ich hab keine Lust, dass Frau Klein mich wieder mit Lob zuschüttet.

Also kehre ich doch alleine die Stallgasse und vergesse beinahe zum zweiten Mal, dass ich nachher noch Cellostunde habe.

Der schwarze Hund begleitet mich zur Bushaltestelle. Dann ertönt vom Stall ein Pfiff und er trippelt auf seinen kurzen Beinen zurück zum Reitplatz.

Ich weiß gar nicht, wie ich die Tage bis zur nächsten Voltigierstunde hinter mich bringen soll.

Ich wünschte, sie wäre schon morgen.

HARMONIEWECHSEL

»Um Himmels willen, Joshua, was ist denn das?«

Ich lasse den Bogen sinken. Herr Matutzek grapscht nach meinen Fingern und zieht sie zu sich heran. Es tut weh. Ich atme keuchend durch die Zähne aus. Außerdem möchte ich nicht, dass der mich einfach so anfasst.

Er zerrt meine Hand grob herum und starrt auf meine Fingernägel.

»Eine Zumutung!«

Ich finde ja, dass sein Mundgeruch eine Zumutung ist. Und ich will, dass er mich loslässt. Ich versuche, meine Hand wegzuziehen, doch er schließt seine warmen klebrigen Finger nur noch fester um meine Knöchel.

»Ich weiß nicht, was Sie meinen …«

»Nein!?« Er dreht meine Hand wieder um und hält sie mir dicht vors Gesicht. »Dann sieh dir mal deine Nägel an. So – haben – Cellistenhände – nicht – auszusehen. Badezimmer!«

Er nimmt mir das Cello ab und deutet auf die grüne Tür. Okay, das hatten wir schon mal, als ich gerade erst bei ihm angefangen und vor der Cellostunde mein Wasserfarbenbild für den Kunstunterricht fertig gemalt hatte. Meine Finger waren bunt gescheckt gewesen und meine Nägel zu lang.

Aber seitdem hatte ich nie wieder zu lange Nägel. Und erst recht keine schmutzigen Hände.

Jetzt sind sie allerdings nicht besonders sauber, das muss ich zugeben. Sarastros Staubbad sei Dank. Ich hatte keine Zeit mehr, sie ausführlich zu reinigen, sonst hätte ich die Cellostunde erneut verpasst. Ich stehe wortlos auf.

Die grüne Tür führt mich in Herrn Matutzeks grünes Bad mit all den goldumrandeten Spiegeln und dem grünen Frotteeplüsch auf dem Klodeckel. Meine Hände schmerzen, als ich sie unter den Wasserstrahl halte und schrubbe. Irgendwie tut mir alles weh. Mein Hintern, meine Oberschenkel, mein Nacken und ganz besonders meine Hände. Ich bin das nicht gewöhnt. Weder das Kehren noch das Hufeauskratzen noch das Sitzen und Turnen auf dem Pferd. Ich lasse meine Finger unter dem kühlen Wasser spielen, als lägen sie auf den Cellosaiten. Doch, das geht noch. Sie sind noch immer genauso beweglich wie vorher.

Als Herr Matutzek mich damals nach dem Wasserfarbenunfall in sein hässliches grünes Bad geschickt hat, hab ich geheult. Ich schämte mich schrecklich für meine bunten Hände mit den etwas zu langen Nägeln. Denn es stimmte ja, was er sagte – man kann nicht gut Cello spielen, wenn die Nägel auch nur einen Millimeter überstehen. Sauber müssen die Hände nicht zwingend sein, das nicht, aber Herrn Matutzek ist es wichtig. Für ihn gibt es nichts Schlimmeres als schmutzige Hände. Hände, sagt er, sind die Visitenkarte eines Musikers und sein wertvollstes Werkzeug.

Heute schäme ich mich nicht. Es ist mir unangenehm,

mehr nicht, und das vor allem deshalb, weil Herr Matutzek sich so aufregt und mich, ohne zu fragen, anfasst. Aber nicht weil man meinen Händen ansieht, dass ich ein Pferd geputzt habe. Als ich wieder ins Unterrichtszimmer komme, sieht er immer noch nicht besser gelaunt aus. Stumm zeige ich ihm meine Finger.

»Und was ist das?«, fragt er und zupft an meinem Ärmel. Pferdehaare rieseln zu Boden. Stimmt. Sarastro hat beim Putzen furchtbar viel Fell verloren – wahrscheinlich weil es endlich wärmer wird. »Tierhaare? Habt ihr jetzt etwa eine Katze? Ich bin allergisch gegen Katzen!«

»Nein«, antworte ich geduldig. »Das sind nur Pferdehaare.«

»Pferdehaare? Du warst reiten? Bist du des Teufels?« Herr Matutzek springt von seinem schwarzen Klavierhöckerchen auf und fuchtelt anklagend mit dem Zeigefinger vor meiner Nase herum.

»Nein«, sage ich nicht mehr ganz so geduldig. »Voltigieren. Das ist Akrobatik auf dem …«

»Ich weiß, was Voltigieren ist! Gott, Joshua, was ist nur in dich gefahren? Im September ist Jugend musiziert und du steigst auf ein Pferd?«

»Ja und? Die anderen Jungs klettern, da könnte ich mir auch wehtun.« Hat der sich mit Mama abgesprochen? Langsam hab ich das Thema satt.

»Papperlapapp!«, ruft Herr Matutzek empört. Er setzt sich wieder und der Hocker schwankt bedrohlich. »Wenn du fällst und das Pferd tritt auf deine Hand – zack!« Er macht eine

Bewegung, als würden ihm auf einen Schlag alle Finger abfallen. »Aus und vorbei!«

Und das wäre heute beinahe passiert. Aber eben nur beinahe. Ich konnte mich rechtzeitig wegrollen.

»Knochen wachsen auch wieder zusammen«, versuche ich ihn zu beruhigen.

»O ja, das tun sie«, ereifert sich Herr Matutzek. Inzwischen sieht er richtig zornig aus. »Krumm und schief. Deine Hände werden nie mehr so sein wie vorher. Joshua, denk an den Wettbewerb – der Wettbewerb!« Er wirft seine dürren Arme in die Luft.

»Aber ich hab Ihnen doch schon gesagt, dass – ich – äh – ich möchte da eigentlich gar nicht mitmachen. Ich spiele lieber für mich.«

»Für mich«, wiederholt Herr Matutzek kopfschüttelnd und reibt sich seine Nase. »Joshua. Das ist nicht dein Ernst. ›Für mich‹. Ist das hier ein Wunschkonzert oder was?«

Ich schaue auf meine Noten. Es ist mein Ernst, ich will lieber nur für mich spielen. »Kann ich das nicht selbst entscheiden, wo ich spiele und wo nicht? Ich meine, ich …«

»Jetzt hör mir mal zu, mein junger Freund«, fällt Herr Matutzek mir ins Wort. »Du bist talentiert, sehr talentiert, und Talente müssen gefördert werden. Es geht hier außerdem nicht nur um dich. Man erwartet von mir, dass ich mit meinen Schülern antrete. Man erwartet, dass ich mit dir antrete. Und das werden wir. Mit dem Konzert mit Philipp Glass. Oder mit Saint-Saëns. Das kannst du dir aussuchen.«

»Keins von beiden. Ich möchte das nicht«, sage ich leise, aber Herr Matutzek hat sich schon wieder ans Klavier gesetzt und greift in die Tasten.

»Spiel«, herrscht er mich an. »Na los, Joshua! Später im Studium fragt dich auch niemand, ob du gerade Lust darauf hast oder nicht!«

Ich kann so nicht spielen. Das geht nicht. Nicht, wenn er mich anschreit.

Herr Matutzek dreht sich zornig zu mir um. Irgendwie sieht er nicht nur zornig, sondern auch hilflos aus. Wie Maja vorhin bei Sarastro.

»Entschuldigen Sie, Herr Matutzek, aber ich kann nicht spielen, wenn Sie so schreien. Und ich weiß noch gar nicht, ob ich Musik studieren will. Und ich möchte keine Vorspiele machen. Jedenfalls nicht andauernd. Keine Wettbewerbe. Ich will einfach nur gut Cello spielen können. So, dass es sich schön anhört.«

Herr Matutzek rauft sich die Haare und blickt an die Decke. Das tut er sehr lange, obwohl es da oben nicht das Geringste zu sehen gibt. Das Cello lehnt schwer an meinen schmerzenden Oberschenkeln und es kommt mir fast so vor, als ob es zu mir spricht, als ob es gespielt werden möchte. Es wartet.

Herr Matutzek sagt nichts mehr, fährt sich nur ab und zu durch die Haare und seufzt. Mein Herzschlag wird ruhiger.

»Nur für mich«, wiederholt Herr Matutzek noch einmal fassungslos und vergräbt sein Gesicht in seinen Händen. »Das gibt es doch gar nicht.« Und wieder schweigt er.

Irgendwann fange ich an zu spielen, ich muss einfach – erst ganz leise, dann so, wie es in den Noten steht: forte, fortissimo, piano, kräftiger und wieder zarter und nach einigen Takten höre ich, wie sich der Klang des Klaviers dazu schleicht, behutsam und fragend. Ich antworte mit meinen Saiten. Die letzten Takte klingen schön, so schön, dass ich eine Weile meine Augen schließe, nachdem ich den Schlusston gespielt habe. Die Wanduhr schlägt fünf. Die Stunde ist zu Ende.

»Das ist eine Schande, Joshua«, flüstert Herr Matutzek erstickt.

Ich packe mein Cello ein, lege ihm das Geld auf den Tisch und stehle mich rückwärts aus dem Raum, das Cello fest und sicher in meinem Arm. Als ich langsam die Tür zuziehe, sitzt Herr Matutzek immer noch gebeugt und mit dem Rücken zu mir am Klavier. »Ich will ja weiterspielen«, sage ich leise. »Ganz bestimmt. Ich laufe Ihnen nicht weg.« Aber er reagiert nicht.

Ich bin traurig, als ich im Bus sitze und unser hektisches Haus immer näher rückt. Traurig, weil es so lange dauert, bis die nächste Voltigierstunde stattfindet. Traurig, weil Herr Matutzek sich so aufgeregt hat – und weil ich am Schluss Tränen in seinen Augen glitzern gesehen habe. Traurig, weil ich ihn trotzdem nicht wirklich mag. Und weil Frau Klein heute von der Abschlussvorführung gesprochen hat.

Das ist schon in acht Wochen. In zwei Monaten. Nur zwei Monate mit Sarastro und dem schwarzen Hund. Das ist zu kurz. Das wird nicht reichen, damit alles anders wird. Es wird einfach nicht reichen.

Auswärtsspiel

»Endlich!«, stöhnt Mama und lässt sich in den Beifahrersitz sinken. »Haben wir alles? Badesachen? Kühltasche?«

»Was heißt hier endlich?«, fragt Papa gereizt. »Das war ein Traumwochenende. Ein Traum!«

Ja, das hat er auch mindestens stündlich betonen müssen. Am Donnerstag, am Freitag, am Samstag und am Sonntag, von morgens bis abends, bis seine Steaks auf dem Grill lagen. »Ein Tag wie Samt und Seide.« Ich muss immer grinsen, wenn Papa das sagt, denn es gibt wohl nichts, was so wenig zu ihm passt wie Samt und Seide. Aber dieser Spruch gehört zum Campen dazu wie Michas nächtliche Fürze und Mamas grässlicher Nudelsalat mit den Wurststückchen drin, von dem sie selbst kaum isst. Das ist auch so etwas, was ich bei Mama nicht verstehe. Dass sie Gerichte kocht, die ihr eigentlich gar nicht schmecken. Ich kann auf diesen Nudelsalat jedenfalls verzichten.

Und aufs Camping erst recht. Ich bin genauso froh wie Mama, dass Sonntagabend ist und wir wieder nach Hause fahren können. Es war schlimm genug, dass das Voltigieren wegen Fronleichnam flachgefallen ist und ich das ganze verlängerte Wochenende mit Micha verbringen musste. Nachdem er mich nachts zweimal im Schlaf so weit an den Rand geboxt hat, dass ich beinahe aus der Koje gepoltert wäre, hab ich auf einer Luftmatratze im Vorzelt gepennt und mich von unzähligen Mücken zerstechen lassen. Aber immer noch besser, als Michas Ellenbogen in die Rippen zu kriegen.

Papa lässt den Motor an und bugsiert den Wohnwagen durch all die anderen Zelte und Caravans aus dem Campingplatz hinaus. Es kommt mir vor, als würden sich Gefängnistüren öffnen und als wäre die Luft plötzlich reiner.

»Ich kann es kaum erwarten, mich unter unsere Dusche zu stellen. Ganz alleine. Ohne Fußpilz«, seufzt Mama.

»Hast du Fußpilz?«, fragt Papa irritiert.

»Nein, aber hier wimmelt es sicher davon.«

»Och Nina, jetzt mach mal einen Punkt. Das ist ein preiswerter schöner Urlaub und hier sind wir unsere eigenen Herren, haben unser Revier, sind frei und unabhängig …«

»Frei?«, ruft Mama belustigt. »Das nennst du frei? Unser Balkon ist größer als dieses vertrocknete Rasenstück, das sie uns auf dem Platz zugewiesen haben. Das ist doch keine Freiheit. Oder ist es Freiheit, sich mit zig anderen das Klo zu teilen und sich am Seeufer gegenseitig auf die Füße zu trampeln?«

Ich kenne diese Diskussion in- und auswendig. Mama und Papa führen sie jedes Mal, wenn wir vom Campen nach Hause fahren. Papa ist traurig, dass es heimwärts geht, Mama dagegen ist glücklich darüber. Was Papa wiederum noch miesepetriger stimmt, denn er erwartet, dass Mama auch traurig ist, wenn der Urlaub vorbei ist. Mama sagt dann, es wäre paradox, dass ihr eigener Mann sich wünsche, sie traurig zu sehen. Außerdem komme sie ja mit. Meistens endet die Diskussion damit, dass sich beide immerhin darin einig sind, sich sowieso keinen anderen Urlaub leisten zu können, und dass Campingurlaub am See immer noch besser sei als gar nichts. Oder »als deiner Schwester beim Unkrautrupfen zuzusehen«, wie Papa es gerne ausdrückt.

Ich schließe die Augen und lehne meinen Kopf gegen das Autofenster. Das einzige Gute am Camping ist tatsächlich der See. Drei Mal am Tag bin ich weit rausgeschwommen und meine Ausdauer wurde zunehmend besser. Denn die brauche ich. Daran hapert es beim Voltigieren noch. Manchmal kann ich einfach nicht mehr, das habe ich schon bei den ersten Malen gemerkt. Dann schaffe ich es nicht, mich hochzuschwingen, weil mir die Kraft ausgeht. Und ich muss mich in jeder Stunde sicherlich sechs bis sieben Mal aufs Pferd wuchten und wieder abspringen und spätestens nach dem fünften Versuch werden meine Arme und Beine lahm und Herr Hanau muss mir hochhelfen. Das fuchst mich. Ich möchte das ändern.

Aber ansonsten läuft es gut. Und eines steht fest: Ich bin besser als die Mädels. Vielleicht ist das kein Wunder, weil Jungs ohnehin stärker sind als Mädchen. Ich weiß es nicht. Ich hab keinen Vergleich. Doch eigentlich kann ich mir kaum vorstellen, dass ich kräftiger bin als die.

Inzwischen laufen die Stunden so ab, dass wir die Aufwärmübungen gemeinsam machen und danach kümmert sich Lena um die Mädels, während Herr Hanau mir Einzeltraining auf Sarastro gibt. Ich hab mit den Mädchen also immer noch nicht wirklich viel geredet. Und beim Vorbereiten bin ich immer noch mit Eva in einer Zweiergruppe – was totaler Quatsch ist, denn seit letztem Dienstag war sie sowieso nicht mehr da und in den Wochen davor hat sie weder die Stallgasse gekehrt noch ein Pferd geputzt noch auch nur ein einziges Mal Sportklamotten angezogen. Sie macht keinen Finger krumm. Herr Hanau ignoriert sie nach wie vor.

Und trotzdem ist sie wie ich an jedem Schwerpunkt-Tag schon direkt nach der Schule zum Stall gelaufen, wenn wir unsere Nachmittagsblöcke hatten. Ich hab es mir zur Gewohnheit gemacht, mich in dieser knappen Stunde mit einer Flasche Wasser und meinem MP3-Player auf den Strohballen in die Stallgasse zu setzen und ein bisschen zu dösen, bevor ich Sarastro fertig machen muss. Inzwischen steht er morgens auf der Weide, sodass der Stalltrakt in der Mittagspause leer und ruhig ist. Nur der schwarze Hund und unzählige getigerte und gescheckte Katzen sind da.

Am Anfang hat Eva sich möglichst weit von mir weggesetzt, geraucht, auf ihrem Rucksack rumgekritzelt und SMS geschrieben. Gut, das tut sie immer noch, aber sie hat sich von Mal zu Mal ein Stückchen näher in meine Richtung gesetzt, ohne mich anzugucken oder gar mit mir zu reden. Nein, sie sagt kein Wort, starrt nur auf den Boden, auf ihren Rucksack oder ihr Handy. Ab und zu erinnert sie mich dabei ein wenig an den schwarzen Hund.

Aber seit vergangenem Montag kam Eva gar nicht mehr. Auch in der Schule hab ich sie nicht gesehen. Für das Voltigieren machte das keinen großen Unterschied, denn ich hab die ganze Arbeit ja ohnehin alleine erledigen müssen. Und trotzdem ist es irgendwie anders, wenn sie nicht da ist. Ich will nicht sagen, dass sie fehlt. Es ist vielmehr so, als ob eine Woche lang nur schönes Wetter ist. Dann macht sich ein seltsames Gefühl im Bauch breit, als dürfte das nicht sein. Ich werde fast ein bisschen unruhig. Und wenn es schließlich regnet, ärgere ich mich doch darüber.

Es kursieren einige Gerüchte über Eva. Das hab ich bei den Gesprächen der Mädels mitgehört. Sie ist wohl kurz davor, von der Schule zu fliegen. Und eigentlich sollte sie beim Voltigieren was gutmachen, so wie Micha im Kletterkurs. Bei dem scheint das prächtig zu funktionieren. Er prahlt beim Abendessen immer, wie weit nach oben er geklettert ist und welch halsbrecherische Stunts er an den Überhängen vollführt und wie sehr ihn der Kletterlehrer für seinen Mut und seine Kraft lobt. Blablabla. Ich erzähle gar nichts vom Voltigieren. Mich fragt ja auch niemand. Nur Mama schaut fast jeden Tag irgendwann kritisch auf meine Hände.

Aber bisher bekomme ich das ganz gut geregelt mit dem Cellospielen und dem Voltigieren. Es ist anstrengend, ja, manchmal bleibt kaum Zeit für die Hausaufgaben. Doch ich überstehe die Schule und Michas Mobbereien besser, wenn ich weiß, dass ich nachmittags etwas zu tun habe. Am besten ist es, wenn ich mich auf das Voltigieren freuen kann.

Dabei ist Herr Hanau auch nicht gerade nett zu mir. Er hat immer etwas zu meckern und auszusetzen, und ich darf nie nachlassen oder gar erklären, warum ich was falsch gemacht habe. Das interessiert ihn nicht. Ganz verkehrt ist es, wenn ich sage: »Ich hab gedacht, ich soll ...« oder »Ich dachte, ich muss ...« Dann kommt jedes Mal: »Du sollst nicht denken, du sollst tun, was ich dir sage.« Aber bei ihm kann ich das ertragen. Sobald die Stunde vorüber ist, verschwindet sein finsterer Gesichtsausdruck und er ist normal zu mir. Freundlich, aber reserviert. Außerdem darf ich Sarastro oft noch ein paar Runden durch den angrenzenden Wald hinter dem Reitplatz führen, in Sichtweite natürlich. Das sind meistens die schönsten Minuten. Nach dem Training bin ich abgekämpft und verschwitzt und mir tut alles weh, aber einige Minuten später sind wir beide da draußen an der frischen Sommerluft; der Wind kühlt mein Gesicht und Sarastros Fell und für ein paar Augenblicke macht mir sogar der Gedanke an Micha keine Angst mehr.

Dass wir nur noch einen Monat lang Voltigieren – daran mag ich nicht denken. Wenn ich daran denke, drehe ich durch. Also denke ich nicht dran. Das klappt nicht besonders gut. Aber jetzt, auf dieser stillen Heimfahrt von unserem nervigen Campingwochenende, gibt es für mich nur die nächste Voltigierstunde am Dienstag, noch zweimal schlafen, im eigenen Bett ohne Michas Gepupse.

Und bis dahin ertrage ich alles.

GANZ UNTEN

Nein, ich ertrage es nicht. Das hier ertrage ich einfach nicht.

»Gefällt dir das, he? Magst du Scheiße lecken? Musst du eh, wenn du später mit Kerlen rummachst!«, grölt Micha und drückt meinen Kopf noch etwas tiefer in die Kloschüssel. Meine Lippen berühren schon fast das schmutzige Wasser. Ich presse den Mund fest zusammen. Bitte, Micha, lass los. Doch sein Griff lockert sich kein bisschen. Ich versuche, mich mit dem Nacken dagegenzustemmen. Langsam bekomme ich keine Luft mehr. Und ich will auch nicht atmen, nicht in dieser dreckigen Keramik.

»Hey, Micha, mach dich mal locker, ich glaub, es reicht mit dem Kleinen.« Das ist Max. Er klingt angespannt. »Mann, Micha, wenn das einer von den Lehrern sieht! Da verstehen die keinen Spaß, da kannste Gift drauf nehmen.«

»Max hat recht. Gehen wir lieber«, pflichtet Steffen ihm bei.

»Jetzt seid keine Spielverderber!« Micha lacht. »Kommt, wir geben der Schwuchtel noch 'ne Dusche gratis!« O nein. Der will den Spülknopf drücken. Das stehe ich nicht durch. Wenn er das macht, wird mir schlecht. Ich denke die ganze Zeit an Sarastro, ununterbrochen, aber jetzt hilft es mir nicht mehr.

Schon höre ich das Wasser über mir rauschen.

»Micha, es ist genug, komm jetzt!« Plötzlich lässt Micha los. Doch das Wasser hat meine Nase erreicht. Ich ziehe prustend meinen Kopf raus. Mir wird schwindelig. Meine Stirn knallt scheppernd gegen die Klobrille. Warum kann ich meine Beine nicht bewegen? Die sind völlig außer Kontrolle. Alles kribbelt, meine Nase, meine Fingerspitzen, meine Knie. Ich hole Luft, aber das war genau verkehrt, denn nun rieche ich das nasse Klopapier und die Kackspuren in der Kloschüssel und die Pisse aus den Urinalen. Mir wird übel.

Wie durch eine Nebelwand höre ich, dass sich die Schritte von Micha und den anderen entfernen. Doch es ist noch jemand hier ... da ist noch jemand ... ich spüre das. Ich will alleine sein. Ich rolle mich zur Seite, aus der offenen Tür raus. Ich muss mein Gesicht waschen, sofort, sonst kippe ich wirklich um.

»Musst du kotzen?« Eine Hand fasst mich am Ellenbogen und zieht mich wieder zum Klo rüber. Dann greift ein anderer Arm um meinen Oberkörper und hievt mich hoch.

»Nein, ich glaub nicht ... ich will weg hier, bitte, nicht wieder ins Klo ...«

»Okay.«

Ist das etwa Evas Stimme? Ich öffne meine Augen und schaue direkt auf ein grellrotes Schottenrockmuster. Es ist tatsächlich Eva. Sie schleppt mich zur Heizung und lehnt mich gegen die Wand. Noch einmal steigt das Würgen in meiner Kehle hoch, aber ich kann es runterkämpfen. Trotzdem läuft etwas Warmes über mein Kinn. Ich gehe mit der Hand drüber. Es ist Blut. Mein Blut.

»Warte, beweg dich nicht, du siffst ja alles voll.«

Eva kniet sich vor mich und drückt mir einen Packen nasser grüner Papiertücher in den Nacken. Also Nasenbluten. Das hatte ich lange nicht mehr. Früher ist das öfter mal passiert, wenn ich aufgeregt war oder Angst hatte. Eva klaubt noch eines von den grünen Tüchern heraus und wischt mir damit im Gesicht herum.

»Das reicht nicht«, flüstere ich. Mir ist noch zu schlecht, um laut zu reden. Ich richte mich mühsam auf, schwanke zum Waschbecken und lasse minutenlang kaltes Wasser über mein Gesicht laufen. Immer wieder reibe ich mit meinen Händen darüber. Blut tropft aus meiner Nase in das Becken, in hellroten Schlieren läuft es in den Abfluss, bis es langsam dünner wird und versiegt. Ich schließe den quietschenden Hahn zu und drehe mich um.

Eva hockt mit angezogenen Beinen auf der Fensterbank.

»Was machst du auf dem Jungsklo?«, frage ich schwach. Sie sitzt da, als wäre das das Normalste der Welt.

»Warum lässt DU dir so etwas gefallen?«, fragt sie gleichgültig zurück.

»Was hätte ich denn deiner Meinung nach tun sollen? Die waren zu dritt! Ich bin nun mal nicht Spiderman!«

»Spiderman.« Eva grinst. »Gar nicht schlecht. Würde dir wahrscheinlich sogar stehen, der Spiderman-Fummel.« Dann erlischt ihr Grinsen. Sie rutscht von der Fensterbank und geht mit klirrenden Schritten zum Ausgang.

»Bis nachher, Josh.« Krachend fällt die Tür ins Schloss. Ich blicke in den Spiegel. Über meinem linken Auge ist ein blassblauer Fleck zu sehen. Aber ich hab kein Blut mehr im Gesicht. Meine Nase ist noch ein bisschen rot, das ist alles. Es wird nicht auffallen.

Es hat längst zur nächsten Stunde geklingelt und Frau Klein ist bereits da, als ich ins Klassenzimmer komme. Nur Eva fehlt mal wieder.

»Entschuldigung, mir war schlecht«, murmle ich und setze mich an meinen Platz.

Stephan rückt mit spitzen Fingern sein Geodreieck zurecht. Der würde es nicht mal merken, wenn ich ein Messer im Rücken stecken hätte. Micha grinst. Warum quält er mich ausgerechnet heute so, ausgerechnet vor dem Voltigieren, für das ich doch meine ganze Kraft brauche?

Ich hasse, hasse, hasse ihn!

Als ich nach der Schule die Stallgasse betrete, sehe ich einen dunklen Schatten auf dem Strohballen kauern. Einen Schatten mit kreuz und quer gestylten Haaren und brutalen Boots an den Füßen. Eva ist wieder da.

»Hey«, sage ich und setze mich neben sie. Sie antwortet nicht. »Danke wegen vorhin.« Sie zuckt mit den Schultern.

Ein paar Minuten hocken wir schweigend nebeneinander. Eva atmet ab und zu laut aus, fast ein Stöhnen, und einmal geht dabei ein leichtes Zittern durch ihre Arme.

»Heute keine Zigarette?«, frage ich schließlich und schalte meinen MP3-Player aus.

»Joshua, nur weil ich dich vorhin verarztet hab, heißt das noch lange nicht, dass wir miteinander reden müssen, okay?«, giftet sie mich an. Doch irgendwas in ihrer Stimme macht mich stutzig. Sie klingt nicht so hart und kalt wie sonst.

»Schon gut«, sage ich. Wieder stöhnt sie leise und beugt sich nach vorne, die Unterarme auf ihren Bauch gepresst. Sie ist blass im Gesicht.

»Nein, ist nicht gut«, korrigiere ich mich selbst. Mit der stimmt was nicht. »Ich rede jetzt mit dir. Ist alles in Ordnung?«

Sie schüttelt stumm den Kopf.

»Bist du krank? Hast du dich verletzt? Was ist los?«

»Bauchschmerzen«, sagt sie knapp.

»Bauchschmerzen. Was Falsches gegessen? Oder hat dich jemand verprügelt?« Vielleicht hat sie ausnahmsweise was abbekommen. Ich hab ja mal gesehen, wie sie ein anderes Mädchen getreten hat.

»O Mann, Joshua, ich hab meine Tage, kapiert?«, faucht sie. Ich bin sofort still. Ich hab mit allem gerechnet, aber damit nicht. Und ich weiß auch wirklich nicht, was ich dazu sagen soll. Ich kenne mich nicht besonders gut aus mit dem Kram. Manchmal steht eine Packung Tampons auf dem Regal neben unserem Klo und dann ist sie nach einigen Tagen wieder weg. Das ist alles. Mama redet über so was nicht mit uns. Ist mir eigentlich ganz recht.

Ich meine, ich bin natürlich aufgeklärt und hab in der Schule gelernt, was da passiert. Rein biologisch, Zyklus und so. Ich kenne die Zeichnungen aus dem Biobuch, ein Frauenunterleib im Querschnitt mit Pfeilen und Beschriftungen,

Vagina, Gebärmutter, Eierstöcke, Eileiter. Doch das ist was völlig anderes, als wenn Eva mit ihren Springerstiefeln neben mir im Stall auf dem Heu hockt und sich vor Schmerzen krümmt.

»Aber vorhin im Schulklo, da warst du doch noch ganz nor…«

»Da hatte ich sie auch noch nicht«, unterbricht sie mich genervt und beugt sich wieder gequält nach vorne. Ich frage mich kurz, wie sich das wohl anfühlt. Aber ich bin mir sicher, dass Eva mir nichts darüber erzählen will, und ich weiß sowieso nicht, ob ich es hören möchte.

»Was ist?«, fragt sie gereizt. Ich habe gar nicht gemerkt, dass ich sie die ganze Zeit anschaue. Unter ihren Augen liegen dunkle Schatten. Ich wende meinen Blick ab und konzentriere mich auf das Stroh zwischen meinen Füßen.

»Nix. Ich frag mich nur, wie – ach, egal«, druckse ich herum. Soll ich aufstehen und verschwinden? Aber Eva geht es mies. Ich will sie irgendwie nicht alleine lassen. Evas Mundwinkel kräuseln sich ein wenig. Sie pustet sich eine schwarze Haarsträhne aus ihrer bleichen Stirn.

»O Mann, Joshua.«

Jetzt kann ich gar nichts mehr sagen. Trotzdem bleibe ich sitzen. Unser Schweigen dehnt sich aus. Immer wieder will ich mir einen Ruck geben und aufstehen, um wegzugehen, aber in der letzten Sekunde entscheide ich mich doch anders.

»Weißt du«, sagt Eva leise, als ich erneut denke, dass es das Beste wäre, sie alleine zu lassen, »ihr Jungs habt echt keine Ahnung, was das bedeutet. Das ist ein Gefühl, als würde sich ein Tier mit spitzen Klauen und Zähnen durch meinen Bauch bohren.« Sie bricht ab. »Gott, was erzähl ich dir da eigentlich«, schnaubt sie.

»Warte, ich hab eine Idee.« Hastig stehe ich auf. Mir ist gerade eingefallen, dass Mama eines Abends mit einer Wärmflasche auf dem Bauch in ihrem Sessel gehangen ist, als wieder mal die Tampons neben dem Klo standen. Das hatte wohl was damit zu tun. Und ich bin so froh, etwas tun zu können. Ich weiß nämlich echt nicht mehr, was ich sagen soll. Ich gehe rüber zu der großen Futterkiste, auf der zwei Kätzchen dösen. Ich nehm das schwarz-weiße hoch, laufe zu Eva zurück und setze es ihr auf den Bauch, ohne sie dabei anzusehen.

»Mensch, Joshua, was machst du da?«, fragt Eva entgeistert.

»Wärme«, sage ich kurz. »Vielleicht hilft das.«

»Mann, wir haben heute 30 Grad im Schatten. Und da legst du mir 'ne Katze auf den Bauch? Du bist echt ein bisschen bekloppt.«

Die Katze rollt sich schnurrend auf dem dicken Stoff des Schottenrocks zusammen, schmiegt ihr Köpfchen an Evas Arme, die sie immer noch um ihren Bauch geschlungen hat, und schläft ein. Eva wird still, und langsam fängt sie an, ruhiger zu atmen. Ihre Arme lösen sich. Schließlich lehnt sie sich zurück und schließt die Augen. Jetzt sieht sie gar nicht mehr so böse und finster aus. Sondern eher wie ein müdes, erschöpftes Mädchen.

»Das heißt, ich muss wie immer alleine die Stallgasse kehren«, sage ich zu mir selbst.

Eva reagiert nicht. Ich denke, sie ist eingeschlafen. Ihr Bauch hebt und senkt sich sanft unter dem schnurrenden Kätzchen.

Aber als ich mit Sarastro von der Weide zurückkomme, sitzt sie doch wieder draußen auf der Bank im Hof und nickt mir nur kurz zu. Wäre ja auch ein Wunder gewesen, wenn sie mir geholfen hätte. Trotzdem ärgert es mich heute nicht ganz so sehr wie sonst. Sie hat sich im Schulklo um mich gekümmert, ich hab mich wegen ihrem Frauenbauchweh um sie gekümmert.

Besser als gar nichts – so ähnlich wie unser Campingurlaub.

FAST GANZ OBEN

»Josh!« Immer wenn Herr Hanau mich ruft, bleibe ich automatisch stehen. Das geht gar nicht anders. Selbst wenn ich wie eben gerannt bin, weil ich meinen Bus kriegen muss, damit ich es noch rechtzeitig zur Schulorchesterprobe schaffe. Der Dienstag ist ein echter Stresstag geworden.

Ich schaue wie hypnotisiert dabei zu, wie der Bus hält und davonfährt. Der schwarze Hund legt sich zufrieden auf meine Füße. Ich drehe mich langsam um. Herr Hanau lehnt aus dem Fenster des Reiterstübchens und winkt mich zu sich rüber. Hab ich was falsch gemacht? Nicht alles weggefegt? Sarastro zu lange draußen herumgeführt?

Ich schiebe den Hund behutsam von meinen Füßen und laufe zu Herrn Hanau ins Stübchen. Er sagt nichts, klappert nur mit seinem Schlüssel und geht voraus in sein Büro. Es ist ein winziges Zimmer direkt neben der Sattelkammer, aber viel gemütlicher als die Kammer von Mama. Die Wand ist tapeziert mit Zeitungsausschnitten, Pferdefotos und Turnierschleifchen. An der Tür hängt ein riesiges Tina-Turner-Poster. Und der Schreibtisch – na ja, mein Schreibtisch dürfte nicht so aussehen. Da würde ich Ärger mit Mama bekommen.

Herr Hanau setzt sich auf seinen quietschenden Drehstuhl und kickt an mir vorbei die Tür zu. Jetzt sind wir alleine in dieser Kammer und auf einmal finde ich sie nicht mehr so gemütlich. Was will er mir nur sagen? Ich lehne mich flach an die Wand.

»Hast du dienstags Zeit? Donnerstags? Samstags? Jeweils 16 Uhr?«

Na ja, Zeit haben ist was anderes. Dienstags hab ich Orchesterprobe. Zu der ich längst unterwegs sein müsste. Donnerstag ginge, aber das ist direkt nach unserem Voltigieren. Samstags kann ich theoretisch schon – wenn wir nicht gerade auf dem Campingplatz sind und Mamas Nudelsalat essen müssen. Trotzdem nicke ich schüchtern.

»Hm ja«, murmle ich.

»Gut«, sagt er und klopft mit seinen kräftigen Fingern auf dem Tisch herum. »Voltigieren, Leistungsgruppe.«

Kann der nicht ausnahmsweise mal in ganzen Sätzen reden? Ich verstehe nicht, was er meint.

»Ich soll – ich weiß nicht …«, stottere ich.

»Willst du, oder willst du nicht?«

»Bei der Leistungsgruppe …?« Ich unterbreche mich selbst. Das kann er nicht gemeint haben. Am Ende blamiere ich mich hier noch.

»Ja, bei der Leistungsgruppe mitmachen, was sonst?«

Das gibt es nicht. Ich schüttle automatisch den Kopf. Ich kann das nicht glauben.

»Also nicht?«, fragt Herr Hanau harsch.

»Doch! Doch – aber – was bedeutet das, ich meine, was muss ich machen?«

»Okay.« Er wühlt ein paar Papierstapel durch und fischt

zwei Zettel heraus. »Hier. Beitrittserklärung zum Verein. Du musst im Verein sein, um an Turnieren teilnehmen zu können. Wir nehmen immer wieder an Turnieren teil.« O Gott. Turniere. Ich bin doch schon bei den Musikwettbewerben so nervös und mag es nicht, von allen beobachtet zu werden. Trotzdem kribbelt es angenehm in meinem Bauch, als ich mir vorstelle, dass Sarastro und ich vor Publikum auftreten. Denn dann sind wir zumindest zu zweit. Ich kann immer noch nicht glauben, was Herr Hanau da gerade zu mir sagt. Das muss ein Traum sein. Aber der Zettel fühlt sich echt an in meiner Hand. Ich überfliege ihn rasch. 40 Euro Beitrittsgebühr, 65 Euro für ein Jahr Mitgliedschaft. So viel Geld habe ich nicht. Und das ist sicher nicht alles …

»Du wirst dreimal Training benötigen für den Anfang. Das macht 40 Euro in der Woche.«

Und 160 Euro im Monat. Das kann ich vergessen. Wir haben das Geld nicht. Das weiß ich, ohne zu fragen. Aber ich würde so gerne …

»Okay«, höre ich mich sagen. »Kein Problem.«

»Wie alt bist du?«, fragt Herr Hanau und mustert mich eindringlich.

»Fünfzehn.«

»Fünfzehn«, wiederholt er nachdenklich. »Fünfzehn. Das ist eigentlich zu alt, um damit anzufangen. Aber du hast Talent.« Den letzten Satz sagt er so gedämpft und nebenbei, dass ich kurz daran zweifle, ob ich ihn wirklich gehört habe. Doch Herr Hanau redet schon weiter.

»Das wird kein Zuckerschlecken, Josh. Du wirst Krafttraining machen müssen. Oberarme, Schultern, Bauchmuskeln. Da muss Spannung rein. Und du brauchst mehr Ausdauer. Geh laufen, dreimal die Woche reicht. Na, und vielleicht haben wir Glück und du wächst noch ein Stück.«

»Bestimmt«, sage ich schnell. Dabei bin ich mir da kein bisschen sicher. Papa ist zwar groß und breit, aber Mama ist zierlich wie eine Elfe. Ich fürchte, ich komme nach Mama.

»Tja, und dann machen wir aus dir wohl am besten einen Einzelkämpfer«, beschließt Herr Hanau mit einem seltsamen Lächeln in den Augen.

»Das bin ich schon«, entgegne ich spontan. Das Lächeln in Herr Hanaus Augen überträgt sich für den Bruchteil einer Sekunde auf seine Mundwinkel. Dann verschwindet es so schnell, wie es gekommen ist, und er mustert mich streng und ernst wie immer. Er drückt mir den anderen Zettel in die Hand. Es ist ein Bestellformular für Turnierklamotten. Noch einmal 50 Euro. Und die Klamotten sind einfach scheußlich. Grellblau, knalleng und aus glänzendem Stoff. »Ein Ganzkörperkondom«, würde Micha bestimmt sagen. Dazu schwarze Schläppchen. An den Schläppchen werde ich anscheinend doch nicht vorbeikommen.

»Eines noch, Josh.« Herr Hanau räuspert sich und fächert mit den Fingern einen Karteikasten durch. »Woher der gute Gleichgewichtssinn? Habt ihr Tänzer in der Familie? Akrobaten?«

»Nein. Ich – äh. Keine Ahnung. Das ist einfach so.«

Und bisher wusste ich nicht einmal, dass es so ist. Herr Hanau sagt nichts mehr, blättert nur weiter in seinem Kasten herum, ohne mich anzuschauen. Ich glaube, das heißt, dass ich gehen kann. Oder soll.

Aber als ich die Tür öffne, mit zitternden schwitzenden Händen, fällt mir plötzlich etwas ein.

»Ich glaube, ich weiß doch, woran das liegt mit meinem Gleichgewichtssinn«, sage ich zu Tina Turners Bauch. Sie kann mich nicht auslachen. Und ich schaffe es nicht, Herrn Hanau anzusehen, wenn ich ihm davon erzähle. Trotzdem habe ich das Gefühl, dass jedes Wort, das jetzt aus meinem Mund schlüpft, für immer hier in dem winzigen unordentlichen Büro bleibt. Dass er all das nie gegen mich verwenden wird. Ja, ich vertraue ihm, ohne genau zu wissen, warum. Doch meine Stimme ist sehr leise, als ich weiterspreche. »Im Bus bekomme ich nie einen Sitzplatz. Ich muss stehen. Und um das besser – na ja, um die Busfahrt besser rumzukriegen, hab ich angefangen, mich selbst zu testen. Wie lange kann ich stehen, ohne mich festzuhalten. Besonders knifflig ist es direkt auf der Achse, wenn der Bus in die Kurve geht. Aber inzwischen – inzwischen kann ich das.«

»So«, meint Herr Hanau nur und klappt den Deckel des Karteikastens zu. »Im Bus.« Ich drehe mich vorsichtig zu ihm um. Er schaut wieder auf und blickt mich durchdringend an. »Also Donnerstag, 16 Uhr. Du kannst 'ne kleine Pause machen nach eurem Schul-Voltigier-Unterricht, dann kommst du dazu. Nimm dir was zu trinken mit.«

Er hebt den Telefonhörer ab und wählt eine Nummer. Ich stürze hastig nach draußen in den warmen Sommerwind, laufe ein paar Meter und setze mich auf die Bank neben dem Springplatz. Ich möchte alles gleichzeitig tun – lachen, heulen, schreien, rennen, still sitzen, mich hinlegen und die Augen schließen. Wieder hab ich das Gefühl, dass ich einen größeren Körper brauche, dass meine Haut viel zu eng ist. Dass meine Lungen zu klein sind, um all die Luft zu holen, die ich jetzt benötige. Schwer schnaufend rollt sich der schwarze Hund zwischen meinen Füßen zusammen. Ich kraule ihm abwesend den weichen, seidigen Nacken.

Wie soll ich nur all das Geld zusammenkratzen? Das werde ich nie hinkriegen. Okay, ich könnte Mama bitten, das Beitrittsgeld von meinem Sparbuch abzuheben. Und wahrscheinlich hab ich noch genug auf meinem Taschengeldkonto, um den ersten Monat zu bezahlen. Oma Kati könnte die Turnierklamotten kaufen, als vorgezogenes Weihnachtsgeschenk oder so. Aber dann? Was ist dann? Vor allem werde ich nicht mehr ins Orchester gehen können. Das werden die niemals akzeptieren. Mama wird es nicht akzeptieren und Herr Matutzek auch nicht. Was soll ich jetzt tun?

Gut, der Bus ist weg, das mit der Probe kann ich mir heute sowieso sparen. Ich kann genauso gut hier noch ein bisschen sitzen bleiben und nachdenken. Nein. Erst brauche ich Musik. Vielleicht hören meine Hände auf zu zittern und vielleicht beruhigt sich mein Magen ein wenig. Ich stöpsle mir die Kopfhörer in die Ohren und schalte den MP3-Player an.

»Was hörst du da eigentlich die ganze Zeit?«

Eva schon wieder. Sie steht vor mir, nicht mehr so blass, aber schlecht gelaunt wie eh und je. Fordernd stemmt sie die Arme in die Seiten. Ich antworte nicht. Sie greift nach vorne, und bevor ich mich wehren kann, hat sie mir den rechten Stöpsel herausgezogen und sich ins Ohr gesteckt. Ihr Mund klappt auf und ihre graublauen Augen weiten sich.

»Nee. Das glaub ich jetzt nicht.«

Sie nimmt sich auch den anderen Kopfhörer. Ein Strahlen läuft über ihr Gesicht und sie hüpft ein Mal auf und ab. So hab ich sie noch nie gesehen. »Du hörst Pink? Pink?«, ruft sie.

»Ähm. Ja. Unter anderem. Und ich würde gerne weiterhören, wenn ich darf …«

Eva ignoriert mich und angelt den Player aus meiner Hosentasche. Eifrig drückt sie auf dem Menü herum. »Wahnsinn. Ich fass es nicht. Pink. Und nicht nur ein Song … Komm mit!« Sie packt mich am Handgelenk und zieht mich hoch. »Na komm schon!«

Der Hund grunzt protestierend und dackelt uns noch bis zur Allee nach, dann gibt er seufzend auf. Eva lässt mein Handgelenk nicht los. Ich stolpere ihr hinterher, bis wir zehn Minuten später vor einer großen grauen Villa am Stadtrand stehen. Mächtige Säulen säumen den Eingang. Hinter den geöffneten Sprossenfenstern wehen weiße Vorhänge im schwülwarmen Wind. Ich möchte mich am liebsten direkt hier auf den Asphalt setzen. Ich glaube, das eben war mein erstes Ausdauertraining.

Eva tippt schnell eine Zahlenkombination in die Tastatur der Alarmanlage am schmiedeeisernen Tor. Geräuschlos schwingt es auf. Sie zieht mich über einen Kiesweg, vorbei an akkurat gestutzten Buchsbäumchen und einem Geige spielenden Steinengel bis zu einer wuchtigen Eingangstür. Eva braucht drei Schlüssel, um sie zu öffnen. Dann stehen wir in einem kühlen Foyer mit schillerndem Marmorboden. Es ist totenstill.

»Eva, was ...«

»Komm!« Unbeirrt schleppt sie mich zwei Treppen hoch und über einen Korridor mit schweren Gemälden links und rechts, bis wir eine schlichte weiße Tür erreicht haben. Mit dem Ellenbogen drückt Eva die Klinke herunter und schiebt mich in das Zimmer. Ich sehe sofort, dass es ihr Zimmer ist. Die Wände sind schwarz. Rabenschwarz. Und überall hängen Poster und Bilder und Autogrammkarten von Pink. Es ist ein Pink-Tempel. Pink mit Stinkefinger, Pink beim Singen, Pink mit rausgestreckter Zunge, eine nachdenkliche Pink, eine lachende Pink, eine wütende Pink, eine sehnsüchtige Pink.

»Sie ist eine Göttin«, sagt Eva andächtig. »Oder?«

»Hm«, antworte ich. So hab ich das nie gesehen. »Ich mag halt ihre Stimme. Ihre Stimme ist – ich weiß nicht. Man kann sie nicht vergessen.«

»Ja!«, seufzt Eva und lässt sich rücklings auf ihr schwarzes Bett fallen. »Ich hasse Ohrwürmer eigentlich. Sie ist die Einzige, bei der ich Ohrwürmer akzeptiere. Wie macht sie das? Das muss echt an ihrer Stimme liegen. Da ist so viel – so viel ...« Eva wedelt mit den Händen, als suche sie nach Worten.

»Seele«, ergänze ich. »Soul eben. Sie trägt ihr Herz auf der Zunge.«

Eva schaut mich skeptisch an. »Das klingt verdammt kitschig, Josh.«

»Aber es ist doch so, oder?«

Eva antwortet nicht, sondern bleibt stumm auf dem Bett liegen, mit ihren dicken Springerstiefeln an den Füßen. Ich schaue mich genauer um. In so einem Zimmer könnte ich nicht eine Minute ruhig schlafen. Und schon gar nicht Hausaufgaben machen oder lernen. Es ist viel zu düster und zu chaotisch. Außerdem habe ich das Gefühl, dass mich Pink beobachtet, aus jeder Ecke und jedem Winkel schaut sie mir entgegen. Am Fenster steht eine kleine Kommode mit einer Nähmaschine drauf. Daneben liegen Stoffbahnen und Nadelkissen und Garnröllchen. Ich muss schmunzeln. Eva und Handarbeit. Wer hätte das gedacht …

»Was gibt's da zu grinsen?«, fragt Eva. »Ich schneidere mir meine Klamotten lieber selbst als irgendeinen Mist zu kaufen.«

Ich verkneife mir einen Kommentar. Wir schweigen eine Weile.

Plötzlich springt Eva auf, geht zum Fenster und wühlt ihren riesigen Schreibtisch durch. Er sieht noch schlimmer aus als der von Herrn Hanau. Papiere segeln flatternd zu Boden, und dann rollen ein paar Eddings und Malstifte hinterher. Eva kümmert das nicht. Sie lässt das Zeug liegen und wühlt weiter, bis sie gefunden hat, was sie sucht.

Meine Knie sind weich von unserem Gewaltmarsch. Ich setze mich im Schneidersitz auf den Teppich.

»Hier!« Eva wirft etwas in meinen Schoß – ein Konzertticket. Pink, im August in München. »Kommst du mit? Ich kann noch ein zweites Ticket besorgen.«

Ich streiche nachdenklich über die Karte. Dann schüttle ich den Kopf.

»Nein, ich glaub nicht.«

»Nicht? Warum nicht? Das wird super.«

»Ich mag das nicht, wenn viele Menschen auf einem Haufen sind. Ich bin außerdem kein Fan von ihr. Hab keine Poster oder so im Zimmer. Ich hör einfach nur ihre Musik, wegen ihrer Stimme. Ich mag die Stimme. Aber ich finde auch andere Musik gut: Snow Patrol und One Republic und Philipp Glass und Selig und manchmal Green Day. Du hast mich vorhin nur zufällig beim Pink-Hören erwischt. Das ist alles.«

Stumm hockt Eva sich auf den Boden und lehnt sich gegen ihr Bett.

»Dann bist du also doch nicht schwul?«, fragt sie unsicher.

»Hä?« Jetzt bin ich total verwirrt. »Wieso sollte ich denn bitte schwul sein? Ist man schwul, wenn man Pink hört?«

»O Gott«, sagt Eva. Ihre Wangen glühen. »O Gott. Der ist gar nicht schwul. Und ich erzähl dem, dass ich … nee …«

»Du kannst mich ruhig direkt ansprechen, ich bin hier. Hallo!« Ich winke zu ihr rüber, aber sie schaut stur an mir vorbei. »Und ich möchte gern wissen, warum du denkst, dass ich schwul bin.«

»Na ja. Micha hat so was erzählt. Und …«

»Micha«, falle ich ihr ins Wort. »Klar. Und das glaubst du sofort? Micha hat schon gesagt, dass ich schwul bin, als ich noch gar nicht wusste, was das überhaupt ist. Ich meine, das hat doch nix zu bedeuten. Man trifft einen Ball nicht, wups, ist man schwul. So schnell geht das bei dem.«

»Ja, vielleicht, aber – du bist halt so anders. Dann das mit dem Voltigieren, wie du mit den Pferden umgehst, all das. Da hab ich gedacht, Micha hat recht. Und jetzt das mit Pink auf deinem Player. Ich war mir sicher, du hast Poster von ihr im Zimmer und …«

»Kein einziges.«

»Okay«, murmelt Eva. Sie schaut mich immer noch nicht an.

»Und du, bist du lesbisch?«, frage ich.

»Was? Spinnst du?« Eva kneift die Augenbrauen zusammen.

»Na ja, du hast Pink-Poster an den Wänden.«

»Das ist was anderes«, ruft Eva patzig.

»Wieso ist das was anderes? Sie ist eine Frau. Du hast dein Zimmer mit 'ner Frau zugekleistert!«

Eva springt wütend auf. »Ach Joshua, das ist doch Bullshit!«

»Genau«, erwidere ich bissig. »Totaler Bullshit. Merkst du was?«

Eva setzt sich auf ihr Bett und guckt auf ihre Boots. Minutenlang sagt sie kein Wort.

»Aber wenn wir das beide wären, schwul und lesbisch, wär's auch nicht schlimm, oder?«, fragt sie schließlich leise.

»Gibt Schlimmeres«, sage ich schulterzuckend. Zum Beispiel Micha als Bruder zu haben. Oder schwul zu sein und

Micha als Bruder zu haben. Das muss die absolute Hölle sein. Ich greife mir ein paar der heruntergefallenen Papiere vom Boden und betrachte sie. Es sind kolorierte Edding-Zeichnungen, so eine Mischung aus klassischem Comic und Manga. Sie sind richtig gut. An einer Skizze bleibe ich sofort hängen. Sie zeigt ein schwarzes Pferd mit geblähten Nüstern und zornigen Augen. Es sieht geradezu böse aus, ja, als wolle es alles niedertrampeln, was ihm zwischen die Hufe kommt, ein echtes Kriegsross. Auf seinem Rücken sitzt ein auffällig schlanker Junge mit ausgebreiteten Armen und zerzausten Haaren …

»Das bin ja ich«, rufe ich verblüfft. »Das bin ich! Hast du mich etwa gezeichnet?«

Eva reißt mir das Papier aus den Händen.

»Das ist gar nichts«, knurrt sie.

»Nein, zeig doch mal!«

»Ja, okay, das bist du. Ich mal eben alles, was ich so sehe und was irgendwie da oben hängen bleibt.« Sie deutet auf ihren Kopf.

»Krass«, flüstere ich und schaue mir das nächste Bild an. Wieder ich, diesmal neben dem Pferd. Aber da sind auch andere Porträts, ohne Pferd. Biggi. Maja. Frau Klein, die Handtasche unter die Achsel geklemmt. Herr Hanau, mit Armen wie rotierende Windmühlenflügel. Dann wieder ich, im Galopp auf Sarastro. Und Micha. Micha. Micha mit seinen Stoppelhaaren und den knallblauen Augen. Er grinst mich breit an. Ich lege die Papiere weg und stehe auf.

»Ich muss gehen. Ciao.«

Schon auf dem Korridor fange ich an zu rennen. Meine Schritte hallen auf dem glatten Marmorboden. Eva versucht nicht, mich aufzuhalten. Sie ruft mir nicht einmal hinterher. Alleine haste ich die Marmortreppe hinunter, stoße die schwere Tür auf, laufe über den knirschenden Kies, an dem Geigenengel vorbei bis zum Tor, das wie von Geisterhand gelenkt vor mir aufschwingt.

Erst dann habe ich das Gefühl, wieder normal atmen zu können. Trotzdem renne ich weiter, bis ich mir sicher bin, dass ich die Villa nicht mehr sehen kann, wenn ich mich umdrehe.

Es liegt gar nicht mal so sehr daran, dass Eva Micha gemalt hat. Sie ist bestimmt nicht das erste Mädchen, das Micha zeichnet. Wahrscheinlich haben alle Mädels bei uns in der Klasse Micha-Zeichnungen auf ihrem Schreibtisch.

Ich bin nur so furchtbar erschrocken, als ich ihn gesehen hab. Direkt nach der Zeichnung von mir.

Denn ich hatte ihn tatsächlich für einen winzigen Moment vergessen.

RÜCKANSICHT

»Nein. Joshua – nein. Ein ganz klares Nein.«

»Aber ...«

Mama schüttelt entschieden den Kopf. Papa hat den Tisch schon längst verlassen und schraubt auf dem Dachboden an seiner Modelleisenbahn herum. Micha sitzt nebenan im Wohnzimmer vor dem Fernseher. Ich weiß, dass er zuhört. So leise ist der Fernseher sonst nie.

Ich hab keine Ahnung, was ich noch sagen soll. Mir fehlen die Argumente. Wenn doch Herr Hanau hier wäre. Er kann das alles viel besser formulieren. Ich traue mich nicht zu sagen, dass ich Talent habe, weil es sich anfühlt, als würde ich angeben wollen. Dabei weiß ich, dass Voltigieren das Richtige für mich ist. Dass ich es tun muss. »Bitte. Ich verzichte auf die Cellostunden, wenn es sein muss ...«

»Joshua, um Gottes willen, fang mir bloß nicht so an!« Mama gleitet die Salatschüssel aus der Hand. Scheppernd rutscht sie ins Spülwasser zurück. Ich fische sie raus und trockne sie ab.

»Das ist eine Schnapsidee. Mit dem Cellospielen aufhören. Ich glaub, es schlägt dreizehn.«

»Aber dann könntet ihr mir das Voltigieren bezahlen und ...«

»Joshua, was genau verstehst du an dem Wort Nein nicht?«

Micha stellt den Fernseher noch ein bisschen leiser, damit er auch ja nichts verpasst. Er genießt es, wenn Mama und ich Streit haben. Das war schon immer so. Doch im Moment ist mir das egal.

»Ich versteh das Wort Nein sehr wohl, ich will ja nur sagen, dass wir einen Weg finden können, wie …«

»Gott, seit wann bist du so stur, sag mal? Du wolltest Cello spielen, als du acht warst, also haben wir dir ein Cello geliehen und dir Unterricht ermöglicht. Und du bist gut. Außerordentlich gut. Das ist viel wert. Und mehr als der Cellounterricht geht nicht. Schon gar nicht, wenn das Orchester dadurch flachfällt.«

»Ach Mama, du weißt selbst, dass das ein mieses Orchester ist, du hast einmal sogar den Saal verlassen, als wir ein Vorspiel hatten …«

»Nur weil ich damals sowieso einen Tinnitus hatte«, unterbricht mich Mama schnell. »Und ich wollte nicht, dass er schlimmer wird.«

»Trotzdem. Du weißt, dass das Orchester nicht besonders gut ist und unser Orchesterleiter immer viel zu schwere Stücke probt, die sich dann scheußlich anhören, weil niemand seinen Einsatz kriegt und schräg spielt.«

»Du nicht, Joschi. Du spielst richtig. Und ein Orchester ist eine hervorragende Übung für später …«

»Ich leb aber jetzt und ich möchte jetzt Voltigieren! Bitte, Mama!«, rufe ich. Ich hab kein Bock mehr, ihr in der

Küche zu helfen. Soll sie doch alleine den Kram abtrocknen. Micha hängt ja auch nur im Wohnzimmer rum. Ich schmeiß den Schöpflöffel, den ich eben in die Hand genommen hab, ins Spülbecken zurück. Mama zuckt zusammen.

»Okay, Joshua, ich sage es ein allerletztes Mal, ruhig und geduldig: Wir haben das Geld nicht. Du hast die Zeit nicht. Nein. Nein. Nein. Verstanden?«

Ich kehre ihr den Rücken zu und renne am grinsenden Micha vorbei zur Tür, die Treppe hinunter und schwinge mich aus dem Laufen heraus auf mein Fahrrad. Zuerst will ich runter zum Bach. Doch dann bin ich schon auf dem Weg zum Stall. Wenn ich nur mit dem Fahrrad zur Schule fahren dürfte. So könnte ich mir Michas Gemeinheiten ersparen. Mama glaubt, dass das Radfahren morgens zu gefährlich ist, wegen des Berufsverkehrs. Wenn sie wüsste, wie gefährlich es für mich ist, mit Micha im Bus zu sein … Ich trete so fest in die Pedale, wie ich kann.

Ich hab es nicht geschafft. Ich konnte sie nicht überreden. Noch immer sehe ich Papas zorniges Gesicht vor mir. Er ist so wütend geworden, als ich gesagt habe, was Herr Hanau mit mir vorhat. Sein Sohn sei kein Balletthäschen, hat Papa gebrüllt. So ein Firlefanz käme ihm nicht in die Tüte. Sport-Projekt in der Schule, das sei mehr als genug. Aber nicht für immer. Das nicht.

Dann hat Mama gesagt, sie würde sich auch gerne mal dazu äußern, und zwar ohne sein Gebrülle und Gezeter, und ich hatte schon die Hoffnung, dass sie es mir erlaubt, und ich erzählte ihr begeistert, wann ich trainieren müsste und was es für meine Wochenplanung bedeuten würde. Doch als sie die Zettel sah und kapierte, dass wegen der Trainingsstunden die Orchesterproben ausfallen müssen, kam von ihr ebenfalls ein Nein. Zwei Mal Nein. Das ist aussichtslos. Und ich hab nicht genug Taschengeld, um es selbst zu bezahlen. Wahrscheinlich würden sie es gar nicht merken, dass ich nachmittags nicht da wäre. Mama und Papa sind fast immer in der Firma oder unterwegs. Mama im Büro, Papa auf den Dächern der Stadt. Sie merken es ja auch nicht, wenn ich unten am Bach sitze. Und meinem Orchesterleiter könnte ich sagen, dass ich aussteige. Bis das nächste Konzert stattfindet, haben wir mit der Leistungsgruppe vielleicht schon das erste Turnier bestritten und ich hab eine Urkunde und Mama wird einsehen, dass ich gut bin und … aber ich habe das Geld nicht. Basta. Ich brauche keinen einzigen Plan zu schmieden.

Eigentlich weiß ich gar nicht, warum ich zum Stall fahre. Ja, ich will nicht zu Hause sein. Doch mit Herrn Hanau möchte ich trotzdem nicht reden. Noch möchte ich ihm nicht absagen. Also lehne ich mein Fahrrad in der Allee gegen einen Baum und gehe schnell rüber zum Reitplatz, um mich auf die Bank unter den Bäumen zu setzen. Es dauert nur ein paar Minuten, bis der schwarze Hund mir gemächlich entgegentrottet. Wie immer rollt er sich auf meinen Füßen zusammen und schläft ein. Jetzt erst merke ich, wie enttäuscht ich bin und wie sehr ich gehofft hatte, dass es irgendwie klappt. Ich war so dumm, mir all das schon auszumalen. Ich in der Leistungsgruppe …

Ich schließe meine Augen und versuche, meine Gedanken zu sortieren, doch es klappt nicht, sie stürmen wild durcheinander und werden nicht ruhiger oder klarer. Nun mischt sich das Schnauben und Prusten eines Pferdes dazu. Wie ein Reflex klappen meine Lider auseinander. Ein eleganter Schimmel schreitet über den Reitplatz, die Nüstern geweitet, die Ohren spielend, die Augen aufgerissen. Er scheut, als ich mich aufrichte, und sein Reiter schimpft belustigt mit ihm. Es ist der blonde Junge, der mir mit Sarastro geholfen hat. Und in diesem Moment weiß ich auch, woher ich ihn kenne. Er kam mir schon neulich in der Stallgasse so bekannt vor. Er war es, der im strömenden Regen direkt vor mir durch den Bach galoppiert ist und mich nicht bemerkte.

Jetzt kann er mich nicht übersehen – sein Schimmel sorgt dafür. Er macht ein Riesentheater, als wäre ich ein fettes Monster, das nichts anderes im Sinn hat, als ihn an Ort und Stelle zu zerfleischen. Der Junge treibt ihn konzentriert weiter vorwärts. Bei der zweiten Runde passiert wieder genau das Gleiche: Sobald sich der Schimmel mir nähert, prustet, scheut, tänzelt er und wirft seinen Schweif.

»Das ist nur ein Mensch, Damos, verdammt!«, knurrt der Junge und drückt ihm resolut die Fersen in die Flanken. Damos hebt seinen Hintern an, als wolle er buckeln, doch der Junge zieht ihm die Gerte über. Damos grunzt unwillig.

»Soll ich lieber verschwinden?«, frage ich.

»Bloß nicht!« Der Junge lacht. »Der will sich vor dem Arbeiten drücken. Das kenne ich schon.« Bei der dritten Runde macht Damos noch einen kurzen Schlenker zur Seite, und beim vierten Versuch trabt er anstandslos an mir vorüber, als wäre ich nicht da. Nach der fünften Runde bringt der Junge ihn neben mir zum Stehen und klopft ihm lobend den Hals.

»Jetzt hat es dich auch erwischt, oder?«, fragt er mich.

»Was erwischt?«

»Na, das Pferdevirus.« Er grinst. Wenn er damit meint, dass ich süchtig nach Pferden bin – ja, dann ist es wohl so.

»Hm«, murmle ich. »Kann sein.«

»Ich bin übrigens Tom.« Über Damos' zuckenden Kopf hinweg reicht er mir seine Hand und drückt kurz und kräftig zu.

»Joshua«, erwidere ich.

»Ich weiß«, sagt Tom zwinkernd. »Der Pferdeflüsterer.«

»Pferdeflüsterer?«

»Ja, so nennen sie dich. Ist nett gemeint, keine Bange. Aber man hat hier schnell einen Spitznamen weg. Mich nennen sie den Erlkönig.«

»Erlkönig – wieso das denn?«

»Wer reitet so spät durch Nacht und Wind …«, beginnt Tom spöttisch.

»… es ist der Vater mit seinem Kind«, rezitiere ich weiter. Haben wir vergangenes Jahr in Deutsch durchgenommen.

»Tja, die sagen, ich würde bei den Turnieren und den Ehrenrunden reiten, als wäre der Teufel hinter mir her. Irgendjemand hat dann gemeint, das wäre wie beim Erlkönig.«

»Das ist aber nicht ganz logisch. Denn der Erlkönig war ja hinter dem Vater her, nicht der Erlkönig ist geritten, sondern der Vater …« Verlegen breche ich ab und schaue auf den Boden. Ich hab mich soeben als Klugscheißer disqualifiziert, und das ausgerechnet bei Tom. Sonst kann ich vortrefflich meine Klappe halten – warum jetzt nicht?

»Stimmt«, entgegnet Tom locker. Seine weißen Zähne blitzen auf, als er lacht. »Aber du flüsterst ja auch nicht mit Sarastro, oder? Du redest gar nicht viel mit ihm, wenn es stimmt, was die Leute hier erzählen. Ist doch egal, ich bin der Erlkönig, du der Pferdeflüsterer, was soll's?«

Er hebt die Hand zum Gruß, treibt Damos weiter und ich schaue ihm dabei zu, wie er trabt, galoppiert und schließlich das ein oder andere Hindernis nimmt, ganz locker und selbstverständlich. Springturnier. Ehrenrunden. Dann hat Tom also schon Turniere gewonnen. Und Damos ist sein eigenes Pferd. Seine Eltern haben genug Geld für all das. Sie stehen hinter ihm, da bin ich mir zu hundert Prozent sicher. Und bestimmt hat Tom auch keinen älteren Bruder, der ihn den lieben langen Tag quält und verarscht.

Es kommt mir vor, als würde ich bei einem Film zugucken. Das, was sich da vor meinen Augen abspielt, hat nichts mit meinem Leben zu tun. Gar nichts. Und irgendwie macht es alles nur schlimmer. Ich möchte wieder in die Dunkelheit hinter meinen geschlossenen Lidern abtauchen, da nehme ich einen Schatten zwischen den Bäumen der Allee wahr. Eva. Was will die denn hier?

Auf einmal habe ich ein schlechtes Gewissen, dass ich am Nachmittag einfach so abgehauen bin. Ich kann ihr kaum vorwerfen, dass sie Micha gezeichnet hat. Mir bleibt Micha schließlich auch im Kopf hängen. Und dass sie ihn malt, muss ja lange nicht heißen, dass sie ihn toll findet. Aber warum kommt sie nicht näher?

Ich stehe auf und laufe zu ihr rüber. Eva hat ihren Schottenrock gegen die weite Hose mit den tausend Schnallen ausgetauscht und tigert unruhig auf und ab.

»Hi. Was machst du hier?«

Sie schaut gebannt zum Reitplatz, wo Damos' Hufe über den weichen Grund preschen. »Ich – ich wollte nur, wegen vorhin, ich ...« Sie lässt ihren Blick nervös über den Reitplatz schweifen, dreht sich dann rasch zu mir um und stockt, als ihre Augen mein Gesicht streifen. »He, was ist mit dir los?«

»Wieso – wie sehe ich denn aus?«, frage ich verwirrt.

»Sauer«, stellt Eva fest. »Nein, nicht nur sauer, sondern wütend.« Sie deutet auf die kleine runde Stelle zwischen meinen Brauen. »Du hast 'ne Zornesfalte. Bist du echt so angepisst wegen der Bilder? Mann, ich zeichne halt, was mir in den Sinn kommt, das ist mein Hobby, ich mach das gern, und da war eben auch dein Bruder ...«

Nein, ich will jetzt nichts von Micha hören. Auf keinen Fall. Und deshalb erzähl ich ihr schnell, was Herr Hanau gesagt hat, und dass ich unbedingt in die Leistungsgruppe einsteigen möchte und dass es nicht möglich ist. Weil meine Eltern kein Geld dafür haben und Mama sowieso will, dass ich ins Orchester gehe. Ganz zu schweigen von Papa ... Hauptsache, es geht nicht um Micha und die Skizzen. Eva hört tatsächlich zu, ohne mich zu unterbrechen.

Während ich rede und rede, entfernen wir uns immer

weiter vom Stall, bis wir wieder in der Stadt sind und Eva sich kaugummikauend auf die Bordsteinkante gesetzt hat. Ich lehne mein Rad gegen einen Hydranten. Es ist Abend geworden. Die Dächer und Strommasten glänzen in der tief stehenden Sonne. Die Luft ist mild. Eigentlich wäre es ein schöner Abend. Aber ich sehe das alles nur. Ich spüre es nicht.

»Ja, so ist das immer«, sagt Eva nach einer Weile und zündet sich eine Kippe an. »Sie interessieren sich nie für das, was man wirklich will. Das ist ihnen egal. Sie haben ihre fixe Idee, was du sein sollst und was gut für dich ist. Ich könnte deswegen kotzen.«

Ja, das könnte ich auch.

»Und jetzt?«, fragt sie mich.

»Nichts jetzt. Da gibt es nichts zu machen oder zu entscheiden. Die haben das letzte Wort. Ich werde mein Gespartes für die ersten beiden Wochen nehmen und heimlich trainieren.«

»Das ist cool«, sagt Eva.

Also, ich finde das nicht sonderlich cool. Ich hasse es, Mama etwas zu verheimlichen. Ich verheimliche schon so viel. Bei Papa ist es mir egal. Andererseits war Mama vorhin nicht weniger stur als ich. Ich hatte den Eindruck, dass sie mich einfach nur stillkriegen wollte und nicht einmal richtig zugehört hat. Insofern hat sie es eigentlich nicht anders verdient.

»Aber danach …« Ich muss gähnen und kann einen Moment lang nicht weitersprechen. Ich bin plötzlich so müde.

»Danach weiß ich nicht, wie ich das machen soll. Es wird nicht funktionieren.«

Ich stehe auf und klopfe mir den Staub vom Hosenboden. Ich muss dringend nach Hause.

»Ciao«, sage ich zu Eva. Sie zuckt nur mit den Schultern und bläst Rauchringe in die Dämmerung.

Als ich die Wohnungstür aufschließe, sitzt Micha immer noch vor dem Fernseher. Wieder ein Fußballspiel. Mama ist nirgendwo zu sehen. Die Deckenlampe im Wohnzimmer schwankt sachte hin und her. Papa lässt oben auf dem Dachboden seine Modelleisenbahn im Kreis fahren.

Ich liege eine Weile stumm auf meinem Bett. Dann schlachte ich mein Sparschwein (15,30 Euro Beute) und lege mir meine Kontokarte zurecht, damit ich morgen vor der Schule Geld abheben kann. Viel ist es nicht, was ich noch auf der Bank habe. Gerade mal 50 Euro. Das mit dem Vereinsbeitritt werde ich irgendwie hinauszögern müssen. Und wenn ich nicht weiß, woher ich das Geld nehmen soll, brauche ich auch nicht dem Verein beizutreten. Aber lieber bezahle ich sechs Leistungsgruppenstunden als mir davon eine CD oder sonst was zu kaufen. Sechs Stunden sind sechs Stunden.

Ich erledige schnell meine Schulaufgaben, diesmal ohne Kopien für Micha anzulegen. Dafür bin ich zu kaputt. Er wird mich morgen deshalb fertig machen, das weiß ich jetzt schon. Doch ich will nur noch duschen und dann schlafen. Wieder tun mir meine Handgelenke und die Schultern weh – Muskelkater vom Voltigieren. Aber ich liebe diesen Muskelkater. Er fühlt sich gut an.

Ich rapple mich auf und schlurfe Richtung Badezimmer. Ich bin so müde, dass ich kaum meine Füße anheben kann und wie ein Schlafwandler die Tür aufstoße. Deshalb brauche ich auch eine ganze Weile, bis ich kapiere, dass eine nackte Frau vor mir steht. Eine splitternackte Frau. Meine Mutter. Und es ist mein sagenhaftes Glück und Unglück zugleich, dass sie mit dem Rücken zu mir steht und ich direkt auf ihre kleinen runden Pobacken starre.

»Gott, Joshua!« Sie lacht und schaut sich seelenruhig nach einem Handtuch um. Es dauert viel zu lange.

Ich schlage die Tür zu, aber durch die Wucht springt sie wieder auf.

»Schließ doch ab!«, rufe ich und wende mich zur Wand. »Warum schließt du nicht ab?«

»Vergessen, sorry!«, ruft sie kichernd. Ich sage nichts mehr. Ich bin schon auf dem Weg zurück in mein Zimmer. Gut, sie hat's vergessen und offensichtlich findet sie das Ganze witzig, aber ich werde MEINE Tür jetzt abschließen. Ich drehe den Schlüssel zweimal um und drücke testweise die Klinke herunter, um zu prüfen, ob auch wirklich niemand reinkommen kann. Denn das Letzte, was ich will, ist, mit Mama darüber zu reden, was ich eben gesehen habe. Und ich habe es gesehen, klar und deutlich.

Ein spitzohriges feixendes Teufelchen mit einer Gitarre in seinen Klauen.

Meine Mutter hat ein Tattoo auf ihrem Hintern. Ich hab keine Ahnung, ob ich das jetzt cool oder blöd finden soll. Ich glaube, ich finde es eher blöd. Weil es eigentlich nicht zu der Mama passt, die ich kenne, die immer nur hektisch irgendetwas kocht, Rechnungen schreibt und Angst hat, dass ich mir die Hände verletze.

Und einen Augenblick lang frage ich mich sogar, ob Papa das Tattoo kennt.

Wie bescheuert. Natürlich kennt er es. Dabei liegt es nicht einmal einen Monat zurück, dass er Micha verboten hat, überhaupt an eine Tätowierung zu denken – das sei eine Verschandelung des eigenen Körpers.

Ich hab Papa ja nie richtig verstanden. Aber jetzt versteh ich ihn gar nicht mehr. Und Mama ist mir auch ein bisschen fremd geworden.

KONDITIONSTRAINING

In meinen Augen brennt und juckt noch der Schlaf, am liebsten würde ich sie wieder schließen, mich zurück in mein Bett kuscheln und die Stille genießen, bevor das Haus aufwacht, und Papa über die Fliesen trampelt und Mama sich in die Küche stellt und kocht. Und Micha sich in aller Ruhe überlegt, womit er mich heute fertigmachen kann.

Aber ich schnüre gähnend meine Laufschuhe zu, schleiche durchs Treppenhaus an Charlottes Wohnung vorbei und steuere im Trabschritt die andere Straßenseite an. Jetzt werde ich erst einmal eine halbe Stunde laufen. Ich brauche eine bessere Kondition. Und wenn es nur für die eine Stunde ist, die ich mir noch leisten kann. Nur diese eine Stunde.

»Joshua. Hey!«

Ich bleibe stehen und drehe mich um. Aus dem blühenden Geäst des Fliederbuschs schauen mir Tante Charlottes graue Lehrerinnenaugen entgegen. »Was machst du denn da?«

Sie ist also auch schon wach. Unwillig gehe ich zu ihr rüber.

»Nur ein bisschen laufen. Kondition und so.«

Sie mustert mich verwundert. Aber ich hab jetzt keine Zeit, mich mit ihr zu unterhalten. In einer halben Stunde muss ich wieder zurück sein, und es dauert sowieso immer eine Weile, bis ich Gefallen am Laufen finde. Die ersten zehn Minuten sind ein Kampf. Ich glaube, es ist schöner, sich von einem Pferd über die Felder tragen zu lassen. Gestern Morgen habe ich unterwegs sogar Tom getroffen, er hat seinen Hund Gassi geführt und er meinte, ich könne mich gerne mal auf sein anderes Pferd setzen, wenn ich wolle. Sein anderes Pferd. O Mann. Der hat nicht nur den Damos. Der hat auch noch ein zweites Pferd. Was ist sein Vater von Beruf – der Scheich von Arabien?

»Wann übst du mal wieder Cello?«, fragt Charlotte und knipst ein paar welke Blüten ab. »Ich hab dich so lange nicht mehr gehört.«

Das liegt aber nicht an mir, sondern daran, dass Charlotte im Sommer 90 Prozent ihrer freien Zeit zwischen ihren Büschen und Bäumen verbringt. Wenn sie im Garten ist, kriegt sie das gar nicht mit.

»Heute Nachmittag wahrscheinlich!«, rufe ich ihr gedämpft zu, um Mama und Papa nicht aufzuwecken, und laufe zur anderen Straßenseite. »Bis dann!«

Sie hebt grüßend die Hand und verschwindet unter den Blütendolden des Flieders. Ein süßer Duft kitzelt meine Nase. Das mit dem Joggen und dem Krafttraining bringt tatsächlich etwas. Ich bin zwar immer noch mager, da zeichnen sich nicht großartig Muskeln ab oder so, und wachsen tu ich von dem Kram natürlich auch nicht. Aber in der letzten Trainingsstunde habe ich selbst gemerkt, dass ich mehr Spannung im Körper habe, mich müheloser hochschwingen und mich besser auf die Übungen konzentrieren kann, da ich ruhiger atme. Herr Hanau war dennoch nicht zufrieden. Er ist fast nie zufrieden. Er schimpft und meckert, was das Zeug hält. Es ist ihm nie gut genug. Trotzdem sagt er nach der Stunde hin und wieder so Sachen wie: »Na, war doch mal ganz ordentlich« oder »Das wird ja langsam«.

Eigentlich habe ich mit unserem Schulprojekt gar nicht mehr viel zu tun. Die Mädels studieren mit Lena auf Pollini eine kleine Choreografie ein. Und währenddessen trainiert mich Herr Hanau auf Sarastro, als müsste ich morgen an einem Turnier teilnehmen. Ich glaube, er hatte von Anfang an vor, mich in die Leistungsgruppe zu holen, und wollte mich nur noch ein bisschen beobachten. Die Leistungsgruppenstunden sind eine schöne Abwechslung zu dem harten Einzeltraining, weil ich nicht ständig von Herrn Hanau getriezt werde und ab und zu durchatmen kann. Wie ich bereits vermutet hatte, sind außer mir nur Mädchen dabei. Zarte, dünne, bewegliche Mädchen mit niedlichen Gesichtern und langen Haaren. Ich weiß nicht, wo solche Mädchen aufwachsen. Sie kommen mir vor wie aus einer fernen Welt. Fast alle sind jünger als ich. In der ersten Stunde haben sie mich nur groß angeschaut und mich scheu angelächelt. Niemand hat mit mir geredet. Doch jetzt sagen sie »Hallo« und »Tschüss« oder reden mit mir über Sarastro. Ich kann mir kaum vorstellen, dass sie nicht über mich tuscheln, sobald ich ihnen den Rücken zudrehe, aber nie höre ich ein Flüstern oder ein Zischeln. Ja, alle im Stall behandeln mich nett und nicht so, als wäre ich ein blöder, lächerlicher Idiot. Selbst Fremde rufen mir einen Gruß zu, wenn sie an mir vorbeilaufen, während ich Sarastro putze oder ihn durch die Stallgasse führe. Tom grüßt mich sowieso immer und winkt sogar vom Reitplatz rüber, wenn er mich in der Halle trainieren sieht, manchmal auch im vollen Galopp, was Damos gar nicht mag.

Nach den Leistungsstunden hab ich fast eine Stunde Zeit, bis der Bus kommt, und schon nach dem ersten Training hat Lena mich gefragt, ob ich zu ihr ins Reiterstübchen komme. Ich könnte ihr hinter der Bar helfen, wenn ich Lust dazu hätte. Eigentlich muss ich gar nichts machen – vielleicht mal ein Glas spülen oder die Theke wischen. Sobald die Arbeit getan ist, hocken wir zusammen am Tresen und reden über Pferde oder wir schmökern in Reitzeitschriften und Pferdebüchern. Ich weiß nicht, ob man mit Lena auch über etwas anderes reden kann, aber es stört mich nicht, da ich viel lernen kann dabei.

Nach dem Training sitzen meistens ein paar Mütter der Voltigiermädels im Reiterstübchen und warten, bis ihre Töchter sich von den Pferden losgerissen haben. Fast immer wechseln sie einige Worte mit mir, fragen, wie es mir geht und wie ich vorankomme und was die Schule macht.

»Meine Tochter erzählt dauernd von dir«, sagte eine Frau mit blondem Lockenkopf vergangene Woche, als ich ihr einen Kaffee brachte. »Sie ist ganz begeistert. Nur noch Joshua, Joshua, Joshua. Sie glaubt, dass sie mit dir alle Turniere gewinnen.« Ich habe mich aus lauter Verlegenheit bei ihr bedankt, weil ich nicht wusste, was ich dazu sagen sollte und schon gar nicht, wer ihre Tochter überhaupt ist.

Und dann haben alle im Reiterstübchen gelacht, sogar Herr Hanau und sein Sohn, der mir ständig damit droht, dass er mich irgendwann zu sich in den Dressurunterricht holt, weil ein Voltigierer auch reiten können müsse. Aber das Lachen der anderen ist eben nicht das Micha-Lachen, selbst wenn ich etwas Blödes sage oder gar nicht weiß, was ich sagen soll. Es ist ein fast liebesvolles Lachen. Als wären sie froh, dass ich jetzt im Stall bin und dass es mich gibt.

Seitdem ich diese Momente auf Sarastro und im Stübchen habe, kann ich Michas Hänseleien ein bisschen besser ertragen. Weil ich weiß, dass ich bald wieder an einem Ort sein kann, wo ich sicher vor ihm bin und wo er nichts zu melden hat – ja, wo die Leute mich mögen und nicht ihn. Aber ich darf mich nicht zu sehr daran gewöhnen, denn wahrscheinlich ist bald alles vorbei. Wahrscheinlich schon nach der Stunde heute Nachmittag. Es sei denn, ich habe eine zündende Idee, woher ich das Geld bekomme.

Manchmal träume ich nachts, dass ich auf der Straße Geld finde. Ein dickes Bündel Scheine, das einfach so auf dem Bürgersteig liegt, 10-Euro-Scheine, 50-Euro-Scheine, 100-Euro-Scheine, und für einen kurzen Moment bin ich wunschlos glücklich. Doch sobald ich die Scheine aufgehoben habe und zählen möchte – was nie gelingt – , werden sie tonnenschwer und ziehen mich hinunter zum kalten Boden, und ich weiß genau, dass ich sie nicht behalten darf, dass sie jemand anderem gehören. Sie gleiten mir aus den Händen, ich kann sie nicht mehr fassen. Dann wache ich auf, liege da und weiß nicht, wie es weitergehen soll.

Heute Nachmittag soll ich versuchen, im Galopp auf dem Pferd zum Stehen zu kommen und die Arme auszubreiten. Seit Wochen üben wir daran. Und ich hab im letzten Moment immer ein wenig Angst, mich wirklich aufzurichten, obwohl ich eine ziemlich genaue Vorstellung davon habe, wie es sich anfühlen und wie ich mich dabei austarieren muss. In meinen Träumen habe ich es schon etliche Male getan.

Doch mehr als eine »Kackhaltung«, wie Herr Hanau es vergangene Stunde bezeichnete, hab ich nicht hingekriegt. Heute Nachmittag soll sich das ändern – selbst, wenn es das Letzte ist, was ich auf Sarastros Rücken tue.

Natürlich weiß Herr Hanau nicht, dass mir das Geld für weitere Stunden fehlt. Ich konnte und wollte es ihm nicht sagen, da ich immer noch diese blöde Hoffnung habe, dass sich das Problem von alleine löst.

ZWISCHENLÖSUNGEN

»Lass mich jetzt endlich mal in Ruhe!!«

Für einen Moment ist es still und alle drehen sich zu mir um. Micha und Max und Steffen starren mich an, als wäre ich ein Alien. Vorher haben sie ständig versucht, meinen Rucksack auszuräumen, mein Handy zu filzen – was witzlos ist, da mir sowieso niemand Nachrichten schreibt und meine Prepaid-Karte leer ist – , mir irgendwelche langen Gegenstände in den Hosenbund zu schieben, weil Schwuchteln ja auf so was stehen, mich mit derben Sexwitzen zu provozieren, mir meinen MP3-Player zu klauen, mir in die Kniekehlen zu treten, wenn der Bus sich in die Kurve legte – das volle Programm. Und auf einmal höre ich auf zu schweigen. Warum, weiß ich gar nicht genau. Es passiert wie von selbst. Ich hab keine Ahnung, was jetzt geschehen wird. Ob Micha mich zusammenfaltet oder endlich den Mund hält.

Doch bevor er etwas entgegnen kann, kommt der Bus quietschend zum Stehen. Ich zwänge mich an den Unterstufenschülern vorbei und springe mit einem Satz durch die sich öffnenden Türen nach draußen. Stephan steigt gerade auf der anderen Straßenseite aus dem Auto. Seine Mutter thront mit sorgenvollem Blick hinter dem Steuer. Wie immer wartet Stephan am Fuß der Eingangstreppe auf mich.

Aber da ist noch jemand, der auf mich zu warten scheint. Eva. Sie hockt ein paar Meter abseits der Treppe auf einem Poller, kaut Kaugummi und guckt finster zu mir rüber. In den vergangenen Tagen war sie wieder kaum im Unterricht, und auch beim Voltigieren hat sie gefehlt. Die Gerüchte, sie würde von der Schule fliegen, werden hartnäckiger. Wenn sie doch mal im Unterricht ist, höre ich ununterbrochen ihren Edding quietschen. Sie passt gar nicht auf. Sie malt nur.

»Hey, Josh.«

»Hi, Eva.«

»Ich hab was für dich, bleib doch mal stehen.«

Ich schaue zu Stephan rüber. Er blinzelt mich missbilligend an. Kann der nicht alleine ins Klassenzimmer gehen oder was?

Eva greift in eine der tausend Taschen ihrer ausgebeulten Cargohose und drückt mir ein Bündel in die Hand. Es ist leicht und knistert. Mein Herz klopft schneller. Ich öffne langsam meine Faust, blicke nach unten und schließe sie sofort wieder. Ich habe richtig gefühlt. Es sind Geldscheine. Nicht so viele, wie im Traum auf der Straße liegen, aber sicherlich genug, um weitere vier Stunden und den Vereinsbeitritt plus Turnierklamotten samt Schläppchen zu bezahlen.

»Für den Anfang«, sagt Eva und lächelt mich an. Ihre graublauen Augen schimmern hell. Der schwarze Kajalstift zieht sich fast bis zu ihren Brauen und ihre dicht getuschten Wimpern glänzen wie Fliegenbeine. »Reicht das erst mal?«

Irgendjemand rempelt mich von hinten an. Ich taumle kurz, fange mich jedoch sofort. Es kann nur mein Bruder gewesen sein. Micha, Steffen und Max überholen uns, laufen betont langsam die Treppen hoch. Auf der letzten Stufe dreht Micha sich um und wirft mir einen harten Blick zu. Ich wende mich wieder an Eva. Sie lässt ihr Kaugummi ploppen.

»Ich – was – Eva, was soll das?«, frage ich perplex.

»Na ja, fürs Voltigieren. Du willst das doch machen, oder? Das ist für dich.«

»Aber das kann ich dir niemals zurückgeben!«, rufe ich. »Und ich will keine Schulden bei dir haben, echt nicht.«

»O Mann, bist du so schwer von Begriff? Ich schenk dir das Geld. Du sollst es behalten. Keine Schulden.«

»Aber ich kann doch nicht …«

»Ich kann nicht, ich kann nicht, ich kann nicht«, äfft Eva mich nach. »Mann, Joshua, nimm es einfach.«

»Woher hast du es?«

Eva guckt an mir vorbei und stöhnt genervt auf.

»Ist das denn so wichtig?«

»Für mich schon«, erwidere ich, obwohl ich die Scheine gar nicht mehr loslassen will. Es wäre so schön, sie einzustecken, Herrn Hanau auszubezahlen, den Mitgliedsantrag zu unterschreiben, endlich wirklich dazuzugehören. Zumindest, bis auch dieses Geld aufgebraucht ist.

»Außerdem würde ich gerne wissen, warum du das tust«, setze ich hinterher, als Eva stur vor sich hin schweigt. Sie atmet tief seufzend aus. Anscheinend gehe ich ihr wieder auf die Nerven.

»Ich weiß nicht genau …«, murmelt sie schließlich widerwillig. »Ich finde es eben gut, dass du eine Sache machen willst, obwohl jeder andere dagegen ist. Dass du dich durchsetzt. Und – ich glaub, dass es zu dir passt. Es sieht gut aus, wie du dich da oben auf dem Pferd bewegst. Ich möchte noch mehr Bilder davon malen. Irgendwann. Deshalb.«

Sie wendet sich ab und blickt an die Wand. Meine Wangen werden warm, als ich über ihre Worte nachdenke. Sie will mich zeichnen. Mich, nicht Micha. Und vielleicht ist sie außer den Leuten im Stall der einzige Mensch weit und breit, der kapiert hat, wie wichtig das Voltigieren für mich ist.

»Ich will dir das Geld aber zurückzahlen. Bitte«, sage ich leise, obwohl ich keine Ahnung habe, wie ich das jemals hinkriegen soll. Selbst das Geld, das sie mir geben möchte, wird nur für ein paar Wochen reichen.

»Wenn es alle ist, sag Bescheid«, raunt Eva mir zu, als habe sie meine Gedanken erraten. »Okay?« Dann dreht sie sich abrupt von mir weg. Die Reißverschlüsse an ihrer Hose wippen klirrend hin und her, als sie die Treppe zur Schule hinaufgeht.

Ich bleibe noch bis zum zweiten Klingeln stehen, das Bündel Geldscheine in der Hand, und weiß nicht, was ich tun soll. Ich muss an das Haus denken, in dem Eva wohnt. Nein, es ist kein Haus, es ist eine Villa. Alarmanlage am Eingangstor, dreifache Schlösser an der Tür, Marmor überall. Der riesige Garten mit dem Steinengel und dem Kiesweg. Evas Eltern scheinen reich zu sein. Ob das hier Evas Taschengeld ist? So viel Taschengeld?

Teure Klamotten besitzt sie jedenfalls nicht und sie

schneidert sich zum Teil ihre Sachen sogar selbst. Sie trägt immer nur den Schottenrock, die schwarze Schnallenhose oder die Cargohose, dazu jeden Tag ihre Springerstiefel, auch wenn es so drückend heiß ist wie heute, und irgendwelche schwarzen oder roten T-Shirts. Vielleicht hat sie deshalb genug Taschengeld übrig, um mir das Voltigieren zu bezahlen. Vielleicht sollte ich es wirklich annehmen, fürs Erste, obwohl es mir irgendwie falsch vorkommt. Aber es ist immerhin eine Zwischenlösung.

ENTHÜLLUNG

Ich hab es geschafft. Heute hab ich es tatsächlich geschafft – ich stand im Galopp auf Sarastro und breitete meine Arme aus. Ohne Kackhaltung. Es war wie Fliegen. So muss es sich anfühlen, frei in der Luft zu gleiten, ohne Hilfsmittel oder Motoren, als wären mir eigene Flügel gewachsen. Jedes Mal, wenn ich an diesen kurzen Moment denke, schlägt mein Herz schneller. Am liebsten möchte ich es sofort wieder tun.

Jetzt weiß ich auch, wozu die blöden Schläppchen gut sind. Ihre Sohlen haften viel besser am Voltigiergurt und auf dem Pferderücken als meine anderen Schuhe es je könnten. Und so doof fühlen sie sich gar nicht an. Ich hab sie nach fünf Minuten Training komplett vergessen, es ist fast wie barfuß zu sein. Und ich laufe gern barfuß.

Als ich mich zurück auf Sarastros Rücken gleiten lassen sollte nach diesen atemlosen, schwebenden Sekunden, habe ich nicht aufgepasst und mein linkes Knie gegen den Griff geschlagen, und kurz sah es aus, als würde ich stürzen, aber selbst wenn ich gestürzt wäre und nun beide Beine und Arme im Gips hätte – das wäre es wert gewesen. Ganz sicher.

Trotzdem hab ich nach dem Training erst einmal nur den Vereinsbeitritt gezahlt und nicht für die nächsten Stunden im Voraus. Das mit dem Vereinsbeitritt war schwierig genug, denn ich brauchte dafür eine Unterschrift meiner Eltern. Und ich hab Mamas Unterschrift einfach gefälscht. Nein, Eva hat sie gefälscht. Ich weiß, dass das kacke ist. Und es hat sich auch alles andere als gut angefühlt. Aber Eva kann perfekt Unterschriften fälschen. Sie musste nur dreimal üben und dann saß sie schon; Nina Löwe, als hätte Mama selbst die Buchstaben aufs Papier gesetzt. Evas Augen leuchteten, während sie Mamas Namen auf den Antrag schrieb. Sie hatte Spaß dabei, das war nicht zu übersehen. Ich fühle mich seitdem elend, wie ein mieser kleiner Betrüger. Elend und glücklich zugleich. Denn ich hab es endlich geschafft, auf Sarastro zu stehen. Joshua Löwe aufrecht stehend auf einem galoppierenden Pferd. Das ist total irre. Vielleicht muss Eva das erst zeichnen, bis ich es glaube.

Ich freue mich aufs Cellospielen, weil sich die Melodien inzwischen untrennbar mit Sarastros Bewegungen verschlungen haben; das eine geht nicht ohne das andere. Wenn ich auf Sarastro sitze, habe ich eine Melodie im Kopf, und wenn ich Cello spiele, sehe ich Sarastro vor mir.

Herr Matutzek und ich haben nicht mehr über den Wettbewerb gesprochen. Ich hab weder ab- noch zugesagt. Wir feilen an den beiden Konzerten, als würden wir ganz sicher teilnehmen, aber ich weiß genau, dass er es nicht länger von mir erwartet. Irgendwie hat er kapituliert. Und manchmal tut mir das leid. Er wartet auf ein Zeichen von mir.

Heute nehme ich mir *Le Cygne* vor. Der Schwan. Ich vermisse Herr Matutzeks Klavierspiel, als ich anfange. Doch dann ist es plötzlich da, in meinem Kopf. Ich kenne meine Noten auswendig, sodass ich die Augen schließen und mich vollkommen den Saiten hingeben kann, einfach nur fühlen, wie sich das Metall in meine Fingerkuppen drückt und sacht vibriert, wie das Holz des Cellos zu singen beginnt, dazu das kaum hörbare Knarzen, wenn ich den Bogen neu ansetze, Pferdehaare, Pferdehaare auf Metall … ich sehe Sarastros Hufe über den Hallensand fliegen und spüre seine Kraft …

»He, Bruder.«

Sarastro ist fort. Alles ist fort, auf einen Schlag. Geflohen vor Micha. Der Bogen rutscht mit einem hässlichen Geräusch von den Saiten.

Was macht Micha in Charlottes Wohnung? Er ist nie hier, wenn es nicht sein muss. Was soll das? Er lehnt am Klavier, die Arme verschränkt, und feixt mich an. Er heckt irgendetwas aus. Er passt nicht in dieses Zimmer, nicht zu dem schwarzen Flügel und auch nicht zu den welkenden Rosen, die neben ihm in der riesigen Blumenvase stehen und modrig süß vor sich hin duften.

»Verschwinde«, sag ich leise.

»Soso. Eva also. Mensch, Joschi.« Er schnalzt mit der Zunge und schüttelt tadelnd den Kopf. »Das Evchen.«

»Was willst du, Micha?« Ja, er hat mich mit Eva gesehen. Na und? Er war zu weit weg, um das mit dem Geld beobachten zu können. Niemals hat er das bemerkt. Aber es reicht ihm anscheinend, dass ich mit ihr rede.

Er guckt mich eine Weile grinsend an, dieses selbstverliebte, gehässige Grinsen, das ich so an ihm verabscheue. Seine blauen Augen funkeln wie poliertes Metall.

»Ich hab sie geknallt«, sagt er schließlich, langsam und jede einzelne Silbe auskostend.

»Was?« Ich verstehe nicht, was er meint. Geknallt.

»Na, geknallt. Weißt schon.« Er schlägt die Faust in die flache Hand und lacht dreckig. »Klar gemacht. Entjungfert, wenn du es genau wissen willst.«

Nein. Das glaube ich ihm nicht. Das ist nur eine blöde Masche, um mich aus der Reserve zu locken. Das hat er sich bestimmt ausgedacht, weil ich im Bus meinen Mund aufgemacht habe. Die nächste Terrorstufe.

»Ja, sicher«, sage ich nur. »Glückwunsch.« Ich blättere in den Noten. Wenn er nur endlich wieder nach oben gehen würde.

Micha kramt in seiner Hosentasche. Er angelt sein Handy heraus, klappt es auf, tippt auf der Tastatur herum und hält es mir vor die Nase. Und ich muss hinsehen. Ich muss einfach.

Es ist Eva, die mir entgegenschaut, Eva ohne T-Shirt oder Schottenrock, sondern ganz nackt, ich sehe ihre weiße glatte Haut und ihre kleinen Brüste mit Michas Händen darauf, ich erkenne diese Hände sofort, das sind Michas Finger und das ist seine dicke Uhr am Handgelenk. Eva lehnt sich zurück und grinst so komisch, während Micha sie befummelt, aber sie sieht nicht glücklich aus, eher – ich weiß nicht. Triumphierend und ängstlich zugleich? Und dahinter zeigt Pink ihren Stinkefinger, mit wütendem Blick, recht hat sie, ich bin auch wütend und ich will das nicht sehen. Trotzdem kann ich einfach nicht wegschauen. Ich beobachte stumm, wie Michas nackter Rücken sich vorbeugt und die Sicht auf Evas merkwürdiges Lächeln versperrt.

Mir ist irgendwie schlecht. In meinen Ohren rauscht das Blut. Die hatten wirklich Sex. Micha hat mit Eva geschlafen. Deshalb hat sie ihn gezeichnet. Deshalb die ganzen Bilder. Wieso hab ich nie bemerkt, dass sie was miteinander haben? Und warum schaut Micha jetzt so entsetzt und ertappt? Wo schaut er überhaupt hin?

Eine erdverschmierte Hand greift zielsicher an mir vorbei nach vorne und nimmt Micha das Handy aus den Fingern. Dann geht Charlotte seelenruhig zu den welkenden Rosen, zieht sie aus der Vase, und lässt das Handy mit einem leisen »Platsch« in das Blumenwasser fallen. Gluckernd sinkt es auf den Grund. Charlotte wirft die Rosen zu Boden und stemmt ihre Fäuste in die Seite. Ein paar Sekunden lang hört man nur das Ticken der Wanduhren und das Flüstern der Kirschbaumzweige. Charlottes Gesicht ist unbewegt, aber sie lässt Micha nicht einen Moment aus den Augen.

»Sag mal, Tante, spinnst du?«, brüllt Micha schließlich, stürzt zur Vase, tunkt die Arme ins Wasser und fischt nach seinem Handy. Die Rosen liegen schlaff auf dem Parkett. Vor meinen Augen vermischen sie sich mit Evas nacktem Busen, graurosa Blüten auf weißer Haut, sie überdecken Michas Hände, die sich so fest und grob in Evas Schultern gequetscht haben … Rosen, nur noch Rosen … Ich möchte, dass da Rosen sind, und von mir aus Dornen, aber nicht Michas Hände.

Ich stehe wie in Zeitlupe auf, bette das Cello vorsichtig in den Koffer und sehe mir dabei zu, wie ich meine Fäuste in Michas Bauch schlage. Ihn an seinem Kinn treffe. Meine Knie fest in seine Eier drücke. Und dann erst kommt der Schmerz, dann erst merke ich, wie sich seine Finger brutal um meine Kehle schließen. Irgendwo in der Ferne ruft Charlotte und da sind die Stimmen von Mama und Papa, aber das ist mir egal, ich will einfach, dass er nie wieder etwas sagt, nie wieder etwas über Eva oder über die Pferde oder über mich …

Ich hab keine Chance. Schon drückt er mich schwer auf den Boden, ich kann mich nicht bewegen, ich bekomme keine Luft mehr …

»Schluss jetzt, sofort, Schluss ihr beiden, was fällt euch eigentlich ein!«

Papa reißt mich von Micha weg und löst seine Hände von meiner Kehle. Schnaufend gibt Micha nach.

»Joshua, alles okay?« Ich kenne Papas Augen so nicht. Ich glaube, er hat Angst. »Kriegst du Luft, Junge? Kannst du atmen?« Ich nicke nur. Und schon ist sein Blick wieder wie immer, forsch und kühl und unerbittlich.

Mama hat sich Micha gepackt, hinten am Kragen. Ich muss würgen und husten. Meine Augen tränen. Micha presst die Hand auf seinen Magen. Er ist grün im Gesicht. O Gott, was hab ich getan. Jetzt wird alles nur noch schlimmer werden. Ich hab versucht, ihn zu schlagen. Ich hab ihm in den Bauch geboxt. Dabei hab ich niemals eine Chance gegen ihn. Nie.

»Was zum Teufel ist hier los?«, fragt Mama verzweifelt. »Was treibt ihr da? Kann mir das einer von euch erklären? Charlie, was ist passiert?«

Ich schaue Charlotte fest an und schüttle ganz leicht den Kopf. Bitte erzähl es nicht. Sag nichts von dem Handy. Er quält mich doch schon so sehr.

»Michael hat da so einen Film auf seinem ...«

»Ich hab Michas Handy in die Blumenvase geworfen!«, falle ich hustend dazwischen. »Er hat mich beim Üben genervt, deshalb.«

Charlotte starrt mich durchdringend an, korrigiert mich aber nicht. Mama schüttelt ungläubig den Kopf.

»Joshua, so kenne ich dich gar nicht. Ich kenne dich so nicht.«

»Mein Gott, ich wollte Cello üben, Micha nervt mich mit seinem doofen Handy, ich werfe es in die Vase, er will sich rächen, ich wehre mich, ganz einfach, das ist alles!«, rufe ich. »Ich möchte doch nur in Ruhe Cello üben, bitte. Bitte!«

»So, und ich möchte Joshua in Ruhe zuhören. Geht das? Ihr könnt eure Streitereien später klären, wenn alle wieder einen klaren Kopf haben«, sagt Tante Charlotte kühl.

»Später klären? Das Handy ist futsch. Kaputt. Alle Dateien weg. Ich hatte da Musik drauf und Filme und alles. Mann, das ist mein Handy!«, schreit Micha aufgebracht. »Das muss er mir ersetzen! Der kann nicht einfach mein Handy ersäufen und danach weiterspielen!«

Okay, super. Das hab ich mir ja toll eingebrockt. Micha

klingt, als würde er tatsächlich glauben, dass ich sein Handy ersäuft habe.

»Ich werde es dir ersetzen«, murmle ich heiser, bevor Charlotte etwas sagen kann. Jetzt hab ich ja Geld. Evas Geld. Um Micha ein neues Handy zu kaufen, auf dem nicht ihre nackte weiße Haut zu sehen ist. Und meine Voltigierstunden sind dahin. Typisch Joshua eben. Ich hab einfach kein Glück.

»Warum, Joshua?«, fragt Charlotte, als die anderen endlich nach oben gegangen sind. »Ich hätte schon dafür gerade gestanden. Ich habe kein Problem damit, deinem Bruder und deinem Vater die Stirn zu bieten.«

Ich sage nichts. Ich weiß, dass Charlotte keine Angst vor Micha und meinem Vater hat. Doch ich weiß auch, dass es noch viel größeren Ärger gegeben hätte, wenn rausgekommen wäre, was Micha mir da gezeigt hat.

Vor allem aber wollte ich, dass niemand sonst davon erfährt, was Micha mit Eva gemacht hat. Das geht keinen etwas an.

Verdammt, er darf das nicht filmen. Und schon gar nicht darf er das anderen zeigen. Mir zeigen.

Ich sitze alleine in Charlottes Zimmer mit den welkenden Rosen auf dem Boden, ohne mein Cello anzurühren. Ich warte darauf, dass die Bilder in meinem Kopf blasser werden. Aber das werden sie nicht. Nein. Sie bleiben.

Und ich hab Angst, dass sie für immer bleiben.

Abgeklärt

»Da!«

Ich werfe Micha mein Handy aufs Bett. Er liegt vor mir, ohne sich zu rühren; flach ausgestreckt und bäuchlings, seine Füße mit den Sneakers hängen halb raus, seine Arme hat er unter dem Kopf verschränkt. Ich sehe nur seinen kräftigen Nacken und die blonden Stoppelhaare.

»Hmpf«, brummt er unwirsch. Er hangelt blind hinter sich. Das Handy gerät ins Gleiten, rutscht die glatte Bayern-München-Bettwäsche hinunter. Ich greife nach vorne und fange es ab. Dann lege ich es direkt neben seine Stoppelhaare. Hier kann es nicht abstürzen.

»Das ist meins. Ich brauche es nicht, mich ruft sowieso niemand an. Ich hab dir 'ne 20-Euro-Prepaidkarte reingemacht. Der SMS-Speicher ist leer. Hab auch meine Nummern rausgelöscht. Das ist wie neu.«

Micha reagiert nicht. Nur sein linker Fuß wackelt nervös vor sich hin. Akzeptiert er das jetzt oder nicht?

»Ich kauf dir kein neues. Ich hab dein Handy nicht in die Vase geschmissen, das weiß du genau. Aber du kannst meins haben.«

Wieder Schweigen. Ich kenn ihn so gar nicht. Sonst hat der doch auch immer einen Spruch parat, irgendwas Beleidigendes, das mich lächerlich machen soll. Nun bin ich derjenige, der redet, und Micha schweigt. Ob ihm sein Bauch noch wehtut?

Bei mir hat unsere kurze Prügelei jedenfalls Spuren hinterlassen. Ich hab einen komischen Druck auf der Kehle, und beim Schlucken tut der Hals weh. Ansonsten ist alles heil. Und ich hab mich sowieso langsam daran gewöhnt, dass mir abends sämtliche Knochen und Gelenke und Muskeln schmerzen.

Ich gehe wieder raus aus Michas Zimmer. Wenn er nicht mit mir redet, kann ich auch verschwinden. Wir haben beide unsere Standpauke bekommen; ich von Mama, Micha von Papa, aber es kam mir vor, als würden Mama und Papa etwas runterleiern, an das sie selbst nicht recht glauben. Eher so, als wären sie verpflichtet, das zu tun. Doch ich hab Mamas ratlosen Blick genau gesehen. »Ich kenne dich nicht mehr.« Dauernd sagt sie das in letzter Zeit. Trotzdem fragt sie nicht, was eigentlich los ist. Sie stellt das immer nur fest. Sie sagt diesen Satz, schüttelt den Kopf oder reibt sich das Gesicht und macht mit dem weiter, was sie vorher getan hat, und fast immer sind das mindestens drei Sachen gleichzeitig. Also interessiert es sie gar nicht richtig. Und ich kann nach wie vor Dinge tun, von denen niemand etwas weiß.

Seitdem ich wieder bei uns in der Wohnung bin, versuche ich, vor den Bildern auf Michas Handy davonzulaufen. Wenn er mir sonst ein Filmchen mit einer Prügelei oder irgendwelchen Pornoszenen vor die Nase gehalten hat, konnte ich das nach einigen Stunden einigermaßen verdrängen. Die Bilder verschwammen erst und dann lösten sie sich auf.

Nur in dem Moment, in dem ich sie gesehen habe, hatte ich ein beklemmendes, lähmendes Gefühl. Ich verstehe nicht, was so toll daran ist, sich solche Filmchen anzuschauen, vor allem diese Prügelszenen, in denen Leute verkloppt werden, bis sie zusammenbrechen und ihnen das Blut aus dem Gesicht spritzt. Ich hab oft Angst, dass das so 'ne Art Inspirationsquelle für Micha ist, dass er sich dadurch Ideen holt, was er mir als Nächstes antun kann. Aber das Merkwürdige ist, dass er mich noch nie wirklich zusammengeschlagen hat. Nie so, dass ich ernsthaft verletzt war. Es waren immer nur Kratzer. Nasenbluten, eine Beule an der Stirn oder eine Schürfwunde am Knie. Als würde er sich bei all dem nur auf den großen Tag vorbereiten, an dem er mich endlich zu Brei schlägt. Und je mehr er von diesen Prügelfilmen auf seinem Handy hat, desto besser weiß er, wie er das dann anzustellen hat.

Trotzdem kann ich mich an keinen dieser Prügelfilme genau erinnern. Aber das mit Eva ist anders. Mein Gesicht wird heiß, wenn ich daran denke, und ich sehe sie immer noch viel zu deutlich vor mir. Ihr Blick. Dieser merkwürdige Blick. Wie konnte sie zulassen, dass er das filmt? Hat sie wirklich in die Kamera geschaut oder an ihr vorbei? Kam es mir nur so vor, als hätte sie direkt reingeschaut? Und wie hat er das überhaupt gefilmt? War sogar jemand Drittes dabei, der das Handy gehalten hat? War es am Ende Evas Idee?

Nein, stopp, ich will nicht mehr drüber nachdenken. Ich

muss mich ablenken. Vielleicht verschwinden diese Bilder über Nacht so wie die anderen Bilder auch irgendwann verschwunden sind. Und bis dahin lenke ich mich ab.

Am besten stemme ich noch ein paar Gewichte unten im Keller, in dem Hobbyraum, in dem Micha ab und zu seine Kraftübungen macht. Er hat Hanteln und so ein Gerät für die Bauchmuskeln, also genau das, was ich brauche. Bisher hat niemand gemerkt, dass ich dort unten trainiere, genauso wenig wie jemand gemerkt hat, dass ich heimlich in der Leistungsgruppe bin oder morgens joggen gehe oder Pink höre. Sie wissen nicht, dass ich Tom kennengelernt habe, zu Hause bei Eva war, und sie wissen nicht, dass ich auf einem galoppierenden Pferd stehen und die Arme ausbreiten kann.

Und garantiert wissen sie nicht, dass Micha Eva entjungfert und sie dabei gefilmt hat. Das ist alles total egal.

Das Haus ist so still geworden, wie ich es noch nie erlebt habe. Aus Michas Zimmer dringt kein einziges Geräusch. Nicht einmal Musik. Der Fernseher ist aus, das Telefon schweigt. Mama ist nirgendwo zu sehen. Nur die Deckenlampe im Wohnzimmer schwankt ab und zu sachte hin und her. Papa spielt mit seiner Eisenbahn.

Vorsichtig ziehe ich die Wohnungstür hinter mir zu und schleiche die Treppe hinunter. Die Hintertür zum Garten steht weit offen. Ein heißer Windstoß fährt über meine Waden und zerrt an meinem T-Shirt. Charlotte ist bestimmt draußen. Doch selbst sie will ich jetzt nicht sehen. Ich will niemanden sehen. Keine Menschen. Ich husche an Charlottes Wohnung vorbei zur Stiege nach unten. Die plötzliche Kühle und das Dämmerlicht tun so gut, dass ich einen Moment lang stehen bleibe und dabei zusehe, wie sich die Härchen auf meinen Armen langsam aufrichten. Eine feine Gänsehaut kriecht über meine Beine, über meinen Bauch und dann bis hoch zu meinem Nacken, ganz ohne Musik, einfach nur, weil die Kühle des Kellers so wohltuend und beruhigend ist. Doch dann höre ich ein komisches Geräusch aus dem Hobbyraum. Eine Art Schleifen, als würde jemand etwas über den Boden ziehen, etwas Leichtes. Nun rumpelt es kurz, nur ein Mal. Wie ein Springen oder Hüpfen. Ob ein Tier da unten eingesperrt ist? Hat sich der Nachbarskater durchs Kellerfenster gequetscht und weiß nun nicht mehr, wie er wieder nach draußen gelangen soll? Vielleicht ist er ganz verrückt vor Hunger …

Ich haste auf die Tür zu und lehne mich schwer dagegen, um sie aufzustoßen. Sie klemmt seit Jahren. Erst beim dritten Versuch gibt sie nach. Doch da drinnen ist keine Katze. Es ist auch nicht der Keller, wie ich ihn kenne. Der große wuchtige Schrank in der Ecke steht weit offen, obwohl es immer hieß, dass der Schlüssel verloren gegangen sei und dort eh nichts mehr aufbewahrt werde. Mama hatte das gesagt. An der Wand lehnt ein Verstärker, in den ein langes rotes Kabel gesteckt wurde. Und dieses Kabel schleift zuckend über den Boden, vor und seitwärts und zurück und wieder vor. Es hängt an einer Gitarre. Einer richtigen, echten E-Gitarre.

Die ersten Sekunden schaue ich nur auf die Gitarre, ein

rot-weißes Ding mit einem schlanken Hals, über den eine kleine Hand huscht, völlig mühelos drücken die zarten, schmalen Finger die Saiten hinunter.

Ich weiß, wem diese Hand gehört, aber ich traue meinen Augen nicht, weil das so unglaublich ist, was ich hier sehe. Alles geschieht lautlos, als hätte mir jemand mit einem Schlag das Gehör geraubt. Da ist nur das Schleifen des Kabels und das klackende Geräusch, wenn Mama ihre Hände auf die Saiten legt, und ab und zu stiehlt sich ein leiser, gehauchter Ton aus ihrer Kehle, als wolle sie mitsingen und habe ihre Stimme verloren, nur ein kurzes Schluchzen, das nicht lauter wird, weil ihr ja doch niemand zuhört und weil die Musik und die Gitarrenklänge direkt in ihren Kopfhörer laufen, den sie immer wieder zurechtrücken muss, um ihn nicht zu verlieren bei ihrem Rumgehopse. Sie dreht sich und springt und schwingt die Hüften und schüttelt ihre offenen Haare. Ihre Augen sind geschlossen. Es sieht aus wie der kriegerische Beschwörungstanz einer zornigen Elfe. Mama wirkt noch zierlicher als sie ohnehin schon ist mit dieser fetten Gitarre im Arm, aber ich habe Angst, dass sie bei ihrem Tanz irgendetwas zertritt oder kaputt schlägt. Vielleicht sogar mich, wenn ich ihr länger dabei zusehe. Doch wenn ich abhaue, bemerkt sie mich womöglich erst recht.

Ich bleibe mit dem Rücken zur Tür stehen, die langsam und schwer ins Schloss fällt, und weiß nicht, was ich tun soll. Warum kann Mama nicht mal lernen, die Türen hinter sich abzuschließen? Ich schaue ihr hilflos bei ihrem stummen blinden Tanz zu, bis das Gitarrenkabel bei einem besonders temperamentvollen Sprung über meine Schuhe schleift. Ich will es zur Seite treten, doch dabei verheddert es sich an meinem Knöchel. Es spannt sich und reißt Mama mit Wucht nach vorne. Erst kracht die Gitarre auf den Boden, dann purzelt Mama auf sie drauf. Der Kopfhörerstecker löst sich mit einem Plopp aus dem Verstärker.

»Thunder!«, brüllt eine kreischende Männerstimme. Ein hohes, schrilles Kreischen, das mir durch Mark und Bein fährt. Ich stürze zum Verstärker und drücke planlos irgendwelche Knöpfe, um diesem Geschrei ein Ende zu bereiten, aber der Mann hört nicht auf. »Thunderstruck!«

Dann ist es schlagartig still. Mama hat den richtigen Knopf gedrückt.

»O Gott!« Sie lacht. Sie lacht! »Scheiße, ist das peinlich. O nein. Das ist so peinlich.« Sie lacht und kichert vor sich hin, hält sich keuchend den Bauch und ihre Wangen glühen. Sie schaut mich an wie ein kleines Mädchen, das Mist gebaut hat, und es gar nicht so verkehrt findet, dabei erwischt zu werden. Doch nun ebbt ihr Lachen ab. Ihr Gesicht wird wieder ernst und gehetzt. Das Mädchen hat sich in Luft aufgelöst.

»Okay, Joshua, ich glaub, du gehst jetzt besser nach oben und vergisst das hier ganz schnell.«

»Nein. Nein, das vergesse ich nicht. Und ich vergesse auch nicht das Tattoo auf deinem – ähm …«

»Hintern«, vollendet sie seufzend. Sie streicht sich die Haare aus der verschwitzten Stirn, streift ein Gummi von ihrem Handgelenk und bindet ihre zerzauste Mähne zu dem langen Zopf zusammen, den sie fast jeden Tag trägt. »Hm. Oje«, murmelt sie.

»Was war das da eben? Seit wann spielst du Gitarre? Ich meine, ich – ich hatte ja keine Ahnung, dass wir eine E-Gitarre im Keller …«

»WIR haben die auch nicht. Das ist MEINE E-Gitarre, von früher.«

»Früher«, echoe ich verständnislos. Ich habe mir nie großartig Gedanken darüber gemacht, was früher in Mamas Leben war. Sie hat Micha und mich bekommen, als sie noch sehr jung war, und deshalb kann da wohl nicht viel anderes gewesen sein außer Schule, Papa, Kinder, Firma.

»Ja, früher«, schnauft Mama.

»Kannst du wirklich E-Gitarre spielen oder tust du nur so?«, frage ich weiter.

»Also, Joshua, bitte!«, ruft Mama empört. Sie macht den Verstärker an. »Thunder!« kreischt der Mann und Mama steigt in die Rhythmusgitarre ein. Sofort beginnt sie wieder zu zappeln, als ginge das gar nicht anders …

»Ist ja gut!«, brülle ich, aber Mama hat schon ausgeschaltet. »Was ist das für ein Geschrei?«

»AC/DC, die sollte man eigentlich kennen«, entgegnet sie spitz. Sie greift nach der Colaflasche, die neben dem Verstärker steht, und nimmt einen Schluck. Dann zieht sie sich die Gitarre an den Bauch und streicht sanft über die Saiten, genau so, wie ich es manchmal bei meinem Cello tue.

»Amok Chicks«, sagt sie leise.

»Was?«, frage ich verständnislos.

»Amok Chicks. So hieß unsere Band. Nur Mädels. Wir waren gar nicht schlecht. Wir haben vor allem Punkrock gespielt, eigene Kompositionen, aber auch andere Sachen, Klassiker, wie das hier – AC/DC kam immer gut an bei den Konzerten.«

Band. Punkrock. Konzerte. Meine Mutter.

»Und aus der Zeit ist auch ...«

»Ja, genau, ist es, wir wollten Tattoos, aber nicht so wie die anderen, kein Arschgeweih auf dem Steiß oder einen Drachen auf den Schultern, nichts, das jeder sofort sehen kann. Eher eine Art Tribal für uns persönlich, von dem nur wir und unsere Männer wissen; etwas, das uns heimlich verbindet. Als ich es stechen ließ, wurde mir schlecht. Ich hab trotzdem weitergemacht, weil ich kein unfertiges Tattoo mit mir herumtragen wollte, und plötzlich ging es mir auch wieder besser, und ich hatte so einen gigantischen Hunger auf Pommes und Hamburger und Softeis ...«

Mama hebt den Kopf und schaut mich direkt an.

»Micha«, sagt sie nur knapp. »Da war Micha schon unterwegs. Und ich hatte keine Ahnung.«

Ich muss schlucken. Soll ich sie fragen, was mir gerade durch den Kopf schießt?

Mama zuckt mit den Schultern. »Tja, als ich es wenige Tage später erfuhr, war die Sache gegessen. Eine Schwangere in einer Punkband, das geht nicht. Der Lärm und der Zigarettenrauch, die langen Abende und all das – ich bin sofort ausgestiegen.«

Jetzt frage ich doch. »Also war Micha gar nicht – geplant gewesen?«

»Joshua, bitte sag ihm das nicht, hörst du, wenn du ihm das sagst, dann …«

»Nein, keine Bange, ich sag schon nichts. Ehrlich. Versprochen.« Und das stimmt auch. Ich glaube, so etwas will niemand hören. Und Sachen, die niemand hören will, erzähle ich nicht gerne.

Mama atmet tief aus. »Gut. Er war nicht geplant, aber willkommen, von der ersten Sekunde an. Nicht einen Moment hab ich drüber nachgedacht, ihn nicht zu kriegen. – Doch auszusteigen, die Musik Musik sein zu lassen, das hat wehgetan. Es war ja nicht nur die Band. Ich hatte auch einen Studienplatz für klassische Gitarre. Und das konnte ich alles in der Pfeife rauchen. Aus. Vorbei.«

Sie nimmt wieder einen Schluck Cola und setzt sich im Schneidersitz auf den Verstärker. Ich lehne immer noch an der Tür. Irgendwie will ich mich nicht setzen. Jetzt erinnere ich mich auf einmal an die Sommerabende auf dem Campingplatz, an denen Mama nach dem Grillen ihre akustische Gitarre ausgepackt und gespielt hat. Manchmal hat sie auch dazu gesungen. Das waren jedoch verträumte, ruhige Lieder gewesen, und nach und nach sind alle Nachbarn zu uns auf die Parzelle gekommen und haben sich still daneben gesetzt und gelauscht. In den letzten Jahren sind diese Abende seltener geworden. Mama ist oft so müde, dass sie früh ins Bett geht.

Ich hab ihr damals gerne zugehört. In einer Punkband

kann ich mir sie überhaupt nicht vorstellen, aber auf einer großen Klassik-Bühne schon, und bestimmt wäre es im Publikum mucksmäuschenstill, sobald sie in die Saiten greift, weil niemand auch nur einen Ton verpassen will. Da würde keiner husten oder mit Bonbonpapier knistern. Es waren immer besondere Momente gewesen, wenn Mama Gitarre gespielt hat. Aber nicht im Traum hätte ich gedacht, dass das einmal ihr Beruf werden sollte. Dass sie Musik studieren wollte!

»Und was war mit Papa – ich meine, was hat er dazu gesagt?«

»Papa war …« Nun röten sich Mamas Wangen wieder ein wenig. Sie spielt mit dem Gitarrenkabel. »Na ja, das mit ihm war auch nicht alles direkt so geplant.«

»Nicht direkt geplant – was bedeutet das?«, frage ich hartnäckig.

»Joschi, versteh das nicht falsch, ich hab Hartmut wirklich gemocht, er war ein furchtbar netter Kerl und einer unserer treuesten Konzertbesucher.« Papa auf einem Punkkonzert. Das wird ja immer besser.

»Aber ich hatte weder vor, eine feste Beziehung zu führen noch mich zu verlieben noch eine Familie zu gründen. Doch dann … dann war Micha in meinem Bauch und dein Vater war da, hat sich um mich gekümmert, war bereit, alles stehen und liegen zu lassen für mich. Er hat sich mit seinen Eltern verworfen, um bei mir sein zu können. Das ist viel wert, Joshua. Das wirst du irgendwann begreifen. Und ich liebe deinen Vater. Ich hätte Micha auch alleine großziehen können, wenn ich das unbedingt gewollt hätte. Charlotte hätte mir geholfen. Sie hat uns ohnehin geholfen.«

Mama schaut mich gar nicht mehr an. Sie guckt wie so oft irgendwohin, als seien ihre Gedanken schon eine ganze Ecke weiter, nicht mehr da. Nun setze ich mich doch auf den Boden. Sie redet von alleine weiter, ob zu mir oder ins Nirgendwo, weiß ich nicht.

»Und weil Micha so ein friedliches und unkompliziertes Baby war und wir ihn nicht alleine aufwachsen sehen wollten, haben wir uns entschlossen, sofort ein zweites Kind zu kriegen. Dich.«

Mama stockt, als würde sie überlegen, ob sie noch etwas dazu sagen soll oder nicht.

»Und?«, hake ich nach.

»O Gott, Joschi, du warst so winzig ... schon in der Schwangerschaft war es nicht einfach, du warst zwar putzmunter und hast ständig gezappelt und getreten, aber ich hatte vorzeitige Wehen und musste lange liegen. Du kamst ein bisschen zu früh, hattest überhaupt keinen Speck am Leib. Nicht einmal drei Kilo hast du auf die Waage gebracht. Wir hatten wirklich Angst um dich. Und dann die Koliken ... Manchmal hast du Atemaussetzer gehabt, wenn du so viel geschrien hast. Eigentlich haben wir dich die ersten vier Monate nur rumgetragen, tagsüber ich, nachts Papa und ich. Alle drei Stunden hab ich dich stillen müssen, weil die Ärzte sagten, Stillen wäre das Beste für so ein zartes Baby und du hattest ständig Hunger. In all dem Chaos hat Hartmut versucht, die Firma hochzuziehen, und Micha lief irgendwie nebenher, doch der hat das gut verkraftet. Seitdem du auf der Welt bist, hab ich nicht mehr so lange schlafen können, sodass ich nicht todmüde bin, wenn ich morgens aufstehe …«

»Tut mir leid«, sage ich patzig.

»Ach, Joshua, so hab ich das nicht gemeint! Du warst ein Wunschkind, du bist ein Wunschkind. Nur war ich halt so naiv gewesen zu denken, dass es bei dir auch so einfach wird wie bei Micha. Ohne Charlotte hätten wir das alles nie geschafft, sie hat mir den Rücken freigehalten, wenn ich so erschöpft war, dass ich kaum mehr die Augen aufhalten konnte.«

»Aber warum kann Papa Charlotte dann nicht leiden, wenn sie euch so viel geholfen hat?«

Mama verdreht die Augen und grinst kurz. »Ach, das ist halt so eine Männersache. In Wirklichkeit findet er Charlotte gar nicht so übel. Er lässt sich nur nicht gerne von anderen helfen, er möchte alles immer alleine hinkriegen. Er hat es nicht verwinden können, dass wir uns Unterstützung von ihr holen mussten – manchmal auch finanzielle. Und als dann Opa Charlotte den Garten vererbt hat und uns nur die obere Etage, war er stinksauer. Das kriegt Charlie leider hin und wieder ab. Aber wir hatten schon sehr lustige Abende zu dritt, glaub mir …«

»Hat Papa dir denn gar nicht geholfen?«, bohre ich weiter. Es ist fast, als wolle ich auf Teufel komm raus irgendetwas Schlechtes über meinen Vater hören.

Mama schaut mich entgeistert an. »Er hat seinen Meisterabschluss gemacht und eine Firma gegründet. Das schüttelt man nicht gerade mal eben aus dem Ärmel. Uns war immer klar, dass wir das gemeinsam hinkriegen, jeder trägt seinen Teil dazu bei. Er tut das nicht, um sich selbst was zu beweisen, Joshua, das kannst du mir glauben. Er tut es für die Familie.«

Klar. Wir halten ja auch so toll zusammen als Familie. Der große Bruder macht den kleinen Bruder fertig, Papa ist nie da und schert sich nicht darum, was sein jüngerer Sohn wirklich will, Mama hat ununterbrochen Stress und regt sich heimlich im Keller mit ihrer E-Gitarre ab. Prima Familienleben.

»Nun guck nicht so, Joshua. Ich weiß, dass es im Moment nicht optimal läuft bei uns. Doch es läuft. Immerhin sind wir eine Familie. Und es wird irgendwann ruhiger werden, besser …«

»Das glaube ich nicht«, sage ich leise. Fast hätte ich dazu angesetzt, ihr zu erzählen, was hier wirklich los ist. Was Micha mit mir anstellt. Aber dann muss ich daran denken, wie er vorhin so stumm auf dem Bett gelegen hat, und ich kann es nicht.

»Joshua!«, höre ich Papa gedämpft rufen. Er scheint nach mir zu suchen.

»Sag ihm nichts hiervon«, bittet Mama mich und zwinkert mir zu.

»Warum spielst du überhaupt heimlich? Papa war ein Fan von euch, er muss das doch eigentlich mögen …«

Mama errötet. »Ich hab Hartmut gesagt, dass ich die E-

Gitarre verkauft hab. Er fürchtet, ich könnte irgendwann einen Rappel kriegen und euch im Stich lassen, um wieder auf die Bühne zu gehen. Was ich natürlich niemals tun würde! Aber er weiß eben, wie sehr ich es geliebt habe. Und manchmal muss ich mich einfach abreagieren wie in alten Zeiten. Trotzdem, ich muss ihm ja nicht künstlich Angst einjagen, oder? Er denkt, die Gitarre ist weg und er ist beruhigt, und ich kann ab und zu noch spielen …«

Ich seufze nur.

Das mit den Gewichten kann ich vergessen. Ich bin viel zu durcheinander, um mich auf so etwas zu konzentrieren. Bestimmt würden mir die Hanteln aus den Händen krachen. Außerdem schreit Papa schon wieder nach mir.

»Was ist?«, rufe ich, als ich oben in der Wohnung bin.

»Komm mal hoch!« Papa ist immer noch auf dem Dachboden.

»Meinst du wirklich mich?«, frage ich, als ich zu ihm trete. Er hockt inmitten seiner Modelleisenbahn. Ich war lange nicht mehr hier. Sie ist viel größer als das letzte Mal. Mehr Schienen, und er hat Kakteen und einen Westernbahnhof und zwei Büffel aufgestellt. Gerade steckt er ein paar Zaunteile aneinander.

»Schau mal, Joshua, du kennst dich doch damit aus«, sagt er und schiebt mir einen Katalog rüber.

»Ich – nein, du meinst Micha …«

»Kennt Micha sich mit Pferden aus oder was?«, fragt Papa barsch.

»Äh, nein, aber …«

»Also.« Er winkt mich noch näher zu sich. »Komm, setz dich. Ich möchte ein paar Pferde für meine Westernlandschaft kaufen. Doch ich weiß nicht, welche hierherpassen, du verstehst schon, Rasse und so.«

Ich blicke ihm über die Schulter. Viel Auswahl gibt es da nicht, aber ich erkenne sofort einen gescheckten Mustang und ein kräftiges Quarter Horse, dank der Stunden, die ich mit Lena hinterm Tresen des Reiterstübchens verbracht habe und in denen ich immer wieder das Rassen-Buch durchgeblättert und mir überlegt habe, was für ein Pferd ich am liebsten haben würde.

»Die da«, sage ich und zeige drauf. »Das sind amerikanische Pferde. Und ein Appaloosa vielleicht noch, ein gepunktetes Indianerpferd.« Der Appaloosa im Katalog erinnert mich an Damos.

»Kannst du mir die morgen besorgen? Beim Schweiger? Ist doch in der Nähe von eurer Schule.« Der Schweiger ist ein Spielwarenladen, an dessen Scheiben Micha und ich uns früher nach dem Unterricht oft die Nasen platt gedrückt haben, bevor Micha anfing, mich rund um die Uhr fertigzumachen. Beim Schweiger gibt es alles. Und an Weihnachten fährt jedes Jahr eine riesige Modelleisenbahn durchs Schaufenster.

»Okay, von mir aus.«

Papa drückt mir einen zerfledderten 50-Euro-Schein in die Hand.

»Ich weiß nicht genau, was die kosten, bring einfach so viele von diesen Pferden mit, wie du für das Geld kriegst. Und jetzt marsch ins Bett.«

Ich stecke den Schein ein und laufe wie benebelt die Treppe hinunter. Wenn Papa 50 Euro für Plastikpferde hat, wieso haben wir dann kein Geld fürs Voltigieren? Aber ich verstehe im Moment so vieles nicht. Ich hoffe nur, dass ich morgen aufwache und so gut wie alles vergessen habe von dem, was heute passiert ist.

Kurz vor dem Einschlafen taucht Papas Gesicht wieder vor meinen geschlossenen Lidern auf – seine erschrockenen Augen, als ich nach Luft gejapst habe, nachdem Micha mir die Kehle zugedrückt hat. Der hatte Angst, dass ich nicht mehr atmen kann. Wie früher. Ich kann mir das einfach nicht vorstellen, ich als Säugling in Papas Armen.

Aber als ich endlich wegdämmere, fühle ich es.

Aus und vorbei

Manchmal hab ich doch ein bisschen Glück. Herr Hinz, unser Orchesterleiter, ist krank. Seit meinem Einstieg in die Leistungsgruppe habe ich bei den Proben zwei Mal unentschuldigt gefehlt. Zwei Mal, das lässt Herr Hinz durchgehen, ohne die Eltern einzuschalten. Beim dritten Mal wird er zornig. Spätestens dann fühlt er sich nicht ernst genommen. Aber nachdem ich zwei Mal weg geblieben bin, stand heute Morgen am Schwarzen Brett: »Wegen Krankheit fällt das Sinfonieorchester bis auf Weiteres aus.« Bis auf Weiteres. Das klingt gut. Bis auf Weiteres heißt meistens mehrere Wochen lang. Und danach sind Sommerferien.

In den Sommerferien läuft das Voltigier-Training weiter, doch das ist kein Problem für mich, denn Papas Firma läuft auch weiter, wie immer, und wir werden wie immer nicht länger als ein langes Wochenende auf den Campingplatz fahren. Also kann ich weiterhin zum Voltigieren gehen, ohne dass es meinen Eltern auffällt. Ein ausgefallenes Samstagstraining wegen Kurzurlaub wird Herr Hanau sicher verschmerzen. Die anderen Mädels fahren schließlich ebenfalls in Urlaub. Und Micha spielt nachmittags im Sommer zum Glück Fußball oder trifft sich mit Max und Steffen.

Nicht nur Herr Hinz fehlt. Eva fehlt auch. Ich weiß nicht,

nach welchem System sie den Unterricht besucht. Ich kann keine Logik darin erkennen. Sie ist fast jeden Tag in der Schule, aber nicht im Unterricht. Unsere Lehrer haben sie aufgegeben. Eva zu ermahnen ist sinnlos. Sie hört nicht zu oder gibt pampige Antworten. In manchen Fächern taucht sie dann doch auf, völlig unerwartet und nicht selten erst zehn Minuten vor dem Klingeln zur nächsten Pause. Ohne ein Wort geht sie auf ihren Platz, packt ihre Eddings aus und malt. Ich stelle mir immer wieder vor, dass es noch ein Micha-Bild ist, und werde so wütend, dass ich mich kaum noch konzentrieren kann. Ich glaube ihr nicht mehr, dass sie mich malen wollte. Nein, seitdem ich das Video gesehen habe, kann ich gar nichts mehr von den guten Dingen glauben, die Eva zu mir gesagt hat. Wahrscheinlich war alles gelogen.

Stephan hat sich von mir weggesetzt. Er sagte, das sei nicht persönlich gemeint. Manchmal frage ich mich, welcher Idiot diesen Spruch erfunden hat. »Ist nicht persönlich gemeint.« Das ist Quatsch. Ich bin die Person, von der er sich weggesetzt hat, weil diese Person a) mit Eva geredet und b) Hunde- und Pferdehaare an der Jacke kleben hat. Also ist es persönlich gemeint. Ich hab ein einziges Mal meine Stalljacke im Unterricht angehabt und sofort hat er sein Bronchialasthma bekommen (also, er hustete, als er die Haare gesehen hat, und sagte, das sei sein Bronchialasthma. Für mich klang es wie ein ganz normales Husten). Ich hab ihm hoch und heilig versprochen, dass ich die Jacke nicht mehr anziehe. Und ich hab genau ein einziges Mal vor der Schule mit Eva gesprochen, als er wie jeden Morgen auf mich gewartet hat. Aber für Stephan und seine Mutter scheinen diese beiden Ausnahmen zu reichen, um sich als Mensch und Schachpartner ins Aus zu katapultieren. Nun sitzt er auf der anderen Seite ganz vorne, links von mir, wir beide alleine jeweils an einem Zweierpult, und dazwischen der Gang. Das ist doch bescheuert.

Seitdem Stephan nicht mehr neben mir sitzt, hab ich einen freien Blick auf die Tür. Ich muss sie eigentlich nicht anschauen, um zu wissen, ob jemand reinkommt oder nicht. Ich höre die Schritte auf dem Gang sowieso und erst recht das Quietschen der verrosteten Angel. Aber immer wieder ertappe ich mich dabei, dass ich die Türklinke anstarre und denke: »Beweg dich. Na komm. Beweg dich nach unten.« Als könnte ich damit erzwingen, dass die Klinke heruntergedrückt wird und sich etwas Rotes durch den Türspalt schiebt. Evas Schottenrock oder das Totenkopf-Shirt oder dieses verrückte Teil mit den zwei bekifften Schildkröten in Armeehelmen. Ich weiß echt nicht, warum ich das denke, denn wenn es tatsächlich passiert – und jedes Mal tut es das ausgerechnet dann, wenn ich nicht hinschaue – und Eva mit wütendem Gesicht und gesenktem Blick an mir vorbeischlurft, möchte ich am liebsten auf der Stelle verschwinden oder sie anschreien. Nein, zuerst Eva anschreien und dann verschwinden. Aber für immer. Ich stelle mir vor, dass ich zum Stall laufe und irgendein Wunder passiert, was weiß ich, vielleicht kriege ich so eine Art Voltigier-Stipendium und alle Leistungsgruppenstunden ab sofort bezahlt, und dann fragt mich Tom, ob ich nicht auf seine Schule gehen will, in seine Klasse, das wäre doch viel cooler ... Ja, ich male mir aus, dass wir sogar Freunde werden und er sich neben mich setzt. Weil er genauso gerne Pferdehaare auf seiner Jacke hat wie ich.

Wenn ich mir solche Geschichten zusammenspinne, kann ich das Gequietsche von Evas Eddings besser ertragen. Aber meine Träumereien machen es schwer, dem Unterricht zu folgen. Und ich darf es mir nicht erlauben, schlechter zu werden. Das geht nicht. Das würde Verdacht wecken. Mein Zeugnis wird gut, das weiß ich schon. Wir haben fast alle Tests und Arbeiten geschrieben. Doch ich darf nichts tun, was meine Lehrer misstrauisch stimmen und dazu bewegen könnte, mit meiner Mutter zu reden. Alles muss so sein wie immer.

Und gerade jetzt ist so eine Stunde, wo es schwierig ist. Verdammt schwierig. Ich kann das Quietschen von Evas Eddings kaum ausblenden. Selbst das Geschichtenausdenken funktioniert nicht. Sie fangen mit ein und demselben Gedanken an und enden mit diesem Gedanken: Ich möchte Eva die Stifte aus der Hand reißen, aus dem Fenster schmeißen, die Zeichnungen zerknüllen, ja, verbrennen will ich die. Und dann sehe ich die Bilder auf Michas Handydisplay, die einfach nicht verschwinden wollen, so sehr ich es auch versuche. Nur wenn ich auf Sarastro sitze, kann ich sie vergessen, für ein, zwei Stunden. Aber danach sind sie plötzlich wieder da, ohne Vorwarnung schieben sie sich vor meine Augen. Ich hab Eva nichts davon erzählt. Ich hab überhaupt nicht mit Eva gesprochen seit der Sache mit dem Film. Das Handy ist in Charlottes Blumenvase ersoffen, da funktioniert gar nichts mehr. Die Bilder sind weg. Nur noch in meinem Kopf sind sie, überdeutlich und in Farbe.

Ich hab nachgeschaut, ob Micha sie irgendwo auf Mamas Laptop abgespeichert hat, aber natürlich hat er das nicht. Ganz so blöd ist er nicht. Ich hab sämtliche Dateien durchwühlt, selbst die todlangweiligen Ordner mit den Firmenabrechnungen und Formbriefen und Kostenvoranschlägen für Papas Kunden. Nein. Da ist nichts. Das Video gibt es nicht mehr. Und es wurde auch nie wieder darüber gesprochen. Charlotte schweigt verkniffen. Micha mobbt mich immer noch, vor allem im Bus, doch irgendwie wirkt er dabei, als habe er ein wenig die Lust daran verloren. Oder macht es mir nicht mehr so viel aus? Ich weiß es nicht.

Ich weiß nur, dass ich Evas Eddinggequietsche nicht verdrängen kann. Heute nicht. Für jede verstrichene Minute male ich ein Sternchen in die Karos meines Mathematikhefts. Noch vier Sterne, drei Sterne, zwei, einer ... Da, es klingelt. Endlich. Alle anderen springen sofort auf, reden durcheinander und stürmen zur Tür, um auch ja keine Minute der Hofpause zu verpassen. Ich hingegen lasse mir Zeit. Viel Zeit. Damit Micha vor lauter Eifer, in den Hof zu gelangen, vergisst, dass ich da bin, und an mir vorbeiläuft ohne etwas zu sagen oder zu tun, und damit ich mir anschließend einen Platz im Hof aussuchen kann, an dem er mich nicht sieht. Wenn ich zuerst aufstehe, kann er mich verfolgen. Die Sonne knallt vom wolkenlosen Himmel, schon wieder ist es so heiß, dass wir zu schwitzen anfangen, wenn wir nur nach vorne an die Tafel kommen und eine kurze Gleichung ausrechnen müssen. Aber es ist auch das beste Wetter, um draußen im Hof Fußball zu spielen, also bitte Micha, geh vorbei, geh einfach an mir vorbei.

Ich schaue auf all die Füße, die an meinem Pult vorüberlaufen. Nackte Mädchenfüße mit bunten Nägeln, Fußkettchen und Zehenringen in Flip Flops und Sandaletten, Stephans Gesundheitslatschen und die Sneakers der anderen Jungs, wo sind Michas Sneakers? Da, da sind sie, bitte bewegt euch weiter, zur Tür. Wie in Zeitlupe hole ich meine Wasserflasche aus dem Rucksack, lege die Arbeitsblätter in mein Heft, sammle meinen Füller, den Bleistift und die Radiergummis ein, ohne meinen Blick von den blauen Sneakers abzuwenden.

Dann knallt ein Ball auf den Boden, mit einem satten ledrigen Geräusch, die Sneakers kicken sanft dagegen, verblüffend sanft, und der Ball fliegt elegant zur Seite. Ich höre Micha in den Gang hinauslaufen. Er ist weg.

Ich lasse aufseufzend die verbrauchte Luft aus meinen Lungen strömen und schließe kurz die Augen. Ich hab wieder mal vergessen zu atmen. Aber es ist ja alles gut. Micha ist weg, wahrscheinlich schon draußen, während er den Fußball auf seinen Knien und Oberarmen und dem Nacken balanciert, das kann er wirklich, es ist, als würde der Ball seinen Körper lieben, ihn berühren wollen, so wie Eva es in diesem Video getan hat, in all den Bildern, die im Rosenwasser ertrunken sind, die Bilder, die ich nicht kenne ...

»Hey.«

Ich reiße die Augen auf. Da sind doch noch ein paar Füße. Wie Porzellan heben sich Evas nackte Waden von dem gefetteten dicken Leder ihrer dunklen Stiefel ab. Das Schwarz schmerzt fast.

»Was ist?«, frage ich ohne aufzusehen. Mein Blick klebt an ihren Schuhen. Ich will Eva nicht anschauen.

Ein Bündel Geldscheine flattert auf meine Knie.

»Hier. Du brauchst bestimmt Nachschub, oder?«

»Nachschub?! Was bin ich, ein Drogenabhängiger und du mein Dealer oder was?«, brülle ich los. Für einen winzigen Moment blicke ich doch in ihre Augen, sie hat viel zu viel Tusche auf den Wimpern, irgendwie mag ich das, aber irgendwie hasse ich es auch, ich weiß es nicht. Ich kann sie nicht ansehen. Ich schaue wieder weg, aber dieser Moment war zu lang, um nicht zu bemerken, dass sie erschrocken ist. Sie ist erschrocken – vor mir.

»Aber ich dachte, du ...« Eva bricht ab. Jetzt hat sie sich wieder im Griff. Ihre Stiefel positionieren sich. »Du hast wirklich nicht alle Tassen im Schrank, Joshua. Dein Bruder hat recht.«

»Mein Bruder ...« Ich schlucke es runter. Nein. Ich sag ihr das nicht. Ich kann das nicht, genauso wenig, wie ich sie ansehen kann. Schon vermischt sich alles miteinander, die Bilder vom Handy vermischen sich mit ihren langen schwarzen Wimpern und ihrem Mädchenduft, ja, sie riecht nach Blumen und Frühling, ob sie das möchte oder nicht, irgendwie ganz sanft. Und trotzdem will ich, dass sie auf der

Stelle verschwindet. Sie soll zu Micha gehen und sich mit ihm zusammen filmen, wenn sie das so toll findet.

»Woher ist das Geld überhaupt? Von wem hast du es?«, frage ich kühl und stecke das Hausaufgabenheft in die vordere Tasche meines Rucksacks.

»Das spielt keine Rolle«, sagt Eva frostig. Aus den Augenwinkeln sehe ich, wie sie ihre Arme verschränkt. Dann platzt eine Kaugummiblase.

»Doch, spielt es!«, schreie ich. Sie zuckt zusammen. »Und jetzt geh mir aus den Augen, ich will dich nicht mehr sehen. Hau ab, lass mich in Ruhe! Das hat eh alles keinen Sinn!«

Draußen auf dem Flur bleiben ein paar Oberstufenschüler stehen und glotzen zu uns rein. Eva zeigt ihnen den Mittelfinger und tritt die Tür zu. Mit einem lauten Knall fällt sie ins Schloss.

Ich greife in meine Hosentasche. Ich muss eine Weile wühlen, bis ich finde, was ich suche, aber dann hab ich es, einige Münzen und die letzten Scheine, ein 50er und ein 20er. Ich ziehe sie raus, klaube die neuen Scheine von meinem Schoß und bündle alles zu einem knisternden Päckchen, einem Päckchen wie das aus meinem Traum. Ich schiebe es zu Eva rüber.

»Ich will dein Geld nicht. Nimm es und verschwinde.« Ich kann kaum mehr reden. Jedes Wort verstärkt das flaue Gefühl in meinem Magen. Wenn ich weiterrede, wird mir noch schlecht. Es ist furchtbar stickig im Klassenzimmer. Ich muss hier raus. Ich stehe auf und will mich an Eva vorbei zur Tür drücken, so wie im Bus kurz vor der letzten

Haltestelle, damit Micha mich nicht kriegt, ich kann das aus dem Effeff, zur Seite drehen und blitzschnell vorbeihuschen. Doch Eva stellt sich breitbeinig vor die Tür und stemmt die Arme in den Rahmen. Ich müsste sie berühren, um an ihr vorbeizukommen.

»Was hast du eigentlich für ein gottverdammtes Problem, Joshua?«

»Lass mich raus«, sage ich ruhig, meine Augen auf ihre Boots gerichtet. Eva schnaubt. Eine Weile bleiben wir so stehen, sie im Türrahmen, ich davor. Ich fühle ihre Blicke auf meinem Gesicht, aber ich sehe nur ihre Schnürsenkel, die metallenen Ösen drum herum, nichts sonst.

Plötzlich tritt sie brutal nach hinten. Die Tür springt auf.

»Dann hau doch ab!«, faucht sie. »Geh wieder zu Mama und lass dich von deinem Bruder niedermachen. Lass dich von ihm mobben und verarschen und lass ihn seine ›Joschi-ist-schwul‹-Geschichten herumerzählen, lass ihn deinen Kopf ins Klo tunken, bis du kotzen musst, mach alles so wie bisher, super, echt klasse.«

Ich könnte jetzt gehen, die Tür ist offen, aber Eva hört nicht auf zu brüllen, und es ist wie ein Zwang, ich muss zuhören, genauso wie ich zugucken musste, wie Mama Gitarre gespielt und Micha mir das Video gezeigt hat.

»Du willst wissen, woher ich das Geld hab? Ja? Okay, pass auf. Ich hab's von meiner Mutter genommen.« Evas Stimme wird kalt. »Das ist ganz einfach, weißt du. Sie kommt spät nach Hause, ist erschöpft, wie immer, war ja alles so anstrengend, dieser ganze Modescheiß, es ist so anstrengend, reichen Tanten sauteure Röckchen und Hütchen und Schälchen zu verkaufen, immer ist sie erschöpft und leidet und hat Kopfweh, und während sie auf ihrer Scheiß-Ledercouch liegt und sich von ihren Lakaien ihren Scheiß-grünen-Tee kochen lässt, gehe ich an ihre Handtaschen und nehme das Geld raus, ganz easy, ich hab das schon so oft gemacht, und weißt du was? Sie merkt das gar nicht. Sie merkt das nicht einmal! Ich kann jede Woche klauen und sie merkt das einfach nicht!«

Eva schnappt keuchend nach Luft.

»Und wo ist dein Vater?«, frage ich leise.

»Ach, Joshua, verdammt, fick doch dein Cello!«, schreit sie.

Jetzt muss ich sie anfassen, anders geht es nicht, ich nehme ihren Arm und schiebe ihn zu Seite, kurz stemmt sie sich dagegen, doch dann gibt sie plötzlich nach. Ich schlängle mich durch die Tür und laufe den Gang entlang, viel zu langsam, aber meine Knie sind aus Gummi. Wenn ich schneller laufe, falle ich hin.

Ich hab das nicht zum ersten Mal gehört, das mit meinem Cello. Micha hat das schon so oft zu mir gesagt. Aber bei Eva hat es anders geklungen. Es hat mir einen Schauer über den Rücken gejagt. Und vor allem hätte ich beinahe zurückgeschrien. Ich hätte es ihr beinahe verraten, das mit dem Handy und Michas Film. Dass er mir das gezeigt hat. Dass ich es weiß.

Aber das darf ich nicht. Ich schäme mich irgendwie für sie. Ich schäme mich mit ihr.

Auf dem Schwarzen Brett steht groß »Hitzefrei!«. Sie sind ganz frisch, die Buchstaben, die Kreide glänzt feucht. Die fünfte Stunde wäre bei uns sowieso ausgefallen, also habe ich nun frei. Ich nehme nicht den Bus. Ich will auch gar nicht nach Hause. Was soll ich da? Ich muss das jetzt hinter mich bringen, ich kann nicht darauf warten, das macht es nur schrecklicher. Ich laufe sofort zum Stall rüber und fange an zu rennen, sobald sich meine Knie wieder ein bisschen stabiler anfühlen. Und während meine Beine zitternd über den Asphalt und den Schotterweg fliegen und der heiße Wind mir in den Nacken bläst, weiß ich genau, dass ich mir eben alles verdorben habe. Alles. Ich habe Evas Kohle nicht genommen. Noch blöder: Ich habe ihr auch den Rest des anderen Geldes zurückgegeben. Ich habe keinen einzigen Cent mehr. Meine Schultasche steht immer noch im Klassenzimmer und auf dem Pult liegen die Scheine. Bestimmt hat Eva sie eingesteckt.

Ich will kein geklautes Geld haben. Nein, ich will überhaupt kein Geld mehr von Eva haben, ob geklaut oder nicht. Kein Geld, keine Zeichnungen, keine Pink-Konzerttickets, gar nichts. Sie soll mich nie wieder ansehen.

Ich werde jetzt sofort zu Herrn Hanau gehen und ihm sagen, dass ich mit dem Training aufhöre. Eva kann ja Micha Fußbälle kaufen von ihrem geklauten Geld oder Dauerkarten für die Bundesliga, es gibt vieles, was Micha gebrauchen kann, von mir aus ein neues Handy, mit dem sie beide ihre tollen Filme drehen können.

»Ich kann nicht mehr zum Voltigieren kommen«, keuche

ich, nachdem ich die Tür zum Reiterstübchen aufgestoßen habe. Es ist angenehm kühl darin. Herr Hanau steht hinter der Theke und poliert ein Glas. Er schaut mich an, als wäre ich eine Fata Morgana, nicht besonders erschrocken, aber sehr verwundert.

»Nicht mehr zum Training kommen?«, fragt er ungläubig. Jetzt verwandelt sich der Unglauben langsam in Strenge. Und Enttäuschung.

»Es tut mir leid, wirklich …« Meine Stimme wird brüchig und ich muss eine Pause machen, um weitersprechen zu können. »Ich hab das Geld nicht. Mein Taschengeld ist alle. Ich hab gedacht, meine Mutter unterstützt mich, aber … sorry, es geht einfach nicht! Ich will so gerne, glauben Sie mir.«

Ich weiß nicht, ob er mir glaubt. Er poliert sein Glas weiter und schaut mich nur an. Dann schüttelt er den Kopf, dreht mir den Rücken zu und geht ohne ein Wort in die Küche hinter der Bar. Es scheppert und kracht. Es hört sich an, als würde er etwas kaputt machen. Er ist sauer. Klar ist er sauer.

Ich flüchte durch den Hintereingang an den Toiletten vorbei ins Freie und rüber zum Reitplatz. Ich komme mir wie ein Eindringling vor, als würden überall Schilder mit der Aufschrift »Für Unbefugte Betreten verboten« stehen. Und ich bin jetzt unbefugt. Das ist nicht mehr meins. Ich werde auch das Schulvoltigieren canceln. Ich sag Frau Klein, dass ich meine Hände schonen muss wegen des Cello-Wettbewerbs im Herbst. Mama wird mir eine Entschuldigung schreiben und sich zusammen mit Herrn Matutzek darüber freuen, dass alles wieder so ist wie früher. Dass ich endlich zur Vernunft gekommen bin.

Denn ich werde das nicht ertragen können, hier zu sein und zu wissen, dass das nur ein viel zu langer, künstlich hinausgezögerter Abschied sein wird. Ich muss jetzt Abschied nehmen, bevor es noch mehr wehtut. Sarastro steht draußen auf der Sommerweide und hebt den Kopf, als er mich bemerkt. Zögernd trabt er zu mir herüber. Ich sage nichts. Was sollte ich ihm auch sagen? Er schnaubt leise, als ich meine Wange gegen seinen zuckenden Hals drücke und mit beiden Armen seine kräftige Brust umfasse. Dann lasse ich ihn los und mit federnden Hufen schreitet er dem Schatten unter den Bäumen am Waldrand entgegen, wo wir nach dem Training so oft zusammen spazieren gegangen sind.

Ein letztes Mal setze ich mich auf die Bank vor den Reitplatz. Der schwarze Hund trottet schnaufend auf mich zu und lehnt sich schwer an meinen Knöchel. Die Hitze flimmert vor meinen Augen. Ich starre in das grelle Sonnenlicht, bis alles ineinander verschwimmt und tausendfach glitzert und funkelt. Wie ein Geist tritt eine helle Gestalt aus dem Glitzern und Flimmern hervor, ein weißes hochbeiniges Pferd mit silbernen Strähnen in seiner wehenden Mähne. Seine dunklen Augen verdrehen sich angstvoll. Und doch sieht es so stark und mächtig aus.

»Na, auch hitzefrei?« Toms Stimme klingt fröhlich und unbeschwert. Für ihn ist das nichts anderes als ein toller Tag, an dem die Schule früher aus ist und er seine Pferde reiten kann.

Ich nicke nur.

»Ist alles in Ordnung? Heulst du?«

Ich weiß nicht, ob ich heule. Ich hab keine Ahnung. Ich fühle mich nicht einmal traurig. Ich fühle mich leblos. Und irgendetwas in meiner Kehle tut höllisch weh. Vielleicht laufen mir auch ein paar Tränen hinunter, ja, kann sein. Soll Tom mich ruhig verhöhnen. Ich kenn das von Micha. Ich schlucke und wische hastig über mein Gesicht.

Jetzt sehe ich ein bisschen klarer. Tom schwingt sich von Damos' Rücken und befestigt die Zügel locker am Zaun. Geschickt kriecht er unter den Holzbalken durch und setzt sich neben mich auf die Bank. Na los, fang schon an, denke ich.

»He, was ist denn passiert?«, fragt er. Das Fenster vom Reiterstübchen scheppert. Herr Hanau steht dahinter, groß und mächtig und windschief wie immer, und schaut prüfend zu uns rüber. Ich wende mich schnell wieder ab. Sonst kommt er vielleicht noch zu uns und faltet mich vor Toms Augen zusammen. Tom winkt ihm kurz zu.

»Also, wenn der Horst sich Sorgen macht, ist wirklich was nicht in Ordnung. Na komm, red schon. Was ist los?«

»Voltigieren«, murmle ich. »Ich – ich hab das Geld nicht. Muss aufhören.«

»O Scheiße«, erwidert Tom und streckt seine Beine aus. »Mann, ist das heiß. Ich geh ein in den Stiefeln. Und warum hast du das Geld nicht?«

»Wir haben es halt einfach nicht!«, rufe ich verzweifelt. »Ich krieg es nicht zusammen, mein Vater verdient zu wenig, seine Firma läuft nicht gut, jedenfalls nicht gut genug, ich weiß nicht, woher ich es nehmen soll. Das ist teuer! Außerdem wollen meine Eltern nicht, dass ich das mache, aber selbst wenn sie es wollten, würde es nicht gehen …«

Tom schweigt eine Weile, während Damos vor uns herumzappelt und versucht, Bremsen von seinem Hintern wegzubeißen. Dann richtet Tom sich auf und pfeift kurz durch die Zähne. Auch das war irgendwie klar. Jemand wie Tom kann durch die Zähne pfeifen, ohne die Finger zu benutzen. Aus den Bäumen hinter den Hindernissen löst sich ein mächtiges braunes Pferd mit einer hochgewachsenen Reiterin auf dem Rücken.

»Bin ich dein Hund, oder was?«, ruft sie zu uns rüber. Tom grinst nur. Das Mädchen meckert leise vor sich hin und treibt ihr Pferd der Umzäunung entgegen. Damos wiehert knotternd. Der große Braune antwortet sofort. Es klingt beinahe zärtlich.

»Was ist denn los?«, fragt das Mädchen. Sie hat lange dunkelrote Haare und das ganze Gesicht voller Sommersprossen.

»Pass mal auf, dass der nicht wegläuft«, sagt Tom und zeigt auf mich. »Ich muss Papa was fragen.«

»Was hast du jetzt wieder vor?«, seufzt das Mädchen. Doch Tom geht schon auf die Stallungen zu. Mein Bauch fühlt sich an, als würde ein kleiner Vogel in ihm herumflattern. Tom hat zwei eigene Pferde, er gewinnt Turniere und er hat eine Freundin. Sein Vater ist auch im Stall. Vater und Sohn reiten? Und seine Freundin soll aufpassen, dass ich nicht verschwinde. Vielleicht …

Das Mädchen mustert mich aufmerksam.

»Ich bin Tanja«, sagt sie schließlich. »Und manchmal weiß ich nicht genau, warum ich mit dem Kerl zusammen bin«, fügt sie spöttisch hinzu.

»Ich kann es mir schon denken«, entgegne ich leise.

Tanja schaut auf den Boden, dann wieder auf mich, ernst und forschend.

»Ja, es ist zu offensichtlich, oder?« Ihre Blicke wandern zum Stall, wo Tom auf einen schlanken großen Mann einredet, der aussieht wie er, nur in Dunkel. Dunkle Locken, braun gebrannt und er steht da, als könne ihn nichts und niemand erschüttern.

Jetzt kommen sie zu uns rüber. Mein Herz beginnt wie wild zu schlagen, und das Vögelchen in meinem Magen fliegt Pirouetten. Meine Fantasie malt sich wieder die verrücktesten Geschichten aus, dass Tom seinen Vater gebeten hat, mich zu adoptieren, dass er Stipendien für Voltigiertalente vergibt, mir ein Pferd kauft. Ich weiß, dass das alles nicht passieren wird, aber das interessiert meine Fantasie nicht, sie hört nicht auf mit diesen Geschichten, bis die beiden endlich vor mir und Tanja stehen.

»Tom, man bindet sein Pferd nicht am Zaun des Springplatzes an«, sagt der Mann streng, doch seine Augen lächeln. »Das ist riskant.«

Tom verzieht nur kurz sein Gesicht. »Is ja gut«, erwidert er gelassen, kriecht unter dem Zaun durch und löst Damos' Zügel. Mit einem Satz schwingt er sich wieder in den Sattel.

»Hallo, Joshua.« Toms Vater streckt mir seine Hand entgegen. Sie ist trocken und warm und irgendwie beruhigend.

»Guten Tag, Herr …«

»Birkmeier. Ich hab schon gehört, dass du ein großes Talent bist, und für große Talente haben wir normalerweise den Förderverein.«

Normalerweise. Das Vögelchen in meinem Bauch hört auf zu flattern.

»Tom! Schultern gerade! – Wie gesagt, der Förderverein. Aber dieses Jahr geht das nicht. Der Stall muss dringend renoviert werden. Das ist lange überfällig. Zwei Stalltrakte sind okay, doch der dritte, in dem die meisten Pferde stehen …« Herr Birkmeier schüttelt den Kopf. »Da muss nur ein Unwetter kommen und wir haben ein riesiges Problem.«

Ich höre ihm gar nicht mehr richtig zu. Das Vögelchen in meinem Bauch ist tot. Keine Adoption. Kein Stipendium. Kein Geld vom Förderverein.

»Nächstes Jahr vielleicht, wenn die Renovierung durch ist. Vielleicht. Wir wissen noch nicht, was es kosten wird«, redet Toms Vater weiter. »Wir sind dabei zu kalkulieren. Aber dieses Jahr haben wir leider nichts übrig. Das ist sicher. Tut mir leid, Joshua.«

Das war es also. Toms Vater war meine letzte Hoffnung und jetzt habe ich es schwarz auf weiß. Es ist kein Geld für mich übrig, nicht einmal bei den Leuten, die mich respektieren und wollen, dass ich voltigiere.

»Danke«, sage ich. Ich stehe auf und renne rüber zur Straße. Ich weiß nicht, wohin ich gehen soll, nach Hause will ich nicht, aber Tom und Tanja beim Reiten zusehen, das kann ich auch nicht. Das tut nur weh. Die haben all das, was ich nicht habe.

»Joshua! Warte doch!«, ruft Tom mir hinterher. Damos' Wiehern schwebt durch die schwüle Sommerluft. Ich renne noch ein bisschen schneller. Da vorne kommt schon der Bus um die Ecke.

»Joshua!« Das ist Tanja. »Mach jetzt keinen Scheiß, hörst du?«, schreit sie gegen den Wind. Die Türen des Busses schwingen auf. Er ist fast leer. Ich setze mich auf die hinterste Bank. Nur nicht heulen. Nicht heulen.

»Mach jetzt keinen Scheiß.« Sie hat gut reden. Sie ist die Freundin von Tom. Sie geht nach der Schule einfach in den Stall und reitet ihr Pferd. Da kann man so etwas leicht sagen.

Ich lasse mich vom Bus drei Mal durch die ganze Stadt schaukeln, drei Mal an unserer Straße und an allen 26 Haltestellen vorbei, bis der Busfahrer plötzlich auf die Bremse tritt und sich nach mir umdreht. »Willst du nicht mal aussteigen und schwimmen gehen wie alle anderen Kinder auch?«, ruft er gereizt.

Ich antworte nichts. Ich bin kein Kind.

Nach der vierten Runde steige ich doch aus. Ich stehe zehn Minuten lang mit nass geschwitztem Rücken in der sengenden Hitze vor unserem Haus und kann mich nicht überwinden reinzugehen. Niemand fällt auf, dass ich da stehe. Alle haben mit ihrem Leben zu tun. Doch dann biegt ein riesiger Mähdrescher um die Ecke und rollt direkt auf mich zu. Ich blicke dem Fahrer entgegen, ohne mich zu rühren, aber als er wenige Meter vor mir anfängt, mit den Armen zu fuchteln und etwas zu schreien, das ich nicht hören kann, nur sehen, weiche ich doch rechtzeitig aus, nicht mal in letzter Sekunde, sondern gewissenhaft und rechtzeitig, ganz Joshua Löwe, und schaue zu, wie er an unserem Garten vorüberdröhnt und der Mann hinter dem Steuer mir einen Vogel zeigt.

VERSCHWÖRUNG

»Joshua!«

Ich bin nicht da. Mein Körper steht hier einfach nur auf dem Bürgersteig herum, weil Joshua Löwe sogar zu blöd ist, um nur so zu tun, als würde er sich von einem Mähdrescher überfahren lassen, und kann seine Füße nicht heben. Vielleicht weicht der Asphalt auf unter mir, manchmal tut er das im Sommer, und dann bleibe ich wirklich drin stecken. Und sehe nur noch zu. Vielleicht versteinere ich langsam durch Sonne, Wind und Regen, bis ich eine harte, verhornte Joshua-Statue bin, sonst nichts. Schon jetzt möchte ich mich nicht mehr bewegen. Einfach nur dastehen.

»Joshua!«

Ein Schweißtropfen rollt meinen Nacken hinunter, unendlich langsam, dann perlt er an meinem linken Schulterblatt ab, tropft in meine Unterhose. Meine Augen beginnen zu brennen. Aber selbst wenn ich sie schließe, sehe ich Papa vor mir, wie er oben am Balkon lehnt und auf mich herabschaut und meinen Namen schreit, die Ärmel weit hoch gekrempelt, nein, wahrscheinlich in einem seiner sommerlichen Muscle-Shirts, dem knallroten oder dem grauen mit der »12« vorne drauf, dazu seine abgeschnittenen, ausgefransten Jeans und die Badelatschen. Überall braun gebrannt bis auf die Oberarme, den Rücken und den Bauch, da ist er immer schneeweiß.

»Joshua, wo sind denn meine Pferde?«

Seine Pferde? O Gott, die Pferde ... die Plastikpferde. Die 50 Euro. Verdammt, das waren gar nicht Evas 50 Euro, die ich vorhin in meiner Hosentasche gefunden habe. Das war der Schein, den Papa mir zugesteckt hat für seine Eisenbahnpferde, und die sollte ich ihm eigentlich längst gekauft haben, wieso hab ich das nur vergessen? Jetzt ist es weg, das Geld, endgültig, und ich selbst hab keines mehr, ich bin völlig abgebrannt.

Ich gehe rückwärts auf die Straße zurück, ohne meinen Kopf zu heben. Meine Knie sind schon ganz steif und wackelig vom vielen Stehen und hinter meinen Augen und in den Ohren rauscht das Blut. Mit jedem dieser kleinen kurzen Schritte lösen sich weitere Schweißtropfen aus meinem Nacken, schlängeln sich meinen Rücken hinunter, laufen mir übers Kinn und über die Brust ...

»Joshua!« Das ist nicht Papa, so schnell kann er nicht runtergelaufen sein, ich spüre ihn ja immer noch dort oben stehen und mich anstarren. Aber der Griff an meinem Oberarm ist hart und entschlossen, schon werden meine Füße über den glühenden Asphalt geschleift. Ich rieche Benzin und sehe einen Schatten an mir vorbeigleiten, wieder Hupen, wieder aufgeregtes Schreien ohne Ton. Ihr könnt ja alle zusammen einen Klub gründen, der Busfahrer, der Bauer aus dem Mähdrescher und dieser Mercedes-Glatzkopf hier mit seiner verspiegelten Sonnenbrille, gründet doch den »Joshua ist bescheuert«-Klub ...

»Sag mal, bist du des Wahnsinns?«

Zeternd zieht Charlotte mich durch ihren Garten auf die Terrasse und hinein in ihre kühle dunkle Küche. Sie drückt mich unsanft auf die alte Eckbank mit den abgewetzten, braun-weiß karierten Polsterbezügen. Ich schaue ihr reglos dabei zu, wie sie ein Handtuch vom Haken nimmt, es unter fließendes Wasser hält und mir damit über meine Haare und meinen Nacken streicht. Ihre Hände sind erdverschmiert und ihre Kleider riechen nach Dünger und verwelkten Blüten. Ich fange an zu zittern. Schlotternd starre ich auf all die blauen Venen und Äderchen auf Charlottes Beinen, dunkelrot, lila und blau, in den Kniekehlen bündeln sie sich, wieso sieht man das im Fernsehen nie bei den Frauen? Die Frauen im Fernsehen und Kino haben so was nicht.

»Was gibt das denn jetzt da unten? Dürfte ich vielleicht mit meinem Sohn sprechen?«, schreit Papa vom Balkon herunter.

Charlotte stöhnt gereizt auf und marschiert nach draußen auf die Terrasse. Ich hänge mir das nasse Handtuch über mein Gesicht. Nichts mehr sehen.

»Ich werde Joshua schon nicht entführen, Hartmut«, ruft Charlotte zurück. »Der Junge ist total überhitzt, weiß der Teufel warum, er braucht erst einmal ein bisschen Ruhe und ein kühles Zimmer.«

»So. Muss ich mir von dir erzählen lassen, was mein Sohn

braucht? Das wird ja immer schöner. Ich glaub, ich steh im Wald.«

»Ja, ich auch«, murmelt Charlotte und kommt kopfschüttelnd in die Küche zurück.

»Was ist das, ein neuer Sport, sich fast überfahren zu lassen? Rückwärts die Straße überqueren? Was hast du dir dabei gedacht? Und jetzt nimm das Handtuch vom Gesicht, ich rede mit dir.«

Resolut zieht Charlotte das Tuch von meinem Kopf. Ich spüre, wie sich meine Haare aufrichten. Charlotte pustet gegen meine nasse Stirn und mir rieselt ein Schauer über den Rücken.

»Joshua, sprich mit mir!« Sie kniet sich nieder, nimmt meine Hände fest in ihre und sieht mich an. Ich kann nicht reden. Wenn ich rede, fange ich an zu heulen.

»Hey, du musst mit anderen Menschen sprechen, wenn du möchtest, dass sie dich gerecht und fair behandeln. Die meisten Menschen tun das nicht von alleine. Es ist keine Lösung, sich auf die Straße zu stellen und darauf zu warten, dass eine Katastrophe passiert. Das ist keine Lösung.«

Okay, Charlotte, die Lehrerin. Das ist Lehrerinnen-Gerede. Doch meinen Tränen ist das egal. Die mögen ihre Worte. Sie wollen raus. Schon beginnen Charlies braun verkrustete Hände vor meinen Augen zu verschwimmen. Herr Friedrich gurrt in seinem Käfig verträumt vor sich hin.

»Ach Joshua«, seufzt Charlotte. »Du bist ja mindestens so stur wie deine Mutter. Aber du musst lernen, dich zu behaupten, und das geht nur, wenn man selbst etwas behauptet, indem man redet. Stur und stumm, das ist keine glückliche Kombination. Du musst deine Sturheit schon begründen. Sonst wird dich niemals jemand verstehen.«

Ich schlucke krampfhaft, doch eine Träne hat sich gelöst, noch hängt sie an meinen Wimpern. Aber es könnte auch Wasser sein aus dem nassen Handtuch, das mittlerweile schlaff an der Stuhllehne klebt.

»Ich ... kann nicht«, murmle ich erstickt. Meine Kehle ist zugeschnürt. Ich kann wirklich nicht. Vielleicht bin ich innerlich schon eine Statue.

Charlotte schüttelt mit zusammengepresstem Mund den Kopf, bevor sie sich vorbeugt und mir die feuchten Haarsträhnen aus der Stirn streicht. Dann hält sie plötzlich erstaunt inne und schnüffelt wie ein Hund, der eine Fährte aufgenommen hat. Es kommt mir vor wie ein Déjà-vu.

»Moment«, flüstert sie und beugt sich über meine Arme und meinen Oberkörper. Noch einmal riecht sie an mir. Über ihr Gesicht huscht ein Lächeln, das ich noch nie bei ihr gesehen habe – unbekümmert und verzückt. Ja, es ist fast ein Grinsen.

Verblüfft schaut sie mich an.

»Pferd!«, ruft sie und zeigt auf mich, als habe sie ein Weltwunder entdeckt. »Du riechst nach Pferd! Eindeutig! Du reitest – ist das wahr? Erlauben sie dir das? Warum hat Nina mir nichts erzählt? O Joshua. Das ist fantastisch ... du reitest ... in welchem Stall? Sag bloß, beim alten Hanau? Drüben hinter eurer Schule? Mensch, Joshua, das ist ein richtig guter Stall ...«

»Nein!«, unterbreche ich sie hitzig. Die Tränen spritzen aus meinen Augen und das Schluchzen bohrt so stark in meiner Kehle, dass ich beinahe husten muss. »Nein, hör auf damit, ich will davon nichts mehr wissen und schon gar nicht darüber sprechen!«, schreie ich sie an.

»Joshua … Schatz …« Charlotte hat mich noch nie so fest umarmt, wie sie es jetzt tut. Ihre Haut ist fast so kühl wie das feuchte Handtuch und ihre Arme scheinen kein Zögern zu kennen. Sie hält mich fest wie Micha einen Ball, der ihm zugeworfen wird, sie meint mich, nur mich, und sie wird mich erst einmal nicht mehr loslassen. Aber ich kann doch nicht einfach sitzen bleiben und heulen, dafür bin ich zu alt. Ich lasse mich trotzdem eine Weile halten, weil sie dann mein Gesicht nicht sehen kann, das liegt auf ihrer glatten, festen Schulter und fühlt sich so heiß an, als könnte es in Flammen aufgehen. Wenn Micha jetzt reinkommt und sieht, dass Charlotte mich hin- und herwiegt wie ein Baby, bin ich erledigt. Dann ist die Endterrorstufe erreicht.

Charlotte nimmt ihre Arme wieder zu sich, greift nach hinten und reißt ein Stück Küchenrolle ab. Eilig nehme ich es ihr aus der Hand. Ich bekomme kaum noch Luft. Ich schnäuze mich, bis ich ein bisschen durch die Nase atmen kann. Mein Mund ist staubtrocken.

»So, mein Freund. Und nun erzählst du mir, was los ist. Ich werde dich hier nicht weglassen, bis ich weiß, warum du nach Pferd riechst und warum alles vorbei sein soll.« Herr Friedrich stößt einen schrillen Schrei aus, als wolle er Charlottes Worte bekräftigen.

Es ist wirklich nicht leicht, das zu erzählen. Ich habe das Gefühl, dass ich nicht einmal mehr weiß, wie man korrekte Sätze formuliert. Immer fehlt irgendetwas. Ich stottere und verhasple mich und muss Pausen machen, um mich zu schnäuzen und Luft zu holen. Aber Charlotte bleibt geduldig und fragt kein einziges Mal nach. Sie sitzt nur da, fast wie ein Gegenstand, der gar nichts mit all dem zu tun hat; und ich hab keine Ahnung, was in ihrem Kopf vor sich geht und ob sie es genauso bescheuert findet wie Papa und Micha oder so gefährlich wie Mama, dass ich Voltigieren möchte. Ja, dass ich nichts lieber will, als auf einem Pferd herumzuturnen, ein Junge zwischen lauter Mädchen, die kaum mit mir reden. Und dass es sich so schön angefühlt hat, schöner als alles andere, was ich bisher getan habe.

Solange sie sich nicht darüber lustig macht, kann ich solche Dinge sagen.

Herr Friedrich gurrt hin und wieder versonnen und spreizt dabei seine Flügel, ein hoffnungsloser Versuch, die Hitze abzustreifen, die auf dem Haus lastet und langsam auch in Charlottes Küche schleicht, um sich überall festzusetzen.

»Das ist kein guter Sommer«, sagt Charlotte nachdenklich, nachdem ich fertig bin und wir fünf Minuten stumm gegenüber gesessen und Herrn Friedrichs Gurren zugehört haben. Sie deutet nach draußen, wo sich die Gewitterwolken wie Ungetüme aufbauen, aber nicht näher kommen. »Es war noch nie so. Noch sie so heiß, noch nie so extrem. Drei Tage Hitze und Schwüle, ein Tag Unwetter und dann diese abrupten Temperaturstürze. Meine Pflanzen leiden.

Der ganze Garten leidet. Und meine Knochen …« Ihre Augenbrauen bilden eine schmale dichte Linie, und sie reibt sich über ihre Oberarme. »Die Hitze scheint den Menschen das Gehirn zu vernebeln. Was ist denn um Himmels willen so verkehrt daran, wenn ein Junge voltigieren möchte?«

Meint sie das ernst? Wieder huscht ein leichtes Lächeln über ihr Gesicht.

»Weißt du, was ich am Reiten so liebe?«, fragt sie und tupft sich mit dem feuchten Handtuch ihre Stirn ab. »Es macht keine Unterschiede. Keine Unterschiede zwischen Mann und Frau. Es geht nur darum, ob du mit deinem Pferd umgehen kannst. Schau dir die Springturniere an – mannshohe Hindernisse, und so oft lassen die Amazonen die Männer im Schatten stehen. Meredith Michaels-Beerbaum zum Beispiel. Ein winziges Persönchen, aber die kann reiten … das Mädel kann reiten …«

»Wieso – ich wusste gar nicht, dass …«

»Warte einen Moment«, bittet mich Charlotte und geht an ihren großen Vorratsschrank. Sie schiebt ein Höckerchen davor, steigt drauf und zieht von ganz oben einen Schuhkarton heraus.

»Bitte schön.« Sie zwinkert mir zu, nachdem sie ihn mir vor die Nase auf die Wachstuchtischdecke gestellt hat. Zögerlich öffne ich ihn. Er ist voll bunter Turnierschleifen. Unter diesen Turnierschleifen liegen eingerahmte Fotos, Charlotte in Jackett und blitzsauberen hellen Reithosen auf einem kräftigen braunen Pferd mit Blesse und drei weißen Hufen …

»Das ist Lancelot!«, rufe ich und springe auf.

»Nicht ganz«, schmunzelt Charlotte. »Lancelots Mutter. Du kennst den Kleinen also …«

Ich bin so aufgeregt, dass ich stehen bleibe.

»Wir haben ihn geputzt, ganz am Anfang, er war das erste Pferd, das ich überhaupt angefasst hab in meinem Leben. Und klein kann man ihn nun wirklich nicht nennen.«

»Herr Hanau war dabei, als er geboren wurde«, erinnert sich Tante Charlotte wehmütig. »Das ist schon eine besondere Mensch-Pferd-Beziehung zwischen den beiden. Ich sag ja immer: Der ist netter zu den Pferden als zu den Menschen.«

»O ja«, stimme ich ihr zu. »Er macht manchmal so abfällige Handbewegungen, wenn ich was nicht hinkriege, so ein Abwinken und dann dreht er sich weg – das hasse ich …«

»Militär«, kommentiert Charlotte knapp. »Der alte Haudegen war lange beim Militär. Das prägt. Aber er ist ein guter Lehrer. Er hat also wieder mit dem Voltigieren angefangen? Das ist ja ein Ding.«

Plötzlich erstarrt Charlottes Lächeln und ein schmerzlicher Ausdruck huscht über ihren Mund.

»Ach Gott, jetzt ist mir klar, warum ich davon nichts weiß. Ach, Ninchen, Ninchen, du liebe Seele …«

Ich schaue sie fragend an und setze mich wieder.

»Was meinst du?«

»Eigentlich erzählt mir Nina alles, was ihr so macht.« Zumindest alles, was sie mitbekommt, ergänze ich in Gedanken bitter. »Aber dass du voltigierst, das hat sie mit keiner

Silbe erwähnt. Natürlich, sie wollte mich nicht an früher erinnern, wo du doch ausgerechnet bei den Hanaus voltigierst …« Wehmütig streicht Charlotte über die vielen bunten Turnierschleifchen.

Eigentlich ahne ich es schon, doch ich frage trotzdem.

»Warum hast du aufgehört?«

»Wegen Nina. Wegen Micha. Wegen dir. Wegen Hartmut. Vier gute Gründe.«

Charlottes Augen sehen nicht aus, als seien es vier gute Gründe gewesen. Sie sind traurig und sehr weit weg.

»Es ging nicht mehr. Weißt du, Nina ist eher eine Tochter für mich als eine Schwester. Deine Großmutter ist viel zu früh gestorben. Nina war ja noch ein Kind. Ich habe sie quasi großgezogen. Und wenn deine kleine Schwester so früh und ungeplant ein Baby bekommt und ihr Mann gleichzeitig eine Firma gründet, dann gibt es nichts zu überlegen. Dann stellt man die eigenen Interessen ein wenig zurück und packt mit an. Zuerst habe ich die Turniere gestrichen. Dann habe ich mein Pflegepferd abgegeben. Dann habe ich nur noch eine Reitstunde die Woche genommen. Und dann …«

»Dann ist es einfach langsam eingeschlafen?«, führe ich ihre Gedanken zu Ende.

»Nein. Nein, Joshua. Ich hab nicht mehr dran geglaubt. Das war der Grund. Und jetzt wünsche ich manchmal, ich hätte wenigstens noch eine Reitstunde in der Woche. Ich hätte dranbleiben müssen. Nina meint, es wäre ihre Schuld gewesen, dass ich aufgehört habe. Aber sie war nur der Auslöser. Mehr nicht.«

»Tja, vielleicht soll das einfach nicht sein mit uns und dem Reiten«, sage ich schulterzuckend.

Charlotte haut so heftig mit der Faust auf den Tisch, dass das Geschirr im Schrank klirrt. Ich schaue sie erschrocken an.

»Das werden wir ja noch sehen. Joshua, ist dir eigentlich klar, was für ein Glück du hast? Du hast das Glück, etwas gefunden zu haben im Leben, was du wirklich tun willst. Nein, eigentlich zwei Dinge. Cellospielen und Voltigieren. Weißt du, wie viele Menschen da draußen herumirren und nie genau wissen, was sie in ihrem Leben wollen, nie erfahren, was ihnen Freude bereitet und Kraft spendet? Das zu wissen, ist ein Geschenk!«

»Aber das nützt mir doch nichts, wenn ich es nicht tun darf.«

»O doch«, erwidert Charlotte hart. »Denn es gibt immer einen Weg. Und auch für mich hätte es einen Weg gegeben, wenn ich es nur versucht hätte. – Und ich entscheide hiermit, dass ich dein Weg bin. Finito.«

»Du?«, frage ich rätselnd. Meine Tante kommt mir gerade ein wenig – abgedreht vor. Jedenfalls hab ich sie so geladen und schwungvoll noch nie erlebt. Es macht mir fast ein bisschen Angst.

»Ich schlag dir einen Deal vor, Joshua. Du hilfst mir im Garten. Kirschbaum abernten, Unkraut jäten, Beete umgraben. All das, was ich nicht mehr so gut kann.« Sie wischt nachlässig ein paar Krümel vom Tisch. »Ich zahle dir im Gegenzug das Voltigieren.«

»Aber … aber Mama und Papa – die werden das nie erlauben. Papa dreht durch, wenn du mir was bezahlst, er dreht ja schon durch, wenn wir von deinem Gulasch essen, und vor allem hab ich doch die ganze Zeit heimlich trainiert, und wenn das rauskommt ...«

»Eins nach dem anderen, Schatz«, beruhigt mich Charlotte. Sie grinst spitzbübisch. »Das kriegen wir schon hin. Erst mal trainierst du weiter, denn Herr Hanau mag es gar nicht, wenn man fehlt, und ich warte derweil auf eine günstige Gelegenheit, zwischen dir und Nina zu vermitteln. Und danach lösen wir das Problem mit Hartmut. Okay?«

»Das klappt nie«, sage ich seufzend, doch gegen das Strahlen, das sich auf mein Gesicht stiehlt, bin ich machtlos. Ich grinse so breit, dass meine Mundwinkel wehtun, und trotzdem laufen schon wieder Tränen meine Wangen hinunter.

»Joshua«, sagt Charlotte ernst. »Dein Vater ist kein Ungeheuer. Es gibt sicher Männer, mit denen ich lieber meine Freizeit verbringe, doch er ist in Ordnung.«

»Aber warum – warum behandelt er mich dann immer so ...« Mir fehlen die richtigen Worte. »... so streng und abweisend«, beende ich meinen Satz schließlich stotternd.

»Ich glaube, er hat Angst um dich. Er fürchtet, du kommst in der Welt da draußen nicht klar, weil du sensibler und zarter bist als er und Micha. Er ist nach deiner Geburt Amok gelaufen, als du so viel geschrien hast und die Koliken hattest. Wenn es nach ihm gegangen wäre, hätte rund um die Uhr jemand neben deinem Bettchen gesessen und auf dich aufgepasst. Und es machte ihn wahnsinnig, dass er das nicht konnte. Er will, dass du gut durchs Leben kommst, dass dich nichts so schnell umhaut. Und er meint wohl, dich mit Strenge abhärten zu können. Nina ist davon auch nicht begeistert.«

»Aber das funktioniert so nicht. Das funktioniert überhaupt nicht!«, erwidere ich heftig, obwohl ich auf einmal wieder einen dicken Kloß in der Kehle habe. »Er macht mich damit nur noch kleiner!«

»Vielleicht solltest du ihm das mal sagen, Joshua. Rede mit ihm.«

Nein. Das kann ich nicht. Jedenfalls jetzt nicht. Wir schweigen wieder eine Weile. »Er wird das trotzdem nicht erlauben mit dem Voltigieren«, murmle ich schließlich.

»Unterschätz du mal deine alte Tante nicht«, entgegnet Charlotte siegessicher. »Es wird nicht leicht, das bestimmt nicht. Schon gar nicht bei deinem Vater. Aber Aufgeben wäre zu einfach, oder?«

In all der Aufregung haben sich ein paar Strähnchen aus Charlottes Knoten gelöst. Sie zieht die Klämmerchen heraus und schüttelt ihre Haare. Für einen winzigen Augenblick sieht sie fast aus wie Mama. Mama in Braungrau und mit Brille.

»So, und nun schlag ein, Joshua.« Sie hält mir die Hand hin. Ich lege meine obenauf. Ich muss ihr glauben. Charlie ist meine letzte Chance. Sie muss das hinkriegen. Anders geht es nicht.

HEIMKEHR

So spät abends war ich noch nie am Stall. Es ist schon nach acht, aber hell wie im Winter nachmittags, ich kann gar nicht glauben, dass meine Armbanduhr richtig geht. Die Sonne scheint immer noch so grell, als wolle sie sich mit aller Macht gegen die Nacht wehren.

Selbst Mama hat nicht versucht, mich aufzuhalten. Ich habe ihr gesagt, dass ich meine Schulsachen im Klassenzimmer liegen gelassen habe. Das stimmt ja auch, und Schule und Stall sind nur ein paar Minuten voneinander entfernt, also spricht nichts dagegen, nach dem Stallbesuch beim Hausmeister zu klingeln, und so hab ich nicht einmal gelogen.

Aber zuerst muss ich zum Stall. Ich muss Herrn Hanau sagen, dass ich doch weitermache. Seitdem Charlotte beschlossen hat, mir zu helfen, hab ich diese bescheuerte Angst, dass er zu enttäuscht und wütend ist, um mich überhaupt wieder einsteigen zu lassen, sozusagen als Strafe. Ich würde heute Nacht kein Auge zutun, wenn ich das nicht sofort kläre.

Während ich in die Pedale trete und die schwüle Luft den Schweiß aus meinen Poren drückt, als ob ich gegen einen gigantischen Föhn ankämpfe, beschließe ich, das ab jetzt immer so zu machen. Kein Bus mehr. Nur noch Fahrrad. Mama kann mich nicht zwingen, mit dem Bus zur Schule zu fahren. Sie will das ja, weil es angeblich sicherer ist für uns, aber das ist es nicht. Micha ist im Bus. Es ist lange nicht so gefährlich, über zehn rote Ampeln zu fahren, wie mit Micha zusammen im Bus zu sitzen.

Mein Rad rutscht auf dem Kies, als ich über die holprige Zufahrt rase. Vor dem Reiterstübchen lasse ich es auf den Boden gleiten, während ich abspringe, und stoße mit beiden Händen die schwere Tür auf. Herr Hanau ist nicht im Stübchen. Durch die großen Panoramafenster sehe ich ihn in der Halle stehen, um sich herum ein paar Reiter, denen ebenfalls der Schweiß über das Gesicht läuft. Tom ist auch dabei. In der Mitte der Halle sind zwei Hindernisse aufgebaut, seitlich liegen lose Stangen auf dem Boden.

Ich stürze durch die Stallgasse zur Hallentür und lehne mich über die Bande. Damos prustet empört.

»Herr Hanau!«, keuche ich mit schwacher Stimme. Er hört mich nicht. Ich hole tief Luft und rufe noch einmal, bevor der Mut mich wieder verlässt.

»Hallo! Herr Hanau!« Damos macht einen Sprung zur Seite.

»Herrschaftszeiten!«, schimpft Tom und fasst die Zügel kürzer. Endlich dreht sich Herr Hanau zu mir um. Er kommt nicht zum Eingang, sondern legt nur fragend beide Hände hinter seine Ohren. Na super, jetzt kriegen es alle mit.

»Ich komme doch wieder! Voltigieren! Ich hab das Geld!«, brülle ich, so laut ich kann. Es ist viel zu leise.

»Weitertreiben – beschäftigen – treiben – reiten – vorwärts!«, herrscht Herr Hanau Tom an, der genervt die Augenbrauen hochzieht. »Du bestimmst das Tempo, nicht dein Pferd!«

Langsam schreitet er zu mir rüber, ohne den Blick von den Reitern zu lassen. Erst als er an der Bande steht, schaut er mich an und er sieht weder freundlich noch erleichtert aus.

»So«, sagt er knapp. »Und was ist morgen? Dann wieder nicht? Und übermorgen doch, oder was?«

»Nein«, beschwichtige ich ihn eilig. »Ich hab eine Lösung gefunden und ich werde weitertrainieren, versprochen, ich hab bisher ja auch nie gefehlt, ich sage nicht noch mal ab, ehrlich …«

»Mhm«, knurrt er. Er könnte wenigstens lächeln. Hab ich ihn überhaupt schon einmal richtig lächeln sehen? Wie hat Charlotte ihn genannt – Haudegen. Wahrscheinlich ist Lächeln beim Militär verboten. Er mustert mich durchdringend und wie immer kann ich seinem Blick kaum standhalten. »Ich kann niemanden brauchen, der unzuverlässig ist. Das muss jetzt ein definitives Ja sein. Kein Wenn und Aber. Wir haben im September ein Turnier.«

Oje. Im September! Ich soll im September an einem Turnier teilnehmen, wenn ich das eben richtig verstanden habe. Das ist Wahnsinn.

»Ach Horst, du hast es gehört, er kommt zum Training, nun lass ihn schon.« Diese Stimme kenne ich doch … Ich drehe mich zur Seite.

»Hi«, sage ich leise zu Tanja, die hinter der Bande auf der

kleinen Tribüne hockt, genau auf dem gleichen Platz wie Eva in den Voltigierstunden. Sie grüßt mit einem Kopfnicken zurück. Herr Hanau schaut uns beide missbilligend an, macht dann seine typische abwertende Handbewegung und geht wieder in die Mitte der Halle. Ich quetsche mich an zwei staubigen Hindernissen vorbei und setze mich neben Tanja.

Tom ist es irgendwie gelungen, Damos zu beruhigen und zu uns an die Bande zu treiben. Der Schimmel kaut schnaufend auf seiner Trense herum. Gelblicher Schaum tropft zu Boden.

»Und?«, fragt Tom neugierig. »Gibt es was Neues?«

»Ich habe es doch geschafft!« Ich strahle. Es fühlt sich noch unwirklich an, dieses Strahlen, so als hätte ich es mir nur von jemanden ausgeliehen. »Ich kann weiterhin trainieren.«

»Cool«, grinst Tom.

»Wir haben uns Sorgen gemacht«, sagt Tanja ernst.

»DU hast dir Sorgen gemacht«, verbessert sie Tom. »Mir war klar, dass der nicht zum letzten Mal hier war.«

»He! Quasseln könnt ihr nachher! Jetzt wird gearbeitet!«, brüllt Herr Hanau quer durch die Halle. Damos reißt den Kopf hoch. Tom wendet ihn schulterzuckend ab und trabt auf die Stange zu.

Ich möchte noch nicht nach Hause gehen. Ich will das Gefühl auskosten, hier zu sitzen und zu wissen, dass ich wiederkommen kann, jederzeit, und dazugehöre, ohne schlechtes Gewissen. Ich muss morgen die Kirschen pflücken, ja, wahrscheinlich die gesamte nächste Woche, denn der Baum ist riesig, aber jede einzelne Kirsche wird mich daran erinnern, was ich dafür tun darf. Und dann wird es kaum etwas Besseres geben, als bei brütender Hitze zwischen Bienen und Wespen in Charlottes Kirschbaum zu hängen.

Also sitze ich stumm neben Tanja und bestaune Tom, der sich so selbstverständlich durch die Halle bewegt, als sei sie extra für ihn erbaut worden. Das ist sein Revier. Er ist der Boss. Er strahlt aus den anderen Reitern heraus. Gut, Damos ist der einzige Schimmel und macht auch als einziges Pferd ständig Theater, aber wieder frage ich mich, wie es sich wohl anfühlen muss, Tom zu sein …

»Wir beide dürfen schon miteinander reden«, schmunzelt Tanja und stößt mich sanft mit dem Ellenbogen in die Seite. »Wir haben ja keine Reitstunde.«

»Okay.« Okay – und jetzt? Was soll ich reden? Was redet man mit der Freundin von Tom?

»Warum reitest du nicht mit, mit deinem Pferd?«, frage ich schließlich schüchtern, weil mir einfach nichts Besseres einfällt.

»Meteor ist zu alt für Springstunden«, sagt Tanja und zuckt mit den Schultern. »Und er ist nicht mein Pferd. Er gehört Tom.«

»Ach so, Meteor ist sein zweites Pferd.«

Sie nickt. Auch ihre Augen lassen keine Sekunde von Tom ab. Aufmerksam beobachtet sie jede Regung von ihm und Damos, doch ihr Gesicht lässt nicht erkennen, was sie dabei denkt oder fühlt.

»Es ist nicht alles immer so einfach, wie es aussieht«, sagt Tanja nach einem weiteren minutenlangen Schweigen und deutet mit dem Kinn auf Tom, der Damos konzentriert über die Stangen auf dem Boden schickt. »Ich weiß, wie das ist, wenn Geld fehlt. Mir fällt nichts in den Schoß. Und wenn Tom mal keinen Bock mehr auf mich hat, bin ich wahrscheinlich auch Meteor los. Meine Mutter hätte nicht einmal Kohle für Cellostunden.«

»Aber Tom …«

»Ja, ich weiß«, seufzt sie. »Bei ihm sieht alles irgendwie perfekt aus. Lass dich davon bloß nicht beeindrucken. Der steht sich manchmal selbst im Weg. Und Damos – also, ich möchte den nicht reiten. Der ist wie Dynamit unterm Hintern. Tom ist schon einige Male böse gestürzt. Er muss sich das verdienen.«

»Das« – dieses »das« ist wohl Tom, wie er auf das Hindernis zugaloppiert, nicht ablässt, nicht zögert, und exakt im richtigen Moment hebt Damos ab und setzt elegant darüber. Wie im Film.

Bevor ich noch länger an Tom und Damos kleben bleibe und Tanja mir weiteren Stoff zum Nachdenken gibt, besuche ich rasch Sarastro in seiner Box, gebe ihm eine Möhre, lehne mich an sein schimmerndes Fell und lausche für eine kurze und doch so ewig erscheinende Minute seinem Atem, radle zur Schule, klingle unseren mies gelaunten Hausmeister aus seiner Wohnung, hole meinen Rucksack aus dem leeren dunklen und viel zu friedlichen Klassenzimmer, und erst als ich schon fast wieder zu Hause bin, frage ich mich plötzlich, woher Tanja weiß, dass ich Cello spiele.

KIRSCHBAUMLÜGE

»Achtung!«

Ich reiße die Arme an meinen Körper und rolle mich auf den Bauch, bloß die Hände schützen, die Hände müssen in Sicherheit sein. Dann treffen mich Sarastros Hufe an der Wade und am Knöchel. Gott sei Dank nicht an den Händen. Ich lasse meine Wange in den weichen Sand sinken und lausche angestrengt. Hat Herr Hanau ihn zum Stehen gebracht? Oder ist er noch neben mir?

Zuerst spüre ich nur den Aufprall der Hufe auf meiner Haut, obwohl sie längst wieder weg sind, ein Gefühl, als würde sie bis aufs Äußere gespannt. Doch als ich mich aufrichten will, kommt der Schmerz, so brutal und plötzlich, dass ich aufjaule und mich nach vorne krümme.

»Joshua!« Herr Hanau beugt sich zu mir herunter, rollt mich auf die Seite und bettet meinen Kopf auf meinem angewinkelten Arm. Stabile Seitenlage. Das hab ich im Erste-Hilfe-Kurs in der Schule gelernt. Ich bin also verletzt. O Gott, tut das weh. Mir wird fast übel vor Schmerzen. Es zieht sämtlichen Speichel aus meinem Mund.

»Ist der Doc da? Weiß jemand, ob der Doc da ist?«, ruft Herr Hanau, ohne sich von mir abzuwenden.

Ich versuche, dem Schmerz standzuhalten, ihm zu begegnen und zu ertragen. Ohne zu winseln. Es ist schwer, doch es geht. Mein Knöchel fühlt sich an, als wäre er zertrümmert, aber meine Hände sind heil. Das ist das Wichtigste.

Ich höre Sarastro schnauben und vor der Halle preschen Hufe über den Asphalt, dem aufheulenden Mofa hinterher, das all das hier angerichtet hat. Es war so schnell gegangen – ich stand auf Sarastro, völlig versunken und konzentriert, und auf einmal rast ein knatterndes Mofa an uns vorbei, viel zu nah am offenen Hallenfenster. Das war Absicht, hundertprozentig ist das Absicht gewesen. Sarastro hat einen Schlenker gemacht, ich bin gestürzt und dann … dann war er plötzlich über mir …

»Tom!«, schreit es von draußen. Ist das Herr Birkmeier? »Thomas, Herrgott, lass es gut sein, du kriegst den nicht! Du bringst dich nur in Gefahr. – Verdammter Mist, wir brauchen hier eine Schranke oder ein Fahrverbot, das geht so nicht weiter, das ist lebensgefährlich. Wo ist der Junge?«

Nun stehen lauter Menschen um mich herum; Herr Hanaus Sohn, der eigentlich gerade auf dem Platz die Springreiter unterrichtet, seine Freundin, Lena, Tanja, die Mädels aus der Leistungsgruppe. Auch jetzt tuscheln sie nicht. Sie sehen erschrocken und ratlos aus. Ich würde gerne etwas sagen, aber ich kann nicht. Mein Mund ist zu trocken. Der schwarze Hund trottet auf mich zu und leckt an meinem Bein.

»Wasser«, krächze ich.

»Wasser!«, ruft Lena, »bringt ein Glas Wasser, schnell!«

»Okay, dann schauen wir mal.« Toms Vater setzt sich neben mich in den Sand.

»Wie viele Finger?« Er macht das Victoryzeichen.

»Mit den anderen gekrümmten fünf, ansonsten zwei«, presse ich heiser hervor. »Ich hab nichts am Kopf. Mein Fuß ...«

Vorsichtig krempelt er mein Hosenbein hoch und streift die Trainingsschlappen von meinem Fuß. Lena hält mir ein Glas an den Mund. Ich trinke gierig.

»Eieiei«, murmelt Herr Birkmeier. »Das müssen wir röntgen. Am besten rufen wir deine Eltern an.«

»Nein!«, protestiere ich und verschlucke mich beinahe an dem Wasser. »Nein. Das ist nicht nötig. Ehrlich. Die sind sowieso nicht da. Ich bin okay.« Ich versuche aufzustehen, doch Herr Birkmeiers Hände drücken mich behutsam zu Boden.

»Wir müssen seine Eltern anrufen«, beschließt Herr Hanau.

»Nein«, sage ich noch einmal, aber er ist schon auf dem Weg ins Reiterstübchen. Ich hab ihm eine Nummer geben müssen, als ich mich angemeldet habe, für alle Fälle, und das hier ist so ein Fall, doch es war meine Nummer. Meine eigene Handynummer. Denn ich konnte ihm ja schlecht die von meinen Eltern geben ... Und jetzt hat Micha mein Handy. Herr Hanau wird Micha anrufen und alles wird auffliegen.

Ich lasse meinen Kopf in den Sand sinken und schließe die Augen. Mein Knöchel pocht glühend vor sich hin. Es tut so weh, dass mein Atem zittert. Wenn er gebrochen ist, war das mein letztes Training. Wahrscheinlich hat Herr Hanau

Micha schon am Apparat … spricht gerade mit ihm … Warum dauert das so lange? Da, er kommt zurück. Ich spüre seine Schritte auf dem Hallenboden.

»Ich erreiche niemanden. Mailbox. Kannst du ihn erst mal mitnehmen, Doc?«

O ja, bitte erst einmal mitnehmen. Bitte. Und dann rufen wir Charlotte an. Warum ist mir das nicht früher eingefallen … Charlotte.

»Pack mal mit an, Tom.« Ein Arm greift unter meinen Nacken, das muss Tom sein, der versucht hat, den Mopedfahrer mit Damos einzuholen. Für mich. Herr Birkmeier hebt vorsichtig meine Beine an und stützt meine Hüfte. Bevor wir die Halle verlassen, öffne ich kurz meine Augen und sehe Sarastro, wie er an der Bande steht und seinen Schweif hin- und herpeitschen lässt.

»Es tut mir leid«, flüstere ich.

Dann hieven sie mich auf die Rückbank eines Geländewagens, der nach Pferd und Hund riecht, und während die schweren Reifen über den Schotterweg rumpeln und mein Fuß bei jeder Erschütterung zu explodieren scheint, begreife ich langsam, was überhaupt passiert ist. Ich habe mich verletzt, ich kann vielleicht monatelang nicht mehr trainieren, nicht mehr Fahrrad fahren, ich muss mit verletztem Fuß im Bus stehen und mich mobben lassen, ich werde nicht am Turnier teilnehmen können, gar nichts mehr … nichts …

Und Mama und Papa werden rauskriegen, dass ich sie belogen und betrogen habe.

»Glück gehabt.« Herr Birkmeier klatscht zwei Röntgenbilder an die Leuchtwand. »Kein Bruch. Keine Bänder kaputt. Alle Sehnen heil. Du hast wirklich Glück – und anscheinend Knochen aus Beton.«

»Und warum tut das dann so beschissen weh?«, stöhne ich und starre auf meinen Fuß, der aussieht wie eine mutierte Aubergine.

»Prellungen verursachen oft schlimmere Schmerzen als Stauchungen oder Brüche. Aber sobald alles abgeschwollen ist, bist du wie neu. Du musst nur ein bisschen Geduld haben.«

Herr Birkmeier streicht eine kühle durchsichtige Salbe auf die blaugrünen Hufabdrücke. Ich beiße auf meine Zunge, um nicht zu jammern.

»Wie lange?«, frage ich.

»Mindestens zwei Wochen. Wenn du dich schonst, kannst du in zwei Wochen vielleicht wieder trainieren. Vielleicht.« Er stabilisiert meinen Knöchel mit einem schneeweißen Verband.

Zwei Wochen. In zwei Wochen finden die letzten beiden Schulvoltigierstunden statt und wir wollten morgen damit anfangen, für unsere Vorführung zu proben. Und mittlerweile will ich unbedingt mitmachen, ganz egal, ob Micha zuschaut oder nicht. Aber wahrscheinlich wird er sich das sowieso sparen. Warum sollte er seinem Bruder zusehen? Oder gar Beifall klatschen? Die Mädels studieren eine Nummer auf Pollini ein, fast nur im Schritt. Danach sollte ich auf Sarastro antreten. Ich hatte mir sogar schon die Musik dazu herausgesucht und zusammengeschnitten. *Zaubergarten* von Schiller. Es ist wie fürs Voltigieren gemacht. Und es passt zu Sarastro.

Charlotte und ich hatten den Plan, Mama und Papa mitzuschleppen und ihnen anschließend gemeinsam zu sagen, was Sache ist. Wenn ich meine Präsentation hinter mir habe. Wenn sie gut geklappt hat. Denn dann können sie mir das Voltigieren nicht mehr verbieten. Doch wenn ich jetzt nicht trainieren kann und mit einem Verband rumlaufe ...

»Wohin soll ich dich bringen, Joshua?«, fragt Herr Birkmeier und bedeutet mir mit einem Klaps auf mein heiles Bein, dass er fertig ist.

»Nach Hause. Zu meiner Tante. Die ist bestimmt da«, sage ich schnell.

Zehn Minuten später stehe ich mit Krücken unter den Armen vor Charlottes Tür und hebe mühsam den schweren Eisenring an. Mit einem sonoren Rums poltert er gegen das massive Eichenholz.

»Bin im Garten!«

Schwitzend und humpelnd kämpfe ich mich um das Haus herum auf die Terrasse. Charlottes Hintern reckt sich grau und breit aus dem Beet mit dem Gemüse heraus. Seufzend richtet sie sich auf und dreht sich zu mir um.

»Du bist gestürzt«, stellt sie sachlich fest. Sie streift die Handschuhe ab und kommt zu mir herüber. »Setz dich, Joshua.« Stöhnend lasse ich mich auf die Hollywoodschaukel sinken.

»Da ist ein Mofafahrer viel zu dicht an der Halle vorbeigeknattert, angeblich machen die das absichtlich, hin und wieder.«

»Ja, solche Leute gibt es. Die finden das lustig, Reiter zu erschrecken. Die gehören eingesperrt«, knurrt Charlotte. »So etwas ist lebensgefährlich.« Ja, das hat Herr Birkmeier auch gesagt.

»Gebrochen?«, fragt sie und deutet auf mein Bein.

»Geprellt.«

»Wir müssen es ihnen sagen, Joshua. Wir können nicht länger warten.«

»Nein!«, rufe ich panisch. »Können wir nicht sagen, dass ich vom Kirschbaum gefallen bin oder so? Bitte, Charlie, bitte. Wenn du es jetzt sagst, wird es nie klappen. Nie! Das ist der allerschlechteste Zeitpunkt. Das mit dem Fuß ist der beste Grund für Mama, es mir nicht zu erlauben. Bitte nicht!«

Charlotte schweigt. Sie denkt nach. Das ist gut. Nachdenken ist besser als ein schnelles Nein. Sie überlegt zumindest, ob meine Variante eine Lösung sein könnte.

»Joshua, ich finde das nicht richtig. Es ist nicht richtig zu lügen.«

»Aber es ist doch nur eine Notlüge, nur für zwei Wochen, ich schone mein Bein, und dann mache ich die Vorführung, und sie werden stolz sein, hoffentlich, und vielleicht werden die Zuschauer Beifall klatschen …«

»Das werden sie bestimmt«, sagt Charlotte.

»Also. Bitte. Bitte! Ich bin vom Kirschbaum gefallen.«

»Was glaubst du, was dein Vater mir erzählt, wenn er das herausbekommt ...«

»Ich dachte, du hast keine Angst, meinem Vater die Stirn zu bieten?«

Charlotte wirft mir einen strengen Blick zu. »So lange ich die Wahrheit sage, ja. Doch das hier, das ist – es ist nicht in Ordnung. Joshua, das musst du wissen. Es ist nicht gut. Trotzdem ... ausnahmsweise.« Sie seufzt tief. »Ausnahmsweise stimme ich zu. Du bist vom Kirschbaum gefallen. Aber nur, weil du nicht wie von mir geraten eine Leiter benutzt hast.«

»Kein Problem«, willige ich ein. Ein bisschen Buhmann spiele ich gerne. Ich werde meinen Fuß schonen und so oft wie möglich beim Training zuschauen und mir meine Kür immer und immer wieder im Kopf vorstellen, damit ich sie vor dem Einschlafen im Geiste durchspielen kann. Das ist besser als nichts. Und ein paar Sachen werde ich schon irgendwie hinkriegen, mehr jedenfalls als die Mädchen. Ich werde jeden Abend im Bett Schiller hören und mir meine Choreografie ausmalen. Sie zu spüren versuchen.

In drei Wochen ist die Vorführung. Bis dahin wird mein Fuß gesund. Ganz bestimmt.

ERPRESSUNG

Mama hat mir geglaubt. Und Papa erst recht. Ich hatte sogar fast den Eindruck, er freut sich ein bisschen, dass ich vom Kirschbaum gefallen bin. Und wenn ich die Geschichte noch öfter erzähle, fange ich irgendwann selbst an, daran zu glauben. Für Papa ist mein Sturz jedenfalls der endgültige Beweis, dass dieser Garten »da unten« zu nichts nütze und eine einzige unnötige Gefahrenquelle ist.

»Dann überleg dir doch bitte mal, woher die Erdbeermarmelade kommt, in der du jeden Morgen dein Brötchen ertränkst«, blaffte Mama ihn an, als er sie wieder daran zu erinnern versuchte, dass es weitaus sinnvoller wäre, einen »schönen« Carport vor die Terrasse zu bauen. Der Garten mache nur Dreck. Und jetzt sei auch noch ihr Sohn vom Baum gestürzt.

Aber mir war das ganz recht. Durch diese erneute Garten-und-Carport-Diskussion hat niemand genauer nachgehakt, wie und warum ich gestürzt bin, und Mama kam nicht auf die Idee, unter meinen Verband zu gucken, weil sowieso wieder alles entsetzlich hektisch war. Ständiges Telefonklingeln, irgendwelche Aktenordner auf dem Esstisch und der Taschenrechner nebendran, ein Fußballspiel im Fernsehen – ich hab gesagt, dass ich mich ausruhen möchte, mir ein Brot geschmiert und mich in mein Zimmer verzogen.

Alle drei haben mich hintereinander gefragt, ob der Fuß gebrochen ist, in der Reihenfolge, in der sie nach Hause kamen. Erst Mama – mit panischem Flackern in den Augen –, dann Micha – eher belustigt als besorgt – , dann Papa – mürrisch, als wäre er sicher, dass ich etwas falsch gemacht habe. Und in dem Moment, in dem ich sagte »Nein, geprellt«, war es fast schon wieder in Ordnung, ach, geprellt, na dann.

Dieses »Na dann« tut immer noch scheußlich weh und manchmal rasen grelle, panische Gedanken durch meinen Kopf – diese »Was wäre wenn«-Gedanken. Was, wenn Sarastros Hufe meine Hände getroffen und zertrümmert hätten? Was, wenn sie meinen Kopf getroffen hätten? Meine Schläfe, wo es angeblich eine Stelle gibt, die so sensibel ist, dass man sofort tot umfällt, wenn sie getroffen wird. Das muss man sich mal vorstellen. Ein Huf an die Schläfe, ja, vielleicht nur die Hufkante, und ich liege tot im Sand. Und Mama und Papa dachten, dass ich mit meinem Cello zwischen den Knien im Orchester sitze, wo nichts Schlimmes passieren kann, außer in den Schweißwolken von Herrn Hinz zu ersticken, und dann erfahren sie, dass ich heimlich trainiert habe, die ganze Zeit schon, und tot in der Halle liege, ohne etwas erklären zu können, ohne mich entschuldigen zu können ...

Stopp. Es ist gut gegangen. Ich bin vom Kirschbaum gefallen. Das ist alles. Und ich will keine Angst haben müssen vor Sarastro und dem Voltigieren. Tom ist dem Idioten auf dem Moped mit Damos gefolgt, er hat ihn zwar nicht gekriegt, aber gemütlich ist das garantiert nicht, wenn Damos einem im gestreckten Galopp hinterherprescht mit seinen verdrehten Augen. Vielleicht hat der Typ genug davon und kommt nicht wieder. Oder er rächt sich und nimmt das nächste Mal seine Freunde mit ... und sie knattern zu sechst oder zu siebt am Hallenfenster vorbei ...

Die Tür schwingt auf, und ehe ich reagieren und es verhindern kann, steht Micha vor meinem Bett. Meine Krücken liegen auf dem Boden. Ich brauche sie, um wegzulaufen, aber selbst mit ihnen hab ich keine Chance. Hab ich ja nicht mal mit zwei gesunden Füßen.

»Kirschbaum«, sagt Micha langsam. Er lehnt sich gegen den Schrank, wackelt mit dem rechten Oberschenkel und verschränkt seine Arme vor seiner breiten Brust. »Der böse, böse Kirschbaum.« Jetzt grinst er, steht da, taxiert mich. Vorbereitung für die Endstufe? Micha löst seine Arme und angelt lässig sein, nein, mein Handy aus seiner Hosentasche.

»Was ist, willst du mir wieder irgendwelche Mittelklasse-Pornos zeigen?«, frage ich ihn so ungerührt wie möglich. O Mann. Mittelklasse-Pornos. Was für ein idiotisches Wort. Doch Micha geht gar nicht darauf ein. Er lässt das Handy spielerisch durch seine Finger gleiten.

Dann klappt er es plötzlich auf, drückt zwei Tasten und hält es mir hin. Ich sehe weg, an die Wand, bitte nicht wieder ein Eva-Film, aber es geht gar nicht ums Sehen. Es geht ums Hören. Er spielt seine Mailbox laut ab.

»Tag, Herr Löwe, Hanau vom Reitstall Hanau. Ihr Sohn Joshua ist beim Voltigieren gestürzt, rufen Sie mich bitte schnellstmöglich zurück. Danke.«

Micha spielt die Nachricht noch einmal ab, und dann ein drittes Mal.

»Ist gut jetzt, ich hab's verstanden!«

»Seltsam, oder?«, raunt Micha. »Dabei war heute gar kein Schulsport. Heute war Orchester. Und Joschi fällt vom Pferd. O nein, vom Kirschbaum, hab ich ganz vergessen, natürlich, der Kirschbaum ...«

»Okay, was willst du?«, frage ich und richte mich auf. »Willst du es ihnen sagen? Dann wundere ich mich, was du hier überhaupt noch rumstehst. Verpetz mich doch. Los. Du machst eh immer alles kaputt, es ist nichts Neues, bitte, geh, sag's ihnen.«

Micha lacht auf, ein Lachen, bei dem seine Augen wütend und dunkel werden. Ein eiskaltes Lachen. Ich hab eben selbst die Fanfare zur Endstufe geschmettert. Ich bin so bescheuert.

Er beugt sich vor und stützt seine Arme rechts und links von mir auf dem Bett ab. Ich rieche sein supersportliches Deo und das Gel in seinen Haaren. Außerdem sehe ich, dass er sich schon rasieren muss. Ich hab bisher nicht ein einziges Barthaar bei mir gefunden. Ich hab nirgendwo Haare, weder auf der Brust noch unter den Achseln oder gar im Gesicht.

»Das wäre doch ein wenig zu einfach, oder? Pass auf, Bruder«, zischt er. »Du siehst Eva nicht wieder und dieses kleine

Geheimnis bleibt unter uns. Du redest nicht mehr mit ihr, du siehst sie nicht mehr an, du telefonierst nicht mit ihr, gar nichts. Verstanden?« Er deutet mit zwei Fingern auf seine Augen und dann auf mich. »Big brother is watching you.«

Das ist Erpressung. Stimmt, das hat er bisher nicht gemacht, mich erpresst. Das ist tatsächlich neu. Allerdings gab es auch nichts, womit er mich hätte erpressen können. Und es war mein eigener Fehler, dass es jetzt etwas gibt. Warum hab ich nicht einfach eine Telefonnummer erfunden, nachdem mich Herr Hanau gefragt hat, wo er meine Eltern im Falle eines Falles erreichen kann? Nee, ich geb ihm meine. Und schenke Micha mein Handy. Das ist so typisch.

Ich denke an Sarastro, an die Vorführung unserer Projektgruppe beim Sommerspringturnier, ja, vielleicht hab ich ein bisschen Angst im Moment, aber vor allem will ich dabeibleiben und diese Vorführung durchziehen. Und Eva … ich kann ihr sowieso nicht mehr in die Augen schauen. Ich will mich nicht erpressen lassen, ich hasse so etwas, doch diesmal macht es keinen Unterschied. Ich möchte sie nicht sehen. Jedenfalls nicht, solange ich das Filmchen auf Michas Handy nicht vergessen kann. Und ich fürchte, das werde ich mein ganzes Leben nicht vergessen können.

»Gut, okay«, sage ich leise. »Einverstanden.«

Micha löst sich von meinem Bett und richtet sich auf. Sein Grinsen wirkt unecht, irgendwie verzerrt, als müsste er sich bemühen, es zu halten. Er lässt das Handy zuschnappen und schiebt es zurück in seine Hosentasche.

»Geht doch«, murmelt er. So. Jetzt könnte er eigentlich

verschwinden. Mission erfolgreich, wie immer. Aber er bleibt stehen, am Fußende meines Bettes, und schielt auf meinen bandagierten Fuß, den ich auf mein Kissen gebettet habe, weil das Klopfen dann ein bisschen erträglicher ist. Außerdem können so die »Schlacken« ablaufen, wie Herr Birkmeier gesagt hat.

»Prellung, hm? Haste nicht aufgepasst bei deinem Pferdeballett? Waren es Hufe?«

»Ja, Hufe«, geb ich patzig zurück. »Und es ist kein Ballett. Beim Ballett fällt man keine zwei Meter tief in den Sand. Kapier das endlich mal.«

Micha greift nach vorne und lupft den Verband hoch, bevor ich meinen Fuß wegziehen kann. Ich sehe von hier aus, dass die Haut in allen möglichen Farben schillert und der Knöchel dick angeschwollen ist. Micha lässt den Verband wieder los. »Prellungen, boah, die tun echt weh. Hab mal die Stollen abgekriegt, an die Wade, meine Scheiße, das schmerzt. Das glaubt dir keiner, aber das ist die Hölle ...«

Ich schaue ihn verwundert an. Doch er hat schon wieder sein normales überhebliches Gesicht aufgesetzt. Was war denn das jetzt?

»Selbst schuld, wenn du dir so einen blöden Sport aussuchst, Joshua.« Er schnalzt mit der Zunge und zeigt auf mich. »Keine Eva. Nacht, Bruder.« Lässig öffnet er mit einem Fußkick auf die Klinke die Tür, geht pfeifend raus und zieht sie hinter sich zu.

»Gute Nacht«, erwidere ich automatisch. Ich werde aus seinem Verhalten nicht schlau. Die Geschichte mit den Stollen an der Wade klang ja beinahe so, als habe er sich für einen Moment ganz normal mit mir unterhalten. Ist das seine neue psychologische Kriegsführung? Mal gut, mal böse? Ja, das ist bestimmt nur eine weitere Endstufen-Vorbereitungs-Masche, unerwartete Nettigkeiten, um mich einzulullen, das hätte ich ihm gar nicht zugetraut, aber wer weiß, wo der sich Inspirationen für all das holt. Vielleicht gibt's sogar Seiten im Internet dafür, wie mobbe ich am besten, wundern würde mich das nicht. Mir fällt kein anderer Grund ein, warum er sonst so etwas zu mir sagen sollte. Er erzählt mir nie irgendetwas vom Fußball. Ich bin ja zu »opfer« und zu schwul für Fußball.

Jetzt hab ich also eingewilligt. Ich lasse mich erpressen. Nun weiß er, dass es funktioniert. Zwei Wochen lang kann er sich neue Sachen ausdenken – nein, eigentlich für immer, denn Charlotte und ich haben nicht vor, Mama und Papa zu gestehen, dass ich schon die ganze Zeit trainiert habe, sie sollen nur erlauben, dass ich anfange zu trainieren, und denken, dass ich all das, was ich vorführe, im Schulprojekt gelernt habe. Doch Micha weiß es jetzt. Er kann sich jeden Tag irgendeine andere Erpressungsvariante ausdenken.

Aber die erste ist wirklich kein Problem. Irgendwie bin ich sogar froh, dass ich nun einen triftigen Grund habe, Eva nicht mehr zu begegnen. Das Voltigieren fällt die nächsten zwei Wochen sowieso für mich aus, ich kann ja nicht trainieren mit meinem kaputten Fuß. Ich werde zwar hingehen und zuschauen, aber vom Stübchen aus – und Eva geht nie ins Stübchen.

Und was den Unterricht betrifft – versetzt wird sie nicht, so viel steht fest, und wahrscheinlich kann sie nicht auf unserer Schule bleiben. Also ist sie nach den Ferien weg, abgesehen davon, dass sie kaum noch anwesend ist.

Es passt zusammen wie ein Mosaik. Ich bin fast ein bisschen erleichtert. Ja, ich hab einen verdammt guten Grund, nicht mit Eva zu reden.

Und trotzdem frage ich mich vor dem Einschlafen, ob nicht alles hätte anders kommen können ... ganz anders. Aber ich habe es selbst vermasselt. Ich bin einfach zu doof zum Lügen.

GEDULDSPROBE

Ich glaube, das waren die längsten zwei Wochen meines Lebens. Jeden Morgen, jeden Mittag, jeden Abend hab ich auf neue Erpressungen gewartet, und dazwischen hab ich wie ein Geisteskranker meinen Fuß beobachtet, als wäre er eine unberechenbare Zeitbombe, die plötzlich explodiert und alles um sich herum in Schutt und Asche legt. Aber genau so kam er mir vor. Erst wurde er blau, dann violett und schließlich giftgrün. Jetzt weicht dieses Giftgrün langsam einem blassen Gelb, und ja, das Gewebe ist abgeschwollen. Ich passe in jeden Schuh, ich kann wieder auftreten. Die Krücken brauche ich schon seit anderthalb Wochen nicht mehr.

Was ich gar nicht verstehe: Micha hat kein einziges Mal versucht, mir die Krücken wegzukicken. Dabei wäre das doch so einfach gewesen, vor allem im Bus. Denn einen Sitzplatz hab ich nach wie vor nicht bekommen, nein, ich musste mit dem schweren Rucksack auf dem Kreuz und meinen beiden Krücken im Gang balancieren. Und ich habe sekündlich damit gerechnet, dass Micha oder seine Helfershelfer mir die Krücken weghauen. Aber es passierte nicht, genauso wenig wie weitere Erpressungen dazukamen.

Ich glaube, es macht ihm Spaß, mich zappeln zu sehen, mich ein bisschen gesund werden zu lassen, damit ich in Form komme für neue Attacken. So, wie sie das früher bei der Heiligen Inquisition gemacht haben. Ohnmächtige »Hexen« wurden nicht weiter gefoltert, das war langweilig. Die haben gewartet, bis sie wieder was fühlen und Angst kriegen konnten. Sonst machte das ja keinen Spaß.

Aber Micha weiß nicht, dass Charlotte und ich Mama und Papa nächste Woche sowieso alles beichten wollen. Er verspielt Zeit. Gut, danach kann er mich immer noch verraten, zumindest stückweise, doch darüber will ich jetzt nicht nachdenken. Im Moment hab ich ein anderes Problem. Nämlich das Problem, wieder aufzusteigen. In wenigen Minuten beginnt die letzte Schulprojektstunde vor unserer großen Abschlussvorführung nächste Woche. Ich saß seit zwei Wochen nicht auf dem Pferd. Ich hab zugeschaut, ja, ich war jedes Mal dabei. Und es hat wehgetan, es war viel schlimmer als die Prellung, ich bin fast verrückt geworden, als ich da im Stübchen saß und meine Nase an die Scheibe gepresst habe, um auch nichts zu verpassen. Aber wenn ich es da drin nicht ausgehalten und mich an die Bande gestellt habe, quälte das tatenlose Zusehen mich noch mehr, denn dann habe ich Sarastros Hufe gehört, den Staub gerochen, die Wärme auf seinem dunklen Fell …

Das Einzige, was mich ein wenig trösten konnte, war Herr Hanaus Laune. Er ist grässlich mies drauf und jeden Tag scheint es schlimmer zu werden. Er redet kaum, und wenn, sind es nur Anweisungen oder Gezeter. Einmal ist Biggi heulend aus der Halle gestürzt, nachdem er sie angeblafft hat, dass sie nicht zum Quasseln hier sei und sich gefälligst anstrengen solle, sie hänge auf dem Pferd wie ein nasser Sack. Ich lief ihr hinterher und hab sie davon abhalten können, in ihren Voltigierklamotten zur Bushaltestelle zu flüchten, so zerzaust und nass geschwitzt, wie sie war. Erstaunlicherweise hat sie auf mich gehört. Tom hatte draußen gerade mit Damos trainiert und unser Gespräch mitbekommen. Wie immer hat er die Gelegenheit genutzt, um ein Päuschen zu machen und an den Zaun zu kommen.

»Der schläft fast nicht mehr!«, verriet er uns zwinkernd. Biggi wischte sich eilig die Tränen aus ihren verschmierten Augen.

»Warum denn?«, fragte sie mit zittriger Stimme.

»Seine Stute erwartet ein Fohlen, es sollte schon längst da sein und er hält Nachtwache. Er ist nur noch im Stall. Außerdem hat das letzte Gewitter beinahe das Dach abgedeckt. Ich glaube, er denkt, dass Santana deshalb nicht wirft … oder so … weiß nicht. Dass sie sich unsicher fühlt.«

Biggi schaute Tom an wie ein erstarrtes Reh, das gleich abgeschossen wird, mit feuchten, schimmernden Augen.

»Ach so«, hauchte sie andächtig und stolperte belämmert mit mir zurück zur Halle. »Du, der hat 'ne Freundin«, hab ich ihr zugeflüstert. Denn dass sie sich eben grad unsterblich verliebt hatte, war nicht zu übersehen.

»Hab ich dich danach gefragt?«, fauchte sie, stürmte zu den anderen und dann ging das ewige Getuschel los. Auch heute: tuschel, tuschel, tuschel. Und das Fohlen ist immer noch nicht zur Welt gekommen und Herr Hanau ist immer noch in abgrundtief miserabler Stimmung.

Aber jetzt bin ich wieder dabei und ich hab Angst. Dauernd schiele ich nach draußen und versuche zu erlauschen, ob sich ein Moped nähert. Mein Magen spielt verrückt. Vor lauter Aufregung kann ich kaum schlucken.

Herr Hanau hat gesagt, ich soll mich warm machen, ein bisschen durch die Halle laufen, ein bisschen am Holzpferd üben. Mich warm machen – haha. Man muss nur den kleinen Finger strecken, um sich warm zu machen. Hier in der Halle hat es sicher fünf Grad mehr als im Freien – also 38 Grad? 40 Grad? So fühlt es sich jedenfalls an, und wenn ich atme, kommt es mir vor, als würde der Sauerstoff fehlen, das ist nur irgendein heißes Gemisch, doch am Leben halten kann es mich nicht ...

»Joshua!« Herr Hanau winkt mich zu Sarastro rüber. »Was macht der Fuß? Geht's?«

»Geht«, sage ich nickend.

»Hallo, Joshua! Hallo, Mädchen!« Frau Klein steht an der Bande und winkt schwungvoll zu uns rüber. Sarastros Flanken zucken nervös. Die wird es wohl nie lernen.

»Hallo, Frau Klein!«, rufen die Mädchen erleichtert zurück. Vielleicht glauben sie, dass Herr Hanau netter ist, wenn Frau Klein zuschaut. Ich fürchte, das ist ein kolossaler Irrtum.

»Wo ist deine Musik?«, raunzt Herr Hanau mich an. Natürlich war es ein Irrtum. Ich flitze zur Bande, fummle die CD aus meinem Rucksack, flitze zurück und drücke sie ihm in die Hand. Mit zusammengekniffenen Brauen entziffert er meine Schrift.

»Schiller. *Zaubergarten*. Kenn ich nicht.«

»Das passt gut, glauben Sie mir. Es passt zu den Schritten von Sarastro, zu seinen Bewegungen …« Wahrscheinlich würde Herr Hanau mich lieber zum Rumtata einer Blaskapelle voltigieren sehen. Aber ich weiß, dass es nur dieser Song sein kann. Und ich weiß genau, wann ich was machen muss, und dass es kein Problem sein wird, wenn sich manches verzögert, weil die Musik weich fließt. Als ich den Auftrag bekam, mir Musik rauszusuchen, dachte ich zuerst an etwas Klassisches, dann kurz an Pink, aber Pink geht nicht, das erinnert mich zu sehr an Eva und es ist sowieso zu dominant. Es musste was ohne Gesang sein und weniger kompliziert als Klassik. Also dieses Lied und kein anderes.

»Lena!«, bellt Herr Hanau. »Leg das mal auf.« Wieder die abwertende Handbewegung. Hoffentlich kommt das Fohlen bald zur Welt.

»Ich pass auf«, zischt es vertraulich hinter mir. Ich drehe mich zum Hallenfenster um. Tom hat sich mit Damos mitten auf dem Weg postiert und der Schimmel schickt giftige Blicke zu Sarastro. Ich nicke Tom nur zu. Ich will nicht riskieren, geköpft zu werden, weil ich mit ihm rede. Aber es beruhigt mich, dass er da steht und darauf achtet, ob sich ein Mofa nähert. Er wird das nicht jede Stunde tun können, das ist klar, doch jetzt wird es mir helfen.

»Gut«, sagt Herr Hanau. »Dann zeig mal, was du noch kannst.«

GESTÄNDNISSE

»Joshua, das war wunderbar, ganz, ganz wunderbar!« Frau Klein ist außer sich. Sie läuft aufgeregt hinter der Bande hin und her und klatscht in die Hände. Die Mädchen stehen in der Ecke und tuscheln. Lena grinst zufrieden, Tom ist wieder auf dem Springplatz und nur Herr Hanau schaut finster drein wie eh und je und hat sich lediglich zu einem kurzen »Geht ja grad noch« hinreißen lassen.

Doch das ist mir egal. Es war mühsam, kraftraubend, fast ungewohnt, anfangs bin ich gerutscht, meine Schultern waren zu steif, die Haltung nicht optimal, doch nach den ersten Zirkelrunden stellte sich nach und nach das sichere Gefühl ein, dieses Schweben, Tanzen, die Schwerelosigkeit ... Ich werde an dieser Kür üben und feilen müssen bis zur Vorführung. Zwei Leistungsgruppenstunden hab ich bis dahin, aber ich denke, es wird irgendwie klappen.

Ich weiß nur nicht, wie Sarastro auf Zuschauer reagiert, auf diese ganze Turnieratmosphäre. Das weiß hier niemand so genau. Denn Sarastro war noch nie auf einem großen Turnier. Laut Tom gibt es Pferde, denen der Trubel gar nichts ausmacht, und Pferde, die verrückt spielen und kaum zu bändigen sind. Ich hoffe, dass Sarastro zu der ersten Gruppe gehört. Immerhin hat er relativ gelassen auf die Musik reagiert.

Es zieht wieder in meinem Knöchel und in der Wade, seitdem ich abgesprungen bin. Mehr darf ich heute nicht machen, das weiß ich genau. Außerdem hat es mir Herr Hanau gerade sowieso verboten. Er drückt mir Sarastro in die Hand, damit ich ihn von Gurt und Trense befreie, er sich wälzen und ich ihn abduschen kann. Anders ertragen die Pferde das Training momentan nicht. Aber ich tue das gerne. Ich liebe den Geruch des Wassers auf den heißen Pflastersteinen im Hof, Trockenheit und Nässe zugleich, seit diesem Jahr für mich die beste Kombination, die es gibt.

Doch als ich Sarastro an die Pferdedusche führe, weiß ich, dass ich es heute nicht genießen kann. Eva sitzt im Hof. Was macht die denn hier? Das ist total witzlos, sie fliegt von der Schule, hat nicht ein einziges Mal mitgemacht, und jetzt kommt sie zur letzten Stunde. Wenn die Stunde schon fast vorbei ist, wohlgemerkt. Und dann sitzt sie nicht einmal in der Halle, sondern im Hof. Das ist absolut sinnfrei. Als sie mich sieht, steht sie auf und weicht an die Wand aus, immer weiter weg, schon will sie sich rückwärts in den Stalltrakt verdrücken.

»Nein, diesmal nicht!«, rufe ich zu ihr rüber. Ich höre mich richtig böse an. Und mir ist es auch gleichgültig, dass Micha mir verboten hat, mit Eva zu reden. Außerdem werde ich ganz bestimmt nicht nett zu ihr sein. So viel steht fest. Sie ist mir genug auf der Nase herumgetanzt. »Diesmal verdrückst du dich nicht, Eva. Ich hab es satt, ständig alles alleine zu machen. Du hilfst mir jetzt.«

Ich laufe ihr mit Sarastro am Strick entgegen, doch im

letzten Moment verschwindet sie durch das halb geöffnete Tor in den dunklen Stalltrakt, und ich muss Sarastro abduschen, der wartet darauf. Ich beeile mich und vor lauter Ärger und Hektik werde ich selbst klatschnass. Mit raschen Bewegungen ziehe ich das Schweißmesser über Sarastros Fell.

Auf den Spaziergang verzichte ich. Den kann ich nachher noch machen. Wenn Eva schon dumm hier rumsitzt, soll sie wenigstens seine Hufe auskratzen. Irgendetwas. Ich hab die Nase voll, endgültig.

Ich stoße die schwere Schiebetür zur Seite, führe Sarastro in die Stallgasse und binde ihn fest. Mein Herz poltert wild und ungezügelt durch meine Brust und zum ersten Mal in meinem Leben hab ich Lust zu fluchen, gespickt mit all den Wörtern, die Micha ständig sagt, und zwar so laut, wie es nur geht. Eva drückt sich mit abweisendem Gesicht an die Wand.

»Können wir nicht …«

»Nein!«, herrsche ich sie an, ohne abzuwarten, was sie eigentlich sagen wollte. Wir können nicht! Sie soll mir jetzt helfen. Ich angle mir den Hufkratzer vom Haken und drücke ihn ihr in die Hand. Ihre Finger sind kalt und klamm. Sie bleibt starr an der Wand stehen.

»Eva …«, sage ich drohend und gehe einen Schritt auf sie zu. Ich kann nicht klar denken. Ich bin nur noch wütend, und ja, es tut gut. Ich will mich nicht mehr verarschen und unterbuttern lassen. Weder von Eva noch von Micha oder sonst wem. »Ich hab wirklich keinen Bock, länger dein Handlanger zu sein und den ganzen Scheiß hier alleine zu machen. Mir tut mein Fuß weh. Ich soll mich schonen. Und wir sind ein Team. Verdammt noch mal, du hilfst mir jetzt! Kratz ihm die Hufe aus.«

»Nein«, sagt sie leise. Zittert sie etwa? »Ich kann nicht.«

»Wie – du kannst nicht? Du kannst doch sonst alles: Geld klauen, Unterschriften fälschen, Schule schwänzen, Mädels verprügeln, mit …« Das mit Micha schlucke ich im letzten Moment hinunter. Denn sie zittert wirklich. Ich täusche mich nicht. Sie ist totenblass und schlottert unkontrolliert am ganzen Körper. Erst jetzt bemerke ich, dass ich sie während meines Wutanfalls am Handgelenk gepackt und von der Wand weg hin zu Sarastro gezogen habe. Sein heißer Atem streift meinen Nacken.

»Bitte nicht, Joshua, bitte, lass mich gehen, bitte«, bettelt Eva.

Ich lasse los, und sie taumelt rückwärts, bis sie sich an einem Längsbalken festhalten kann.

»Du hast Angst. O Mann, du hast Angst vor Pferden …« Ich kann es kaum glauben. Eva hat Angst vor Pferden.

»Der Kandidat hat hundert Punkte«, flüstert sie mit bebendem Mund. »Ich hab eine Scheißangst vor den Viechern. Ich wusste das nicht. Ich hab's gemerkt, als wir das erste Mal hier waren. Und dann konnte ich nicht mehr zurück. Ich wollte ja auch nicht zurück … Bitte, kannst du ihn in die Box bringen, bitte, schnell?«

Etwas schnell und hektisch zu machen, ist schlecht bei

Sarastro. Aber wie soll ich ihr das erklären? Sie hat Angst. Panik. Wortlos kratze ich ihm die Hufe aus. Eigentlich darf er nicht in die Box. Er muss auf die Weide, an die frische Luft, sich ein wenig abkühlen.

Ich drehe mich langsam zu Eva um. Sie soll jetzt bloß nicht verschwinden. Sie war immer gut darin, schnell zu verschwinden. Jetzt weiß ich ja warum.

»Bitte bleib hier, warte auf mich. Ich führe ihn nur rasch auf die Weide, okay? Oder willst du mitkommen?«

Was für eine beknackte Frage. Natürlich will sie nicht. Sie schüttelt stumm den Kopf und beißt auf ihren schwarz lackierten Fingernägeln herum. Ruhig, aber zügig bringe ich Sarastro zur Weide, heute ohne Spaziergang. Vielleicht ist es sowieso viel zu schwül dafür. Den Weg zurück renne ich, es ist mir plötzlich fast egal, was mein Knöchel davon hält. Ich will nur, dass Eva nicht abhaut.

Sie ist noch da, auf dem Strohballen in der Ecke, wo sie auch sonst immer gesessen hat. Sie hat die Arme um ihre Beine geschlungen und den Kopf auf die Knie gelegt. Aber sie zittert nicht mehr. Sie sieht nur sehr müde aus. Ich weiß, dass in einer halben Stunde die nächsten Pferde für den Dressurunterricht in den Stall geholt und gesattelt werden. Hier können wir nicht bleiben. Außerdem sickert mir der Schweiß schon wieder in kleinen dünnen Bächen den Rücken hinunter.

»Ich kenne eine Stelle, wo es ein bisschen kühler ist. – Ohne Pferde«, füge ich sicherheitshalber hinzu. »Kommst du mit?«

Wortlos steht Eva auf und folgt mir. Ich umrunde die Weide in einem weiten Bogen, bis wir am Waldrand sind und uns unter ein paar Bäumen in den Schatten setzen können. Auch hier geht kein einziger Luftzug, doch es ist nicht ganz so drückend wie in der Stallgasse. Seufzend lasse ich mich im Schneidersitz auf den warmen tannennadelbedeckten Boden fallen. Eva bleibt eine Weile vor mir stehen und schaut sich um, als würde sie auf den roten Coca-Cola-Wagen oder 'ne Frittenbude warten, aber hier ist nun mal nichts sonst, nur Wald, Bäume, Erde, Himmel. Und die Pferde sind weit genug entfernt. Schließlich hockt sie sich umständlich neben mich.

»Warum konntest du nicht zurück? Wieso?« Sie soll bloß nicht denken, dass ich nicht weiterfrage. Ich möchte das jetzt alles ganz genau wissen.

»Du meinst, in eine andere Gruppe wechseln?« Ihr Tonfall ist aggressiv. Mit gespreizten Fingern fährt sie über die duftenden Tannennadeln, nicht zart, sondern zornig.

»Ja, richtig«, antworte ich ruhig. »Zu deinen Freundinnen. Das hab ich von Anfang an nicht kapiert. Wieso Voltigieren?«

»Ach Joshua, guck mich doch mal an!«, ruft sie und springt auf.

»Ja, und?«

»Ich? Tanzen? Videodancing? Mit den Hüften wackeln und sexy sein?«

Du bist sexy, fährt es mir durch den Kopf. Manchmal schon.

Sie zeigt auf sich selbst und schaut mich fast angeekelt an.

»Ich kann das nicht, ich bin dafür nicht auf die Welt gekommen, ich fall ja bereits auf die Fresse, wenn ich versuche, einen Fuß normal vor den anderen zu setzen, so, wie andere Mädchen das hinkriegen in ihren süßen Sandalen mit ihren Zehenringen und Fußkettchen und bauchfrei hier und bauchfrei da. Ich will meinen Bauch nicht zeigen, und ich weiß nicht, wie die das machen, wie Jessica das macht, wie macht sie das? Wie macht sie ihre Frisuren und ihr Make-up? Ich brauch fast 'ne halbe Stunde, bis ich meine Wimpern getuscht hab, und danach hab ich pechschwarze Finger, weil ich dauernd was verschmiere. Klar, ich will nicht so aussehen wie die, alle gleich, aber mich frustriert es auch, dass ich es nie könnte. Ich könnte nie zu ihnen gehören, selbst wenn ich mich noch so sehr anstrengen würde. Sie würden mich das immer spüren lassen. Und Videodancing!? Ich hätte mich blamiert, bis auf die Knochen, und dann hätten die sich ganz schnell von mir abgewendet, glaub mir … ich wäre nicht mehr die Anführerin gewesen …«

»Das bist du doch sowieso nicht. Die hatten nur Angst vor dir. Oder denkst du, das war eine echte Freundschaft?«

Schnaubend tritt Eva gegen den Baumstamm, an den ich mich lehne. Ich bleibe sitzen. Noch nie war es mir so egal wie heute, was ich sage. Die Worte fallen einfach aus meinem Mund. Und es tut mir nicht einmal leid.

»Ja, da hast du wohl recht, Joshua. Toll, was?«

»Ehrlich gesagt, ja. Ich find's gut. Und warum hast du Angst vor Pferden?«

Eva starrt mich einen Moment lang erzürnt an, bevor sie an mir vorbei in den Wald hineinrauscht, ein paar Schritte, dann stoppt sie, lässt ihr Feuerzeug zischen. Ich bin in zwei Sprüngen bei ihr, obwohl mein Fuß wieder pocht, und ziehe ihr die brennende Kippe aus dem Mund. Ich drücke sie auf dem Glas meiner Armbanduhr aus, bis kein einziger Funken mehr übrig ist. Meine Uhr kann ich wegschmeißen, aber das ist besser, als den gesamten Wald abzufackeln und den Stall vielleicht noch mit dazu.

»Bist du total bekloppt?«, schreie ich sie an. »Musst du alles um dich herum zerstören? Ich hab doch nur gefragt, warum du Angst vor Pferden hast!«

»Ausgerechnet du fragst das? Guck dir mal deinen Fuß an. Der hätte dich fast zertrampelt mit seinen steinharten riesigen Hufen!«

»Guck dir doch mal deine Füße an«, fauche ich zurück. »Meinst du, die sehen netter aus?«

Verwirrt senkt Eva den Blick und schaut auf ihre Springerstiefel. Ich weiß nicht, wie sie das in denen aushält bei über 30 Grad im Schatten. Das ist Wahnsinn.

»Ich hab gesehen, wie du ein Mädchen damit getreten hast, letztes Jahr. Ich hab das gesehen. Und glaub mir, jedes Pferd ist friedlicher, als du es in dem Moment warst«, sag ich leise.

Entweder sie haut jetzt ab oder sie schlägt mich zusammen. Eins von beidem. Aber sie atmet nur tief aus, geht zurück zu den Bäumen und lehnt sich gegen den schmalen Stamm einer Tanne. Langsam sinkt sie zu Boden. Ihre Augen lässt sie geschlossen, auch als ich mich wieder neben sie hocke und sie zu reden beginnt.

»Es sind ihre Hufe. Ich stelle mir vor, wie die mein Gesicht treffen oder meinen Bauch, ohne dass ich das will, das passiert einfach. Pferde sind so unberechenbar. So schreckhaft. Du weißt nie, was sie im nächsten Moment machen. Als du das erste Mal von Sarastro gefallen bist, wegen Michas Klingelton, o Mann, ich hatte so Angst um dich, echt, mir war richtig schlecht vor Angst ...«

Ich fühle mich auf einmal elend im Bauch. Und im Herzen. Ich kann nicht mehr schweigen. »Warum, Eva? Warum hast du das gemacht?« Meine Stimme hört sich gequält an. »Ich meine – das musste doch nicht sein ...«

Sie öffnet ihre Augen und mustert mich fragend.

»Ich weiß nicht, wovon du sprichst. – Das mit dem Mädchen? Mann, sie hat sich über mich lustig gemacht, über meine Figur, meinen Hintern, sie hat mich wochenlang im Internet gedisst und überall rumerzählt, dass ich nicht ganz dicht bin. Ich hab rot gesehen. Du weißt gar nicht, wie fies die war ...«

»Nicht das Mädchen. Micha.«

Ihr Blick wird misstrauisch, aber sie schaut mich immer noch so fragend an. Muss ich ihr wirklich erzählen, was sie getan hat? Es war doch anscheinend dermaßen toll, dass sie es für die Ewigkeit festhalten mussten. Für die Ewigkeit in Charlottes Rosenwasser.

»Du und Micha. Im Bett. Gefilmt. Du weißt schon ...«

»Nein, ich weiß nicht«, entgegnet Eva tonlos.

»Komm schon, jetzt tu nicht so, ich hab's gesehen!«

»Was – hast – du gesehen?« Ihre Wangen laufen rot an, aber um die Augen herum ist sie kalkweiß.

»Wie du mit Micha geschlafen hast! Der Handyfilm! Er hat es mir gezeigt, ich hab's gesehen, mit meinen eigenen Augen, und ich kann es nicht vergessen!« brülle ich. »Ich kann das einfach nicht vergessen!«

Eva bewegt sich gar nicht mehr. Sie sitzt wie versteinert neben mir, nur ihre linke Hand fährt mechanisch durch die Tannennadeln, als würde sie etwas suchen, eine kalte, leblose Roboterhand.

»Ich hab nicht mit Micha geschlafen«, flüstert sie.

»Jetzt lüg nicht!« Nun bin ich es, der aufsteht und gegen den Baum tritt. »Ich hab's doch gesehen!«

»Ich werde ja wohl noch wissen, ob ich Jungfrau bin oder nicht!«, giftet Eva mich an. Sie zittert wieder. »Ja, wir wollten es tun, und ja, wir waren dabei, aber dann hab ich – ich – ach, ich hab Schiss gekriegt, ich weiß auch nicht, ich hab in letzter Sekunde aufgehört und er hat das sogar akzeptiert, er hat gemeint, es wär okay, fertig, aus. Das hat er gesagt – fertig, aus. Und dann ist er gegangen und hat nie wieder angerufen. Warum? Keine Ahnung, vielleicht, weil ich so scheiße war ...«

»Aber warum musstet ihr das denn filmen?«

»Sag mal, kapierst du es nicht?« Sie spuckt ihr Kaugummi auf den Boden. »Ich weiß nix davon! Ich weiß nix von einem Handyvideo. Ich bin doch nicht so bescheuert, meine eigene Entjungferung filmen zu lassen!«

Jetzt ist es wieder so wie früher. Ich bin sprachlos. Ich weiß nicht, was ich sagen soll. Jedes Wort, das ich mühsam suche und finde, passt nicht. Es passt nicht zu Evas Gesicht, zu dieser Fassungslosigkeit, ihre Augen sind immer noch geweitet und starr, und ihre Hände wissen nicht, wohin sie sollen. Ich würde sie gern nehmen und festhalten.

»O Gott«, wispert sie. »Das kann nicht wahr sein. Du hast das alles gesehen.« Sie richtet sich torkelnd auf und geht wieder in den Wald zurück.

»Eva, bleib da, ich hab nicht alles gesehen! Nur die ersten Sekunden ... ich wollte das doch gar nicht sehen!«

Ich hole sie ein zweites Mal ein, aber ich wage es nicht, sie anzufassen. Ich glaube, das wäre nicht gut.

»Ich hab danach das halbe Internet durchforscht und unsere komplette Festplatte, weil ich nicht wollte, dass er es durch die Gegend schickt. Er hat es nirgends abgespeichert, er wollte mich bestimmt nur eifersüchtig machen und schockieren, das ist alles. Ich glaub, das hat niemand außer ihm und mir gesehen.«

Eva ist stehen geblieben. Sie atmet heftig und auch ihr laufen kleine glitzernde Schweißperlen die Schläfen hinunter. Ihre Wimpern schillern in der sengenden Sonne, die in rostroten Streifen durch das Unterholz bricht.

»Du und er. Das sind zwei zu viel. Das geht nicht. Er durfte das nicht tun. Das ist – das ist nicht fair.« Irgendetwas braut sich in ihr zusammen, ich spüre es am eigenen

Körper. Sie wird das nicht auf sich sitzen lassen. Sie wird etwas tun. Sie ist Eva.

Abrupt dreht sie sich zu mir um und schaut nach oben zum Himmel, dessen bleiernes Hitzeblau über den Baumspitzen nur zu erahnen ist.

»Gottverdammt, kann es nicht endlich mal regnen?«, ruft sie wutentbrannt und stürmt an mir vorbei.

»Was hast du vor? Hey, Eva, warte!«

Doch sie antwortet nicht. Sie wird immer schneller, hastet mit fliegenden Schritten zum Stall zurück, wo ihr schwarzes Fahrrad am Stübchen lehnt, und mein Knöchel streikt wieder, ich schaffe es nicht, sie einzuholen, nicht ein drittes Mal … Ich kann nur von Ferne zusehen, wie sie auf ihr Fahrrad steigt und Richtung Stadt fährt.

Und ich bin mir sicher, dass sie nur ein Ziel kennt.

Unser Haus.

Ich bin so gut wie tot.

GEGEN DIE ZEIT

Ich werde es niemals schaffen, vor Eva zu Hause anzukommen, selbst wenn der Busfahrer an keiner einzigen Haltestelle mehr stoppen würde. Es sei denn, sie hat es sich anders überlegt, aus irgendeinem unerfindlichen Grund. Aber diese Wahrscheinlichkeit ist so gering, dass ich sie nicht einmal zu erhoffen wage. Sie ist also auf dem besten Weg, mir alles zu zerstören und das nur, weil ich meinen Mund nicht halten konnte. In diesen Sekunden weiß Micha bestimmt schon, dass ich mich weder an das Eva-Verbot gehalten habe noch ihn weiterhin mit seinem Privatpornoversuch (denn offensichtlich war es ja nur ein Versuch ...) gedeckt habe. Und was passiert, wenn ihm klar wird, dass ich tatsächlich die Wahrheit kenne? Nämlich, dass die beiden das gar nicht zu Ende geführt haben, dass Eva ihn zurückgewiesen hat? Das will ich mir gar nicht ausmalen.

Schon von Weitem sehe ich Evas Fahrrad an unserem Zaun lehnen. Wie in Zeitlupe steige ich aus dem Bus und schiebe mich erst durch die Türen, als sie sich schließen wollen. Es riecht nach Grillkohle und in dem schmalen Spalt zwischen heruntergefahrener Markise und Geländer bewegt sich Papas bulliger Oberkörper mit dem blauen Muscle-Shirt geschäftig hin und her. Also wieder Würstchen und Nudelsalat als Ersatz dafür, dass wir dieses Wochenende nicht zum Campingplatz fahren können, Grillabend auf unserem kleinen Balkon. Papa liebt diese Momente. »Endlich die ganze Familie beisammen«, sagt er immer. Wenn der wüsste …

Aber niemand schreit herum, Papa pfeift nur schräg vor sich hin und es klingt vergnügt und beschwingt. Mama ist nicht zu sehen, ansonsten ist alles ruhig. Ob Eva und Micha sich versöhnt haben? Holen sie etwa nach, was beim ersten Mal nicht geklappt hat? Eigentlich will ich es gar nicht wissen.

Bevor ich den Schlüssel ins Schloss stecken kann, öffnet mir Mama. Sie sieht erhitzt, amüsiert und misstrauisch zugleich aus. Und so würde sie bestimmt nicht aussehen, wenn sie gerade von einem Handy-Sexvideo ihres eigenen Sohnes erfahren hätte.

»Da ist ein Mädchen in deinem Zimmer. Sie hat gefragt, ob Micha da ist, wollte aber unbedingt bei dir auf ihn warten. Das ist nur eine Sache, die ich daran nicht ganz verstehe – na, egal. Sieh selbst.«

Sie deutet übertrieben geziert ans Ende des Flurs. Haha. Wirklich witzig. Und es wird bald noch viel witziger.

»Sie hat einen etwas eigenwilligen Geschmack, oder? Findest du nicht?«, ruft Mama mir gedämpft hinterher, wieder mit dieser albernen und so betont beschwingten Ironie in der Stimme.

»Wieso, hat sie ein Tattoo auf dem Hintern und spielt in einer Punk-Band?«, frage ich zurück und reiße die Tür zu meinem Zimmer auf. Mama steht immer noch hinter mir.

Ihre Augen bohren sich in mein Kreuz. Ich gehe schnell rein und lasse die Tür so leise wie möglich ins Schloss fallen.

»Eigenwilliger Geschmack«, wiederhole ich dumpf, weil es etwas ist, das nicht im Geringsten zu dem passt, was ich hier sehe. Eva sitzt mit übereinandergeschlagenen Beinen auf meinem Bett, den Rücken an die Wand gelehnt, doch das ist nicht die Eva von vorhin. Ich kenne sie so nicht. Ihr Schottenrock, ihre zerrissene Strumpfhose und ihre Stiefel liegen auf dem Boden und sie trägt ein weiches graues, verwaschenes Shirt und eine abgeschnittene Jeans – mein Shirt, meine Jeans. Und ihre Füße sind barfuß. Erstaunlich kleine, zierliche Füße mit niedlichen, weißen runden Zehen. Ganz ohne Nagellack. Ich hätte schwören können, dass sie ihre Zehennägel schwarz anmalt. Tut sie nicht. Warum auch, sie ist ja nie barfuß. Nur jetzt, bei mir im Zimmer, in meinen Klamotten.

»Ich hätte nicht gedacht, dass mir eine Hose von dir passt.« Sie grinst stolz. Es ist streng genommen auch keine Hose von mir. Sondern eine abgelegte von Micha. Aber das sage ich jetzt wohl besser nicht.

»Warum trägst du meine Klamotten?«

Eva schlägt die Augen nieder.

»Ich … ich weiß nicht. Ich sitze hier seit 'ner halben Stunde rum und warte darauf, dass Micha kommt und ich ihm die Meinung geigen kann, und dann musste ich über all das nachdenken, was ich dir erzählt habe und was du von mir weißt, und dass es zu viel ist …«

»Finde ich nicht«, unterbreche ich sie. »Ich finde es immer noch zu wenig.«

»Zu wenig? Joshua, du kennst sogar meinen Zyklus.«

Ich muss lachen. Ich hab eine verdammte Angst vor dem, was gleich passieren wird und was ich unbedingt verhindern muss, aber ihre Worte klingen so komisch, dass ich nicht anders kann. Vielleicht drehe ich auch einfach nur durch. Wundern würde es mich nicht.

»Nein, im Ernst, Josh, das ist nicht lustig, ich sag das nicht im Spaß. Du weißt, dass ich Angst vor Pferden hab, dass ich meine Mutter beklaue, dass ich versucht hab, mit Micha ins Bett zu gehen, dass ich einen Rückzieher gemacht habe und dass ich noch Jungfrau bin – du weißt – du weißt, wie ich aussehe … also ich meine …«

»Nicht vollständig«, sage ich schnell und starre an die Wand. »Nur – ähm. Oben. Egal. Was die anderen Dinge betrifft: ist doch gut, dass ich das weiß.«

»Warum denn das bitte?«

»Na, weil ich dann weiß, woran ich bin und worauf ich Rücksicht nehmen muss, und dass du keine faule Motzkuh bist, sondern Angst vor Pferden hast, dass du nicht um jeden Preis mit einem wie Micha ins Bett gehst, nur um dich entjungfern zu lassen, so Sachen eben. Das ist doch hilfreich zu wissen, wenn man – mit jemandem zu tun hat.« Mit jemandem befreundet ist? Zusammen ist? Das wage ich nicht zu sagen. »Aber ich kapier immer noch nicht, was das mit meinen Klamotten zu tun hat.«

»Na ja …« Eva zögert und schiebt nervös ihre Ohrringe

hin und her. Tut das nicht weh? »Du weißt so viel von mir, und da dachte ich, ich muss irgendwas von dir finden und an mich nehmen, so eine Art Trophäe. Wie die Indianer. Das mir ein bisschen Macht über dich verleiht. Außerdem war mir total heiß. Und dann hab ich die Klamotten gesehen und – sie einfach angezogen.«

»Weißt du, du wirfst mir immer vor, ich hätte nicht alle Tassen im Schrank, aber du bist auch nicht ganz klar im Kopf, Eva.«

Ich sage das viel zu freundlich, und sie widerspricht nicht, grinst mich nur schief an und spielt an den ausgefransten Nähten dieser schrecklichen abgeschnittenen Jeans herum, die an ihr tausend Mal besser aussieht als an mir. Trotzdem mag ich ihren Schottenrock. Ja, ich mag ihn.

Aber wir können jetzt nicht über Klamotten sprechen. Ich muss ihr erklären, dass sie Micha nichts sagen darf. Wie eine Maschine rattere ich ihr sämtliche Argumente herunter, atemlos und durstig und ohne rechte Reihenfolge, warum und wieso, was das bedeutet für mich, dass es alles schlimmer macht, und mir meinen Traum vom Voltigieren zerstört, brüderliche Inquisition eben, die Endterrorstufe.

»Das mag ja sein, Josh«, sagt Eva schließlich, und mit Entsetzen höre ich, wie sich ein Schlüssel in der Haustür dreht. Micha kommt. »Doch das kannst du nicht von mir verlangen. Und von dir auch nicht. Das kann nicht ewig so weitergehen. Du kuschst schon die ganze Zeit, okay, deine Entscheidung, aber nun soll ich mitkuschen, nee, vergiss es. Das wird alles nur schlimmer. Der weiß, dass er das mit dir machen kann, also wird er es weiterhin tun. Ist doch ganz klar.«

»Eva, bitte nicht!«, rufe ich.

Michas Stimme dröhnt durch den Flur und wird wieder leiser. Jetzt ist er in der Küche und geht wahrscheinlich gleich weiter zu Papa auf den Balkon. Eva springt vom Bett.

»Nicht, Eva, lass es bleiben, bitte ...«

Sie rauscht schnurstracks an mir vorbei zur Tür. Im Flur bleibt sie stehen, um sich zu orientieren und zu lauschen, aber Micha und Papa palavern so laut, dass sie nicht zu überhören sind. Eva dreht sich mit glühenden Wangen zu mir um. Ihre schwarzen Haare wuscheln sich wild in alle Richtungen.

»Ich muss das tun, Josh. Der darf nicht denken, dass er damit durchkommt.« Und schon marschiert sie auf die Küche zu.

Ich laufe ihr nach, so schnell es mein verletzter Knöchel zulässt. Mama steht ratlos neben der Spüle, vor ihr dieser schauderhafte Nudelsalat, und schaut erst Eva hinterher, dann mir.

»Was ist denn jetzt los? Joshua?«

Ich antworte nicht. Eva ist schon auf dem Balkon.

»Dein Handy«, blafft sie Micha an. Micha guckt erstaunt vom Grill auf und eine Sekunde später Papa, vier stahlblaue Augen in zwei braun gebrannten Gesichtern, zwei Mal Muskeln und kräftige Hände, und vor ihnen stehen Eva und ich, eine durchgeknallte Möchtegern-Punkerin und ein Pferdegymnastiktyp mit verletztem Fuß. Das geht niemals gut.

»Hä?«, macht Micha verwirrt. Dann fällt sein Blick auf mich und seine Augen verengen sich zu Schlitzen.

»Gib mir dein Handy! Sofort!«, faucht Eva.

»Entschuldigen Sie mal, mein junges Fräulein ...«, setzt Papa an.

»Ich bin nicht Ihr Fräulein! Aus welchem Jahrhundert stammen Sie denn? Ich rede mit Ihrem Sohn und ich möchte sein Handy haben, sofort!«

»Eh, die ist total durchgedreht.« Micha grinst, ohne seine Augen von mir abzuwenden. Kalte blaue Schlitze. »Außerdem hab ich mein Handy nicht mehr, weil der da« – er zeigt auf mich – »es in die Blumenvase geworfen hat!«

Eva hört gar nicht richtig zu. Sie drückt sich an Papa vorbei und tritt Micha gegen das Schienbein. Mit den nackten Zehen. Ich glaub, sie hat vergessen, dass sie keine Boots trägt. Micha lacht abfällig.

»Hören Sie mal, so geht das aber nicht, was machen Sie denn da?«, ruft Papa streng. Ein Windstoß fährt in die Kohlen. Für einen Moment ist alles voll schwarzem Rauch.

»Ihr toller Sohn hier«, hustet Eva, während Aschefetzen wie grauer Schnee auf ihre Haare sinken, »ja, genau, der, nicht Joshua, sondern Micha, der tolle coole Micha, hat mich beim Sex gefilmt! Mit seinem Handy!«

»Beim Sex mit wem?«, fragt Mama hinter mir.

»Na, er mit mir!«, ruft Eva empört.

»Eva, bitte«, seufze ich. Warum muss sie immer gleich so übertreiben?

»Du hältst dich da mal ganz raus«, dröhnt Micha großspurig und wirft mir einen warnenden Blick zu. Sag nichts oder du wirst es bereuen. Ich kenne den Blick. Ich hab ihn schon so oft gesehen.

»Wer hatte hier Sex mit wem? Und wer hat was gefilmt? Und was hat Joshua damit zu tun?«

»O Mama, glaub das bloß nicht!«, beschwört Micha sie. Seine Stimme kiekst vor Aufregung. Wenn es irgendetwas gibt, das ich ihm voraushabe, dann ist es wohl meine tiefere Stimme, die nie kiekst. Nur ist sie leider nicht laut genug. Man hört mich trotzdem nicht. »Die redet Scheiße, die will sich rächen, weil ich sie zurückgewiesen hab, das ist alles«, trompetet Micha.

»Hast du nicht«, entgegne ich. »Sie hat dich zurückgewiesen, im letzten Moment. Und vorher hast du sie gefilmt.«

Papa schaut uns an, als säße er im Kino. Er sagt nichts mehr, sein Mund steht offen und seine Augen sind groß und kugelrund.

»Boah, Mann, das ist doch sonnenklar, was hier abgeht, Alter. Zwei Bekloppte haben sich gefunden und jetzt dreht Evchen die Geschichte um, damit Joschi Mitleid hat und sie toll findet, jemand anderes kriegt die ja nicht ab als den …«

»Michael!«, fährt Mama barsch dazwischen. »So redest du nicht über deinen Bruder und auch nicht über dieses Mädchen, ist das klar?«

»Nein, ist es nicht! Weißt du eigentlich, was der die ganze Zeit macht? Der ist nicht vom Kirschbaum gefallen. Der ist vom Pferd gefallen! Der lügt euch an, der trainiert bei diesen Schwuchteln vom Reitstall in der Leistungsgruppe, schon seit über einem Monat! Und jetzt willst du dem eher glauben als mir?«

»Ja, das tut er, er trainiert in der Leistungsgruppe, und zwar weil er verdammt gut ist, Micha!«, schreit Eva ihn an. »Joshua ist ein Ausnahmetalent und er muss das tun!«

Ich will sie küssen und gleichzeitig das Geländer runterstoßen, direkt in Charlottes Kirschbaum. Hätte sie das nicht nächste Woche sagen können, nach der Vorführung, wenn Mama und Papa mich gesehen und begriffen haben, dass ich aufs Pferd gehöre? Hätte sie nicht so lange warten können?

»Stimmt das, Joshua?«, fragt Mama gepresst. Papa hat seine Sprache immer noch nicht wiedergefunden. Der Wind treibt uns ununterbrochen die Asche vom Grill in die Augen. Die ersten Würstchen sind bereits verkohlt und fangen an, sich nach oben zu biegen.

»Ja, das stimmt. Genauso, wie es stimmt, dass Micha Eva beim Sex gefilmt hat. Ich hab's gesehen.«

»Das ist nicht wahr!«, brüllt Micha. »Joshua lügt! Er lügt wie gedruckt!«

»Tut er nicht!«, brüllt Eva zurück.

»Ruhe! Ruhe jetzt!« Papas Ausbruch sorgt augenblicklich für Stille. Zischend krümmen sich die Würstchen zur Seite.

»Von welchem Geld?«, fragt er mich sachlich, aber mit einem solch brennenden Blick, dass meine Knie weich werden.

»Von meinem, Hartmut. Es war mein Geld.«

Wir drehen uns alle gleichzeitig um. Ich weiß nicht, wie lange Charlotte schon in der offenen Balkontür steht, aber ich würde ihr am liebsten um den Hals fallen. Der Wind zerrt an ihrem Knoten und graue Strähnen tanzen um ihr Gesicht, das wieder mal kein Gefühl verrät. Sie ist beherrscht, ruhig, gefasst, als hätten wir gerade beratschlagt, was es am Sonntag zu essen geben soll. Garantiert war sie eine fantastische Reiterin.

»Und noch etwas, wo wir alle versammelt sind an diesem schönen Abend: Dieses Video hat es tatsächlich gegeben. Ich habe es persönlich gesehen. Ich kam dazu, als Micha es Joshua gezeigt hat. Ich habe das Handy in die Blumenvase geworfen, weil ich solch einen frauenfeindlichen Schund in meinen vier Wänden nicht dulde. Und aus irgendeinem mir völlig unerfindlichen Grund hat mein Neffe Joshua mich gebeten, nicht zu verraten, dass dieser Film existiert hat.« Sie weist mit dem Kinn auf mich.

»Warum, Joshua?«, fragen Mama und Papa gleichzeitig, bis Mama begreift, was sie da eben eigentlich gehört hat.

»Michael Löwe. Zimmerarrest. Sofort. Keine Wiederrede!«, befiehlt sie.

»Nein, nein, nein. Nina, nicht so schnell. Wir diskutieren das jetzt aus. Micha bleibt hier«, bestimmt Papa. Er wendet sich wieder mir zu. »Joshua, wir haben dich gefragt, warum du davon weißt und uns nichts sagst und die Schuld für eine Sache auf dich nimmst, die du nicht getan hast? Wieso machst du so etwas? Haben wir dir das etwa beigebracht?« Papa klingt nicht mehr böse. Nein, er klingt enttäuscht und verwundert.

Ich schaue Eva an. Ihre graublauen Augen versenken sich tief, ja, fast bittend in meine.

»Sag es ihnen«, formt ihr Mund. »Sag es endlich.«

Dann fällt mein Blick auf Micha. Er lässt den Kopf hängen. Sein Nacken ist rot verbrannt und sein Hip-Hop-Shirt klebt feucht an seinem Rücken. Jetzt hebt er sein Gesicht und fixiert mich, aber nicht wie vorhin, nicht mehr drohend. Er guckt mich einfach nur an. Ich könnte alles sagen, alles, mit jeder gemeinen Einzelheit, sie werden mir zuhören, alle. Auch Papa. Ich kann erzählen, wie lange das schon geht, und wann es schlimmer geworden ist, dass er meinen Kopf ins Klo steckt, wenn er Lust dazu hat, jeden Tag meine Hausaufgaben abschreibt, mir im Bus in die Kniekehlen tritt und mich überall niedermacht, aber was soll das bringen? Er kriegt Ärger genug wegen des Handyvideos. Das wird Mama ihm nicht so leicht verzeihen. Vielleicht wird ihm das Fußballtraining gestrichen. Und mir das Voltigieren. Und dann? Dann sitzen wir hier gemeinsam zu Hause und hassen uns. Sogar noch mehr als vorher.

Plötzlich vibriert es in Michas Hosentasche. Er fährt zusammen und rührt sich nicht. Doch weil wir ihn abwartend anstarren, angelt er nach einigen Sekunden schulterzuckend mein Handy heraus und geht dran.

»Hallo?«

Wir sind immer noch still, als wäre Micha irgendein seltenes Tier, das es genauestens zu beobachten gilt, während das Würstchen rechts außen zischend in Flammen aufgeht.

»Für dich«, sagt Micha knapp und reicht mir das Handy. Die Blicke wenden sich in meine Richtung. Jetzt bin ich das seltene Tier.

»Hallo?«, frage ich.

»Josh? Tom hier. Horst hat mir die Nummer gegeben. Kannst du zum Stall kommen? Die haben einen Sturm angesagt, Unwetter, mit Hagel und allem, wir müssen die Pferde evakuieren, wir brauchen jede Hilfe, vielleicht kannst du auch jemanden mitbringen. Ich erreiche fast niemanden und es haben sich jede Menge Ziegel vom Stalldach gelöst. Santana liegt in den Wehen, sie kriegt ihr Fohlen, Josh? Hörst du mich?«

»Ich komme«, antworte ich knapp. »Ich bin in zwanzig Minuten da.«

Wir haben immer noch Zoostunde. Und Joshua, das seltene Tier, wird jetzt seinen Käfig verlassen. Nix mehr zu glotzen.

»Ich muss zum Stall. Die brauchen Hilfe. Pferde evakuieren. Sturm. Ciao.«

Ausführlicher geht's nicht. Bevor mich jemand aufhalten kann, bin ich im Treppenhaus und rase die Stufen runter.

Ich kann die Haustür kaum aufdrücken, so stark bläst auf einmal der Wind dagegen. Dann flaut die Böe urplötzlich ab und es ist wieder so schwül wie vorher. Doch das bleierne Blau des Himmels hat sich in ein dunkles Grau verwandelt. Ich muss an das denken, was Charlotte kürzlich zu mir gesagt hat. Dass das kein guter Sommer ist. Dass das Wetter verrückt spielt. Nicht nur das Wetter. Alle spielen verrückt.

Nach ein paar Metern auf dem Fahrrad nähern sich schnelle Schritte und etwas Schweres krallt sich an meinen Gepäckträger.

»Mann, Bruder, warte doch mal! Warte! Hey!« Verbissen trete ich in die Pedale, obwohl ich mich fast auf der Stelle bewege.

»Nein, Micha, lass mich, ich muss da hin, ich hab jetzt keine Zeit, mich mobben zu lassen …«

»Warum?«, schreit er gegen den Wind, der plötzlich wieder eine Böe über das Feld schickt. Nun muss ich anhalten. Micha ist einfach zu schwer. »Warum machst du das? Warum sagst du am Ende doch nichts? Sagst du es Mama später, wenn ihr alleine seid, damit es dann noch dramatischer wird? Der arme, kleine, gequälte, hilflose Joschi?«

»Micha. Ich muss zum Stall. Ich sag ihr schon nichts.«

»Ja, klar, du sagst nichts.« Er schüttelt den Kopf und fährt sich nervös über den Hinterkopf. »Klar. Das passt ja auch alles. O Mann. Jetzt bin ich wieder der Depp und du bist der großherzige, verzeihende Bruder, der Sensible, Intelligente. Boah, ich hab die Faxen dicke davon, ehrlich.«

»Wovon?«, frage ich verwundert. Was redet Micha da? Ich lasse das Rad auf den Feldweg sinken.

»Wovon!?«, höhnt er. »Musste das sein mit dem Voltigieren? Reicht es dir nicht, dass du in den anderen Fächern überall besser bist als ich, obwohl ich den ganzen Scheiß schon mal durchgekaut habe? Nee, jetzt muss es auch noch der Sport sein, das Einzige, was ich gut kann. Der Herr geht Voltigieren. Wunderbar. Er kann ja ach so gut mit Pferden. Mann, die Weiber reden nur noch von dir, wie süß du bist und was du wieder Tolles gemacht hast, und dann lässte dir von dem Gaul ans Bein treten und heulst nicht mal. Zack, neue Heldenpunkte gesammelt, nächstes Level wie bei so einem Scheiß-Computerspiel, wo jeder Depp auf einmal alle abknallen kann, Held auf Raten, das kommt an, sag ich dir. Vom Loser zum Winner. Da stehen die Mädels drauf und erst recht auf Pferde. Keine Sau interessiert sich mehr fürs Klettern, für Fußball haben die eh nichts übrig, aber seitdem du mit den Pferden rummachst, geht gar nichts. Und dann, weil es so schön ist, haste mir auch noch die Eva weggeschnappt …«

»Du hast Eva nicht mehr angerufen nach eurem komischen Sex-Dingens!«, verteidige ich mich. Ich habe ihm Eva weggenommen, das ist doch lächerlich. Und ein Winner werde ich niemals sein.

»Ja, was sollte ich sie denn noch anrufen, nachdem sie mich von der Bettkante gestoßen hat? Meinste, so was lass ich mir ein zweites Mal gefallen?«

»Micha.« Ich setze mich mitten auf den Feldweg. Ich bin auf einmal so fertig, dass ich nicht mehr stehen kann, so sehr die Zeit auch drängt. Der Himmel wird immer düsterer und trotzdem muss ich das mit Micha jetzt endlich klären, sonst ersticke ich daran. »Warum habt ihr das überhaupt getan? Und warum hast du es gefilmt?«

»Ach Mann, das macht man doch heute so. Das macht jeder. Steffen hat's getan. Max auch. Ich hab die Filme gesehen. Wenn man so etwas nicht hat, ist man unten durch. Und ich dachte, na ja, beim ersten Mal, was kann da schon schieflaufen …«

»So ziemlich alles, würd ich sagen«, erwidere ich trocken

und muss auf einmal grinsen. Über meinen Bruder, der mich Held auf Raten nennt, Eva, die ihn von der Bettkante gestoßen hat, und uns beide zusammen, wie wir hier im Sturm sitzen und uns anschreien. »Eine Frau ist halt kein Fußball.«

»Ja, logo«, knurrt Micha. »DU weißt so was natürlich. Musiker sind ja angeblich die besten Liebhaber, nicht wahr?«

Jetzt kann ich mich nicht mehr beherrschen. Ich lache und heule gleichzeitig, eher Lachen als Heulen, aber irgendwie sind auch Tränen dabei. Das ist alles so krank. Was Micha da von sich gibt, ist total krank. Musikerhände. O Gott.

»Wo hast du den Mist denn gelesen?«, japse ich.

Micha grinst unsicher. »Hab ich nicht gelesen. Mama hat das mal gesagt, als sie 'nen Schwips hatte, auf dem Campingplatz. Zur Nachbarin.«

Ich kann immer noch nicht aufhören zu lachen. Mein Bauch tut schon richtig weh. Aber eine neuerliche Böe erinnert mich daran, warum ich eigentlich aufs Rad gestiegen bin.

»Micha, ich muss jetzt wirklich zum Stall! Die brauchen dringend Hilfe …«

Micha schnappt sich mein Rad vom Feldweg und deutet auf den Gepäckträger.

»Los, spring auf, ich bring dich hin, das geht schneller.«

Und dann fährt er mich tatsächlich gegen den aufkommenden Sturm zum Stall, und zum ersten Mal in meinem Leben bin ich froh, dass mein Bruder so breite Schultern und so starke Waden hat.

RETTUNGSEINSATZ

Kurz vor der Schulstraße hält Charlottes uralter Cinquecento mit quietschenden Reifen neben uns. So dankbar ich ihr auch bin, dass sie mir das Voltigieren bezahlt und mich heute wenigstens ein bisschen gerettet hat – sie darf bloß nicht denken, dass sie mich nach Hause locken kann.

»Steigt ein!«, ruft sie aus dem heruntergekurbelten Fenster. Auf dem Beifahrersitz hockt Eva und winkt zu uns rüber. »Das ist zu gefährlich mit dem Fahrrad!«

»Ich gehe jetzt nicht wieder nach Hause! Ganz bestimmt nicht!«

»Das will ich doch auch gar nicht, nun steigt schon ein, wir fahren gemeinsam zum Stall!«

Micha und ich gucken uns verdutzt an, dann ketten wir das Rad an einem Hydranten fest und quetschen uns auf die Rückbank. Micha stößt mit seinem Kopf fast an die Decke und sogar ich hab Probleme, meine Beine unterzubringen.

Eva hat wieder ihre Springerstiefel an; Charlotte hingegen hat sich eine grellgelbe Regenjacke übergezogen und ihre Gartenstiefel für den Herbst. Es sieht so aus, als wolle sie mithelfen, und sie schaut auf die Straße, als würde sie jetzt das Abenteuer ihres Lebens ansteuern. Zwar wie immer sehr gefasst, aber mit fiebrigen Wangen und leuchtenden Augen.

Die Bäume biegen sich unter dem drohenden Himmel, als wir die Allee entlangrattern. Noch ist es hell und es wird auch noch eine Weile hell bleiben, doch der Dunst über den Bergen hat eine gelbliche Farbe angenommen, Gelb mit Grau. Es sieht aus wie der Weltuntergang. Vor dem Stübchen steht Tom, das Handy am Ohr, und schlägt gerade entnervt ein Bündel Halfter gegen die Mauer. Als er uns bemerkt, steckt er das Handy in die Tasche, stürzt auf das Auto zu und reißt die Fahrertür auf.

»He, junger Mann, sachte, sachte«, sagt Charlotte amüsiert und löst in aller Seelenruhe ihren Gurt.

»Gut, dass ihr da seid«, seufzt Tom, ohne den Blick vom Stall abzuwenden. »Irgendwo hier in der Nähe muss schon was runtergegangen sein, ich erreiche fast niemanden, Horst ist am Durchdrehen! Boah, alter Schwede ...«

Er duckt sich. Ein riesiger Pappkarton segelt knapp über seine zerzausten Locken hinweg, verliert abrupt an Höhe und gleitet sanft auf den Boden. Wieder Stille, für ein paar kurze Sekunden. Das ist gruselig. Tom richtet sich argwöhnisch auf. Gebannt schauen wir in den Himmel.

»Ja, meine Knochen sagen das Gleiche. In der Nähe hat es schon gewittert, das hier sind Ausläufer, sonst nichts, aber die Front kommt noch«, bricht Charlotte das angespannte Schweigen und deutet auf den Horizont, wo wie mit dem Lineal gezogen eine dunkle Linie den Himmel trennt. Und hinter dieser dunklen Linie sind die Wolken dicht an dicht. Sie wölben sich nach unten. Eva erschaudert kurz.

»Also gut«, sagt Micha schließlich. »Ihr braucht mich jetzt ja nicht mehr mit euren Pferden. Ich lauf dann mal nach Hause.«

»Nein!«, rufen wir alle gleichzeitig.

»Hey, wir brauchen jeden, echt jeden hier!«, protestiert Tom. »Und du siehst aus, als könntest du anpacken. Los, komm, du kannst mir im hinteren Stalltrakt helfen, da stehen noch an die 30 Pferde, die rüber zum Bauern und in die Halle gebracht werden müssen. Die Halle ist sicher.«

»Tom! Ist Joshua da?« Lena kommt um die Ecke gerannt, gefolgt von Tanja. Ihre Haare flattern in einer neuerlichen Böe, die uns aus dem Nichts heraus durchschüttelt.

»Hier!«, sagt Tom und zeigt auf mich. Wir schälen uns nach und nach aus dem Auto. Micha guckt verlegen zu Boden. Charlotte holt eine Thermoskanne aus dem winzigen Kofferraum.

»Josh soll nach hinten zu Horst und Santana, der Tierarzt hängt unterwegs fest, da sind Bäume umgestürzt. Dann brauch ich jemanden, der mit Hammer und Nägeln umgehen kann, die Dachlatten gehen ab – du da!«, kommandiert Lena und deutet auf Micha. »Komm mit.«

Micha zuckt stumm mit den Schultern und folgt ihr. Ich schaue ihm ungläubig hinterher. So einfach ist das? Ein »Komm mit« und er folgt? Im Laufen dreht er sich zu mir um.

»Kann ich dein Handy haben, Bruder?« Stimmt, ich hab sein-mein Handy immer noch in meiner Hosentasche.

»Wieso, willste das hier filmen?«, fragt Eva giftig.

»Ich will Papa anrufen, er ist immerhin Dachdecker, hat da von euch noch keiner dran gedacht, oder?«

Betreten starren wir ihn an und Tom fängt als Erster an zu grinsen. Lena packt Micha an der Schulter und schiebt ihn nach vorne. Ich werfe ihm das Handy zu, er fängt, wie immer, ob Ball oder Handy, nichts rutscht ihm aus den Fingern. Klar kann der Dachlatten befestigen.

Tom blinzelt Charlotte an und sein Grinsen weicht einem viel zu unterwürfigen Lächeln.

»O, das sind ja Sie, Frau Fritz.«

Charlotte nickt knapp. »Schön, dass du es endlich bemerkt hast.«

»Ach, Frau Fritz! Hallo!«, sagt Tanja, allerdings mit einem Strahlen im Gesicht. Dann ist Charlotte also ihre Lehrerin? Mathematik und Religion? Anscheinend ist Tom in beiden Fächern nicht gerade sensationell. Tanja hingegen vermutlich umso besser. Jedenfalls habe ich Tom noch nie so kleinlaut erlebt.

»Wo ist Santana? Und was soll ich da eigentlich?«, frage ich vorsichtig.

Tom reißt seine Blicke von Charlotte los und wendet sich wieder mir zu.

»Ich bring dich hin«, erwidert er und ich eile ihm hinterher. Tanja wird sich schon um Charlotte und Eva kümmern. Zu tun gibt es genug. »Ausgerechnet hier ist es am schlimmsten, manchmal hebt sich das gesamte Dach an und Santana liegt seit Stunden in den Wehen …«

Ich frage mich immer noch, was ich da genau helfen kann, aber Tom führt mich unbeirrt weiter in einen abgelegenen kleinen Stalltrakt am Ende der Anlage.

Herr Hanau kniet mit dem Rücken zu mir in einer großen Box. Vor ihm liegt eine dunkle Stute auf dem Boden, der Bauch zum Zerreißen gespannt. Ich kann sehen, wie er sich kurz zusammenzieht, die Adern pulsieren und sie stöhnt fast wie ein Mensch. Trotzdem wirkt sie geduldig. Ihr Kopf sinkt wieder weich aufs Heu zurück, als würde sie alles hinnehmen, jeden Schmerz und jede Qual, selbst wenn jetzt das Schlimmste passiert und das Dach sie und ihr ungeborenes Fohlen unter sich begräbt – genau so sieht sie mich an. Also wolle sie sagen: Ist schon gut, Kleiner, was auch geschehen wird, es ist gut.

»Der Tierarzt hängt immer noch im Wald fest«, berichtet Tom. »Und mein Vater ist bei einer Patientin.« Herr Hanau dreht sich nicht um, er lässt nur einen Moment die Schultern fallen, vielleicht drei Zentimeter, aber es wirkt verzweifelt, ja sogar ängstlich. Und das wiederum macht mich ängstlich. Doch dann strafft er seinen Rücken wieder und winkt abfällig mit der Hand, als hätte Tom ihn gefragt, ob er lieber eine Kugel Schokolade oder Erdbeere in seinem Eisbecher haben möchte. »Joshua ist hier«, fügt Tom hinzu.

Ich öffne die Boxentür und setze mich neben Herrn Hanau ins Stroh. Vor ihm liegen weiße Tücher und zwei Stricke, die an einen dünnen Holzstab gebunden sind. Santana schaut mich unvermindert geduldig an. Ihr Atem geht schwer.

»Wenn wir Glück haben, kommen gleich die Hinterläufe

raus. Es liegt falsch. Wir müssen die Stricke an den Fesseln befestigen und dann ziehen. Wir brauchen noch jemanden, der ziehen kann.«

»Hol Eva«, sage ich zu Tom. »Die hat Kraft.« Eva ist hier am besten aufgehoben, mit ihrer Angst steht sie den anderen nur im Weg. Und dieses Pferd denkt garantiert nicht daran, auszutreten. Außerdem bin ich ja da.

»Eva?«, fragt Herr Hanau mich misstrauisch.

»Ja, Eva. Sie wird das schon machen, glauben Sie mir.«

Er schüttelt nur den Kopf, bis eine neue Krampfwelle Santanas Bauch überläuft, erst ein Zittern, dann zieht sich alles zusammen, sie stöhnt, presst, verdreht die Augen ...

»Komm, Mädchen«, ermuntert sie Herr Hanau zärtlich.

Bang starren wir sie an, während über uns eine Böe pfeifend am Dach rüttelt. Ich spüre, dass es sich kurz anhebt, ein paar Regentropfen treffen mein Gesicht, dann senkt es sich, und Holzsplitter rieseln auf Santanas schweißnasses Fell.

»Da!«, ruft Herr Hanau. »Anpacken, schnell.«

Schon haben zwei winzige, zierliche Hufe die dünne Hülle, in der sie verpackt waren, durchbrochen. Schleim und eine warme Flüssigkeit laufen über meine Hände, als ich nach ihnen greife und Herr Hanau die Stricke herumbindet, bevor sie zurück in Santanas aufgeblähten Leib rutschen können. Wieder bringt eine Böe das Dach zum Kreischen, eine schwere Latte kracht neben uns ins Stroh, nur Zentimeter an meiner Schulter vorbei.

Santana stöhnt erneut. »Ziehen! Jetzt!«

Wir ziehen, aber es tut sich gar nichts. Dieses Fohlen steckt fest. Das geht da niemals raus, wie soll das funktionieren? Plötzlich greifen zwei schwarz lackierte Hände um die Mitte des Stabes. Sie zittern, aber sie können helfen.

»Noch einmal!«, kommandiert Herr Hanau. »Eins, zwei, drei, ziehen! Sanft, aber mit Kraft!«

Es tut sich immer noch nichts. Herr Hanau lässt keuchend los.

»Entweder sie hat die Energie nicht oder das Fohlen liegt verdreht. Da muss jemand rein und helfen. Du musst da rein, Josh. Du hast schmale Hände. Und ich hab die Kraft zum Ziehen.«

»Da rein?«, echoe ich unsicher.

Doch Herr Hanau hat mir schon unsanft das Hemd vom Oberkörper gestreift und eine giftbraune Flüssigkeit über meine Arme geschüttet.

»Das Fohlen muss jetzt zur Welt kommen, sonst stirbt es. Geh ganz sachte und langsam rein, nur mit einem Arm, und versuche zu fühlen, wie es liegt. Und dann versuchst du, um die Brust zu greifen und zu schieben, damit es besser rutschen kann. Sobald die nächste Wehe kommt, hilfst du mit, nicht viel, nur ein bisschen.«

»Das kann ich nicht.«

»Doch, das kannst du Josh. Du kannst das!«, flüstert Eva. Sie zittert und die Tränen laufen ihre Wangen hinunter, sie ist krank vor Angst, und trotzdem sitzt sie hier neben mir und haut nicht ab – ich muss es können.

Santana fühlt sich fester und stärker an, als ich dachte,

ich spüre ihr Blut pulsieren, als ich mich langsam vortaste, Millimeter um Millimeter. Erst ist meine Hand völlig orientierungslos, ich kann gar nichts erkennen da drinnen, es ist nur ein dunkler zuckender, pulsierender Schlauch, doch dann kitzelt verklebtes Fell meine Fingerkuppen. Das Fohlen.

Ich schließe die Augen, wie ich es beim Cellospielen manchmal tue, um die Musik intensiver zu fühlen. Nun ist es besser, ja, da ist sein Oberkörper, zart und erstaunlich fest zugleich. Ich taste mich weiter, mein Arm steckt bereits bis über den Ellenbogen im Pferdeleib. Irgendetwas poltert von oben herab und trifft schwer und hart meinen Rücken, aber darauf kann ich jetzt nicht achten. Hier, da ist die Brust, da der Kopf, Gott, es hat schon eine Mähne, ich lege behutsam meine Hand unter diese kleine runde Brust, einen Finger nach dem anderen, ja, das Herz schlägt, zwei Herzen schlagen, Santanas und das des Kleinen, im Gleichtakt schlagen sie ...

»Jetzt! Achtung, Wehe!«, dringt Herr Hanaus Stimme durch das Heulen des Sturms und das ständige Donnergrollen.

Es ist, als ob mein Arm zerquetscht wird. Wie ein eiserner Schraubstock schließen sich Santanas Muskeln um meinen Knochen, der zersplittert gleich, Mann, tut das weh. Ich keuche auf. Aber da ist dieses Herz unter meiner Hand, das schneller schlägt, kurz aussetzt, ich kann es nicht alleine lassen, schlag weiter, bitte, ich helfe dir doch, ich bewege ganz leicht meinen Arm, dann fester – stöhne ich oder ist es Santana? Vielleicht wir beide, der Schmerz vereint uns, sie, mich, das Fohlen. Nun zieht jemand auch an mir, hält mich gepackt …

»Noch einmal! Feste! Los!«

Ich schiebe weiter, das Herz schlägt wieder, dann schleudert es mich nach hinten, ich bin frei, aber mein Arm tut so weh …

Herr Hanau schiebt mich nachlässig zur Seite und beugt sich über das Fohlen, reißt die Fruchthülle weg. Atmet es? Es muss atmen.

»Ich bin da, Horst, ich bin da – ach Gottchen, es ist ja schon passiert …« Zwei grüne Stiefel tauchen neben mir auf, sie gehören zu einer grünen Hose und einer grünen Jacke und einem großen schwarzhaarigen Mann, der Arzt, endlich, jetzt wird alles gut. Santana prustet lange und fast genüsslich.

Ich robbe von ihr weg, rolle mich auf den Rücken und schaue nach oben, direkt in den sturmzerzausten Himmel und in die Augen von meinem Vater, zwei blaue Lichter. Es ist so gut, sie zu sehen. Er hängt auf dem schweren Mittelbalken im Wind, drei Nägel in seinem Mund. Sagen kann er nichts, aber so angeschaut hat er mich noch nie – besorgt und stolz zugleich, als hätte ich etwas sehr Kompliziertes und Gefährliches richtig gemacht, vollkommen richtig. Ich hab endlich mal was richtig gemacht.

Mit einem Arm greift er sich eine große Platte aus dem pechschwarzen Nichts hinter sich, justiert sie mit schlafwandlerischer Sicherheit über uns und nagelt sie mit schnellen kräftigen Hieben fest, bevor der Sturm sie ihm wieder entreißen kann.

»Heilige Scheiße, ich glaub, ich krieg besser niemals ein Kind, was für eine Sauerei«, murmelt Eva.

»Lebt es?«, krächze ich.

Statt zu antworten, zieht Herr Hanau mich am Knöchel neben sich.

Santana beugt sich beschützend über das nasse Bündel zwischen ihren Hufen und leckt es hingebungsvoll ab. Der Doktor streicht ihm den letzten Schleim aus den Nüstern, jetzt erkenne ich erst, dass es Herr Birkmeier ist, der Tierarzt ist wohl immer noch unterwegs, aber Herr Birkmeier ist besser als niemand. Menschen, Pferde, so groß kann der Unterschied nicht sein. Mit dem Stethoskop hört er es ab.

»Ein zähes Kerlchen«, brummt er. »Das Herz schlägt, ein bisschen eilig, aber kräftig.«

»Ein Hengst«, lächelt Herr Hanau versonnen. »Ein kleiner Hengst.« Er kann also lächeln. »Geht doch, wenn man will, oder?«

Ich weiß nicht, ob er mich meint oder das Fohlen oder Santana oder Eva, vielleicht ja auch uns alle zusammen. Es ist mir egal, denn ich finde es einfach nur grandios, hier in all dem Dreck und Schleim zu sitzen und das Kleine atmen zu sehen.

»Wie soll es überhaupt heißen?«, fragt Herr Birkmeier in das Heulen des Sturms hinein. Papa klaubt sich seelenruhig den letzten Nagel aus dem Mund und haut ihn zügig in die Dachlatte.

»Wir wäre es mit Löwenherz?«, schlägt er beiläufig vor. Herr Hanau nickt zufrieden.

»Löwenherz«, brummt er. »Warum nicht.«

Und Löwenherz stellt sich schaukelnd und zitternd auf seine vier staksigen und viel zu dünnen Beinchen, verklebt und unsicher und schreckhaft, aber mit absoluter Sicherheit das Schönste, was ich jemals in meinem Leben gesehen habe.

PFERDEFLÜSTERN

Ich habe Löwenherz noch nicht berühren können, da scheucht Herr Hanau uns aus der Box.

»Das Fohlen und Santana brauchen jetzt Ruhe.«

Ich stehe auf. Eva zieht sich benebelt an mir hoch. Ich werfe einen letzten Blick zu Papa. Er schaut mich an und deutet mit dem Kinn hinter mich. Ich sehe ihn fragend an, doch er macht die gleiche Bewegung noch einmal.

»Komm«, sage ich leise zu Eva und wir stehlen uns aus der Box. Was hat Papa bloß gemeint? Es sah aus, als wollte er mir bedeuten, dass jemand auf mich warte.

Aber die Stallgasse ist dunkel und leer. Irritiert schaue ich mich um. Hier ist niemand. »Hallo?«, flüstere ich. Ein schmaler kleiner Schatten schiebt sich aus der Ecke hinter der Schubkarre und schießt auf mich zu. Es ist Josefine, die Jüngste und Zarteste aus unserer Leistungsgruppe – sie ist noch schüchterner als ich. Bisher hat sie immer nur »Hi« und »Tschüss« zu mir gesagt und mich dabei kaum angeblickt.

»Pscht«, zischt sie, bevor ich meinen Mund aufmachen kann. Sie zittert am ganzen Körper. Ängstlich deutet sie nach draußen und fordert uns winkend auf, ihr zu folgen.

»Was ist denn los?«, frage ich sie, als wir wieder im Wind stehen. In ihren großen Augen glitzern Tränen.

»Sarastro«, stößt sie mit erstickter Stimme hervor. »Er ist uns abgehauen … wir wollten ihn rüber zum Bauern bringen, aber dann hat sich ein Balken aus dem Zaun neben uns gelöst … wir konnten ihn nicht mehr halten …« Nun weint sie.

»Hey, Finchen«, versuche ich sie zu beruhigen und lege ihr meine Hand auf die Schulter. Doch sie ist außer sich.

»Ich dachte, ich schaffe es zusammen mit Lena, Sarastro zu führen. Und jetzt … wenn Herr Hanau das erfährt, dann …«

»Wo ist Sarastro denn hingerannt?«, frage ich so sachlich wie möglich, obwohl ich langsam selbst nervös werde. Die Böen reißen immer heftiger am Dach. Josefine hat definitiv recht: Wenn Herr Hanau das mit Sarastro erfährt, gibt es Ärger. Gewaltigen Ärger. Hoffentlich bleibt er bei Santana und dem Fohlen in der Box.

Jetzt sehe ich, dass ein paar Gestalten am Weidezaun stehen. Ich erkenne Lena, Micha und einige Mädchen aus der Leistungsgruppe. Und Tom.

»Sarastro ist hinten am Wald«, sagt Lena. Sie klingt besorgt und gestresst zugleich. »Nein, eigentlich ist er schon im Wald. Tom hat auch versucht, ihn zu holen, aber da ist er nur noch weiter ins Dickicht galoppiert. Das hat überhaupt keinen Sinn!«

Tom schnaubt und wendet sich ab, und ich muss trotz meiner Sorge und meiner Erschöpfung kurz grinsen. Dass Sarastro vor Tom abgehauen ist, wundert mich nicht. Seine strenge Art mag bei Damos funktionieren. Doch Sarastro lässt sich davon nicht beeindrucken.

»Joshua, du musst uns helfen«, fleht Josefine mich an und zerrt an meinem Ärmel. »Bitte. Du bist der Einzige, den er jetzt an sich ranlässt. Bitte, hol ihn raus. Da krachen dauernd Äste runter …«

In diesem Moment höre ich es auch. Der ganze Wald tost. Sogar von hier aus sehe ich, dass die Wipfel der Tannen sich bedrohlich im Wind biegen. Ich kann mir kaum vorstellen, dass Sarastro überhaupt noch dort ist.

Ich gehe ein paar Schritte über die Weide und bleibe stehen, bis meine Augen sich an die Dunkelheit gewöhnt haben. Josefine und Eva folgen mir zögerlich.

Wieder fegt eine Böe durch das feuchte Gras und hinten am Waldrand krachen zwei Stämme aneinander. Da, ich nehme undeutlich eine dunkle Silhouette wahr, sie bewegt sich, dann verharrt sie – das muss Sarastro sein!

»Okay, da ist er«, sage ich leise. »Halfter.«

»Wir haben kein Halfter«, wispert Josefine. »Seines ist zerrissen, als er sich losgemacht hat, und im Stall hängt keins mehr.«

»Na prima«, knurre ich. Sarastro ohne Halfter einfangen und zum Stall führen – das ist ein Ding der Unmöglichkeit. Ich drehe mich langsam um. Die Weide steht offen, das Unwetter hat sogar Zaunlatten umgeknickt.

»Gut«, sage ich zu Josefine und den anderen und bin froh, dass ich so viel in den Pferdezeitschriften aus dem Reiterstübchen geschmökert habe. Denn nun habe ich eine

Idee. »Wenn ich es schaffe, ihn da rauszulocken, wird er wahrscheinlich irgendwann auf den Stall zustürmen. Ihr müsst ihn dann einkesseln. Haltet euch am besten an den Händen. Er wird euch schon nicht umrennen.«

Micha murmelt irgendetwas vor sich hin. Es klingt nicht gerade glücklich.

»In Ordnung«, antwortet Tom gefasst. »Wir bleiben hier und passen auf, falls er kommt.«

Falls ... Also hat auch Tom Zweifel. Ich drehe mich wieder um und mache mich auf den Weg zum Waldrand. Doch plötzlich fasst mich jemand hinten am T-Shirt-Zipfel.

»Joshua!« Es ist Eva. Atemlos schaut sie mich an. »Josh, bitte pass auf dich auf. Bitte! Da fallen dauernd Bäume um und Sarastro ist bestimmt völlig außer sich ...«

»Mir passiert nichts, keine Angst. Pferde sind Fluchttiere, keine Raubtiere«, sage ich, obwohl ich mir da nicht mehr so sicher bin. Manchmal wirkte Sarastro schon ein wenig wie ein Raubtier.

»Komm heil zurück, Josh.« Eva nimmt mein Gesicht in ihre kalten Hände, streicht mir kurz über die Wangen und drückt ihre Lippen auf meine. Ein eisiger Windstoß fährt unter mein T-Shirt, aber ich spüre nur Evas Mund, ihren warmen weichen Mund. Der Kuss schmeckt nach Kaugummi. Und ich kann nichts sagen, als sie sich wieder von mir löst. Gar nichts. Ich schaue sie nur an. »Lauf!«, sagt sie flüsternd. Jetzt bin ich es, der sie nimmt und küsst, etwas forscher und länger als eben, doch dann reiße ich mich widerwillig los und schiebe sie sanft zurück zu Tom, Finchen und Lena.

Ganz langsam setze ich einen Fuß vor den anderen, während Evas Kuss immer noch in kleinen warmen Wellen durch meinen Bauch schießt.

Ich darf jetzt nicht laufen oder rennen. Ich muss langsam und gelassen bleiben. Eigentlich darf ich gar kein Mensch sein. Sarastro ist weg von seiner Herde, er ist panisch und weiß nicht, was er tun soll. Ich muss ein Pferd sein, ihm glaubhaft machen, dass ich ihn in Sicherheit bringen kann.

Ich stocke, als ich kapiere, was ich da vorhabe. Das ist Wahnsinn. Sarastro wiegt mindestens 400 Kilogramm. Er hat vier schwere steinharte Hufe, er kann laufen wie der Wind. Und ich bin klein, dünn, und wenn er möchte, kann er mich binnen Sekunden niedertrampeln. Wie um Himmels willen soll ich ihn überreden, mit mir zu kommen? Wie soll ich der Boss sein?

Die nächste Böe drückt mich fast zu Boden. Ich höre, wie die Wurzeln eines Baumes durch die Wucht des Sturms brutal aus der Erde gestemmt werden; es ist ein dumpfes krachendes Geräusch, das mir eine frostige Gänsehaut über den Rücken jagt. Angestrengt suche ich nach Sarastros Silhouette – was, wenn er unter dem umstürzenden Baum stand und in diesem Moment erschlagen wird? Das Gras unter mir erzittert kurz. Dann ist es wieder still.

Nein. Ich muss weiter. Wenn er noch lebt, kann ich ihn nicht alleine lassen. Wir sind immerhin so etwas wie Freunde. Er lässt es zu, dass ich stundenlang auf seinem Rücken herumturne, während er geduldig im Kreis galoppiert, und genau das hat mich glücklich gemacht.

Wie in Trance schreite ich auf den Waldrand zu, in kleinen gleichmäßigen Schritten. Setze einen Fuß vor den anderen, den Kopf gesenkt, den Blick zur Seite gerichtet. Ich erreiche die ersten Bäume. Der Boden ist übersät mit Ästen, die sich im Wind gelöst haben. Die Stämme der Tannen reiben sich knirschend aneinander. Ich hebe meine Augen nicht. Pferde darf man nicht anstarren.

Ich muss Sarastro fühlen, ihn wittern. Vorhin hatte er ganz hier in der Nähe gestanden. Ich atme tief ein. Die Luft duftet nach Tannennadeln, Regen – und? Noch einmal schnuppere ich. Doch. Ich habe mich nicht geirrt. Ich rieche Sarastros warmes schweißnasses Fell. Links vor mir. Ich lasse meine Atemluft schnaubend durch die Nase strömen.

Sarastro antwortet mit einem leisen ängstlichen Prusten. Mein Herz macht einen Sprung und pocht schneller, aber das ist nicht gut – wenn er das merkt, denkt er, es gibt einen Grund Angst zu haben ... sofort atme ich wieder langsamer und mein Herzschlag beruhigt sich etwas.

Der Wind flaut ab. Es wird stiller. Nur die Tannenspitzen über mir rauschen beständig. Ich bewege mich vorsichtig durch die flüsternden Bäume und Sarastros Prusten entgegen, bis sein Geruch ganz nah ist, die Arme hängend und schlaff, meinen Blick gesenkt. Zwischen uns ist nur noch maximal ein Meter Platz.

Ganz beiläufig schreite ich neben ihn und drücke meine Nase an seinen Hals, lasse sie nach vorne wandern bis zu seinem Kopf. Ich spüre, dass seine Flanken zittern, aber er bleibt stehen. Sein Schweif peitscht unruhig hin und her.

Vorsichtig atme ich durch die Nase aus, direkt in seine geweiteten Nüstern. Erkennt er mich? Ich wage es, in Zeitlupe und wie nebenbei meine rechte Hand zu heben und ihm auf den Hals zu legen. Ich massiere mit meinen Fingern seinen Mähnenansatz. Ich habe beobachtet, dass Pferde sich dort gegenseitig gerne beknabbern. Vielleicht beruhigt ihn das.

Der Wind lebt wieder auf. Ich muss ihn jetzt hier rausholen, bevor das Unwetter schlimmer wird. Ich muss das Leittier sein. Es geht nicht anders.

Entschlossen wende ich mich ein Stück von ihm ab und laufe langsam auf die Wiese zu. Folge mir, Sarastro, bitte, ich bringe dich in Sicherheit. Ich sage kein Wort, schnaube nur noch einmal kurz durch die Nase.

Ohne innezuhalten oder zu zögern, steuere ich weiter auf die Weide und das Gatter zu. Ich habe keine Ahnung, ob er mir folgt. Aber ich möchte nicht riskieren, mich umzudrehen und ihn zu rufen. Das könnte ihn erneut vertreiben.

Vielleicht hat es nicht funktioniert. Vielleicht komme ich alleine zu den anderen zurück und Sarastro steht immer noch zitternd unter den Bäumen, von deren schweren Stämmen und Ästen er jederzeit begraben werden kann. Es ist unmöglich zu erlauschen, ob hinter mir Hufe auf das weiche Gras treten, denn das Heulen des Sturms hat sich zu einem schrillen Pfeifen gesteigert.

Doch dann streift mit einer heftigen Böe eine helle Stimme mein Ohr. Nur ein Seufzen und ein »Gott sei Dank!«. Josefine. Verdammt, es sollte niemand reden ... Hatte ich vergessen, ihnen das zu sagen? Ich entscheide blitzschnell.

Bevor die Stimme Sarastro wieder vertreiben kann, schlage ich einen Haken und haue ihm mit der flachen Hand auf die Kruppe. Er stürmt nach vorne los, dem Stall entgegen.

»Kreis!«, brülle ich. »Bildet einen Kreis! Schnell!«

Sie reagieren sofort, nehmen sich an den Händen und lassen eine großzügige Lücke. Sarastro galoppiert auf sie zu und prescht durch die Öffnung.

»Schließen!«, rufe ich. Ich sehe, wie Micha Lenas Hand nimmt. Die Lücke ist zu. Und Sarastro in Sicherheit. Ich schlüpfe unter Michas und Lenas verschränkten Händen hindurch und stelle mich in die Mitte des Kreises. Sarastro trabt aufgeregt um mich herum und dicht an den anderen vorbei. Michas Augen sind vor Schreck geweitet, aber er zuckt nicht zurück und hält eisern Lenas Hand fest.

»Hoooooh«, mache ich mit tiefer Stimme, ohne Sarastro anzusehen. Er fällt in einen langsameren Trab, dann in den Schritt. Schließlich bleibt er schwer schnaufend neben mir stehen.

»Was ist denn hier los?«

Ich hebe meinen Kopf. Herr Hanau steht hinter Tom außerhalb des Kreises und schaut mich fragend an. Ich bemühe mich gar nicht erst, eine Geschichte zu erfinden.

»Sarastro hat sich erschreckt, als wir ihn zum Bauern bringen wollten, und ist in den Wald abgehauen. Ich hab ihn wieder hierhergeholt.«

»Joshua hat ihn gerettet«, fügt Josefine mit dünner Stimme hinzu.

Der Wind macht eine Pause und es wird totenstill. Selbst

Sarastro schnaubt nicht mehr. Entweder wir bekommen jetzt alle einen gigantischen Anschiss oder …

»Gut«, sagt Herr Hanau knapp und nickt mir zu. Dann löst er ein dunkles Bündel von seiner Schulter und reicht es Lena, die es an mich weitergibt. Es ist ein Halfter. Mit sicheren, gezielten Bewegungen ziehe ich es Sarastro über. Tom grinst mich anerkennend an. Ja, stimmt, das hat er mir beigebracht. Ich grinse zurück.

»Bring ihn in die Halle!«, ruft Herr Hanau mir zu. »Und mach ihn ordentlich fest. Denn jetzt geht gleich die Welt unter.«

Er hat recht. Als wir den Halleneingang erreicht haben, fängt es urplötzlich an zu schütten. Die Tropfen sind so dick und schwer, dass sie fast wehtun. Gebannt beobachten wir, wie am Waldrand eine hohe Tanne in Zeitlupe umkippt.

Dann führe ich Sarastro ins Trockene, binde ihn an einen Haken und sinke direkt neben seinen Hufen auf den Sandboden. Mir tut jeder Knochen weh. Ich lehne mich gegen die Bande und schließe die Augen.

GEMÜTLICH

Ich weiß nicht, wie spät es ist, aber Mitternacht ist lange vorüber. Der Sturm ist abgeflaut, das Gewitter weitergezogen, das Dach zweier Stalltrakte so gut wie abgedeckt, doch wir konnten alle Pferde rechtzeitig evakuieren.

Die meisten sind in der Reithalle untergekommen; Papa hat zusammen mit seinem Azubi, den er von irgendeiner Party weggelotst hat, Haken für die Stricke der unruhigeren Tiere in die Bande gehauen und mit Herrn Hanaus Traktor Heu reingefahren und verteilt. Die gelassenen, älteren Pferde dürfen sich frei in der Halle bewegen. Es ist ein schönes Bild. Wir sitzen im Stübchen und müssen immer wieder hinschauen. Über fünfundzwanzig Pferde stehen friedlich beisammen, dösen und fressen und äppeln den Reitboden voll. Es war die einfachste und schnellste Lösung, die Tiere in die Halle zu bringen, nachdem der Sturm so heftig geworden war, dass selbst der Weg zum Bauern zwei Straßen weiter zu lang erschien und die Koppelumzäunung aus dem Boden gerissen wurde.

Jetzt hockt Papa mit Herrn Birkmeier an einem Tisch in der Ecke der Bar, vor sich ausgebreitet Pläne von den Stallungen, und ist in seinem Element. Er redet von Statik und Materialien und Zuschussmöglichkeiten und Dachvarianten, die möglichst schnell und kostensparend angebracht werden können, sogar rechtzeitig fürs Turnier. »Wenn alle in die Hände spucken.« Denn dann müssen hier bis zu zwanzig Gastpferde untergebracht werden und die Halle sollte frei sein.

»Wir brauchen einen vernünftigen Stall für das Turnier«, sagt Herr Birkmeier wieder einmal, »aber wie sollen wir das nur bezahlen?«, und Papa sagt mindestens genauso oft: »Wir finden schon einen Weg, machen Sie sich mal keine Sorgen.« So langsam beschleicht mich der Verdacht, dass Papa diesen Satz bei seinen Kunden sehr oft benutzt und dass wir deshalb nie richtig in Urlaub fahren können und kaum Geld übrig bleibt, weil er immer »einen Weg findet«. Wahrscheinlich besteht dieser Weg darin, weniger Lohn zu verlangen. Und es kann gut sein, dass Mama wegen Papas Großzügigkeit all seine Ausgaben und Rechnungen überwacht. Ohne sie würde Papas Firma vermutlich gar keinen Gewinn machen.

Obwohl es unlogisch ist, kann ich ihm die Sache mit den Plastikpferden jetzt verzeihen. Vielleicht hat er das auch nur gemacht, weil er mich an dem ganzen Modellbaukram beteiligen wollte. Denn er hat gar nicht mehr nachgefragt, ob ich die Pferde nun gekauft habe oder nicht und wo die 50 Euro geblieben sind. Er hat dieses Thema totgeschwiegen – bis heute, wo alles ans Licht kam.

Seitdem sich herumgesprochen hat, dass ich geholfen hab, das Fohlen zur Welt zu bringen und Sarastro einzufangen, schneidet mich Micha wieder. Wahrscheinlich meint er jetzt, ich habe das nächste Heldenlevel erreicht. Aber das ist okay. Solange er mich nicht mobbt, kann er mich ruhig den lieben langen Tag ignorieren. Er hockt drüben bei Lena vor dem Fernseher und versucht, den Satellitenreceiver zu programmieren, weil Papa die Schüssel neu anbringen musste, nachdem sie durch die Luft gesegelt ist.

Tom sitzt mit Tanja am Ofen und hält Händchen. Wenn ich das vorhin richtig verstanden habe, haben die sich vergangenen Sommer bei einem Sturm in den Bergen ineinander verliebt. Und so sehen sie auch aus. Als hätte dieser Sturm heute Abend ihre Erinnerungen neu entfacht.

Dank Tom weiß ich nun, dass der schwarze Hund gar kein Hund, sondern eine Hündin ist. Kessie. Kessie ist schon fast fünfzehn und angeblich eine echte Zicke. Sie gehört Herrn Hanau. Tom fand es sensationell, dass sie mich als neuen Schmusebaron ausgesucht hat. Kessie sei sehr wählerisch mit Menschen, meinte er. Die meisten Reiter würde sie gar nicht beachten. Jetzt liegt sie wieder auf meinen Füßen und schnauft ab und zu zitternd durch und ihre Fledermausohren bewegen sich sachte hin und her.

Charlotte und Herr Hanau sind seit einer geschlagenen Stunde damit beschäftigt, alte Turniererinnerungen aufzuwärmen und sich Fotos von damals anzuschauen, was fast noch langweiliger ist, als Michas Fußballerzählungen zuzuhören, zu denen er mittlerweile übergegangen ist. Alle zehn Minuten steht Herr Hanau auf, um nach dem Fohlen zu gucken.

Mama ist kurz nach dem Gewitter völlig aufgelöst und

mit einer riesigen Schüssel Nudelsalat ins Stübchen gekommen, und als die Stallungen endlich gesichert waren und wir uns an dem grässlichen Salat satt gegessen hatten, nahm sie mich beiseite und quetschte alles aus mir heraus, was sie wissen wollte. Es war viel, richtig viel, aber ich hab ihr nicht jede Einzelheit erzählt. Außerdem hab ich vorher Micha dazu geholt. Sonst geht der ganze Ärger wieder von vorne los. Micha hat ein bisschen zugegeben, dass er mich auf dem Kieker hatte, und ich hab ein bisschen zugegeben, dass er mich gemobbt hat. Und ja, dass ich heimlich voltigiert habe, habe ich auch gestanden. Im gleichen Atemzug hab ich Mama gebeten, bis zur Vorführung zu warten, um sich dafür oder dagegen zu entscheiden, nur bis zur Vorführung. Sie hat eingewilligt.

Micha bekam einen Vortrag vom Feinsten, von Mama und Charlotte und Eva gleichzeitig, drei erzürnte Frauen, die ihm bitterste Vorwürfe machten, bis er mickrig in der Ecke saß und sagte: »Okay, ich sehe es ja ein, ich hätte sie fragen sollen, ob ich das filmen kann.« Eva prustete laut und wandte sich kopfschüttelnd ab, aber aus Michas Mund war das eine großartige Entschuldigung. Das hab ich ihr danach auch gesagt. Mehr kriegt man von dem nicht.

»Boah, Joshua, du stinkst …«, murmelt Eva, die ihren schweren Kopf an meine Schulter gelehnt hat und im Minutentakt gähnt. »Kann ich heute Nacht trotzdem bei dir schlafen? Bei euch? Ihr seid alle so schön bescheuert. Und irgendwie gemütlich.«

Gemütlich? Wir, die Löwes, sollen gemütlich sein? Und

deshalb will sie bei uns schlafen, in unserer lauten und hektischen Wohnung? Aber als ich darüber nachdenke, will ich auf einmal nach Hause, zusammen mit meiner bescheuerten Familie. Und unsere Wohnung ist allemal besser als der Marmorpalast, in dem Eva lebt. Da würde ich heute Nacht auch nicht pennen wollen.

Ich stehe auf und schlurfe gähnend rüber zu Mama. »Fahren wir?«, frage ich sie. Sie blinzelt mich müde an und nickt. Irgendwie sieht sie zufrieden aus.

Sie hat sogar nichts dagegen, Eva mitzunehmen und bei uns übernachten zu lassen, nachdem Eva ihr versichert hat, dass ihre Eltern sowieso übers Wochenende verreist sind und sie niemand vermissen würde.

Und ja, ich finde es auch gemütlich, als Eva sich in der Morgendämmerung im Traum neben mir herumwälzt, irgendetwas von Pferd und Sturm brabbelt und ihren runden Hintern gegen meine Beine drückt. Vorsichtig bewege ich meinen Arm und meine Finger. Der Schmerz hat nachgelassen. Und der Knöchel? Ich drehe meinen Fuß einmal im Kreis, dehne ihn zur Seite und zurück. In Ordnung. Alles in Ordnung.

Ich lege meine Wange an Evas Rücken und schlafe endlich ein.

Lampenfieber

Eine Woche ist vergangen, seitdem wir die Pferde aus dem Gewitter gerettet und das Fohlen zur Welt gebracht haben. Es war einige Tage sehr kühl und regnerisch, dann zeigte sich langsam die Sonne wieder, weniger aggressiv und sengend als vorher, aber immer noch heiß. Papa hat jede helle Stunde auf dem Stalldach verbracht. Er fragte mich mehrmals, ob ich nicht lieber zum Springreiten wechseln wolle, wenn ich mich schon da rumtreiben müsse. Springreiten, das mache der Tom schließlich auch, und der Birkmeier junior sei ein Pfundskerl, ja, ein echter Pfundskerl. Nein, ich will nicht Springreiten. Ich will Voltigieren.

Ich will es auch jetzt noch, obwohl mein Bauch vor lauter Nervosität und Anspannung rumort. Ich kann weder etwas essen noch trinken, und das mit dem Trinken ist nicht gut, denn ich muss trinken, um keine Krämpfe in die Muskeln zu bekommen und richtig atmen zu können.

In einer Stunde beginnt unsere Vorführung. Es ist nicht nur das Lampenfieber, das mich aus dem Takt bringt. Es ist vor allem die Tatsache, dass ich Eva seit einer Woche nicht mehr gesehen habe. Als wir morgens nebeneinander aufgewacht sind, so ungewohnt nah beisammen, sie noch in meinen Jeans und meinem Shirt und ich nur in meinen grauen Shorts, weil meine Klamotten wirklich verdreckt gewesen waren, hat sie plötzlich Panik bekommen und ist abgehauen. Während sie sich völlig konfus ihre Stiefel zuschnürte – und das dauert seine Zeit, selbst wenn man klar im Kopf ist – , hat sie pausenlos vor sich hin geredet, dass sie erst einmal über alles nachdenken müsse, ich wüsste zu viel über sie, viel zu viel, und Micha sei mein Bruder, und ich habe sie nackt gesehen, er habe sie erst recht nackt gesehen, sie könne jetzt nicht bleiben.

Ich saß eine ganze Weile verdattert auf dem Bett, nachdem sie aus dem Haus gestürmt ist, und versuchte, ihre Worte zu deuten und zu sortieren, aber das Ergebnis blieb das Gleiche, sie war weg. Mama kam später zu mir. »Lass dem Mädchen ein bisschen Zeit«, meinte sie vertraulich. Genau das habe ich gemacht, ich renne niemandem hinterher, ich hab ihr Zeit gelassen und was habe ich davon? Nichts außer der Tatsache, dass sie weder angerufen noch geschrieben noch eine Mail geschickt hat. Sie ist einfach verschwunden.

Aber ganz so verkehrt war das gar nicht. Denn ich hab festgestellt, dass ich auch Zeit brauche. Viel Zeit sogar. Doch von den Mädels aus unserer Schulvoltigiergruppe, die immer öfter mit mir reden und kaum mehr tuscheln, weiß ich, dass Eva unsere Schule verlassen und nach Salem gehen wird, auf so ein Elite-Internat. Erst war ich sauer, als ich das gehört habe, sauer auf ihre Mutter, die sie abschiebt, und sauer, weil ich Eva dann nur noch am Wochenende sehen kann. Aber beim Nachdenken fiel mir wieder diese kalte Stille in dem Haus ein, all die glatten Marmorböden und der leblose

Garten mit den Steinengeln. Vielleicht geht es Eva im Internat besser als dort.

Trotzdem finde ich es blöd, nichts von ihr zu hören. Sie weiß doch, dass heute unsere Vorführung stattfindet und was mir das bedeutet. Es gibt mir einen Stich in den Bauch, wenn ich mir überlege, dass ihr das alles egal geworden ist. Und es kommen noch mehr Stiche dazu, an Mama und Papa zu denken, die heute Morgen daran zweifelten, hierherfahren zu können. Zu viel liegen gebliebene Arbeit in der Firma. Dagegen kann ich schlecht was sagen, denn Papa hat all seine Zeit in die Reparatur des Stalldaches gesteckt.

»Ich komme auf jeden Fall, Bruder«, meinte Micha gönnerhaft, doch ich weiß genau, dass er nicht wegen mir, sondern wegen Lena kommt, die ihm weiterhin munter Befehle erteilt und sich von ihm ab und zu die Box ihres Pferdes ausmisten lässt, während sie reitet. Ihn hat's anscheinend richtig erwischt. Vor lauter Verliebtheit ist er manchmal versehentlich sogar nett zu mir, wenn wir uns im Stall begegnen. Ich finde es okay, das mit Lena. Ich mag sie. Aber ich brauche mir nicht einzubilden, dass Micha wegen mir zuschaut. Das tut er bestimmt nicht.

Ich hoffe so sehr, dass Mama und Papa auch zur Vorführung kommen. Denn das, was sie da sehen können, ist mein bestes Argument weiterzumachen. Wenn es denn klappt. Wenn ich es schaffe. Die Eltern der Mädels sind schon da. Frau Klein hat vor Aufregung rote Flecken auf dem Hals und benimmt sich, als müsste sie gleich selbst aufs Pferd steigen. Sie möchte unsere Vorführung sogar filmen.

Sarastro ist angespannt, aber klar im Kopf. Er reagiert auf mich wie eh und je, etwas zu aufmerksam, doch vertraut; nur sein Fell zuckt häufiger und er scharrt ab und zu mit den Hufen. Ich trage immer noch keine Turnierklamotten. Irgendwie drücke ich mich davor, sie anzuziehen. Tanja und ich haben Sarastro zwei Stunden lang gestriegelt und ihm die Mähne zu Zöpfen geflochten und zu Schnecken hochgesteckt, eine Heidenarbeit. Er sieht prächtig aus. Nur ich gebe ein mieses Bild neben ihm ab mit meinen staubigen Hosen und dem alten moosgrünen Shirt. Dennoch – lieber diese Klamotten als das grellblaue Ganzkörperkondom. Es verschlechtert meine Chancen. Wenn Papa mich darin sieht, schämt er sich doch gleich wieder vom Neuem. Diese Turnierklamotten sind das beste Kokolores-Argument, das er finden kann.

»Hey, Josh.«

»Eva?« Ich drehe mich um und kann nicht verhindern, dass ich grinse, ja, ich freue mich, sie zu sehen. Sie steht mit hochgezogenen Schultern im Eingang zur Stallgasse und traut sich nicht weiter. Sie hat eine große Tasche im Arm.

»Komm mal raus, ich hab da was für dich.«

Ich mache Sarastro fest und gehe zu ihr in den Hof. Sie kniet inmitten des Turniergewimmels auf dem sonnenüberfluteten Boden und öffnet die Tasche. Was gibt das denn jetzt?

»Ich hab euch was entworfen, na, eigentlich dir. Etwas Cooles. Schau mal, das kannst du bei deiner Show anziehen.« Sie drückt mir ein weiches Bündel in die Hand.

»Warum hast du dich nicht gemeldet?«, frage ich, ohne nachzuschauen, was sie mir da gegeben hat. Sie wendet sich ab und kaut auf ihrer Unterlippe herum.

»Es ist … weil ich doch weggehe … und …«

»Ich weiß, dass du weggehst, ins Internat. Maja hat es erzählt.«

Sie schaut mich wieder an. Sie sieht aus, als habe sie ein schlechtes Gewissen.

»Ach Mensch, Josh … Ich will nicht in diesem Bonzeninternat hocken und dich die ganze Zeit vermissen. Das halte ich nicht aus. Deshalb dachte ich, es ist besser, wenn ich verschwinde und sich alles abkühlt. Das ging plötzlich so schnell mit uns, verstehst du … zu schnell. Aber dann hab ich gemerkt, dass ich dich sowieso vermissen werde, ob ich jetzt nun in Salem bin oder nicht … ich kann gar nicht anders … egal. Nun schau doch endlich mal, was ich dir gemacht habe.«

Ich falte das Stoffbündel auseinander. Es ist ein dunkelrotes Hemd aus einem weichen dünnen Stoff, dazu eine schmale schwarze Hose mit breiten Gürtelschlaufen und einem schwarzen samtigen Wildlederband, dessen Enden gefranst sind und in das Eva silberne Nieten gestanzt hat.

»Es müsste dir genau passen, wenn ich mich nicht geirrt habe. Und es sieht bestimmt cool aus.«

»Bist du dir sicher?«, frage ich skeptisch. Ich hab solche Klamotten noch nie angehabt. Aber das Material ist anschmiegsam und elastisch. Ich glaube schon, dass ich mich gut darin bewegen kann. Eva grinst mich siegessicher an. »Jetzt mach. Probier es an! Es ist sexy.«

Ich pruste spöttisch. Sexy. Haha. Joshua Löwe und sexy. Mir kommt das Video mit Gero Meyer in den Sinn. Der hat auch kein Ganzkörperkondom getragen. Und außerdem hab ich inzwischen breitere Schultern und einen etwas muskulöseren Oberkörper als früher. Meine Beine sind kräftiger geworden. Vielleicht sollte ich wirklich mal reinschlüpfen. Das warme Rot des Hemdes passt garantiert gut zu Sarastros dunklem Fell.

Wir verdrücken uns zwischen zwei Heuballen und ich ziehe mich vor Evas wachsamen Augen um. Sie guckt nicht auf meinen Körper, sondern mit fachmännischem Blick auf ihre selbst geschneiderten Klamotten, zupft hier etwas zurecht und da und knotet den Wildledergürtel so zu, dass die Fransen seitlich an meiner Hüfte herunterbaumeln. Zum Schluss öffnet sie die oberen beiden Knöpfe des Hemdes und pustet auf meine nackte Haut. Ein Schauer rieselt über meinen Nacken.

»Okay«, murmelt sie zufrieden.

»Und was machen wir mit meinen Haaren?«, frage ich ratlos.

»Die sind doch perfekt!«, ruft Eva belustigt. »Mann, ich brauche morgens ewig, bis ich meine Haare so hinkriege wie jetzt, und dann sehen sie immer noch nicht aus wie deine. Du bist ein Natur-Punk. So Haare hat niemand sonst.« Sie verwuschelt sie kurz, obwohl das wirklich nicht nötig ist. Das machen die von ganz alleine. Stumm stehen wir uns gegenüber und schauen uns an. Ob ich sie küssen soll?

»Was ist denn das für ein Aufzug!?«

O Gott. Herr Hanau. »Joshua, du bist gleich dran, was ist los, wir müssen Sarastro aufwärmen, du musst dich aufwärmen, warum bist du noch nicht umgezogen?«

»Ich bin umgezogen«, sage ich vorsichtig.

»Ja, das ist er«, bekräftigt Eva. »Er sollte das tragen. Es ist gut – sehen Sie das nicht? Passt wie angegossen.«

Bevor er etwas erwidern kann, ist sie davongehuscht. Herr Hanau blickt mich zweifelnd an. Ich glaube, so gucken Psychiater ihre schwersten Fälle an, wenn die plötzlich behaupten, wieder ganz gesund zu sein.

»Bitte, Herr Hanau. Eva zuliebe. Sie hat Angst vor Pferden, deshalb hat sie nie mitgemacht. Aber sie ist immerhin in den Stall gekommen, meistens jedenfalls. Sie hätte ja auch wegbleiben können. Und das hier – das hätte sie auch nicht tun müssen.« Ich finde die Klamotten wirklich cool. Ich fühle mich wohl darin. Ich möchte sie tragen. Nicht weil sie bequem sind. Sondern weil Eva sie gemacht hat. Extra für mich.

»Ausnahmsweise, und nur heute«, knurrt Herr Hanau, doch ich sehe an seinen schmunzelnden Augen, dass er das nicht mit aller Gewalt durchsetzen wird. Wenn ich Glück habe, darf ich in Zukunft immer in diesem Outfit aufs Pferd.

»Und jetzt ab in die Halle! Los, zack, zack.«

SOLO FÜR ZWEI

Ich hab so lange auf diesen Moment gewartet. Ich glaube, mein ganzes Leben lang, ohne es jemals zu wissen oder gar zu ahnen.

Aber jetzt ist er da.

Die Musik setzt ein. Sie übertönt alles, überflutet mich, mich und Sarastro, der vor meinen Augen zu traben beginnt, dann zu galoppieren. Ich spüre den Rhythmus seiner Hufe unter meiner Haut, obwohl ich noch gar nicht bei ihm bin. Erst muss er seinen Takt finden. Gleich hat er ihn.

Und doch muss ich eines wissen, bevor ich zu ihm trete und mich auf seinen schwebenden Rücken schwinge. Sind meine Eltern hier?

Ein letztes Mal lasse ich meinen Blick über die Zuschauer streifen. Da sind Tom und Tanja, auch Eva ist hier, sogar Micha und Lena stehen am Zaun zum Turnierplatz und lachen miteinander, daneben Herr Birkmeier, der schwarze Hund, Tante Charlotte – aber wo stecken Mama und Papa?

Dort, ganz hinten bei den Parkplätzen schiebt sich ein bulliger Kerl mit Baseballmütze und Blaumann durch die Menge, Zollstock und Leatherman am Gürtel, ist das Papa? Dreh dich um, bitte, nur kurz, ja, das ist er, und nebendran, schmal und zierlich und mit offenen Haaren, Mama.

Sie sind da ... sie sind tatsächlich gekommen, um mich zu sehen.

Ich hebe die Hand zum Zeichen, dass ich bereit bin. Herr Hanau nickt mir zu. Ich laufe zu Sarastro und neben ihm her, atme mit ihm, eins, zwei, drei, Sprung. Mit einem satten, klaren Geräusch schlagen meine Schenkel auf dem Pferderücken auf.

Ich schließe meine Augen, bis nur noch wir beide da sind, Sarastro und ich. Ich vergesse alles um mich herum. Das Pferd unter mir und ich verschmelzen zu einem Wesen, einem geflügelten Wesen mit vier Läufen, zwei Armen und zwei Beinen und einem Feuerherz, wir machen uns leicht und geschmeidig, fühlen im Takt, strecken uns zum Himmel, ich strecke mich zum Himmel und nehme ihn mit mir.

Ich stehe. Ich stehe und breite meine Arme aus.

Ich bin – Joshua.